기쁨의 황제

THE EMPEROR OF GLADNESS

Copyright © 2025 by Ocean Vuong
All rights reserved.

Korean translation copyright © 2025 by Influential, Inc.
Korean edition is published by arrangement with The Marsh Agency Ltd.
through EYA Co., Ltd.

이 책의 한국어판 저작권은 EYA Co., Ltd를 통해
저작권자와 독점 계약한 ㈜인플루엔셜에 있습니다.
저작권법에 의해 국내에서 보호를 받는 저작물이므로 무단 전재와 무단 복제를 금합니다.

기쁨의 황제

THE EMPEROR OF GLADNESS

오션 브엉 장편소설 | 김지현 옮김

INFLUENTIAL
인플루엔셜

나를 찾아낸 프랜시스를 위해

당신의 구더기는 당신의 유일한 황제랍니다……
우리는 우리가 살찌려고 다른 모든 짐승을 살찌우며,
우리 자신은 구더기를 위해 스스로를 살찌우니까요.
—《햄릿》

있음이 보임의 대단원을 장식하게 하라.
—월리스 스티븐스의 시, 〈아이스크림의 황제〉에서

한국어판 서문

친애하는 한국 독자 여러분께

제가 쓴 모든 책 중에서도 다름 아닌 이 소설이 한국어로 출판된다는 것이 매우 자랑스럽습니다. 한국어는 김혜순, 이상, 한강, 차학경 등 제 인생에서 가장 중요한 작가들이 쓴 언어이기에 더욱 그렇습니다.

이 책은 미야자키 하야오와 표도르 도스토옙스키의 작품에서도 부분적으로 영감을 받았습니다. 비록 스타일은 상당히 다르지만, 두 창작자 모두 삶과 인간성에 관한 거대 담론—특히 사람들이 시스템 속에서 치욕과 박탈을 경험하는, 초현실적이고 기이하면서도 끔찍한 방식들을 탐구하는 데에 우화라는 기법을 사용합니다. 이처럼 절대적 사실주의에서 벗어남으로써 미야자키 하야오의 애니메이션은 현실의 부조리를 더욱 명료하게 표현합니다. 저는 21세기에 이러한 문제들을 사유하게 해준 두 예술가에게 큰 은혜를 입었습니다.

인생에서 세대, 문화, 대륙을 초월해 모든 사람에게 보편적으로 적용되는 것이 많지 않겠지만, 죽음과 노동은 분명 그러한 주제입니다. 저는 이 책에서 노동을 사회적 친족 관계에서 주요한, 어쩌면 핵가족보다 개인의 삶에 큰 영향을 미치는 함수로서 재고하고 싶었습니다. 우리 삶과 세상의 많은 부분이 일, 그리고 일에서 생겨나는 인간관계라는 토대 위에서 구축됩니다. 마찬가지로 많은 부분이 죽음을 중심으로도 구축됩니다. 죽음을 외면하고 영원히 살 것처럼 살기도 하고, 죽음이 우리가 피할 수 없는 문턱이자 대면해야 할 궁극적 진실임을 인정하기도 하면서요. 제 작품들이 어떤 일을 하는지, 사회에서 어떤 가치나 기능을 갖는지 저는 잘 모릅니다. 어떤 작가도 진정으로 알지는 못할 겁니다. 그러나 제가 작품을 쓰면서 늘 바라는 바는 있습니다. 죽음이 찾아오리라는 약속을 통해 우리가 어떻게 살아야 할지를 알리는 것, 그리고 우리가 서로를 위해, 그리고 서로와 더불어 어떻게 일하는지에 우리 삶이 달려 있음을 보여주는 것입니다.

책이란 여러 의미에서 작가가 강물에 띄운 뗏목과 같습니다. 이 책이 당신에게 닿을 때쯤이면 어느덧 강굽이를 돌아 제 눈에는 보이지 않을 겁니다. 이제 이 책은 진정으로 당신의 것이고, 당신이 무엇을 느끼든 저 자신의 작의(作意)만큼이나 진실하고 타당합니다. 작가는 어떤 독자가 틀렸다고 말할 권한도, 능력도 없습니다. 설령 제각기 다르다 해도 모든 해석은 옳습니다. 이는 견해의 문제가 아니라 언어의 자연스러운 기능이며, '진리'를 밝히는 규칙이 아닌 주관적인 기호 체계입니다.

작가로서 띄워 보낸 책이 아직 가보지 못한 나라에서 읽히는 것은 드문 행운입니다. 이 영광을 결코 잊지 않겠습니다.

2025년 11월
벅차오르는 마음으로,
오션 브엉

차례

한국어판 서문　　　8

기쁨의 황제　　　13

작가의 말　　　530
옮긴이의 말　　　533

일러두기
 • 이 글의 주석은 모두 옮긴이 주이다.

1

세상에서 가장 어려운 일은 한 번만 사는 것이다.

하지만 여기는 아름답다. 유령들도 동의하는 사실이다. 아침 햇빛이 이곳에서 오트밀 빛깔을 씻어내면 호밀밭에 서리는 안개처럼 선로 위로 피어오르는 유령들이 자신의 이름—산 자의 입에서는 더 이상 살아 있지 않은 이름들을 찾아 검은 첨탑 같은 소나무들을 향해 비틀비틀 나아간다. 우리 동네는 뉴잉글랜드의 한 강가에 딸린 조그마한 땅에 솟아 있다. 선사시대 빙하가 녹았을 때 이 계곡은 어마어마하게 큰 호수가 되었지만, 호수가 말라붙고 나서는 코네티컷이라는 분지를 따라 흐르는 은빛 강줄기만 남았다. 코네티컷은 알곤킨어로 '긴 조수 강'을 의미한다. 이곳의 퇴적물은 생명을 환영하는 온갖 입자로 가득하다. 당신이 여기 들어서면 4월의 진흙을 뚫고 올라온 반짝거리는 엄지손가락만 한 새싹들이 펼쳐진 드넓은 지대에 둘러싸일 것이다. 몇 달 뒤면 이 어린 풀들은 넓적한 잎사귀를 드리우고 빽빽이 줄지어 선 담배와 실버퀸 옥수수로 자라날 것이다. 세월에 이름을 잃어버린 비석들이 있는 묘지 너머, 금세기에는 물의 기억이 결코 닿지 않는 말라붙은 개울 위로 지붕 달린 다리가 가로놓여 있다. 그 다리를 건너면 우리 동네가 나온다. 떨어진 창문들에 덧문이 달렸으며 **크로커스가 피면 우리는 달콤해져요**라는 문구가 바람에 닳아 점자처럼 변한 나무 팻말이 나붙은 콘웨이 메이플시럽 제조소에서 오른쪽으로 꺾어라. 봄이 되면 아직 농장이나 상점가가 들어서지 않은 빈 녹지마다 벚꽃이 몽글몽글 피어난다. 벚나무들은 여러 세기에 걸쳐 여름마다 텅 빈 부리를 북쪽으로 향하고 날아간 거위들이 이곳에 흩뿌린 똥에서 자라난 것이다.

우리 동네 잔디밭은 돼지풀과 개밀로 뒤덮여 있고 그중 한 군데에는 철책을 따라 줄지어 심긴 빨간색과 분홍색 튤립이 봄마다 철조망에 머리를 낀 채 자라난다. 곁딸린 집 현관은 한때 원색이었지만 이제는 파스텔 빛깔로 바랜 플라스틱 장난감 탈것들, 수레, 세발자전거들, 소방차로 붐빈다. 썩은 탁자 위에 놓인 우유 상자가 우편함 노릇을 하는데, 상자 위에 덮개 삼아 못으로 고정된 낡은 타이어 조각에는 흰 수정액으로 **라미레즈 47**이라고 적혀 있다. 그 옆에는 빌 클린턴의 머리 모양으로 만들어진 양철 새 모이통이 있다. 아무도 보는 사람 없는 밤 시간에 이곳을 지나는 화물 기차에서 바람이 불어올 때마다 모이통에 난 웃는 입 모양 구멍에서 씨앗들이 갈채처럼 쏟아져 내린다. 반경 5킬로미터 안의 모든 집 거실에서 기적 소리를 들을 수 있지만, 기차가 이 동네에 서는 일은 없다. 사실 우리 말고는 **그 어떤 것도** 여기서 멈춰 서지 않는다. 주간 고속도로를 따라 차로 12분만 가면 보험사, 총, 병원 설비, 죽음과 재난의 관료주의로 지어진 주도(州都) 하트퍼드가 있으므로, 모두가 거기로 가거나 아니면 거기를 박차고 나오는 길에 우리를 지나쳐 달려가기 바쁘다. 우리는 당신이 탄 기차나 미니밴이나 시외버스 창밖으로 흐릿하게 스치는 풍경이다. 차창 너머 우리 얼굴은 난파된 뭉크 그림처럼 바람과 속력에 망그러진다. 우리가 하트퍼드와 유일하게 공유하는 것은 바로 구급차인데, 그 도시에서 이곳이 충분히 가까운 덕분에 우리가 죽어갈 때나 친지도 없이 철제 들것에 실려갈 때면 구급차가 우리를 데리러 와준다. 우리는 변두리에서 살지만 중심부에서 죽는다. 우리 꿈의 영안실이 되는 강 옆, 가라앉는 둑 위에 서 있기 위해 우리는 모든 세금을 낸다.

우리 동네 뒷길은 노면 곳곳이 깊고 넓게 파여 있는데, 여름철 폭우가 내리고 나면 그 자리들이 맑고 푸른 웅덩이가 되어 피라미들이 그 속에서 마음껏 헤엄친다. 그리고 불 꺼진 현관의 어둠 속에서 불쑥 터져 나와 공기를 가르는 누군가의 웃음소리가 목구멍 안으로 삼키는 흐느낌처럼 들리기도 한다. 솔리다고로 둘러싸인 그 베이지색 오두막은 WWII 클럽이라는 술집으로, 스툴 세 개와 더불어 말보로 담배와 꿀빵만 판매하는, 나무판을 댄 자동판매기가 갖춰져 있다. 그 건너편에는 나지막한 벽돌집들이 있다. 원래는 제닝스 거리의 제지 공장에서 일하던 사람들을 위해 지어졌지만, 이제 그 집들에는 온갖 전장에서 돌아온 참전 용사들이 산다. 그들은 잔디밭의 플라스틱 의자에 앉아 산등성이를 바라보다가 담배 연기 자욱한 집 안으로 느릿느릿 돌아가 사람 몸통만큼 작은 TV를 보다 무한한 잠에 빠져든다.

밤사이 찌르레기들이 내려앉아 검게 물들었던 자작나무들이 새벽의 첫 불똥이 녀석들의 부리에 튀는 순간 어떻게 산산조각 나는지 보라. 막 뿌린 거름 냄새가 진동하는 초원에 깔린 안개 너머로 철 늦은 귀뚜라미들이 어떻게 노래하는지 보라. 8월이면 기차 선로가 뜨겁게 달아올라 그 위에서 1분 이상 걸으면 신발 밑창의 고무가 녹아버릴 것이다. 이런 더위에도 식물들은 모든 게 살균된 듯 황량했던 겨울에 앙갚음이라도 하듯 자라난다. 선로 침목 사이사이 돋아난 이끼가 얼마나 무성한지, 찬란하고도 푸릇한 햇살이 특정한 각도로 비칠 때면 마치 조류(藻類)처럼 보여, 간밤에 빙하가 녹고 홍수가 들이닥쳐 우리가 그동안 늘 되어가고 있었던 바로 그러한 존재가 마침내 된 것만 같다. 성서 속 장면처럼.

선로는 계속 뻗어나가다 두 갈래로 갈라지고, 그중 하나는 짓밟힌 잡초투성이가 땅속으로 파묻혀 사라진다. 그 길을 더 따라가면 다양한 단계의 기억상실증에 걸린 스쿨버스들이 들어찬 폐차장이 나온다. 그중 몇몇은 낡다 못해 누런색을 넘어서 난파선 같은 회색을 띤다. 차체가 담쟁이덩굴로 뒤덮이고 보닛의 우그러진 부분에 바스락거리는 낙엽들이 모여 앉은 그 버스들은 우리의 잘못된 학습의 유물이다. 이 폐차장을 걷다 보면—마이어스 양말 공장에서 야간 근무를 마치고 귀가하는 사람들이나 일요일 오후에 생각에 잠긴 채 배회하는 사람들이 그러듯이—인조가죽 좌석들 사이에서 타오르는, 여러 세대에 걸친 방랑벽을 지나게 된다. 폐차장 끝자락에는 차에 치여 죽은 지 일주일 된 동물 사체가 있는데, 눈구멍에 뜨뜻한 코카콜라가 들어차 있다. 어떤 소녀가 하굣길에 지루했던 나머지 마시던 콜라를 그 앞 못 보는 시야의 무한한 어둠 속으로 쏟아버린 것이다.

기쁨, 글래드니스를 찾아가려다 길을 잘못 들면 이곳에 다다를 것이다. 우리 마을이 이스트 글래드니스라고 불리기 때문이다. 글래드니스라는 마을은 더는 존재하지 않는다. 그곳은 거의 한 세기 전, 제

1차 세계대전에서 사지를 잃고 영웅이 되어 귀환한 소년 토니 밀샙을 기리는 뜻에서 밀샙이라는 이름으로 바뀌었다. 이 나라에서는 거의 모든 것을 잃어도 마을 하나를 통째로 얻을 수 있다는 증거다. 몇몇 주민들은 밀샙의 빛을 빨아들여 가게를 채우고 싶은 마음에 우리 동네 이름도 이스트 밀샙으로 바꾸자고 하지만, 그보다 더 많은 주민들은 우리 동네 인도에서 휠체어를 타고 다닌 적도 없는 소년의 이름을 빌리기에 자존심이 너무 강하다.

겨울은 9월 말부터 일곱 달 동안 이어진다. 법원 잔디밭과 도로변에 늘어선 차들의 보닛에 서리가 반짝이기 시작한다. 흔들리는 단풍나무, 포플러나무, 사사프라스에서 떨어져가는 잎들 사이로 비치는 햇살이 호박색을 띤다. 판자로 막힌 루터교 교회의 비둘기색 첨탑조차 정오가 되면 하루 묵은 버터 색깔로 변한다.

비록 회의적이기는 해도 우리는 희망을 품는 데 애매하지 않다. 이 모든 것 아래 우리 번화가는 아일랜드풍 술집 둘, 식당, 꽃집, 갓퍼스트 미용실, 팬더 게이트 차이나 웍 중식집, 이름 없는 조그마한 타코 가게, 장례에 으레 따르는 참담함을 위로하기 위해 하늘색으로 칠해진 장례식장, 뒷문을 통해 동전 주입식 포르노방이 정확히 세 개 갖춰진 지하실로 내려갈 수 있는 세탁소로 빛난다. 거기서 두 건물 옆에는 금요일마다 바람에 나부끼는 방수포 아래에서 랩으로 싼 호박빵과 블랙커피를 파는 재향군인회관이 있다. YMCA 뒤에는 이주 농장 노동자 법률 사무소가 있는데, 작년에 드디어 그 건물의 한 동이 주삿바늘 교환소●로 바뀌었다. 라일락 거리와 메인 거리 교차

● 불법 약물 상용자들 사이에서 감염병 전파를 막기 위해 헌 주삿바늘을 새것으로 교체해주는 지원사업.

지점에 자리잡은 으리으리한 빅토리아 시대풍 저택은 우리의 첫 번째 시장이 살던 집이었지만 이제는 중독자들의 재활 치료 시설로 쓰이고 있다. 눈보라가 몰아치고 나면 저택 앞 보도 옆에 늘어선 파란색과 보라색 폴리에스터 장미들이 눈더미 위로 빠끔히 고개를 내민다.

    길모퉁이에는 케이프코드 양식* 이층집이 있는데, 그 집 장남이 손 닿는 데까지만 페인트칠을 하고는 7년 전 겨울 해병대에 입대하는 바람에 집의 절반이 여전히 올리브색으로 남아 있다. 7월 말이면 그 집 안까지 전선으로 연결된 검은색 미니 냉장고가 길가에 놓인다. 냉장고 안에는 물방울이 송골송골 맺힌 블루베리가 든 녹색 종이컵이 가지런히 서 있고 그 옆에 놓인 커피 깡통에 **블루베리 5달러, 원하는 만큼 지불하세요**라고 적힌 포스트잇이 붙어 있다.

    이 동네는 금요일 밤이면 갈 곳 없는 고등학생들이 의붓아버지의 트럭을 월마트 주차장의 불 꺼진 구석 자리에 대놓고 폴란드 스프링 생수병에 담은 스미노프 보드카를 마시며 위저와 릴 웨인 노래를 요란하게 틀어놓고 있다가, 어느 날 밤 문득 내려다보면 품 안에 아기가 안겨 있고 나이는 어느새 서른몇 살 먹었으며 아무것도 변하지 않았고 다만 전보다 밝아진 월마트 간판 불빛이 세월에 수척해진 그들의 얼굴에 푸르스름한 빛을 드리우고 있음을 깨닫는 곳이다. 이 동네는 목재에서 묻어난 얼룩이 밴 청바지를 입은 아버지들이 미식축구장 가장자리에 서서 한 손은 호주머니에 넣고 다른 손은 던킨도넛이 담긴 종이컵을 든 채 붉은 여명 속에서 입김을 내뿜는 아들을 지켜보는 곳이다. 그들은 소년이 스스로를 으스러뜨려 어른이 될

● 매사추세츠주 케이프코드에서 시작된 주택 건축 양식으로, 가파른 지붕과 대칭 구조, 단순한 디자인이 특징이다.

때까지 기다리는 것이 어떤 의미인지 보여주는 동상일 수도 있다. 그리고 아침마다 당신은 서리 깔린 관람석에 앉아 무릎에 낡은 《등대로》 책 한 권을 올려놓고서, 경기장을 뛰어다니는 선수들의 유니폼에서 흔들리는 푸른 도끼 모양 로고를 바라보고 그들의 어깨 패드가 안개 속에서 덜컥거리는 소리를 들을 것이다. 그러다 당신이 책장을 넘기면 종이가 떨어져 나와 경기장으로 펄럭펄럭 날아갈 테고, 종이는 축축한 잔디를 굴러다녀 잉크가 번지고 소년들의 다리 사이에 뒤엉키다 검은색 스파이크 운동화 아래에서 분해될 것이다. 언어는 땅으로 사라진다. 그 마을에서는.

  온갖 악조건에도 이곳에는 도서관이 있다. 도서관은 한때 노바스코샤로 향하던 도망 노예들을 수용했던 무기고였기에, 3년째 물이 나오지 않는 중앙 분수대에 소저너 트루스*의 동상이 서 있다. 동상 맞은편에는 접착제로 고정돼 영구히 해체되지 않을 142센티미터짜리 빨간 티라노사우르스 레고 모형이 있다. 몇 발짝 너머에서 애덤 먼시라는 이름의 소년이 자신을 태우러 온 스쿨버스에 치여 죽은 일이 있었는데, 레고는 그 소년과 똑같은 키로 만들어진 것이다. 당시 운전사는 2002년 슈퍼볼에서 패트리어츠의 우승 경기를 보느라 밤을 새우며 서던 컴포트**에 만취했었다고 한다. 거기서 더 올라가면 길이 넓게 트이면서 4번 국도가 나오고 인도는 바스러져 먼지가 되고 오른편으로는 북부 지역에서 자생하는 양귀비와 푸른 과꽃이 흩어진 녹지가 펼쳐지는데, 남북전쟁 중에 양쪽 진영 모두에 리볼버를 팔아서 미국에서 손꼽히는 부자가 된 새뮤얼 콜트가 세운 콜트 공

* 1797-1883, 흑인 노예 폐지론자이자 여성 권리 운동가.
** 1874년에 미국에서 개발된, 위스키 기반의 리큐어.

장이 바로 거기에 있다. 지금 그곳은 서산 너머로 해가 질 때면 오래된 벽돌로 지어진 상하차 구역에 반질반질한 빨간 트럭들이 늘어서는 코카콜라 공장이 되었다.

그곳에서부터 컴벌랜드 거리를 따라가면 요크 여자 교도소가 나온다. 연중 이맘때면 겨우살이 식량을 모으러 다니는 토끼와 굶주린 주머니쥐 들을 위해 교도소 둘레에 내놓은 호박들이 칙칙한 들판을 황토색으로 물들인다. 그 너머 강가에 1억 9500만 년 전에 포도케사우루스가 찍은 발자국이 남아 있는 사암판들이 널려 있고, 그 지대는 곧장 웬디스 주차장으로 이어진다. 그리고 다른 프랜차이즈 상점들도 있다. 버거킹, 오토존, 매트리스 펌, 패밀리 달러, 달러 제네럴 등등. 그리고 아기 똥 같은 노란색으로 칠해진 문이 다섯 개 있는 나이트-이-나이트 모텔과 길 하나를 사이에 두고 **7개월마다 새 여종업원 영입!**을 약속하는 간판이 내걸린 카후츠 나이트클럽이 마주 보고 있다. 그 뒤에 손으로 칠해진 팻말들이 있다. **브라이언의 보석금 즉시 대출, 장작 첫 구매시 25달러 할인, 예수님 이름으로 수압 파쇄* 금지!, 빛바랜 2006년 시 감사원장 후보 마서 빈.** 그중 하나는 우아한 빨간 글씨로 예언처럼 이렇게 적혀 있다. **앞에 총 있음.**

당신은 뉴잉글랜드에 대해 진정으로 무엇을 알고 있는가?

사슴 한 마리가 마치 멸종을 앞둔 최후의 사슴처럼 한때 시트고 석유 회사 건물이 있던 콘크리트 판을 지나 아스클레피아스 덤불로 조심스럽게 발을 들이더니 개울가의 수풀로 뛰어든다. 개울에서 이어지는 강에는 화물열차가 지나가는 킹 필립 철교가 가로놓여 있

● 석유 자원 채취를 위해 고압의 액체로 광석을 부수는 공법으로, 환경문제로 반대에 부딪히고 있다.

다. 킹 필립 철교는 청교도들에게서 땅을 되찾으려 반란군을 지휘한 왕파노아그족 추장의 이름을 딴 것으로, 그 시멘트 교각은 **스파이키즈2, 부자와의 전쟁, 무미아 아부 자말*을 석방하라!!!, 로라와 조니 '92, 나쁜 녀석들, 9/11은 내부 소행** 등등의 알록달록한 그래피티로 물결친다.

 이곳은 마을을 빠져나가는 마지막 길이기도 하다.

 그리고 이곳은 2009년 9월 15일 오후에 그 소년이 건넌 다리다. 계곡 한가운데에서 몸을 옹송그리고 걷는 그의 어깨에 걸쳐진 너무 큰 UPS** 재킷 위로 비가 쏟아졌다. 바위 같은 구름이 지평선으로 가라앉으며 땅이 그에게서 멀어져갔다. 그의 나이는 열아홉 살, 유년기의 자정을 지나는 중이었고 동이 트기까지는 일생이 남아 있었다. 당신과 마찬가지로 그도 용서받지 못했다. 오후가 저녁으로 흘러들며 자비로운 회색을 띤 하늘 아래 추위가 그의 숨을 안개로 바꿨다. 그의 부츠 아래 선로에서 끈질기게 몰아치는 폭풍이 철판을 강타하며 웅웅거리는 소리가 났다. 그렇다, **이곳은** 아름답다. 그래서 유령들이 결코 떠나지 않는 것이다. 나는 당신이 이 사실을 알기를 바란다. 소년의 등 뒤에서 마을이 흐릿하게 씻기는 동안, 나는 당신이 이해하기를 바란다. 다리 아래 검은 물이 화학적으로 연화된 화강암처럼 휘돌고 코발트색 강둑을 따라 불빛이 하나둘씩 켜지는 사이, 황혼으로 잠겨든 까마귀들이 올라앉아 축 늘어진 전화선들과 저 멀리 흰 페인트로 적힌 **이스트 글래드니스**라는 빛바랜 글씨가 있는 빨간 급수탑을 흘긋 돌아본 소년이 저쪽으로 몸을 돌리고 선로 너머로 한

● 1954-, 미국의 흑인 인권 운동가이자 언론인.
●● 국제 화물 운송 서비스 기업.

쪽 다리를 걸치고서 착한 아들처럼 뛰어내리기로 결심했을 때, 그가 이 세상의 소중한 부분에 속해 있었다는 것을.

2

 소년이 달리 갈 곳도 없고 실패를 극복할 방법도 없는 것은 사실이었지만 그렇다고 해서 그날 저녁 킹 필립 철교에서 뛰어내릴 계획은 아니었다. 그저 저 아래 소용돌이치는 어마어마한 강물을, 말끔하게 미끄러져 들어갈 수도 있을 그 장소를 선로 침목 사이로 엿본 순간, 그의 안에서 무언가가 덜컥 흔들리면서 동시에 시들었던 것이다. 사람들은 당연히 그가 익사했다고 말할 터였다. 지난여름 어느 집에서 열린 파티에서 만취해 자정이 지나도록 혼자 노래를 부르며 강물을 헤치고 들어갔다가 다음 날 아침 옷은 고스란히 입고 신발만 잃은 시체로 기슭에 떠밀려 와 발견된 헤브론 출신의 대학교 2학년생처럼. 중력처럼 자연스러운 무언가에 스스로를 내맡기는 것은 창피한 일이 아니라고 소년은 생각했다. **뛰어내린** 것이 아니라, 떳떳하게 바다로 이끌려 갔다고 한다면 말이다. 적어도 어머니를 가장 덜 상처 입히는 방법이기는 했다.
 그런데 다리를 들고 난간 위로 몸을 들어 올리자 철교 밑부분에 튀어나온 구조물이 보였다. 구조물이 너무 길게 뻗어 있어서 이대로 강으로 뛰어내리는 것이 불가능했다. 그는 멈칫하고서 땅거미에 그을린, 소용돌이치는 계곡 저편을 내다보다 강물이 체스터 카운티로 굽이치는 지점을 언뜻 보았다. 그곳의 마을들은 너무도 작아서 차를 몰고 한 마을로 진입하며 담뱃불을 붙이면, 첫 모금을 내뱉을 때쯤 이미 다른 지역에 가닿을 정도였다. 그는 한 차례 들이쉰 숨이 안개가 되어 몸을 뒤덮게 놔두고서 아래쪽 구조물로 발을 내디뎠다. 거기 내려서서 엄지손가락으로 배낭을 벗어 강에 던졌다. 흰 물보라가 소리 없이 일더니 배낭이 사라졌다. 그는 철제 케이블을 붙잡으며, 가장 높은 위치에서 뛰어내릴 수 있을 법한 다리 중앙으로 조금씩 나아갔다. 금속 기둥들 사이로 출렁이는 강물이 내려다보였다.

그렇게 몇 미터를 가다가 멈춰 섰다. 그가 중학교 때 견학 나와서 배운 바에 따르면 철교의 높이는 30미터였다. 한때는 시내 중심가로 여객열차와 돈을 가져다줄 거라는 기대 때문에 마을에서 가장 소중한 성취로 여겨지던 다리였다. 그러나 기차는 결코 멈추지 않고 보스턴, 프로비던스, 버팔로, 포틀랜드, 심지어 캐나다 몬트리올까지 내처 달렸다. 이제 이곳을 지나는 기차는 주로 끈으로 묶인 목재나 곡물 통을 실어 나르는 온타리오발(發) 화물열차뿐이었다. 철교는 주민들의 잘못된 낙관을 담아 샛노란색으로 칠해졌지만, 지금까지 그 색깔이 바래지 않고 남은 곳은 기둥 속 깊이 박힌 덕분에 비바람을 맞지 않은 볼트 몇 개뿐이었다.

둑 옆을 따라 진흙땅 위로 흐르는 얕은 물에 가로등 불빛들이 번지는 모양이 마치 여름날 아침 젖은 포석을 어루만지는 햇살의 붓질 같았다. 다른 어디에서도 볼 수 없는 종류의 빛이었다. "미안해요." 손바닥 안에서 미끌거리는 철선을 붙잡은 채 소년은 급류 너머로 누구에게랄 것도 없이 속삭였다. 사흘째 쏟아지는 비가 머리카락을 흠뻑 적시고 목을 싸늘하게 타고 흘렀다. 뉴호프에서 만났던 소녀는 수면을 뚫고 강바닥까지 곤두박질할 수 있을 만큼의 높이에서 뛰어내리면 된다는, 묻지도 않은 말을 해주었다. 그러고 나면 급류가 알아서 몸을 끌어당겨줄 테니, 그때부터 할 일은 눈을 감고 얼음장 같던 물이 따스해지다 폐 속에서 잠잠해지고 솔방울샘이 뇌에 환각제를 쏟아낼 때까지 기다리는 것뿐이라고, 그러다 보면 마침내 인간의 몸이라는 우리에서 벗어나 맑고 잔잔한 하늘을 날게 될 거라고.

소녀가 언급하지 않은 것은, 가장자리에 다다르면 자기 안에 또 다른 가장자리가 있음을 발견하게 된다는 사실이었다. 건널 수 있지만 한편으로는 극복할 수 없는 가장자리였다. 그는 마른침을 힘껏 삼키고 기둥 위에서 후들거리는 부츠 신은 발을 내려다보았다. 그때 그를 향해 떠내려오는 시체가 눈에 띄었다. 시체의 팔다리는 수면 아래로 잠겨서 보이지 않았고 눈을 감은 얼굴은 하늘을 향했고 여윈 몸뚱이를 뒤덮은 옷이 물살에 부풀어 있었다. 그는 숨을 헉 들이켜고 눈에 들어간 빗물을 두 손으로 문질러 닦고서 눈꺼풀을 깜빡였다. 하지만 시체는 오히려 더 선명히 보였다. 그가 옷소매로 얼굴을 가리고 철선에 꼭 붙어 매달렸을 때 강 저편 어디에선가 울려 퍼지는 목소리가 들렸다. 환청인가 싶었는데 또다시 들렸다. "돌아와. 당장 돌아오라고! 예수님, 성모 마리아님. 안 돼, 오늘은 안 된다니까!"

절벽을 둘러보니 둑 위에 강을 향해 기울어진, 비늘판 벽을 댄 이층집 한 채가 보였다. 연철로 된 비상 탈출구에 한 여자가 서서 빨랫줄인 듯한 무언가와 씨름하며 팔을 휘두르고 있었다. 강물을 돌아보니 시체인 줄 알았던 것은 사실 물살에 뒤엉킨 침대 시트였다. 강기슭을 따라 철로변 집들이 쭉 늘어서 있는 것이 이제야 눈에 들어왔다. 여자가 서 있는 집을 제외하면 모두 빈집 같았다. 여자가 품에 안고 있던 또 다른 시트 한 장이 바람에 휘말려 근처 단풍나무로 날아가 축 걸쳐졌다.

"앗, 저기 이불!"

소년은 본능적으로 외쳤다가 즉시 후회했다. 그는 기둥 그늘 속으로 몸을 움츠렸다. 하지만 너무 늦었다.

여자가 멈칫하더니 몸을 내밀고서 실눈으로 다리를 훑어보았다. 그가 쓴 안경이 근처 가로등 불빛을 반사해 금빛으로 반짝였다. 어깨까지 내려오는 백발과 구부정한 걸음걸이로 보아 노인인 듯했다.

"거기 누구야?" 여자가 손차양을 하고 자신을 에워싸는 빗줄기 너머로 고함을 질렀다. 소년은 기둥의 철제 볼트가 어깨 사이로 파고들 만큼 몸을 딱 붙이고 움직이지 않았다.

"맙소사!" 여자가 눈을 크게 뜨며 숨을 들이켰다. "너 뭐 하는 거니? 미친 거야, 뭐야? 하늘에 계신 아버지, 도와주소서. 거기서 얼른 나와!"

소년은 몸서리를 치며 원뿔 모양으로 드리워진 빛 속으로 몸을 기울였다. 삶을 끝장내려 했던 충동보다도, 자신이 삶의 가장자리에 있는 모습을 낯선 사람에게 들켰다는 것이 어쩐지 더 곤혹스러웠다. "그런 거 아니에요!" 그가 여자를 향해 외쳤다. "저는…… 저는 그냥 강물을 보고 있었어요." 그는 체포된 범죄자처럼 후드를 벗고 자신의 얼굴을 내보였다. 여원 얼굴은 도롱뇽처럼 창백했고 바가지 모양으로 자른 검은 머리 때문에 눈가의 인상이 여자애 같으면서도 쓸데없이 부드러워 보였다. 이렇게 발각되다니 처량한 일이었고, 자신의 꼬락서니가 어떨지가 눈에 선했다. 뭐 이런 머저리가 다 있나? 충동적으로 다리 밑에 내려갔다가 어떤 할머니를 설득해야 하는 처지에 놓이다니…… 그나저나 이 모든 걸 정확히 뭐라고 설명한단 말인가?

"멍청하게 굴지 마." 여자가 주위를 훑어보더니 가운뎃손가락으로 안경을 밀어 올리며 말했다. "내 집 앞에서 죽는 건 절대 안 돼, 알았어? 여기에 혼령은 충분히 많다고." 여자가 성호를 긋더니 난간을 붙잡고서 외국어로 뭔지 모를 말을 쏟아냈다. 이불은 이제 다 날아가버려서 여자의 얼굴 옆에서 펄럭이는 파란 수건 한 장만 남아 있었다.

"알았어요, 알았어요! 저기요……." 소년은 여자와 강 하나를 사이에 둔 것이 아니라 불과 몇 발짝 떨어져 있는 듯이 손을 내밀었다. "안 할게요. 약속해요. 저는…… 그냥 다리를 살펴보고 있었어요. 학생이거든요. 나중에 기술자가 되려고요." 이제 거짓말이 너무나 술술 나왔다. 벼랑 너머로 질주하는 열차처럼 혓바닥에서 거짓말이 굴러떨어졌다.

"거기서 내려오기나 해. 농담 아니야. 안 그러면 경찰을 부를 거야."

"네, 알았어요. 진정해요." 그는 강둑을 향해 서둘러, 조심스럽게 기둥을 지나 나아갔다. 여자는 집 안으로 들어가더니 소년과 더 가까운 쪽으로 난 옆 창문으로 고개를 빼고 그의 움직임을 주시했다. 리벳을 밟고 그의 발이 휘뚝 흔들리자 여자가 모국어로 욕을 뇌까리며 비명을 질렀다.

"발을 거기 디뎌. 아니, 거기 말이야!" 여자가 창밖으로 몸을 반쯤 내밀고 소년에게는 보이지 않는 지점을 가리켰다. "이제 왼쪽으로

가. 그래, 잠깐만. 거기 말고, 저기 왼쪽. 좋아. 사다리가 있지. 그리로 올라가. 올라가라고, 얘야. 얼른." 여자가 엄지로 하늘을 쿡쿡 찔렀다. "위로, 위로! 그렇지."

소년은 철교에 납땜된 금속 사다리로 발을 내디딘 다음 차가운 공기에 파묻혔던 팔을 휘저으며 몸을 끌어올렸다. 선로가 있는 데까지 올라온 그는 난간에 기대어 숨을 골랐다. "고마워요. 이제 됐죠?" 여자를 향해 손을 흔들며 말했다. "아무 문제 없어요. 저는 그냥 대들보를 가까이에서 보려고 했던 거라니까요. 이제 집으로 갈 테니까 걱정 마요."

"헛소리! 넌 죽고 싶은 거잖아. 이리로 건너와." 여자가 강기슭을 향해 턱짓했다. "안 오면 경찰한테 설명해야 할 거야. 내가 농담하는 줄 알아?" 쏟아지는 장대비 속에서 여자의 머리카락이 축 들러붙고 가운 옷깃이 짙은 색의 고리 모양으로 젖어들었다.

소년은 몸을 일으키고 발을 질질 끌며 다리를 건너갔다. 여자는 소년의 움직임을 지켜보느라 창문에서 다른 창문으로 옮겨 가며 혼잣말을 중얼거렸다. 다리 아래 흙 둔덕이 보이자 그는 난간을 뛰어넘어 여자가 있는 집으로 부랴부랴 나아갔다. 길 양옆으로 전쟁 영화 세트장에 있을 법한 허름한 연립 주택들이 늘어서 있었다. 분홍색 단열재가 비어져 나온 벽들 사이로 곰팡이와 이끼가 낀 거실이 엿보였다. 반쯤 불타버린 한 집은 더러운 가구들로 들어찬 가운데 마룻널에 뿌리 내린 어린 나무 한 그루가 우듬지로 천장을 꿰뚫으며 자라나고 있었다.

기슭에 자리 잡은 여자의 집은 뒷문이 강에서 불과 몇 미터 떨어져 있었다. 지어진 지 수십 년이 지나는 사이에 비늘판 위 페인트가 벗어진 지 오래여서, 집은 강둑 자체의 색깔을 닮아 청회색 바탕에 베이지색 얼룩이 져 있었다. 소년이 현관 앞 계단에 이르자 문이 열리고 바깥쪽의 방충망 문틀 위로 헝클어진 백발이 불쑥 나타났다. 여자가 잠금장치를 못 풀고 허둥거리기에 소년이 손잡이를 한 번 잡아당겼더니 문이 벌컥 열리면서 80대는 되었을 법한 노부인의 모습이 드러났다. 키는 소년의 눈높이만 했고 주먹코 위에 걸친 철테 안경이 얼굴을 거의 다 차지했으며, 안경 밑으로 드러난 사각턱이 롤빵 끄트머리를 닮아 있었다.

소년이 쓴 거북 등딱지 무늬 안경에 빗방울이 맺혀서 여자의 형상이 베이지색 얼룩으로 번져 보였다. 두 사람은 잠시 서로 마주 보았다. 주위에 내려앉는 어둠 속에서 그는 몸을 기우뚱거렸다.

"죄송해요." 소년이 물을 뚝뚝 흘리며 재차 말했다. "뛰어내리지 않을게요. 네? 약속해요. 이제 가도 될까요?"

"들어와. 신발은 벗고. 이 마루, 내 남편이 깔아놓은 거야." 여자가 집 안으로 들어갔다. 소년은 주저하며 텅 빈 거리를 돌아보았다. 빗줄기가 다시 굵어지고 있었다. 현관 안으로 들어서는 그의 몸에서 물이 줄줄 흘러내렸다. 부츠를 벗고 여자를 따라 안으로 들어갔다.

100년 전 화물 노동자들이 지은 낡은 철로변 주택은 널따란 복도를 중심으로 방 세 개로 나뉘어 있었다. 거실, 식당, 부엌. 저편 끝에 위치한 부엌에서 새어 나오는 희미한 불빛이 고대 동굴 안에 지펴진 모닥불 같았다. 집 안 가구들은 소년이 어린 시절 채널 세 개만 나오는 파나소닉 TV를 통해 재방송으로 본 흑백 드라마 〈래시〉에서나 볼 수 있던 스타일이었고, 환기를 잘 시키지 않은 공기에서 풍기는 탁한 냄새가 비좁은 공간 특유의 곰팡내에 묻혔다. 눈이 적응하고 나니 옅은 꽃무늬 덮개가 씌워진, 특정한 형체가 없어 보이는 가구들이 시야에 들어왔다. 나무 판벽은 싸구려 풍경화가 든 도금 액자들로 장식되어 있었다. 거실과 식당 사이의 문을 지나면서 위쪽 벽을 보니 원래는 흰색이었을 테지만 수십 년 먼지가 앉아 유령 같은 잿빛으로 변한 십자가가 붙어 있었다. 가로등 불빛에 비춰진 한쪽 벽에 걸린 초상들 속에서는 소년이 짐작할 수 없는 시대의 인물들이 액자 밖을 내다보고 있었다. 그는 부엌 문지방에서 멈춰 섰다. 턱과 머리카락에서 흘러내린 물이 강화 마루에 떨어졌다.

여자가 작은 식탁 앞에 앉더니 빈 의자를 고갯짓했다. "자, 앉아. 몰골이 꼭 젖은 쿠키 같구나."

소년은 조심스럽게 앉으며 실내를 둘러보았다. 손을 어떻게 둬야 할지 몰라 식탁 위에 손바닥을 위로 하고 올려놓았지만 미치광이처럼 보인다는 것을 깨닫고 무릎 위로 거둬들였다.

"여기, 물기 좀 닦으렴." 여자가 행주를 건넸다. 생양파 냄새가 났지만 소년은 잠자코 얼굴을 닦았다. 금세 눈이 따끔거렸다.

"불쌍한 것." 여자가 중얼거렸다. "얘, 이제 다 끝난 거야. 알겠니? 무슨 일이 있었는지 몰라도 다 끝났다고. 울지 마, 이 녀석아. 눈물을 흘리면 철분이 빠져나간단다더라." 여자가 행주를 쥐고 몸을 기울여 그의 눈을 가볍게 눌렀다. 그러자 눈시울이 더 화끈거렸다. 소년은 움찔하며 고개를 돌렸다. "그래, 어린애가 아니라 이거지. 너는 다 큰 남자이니 누가 눈물을 닦아줄 필요는 없겠지."

부엌은 큰 헛간만 했고 기름때가 묻어 누레진 가스레인지, 싱크대, 도마만 한 조리대가 갖춰져 있었다. 두 사람은 피크닉 깔개처럼 보이도록 만들어진 체크무늬 비닐 테이블보가 덮인 원형 식탁 앞에 앉아 있었다. 식탁 중앙에는 테두리가 망사로 장식된 천 재질의 등갓이 씌워진 램프가 흉한 호박색 빛을 발했다.

여자는 소년이 모르는 브랜드의 담뱃갑을 집어 들어 한 개비를 꺼내 입술에 물고는 불을 붙였다. "보통은 안 피워." 그가 한 모금 빨아들이고 소년을 쳐다보았다. 매정한 눈빛은 아니었다. 여자가 몸을 구부려 높다랗게 쌓인 잡지 더미를 한편으로 밀었다. 수십 년쯤 묵은 잡지들은 소년이 모르는 언어로 되어 있었다.

"리투아니아어야." 여자가 소년의 호기심을 알아차리고 말했다. "리투아니아 알아?"

소년은 양파 때문에 뺨에 흘러내린 눈물을 닦아내며 고개를 저었다.

"멀고 오래된 나라야. 내가 태어난 나라." 여자가 담배를 든 손을 휘젓고는 다시 한 모금 빨았다. "따지고 보면 어느 나라든 다 오래되긴 했지만."

소년은 그런 것을 따져본 적이 없다. 그 어떤 나라에 대해서도 잘 생각하지 않는 편이었다. **자신이** 태어난 나라에 대해서는 더더욱 그랬지만, 그 나라도 마찬가지로 멀기는 했다.

"한 대 피울래?" 여자가 담배 한 개비를 건넸다.

소년이 대답하기도 전에 여자는 그의 입에 담배를 물리고 불을 붙여주었다.

"내 올빼미들 마음에 드니?" 여자가 어깨 너머 어렴풋이 보이는 장식장을 가리켰다. 유리문 안에 모양과 크기가 다양한 올빼미 인형들이 모여 있었다. 반짝이는 도자기 올빼미도 있고 광택 없는 나무나 점토로 된 것들도 있었다. "전부 자유 국가에서 만들어진 거야. 내 올빼미들 중에서……." 그가 몸을 뒤로 젖히며 말을 맺었다. "공산주의자가 만든 건 없어. 알아들었어?"

소년은 거짓으로 고개를 끄덕였다.

장식장 위에는 올빼미 그림 세 폭이 걸려 있었다. 렘브란트의 습작처럼 올빼미의 얼굴을 각각 다른 각도로 묘사했는데, 얼굴들이 늙은 조직폭력배처럼 부풀어 있었다. 그러고 보니 부엌의 거의 모든 표면에서 올빼미 인형, 장식품, 그림 등이 소년을 쳐다보고 있었다. "나는 올빼미를 수집하거든. 이유는 잘 모르겠지만." 여자가 어깨를 으쓱했다. "오래전에 사람들한테 받기 시작한 게 이제는 내 명함처럼 됐어." 그는 담배 연기 사이로 엷게 웃었다. "그나저나 네 이름이 뭐니?"

"이거 고마워요." 소년이 연기를 길게 들이마시고 말했다. "하지만 이제 가야 돼요."

"맘 편히 먹어, 어린 양. 나는 너를 내 집에 들였고 담배도 줬어. 이것 봐." 여자가 담뱃갑을 기울여 안을 보여줬다. "두 개비밖에 안 남았잖아. 게다가 내 부엌에서 울게 해주기까지 했지. 부엌에서 울면 재수가 없다는 거 알지? 그러니까 나한테 이름 정도는 알려줄 만하잖아."

소년은 구멍이 숭숭 난 비닐 식탁보를 보며 엄마가 지어준 이름을 생각했다. 그 생각이 그를 가라앉혔다. 자기 이름이 싫은 것은 아니었고, 다만 그 이름을 강에다 내던지려 했다는 게 문제였다. 이름을 버리고 싶었던 적은 없다. 이름에 딸린 호흡을 버리고 싶었을 뿐. 결국 그가 엄마에게 받은 것 중에서 망가뜨리지 않고 간직할 수 있는 것은 오로지 이름밖에 없었다.

"하이(Hai)." 그가 웅얼거렸다.

"그래, **안녕**. 하지만……."

"아뇨, 하이라고요. 그게……."

"알았어." 여자가 숨을 내쉬었다. "그래서 내가 안녕이라고 인사해야 할 사람이 **누구**냐니까?"

"제 이름이 하이예요."

"네 이름이 안녕이라고?"

하이는 고개를 끄덕이기로 했다. "맞아요."

"아." 여자가 반색하더니 구부러진 손가락으로 그를 가리켰다. "그럼 너는 라바스구나!"

"네?"

"우리 나라 말로 '안녕'을 '라바스'라고 하거든." 여자가 식탁 너머로 손을 뻗어 악수를 청했다. "안녕, 라바스. 나는 그라지나야. '아름답다'는 뜻이지." 그라지나가 씩 웃으며 타들어가는 담배를 문 누런 치아를 드러냈다.

하이는 따스하고 건조한, 피부가 갈라진 손을 잡고 흔들었다. "반가워요."

"이제 누가 누군지 알았네. 그러니까, 너는 택배 배달을 하던 중에 오늘에야말로 다 때려치워야겠다고 결심한 모양이지? 응? '팔짝 뛴다'●는 게 바로 이런 걸 두고 하는 말인가?"

하이는 자신이 입은 UPS 재킷을 내려다보았다. "아, 아니에요. 이건 친구가 준 옷이에요. 저는 배달 일 안 해요. 그나저나 이불 잃어버리신 건 안됐어요."

"아이쿠." 그라지나가 손사래를 쳤다. "나만큼 오래 살고 보면 다

● 미국에서는 1986년 있었던 우체국 총기난사 사건 이후 go postal(격분하다)라는 속어가 널리 쓰이기 시작했다.

누더기일 뿐이야."

하이는 불과 30분 전에 자신이 서 있었던 창밖 철교를 내다보았다. 이제 짙어진 어둠 속에서 철교의 불빛들이 반대편까지 뻗어 있었다. "폐 끼쳐서 죄송해요. 하지만 전 이제 괜찮아요, 정말로요."

"죄송해할 것 없어. 이렇게 긴 세월을 다리 옆에서 살다 보면 그 위에서 온갖 미친 짓이 벌어지는 걸 보게 돼. 한번은 크리스마스 아침에 지나가던 열차에 실려 있던 닭장이 통째로 뒤집어지는 바람에 꼭대기층에 있던 닭들이 강에 떨어져버렸어. 불쌍한 것들. 우리에 갇힌 채로 익사한 거지. 밖으로 빠져나와서 헤엄쳐간 닭들도 있었지만. 닭이 헤엄칠 수 있다는 거 믿니? 잡아먹히는 것보다 낫지, 안 그래?" 그라지나가 웃음을 흘렸다. "'안녕' 씨, 네가 또 다른 닭이 되지 않아서 다행이야. 그렇지?"

그때 그라지나의 얼굴에서 무언가가 가물거렸다. 그가 멈칫하더니 하이의 어깨 너머 한 지점에 시선을 던졌다. 하이는 뒤를 돌아보았지만 가장자리가 누렇게 변색되고 둥글게 말린, 오려낸 쿠폰들이 덕지덕지 붙어 있는 낡은 냉장고만 보일 뿐이었다. 그라지나에게 어딘가 이상한 구석이 있다는 것을 하이는 이제 깨달았다. 그라지나의 눈에는 마치 인공적인 광원에서 비춰지는 듯 한결같이 반짝이는 빛이 서려 있었다. "라바스." 그가 몸을 내밀고 목소리를 낮춰 말했다. "인간의 모든 슬픔을 없애는 비법을 알고 싶지 않니? 어때?"

하이는 눈을 껌뻑거렸다.

"난 진지해. 자, 네 뒤에 걸린 롤빵 봉지를 가지고 날 따라와. 얼른. 롤빵이 널 해치진 않아."

그라지나는 부엌을 가로질러 하이가 미처 못 본 뒷문을 열었다. 비가 부엌으로 들이쳐서 안개처럼 흩뿌려졌다. 문밖의 둑 너머에서 강물이 아우성쳤다. 밖에서 그라지나가 말했다. "이리 와, 인마. 내 말이 무슨 뜻인지 알려줄 테니."

하이는 롤빵이 든 봉지를 들고 걸어나갔다. 텅 빈 머릿속으로 물소리가 들어찼다. 이대로 마당을 일직선으로 내달려 도망칠까 생각했지만 발이 꿈쩍하지 않았다. 뒷마당은 드문드문 자란 풀에 축축한 진흙이 엉겨 있는 흙밭 한 뙈기였다. 6미터 떨어진 데에 끄트머리가 허물어진 콘크리트 제방 뒤에서 강물이 흘렀다. 밤이 되었지만 마당은 길에 밝혀진 나트륨등으로 희미하게 밝혀져 있었다. 그라지나가 바람에 가운 자락을 휘날리며 마당 한가운데로 절뚝절뚝 걸어가더니 하이에게 손짓했다.

"여기서 빵 가지고 어쩌려고요?"

"그냥 이리 와서 빵을 떨어트려. 아니, 봉지부터 열고. 좋아, 이제 그냥 버려."

"네?"

"여기다 빵을 버리라고." 그라지나가 요란한 강물의 소음에 맞서 소리를 질렀다.

하이가 봉지를 뒤집자 롤빵 여남은 개가 진흙 위에 떨어졌다.

"준비됐어?" 그라지나가 말했다.

하이가 대답하기도 전에 그라지나가 롤빵 하나를 밟아 짜부러뜨렸다. 그러고 나서 또 한 개를 밟았는데, 이번에는 슬리퍼 끝으로 빵을 짓이겨서 아예 으스러진 조각들이 흙에 섞여들게 만들었다. "멋지지 않아? 이제 너도 해봐, 라바스." 그라지나가 즐거운 듯 환해진 얼굴로 하이의 손을 잡아당겼다. "얼른, 한 개 밟아보라고. 날 믿어."

하이는 양말 신은 발로 롤빵을 누르면서 발가락 부분으로 빵을 쿡쿡 찔렀다.

"제기랄, 이게 동물 사체도 아니고. 그냥 짓밟으라니까. 좋아. 이제 더 세게." 그라지나가 무릎을 두 손으로 짚고서 실성한 코치처럼 닦달했다. "그래, 그거야! 온 힘을 다해서. 그 개자식들을 으깨버리라고." 그라지나는 두 손으로 하이의 발목을 잡아당겨 롤빵을 발로 내리누르게 했다. 하이가 발을 들어보니 빵은 진흙에 파묻혔고 축축한 반죽에 양말 천 무늬가 찍혀 있었다. "생각하지 말고 그냥 하나 더 밟아봐. 재밌지 않아?"

하이가 빵 한 개, 또 한 개를 짓밟자 그라지나가 환호성을 질렀다. 어린애처럼 신이 난 나머지 목소리가 나오다 말다 했다. 얼마 지나지 않아 두 사람은 빵들을 이리저리 밟으면서 원을 그리며 맴돌기 시작했다. 그라지나가 헉헉거리며 말했다. "내 영혼이 흐려져가는 느낌이 들 때마다 나는 롤빵을 밟아. 그러면 마법에 걸린 것 같거든."

하이는 몇 안 남은 롤빵들 중 하나를 발꿈치로 짓이긴 다음 흙바닥 위로 긴 호를 그리듯 질질 끌었다. 빵 조각들이 뭉개지면서 진흙 위에 혜성 꼬리 같은 흔적이 남자 그라지나가 손뼉을 치며 리투아니아어로 뭐라고 고함을 쳤다.

두 사람의 발밑에서 빵들이 차차 갈색으로 변하다 연한 빛깔로 뭉그러졌다. 금세기 첫 10년의 끝자락, 코네티컷의 밤을 비추는 원뿔형 빛 속에서 비바람을 맞으며 춤추는 두 사람을 당신이 멀리 강을 건너는 차 안에서 보았더라면 이 나라가 전쟁 중이라는 사실을 잊었을 것이다. 하이는 깔깔 웃다가 숨을 골랐다. 멀리서 들려오는 듯 생경했던 자기 자신의 웃음소리가 흐릿해졌다. 왠지 몰라도 굉장하긴 하네, 그는 생각했다.

그라지나가 하이의 등을 두드렸다. 그의 안경이 쏟아지는 빗속에서 하얗게 보였다. "해냈어, 라바스. 너는 천부적인 빵 파괴자야. 옛날 리투아니아에서는 빵이 귀했어. 우리는 딱딱하고 곰팡이가 앉다 못해 퍼렇게 변한, 휘발유 맛이 나는 빵도 먹어야 했지. 그런데 이제는 언제든 으깨버릴 수 있는 거야." 그라지나가 **으깨버릴**이라는 말을 하면서 주먹을 쥐었다. "그래도 아무도 우리를 벌주지 않으니까. 하지만 자, 이제 이리 오렴. 우리는 기도해야 해, 녀석아……." 그라지나가 몸을 기울여 하이의 어깨를 잡고는, 균형을 잡느라 흔들리는 음성으로 기도를 시작했다. "주님, 우리가 저지른 낭비의 죄를 용서해주시고, 이방인들을 굽어살피시고 고아와 과부 들을 지켜주시되 사악한 자들의 길을 멸망으로 이끄소서. 주님은 어떤 이들이 더디다 생각하는 것과 달리 약속을 더디게 이루시지 않고, 단지 우리 중 누구도 멸망하지 않고 모두가 회개에 이르기를 바라셔서 우리를 위해 오래 참으시는 것입니다."●

하이는 그라지나가 기도하는 모습을, 관자놀이에 머리카락이 달라붙어 있는 조그맣고 구부정한 체구의 여자를 지켜보며, 아까 자신을 단단한 땅으로 되돌아오도록 구슬렸던 목소리를 들었다.

"기분이 어떠니, 라바스?" 두 사람의 주위에는 섬멸당한 빵들이 둥글게 널려 있었다.

"아름다운 기분이에요." 하이가 자신이 막 발을 들인 새롭고도 놀라운 왕국에 신선한 활기를 느끼며 윙크했다. "'그라지나'한 기분요."

● 〈베드로후서〉 3장 9절.

강을 가로지르는 기적 소리에 잠에서 깨니 아침이었다. 벽에 걸린 UPS 재킷과 그 아래 바닥에 고인 물웅덩이를 보자 지난밤 일들이 되살아났다. 빗속에서 빵을 짓이긴 후 그라지나는 하이에게 차를 내주면서 폭풍이 잦아들 때까지 이 집의 빈방에서 밤을 보내라고 권했고 그는 감사히 받아들였다. 그런데 꿈 없는 깊은 잠에 빠져들었다가 새벽에 누군가의 노랫소리에 깼다. 깊은 우물에서 솟아오르는 듯 맑고 깨끗하고 듣기 좋은 목소리였다. 비몽사몽으로 방 안을 둘러본 하이는 어스름 속에서 책상에 놓인 나무 올빼미 인형을 보고 자신이 어디에 있는지 깨달았다. 이불을 젖히고 방을 나가서, 카펫 깔린 복도를 살금살금 걸어 그라지나의 방문 앞에 멈춰 섰다. 문에 귀를 기울였을 때에야 그 멜로디가 〈고요한 밤 거룩한 밤〉이라는 것을 알아차렸다. 하이는 숨을 죽였다. 그라지나의 목소리는 먼젓번에 들었던 동유럽 선원 같은 걸걸한 음성과 달리 울림이 크고 소녀처럼 높았다. 문을 살짝 밀어보니 벌어져가는 문틈으로 미동 없이 누워서 천장을 올려다보는 그라지나가 보였다. 크게 뜬 두 눈이 창으로 비쳐드는 젖은 햇살을 머금었고 입은 달싹거리며 노랫말을 읊고 있었다. 하이는 공포에 질림과 동시에 스스로가 괴상한 얼간이가 된 듯한 기분에 젖어 잠시 그대로 서서 쳐다보았다. "그라지나." 간신히 불러보았지만 그라지나는 계속 노래만 불렀다. 막상 그라지나가 깼다고 해도 뭘 어떻게 대처해야 할지는 알 수 없었을 것이다. 하이는 몸서리를 치며 문을 살며시 닫고 재빨리 방으로 돌아가 이불을 머리 위로 덮었다. 얼마나 긴 시간이 흘렀을까, 마침내 그라지나의 음성이 사그라졌고 하이는 잠들었다.

 이제 먼지 낀 아침 햇살 속에 누워서 정신을 추스르고 있는데 아래층에서 프라이팬이 지글거리는 소리에 이어 냄비들이 땡그랑거리는 소리가 났다. 하이는 벽에 걸린 재킷으로 다가가서 소매를 손가락으로 훑으며 바늘땀에 주의를 집중했다. 재킷은 원래 노아라는 친구의 것이었다. 열네 살 때 이스트 글래드니스를 반으로 가르는 강을 따라 푸르게 펼쳐지는 담배밭에서 일하던 시절 노아를 처음 만났다. 그의 진짜 이름은 따로 있었지만 하이는 노아가 죽고 일주일 뒤부터 그를 그렇게 불렀다. 죽은 사람이 새 이름을 받지 못할 이유가 없으니까. 사실 망자들은 일종의 다른 존재로 변신한 것 아닌가? 넓은 초록빛 계곡은 카운티 전역의 많은 소년들을 삼켰듯 노아를 집어삼킨 다음 그의 이름 말고는 아무런 글귀도 새겨넣을 수 없을 신발 상자만 한 크기의 묘비를 시더 힐에다 뱉어냈다. 노아와의 우정은 7월의 무더위처럼 빠르게 찾아왔다. 그런 여름날 자정이 한참 지난 밤, 뜨거웠던 낮시간이 남긴 공기를 선풍기가 휘젓는 방 안에 누워 문득 잠에서 깨면 피부에 남아 있는 끈적이는 땀이 여전히 느껴지고, 그 누구도 진정으로 혼자는 아니라는 사실을 짧은 인생에서 처음으로 깨닫는 법이었다. 2년 전 노아의 소나무 관이 망치질로 굳게 닫힌 이래 하이의 앙상한 어깨에는 거의 매일같이 UPS 재킷이 걸쳐졌다. 유난히 추운 밤에는 심지어 침대에서도 재킷을 입었다. 그러다 보니 가죽이 군데군데 해졌고 U자는 거의 벗어져버렸다. 하지만 가죽은 가죽일 뿐이라고 하이는 스스로를 타일렀다. 그 가죽이 자신의 것이 아니라 해도.

 하이는 옷을 입고 부츠 끈을 묶은 뒤 재킷 안주머니에 손을 넣었다. 구겨진 말보로 담뱃갑, 껌 포장지, 동전 몇 개 밑에 콘택트렌즈 케이스가 있었다. 그는 케이스를 귓가로 가져가 흔들어보고 안에 든 알약들이 달그락거리는 소리를 들은 다음 호주머니에 케이스를 집어넣고 아래층으로 내려갔다.

완벽하게 노릇노릇 구워진 라트케* 한 장이 하이의 접시에 떨어졌다. 테두리에 얼굴 없는 천사들이 빙 둘러 그려진 사기 접시에 기름 자국이 남았다. 그라지나가 자기 접시에도 한 장을 던 다음 프라이팬을 싱크대에 담그자 쉭 소리와 함께 김이 올라왔다.

"내 대고모님이야." 그라지나가 벽에 걸린, 머릿수건을 두른 여자의 찡그린 얼굴이 찍힌 은판 사진을 턱짓했다.

"인상이 좋으시네요." 하이가 말했다.

"척추 장애인이었는데 마음씨가 비단결 같으셨지. 하지만 남편은 악마였어. 딱한 아그네 대고모님. 너희 가족은 어디 사니?" 그라지나가 엉덩이로 냉장고 문을 밀어 닫았다. 하이가 부엌에 내려온 이후로 둘은 잡담으로 실내를 채우고 있었지만 지금 그라지나의 말투는 이제까지와 달랐다.

"가족은 딱히 없어요. 강 건너편에 엄마가 계시긴 해요. 하지만 지금은 못 만나요."

"아들과 엄마라. 그러면 가족이지 뭐, 안 그래? 왜 못 만나는데?" 그라지나가 조그만 당근들이 든 그릇을 하이 앞에 내려놓고 자리에 앉아 식탁보를 만지작거렸다. "내가 상관할 바는 아닐 수도 있지만."

● 유럽에 거주하는 유대인들의 감자 부침.

"제가 뭘 좀 망쳐서 그래요."

"네 안경처럼 말이지?" 그라지나가 강력 테이프로 감아놓은, 거북 등딱지 무늬 안경의 부러진 귀퉁이를 눈짓하며 킬킬 웃었다.

"맞아요, 제가 망가뜨린 많은 것 중 하나죠." 안경은 뉴호프에서 하이가 당사자도 아니었던 몸싸움에 휘말리는 바람에 부러졌다.

그라지나는 주의 깊은 눈으로 하이를 위아래로 훑더니 올빼미가 그려진 찻주전자를 들어 둘의 머그잔에 차를 따랐다. 하이는 차를 마시고 손등으로 입을 닦았다. 잔 받침을 써보는 건 처음이었는데, 한 모금 마실 때마다 잔이 받침에 달칵 부딪히는 소리가 묘하게 기분 좋았다. "간밤에 크리스마스 캐럴 부르시는 거 들었어요." 하이는 짐짓 무심한 투로 말했다. "〈고요한 밤 거룩한 밤〉이었던 것 같은데요. 목소리가 좋으시더라고요."

그라지나가 의아한 표정을 지었다. "무슨 바보 같은 소리야, 라바스. 나는 노래 못 해. 어렸을 때 성가대에 들어간 적도 있지만 편도선을 자르고 나서는 끝장나버렸지. 엉망이 됐다고. 누가 노래를 부르면 듣기는 해. 내가 귀는 좋거든." 그가 한쪽 귀를 잡아당기며 말을 이었다. "아버지에게 물려받아서 고무 같은 귀야. 습지 저편에 코요테들이 우는 소리가 들리네." 그라지나는 길 건너편을 고갯짓했다. "비가 오면 미쳐 날뛰거든."

하이가 보고 들은 것이 꿈이었을 리 없었다. 뉴호프에서 만났던 남자는 하이가 현실 세계로 돌아가고 나면 악몽을 꿀 거라고 경고하긴 했지만.

그라지나가 날당근 그릇을 가리켰다. "그거 다 네 거야. 먹어."

하이는 당근 하나를 베어 먹은 다음 라트케를 먹어보려고 포크를 집어 들었다.

"아니, 당근부터 먼저 먹어. 꼭 그래야 돼." 그라지나가 몸을 앞으로 기울였다. 그의 접시 양옆에 나이프와 포크가 놓였고 옷깃에는 페이퍼타월이 꽂혀 있었다. "중요하단 말이야."

하이는 당근을 마저 먹고 또 다른 당근을 그릇에서 꺼내 통째로 입에 넣었다.

"몸에 좋거든. 정말이라니까." 그라지나가 라트케를 스테이크처럼 썰어서 입에 넣었다.

"눈에 좋다더라고요. 맞죠?"

"그건 제2차 세계대전 때 군에서 최고급 레이더를 사용했다는 걸 숨기려고 만들어낸 거짓말이고. 당근은……." 그라지나가 극적 효과를 자아내려고 뜸을 들였다. "살아갈 의지를 준단다."

하이는 라트케를 한 입 물었다. 가장자리가 바삭바삭하고 뭔지 모를 허브가 살짝 뿌려져 섬세하게 간이 맞춰진, 완벽하게 구워진 라트케였다. "그게 무슨 뜻이에요?" 하이는 우물거리며 물었다.

"뿌리채소잖아. 뿌리는 우울을 막아줘." 그라지나가 그릇에서 당근 하나를 끄집어냈다. 당근이 부엌 불빛 아래 반짝거렸다. "이것 봐, 땅속이 너무 캄캄하니까 당근이 선명한 주황색을 띠지. 햇빛이 그렇게 깊은 데까지는 안 닿으니까 당근 스스로 빛을 내는 거야. 바닷속에서 빛을 내는 어떤 물고기들처럼 말이야. 그러니까 당근을 먹으면 위로, 하늘로 올라가려는 당근의 의지를 흡수하게 돼." 그라지나가 당근을 조그마한 사람 다루듯 부드럽게 그릇에 돌려놓았다. "다리에서 뛰어내리는 토끼가 있다는 말 들어봤니?" 그가 윙크하며 말을 이었다. "당연히 그런 토끼는 없지. 토끼들은 속에 빛을 품고 있으니까."

하이는 처음 듣는 이야기였지만 어쩐지 말이 된다고 생각했다.

"나도 우울해질 때가 있어. 주로 2월에 그렇더라고. 그럴 때면 당근을 한 냄비 삶아서 꿀을 찍어 먹어. 남편이 죽었을 때는 6개월 내내 당근만 먹었어. 그랬더니 말이야……." 그라지나가 버터나이프로 자기 눈을 가리켰다. "눈물 한 방울 안 나오더라. 날당근을 먹으면 효과가 더 좋지만, 나는 1991년에 어금니가 빠져서 없거든. 조지 부시 대통령 시절이었지. 뭐 어쩌겠니?"

"언제 돌아가셨어요? 남편분요."

"사람이 언제 죽게?" 그라지나가 어깨를 으쓱했다. "하느님이 '잘했다'라고 할 때 죽는 거야."

찻주전자 속 차가 거의 바닥까지 줄어들었을 즈음 그라지나는 조용해졌다. 부엌 안에서 무언가 똑딱거리는 소리가 났다. 하이와 눈이 마주치자 그라지나는 시선을 피하더니, 무언가를 말하려는 듯 그를 다시 돌아보았다. 그러다 리투아니아어로 무언가 혼잣말을 중얼거리고는 머리를 흔들었다. 하이는 정적을 메우려고 차를 더 따랐다. 그러고 보니 이 부엌은 뒷문이 열렸을 때만 밝았다. 지금은 닫혀 있어서 벙커 안에 들어온 듯 어두침침했고 시간의 흐름이 느껴지지 않았다.

"자." 그라지나가 혀로 이를 훔쳐내며 말했다. "다 낡아서 허물어져 가는 집이지만 보일러는 금요일마다 기름을 채우고 잘 돌아가서 충분히 따뜻해. 욕실 천장에서 물이 새긴 하지만, 어차피 욕조로 떨어지는데 무슨 대수람?" 그가 어깨를 으쓱했다. "세탁기나 탈수기는 없어. 욕조에서 빨아서 빨랫줄에 널어 말리면 돼. 너는 장을 보고, 쥐덫을 놓고, 가끔 불쌍한 쥐새끼가 걸려들면 강에다 던져버리는 일을 해줘야 해."

"잠깐만요." 하이는 잔을 내려놓았다. "무슨 말씀 하시는 거예요?"

"집세는 낼 필요 없고, 내 딸 리나의 옛 방을 쓰게 해줄게. 네가 간밤에 잤던 방 말이야. 난 까다롭지 않아. 그냥 비타민 챙겨 먹는 것 좀 도와주면 돼. 그리고……." 그라지나는 식탁 위의 잡지들을 만지작거렸다. "그냥, 누구랑 같이 지내면 좋을 것 같아서. 나는 올해 여든두 살이 돼. 그렇지. 또……." 그가 말꼬리를 흐리며 시선을 떨어트렸다.

"저더러 여기서 지내라고요?" 하이는 그라지나의 얼굴을, 그다음에는 뒤편의 올빼미들을 훑어보았다.

그라지나가 손을 들었다. "일단 내 얘기 들어봐. 응?" 그러고는 노인 의료보험에서 지원해준 재닛이라는 이름의 입주 간호사에 대해 털어놓았다. 그라지나는 계단에서 굴러떨어져 하트퍼드 병원 응급실에 실려간 후 재닛을 배정받았다. 그런데 재닛은 어떤 오토바이 폭주족과 결혼하더니 할리 데이비슨에 올라타서는 뉴멕시코까지 달려가 다시는 돌아오지 않았다. 그라지나는 새 입주 간호사를 신청했지만 이 지역에는 이미 대기자가 많아서 간호사가 배치되기까지 몇 달, 심지어는 몇 년도 걸릴 수 있었다.

그라지나의 이야기는 계속되었다. 허버드 거리는 1988년 버팔로에서 내려온 화물 바지선에서 메탐나트륨이 대량으로 유출된 사건 때문에 이 지역에서 '악마의 겨드랑이'라고 불렸다. 유독한 진흙이 토양으로, 그다음에는 배관까지 침투했고 사태가 심각해지자 시에서 주민들에게 이주 비용을 지원해주었다. 1년이 채 지나지 않아 집들은 텅텅 비었고 황폐해진 거실에서 모닥불을 피우는 불법 거주자들만 남았다. 육군 공병대가 주택들을 철거하기 시작했지만 전기 화재로 벽의 석면이 노출되자 철수하더니 다시는 돌아오지 않았다. 수년에 걸쳐 노숙인들이 강둑을 따라 진을 쳤지만 땅이 너무 차갑고 황폐해서 그들도 버티지 못했다. 그라지나와 남편은 이곳을 떠나기를 거부하고 강을 향해 위태롭게 기울어진, 생물학적 위험이 도사리는 이층집을 지키기로 했다. "우리 삶이 여기 있잖아. 빌어먹을, 나는 이 집의 거실에서 결혼했다고. 어떻게 떠나란 거야?" 그가 두 손을 쳐들며 말을 이었다. "어쨌거나 새 간호사가 오긴 왔어. 재닛이 떠난 직후에 말이야. 간호사가 탄 치가 지 앞 도로로 나가오는 게 보이더라고. 그런데 도중에 멈추더니 조그만 전화기로 어딘가에 전화를 한 통 하고는 차를 돌려서 쌩 가버리더라. 그러고는 다시 나타나지 않았어. 이 쓰레기장에서 늙은 여자랑 살고 싶어 하는 사람은 아무도 없는 게지. 다시 대기 명단에 이름을 올렸지만 이번엔 얼마나 오래 걸릴지 어떻게 알겠어." 그라지나가 식탁에 팔을 얹고 몸을 앞으로 내밀었다. 그의 어조가 부드러워졌다. "얘, 네가 정말로 갈 곳이 없다면 여기서 원하는 만큼 머물러도 돼. 너 자신을 추스르는 동안 말이야. 하지만 나한테 자선을 베풀어달란 건 아니야, 알겠어? 난 혼자서도 충분히 오랫동안 잘 살아왔다고. 그리고 너는 엄마가 있다고 했잖아? 엄마한테 돌아가서 문제를 바로잡아야 할 수도 있겠지." 그라지나는 차를 한 모금 마시며 머그잔 너머로 하이를 응시했다. "아들은 무엇보다도 엄마와 화해해야 하는 법이야."

하이는 그라지나의 제안에 실린 무게 때문에 고개를 기울인 채 경청했다. 하지만 이야기를 다 듣기도 전에 자신이 수락하리라는 것을 알았다. 하이는 대가 없이 주어지는 것이라면 무엇이든 거절하지 않왔다. 애초에 그래서 여기까지 온 것이었다.

"괴상한 올빼미 할머니랑 살고 싶진 않겠지, 안 그래?" 그라지나가 초조한 듯 킬킬 웃었다.

하이는 의자를 삐걱이며 등을 뒤로 젖히고 눈을 깜빡거렸다. "진지하게 제안하신 거죠?"

그라지나가 안경 쓴 얼굴을 끄덕였다.

하이는 손을 뻗어 그라지나의 손을 잡았다. 그 순간 느껴지는 안도감에 스스로 놀랐다. "하지만 다시 일어설 때까지만 여기 있을게요. 알았죠? 그러고 나면 더 귀찮게 안 할게요."

어떻게 다시 일어설 수 있을지는 알 도리가 없었다. 하지만 이것은 발을 디뎌볼 가치가 있는 좁은 통로이자, 적어도 어딘가로 이어지기는 하는 실개천이었다.

그라지나가 고개 숙여 하이의 팔과 기름진 접시 위로 머리카락을 늘어뜨렸다. 그러다 다시 얼굴을 들었을 땐 안경이 비뚜름했고 눈은 무언가로 가득 차 있었다. "우린 좋은 팀이 될 거야. 그렇지? 주님이 내려주신 것으로 만족하며 잘 지낼 거야." 그는 숨을 내쉬고 마지막 남은 담배 두 개비에 불을 붙여 하나를 하이에게 건넸다. "얘, 너는 신을 믿니?"

하이는 연기를 길게 빨아들이며 생각에 잠겼다. "가끔은 다녀가는지도 모르죠."

"분명 악마만큼 자주 오진 않지." 그라지나가 킬킬 웃자 담배 연기 뒤에서 앞니 빠진 구멍이 설핏 드러났다.

3

며칠 그리고 몇 주가 금세 흐르며 두 타인은 허버드 거리 16번지에서 규칙적인 리듬을 찾았다. 하이의 주요 업무는 그라지나에게 비타민을 챙겨 먹이는 것이었는데, 소위 '비타민'이라는 것이 병원에서 처방받은 약병들이 가득 들어찬 플라스틱 통 안에 들어 있었다. "뇌에 좋대." 그라지나가 자기 머리를 가리키며 말했다.

약통은 활자들이 희미하게 바랜 약 봉투, 반쯤 녹은 목캔디 옆에 구겨진 채 처박힌 종이 뭉치, 가장자리가 누레진 영수증들, 아무렇게나 널린 약병들과 빈 병들로 엉망진창이었다. 하이는 처방전을 정리하고 요일 라벨이 붙은 분홍색 정리함에 알약들을 나눠 넣었다. 그러려면 열세 가지 알약의 모양과 크기를 외워야 했다. 그라지나는 허리 신경통 약인 가바펜틴 세 알, 콜레스테롤 조절용 리피토 한 알, 졸로푸트 한 알, 인지 기능 개선을 위한 아리셉트 두 알과 나멘다 두 알, 환각 억제 효과를 겸비한 항우울제 파록세틴 한 알, 혈압 조절용 리시노프릴 두 알, 아침 식사에 곁들이는 칼슘 정제 한 알을 매일 복용해야 했다.

하이는 장식장 서랍에 들어 있던 소견서를 읽고 그라지나가 5년 전인 2004년 여름, 중기 전두엽 치매 진단을 받았다는 것을 알게 되었다. 또한 아리셉트 복용을 한 번이라도 빼먹으면 '전형적 발작', 즉 시간 혼동, 짜증, 편집증, 과대망상, 이유 없는 갑작스러운 분노까지 일어날 위험이 있다는 것도 알게 되었다.

그래도 둘은 무기력한 시간에 젖은 채 몇 주 동안 일종의 삶을 엮어냈다. 여느 사람들과 마찬가지로 거실에서 케이블 TV를 보며 하루하루를 보냈다. 그라지나는 드라마 〈오피스〉를 특히 좋아했는데, 정장에 넥타이를 맨 인물들이 인터뷰하는 클로즈업 장면들을 볼 때면 실제 뉴스 특보 장면인 줄 착각했다. 잠시 화면을 보다가 하이를 돌아보고는 "일기예보는 언제 나온다니, 라바스?" 하고 묻곤 했다. 한번은 〈가격 괜찮네〉●를 보며 같이 책장 가격을 추측하다가 그라지나가 이런저런 가구들을 나열한 적이 있는데, 구세군에서 기증받은 가구들이 딸린 공영 주택에서 자란 하이는 들어본 적도 없는 이름들이었다. "플러시 다운 소파 90달러, 오크 화이트 식기 진열장 145달러, 손으로 조각된 목제 카우치 340달러." 그라지나는 광고가 나오는 동안에도 묵주 기도를 올리듯 계속 읊조렸다.

때때로 하이는 그라지나가 제정신인지 확인하려고 지금 대통령이 누구냐고 물었다. 몇 해 전 돌아가신 할머니가 조현병 발작을 일으킬 때마다 던졌던 질문이었다. 빨래를 하려고 욕조에 물을 받다가도 그라지나가 너무 오래 잠잠하다 싶으면 수도꼭지를 잠그고 계단으로 건너가서 "그라지나! 대통령이 누구예요?" 하고 외쳤다.

● The Price Is Right. 상품의 가격을 알아맞히는 프로그램.

"참 나! 오바마잖아!" 그라지나는 성가셔 하며 마주 외쳤다.
"그렇죠, 맞아요. 고마워요."

다른 업무도 있었다. 일주일에 두 번 다리 건너편의 주류 판매점에 가서 식료품을 사는 것이었다. 처음에 그라지나는 하이가 혹시라도 또 멍청한 짓을 할까 봐 그가 철교를 건너는 동안 창문으로 지켜보았다. 그라지나가 좋아하는 음식은 스토퍼스 사(社)의 솔즈베리 냉동 스테이크였다. 스테이크에 곁들여진 조그마한 브라우니는 원래 액체 상태이지만 전자레인지에 3분 돌리면 응고되었다. 그라지나의 식료품 전용 복지 카드로는 둘이서 먹을 스토퍼스 스테이크를 일주일에 세 번쯤 살 수 있었다. 하이는 창가에서 어떤 노부인이 몇 분에 한 번씩 열차가 선로에 들어오지 않는다고 소리쳐 알려줄 때마다 냉동 인스턴트 저녁 식사가 든 검은 쓰레기봉투를 어깨에 걸멘 채 철교를 달려가는 자신의 모습이 남들에게 어떻게 비칠까 궁금했다. 하이가 좋아하는 불량 식품은 팝타르트 과자로, 48개들이 상자를 사서 방 안에 쟁여놓고 데우지 않은 채로 인스턴트 커피에 담가 먹기를 즐겼다.

둘째 주에 접어들었을 때 하이는 그라지나의 몸짓언어와 어조의 변화까지도 곧잘 읽어낼 수 있게 되었다. 예컨대 그라지나가 식당에 걸린 성모 마리아 그림에 대해 말하기 시작하거나 갑자기 집 안을 서성거리며 올빼미 인형들을 호주머니에 집어넣으면 약을 더 이른 시간에 먹여야 했다. 또 그에게 전자레인지 사용법, 오래된 RCA TV가 꺼졌을 때 안테나를 고치는 법, 리모컨 버튼들의 기능을 가르쳐주었지만 저녁 뉴스가 나올 때쯤이면 그라지나는 다 잊어버렸다. 치매에 걸린 사람의 정신은 하이가 어렸을 때 가지고 놀던 '에치 어스케치'* 장난감과 비슷한 듯했다. 살짝 흔들기만 하면 모든 게 다른 세상으로 건너간 듯 텅 빈 회색으로 사라져버리는 것이었다. 그보다 더 나쁜 경우는 스스로 그림을 그려서 공백을 메울 때였다. 예컨대 둘째 주 중반의 어느 날 아래층에서 들려오는 활기찬 말소리에 잠에서 깬 적이 있다. 노키아 폴더폰을 확인하니 새벽 4시 53분이었다. 팬티 바람으로 내려가보니 부엌에서 그라지나가 식탁 안으로 밀어넣은 의자를 상대로 마주 앉아 대화를 나누는 중이었다. 그가 하이를 보더니 의자를 가리키며 말했다. "라바스, 이 귀여운 여자애한테 차 좀 내주고 친절하게 대해주렴. 스키넥터디에서 여기까지 왔대. 믿어지니?"

하이는 내심 질겁하고 그라지나를 침대로 이끌었다. "너희 아버지가 나아지면 또 오렴, 애나." 그라지나는 하이가 부엌 불을 끄는 동안 어깨 너머로 그렇게 외쳤다.

또 한번은 샤워를 하고 아래층으로 내려와보니 작은 부엌 가득 늘어놓은 쟁반 여섯 개 위에 갓 구운 양배추말이들이 식어가고, 그라지나는 창문을 마주한 의자에 널브러진 채 땀을 흘리며 숨을 헐떡거리고 있었다. "라바스, 어떻게 된 거냐?" 그가 겁에 질린 듯 눈을 들지 않고 물었다. "내가 뭘 한 거지?"

"배가 고팠던 건가요?" 하이가 바보처럼 물었다.

"내 딸 리나야. 걔가 전화했어." 그라지나가 두 손을 쥐어 비틀며 말했다. "저녁 먹으러 오겠다고. 드디어 술을 끊어서 식욕이 돌아왔대. 이만하면 충분히 만든 걸까? 걔는 똑똑한 애야." 그가 겸연쩍은

● Etch A Sketch. 1960년 개발된 장난감으로, 손잡이를 조작해 알루미늄 가루를 움직여서 화면에 그림을 그렸다 지웠다 할 수 있는 기계.

눈길로 하이를 응시했다. "ESL* 선생님이거든. 텍사스주 플레전턴에서 일해."

"그런데 양배추말이 먹으려고 거기서 여기까지 왔다고요? 엄마가 엄청 그리웠나 봐요."

그라지나가 고개를 끄덕였다. "저기, 쟤야." 그가 손가락으로 가리킨 장식장의 올빼미 인형들 사이에는 방긋 웃는 포니테일 여자애의 세피아색 사진이 있었다. "5학년 철자법 대회에서 우승하고 찍은 사진이야."

하이는 그라지나의 어깨에 손을 얹고 호흡이 안정될 때까지 기다린 다음 부엌 정리를 도왔다. 밀폐 용기를 최대한 찾아내 양배추말이를 담고 냉장고며 냉동고에 죄다 쑤셔 넣었다. 그러고 나서 그라지나의 손을 잡고 자신의 할머니에게 썼던 요령을 부렸다. 할머니가 천장이나 두 발 사이 타일 틈새에서 뱀이 기어 나오는 것을 볼 때마다 하이는 할머니의 손을 잡고 손바닥을 손톱으로 긁어주곤 했다. 그러다 보면 뱀이 할머니 마음에 일어난 균열 속으로 다시 기어 들어가고 땅은 상처가 봉합되듯 닫혔다. 하이가 손바닥을 긁어주자 그라지나는 마침내 진정되었다. 둘은 계단을 한 번에 하나씩 함께 올라갔다. "정오에는 따님이 올 거예요." 하이가 침묵 끝에 말했다.

그라지나는 철교에서 새어드는 불빛에 절반만 밝혀진 얼굴을 하이에게 돌리고 단조롭게 말했다. "아니, 안 올 거야. 걔는 늘 안 와. 술꾼 같으니라고."

---

* 영어가 모어가 아닌 학습자들을 대상으로 하는 영어 교육 과정.

어느 날 아침에는 식사하면서 《제5도살장》을 읽었다. 하이의 침실 책상 서랍 속에 박혀 있던 것으로, 그라지나의 남편이 그 책을 리투아니아어로 번역하느라 10년 넘게 씨름하다가 결국 완성하지 못하고 떠났다고 했다.

그라지나는 《타운 앤드 컨트리》 1992년 봄호를 읽다가 내려놓았다. "라바스, 그 책 서두 좀 읽어주렴."

하이가 몸의 전쟁을 치른 후 마음의 전쟁터를 헤매는 한 남자 이야기의 처음 몇 단락을 읽는 동안 그라지나는 창밖을 바라보았다. 낭독이 끝나자 그는 안경 쓴 눈으로 하이를 건너다보며 "잘했어, 아주 잘했어"라고만 말했다. 하이가 책에 대해 뭔가 말하려는데, 벽에 걸린 뻐꾸기시계에서 나무 뻐꾸기가 튀어나와 망가진 톱니바퀴가 돌아가며 내는 들쭉날쭉한 멜로디에 맞춰 고개를 까닥였다. 그라지나의 눈에서 빛이 났다. "아, 6시 43분. 빌뉴스가 스탈린에게 함락한 시각이군." 그는 성호를 긋고 눈을 감더니 나지막이 기도를 올렸다.

하이가 이 새로운 삶이—그렇게 부를 수 있다면—그리 나쁘지 않다고 생각한 것은 바로 그 순간이었다. 아침마다 창밖의 강 위로 피어오르는 안개가 늘 그 자리에 있었던 것을 드러내듯 자신의 앞에서 무언가가 걷힐 때까지 시간을 벌 수 있겠다는 생각이 들었다. 그런데 그 생각은 틀렸다.

어느 날 부엌 서랍 밑바닥에서 오래된 건전지며 만료된 쿠폰 들 사이에 먼지 앉은 채 뒹굴던, 그라지나의 약들과는 다른 약국에서 처방된 약병 하나를 발견했다. 하이가 병에 빛을 비춰 라벨을 확인한 순간, 자신도 모르게 내내 품고 있던 소망이 실현되었다. 아니, 코데인도 옥시코돈도 아니고, 으깨서 코로 흡입하면 느리게 효과가 나타나는 퍼코세트도 아닌, 그라지나의 남편 요나스가 반쯤 먹고 남긴 딜라우디드 60정짜리 병이었다.• 유통기한이 2006년 3월 16일까지였지만 그런 걸 가릴 처지가 아니었다. 그라지나가 다가오더니 안경 너머로 약병을 눈여겨보았다. "아, 그거. 그이가 탈장 수술 받았을 때 먹던 약이야." 그가 한숨을 쉬었다. "낫고 나서 다시 자전거를 탈 수 있게 됐을 때 얼마나 기뻐하던지. 그이, 요나스는 자전거 타는 걸 무척 좋아했거든."

그라지나가 몸을 돌리자마자 하이는 약병을 주머니에 슬쩍 넣었다. 여기 한 병 있으니 어딘가에 더 있을 터였다.

그날 밤 하이가 바닥에 깔린 매트리스에 누운 채 눈을 깜빡이는 동안 폭우가 2층 창문들을 강타하며 방 안에 일그러진 그림자를 드리웠다. 번개가 창밖의 오크나무를 번쩍 밝혀 뒤틀린 나뭇가지들이 하얗게 씻기는 것이 드러났고, 지붕에서 떨어지는 물줄기가 홈통을 타고 흘러내려 아래의 자갈길로 쏟아졌다. 두 번째 천둥이 매트리스 스프링에 되튀는 진동이 느껴질 만큼 세차게 울린 순간, 그라지나가 비명을 지르기 시작했다.

얇은 벽을 꿰뚫고 들려오는, 요들송과 울부짖음을 섞어놓은 듯한 소름 끼치는 비명은 마치 누군가가 허공에 떨어져 영영 지상에 닿지 않고 추락하면서 내는 소리 같았다. 하이는 그라지나가 다시 잠들기

• 코데인, 옥시코돈, 퍼코세트, 딜라우디드 모두 마약성(오피오이드계) 진통제이다.

를 바라며 무릎을 끌어안았다. 인디애나의 제약 회사 연구실에서 개발되고 중국에서 제조된 그 많은 알약들이 듣지 않는 밤이 언젠가는 오리라는 걸 알고는 있었다. 하지만 그라지나의 정신에 도사리는 휑뎅그렁한 동굴이 이렇게까지 광막하고 황량할 줄은 미처 각오하지 못했다.

천둥이 잠시 잦아들자 그라지나가 더 크게 울부짖었다. 그의 방문에 달린 유리 손잡이가 덜컥이더니 그라지나가 단단한 마루 위로 무거운 발을 질질 끌며 하이의 방으로 걸어오는 기척이 들렸다. 문밖에서 멈춰 선 그가 텅 빈 나무 벽에 내뱉는 숨이 거칠었다. 하이가 스스로를 다잡으려고 주먹을 이에 대고 있으려니 문이 열리고 그라지나의 땅딸막한 그림자가 매트리스 옆에 쓰러졌다. 자기 전에 머리에 바르는 페퍼민트 오일과 익은 양파 냄새가 풍겼다. 그는 바닥에 부딪힌 충격에 신음을 흘리며 몸을 일으키려 애썼다. 하이는 이불을 던져버리고 그라지나 옆에 웅크려 앉았다. 또 번개가 쳐서 오크나무 그림자가 방 안에 떨어지자 그라지나의 뒤통수 쪽 머리털이 눈에 들어왔다. 하이는 그라지나를 부르며 여름 연못에서 건져낸 나뭇가지처럼 미끌거리는 팔뚝을 붙잡았다. 길 건너편에서 폭풍에 질겁한 코요테들이 밤공기에 대고 울어대는 소리가 들렸다.

"저기요, 저기요. 정신 들어요? 왜 그래요?" 하이는 그라지나의 어깨를 흔들었다. 그가 고개를 끄덕이는 것이 보인 듯했다. "좋아요, 진정해봐요. 대통령이 누구죠? 대통령이 누구예요?"

그라지나가 몇 마디 불분명한 말을 중얼거렸다. 눈구멍 속 눈동자가 희번덕거렸다. 하이는 우물 속 그라지나가 잡고 올라올 밧줄을 던져 넣듯 한 음절 한 음절을 매듭지어 벌어진 입에 대고 던졌다. 하지만 할머니가 그랬던 것처럼 그라지나의 뇌는 두 사람이 앉아 있는 공간으로부터 그를 멀리 밀어내고 있었다.

"무슨 말인지 모르겠어요. 영어로 말해봐요, 네?"

그라지나가 하이의 목을 끌어당겨 귓전에 입을 댔다. 하지만 이번에도 리투아니아어로 웅얼거릴 뿐이었다.

"아니, 영어로요." 하이가 그를 달랬다. "여긴 미국이라고요, 알겠어요?"

마침내 그라지나가 눈을 껌뻑이더니 고개를 흔들며 한 언어를 몰아내고 다른 언어의 자리를 만들었다. "내 동생." 그가 영어로 외쳤다. "동생을 꺼내주세요." 그는 하이의 셔츠 깃이 찢어지도록 잡아당겼다. "제발요, 선생님. 제 어린 남동생이 아직 안에 있단 말예요." 그라지나가 몇 발짝 떨어진 무언가를 가리키자 어둠이 그의 팔을 즉시 집어삼켰다. 길거리에서 비쳐드는 희미한 빛이 얼굴을 밝혔고 커다랗게 뜬 맑은 녹색 눈은 저 앞의 한 지점에 고정되어 있었다.

"저건 그냥 책상이에요." 하이가 애원했다. "이러지 마요."

"아녜요, 크리스토프라고요." 그라지나가 앞으로 뛰어나갔다. "걔 다리가 보이잖아요."

"여기 있는 건 우리 둘뿐이에요, 맹세해요." 하이는 그라지나의 허리를 부둥키고서 그에게만 보이는 뭔지 모를 공포를 막아섰다. "당신 몸은 바로 여기, 2009년에 있어요. 그냥 그 안에 들어오기만 해요, 알았죠? 들어올 수 있겠어요?" 하이는 그라지나를 잡고 흔들며 그의 남동생이 시야에서 사라지기를 바랐다. 하지만 그라지나는 눈물과 콧물을 턱에 흘리며 계속 난리를 피웠다. 하이가 셔츠 자락으로 얼굴을 문질러봤지만 오히려 더 번지기만 해서, 뺨에 길게 묻은 점액이 어슴푸레한 빛을 반사했다.
 난동을 부리던 그라지나의 꽃무늬 나이트가운이 쇄골 위에서 미끄러져 가슴이 드러났다. 하이는 오른팔로 그의 무거운 목을 껴안은 탓에 가운 끝단이 손에 닿지 않았다. 그는 자유로운 쪽 손의 엄지와 검지로 가운의 양쪽 자락을 여미서 단추를 구멍에 끼우려 애쓰다 세 번째 만에 겨우 성공했다. "미안해요." 또 천둥이 집을 뒤흔들자 둘은 몸을 확 수그렸다. 그라지나는 두 손으로 머리를 가린 채 작은 몸을 덜덜 떨며 하이의 셔츠에 매달려 제발 남동생을 구해달라고 사정했다. 뒤집어진 빵 배달차 옆 돌무더기에서 새까맣게 탄 동생의 팔이 튀어나와 있다고 설명하는 그의 눈동자 위로 기억이 스치고 지나가며 젖은 눈꺼풀이 빠르게 깜작거렸다.
 "악몽일 뿐이에요. 약속해요." 하이는 그라지나의 팔을 문지르려 했지만 그가 하이의 손을 할퀴어 떨쳐냈다. 마지막 수단으로 하이는 눈을 감고 그라지나를 안은 채 몸을 천천히 앞뒤로 흔들며 미간을 찡그리고서 주의를 집중했다. 처음에는 목소리가 떨렸지만, 무더운 여름밤 악몽을 꾸다 천식과 착란에 시달리며 잠에서 깰 때면 할머니가 불러주곤 했던 포크송 가락을 이내 되살릴 수 있었다. "오후에 언덕을 올라 시체들 위에서 노래하며, 나는 보았네, 나는 보았네, 정원 옆에서 아이의 시신을 안은 어머니를." 곧 하이의 목소리는 그라지나의 어깨로 진동이 전해질 만큼 커지면서 그가 지도 위에서 간신히 찾아낼 수 있는 나라에서 흘러온 가냘픈 멜로디를 방 안에 들였다.
 얼마 지나지 않아 놀랍게도 그라지나의 뻣뻣했던 관절이 풀리면서 본래의 그가 되돌아오는 것이 느껴졌다. 목을 감싼 그라지나의 팔이 느슨해지는 동안 하이는 자칫 한 음이라도 틀리면 노래에 실린 힘이 사라질세라 입을 거의 벌리지도 않은 채 노래했다.

시간이 좀 지나자 창틀에 쏟아지는 빗소리만 들려왔다. 밖에서 트럭 한 대가 길모퉁이의 깊은 물웅덩이를 철벅이며 지나갔다. 하이는 그라지나의 얼굴을 살피고 오래도록 되풀이한 질문을 다시금 던졌다. "저기요, 지금 대통령이 누구죠?" 그는 그라지나의 우윳빛 눈을 자신에게 고정시키고 속삭였다.

그라지나가 기진맥진했으면서도 침착하고 텅 빈 표정으로 눈을 깜빡였다. "나야. 내가 미국 대통령이야. 그리고 양배추말이를 국방부장관으로 임명했어. 장관에게 안부 좀 전해줘." 그는 하이 너머의 허공을 멍하니 바라보며 무감정하게 말했다. 그러더니 몸을 일으켜 헝클어진 머리카락을 뺨 위에 흩트린 채 벽에 기댔다. 하이는 그라지나와의 사이에 가로놓인 반세기 너머로 손을 뻗어 축축한 얼굴에 붙은 잔머리를 걷어주었다.

"그러면 너는 누구니, 얘야?" 그라지나가 그를 턱짓하며 물었다. "그리고 그 노래는 뭐야? 무슨 마법의 주문이냐?"

서로를 마주 보는 두 사람의 빈 손바닥 위로 번개가 번쩍 점멸했다.

"네, 죽은 사람들을 되살리는 주문이죠."

그라지나의 입술이 엷고 지친 미소를 짓자 앞니 빠진 구멍이 드러났다. 그것은 하이가 지난 몇 달간 본 무엇보다도 캄캄했다. "좋아. 그럼 우리는 영원히 살 수 있겠네."

"'뭘 해야 하느냐'가 아니라 '뭘 하고 **싶으냐**'고 물었잖아." 그라지나는 갈고리 모양 발이 달린 욕조 안에서 맑은 정신으로 앉아 있었다. 한 시간 전 저녁 약으로 먹은 파록세틴이 혈류에 녹아들고 있을 터였다. 하이가 그라지나를 목욕시키는 것은 이번이 겨우 세 번째였는데도 둘 사이에 체계가 자리 잡았다. 그라지나가 옷을 벗는 동안 하이는 욕조 가장자리에 묻은 때와 머리카락을 훔쳐내고 밑바닥에 의료용 보조 의자를 세워놓은 다음 그를 의자에 앉혔다. 목욕물이 그라지나의 가슴까지 올라오면 수도꼭지를 잠그고 스펀지로 등에 비누칠을 했다. 그라지나는 몇 해 전 계단에서 떨어져서 쇄골이 부러졌다고 했다. 병원에서 돌아온 직후 등을 닦으려고 했는데 팔이 갑자기 굳어버려서 손이 허리 아랫부분에 닿은 채로 움직일 수 없었다. 이때는 재닛이 오기 전이었기에 그라지나 혼자뿐이었다. 어쩔 수 없이 욕조에서 빠져나와 한 손만으로 911에 전화를 걸었고, 자기 집 거실에서 알몸으로 덜덜 떨며 서서 손주뻘 되는 젊은 소방관들이 경직된 팔을 풀어줄 때까지 기다려야 했다.

하이가 등을 다 닦아준 뒤 그라지나가 몸의 나머지 부분들을 스스로 씻는 동안 그는 문밖의 바닥에 앉아 《제5도살장》을 읽었다.

"장래에 뭘 하고 싶냐는 거야. 내가 보기에 넌 일종의 책벌레 같은데." 그라지나가 담배를 길게 빨았다가 내뱉자 연기가 하이의 얼굴을 스치고 복도까지 흘러갔다.

하이는 책을 내려놓고 복도 건너편에 걸린 먼지투성이 풍경화를 쳐다보았다. "한심하다고 생각하실 텐데요."

"그럴 수도 있겠지. 안 그럴 거란 장담은 못 하겠네." 그라지나가 목욕물에 담뱃재를 튀기자 호박 팔찌가 욕조에 짤그랑 부딪혔다.

"원래는 작가가 되고 싶었어요. 제 꿈은 내가 사랑하는 모든 것, 사랑스럽지 않다고들 하는 것까지 담긴 소설을 쓰는 거였어요. 작은 수납장 같은 거죠." 하이는 눈을 질끈 감았다. 입 밖으로 말하니 더욱 우스꽝스럽게 느껴졌다. "하지만 고등학교 때까지의 꿈이었어요. 그 이후로는 그게 현실이 될 수 없다는 걸 깨달았거든요."

"작가가 되고 싶은데 다리에서 뛰어내리고도 싶었다고? 그 두 가지는 사실상 같은 거 아니야? 작가는 수면에 닿기까지 더 오래 걸린다는 차이만 있지." 그라지나가 소리 내어 웃으려다가 기침을 했다. "있잖아, 내 남편은 시인이 되려고 했었어. 그러다 얻은 건 알츠하이머뿐이었지만."

하이는 문 뒤를 넘겨다보았다. "정말로요?"

"음, 그 놈팡이는 한 글자도 쓰지 않았어. 내가 알기로는 그래. 너무 게을렀거든. 그냥 말뿐이었지. 자기 인생, 리투아니아, 전쟁, 이런저런 것에 대해 쓰고 싶다고. 그러다 어느 날 그 사람 뇌가 스위스 치즈처럼 구멍이 숭숭 뚫리게 된 거지. 지금쯤 내 뇌도 그 모양일 테지만." 그라지나가 입술을 팽팽하게 다문 채 하이를 돌아보자 관자놀이로 샴푸 거품이 흘러내렸다.

하이는 벽을 돌아보았다. "우선 책을 왕창 읽어야 해요. 3, 4년쯤 읽다 보면 글을 쓸 준비가 될 수도 있겠죠. 임신 같은 거예요."

"그보다는 변비에 가까운 것 같은데. 내 나라에서는 작가들이 대부분 침묵의 약을 먹었어."

"침묵의 약이라뇨?"

"총알 말이야."

부드러운 비가 창문을 두드리기 시작했다.

"좋아, 푸시킨 씨. 그래서 앞으로 어떻게 할 건데?"

"모르겠어요." 소년은 무릎을 가슴으로 당기고 말했다.

"무엇이든 하려면 돈이 있어야지. 나는 5년 전에 남편을 여의었는데 두 시간짜리 장례식에 들어간 돈을 아직까지 갚고 있어. 죽는 데에도 돈이 든다고. 제기랄, 사는 것보다 더 들 수도 있다니까."

침묵이 흘렀다. 산에서 밤이 내려와 집 주변에 자욱이 깔렸다.

그라지나가 옳았다. 어떤 작가들은 가족을 피해 깊은 숲속 어딘가에 있는, 쥐가 득시글거리는 판잣집에 처박혀 글을 끼적이기 위해 추첨제에 응모한다는 전설 같은 이야기를 들은 적 있었다. 그런 제도를 심지어 지원 사업이라 부른다 했다. 뉴호프에서 만난, 눈 밑에 다크서클이 있는 이모* 여자애는 자기 언니가 1년 동안 다녔다는 버몬트의 한 학교에 대해 이야기해주었다. 주로 부잣집 출신인 전도유망한 젊은 예술가들이 '실천을 통해 배우는' 곳으로, 그곳 학생들은 아직 쓰지 못한, 그리고 그중 일부는 앞으로도 영영 쓰지 못할 책의 저자 프로필 사진을 찍으려는 듯한 옷차림을 하고 다닌다고 했다. 어째서 하이는 그런 상상할 수도 없는 장소들에 대해 늘 너무 뒤늦게—교차로를 한참 지나 그 유토피아로 향하는 길이 보이지도 않게 되어서야 듣게 되는 것일까? 하지만 만약 그런 곳들을 일찍 접했다고 한들 **그가** 뭘 어쩔 수 있었을까? 그의 삶이 쏜, 느리게 날아오는 '침묵의 약'을 피하려다가 지금 다다른 이 도랑에 얼굴을 처박는 것 말고는?

"그리고 다른 문제가 있어. 이제 우리 복지 카드에 34달러 남았어." 그라지나가 한숨을 쉬었다. "오늘은 겨우 8일밖에 안 됐는데.

---

* Emo. 하드코어 펑크에서 파생된 음악 장르의 명칭이자 그 음악을 즐기는 팬들의 우울하고 어두운 패션 스타일.

이제 네가 장을 봐오니까 배달비를 아끼고 있다는 건 알아. 하지만……."

"그렇군요." 몇 주 전 그라지나가 돈 관리를 잘한다고 말했음에도 하이는 언젠가 이런 일이 닥치리라고 예감했었다.

"이제 롤빵을 짓밟진 못하고 그냥 먹어야 할 것 같아."

머릿속을 뒤지던 하이는 사이가 멀어진 사촌 소니를 떠올렸다. 마지막으로 들은 소식에 따르면 소니는 4번 국도 바로 아래, 이스트 글래드니스 외곽에 있는 홈마켓에서 일한다고 했다. 그가 아직 거기 있을지도 모른다. 가능성은 낮겠지만, 하이가 모든 일에 대해 사과하면 소니가 일자리를 얻어줄지도. "내일 아침 일찍 시내로 가서 일을 구해볼게요. 제가 꼭 도와드릴게요. 걱정 마요."

"너는 뭘 잘하는데? 기술이나 뭐 그런 게 있니?"

하이는 입술을 깨물며 생각에 잠겼다. "음, 뭔가를 보는 걸 잘해요. 그리고 이런저런 개념 같은 걸 살피는 것도요."

"살핀다고!" 그라지나가 숨을 쌔근거리며 웃음을 토했다. "별 소릴 다 듣네. 주의 깊다는 건 기술이 아니야. 미국에서는 말이야. 어쩌면 바티칸에서는 네가 운이 좋을 수 있겠지."

"그런 걸 관찰, 성찰이라고 한다고요." 하이는 발끈하며 말했다.

"농담하는 거겠지. 그게 다야?" 그라지나가 담배를 목욕물에 넣어 끄자 쉭쉭거리는 소리가 났다. "좋아, 그러면 예를 들어봐."

"무슨 예요?"

"살핀다며. 뭘 살피는데?"

"몰라요." 어차피 욕실 벽에 가로막혀 보이지 않을 텐데도 하이는 무릎 사이에 얼굴을 묻어 숨겼다.

비가 줄기차게 지붕널을 타닥타닥 두들겼다. "비. 빗방울은 사람과 닮은 것 같아요…… 음, 제 말은 그게 아니라……." 목소리가 갈라지면서 별안간 자신이 붕 떠 있는 것 같았고 의구심이 엄습했다. 스스로가 어린애 같았다.

"하! 비라고? 여태껏 살았던 모든 작가가 비에 대해 얘기했지. 글쓰기란 게 진정 뭔지 알아?" 그라지나가 극적 효과를 내려고 뜸을 들였다. "불평이야. 날씨에 대한. 아름다운 불평. 스탈린이 작가들을 시베리아로 보내버린 것도 무리가 아니지."

"절 비웃지 마요." 하이는 그라지나의 말들이 얼마나 아프게 다가오는지 깨닫고 놀라며 바닥을 향해 웅얼거렸다.

그라지나가 잠잠해졌다. 물이 똑똑 흘러내렸다. "거 있지, 잘됐다, 녀석아. 네가 관찰을 잘한다니. 그러니까 내일 시내로 가. 시내로 가서 이 나라에서 가장 주의 깊은 관찰자가 될 수 있는 일자리를 구해봐. 내 말 알아들었니?"

하이가 고개를 돌리자 그라지나와 시선이 마주쳤다. "네."

"좋아. 이제 날 여기서 꺼내줘. 거시기 얼어붙겠다."

다음 날 아침 하이는 식사를 거르고 그라지나 몫으로 잉글리시 머핀에 버터를 바르고 곰팡이 핀 귀퉁이를 잘라내 준 다음 가바펜틴과 아리셉트를 먹이고서 시내로 향했다. 길을 절반쯤 나아갔을 때 그라지나가 문간에서 하이를 소리쳐 부르며 작은 당근들이 든 지퍼백을 흔들었다. "네 마음 챙겨야지, 네 마음!" 하이가 당근 봉투를 들고 철교를 건너는 동안 그라지나는 비상구에 서서 계속 뭐라고 외쳤지만 강물 소리에 묻혀서 잘 들리지 않았다. 다만 희망찬 목소리라는 것만은 알 수 있었고, 덕분에 하이도 희망이 솟았다.

  9월 말이 되어 다리의 철제 기둥들에 첫서리가 앉아 반짝였다. 팽팽한 푸른 하늘에 걸린 낮달 아래 강기슭을 구릿빛으로 물들이는 사시나무들 사이로 아침이 스며들었다. 4번 국도에 다다르니 인근의 이동 주택 주차장에서 장작 때는 연기가 풍겼고, 얼마 지나지 않아 가을을 맞아 흙밭으로 변한 농지에 딸린 농가들이 시야에 들어왔다. 100살 먹은 고래의 등처럼 보이는, 곰팡이 핀 지붕을 인 판잣집들 위로 독수리 두 마리가 날아올랐다. 이윽고 인도가 허물어지고 고속도로 갓길이 이어지면서 이스트 글래드니스의 외곽을 표시하는 주유소들, 패스트푸드점들, 주류 판매점 하나가 나왔다. 조금 더 가니 컴벌랜드 거리 옆에 위치한 홈마켓이 보였다. 홈마켓은 러싱 오크스 비즈니스 파크라는 이름의 상가에 딸린 주차장 한가운데에 위치해 있었다. 상가에는 패밀리 달러 잡화점, 세탁소, 10년 묵은 엔싱크의 콘서트 포스터가 여전히 창문에 나붙은, 오래전에 폐업한 음반가게, 아직까지 기적적으로 영업중인 '니트 피커스'라는 이름의 뜨개질 용품 가게가 있었다. 상가 가장자리에는 또 다른 이동 주택들이 줄지어 있었다. 하이는 자신이 그 트레일러에 사는 아이라면 어떨까 하는 생각에 불현듯 사로잡혔다. 창문으로 비쳐드는 패밀리 달러 간판 불빛 속에서 잠드는 상상을 하니 기묘하고도 불가해한 애틋함에 가슴이 아려왔다.

  프랜차이즈 중에서도 홈마켓은 해리스 도로의 맥도날드, 사일러스 딘 도로 옆의 타코벨, 웬디스, 아니면—그중에서도 최악인—1990년대에, 고등학교 3학년일 때 여대생들에게 강간 약물을 먹인 것으로 악명 높은 남자가 운영하는 그리스월드 도로의 던킨 도너츠보다 사람들이 탐내는 일자리였다. 홈마켓은 뉴잉글랜드에서 설립된 패스트 캐주얼* 체인점으로, 급료는 여느 프랜차이즈와 똑같이 최저임금 수준이지만 겉으로는 더 고급스러워 보였다. 하이는 자신이 홈마켓에서 일한다고 자랑하는 사람들을 본 적도 있었다. 고등학교 때 베키 밀러가 그랬다. 베키는 웰스 파크에서 친구들과 관람석에 모여 앉아 휴대용 오디오로 메리 제이 블라이즈의 음악을 쾅쾅 울리도록 틀어놓고 대마초를 피우곤 했는데, 홈마켓에서 맥앤치즈를 푸고 구운 닭고기를 썰기 시작하면서부터 웰스 파크에서 노는 것을 그만두었다. 누가 베키에게 왜 공원에 오지 않느냐고 묻자 그는 "내가 왜 그 허접한 년들이랑 허접한 공원에 가야 하는데? 이제 나는 홈마켓에서 일한다고!" 하고 대꾸하고는 새로 산 큐빅 지르코니아 귀걸이를 번뜩이며 씩 웃으며 걸어갔다고 한다.

홈마켓에 가까이 다가가보니 굴뚝에서 피어오르는 검은 연기에서 살이 그을리는 매캐한 냄새가 진동했다. 땅딸막한 건물은 붉은 기와지붕을 빼고 온통 흰색으로 칠해져 있었다. 로고 뒤에는 보닛을 쓰고 광적으로 열띤 눈빛을 한 개척자 소녀가 엉덩이께에서 빵 바구니를 들어 올리는 모습이 묘사된 네온등이 밝혀져 있었다.

내부 벽은 천장까지 흰 타일로 덮여 있었다. 소박한 홀에는 바닥에 볼트로 고정된 포마이카 테이블들이 쭉 늘어섰다. 깔끔하고 간소한 인테리어를 둘러보노라니 맨 안쪽 벽에 붙어 있는 포스터 크기만 한 홈마켓 메뉴판에 눈길이 갔다. 메뉴에는 하얀 그릇 속에서 김을 내뿜는 요리들을 맛깔스럽게 확대한 사진이 실려 있었다. 사진

* 패스트푸드와 패밀리 레스토랑의 중간 개념.

속 그릇들이 늘어놓인 테이블은 재생 목재로 되어 있고 테이블보는 주름이 잡혀서 시골 별장 같은 분위기를 자아냈으며, 토머스 킨케이드의 그림 속 오두막에서 흔히 보이는 불길한 오렌지색 조명이 그 모든 것을 비추고 있었다. 사진 밑에는 휴일을 연상시키는 구불구불한 글씨체로 **당신의 집을 홈마켓으로 채우세요!**라고 적혀 있었다. 하이가 몸을 돌려 카운터로 향하는데 포스터의 잔상이 마치 폭발 잔여물처럼 시야 한구석에 남았다.

11시가 조금 지나 매장이 막 문을 연 시각이었다. 염색한 붉은 머리를 모자 속에 밀어넣은 50대 여자가 가열된 진열대에서 금속 덮개를 들어 올리자 김이 모락모락 피어오르는, 선명한 원색을 띤 사이드 디시들이 모습을 드러냈다.

여자 뒤에는 일곱 층으로 된 업소용 회전식 오븐에 생닭을 넣는 남자가 있었다. 빙글빙글 회전하는 분홍색 날고기들 아래에는 이미 한창 부풀어 오르며 익어가는 통닭들이 있었지만, 기름이 지글거리는 소리는 유리에 가로막혀 들리지 않았다.

"배달은 뒷문에 있어요." 여자가 고개도 들지 않고 말했다.

"아." 하이는 자기 재킷을 내려다보았다. "저 UPS 아니에요. 저는……."

"아, 그렇군요. 뭐 필요하세요, 손님?" 여자가 씩 미소를 지었지만 이내 입술이 두어 번 실룩거리더니 웃음기를 잃고 삐죽 튀어나왔다.

"소니라는 사람 여기서 일해요?"

"주방에 있는데요." 여자는 손님 접대용 익살을 거두고 눈을 가늘게 떴다. "왜요? 두들겨 패려고?"

"아뇨……. 뭐라고요? 저는 소니 사촌인데요."

여자는 하이가 무기를 들었는지 확인하려는 듯 손을 살펴보았다. "잠깐만요." 그러고는 뒤돌아서 손나팔을 대고 고함쳤다. "어이, 소니! 네 사촌이라는 중국인 남자애가 찾아왔다. 이리 나와서 처리해."

뒤쪽에서 삐걱거리는 발소리에 이어 껑충하고 깡마른 남자애가 나타났다. 하이보다 머리 하나쯤 더 크고 목이 길었고 갈색 눈은 암사슴 같았다. 그는 고무장갑을 낀 두 손을 옆구리께 허공에 둔 채 멀거니 서 있었다.

여자가 소니에게 고갯짓했다. "거기 시체처럼 서 있지 말고." 그는 킬킬 웃으며 하이를 흘끔 보았다.

소니가 재빠르고 날카로운 움직임으로 고무장갑을 벗고 홀의 테이블 중 하나를 향해 똑바로 나아갔다.

"어이, 저 애 괴롭히지 마. 알았어?" 오븐 앞에 있던 남자가 닭고기를 더 넣으면서 그렇게 외치더니 어깨를 펴고 하이를 돌아보았다. "저 애 엄마가 감옥에 있다고. 그러니까 질문이 있으면 나한테 물어봐도 돼. 중요한 거든 사소한 거든."

하이는 맥없이 웃으며 남자를 향해 엄지손가락을 올려 보이고는 자리에 앉았다. 소니를 보는 건 2년 만이었다. 어떻게 운을 떼야 할지 막막했다. 하이는 무릎 위에 포갠 자신의 두 손을 내려다보았다.

소니라는 이름은 그의 아버지가 베트남의 재교육 수용소에서 풀려난 후 미국으로 건너왔을 때 처음으로 구입한 텔레비전인 소니 트리니트론에서 따온 것이다. 트리니트론이 생산되기 시작한 것은 1968년이었지만 그가 그 TV를 사들인 것은 소니가 태어난 1991년이 되어서의 일이었다. 당시 난민촌에서는 아이에게 전자 기기 이름을 붙이는 경우가 드물지 않았다. 윈저에 사는 어떤 아이의 이름은 도시바였다(그래서 일본인으로 오인받곤 했다). 이 야심 찬 작명법은 전자 기기에서 그치지 않고 사회적, 금전적 가치가 있는 모든 문화 유물로 확대되었다. 엄마의 직장 동료는 임신 중에 〈라이온 킹〉을 되풀이해 보고 무파사가 벼랑에서 떨어지는 장면이 나올 때마다 울었기 때문에 자기 딸 이름을 심바라고 지었다. 또 어떤 아이의 이름은 BMW였다. 하이의 가족과 같은 난민촌 출신인 아이는 MJ칼말론 쯔엉이었다. 필생의 적수였던 마이클 조던과 칼 말론이 다른 곳도 아닌 조던의 농구팀 타르 힐스의 고향인 노스캐롤라이나에 다다른, 한쪽 눈이 약시이고 천식을 앓는 한 베트남 소년의 몸에서 하나로 합쳐진 셈이었다. 어른들은 아이의 삶에서 실현되기를 바라는 것의 이름을 가져다 붙였다. 렉서스를 직접 만들 수 있다면 그걸 살 돈을 모으려고 공장에서 고생할 필요가 뭐 있나?

하이는 이마에 있는 붉은 반점이 혼다의 H 로고와 섬뜩할 만큼 닮았다는 이유로 혼다라는 이름이 붙을 뻔했다. **얘는 위대한 사람이 될 운명이야!** 손주들에게 최고의 바람잡이인 할머니는 사이공의 병실에서 그렇게 외쳤다. **베트남에서 태어났지만 일본산인 거야. 세계 최고의 자동차 제조사에서 만들어졌고!** 엄마는 이런 표식이 신의 계시가 틀림없다는 데 동의했지만, 할머니보다는 냉철하고 엄격한 성정이었기에 하이라는 이름을 선택했다. 그 이름도 이마의 H라는 글자를 의식해서 지은 것이었지만, 정작 그 반점은 하이가 말을 떼기 시작했을 무렵 희미해졌다.

"소니, 만나서 반가워. 뭐 하고 지내?"

"의자에 앉아서 사촌과 대화하고 있지. 하지만 우린 대화하면 안 돼. 너네 엄마랑 우리 엄마가 싸웠잖아."

"그렇지 않아. 우린 성인이잖아. 그리고 내 말뜻은, 네가 **어떻게** 지내냐는 거야. 요즘 어때?"

할머니가 돌아가신 후 킴 이모와 소니는 플로리다에서 이사를 왔다. 하지만 킴 이모가 엄마와 함께 일하지 않고 코번트리에서 네일 살롱을 운영하는 옛 남자친구와 무언가를 되살리기로 결정하는 바람에 자매 사이가 틀어졌다. 킴 이모는 자기 사업을 **소유한** 남자와 새출발을 원한 반면, 엄마는 할머니가 세상을 떠난 만큼 자매끼리 가까이 지내고 싶어 했다. **누가 죽었을 때 유령처럼 불쑥 나타나기만 해선 안 되지.** 장례식을 치르고 며칠 뒤 엄마는 이모에게 말했다. **우린 자매잖아. 우리에겐 서로밖에 없다고.** 단순한 싸움 같아 보여도, 수십 년간 곪은 긴장, 배신, 반박과 모함, 기억의 동굴 어딘가에서 여전히 타오르고 있는 나라가 더해지자 다툼은 이면에서 썩어가는 모든 것의 상징이 되었고, 엄마도 이모도 양보하기에는 자존심이 너무 강했다.

"훌륭한 군인은 자기 부대에서 등을 돌릴 수 없어." 소니가 몸을 꼿꼿이 세웠다. "포토맥군의 초대 사령관인 맥클레런 장군은 신용할 수 없는 부관들을 두는 바람에 결국 버지니아를 함락하는 데 실패했어. 그래도 일부 역사가들이 생각하는 것처럼 무능하지는 않았어. 반면 번사이드는……."

"알았어, 알았어." 하이는 손사래를 쳤다. "하지만 우리는 반역자가 아니야. 군인도 아니고. 우리는 친척이잖아. **혈연**이라고."

"북부와 남부 사이도 그랬어. 혹자는 둘 사이의 전쟁을 아직까지도 '북부의 침략 전쟁'이라 부르지."

"소니. 제발. 내 말 들어봐, 나는 그냥 일자리를 구하려는 거야. 알

앉어? 내가 여기서 일할 수 있을까?" 소니의 머리 위에 걸린 거대한 홈마켓 포스터에서 새어 나오는 불빛이 그에게 비뚜름한 후광을 드리웠다.

소니는 시선을 떨구고 손가락을 만지작거렸다. 생각 중이라는 뜻이었다. 할머니는 늘 소니가 혼령들의 선택을 받았으며 인간 세계 너머에서 발신되는 특별한 주파수에 맞춰져 있다고 믿었다. 어린 시절 어느 여름밤, 소니가 뒷마당에서 반딧불이에 둘러싸인 채 〈게티스버그〉 영화 주제가를 흥얼거리며 몸을 기우뚱거리던 모습이 기억났다. "저 애 보이니?" 할머니는 창밖을 내다보며 말했다. "조상님들이 쟤를 쓰고 계신 거야. 쟤는 제3의 눈을 가지고 있어. 내 여동생 치 사우처럼."

"저 사람 말이 너희 엄마가 감옥에 있다던데, 그게 무슨 말이야?" 하이는 오븐 앞 남자를 고갯짓하며 물었다.

"엄마가 감옥에 있으니까." 소니는 지나가는 파리 한 마리를 움켜쥐었다가 천천히 주먹을 펴서 하이에게 보여주었다. 하지만 그 안에는 아무것도 없었다. "그리고 저분 이름은 웨인이야."

소니는 한사코 하이의 가슴 아래에만 시선을 둔 채 설명을 우르르 쏟아냈다. 지난겨울 킴 이모의 남자친구가 하던 네일 살롱이 쫄딱 망할 위기에 처하자 둘이 보험금을 타내려고 작당하고 가게를 불태우려다가 방화 혐의로 체포되었다는 것이었다. "내가 엄마의 법원 서류들을 가지고 있어. 엄마가 영어를 못 읽어서 내가 다 읽어드렸지. 원래는 내가 엄마의 변호사 노릇도 하려 했는데, 코네티컷주에서는 내가 변호사로 일할 수 있는 권한이 없어."

"너는 법학 학위도 없잖아."

소니가 할로겐램프 아래 땀에 젖어 반질거리는 머리에 난 흉터를 손가락으로 훑었다. 초조할 때 나오는 버릇이었다.

"그런데 잠깐만." 하이가 주위를 두리번거리며 말했다. "어떻게 우리가 킴 이모가 투옥된 걸 몰랐지? 우리가 알았으면 도와줬을 거 아냐. 어떻게든."

"너네 엄마랑 내 엄마가 **싸웠으니까**."

"보석금은 얼마야?"

"1만 달러. 하지만 5천 500달러만 내면 나올 수 있대. 어떻게 그런지는 모르겠어."

"너는 지금 어디 살아? 너희 아빠는 아직 버몬트에 계시지?"

"나는 마이어스 센터에 살아."

"라일락 거리에 있는? 거긴 **중독자 재활** 시설이잖아. 너는 이제 겨우 성인이 됐고."

"나는 7월 21일 오후 3시 46분에 열여덟 살이 됐다고." 소니가 상처받은 눈길로 마침내 하이의 시선을 마주했다. "그리고 거긴 이제 중독자 재활 시설이 아니야. 2006년에 바뀌었어. 다들 내게 친절하게 대해줘. 생활 기술도 가르쳐주고. 나는 기술도 없고 개성도 없어. 그래서 계발해야 해. 빨리."

"대체 뭔 소릴 하는 거야?"

"필번 박사가 그렇게 말했어."

"누가 너더러 미쳤대?"

"아무도 안 그랬는데. 네가 하는 말이지."

"소니, 너 괜찮니, 얘?" 카운터 뒤에 있던 여자가 외쳤다. 그는 모자 챙을 들어 두 사람을 내다보고 있었다.

"나 가야 돼. 점심때 손님 몰려오기 전에 옥수수빵 40개를 구워야 하는데 내가 뒤처지고 있어."

"내가 여기서 일할 수 있을까? 나, 킴 이모의 보석금 마련하는 걸 돕고 싶어."

"나는 인사 담당이 아니야. BJ와 상의해봐. 그분은 홈마켓이 고용한 최고의 점장이야. 음, 적어도 이 홈마켓 지점에서는 그래. 다른 지점들까지는 잘 모르겠고. 네가 여기서 일할 자격이 되는지는 오로지 BJ만이 판단할 수 있어. 내일 10시에는 출근할 거야." 소니가 일어나서 테이블에 있지도 않은 음식 부스러기를 훔쳐내는 시늉을 하고는 의자를 밀어 넣었다.

"이게 뭐야?" 하이가 소금 통 옆에 있던, 종이를 접어 만든 새 한 마리를 집어 들었다. 그리고 보니 테이블마다 한 마리씩 놓여 있었다.

"종이 펭귄이야."

"알아. 그런데…… 왜?"

"내가 여기 테이블에 두려고 접었어. 전통적인 백조 접는 법으로 만들고 나서 날개만 잘라낸 거야."

하이는 종이 새를 들어 올렸다. 펭귄처럼 보이지는 않았지만 날개 없는 백조처럼 보이긴 했다.

"그거 가져도 돼. 내가 하나 더 만들 테니까."

"여기." 하이가 그라지나에게서 받아온 당근을 떠올리고 말했다. "이거 가져."

"아기 당근이네." 소니가 손에 든 봉투를 들여다보았다.

"용기를 준대."

"흐음. 몰랐네. 쉬는 시간에 먹을게. 우리 가게 그레이비 소스에 찍어 먹으면 맛있겠다. 하지만 **오로지** 영양분을 위해 먹을 거야. 내겐 이미 적어도 120명분의 용기가 있거든." 소니가 몇 발짝 걸어가더니 멈춰 섰다. "아, 그리고 〈히어로즈〉 봐봐."

"뭐?"

"너 어렸을 때 〈파워 레인저〉 좋아했잖아. 그러니까 〈히어로즈〉 시리즈도 재밌게 볼 거야. 기분 나쁘라고 하는 말은 아니지만……." 소니가 한 손을 들며 말을 이었다. "나는 현실 기반의 오락 프로그램을 더 좋아하긴 해. 그래도 너라면 마음에 들어할 거야. 과학을 더한 〈파워 레인저〉 같은 거거든."

하이는 걸어가는 소니를 지켜보며 자신이 그동안 얼마나 사촌을 그리워했는지 깨달았다.

수두증을 지니고 태어난 소니는 자궁에서 나온 지 한 시간 만에 하트퍼드 병원에서 응급 뇌 수술을 받았다. 그래서 머리 중앙을 따라 목덜미 바로 위까지 내려오는 연필 너비의 긴 흉터가 남았다. 학교 아이들은 소니를 '코카인 머리'라 부르며, 걔네 엄마가 임신 중에 코카인에 중독돼서 그렇게 태어난 거라고 했다. 소니의 아빠는 그가 태어난 직후 떠나버렸다. "내 정자가 저능아를 만들 리 없어." 소니가 올려다보는 앞에서 이모부는 킴 이모에게 그렇게 말했다. "내 가계도를 봐. 내 혈통에서 저능아는 **한 명**도 없다고. 단 한 명도." 그러고는 가방을 꾸려서 버몬트의 숲으로 사라지더니 잘나가는 멕시코 식당 세 군데를 운영하는 여자와 결혼하고는 다시 돌아보지 않았다.

어느 날, 하이가 아홉 살이고 소니가 일곱 살이던 무렵 저녁 식사 후 가족이 마루 위에서 뭉그적거리고 있는데, 저녁 내내 풀밭에 나가 앉아 있던 소니가 흥분해서 뛰어 들어왔다. "엄마, 할머니, 보세요! 저 이제 정상이에요. 이제 해병대에 입대할 수 있어요. 보여요?" 소니는 베트남어를 잘 못 했기 때문에 주로 영어로 말했다. 그가 머리를 숙이고 흉터를 보여주었다. "저 이제 코카인 머리 아니에요. 보세요!" 놀랍게도 흉터가 검게 메워져서 나머지 머리털과 자연스럽게 이어져 있었다.

"오 세상에!" 할머니가 숨을 헉 들이켰다. "기적이다! 드디어 기적이 일어났구나. 쟤가 선택받았다는 걸 내 진작 알았지."

"고쳐지긴 뭐가 고쳐져." 킴 이모가 베트남어로 딱딱거렸다. "그거 이리 내놔!" 이모가 소니의 주먹에서 무언가를 낚아채고는 모두의 앞에 펼쳐 보였다. 검은색 매직 마커였다. 소니는 무릎을 꿇고 주저앉았다. 그런데 그때 킴 이모의 얼굴에 무언가 슬프고 쓸쓸하면서 애잔한 감정이 스치더니, 태도가 누그러지면서 눈이 멍해졌다. 이모가 마커를 주머니에 넣고는 소니를 끌어당겨 잉크칠된 맨들맨들한 흉터 부위에 입을 맞췄다. "알아, 알아." 이모는 잉크가 묻어 까매진 입술로 부드럽게 말했다. "이제 너는 해병대에 들어갈 수 있지. 하지만 우리 아들은 총에 맞기에는 너무 똑똑하잖아, 안 그래? 죽기에는 너무 영특하지 않니?" 이모가 아들의 뺨을 어루만졌다. 엄마는 손으로 입을 가린 채 시선을 돌렸고, 할머니는 손을 뻗어 소니의 조그마한 발을 감싸쥐었다. 마침내 정상으로 돌아온 소니는 제 엄마의 품에서 미소 지었다.

하이가 홈마켓 주차장을 나서는데 무언가가 눈에 들어왔다. 상가 맨 끝에 자리 잡은 상점 전면에, 깨진 유리와 뒤집힌 폐기물 처리함으로 가득한 공터를 앞둔 황갈색 벽돌 벽에 빨간 글씨가 적힌 비닐 현수막이 걸려 있었다. **신장개업!!! '페퍼 병장 피자' 가족 식당.**

저 느낌표들을 보니 뜻밖에도 마음에 따스한 온기가 밀려왔다. 별안간 닥쳐온 영감에 들뜬 누군가가 마이크로소프트 그림판 프로그램에다 타이핑하고 급하게 인쇄해서 입구에 걸어놓은 배너처럼 보였다. 가게 앞에는 오렌지색 시크교 터번을 두른 중년 남자가 유리창을 닦고 있었고 안에서는 젊은 여자(그의 딸일까?)가 업소용 냉장고에 탄산음료 캔을 채우고 있었다. 문에는 영업시간과 함께 **예스 위 캔!** 이라고 적힌 2008년도 오바마 홍보 포스터가 붙어 있었다. 자세히 보니 저 점포에 한때는 채권 추심 업체가 있었다는 게 기억났다. 고리대금업자가 피자로 대체되다니, 이스트 글래드니스가 드디어 환골탈태하고 있다는 뜻인지도 몰랐다. **엉망진창인 우리 동네를 믿어줘서 고마워요! 당신네 피자를 영원히 먹을게요!** 그렇게 소리치고 싶은 충동을 느꼈지만 하이는 이미 길을 한참 나아간 뒤였고 말은 도통 나오지 않았다.

"면접부터 봐야 해요." 하이는 저녁 식사를 하며 그라지나에게 설명했다. "그래서 장담은 못 해요. 그래도 시내에서 가장 고급스러운 식당이에요. 제 사촌이 아직 거기서 일하고 있고요."

"그렇구나. 내일이 되면 확실해지겠네." 그라지나가 포크를 내려놓고 냅킨으로 입을 닦았다. 솔즈베리 스테이크가 들었던 플라스틱 트레이에는 액화된 브라우니만 덩그마니 남아 있었다. 그라지나 뒤의 조리대에 놓인, 뉴스 주파수에 맞춰진 휴대용 라디오가 작은 볼륨으로 지직거렸다.

"붙을 거야. 난 알아."

"어떻게요?" 하이는 담뱃불을 붙이고 몸을 뒤로 젖혔다.

"낮잠 자다가 깼는데 그런 느낌이 들었어. 그게 다야. 머릿속에 딱 떠올랐다고. 그리고 생각했지. **얘가 거기 붙겠구나.**"

그리고 백악관발 소식통에 따르면……. 라디오 속 남자가 말했다. **대통령은 크리스마스 전까지 아프가니스탄에서 군대를 더 철수시키도록 중개할 생각이라는데요. 워싱턴에 있는 리사를 연결해보겠습니다…….**

두 사람은 말을 멈추고 라디오 쪽으로 고개를 향한 채 귀 기울이며, 여기든 다른 어떤 곳이든 최악의 상황은 끝났다고 진심으로 믿었다. 무엇이든 가능하다는 느낌이 드는 날이었다. 마치 녹슨 저울이 드디어 이 세계의 온정이 담긴 쪽으로 기울어진 것처럼. 매직 마커로 흉터를 덧칠하고 자신이 정상이라 말하면 그게 사실이 될 듯한, 그런 날이었다.

4

다음 날 아침 하이는 다시 홈마켓으로 갔다. 손차양을 하고 유리창 안을 들여다보니 소니가 홀의 테이블을 닦고 있었다. 오전 10시, 개점까지는 한 시간 남아 있었다.

"뒷마당으로 가." 소니가 열린 문틈으로 말했다.

"뒷마당이 있어?"

"응, 화물 들이는 곳. 거기 가서 기다려. BJ가 준비되면 갈 거야."

"그냥 여기 테이블에 앉아서 기다리면 안 돼? 면접이잖아."

소니가 성가신 투로 과장되게 눈을 굴렸다. "심장까지 가려면 똥구멍에서부터 시작해야 한다. BJ가 늘 하는 말이야. 그건 사실이고." 소니가 문을 닫고는 딸깍 소리 나게 잠갔다.

홈마켓의 뒷마당은 아무 표시 없이 길쭉하게 뺀 포장된 공터였다. 공터 끝에는 버려진 아파트 단지가 있었는데, 대부분의 창문이 판자로 막혀 있고 벽돌 벽 가장자리는 몇 년 전 이곳을 휩쓴 화재로 검게 그을려 있었다. 하이는 뒷문 밖 시멘트 블록 위에 앉아서 기다렸다. 10분쯤 그러고 있으려니 코에 링 피어싱을 한 깡마른 백인 남자애 하나가 나왔다. 그 애는 하이 쪽으로 대강 고개를 끄덕이고는 벽에 기대서서 담배를 더듬어 찾았다. 그가 걸친 앞치마는 원래 흰색이었겠지만 이제는 너무 더러워져서 진흙에 질질 끌었다가 강물로 헹궈낸 것 같았다.

"당신이 BJ?" 하이가 물었다.

"에이, 아니지, 친구." 그가 중독자 특유의 키득거리는 웃음을 흘리며 말했다. "내가 보스처럼 보여? 어이, 그나저나 라이터 있어?"

하이가 라이터를 던져주자 소년은 때가 묻어 거뭇거뭇한 손끝으로 불을 붙였다. 그가 벽에 기대어 담배를 피우는 동안 둘 모두 공터 저편에 죽은 건물들을 바라보았다. 덩굴과 숨 막히게 무성한 잡초 들이 우거져서 창문에 못질되어 덮여 있던 합판까지 뜯어내고 있었다.

"형씨." 소년이 벙긋 웃자 치아 교정기가 햇빛을 받아 빛났다. "딸기 쇼트케이크 들어본 적 있어?"

"있는 것 같아."

소년이 설명하기 시작했지만 하이는 귀담아듣지 않았다. 그는 그라지나가 마지막으로 먹은 약의 약효가 얼마나 갈지, 면접을 마치고 급히 귀가해야 할지 궁리하고 있었다.

"……그래서 여자랑 떡칠 때 말이야, 응? 그러다가 딱 터지려는 순간, 걔를 돌려서 바로 코에다 대고 확 터뜨려버리는 거지. 그러면……." 그가 폭발하는 손짓을 했다. "퍼어어엉."

하이는 폐허가 된 건물들, 1층 창문들에 처진 철제 방범창으로 시선을 돌리고 거기 살았을 사람들을 생각하려 해보았다. 그들은 매일 밤 잠자리에 들기 전 구운 닭고기 냄새를 맡았을까? 그 냄새가 그들의 잠 속으로 스며들었을까? 그중 몇이 바로 이 홈마켓에서 일했을까? 그중 몇이 바로 이 주차장에 들어선 앰뷸런스에서 나온 구급대원들이 가져온 들것에 실려서 드라이브스루 창구의 메뉴판과 스피커에서 지직거리는 음성, 그 주위를 빙 돌아 늘어선 차들 사이로 빠져나갔을까?

"하지만 엉망진창이야, 정말로." 중독자 소년이 중얼거렸다. 그는 흡사 귀신의 집에 등장하는 인물처럼 보였다. 하이는 그 소년과 비슷한 사람들 사이에서 자랐기에─남자든 여자든 다 비슷했다─그들이 뭐라고 하든 그냥 "아아" 하고 넘어가면 된다는 것을 알고 있었다. 그러면 그들은 하이를 좋아하게 되어서, 그를 가만 내버려두거나 아니면 가볍게 취할 때나 심하게 취할 때나 부를 수 있는 별명을 붙여주곤 했다.

"내가 아는 그 남자가 전 여친한테 그랬다고 했어. 하지만 그는 항상 구라를 친단 말이야. 그런데 다른 여자 얘기도 했었어. 쟁기질하는 아일랜드인 알아?"

소년이 내뿜은 연기가 하이의 옆머리를 휩쌌다.

"그나저나 여기 급료는 얼마나 돼?" 하이가 기침하며 그를 돌아보았다.

"거지 같지." 소년이 반쯤 탄 담배를 떨어뜨리고 밟았다. "왜? 여기서 일하려고?"

"지원은 했어."

소년의 휴대전화가 진동했다. 그가 휴대전화를 열어보더니 소리 내어 웃었다. "야, 이거 봐! 내 사촌 다닐이 이걸 보냈어." 소년이 하이의 얼굴에 휴대전화를 들이밀었다. 하이가 물러서서 눈을 가늘게 뜨고 보니 픽셀이 심하게 깨진 영상 속에서 헛간 지붕 위에 다람쥐 한 마리가 페인트볼 탄환에 맞아 떨어지고 있었다. 곧이어 사람들이 고함을 질렀는데, 그중 한 여자가 "내 잔디밭에서 나가, 이 쌍것들아! 내 잔디밭에서 꺼지라고!"라고 되풀이하고 있었다.

하이가 뭐라고 대답하기도 전에 철문이 활짝 열렸다. 백인 소년은 휴대전화를 호주머니에 얼른 집어넣고 앞치마를 고쳐 맸다.

소니가 걸어 나오더니 보초병이라도 된 듯 문 옆에 버티고 서서 턱을 치켜들고 앞을 똑바로 보았다. 이어서 홈마켓의 그늘진 실내에서 건장한 체구가 문틀을 꽉 채우더니 밝은 실외로 나왔다.

"드라이브스루." 그가 그렇게 말하며 문을 고갯짓했다. 그러자 백인 소년이 후다닥 안으로 뛰어갔다.

이 여자가 틀림없이 BJ였다. 키가 190센티미터에 육박했고 머리선을 따라 일자형으로 아주 짧게 깎은 머리카락 아래 이마에 땀이 송골송골 맺혀 있었다.

하이는 재킷을 단단히 여미고 일어나 BJ에게 손을 내밀어 악수를 청했다.

"가만 있어봐." BJ가 부드럽게 하이의 손을 밀어 내리며 말했다. "얘가 네가 말한 사촌이냐?" 그가 하이에게 시선을 고정한 채 소니에게 물었다.

소니가 고개를 끄덕였다. "맞아요. 하이는 우리 부대에 합류하고 싶어 해요."

BJ가 체중을 한쪽 발에 옮기자 스케처스 운동화 아래 모래알이 서걱거렸다. "어이, 눈을 떠봐. 아니, 더 크게." 그가 몸을 굽혀 하이의 두 눈알을 찬찬히 살펴보았다. "흐음. 눈동자가 아직 크네. 적어도 헤로인 중독은 아니군." BJ가 혀로 이를 훑으며 소니에게 말했다. "그리고 필로폰 중독이라면 최소한 근무 도중 졸지는 않겠지, 안 그래?" 그가 킥킥 웃었다. "좋아, 날 따라와."

하이의 안경알에 서린 안개가 걷히자 실내가 시야에 들어왔다. 너무 좁아서 어느 방향으로든 세 발짝만 걸으면 벽에 닿을 듯했다. BJ가 '시설 안내'라는 것을 해주었지만 이 직원용 공간 전체가 고작 캠핑카 한 대만 했다. 세 칸짜리 업소용 오븐 안에서 빙글빙글 회전하는 트레이들에는 설탕으로 덮인 채 부풀어가는 손바닥만 한 황금빛 옥수수빵들이 담겨 있었고, 목덜미가 땀에 젖어 반들거리는, 눈가에 검은 아이라이너를 칠한 10대 소녀가 기다란 스테인리스 스틸 싱크대를 문질러 닦고 있었다. 그리고 청소도구함 옆에 마커로 '사무실'이라고 적은 포스트잇이 붙은 문이 있었다. 여느 패스트푸드점과 비슷해 보였다. 타일 바닥 위에 깔린 고무 매트, 뭉툭한 철제 기기들, 형광등, 그 모든 것에서 풍기는 어렴풋한 케첩 냄새와 설거지물 냄새. 시설 안내는 5분 만에 끝났다.

"이제 가게 앞쪽을 보여주도록 하지. 여기가 바로 마법이 일어나는 곳이거든." 허둥지둥 따라오는 소니를 뒤세우고 BJ가 두 손을 맞비볐다. "바로 여기, **이게** 우리가 제공하는 주요 단백질이야." 그가 미술관 같은 천장 조명들로 밝혀진 카운터 뒤편의 벽을 가리켰다. 거기에는 7단 회전 오븐이 있었고, 어제 본 남자가 수천 마리의 닭 사체로 누레지고 끈적끈적해진 폴리플라스틱 조리대 위에서 통닭 한 마리를 자르고 있었다.

"이쪽은 모런이라고 해." BJ가 붉은 머리 여자를 가리키며 말했다. 모런이 고개를 끄덕이며 나름대로 미소 짓는 듯 입술을 다른 위치로 움직여 보였다. "미트로프 샌드위치 만드는 법 알려줘. 마요네즈 빼고." BJ가 지시했다. 하이는 장갑을 끼고 샌드위치 만드는 법을 배울 준비를 했지만, 알고 보니 BJ는 컴퓨터 시스템 조작법을 일컬은 것이었다. 모린의 손가락이 화면 위를 날아다니며 이런저런 재료와 드레싱을 뜻하는 다양한 색깔의 버튼들을 눌렀다. 하이에게는 그다지 빠르게 느껴지지 않는 35초가 흐른 끝에 카운터 아래 티켓 발매기에서 영수증이 튀어나왔다.

"모린은 유능하지, 안 그래?" BJ의 말에 모린이 처음으로 활짝 웃었다. "그리고 저기, 우리 가게 통닭 아저씨는 웨인이라고 해." 그가 몸을 가까이 기울이며 말했다. "자기가 알 그린●을 닮았다고 사방팔방 떠들고 다니는데, 지금 **목사가** 된 알 그린에 더 가까워. 무슨 말인지 알겠어?"

"확실히 〈사랑과 행복〉 노래를 냈을 시절의 알 그린은 아니지." 모린이 웨인을 고갯짓했다. 웨인은 옷깃 위로 땅딸막한 목이 겨우 손가락 한 마디쯤 올라와 있는 통통한 체격의 남자로, 땀을 비 오듯 흘리고 있었다.

BJ가 오염 방지 덮개가 덮인, 직사각형 음식 통들이 진열된 카운터로 몸을 돌렸다. 위에서는 넴코 사의 상업용 할로겐 램프들이, 아래에서는 구리선으로 순환하는 열탕이 음식들을 가열하고 있었다. 살풍경하고 차가운 디자인의 집기 덕분에 음식 색이 강조되어 선명한 광채를 발했다. 하이가 나중에 알게 된 사실이지만, 이러한 배치는 레이시온●● 이사의 아내가 댄 기금으로 오하이오의 한 연구소에서 수십 년간 진행한 행동 연구를 기반으로 어느 기업 분과 위원회

● 1970년대를 대표하는 미국의 소울 가수.
●● 미국의 대표적인 방위산업체.

에서 설계한 것이라고 했다.

"그러니까 여기가 우리가 일하는 곳이야, 친구." BJ가 말했다. "이 카운터가 바로 홈마켓의 심장이야. 미국을 먹여 살리는 곳이지." 하이는 BJ가 남들에게 전문가로 보이는 데에 사활을 거는 사람이라는 것을 깨달았다. 하이는 전문가들을 접할 때면 종종 긴장했지만, 조그마한 카페테리아에 불과해 보이는 이 식당에 BJ가 내비치는 순수한 열정에 흥미를 느꼈다.

"홈마켓은 다른 패스트 캐주얼 식당과 달라." BJ가 말을 이었다. "길 건너편의 웬디스, 타코벨, 버거킹 같은 어중이떠중이들하고는 확실히 다르고 말이야. 알아들었어?" BJ는 공감대를 끌어모으려는 듯 주위를 둘러보았지만 아무도 주의를 기울이고 있지 않았다. 코 피어싱을 한 백인 소년은 지루한 표정으로 드라이브스루 창구 옆 카운터에 기대서서 팔짱을 끼고 있었다.

"맞습니다, 보스!" 소니가 하이 뒤에서 지저귀듯 말했다.

"좋았어." BJ가 말했다. "왜냐하면 이 식당에 들어오는, 그러니까 **바로** 이 매장에 들어오는 사람들은 말이야……." 이 대목에서 침방울이 튀었지만 하이는 소심해서 차마 피하지 못했다. "추수감사절 한가운데로 걸어 들어오는 셈이거든. 하지만 이곳의 추수감사절에는 콩가루 집안 친척들도 없고, 맛대가리 없는 말라비틀어진 칠면조도 없고, 익히거나 굽거나 자르거나 하는 짓거리도 필요 없어. 제기랄, 너절한 장식이며 곰팡이 핀 호박도 없고, 아무 이유 없이 호박을 채운 그놈의 한심한 원뿔형 바구니도 없어. 이곳의 핵심은 가정식이야. 그리고, 이거 알아? 어떤 사람들이 감히 **고급** 레스토랑이라고 부르는 데니스에도 빌어먹을 전자레인지가 있다는 거? 이 매장에서 전자레인지 봤어?" BJ는 하이가 주위를 둘러보기를 기다린 다음 바지춤을 끌어올리고 연극적으로 숨을 들이쉬었다. "러시아!" 그가 코 피어싱을 한 백인 소년을 불렀다. "너 여기서 전자레인지 본 적 있냐? 없겠지! 우리가 미국에 선사하는 건 명절의 고통을 뺀 명절의 **맛**이야. 여기 오는 사람들에게 우리는 집 같은 느낌을 불러일으켜. 사람들은 자기네가 뭘 얻는지도 모르고 있다가, 예컨대 이걸 한 입 베어 물면……." 그가 맥앤치즈를 숟가락으로 푼 다음 통에 도로 떨어트리더니, 고구마 파이도 똑같이 했다. "봤어? 우리 파이 위에 있는 살짝 그을린 마시멜로 좀 봐. 할머니가 만들던 거랑 똑같지? 하지만 사실 진짜 할머니는 그런 적이 없단 말이야!" BJ의 관자놀이에 도드라진 혈관이 팔딱거렸다. "제기랄, 할머니가 **없는** 사람들조차 이 파이를 입에 넣으면 할머니 얼굴이 눈에 어른거릴걸."

모린이 통 속에서 식어가는 녹색 죽을 가리켰다. "나는 크림 시금치를 가장 좋아해. 왜게?" 그가 하이를 향해 눈썹을 추어올렸다. "채소 같은 맛이 안 나거든. 저녁 식사 같은 맛이 나지."

BJ는 모린이 끼어들어서 약간 성가셔하면서도 고개를 끄덕였다. "맞아. 저녁 식사 하면 홈마켓이거든. 저녁뿐만 아니라 언제든 즐길 수 있지만." 그가 한발 물러서더니 밖의 4번 국도를 지나가는 트럭들을 열띤 눈으로 쳐다보다 외쳤다. "우린 마법사다!" 웨인이 흠칫 놀라 어리둥절한 눈빛으로 돌아보았다. BJ가 카운터를 손으로 탕 내리쳤다. 그 바람에 금전등록기에서 쿠키 한 봉지가 떨어져서 소니가 재빨리 제자리에 돌려놓았다. "우리는 음식을 **감정**으로 바꾼다, 친구들. 알아들었어? 음식을 변신시킨다고."

하이는 다른 직원들의 표정을 살펴보았다. 모두가 무감동한 가운데 소니 혼자서만 경외감, 공경, 두려움이 뒤섞인 감정으로 입술을 떨고 있었다. BJ가 이런 장광설을 쏟아낸 것이 처음은 아닌 듯했다.

"이게 단순히 배를 불리는 차원의 문제라고 생각해?" BJ가 하이를 돌아보며 묻기에 하이는 서둘러 고개를 저었다. "이건 사람들을 보살피는 거야. 그들이 거지 같은 직장에서 빼앗긴 행복을 되돌려주는 일이지. 우리 손님들은 대저택에 사는 부자들이 아니야, 알지? 다들 세파에 시달려 너덜너덜해진 채로 여기 온다고. 예컨대 메이블 양은 20년 넘게 가족을 못 보고 살았어. 그 아가씨는 우리 모두의 이름을 알고 있고 심지어 저기 모린을 자기 딸 이름으로 불러." BJ가 모린의 얼굴을 손가락질했다. "그렇지 않아, 모르? 그리고 한번은 너한테 팁을 10달러나 주지 않았어?"

모린이 입술을 깨물고 고개를 끄덕였다.

"하지만 이 모든 일이 본사 덕분인 건 아니야. 우리 팀원들 덕분이지. 그리고 좋은 팀은 좋은 리더 없이는 **아무것도** 아닌 법이지." BJ가 뒷주머니에서 성조기가 그려진 두건을 꺼내 땀이 흐르는 이마를 닦았다. "자, 나는 누군가의 영웅이 되려 하거나, 내 자랑을 늘어놓으려고 여기 있는 건 아니야. 하지만 여러분이 혹시라도 잊어버릴까 봐 말해두겠어. 여러분, 우리는 3위야." 그가 모린의 얼굴에다 손가락 세 개를 들이댔다. 모린은 눈도 깜짝하지 않았다. "북동부 12개 지역을 통틀어 **세 번째로** 매출이 많은 홈마켓이라고."

"펜실베이니아주 레딩 지점이 여전히 1위인가요?" 웨인이 물었다.

BJ가 한숨을 쉬고 엄숙하게 고개를 끄덕였다. "그 1등은 아무 의미 없다는 거 잘 알잖아. 레딩 지점은 허허벌판에 있어, **웨인**. 음식의 사막 같은 곳이라고. 우리 가게가 그런 벽촌에 있었다면 하룻밤에 1만 달러는 거뜬히 벌어들였을걸. 몇 킬로미터가 넘도록 소 방목지만 펼쳐지는 그 동네에서는 홈마켓이 타임스 스퀘어나 마찬가지니까!"

"맞아요." 소니가 거들었다.

매출 2위는 보스턴의 사우스 역 내부에 있는 지점이었는데, 사람들은 기다리다 보면 자연적으로 더 배가 고파지기 때문에 장사가 잘되는 것뿐이라고 BJ는 설명했다. "그냥 자연스러운 거야. 오래 기다리면 기다릴수록 더 많이 먹게 되거든. 그러니까 어떤 의미에서는 우리가 **진짜** 1위야. 자, 왜 그런지 궁금할지도 모르겠는데, 내가 알려주지." BJ가 카운터에 기대어 팔짱을 꼈다. "아만다, 그 옥수수빵 가져와!"

직원용 내부 공간에서 옥수수빵 트레이를 든 설거지 담당 여자 직원이 발을 질질 끌며 걸어 나와 카운터 위 금속 받침대에 빵들을 쏟아부었다. BJ가 빵 한 개를 집어 빛에 비추더니 조심스럽게 반으로 갈랐다. 빵에서 김이 모락모락 피어오르면서 노르스름한 부스러기들이 손바닥에 떨어졌다. 그는 빵 절반을 하이의 입가에 가져다 대고 말했다. "이 진실의 맛을 보라고, 친구."

하이는 빵 덩어리를 입에 넣고 씹었다. 가장자리가 바삭바삭한 빵이 혀 위에서 금세 녹아내리면서 짭짤하고도 달콤한 맛이 **옥수수**의 균일한 맛 위로 번졌다. 놀랍게도 달고, 고소하고, 약간의 버터 맛이 감도는 옥수수의 정수를 이 빵이 물려받은 듯, 구워진 음식으로 변형되었음에도 그 옥수수다움이 보존되고, 나아가 강화되기까지 한 듯했다. 하이가 먹어본 어떤 옥수수보다 더 옥수수 같은 옥수수빵이었다. 복숭아 맛 젤리가 복숭아보다 더 복숭아 같은 것처럼.

BJ가 나머지 절반의 빵을 삼키고는 미소 지었다. 러시아의 얼굴에 비로소 표정이라는 것이 떠올랐다. 어렴풋하게 동조하는 표정이었다. "인정할 수밖에 없지. 그건 대박이거든."

"그리고 그건 다 나 BJ, 즉 빅 진 덕분이야. 진은 제대로 된 프랑스식 발음으로 **자앙**이라고 하지. 알겠어?"

"빅 진." 하이가 고개를 끄덕였다.

"그래, 내가 완벽한 옥수수빵을 발명한 거야. 레시피는 나만 알고 있고. 그런데 나는 또 한편으로는 북동부에서 가장 실적이 좋은 점장 중 한 명이기도 해."

"맙소사." 모린이 말했다. 그 억양을 들으니 중서부 출신이라는 것을 알 수 있었다. "또 시작이네." 모린이 돌아서서 냅킨 상자를 열기 시작했다.

"따라와." BJ가 홀 반대편 끝으로 건너갔다. 거기에는 화장실로 이어지는 좁은 복도가 있었고, 벽에 '이달의 직원'이라는 코너가 마련되어 있었다. 벽에 걸린 열두 개의 액자가 두 개만 빼고 모두 BJ의 사진을 담고 있었다. 사진 속 BJ는 머리카락 길이만 조금씩 다르고 활짝 웃는 표정은 똑같았다. 뒤따라온 소니가 앞으로 나서서 6월의 직원 액자에 든, 범죄자 증명사진처럼 보이는 모린의 사진을 가리켰다. "이건 물론, BJ가 신부전으로 입원한 할머니를 돌보러 마르티니크에 가느라 자리를 비웠을 때였어."

"모르가 꿋꿋하게 잘 해냈지." BJ가 머리를 설레설레 흔들더니 목소리를 낮춰 말했다. "모르가 쿠키를 훔쳐 먹는 걸 알지만 나는 그냥 눈감아주고 있어." 그가 하이의 등을 두드렸다. "그렇잖아. 이 세상은 주는 게 있으면 받는 게 있는 법이거든, 친구."

"저건 누구예요?" 하이가 가장 최근인 8월의 직원 액자에 든, 농구 유니폼을 입은 남자 사진을 고갯짓했다.

"그 **사람은** 다름아닌 새뮤얼 달렘버트지." BJ가 고개를 치켜들고 반색했다. "세븐티식서스의 센터 말이야."

"어떻게 이 사진에 BJ의 이름이 적힌 거예요?"

BJ의 설명에 따르면, 지난달 본사에서 창립자 중 한 명의 은퇴 파티가 열려서 평소에 촬영을 맡아주던 사진사가 오지 못했기에 BJ의 사진 대신 달렘버트의 사진을 넣은 거라고 했다. "같은 카리브해 출신으로서 그와 나는 공통점이 많아. 근면하고, 두드러지게 활약하고, 압박받을 때도 끈기 있고, 솔직히 말하자면 자기 분야에서 가장 뛰어난 성과를 올리는 사람이거든."

"참 나, 그건 아니지." 카운터 뒤에서 웨인이 소리쳤다. 모두가 그를 돌아봤다. "달렘버트가 너하고 같은 **반구**에서 왔다는 이유만으로 그런 얼토당토않은 주장을 해선 안 되지. 그는, 음, 그럭저럭 괜찮긴 해. 한 경기당 한두 슛을 막고, 여기저기서 레이업을 하고, 일주일에 한 번쯤 고공 패스를 잡는 정도. 현실 세계에서는 그런 선수를 **롤플레이어**라고 해. 샤킬도, 던컨도, 심지어 무톰보도 못 된다고."

BJ가 입을 가로막은 채 부들부들 떨던 손을 마침내 떼어내고 애써 침착한 투로 말했다. "달렘버트는 카리브해 프랑스령의 자부심이야. 내 할머니는 그 선수 **때문에** 농구를 본다고."

"좋은 일이네. 하지만 너와 **뭐든** 공통점이 있다는 이유만으로 그를 '자기 분야에서 최고'라고 부를 순 없는 거라고. 케빈 올리도 흑인이지만, 나는 객관적으로 봤을 때 그 친구가…… 형편없다고 말할 수밖에 없거든."

"나는 빈 베이커를 좋아해." 모린이 따분한 표정으로 말했다. "하트퍼드 출신인데 알코올의존증이 됐지. 내 아들은 생전에 빈 베이커

경기를 매주 봤어. 슈퍼소닉스 유니폼을 입으면 아주 멋있었지."

"이봐, 러시아." 웨인이 말했다. "너는 그 농구 선수, AK-47● 좋아해?"

"슈퍼소닉스의 초록색이 보스턴 셀틱스의 초록색보다 보기 좋아." 모린이 말을 이었다. "더 상냥하고 우아해 보이거든. 우리 아버지는 셀틱스를 좋아했지만. 개자식 같으니."

러시아가 헤드셋 한쪽을 벗었다. "AK-47이라뇨?"

"그래, 유타 재즈에 안드레이 카로 어쩌고 하는 러시아 선수 있잖아. 그 선수가 러시아인이니까 세계 최고라고 생각하냐?"

"저는 농구 안 좋아해요. 드리블을 너무 많이 하잖아요." 러시아가 그렇게 대꾸하고는 도로 헤드셋을 썼다.

"아무튼. 다들 내 말 알아들었잖아." 웨인은 돌아서서 고개를 흔들며 미트로프를 마저 썰었다.

BJ가 하이와 소니를 마주 보았다. "저 친구 말은 듣지 마. 10년 넘게 당뇨와 싸우느라 엉뚱한 말을 해대거든, 저 웨인이란 친구." 그가 한숨을 쉬고는 시선을 돌렸다. "하지만 마음씨는 착하지. 자, 애야, 내가 하려는 말은 이거야. 여기서 나는 결정권을 갖지 않아." BJ는 달렘버트의 벙긋 웃는 얼굴을 두드리며 말을 맺었다. "그냥 결정을 내려버리지."

안내가 끝나고 하이는 BJ를 따라 사무실로 들어갔다. 사무실은 큼지막한 변기만 한 크기였다. 홈마켓 여자 직원이 춤추며 바구니에서 옥수수빵을 던지면서 화면을 가로질러 지나가는 화면보호기가

● 과거 소련에서 생산한 자동 소총. 러시아 출신 농구 선수 안드레이 키릴렌코의 별명이기도 하다.

델 컴퓨터 모니터에 떠 있었다. BJ가 책상 밑의 판지 상자를 뒤져서 검은 폴로 셔츠와 홈마켓 공식 모자를 꺼내 하이에게 줬다. "사이즈가 크겠지만 그래도 입을 순 있을 거야."

"잠깐만요, 저 채용된 거예요? 면접은요?"

"나를 봐, 이 친구야. **면접**의 핵심 글자가 뭐야?"

하이는 눈을 껌뻑거렸다. 어쩐지 여기까지 뒤따라온 소니가 하이의 귓가에 대고 숨을 몰아쉬고 있었다.

"**접**이지. 면, 접. 그리고 너는 이 가게를 잘 접했잖아. 안 그래?"

하이가 고개를 끄덕였다.

"셔츠 입고 모자도 써. 아, 그리고 이 앞치마도." BJ가 서랍에서 지폐 몇 장을 꺼내줬다. "여느 신입과 마찬가지로 7.15달러로 시작해. 네가 놈팡이만 아니라면 금방 7.25달러로 오를 거야."

"'금방'이 얼마예요?"

"2년 정도." BJ가 하이에게 펜을 건네주고는 하이가 등에 대고 서명할 수 있도록 소니에게 몸을 돌리라고 했다. "하지만 경고하겠는데, 여기엔 한계가 있어. 열심히 일해서 이 요물들 중 하나를 소유할 꿈은 꾸지도 마. 홈마켓은 프랜차이즈가 아니야. 우린 스타벅스랑 비슷하거든." BJ가 방금 한 말이 하이에게 흡수되길 기다리는 듯 뜸을 들였다. "본사에서 추수감사절을 아무한테나 넘겨주지는 않는단 거야. 심지어 나한테도 말이야. 경영은 가족끼리 나눠 맡더라고."

"홈마켓 본사는 조지아주 애틀랜타에 있고 거기서 모든 팀을 통제해." 소니가 덧붙였다. "군대 지휘본부 같은 거지."

"맞아." BJ가 팔짱을 꼈다. "여긴 **확실히** 군대 같고, 나는…… 장고 같은 거야."

"**장군** 말씀하시는 거죠?"

"BJ는 맥클레런 장군만큼이나 예리하고 굳센 지도자야." 소니가 말했다.

"너 바보냐?" BJ가 소니에게 따졌다. "그 작자가 노예해방에 반대했다 하지 않았어? 다른 장군 골라봐."

하이는 소니의 어깨를 쳤다. "남북전쟁 얘기 좀 그만할래?"

"어쩔 수 없어. 그게 쟤 관심사잖아. 소니는 자패증이니까."• BJ가 자기 머리를 가리키며 하이에게 의미심장한 시선을 보냈다.

"**관심사**가 아니에요." 소니가 폴로 셔츠의 옷깃에 단추를 채우며 말했다. "그건 학문이라고요. 저는 역사가고요." 소니는 앞으로 한 발짝 나서서 국기에 대한 맹세를 하듯 심장께에 손을 올리고는 쏟아내듯 말했다. "그리고 맥클레런 장군이 초기에 도덕적으로 타락한 것을 부정할 수는 없지만, 그는 당시에 가장 노련하고 유능한 야전 사령관이었고 웨스트포인트 사관학교를 수석으로 졸업했다고요. 점 장님, 셔먼 장군에 빗댈 **수도** 있겠지만 그러면 명백한 거짓이 될 거예요. 그는 전장에서 지휘력이 훨씬 떨어졌고 잔인하게 불을 질러 습격하는 전술을 썼으니까요. 특히 남부에서요."

BJ는 하이를, 그다음으로 소니를 흘긋 보더니 곰곰이 생각했다. "나는 그냥 장고를 할게."

하이는 셔츠를 입고 모자를 쓰고 서류에 서명한 뒤 BJ를 따라 가게 앞으로 나왔다. "실례합니다, 팀원 여러분!" BJ가 필요 이상으로 큰 소리로 외치자 모린이 왼쪽 귀를 막았다. "역사상 세 번째로 매출

• '자폐증'을 잘못 말한 것.

이 많은 우리 홈마켓의 신입을 환영해주십시오!" 약간의 박수가 터져 나왔다. 직원용 공간 어딘가에 있던 설거지 담당 소녀마저도 손뼉을 쳤다.

소니가 하이의 손을 잡고 흔들며 진지하게 말했다. "자네가 자랑스럽군, 이등병."

하이는 자신의 손가락에서 흘러나오는 온기 비슷한 감각에 흠칫 놀랐다. 실내가 빙빙 돌더니 알록달록한 색깔들로 반짝였다. 안도감이 이토록 말끔하게 자신을 관통해 흐를 줄은 미처 예상하지 못했다. 이제 직업이 생긴 것이다. 그가 이 세상에서 실질적인, 수량화할 수 있는 기반을 얻었다는 뜻이었다. 유니폼도, 주홍색 로고가 깔끔하게 수놓인 멋진 모자도 가졌다. 조지아의 본사에서 하이의 이름표도 오는 중이었다. 동료 직원들—아니, 팀도 있었고, 심지어 그 팀은 자기 분야에서 3위를 달성할 만큼 우수했다. 어딘가에 이토록 깊이 속해보는 것은 난생처음이었다. 하이는 이곳에 속하다 못해 삼켜져서, 눈에 보이는 사람들 무리 가운데에서 눈에 보이지 않게 되었다.

박수가 잦아들자 러시아가 다가와서 닭다리 하나를 건네주었다. 하이는 고기를 한 입 베어 물고는 얼어붙었다. 가슴에 북받쳐 있던 감정에 닭고기 맛이 배가되었다.

"뭐야?" 웨인이 움찔하며 말했다. "대체 왜 우는 거야? 어이, 친구, 아직 12시도 안 됐어. 나는 우는 사람하고 같이 일 못 해. 눈물에 알레르기가 있다고."

러시아가 말했다. "야, 어이, 너 괜찮냐? 어디서 좀 쉴래?"

하이는 고개를 젓고 입에 묻은 닭고기 기름을 닦았다. "닭고기가 너무 맛있어서요. 그게 다예요." 반은 진심이었다. 한 입 더 먹다 보니 주변 얼굴들이 물빛으로 번지면서 자신이 이제까지의 서글프고 조그마한 삶보다 훨씬 넓은 영역으로 들여보내진 기분이 들었고, 그러자 자신의 문제들이 갑자기 어딘가 다른 세계에 속하는 듯 한없이 가볍게 느껴졌다. 하이는 이 회사에서 자리를 얻었을 뿐만 아니라, 회사는 그의 과거가 어떤지 전혀 몰랐다. 그런 건 전혀 중요하지 않기 때문이다. 하이는 이제 **직원**이 되었고, 근무시간 기록표에 표시되는 기능적 존재로서만 드러나는 영원한 현재를 얻었다. 하이에게 역사가 요구되지 않았으므로 그에게는 역사가 없었고, 역사가 없으면 슬픔도 없다는 뜻이었다. 그 대신 그는 사람들을 먹이는 노동력의 일부였다. 미국의 연료였다. 그리고 그는 사용되기 위해, 유용해지기 위해 불타고 있었다.

"이것 봐, 웨인." 모린이 소리 내어 웃었다. "네 통닭이 너무 맛있어서 애가 울잖아!"

웨인은 몸을 기우뚱하며 그 말을 음미했다. "그 정도로 맛있냐, 응?"

BJ가 억지스러운 미소를 지으며 옆구리에 양손을 올렸다. "좋아, 얘들아, 이 빌어먹을 가게를 열어보실까!"

말이 채 끝나기도 전에 소니가 앞문으로 달려가 잠금장치를 열었다.

하이는 하루 종일 소니에게 교육을 받았다. 가장 먼저 한 일은 청소도구실 안에 들어가는 것이었다. 페이퍼타월 두루마리들이 보관된 선반 위에 12인치 TV와 비디오가 설치되어 있었다. 하이는 어둠 속에 서서 30분짜리 고객 서비스 지침 영상을 시청했다. 종이봉투에 음식 담는 법이 나왔는데, 플라스틱 같은 머리카락을 늘어뜨린 여자가 "소중한 아기를 안듯이 하세요"라면서 봉투 밑바닥을 두 팔로 안아 들어 보였다. 전략적으로 다양한 인종으로 구성된 배우들이 하이와 같은 유니폼을 입고 모든 과정을 시연했지만, 그들은 치열이 고르고 하나같이 헤인스 속옷 포장지에서 튀어나온 것처럼 생겼다는 점이 달랐다. 영상이 끝나자 소니가 문을 열고 손목시계를 확인했다. "끝났지?"

"응, 이제 다 알았어."

"그럴 리가. 날 따라와."

소니는 하이에게 변기 청소하는 법, 소변기 탈취제 교체하는 법, 자동차 타이어만 한 화장지 두루마리를 업소용 디스펜서에 넣는 법(무릎을 지지대로 써야 했다)을 가르쳐주었다. 마지막으로 BJ의 사무실 밖에 있는 키패드에 하이의 고유 번호를 입력해 출근 시각과 퇴근 시각을 기록하는 법을 알려주었다. 소니는 북부가 승리한 해인 1865를 자기 번호로 해달라고 요청했다고 했다. 하이는 "그거 말 되네"라고 했다.

하이의 번호는 2163이었다. 그 의미가 무엇인지는 신경 쓰지 않았지만, 태양이 마침내 가스를 모두 소진하고 태양계를 폭파시킬 해가 2163년이었으면 하고 내심 바랐다.

"자, 오늘 너는 여기서 10초 일한 거야." 소니가 엔터를 누르며 말했다.

"잠깐만, 왜 진작 내 출근을 기록해주지 않았어? 나 여기에…… 음, 네 시간쯤 전에 왔는데."

"인간의 실수지 뭐." 소니가 왼쪽 눈 밑의 점을 긁적거리고는 걸어갔다.

그때 사무실 문간에서 BJ가 고개를 내밀었다. "어이, 신입, 잠깐 보지?" 그의 얼굴이 기괴할 만큼 심각했다.

하이는 안으로 들어가서 문을 닫았다.

"여기 앉아서 내 말 들어." BJ가 목쉰 소리로 말했다.

하이는 의자에 앉았다. "BJ, 저는 정말로…… 네 시간치 급여를 못 받아도 상관없어요. 그냥 농담이었어요."

BJ가 초췌한 표정으로 하이를 보더니 거대한 어깨로 모니터를 가린 채 컴퓨터에 무언가를 입력했다. 그가 물러나자 화면에 동영상 재생 프로그램이 떴고, 묵직하고 멋들어진 베이스가 깔리면서 누군가가 알아들을 수 없는 노랫말을 내지르는 소리가 이어졌다. BJ가 장난스럽게 하이를 밀었을 때에야 하이는 그 음성이 BJ의 것임을 깨달았다. BJ는 노래에 맞춰 립싱크를 하며 하이의 가슴을 손가락으로 쿡쿡 찌르고 있었다.

조그마한 사무실 안에서 BJ와 한 발짝 거리를 두고 그렇게 앉아 있으려니, 노래가 끝났을 때 하이의 얼굴은 그의 침으로 흠뻑 젖어 있었다.

"이거, 음, 멋있네요. 그쵸?" 하이가 말했다.

"그렇게 생각해?" BJ가 성조기 두건으로 목을 닦더니 하이의 젖은 얼굴을 알아보고는 뺨을 대강 두드려주었다. "내가 널 고용해준 사람이라서 빈말하는 거 아니고?"

"전혀 아니에요. 제 말은, 음, 느낌이 정말 좋아서요. '시스템 오브 어 다운' 밴드 같은데 그것보다 좀 더 느린 느낌?"

"정말? 그게 딱 내가 의도한 건데. 시스템 오브 어 다운과 메탈리카를 섞은 느낌 말이야. 어휴." BJ가 두 손을 맞잡았다. "정말 안심되네. 최고의 입장곡이 될 거야."

"입장곡이라뇨?"

"레슬링 말이야." BJ는 뻔하지 않냐는 듯 대꾸했다. "나는 지역 연맹전에 나가는 아마추어 레슬링 선수거든. 뭐, 아직까지는 아마추어라는 거지. 이봐, 홈마켓도 좋지만 내가 여기서 뼈를 묻을 건 아니거든. 무슨 말인지 알겠어? 나는 재능을 타고났다고. 그리고 엄마는 내 재능을 낭비하지 말라고 했어." BJ가 두 팔을 활짝 벌렸다. 그의 손가락이 코르크 게시판에 고정된 너덜너덜한 일정표들에 닿았고, 그의 체중을 받치는 의자가 삐걱거리며 신음을 뱉었다. "하느님이 나를 불러서 황금 몸을 내려주셨는데 점장으로 사는 데에 안주해선 안 되지. 나는 언젠가 제2의 리키시가 될 거야."

"가진 기량을 활용해서 금을 따낸단 거군요. 그래요, 이해가 되네요."

"아니, 아니. **바로** 이 팔이……." BJ가 이두박근을 부풀려 보였다. "금이란 거야. 그게 진정한 선수와 허풍쟁이의 차이야. 허풍쟁이들은 금을 원하지만, 전설적인 선수들은 금 자체거든. 닦아주기만 하면 되지. 그걸 잊지 마, 신입." BJ가 몸을 뒤로 젖히고 고개를 갸웃하고는 하이를 주의 깊게 바라보았다. "그나저나 넌 몇 살이냐?"

"열아홉 살요."

"흐음, 내 자식뻘이군." BJ가 고개를 주억거렸다. "나는 3월에 서른일곱이 되거든."

"그렇군요."

하이가 기름과 표백제 냄새를 풍기는 유니폼 차림으로 홈마켓을 나섰을 때는 해 질 녘이었다. 저녁의 붉은 불티들이 산등성이에서 떨어져 나와 계곡 밑바닥에 그을음이 되어 내려앉는 동안, 상가를 지나 다리로 향하는 하이의 유니폼이 그를 둘러싼 밤처럼 먹빛으로 물들었다. 주차장 저편 구석에서 빛나는 페퍼 병장 피자 가게가 보였다. 신장개업 현수막이 여전히 걸려 있었지만 바람에 한쪽 귀퉁이가 떨어져 접힌 탓에 '신장개'까지만 보였다. 아마도 페퍼 병장 본인인 듯한 사장이 차가운 형광등이 줄지어 켜진 카운터에 걸터앉아 코카콜라를 병째로 홀짝였고 홀은 텅 비어 있었다. 반면 홈마켓은 오늘 하이가 근무한 시간 동안 집계된 액수로만 따져도 2천 달러를 족히 벌어들였을 터였다.

하이는 싸늘하고 새까만 공기 속에 잠시 서 있었다. 강 아래쪽에서 누가 나무 베는 소리가 들렸다. 아마도 자동차 전조등을 밝혀놓고 일하고 있는 듯했다. 언덕을 타고 올라오는 도끼질 소리가 에스러웠고 어딘가 다른 세상에서 들려오는 듯 느껴졌다. 텅 빈 피자 가게를 보고 있으려니 어째서인지 엄마에게 생각이 미쳤다. 몇 년 전 어느 날 밤 열세 시간 근무를 마치고 귀가한 엄마가 피자가 엄청나게 먹고 싶다고 말한 적이 있다. 영어를 할 줄 아는 유일한 식구였던 하이가 전화기를 들고 주문을 했다. 그때 하이는 여덟 살인가 아홉 살이었다. 피자가 도착하고 다 같이 먹다가 문득 고개를 들어보니 엄마가 잠들어 있었다. 그뿐만이 아니었다. 엄마는 종이 접시에 반쯤 먹다 남긴 피자 조각 위에 얼굴을 박은 채였고, 흰 셔츠에 일그러진 심장 모양 기름얼룩이 배어 있었다. 그 장면은 아무 의미 없어도 마음에서 떨쳐버릴 수 없는 이미지들 중 하나였다.

하이는 할머니라면 어떻게 대처해야 하는지 알 거라는 생각에 그분을 돌아보았다.

"깨우지 말아라." 할머니가 피자 한 조각을 하이의 접시에 더 덜어주며 말했다. "자게 놔두렴, 얘야. 수탉이 깬 이후로 줄곧 일했잖니." 알고 보니 엄마는 그날 밤 퇴근할 때 허리 통증을 잠재우려고 먹은 종합감기약 때문에 고통 없는 꿈나라로 멀리 떠난 것이었다.

할머니가 피자 중앙에 꽂힌 플라스틱 지지대를 집어 바닥에 내려놓았다. "이거 보이니? 이것 때문에 우리가 늘 피자헛을 먹는 거야. 여기 사람들은 조상을 존경할 줄 알거든."

"어째서요?" 그렇게 묻는 하이의 뒤에서 엄마가 코를 골았다.

"다른 식당들은 혼령을 모시는 작은 탁자를 안 주잖아. 피자헛만 이러지." 할머니가 손톱으로 피자 테두리를 톡톡 두드리며 미소 지었다. "네 피자 조각 줘보렴." 할머니는 세 발 달린 지지대 위에 피자를 올려놓았다. 그러자 피자 조각이 방바닥 위에 떠 있는 것처럼 보였다. 할머니는 두 손을 맞잡고 혼령들에게 여기 와서 버섯 슈프림 피자를 드시라고 낮은 목소리로 읊조리며 몸을 흔들었다. 그러고는 피자 조각을 하이의 접시에 돌려놓았다. "자, 혼령들의 작은 탁자에 음식을 올려드렸어. 이제 이 음식은 살고자 하는 혼령들의 욕망으로 채워져서 더 강력해졌단다."

하이는 훗날 인형의 집에 딸린 정원 테이블처럼 생긴 그 플라스틱 지지대가 배달 중 상자 안에서 피자가 쏠리지 않게 고정해주는 물건이라는 것을 알게 되었다.

"피자헛 주인들은……." 할머니가 자기 딸을 흘긋 보며 말했다. "우리 같은 사람들을 생각해준 거야. 믿기니? 미국인들이 베트남 관습을 고려해서 피자를 만든다니." 할머니는 한숨을 쉬고 손등으로 입을 닦았다. "그래서 우리가 피자헛을 지지해야 하는 거야. 좋은 사람들이거든." 할머니가 그렇게 말을 맺고 피자로 손을 뻗었다.

도끼질 소리는 할머니의 음성과 더불어 한참 전에 사라졌다. 하이는 머릿속에서 기억을 떨쳐내며 집으로 향했다. 밤을 보낼 나무를 찾으며 서로를 부르는 흑기러기들이 화살 모양으로 떼 지어 하늘을 훑고 지나가다 오래지 않아 어둠에 삼켜졌다. 철교에 다다르자 절벽에서 나무 연기 냄새가 풍겨오더니 허버드 거리 16번지에 있는 그라지나의 집 창문이 암흑 속 아침 햇살 한 조각처럼 빛났다.

그라지나는 말도 잘 못 할 만큼 기뻐하며 입을 손으로 틀어막고 "급료는 잘 주니? 응? 공정하게 주는 거 맞아?"라고 물었다.

"나쁘지 않아요. 7.15달러예요. 최저임금이죠."

"괜찮네. 웹스터스에서 인스턴트 저녁 식사를 할인가로 두 개 살 수 있는 돈이잖아."

"아, 여기요." 하이가 그날 남은 옥수수빵 하나를 담아온 종이봉투를 식탁에 내려놓고 열었다. 그리고 아까 BJ가 그랬듯 전구 불빛 아래로 빵을 가져가 반으로 갈랐다. 빵은 차가웠지만 속살은 여전히 촉촉했다. "먹어보세요. 옥수수빵이에요."

"그게 뭔지는 나도 알아. 겨우 어제 미국에 건너온 사람이 아니라고." 그라지나가 빵을 손에 들고 무게를 가늠해보더니 하이에게 미심쩍은 눈빛을 던졌다. "내 이로 먹어도 될 만큼 부드럽니?"

"그럼요."

그라지나가 빵을 한 입 베어 먹었다. 그의 눈꺼풀이 파르르 떨리는 듯했다.

"오, 예수님, 마리아님." 그라지나가 윗입술에 노르스름한 부스러기들을 묻힌 채 속삭였다. "어떻게? 대체 어떻게 이런 빵을 만들 수 있지?" 믿을 수 없다는 듯 고개를 흔드는 그의 녹색 눈동자 속에서 어린 소녀가 밖을 빼꼼 내다보았다.

"그죠? 저도 모르겠어요. 미친 맛이에요."

"솔즈베리 스테이크의 그레이비소스에 찍어 먹으면 완벽할 거야. 라바스." 그라지나가 하이의 어깨를 거머잡았다. "너는 천재들 밑에서 일하는구나. 자랑스러워해야 해." 그라지나는 그의 유니폼에서 있지도 않은 먼지를 털어내는 시늉을 하더니, 나머지 빵 덩어리를 집어삼키며 뒤로 물러서서 하이를 바라보며 활짝 웃었다.

"아! 까먹기 전에, 라바스……." 그가 눈썹을 구부리며 말을 이었다. "나도 네게 줄 게 있다. 이리 오렴." 그라지나는 부엌을 건너가서 바로 밖에 있는 갈색 문을 열었다. 하이는 그동안 내내 벽장인 줄 알았던 곳이었다. "들어가." 그라지나가 옆으로 비켜서서 안내원처럼 손짓했다.

문 안에는 거의 천장까지 쓰레기로 가득 찬 지하실로 이어지는 계단이 있었다. 계단 맨 밑에 다다른 하이는 한 사람이 평생에 걸쳐 쌓아놨을 법한 폐품들과 맞닥뜨렸다. 솥과 냄비, 뭔지 모를 천이며 옷이 불룩하게 들어찬 검은 쓰레기봉투, 낡고 부서진 가구와 그 뒤에 반쯤 가려진 서류 캐비닛 대여섯 개, 재봉틀 두 대, 한쪽 눈알이 떨어진 흔들 목마, 필름이며 카세트며 망가진 싱글 레코드판 사이에 끼어 있는, 1970년대에 제조된 비타민으로 가득 찬 상자. 2004년 뇌졸중으로 사망한 그라지나의 남편 요나스는 온갖 물건을 쌓아두는 성격인 모양이었다.

그라지나가 하이를 뒤따라 내려왔다. 그는 목마의 흉측한 머리를 어깨 위에 끼우고 기대서서 요나스가 긴 산책을 다녀올 때마다 이상한 물건을 한 아름 안고 귀가하곤 했다고 이야기했다. 알츠하이머가 악화된 어느 날에는 어딘지 모를 집의 현관문을 통째로 뜯어 가지고 왔는데, 어디서 어떻게 그걸 손에 넣었는지 기억하지 못했다. 당황한 그라지나는 문짝을 버리라고 했지만 요나스는 언제나 그랬듯 오른손을 씩씩하게 들어 올리며—그라지나는 이 대목에서 남편의 손짓을 흉내냈다—"전쟁 기억 안 나? 언제 무슨 일이 터질지 어떻게 알아, 이 여자야!"라고 말하더니 문짝을 지하실로 끌고 내려갔다. 지금 그것은 먼지가 곱게 쌓인 철제 재봉틀 위에 걸쳐져 있었다.

"봐, 내가 오늘 길을 터놨어. 너를 위해 길을 만드느라 하루 종일 걸렸네. 가자." 그라지나가 하이의 허리보다 약간 더 넓은, 구불구불한 길을 따라 그를 뒷방으로 안내했다. 두 사람은 높다랗게 솟은 쓰레기 더미를 넘어뜨리지 않게 조심조심 길을 누비고 나아갔다.

맨 안쪽 벽 근처에 누리끼리한 전구 하나를 켜고 끌 수 있는 줄이 매달려 있었다. 하이가 그걸 당기자 머리 위에서 전구가 대롱대롱 흔들렸다. 그곳의 벽감 안에 바닥부터 천장까지 차지하는 책꽂이가 들어서 있었다. 몇몇 선반에는 책이 세 권씩 겹쳐서 꽂혀 있었는데, 대부분 1950년대에서 1980년대에 걸쳐 출간된 대중적 펄프 픽션이었다. 뒤쪽 벽에는 하얀 천이 드리워져 있었는데, 그라지나가 그걸 가리키며 말했다. "저걸 걷어봐. 네가 가고 싶은 곳일 거야."

하이는 한 팔로 입을 막고 먼지 속에서 천을 벗겼다. 그러자 원뿔형 빛 속에서 흩날리는 먼지 사이로 금박 표지 책들이 보였다. 호메로스, 셰익스피어, 톨스토이, 오스틴, 몽테뉴, 플로베르, 투르게네프, 포크너 등등 영원한 고전들이 끝없이 늘어서 있었다. 하지만 나보코프, 투머, 샐린저, 애트우드, 볼드윈, 모리슨도 있었다. 대부분은 밴텀을 비롯한 여러 출판사에서 신문지만큼 얇은 종이를 값싸게 장정해

대량으로 인쇄한 문고본이었지만, 그렇다고 책 속의 내용이 달라지는 것은 아니었다. 게다가 가죽 장정된 스타인벡과 헤밍웨이의 전집도 있었다. 하이는 입을 딱 벌린 채 책등을 손가락으로 훑었다. 심장이 두근거리고 폐 속에는 먼지가 가득했다. "맙소사. 어떻게 한 거예요?" 하이는 숨을 몰아쉬며 물었다.

"난 아무것도 안 했어. 말했잖아. 내 남편이 먹물이었다니까. 온갖 책을 다 읽었어. 얼마나 많이 읽었으면 눈이 말라버렸다고. 이 망할 책들 때문에 장님이 돼버렸어." 그라지나의 안경에 먼지가 얇게 앉았다. "네가 읽고 있는 그 보니것 책을 그이가 내게 읽어주곤 했지." 그라지나가 침울한 목소리로 덧붙였다. "우리도 드레스덴에 있었어. 그 빌리 필그림이라는 주인공처럼 말이야. 다 헛소리야."

그래서 그라지나의 남편이 그 책을 모어로 번역하는 데 집착한 거겠지 싶었다. 비록 짧고 묵시록적인 시선이라 해도 그들의 경험을 이야기하는 미국 소설이었으니 말이다.

그라지나가 책장을 훑어보고는 한숨을 쉬었다. "내 딸 리나도 제 아빠랑 똑같아. 먹물이거든. 아이작 아시모프를 엄청 좋아했지. 그런데 요나스는 자기 딸을 별로 안 좋아했어. 자기랑 복제 인간처럼 꼭 닮았다고 말이야. 이상한 일이지." 그는 펠트 천으로 된 마네킹에 기대어 그 팔로 자신의 어깨를 감쌌다. "리나가 소파에서 책을 읽는 걸 보면 넌더리를 내더라. '네가 읽는 건 외계인과 요괴 이야기뿐이야. 넌 꿈나라에 처박혀 있다고. 현실 세계로 돌아가, 이 녀석아!'라고 외치면서. 그러면 나는 이렇게 말했지. '하! 현실 세계? 빈곤, 전쟁, 브루클린 다리에서 던져진 아기들이 넘쳐나는 곳? 참 멋진 곳이네, **현실 세계**.'"

"그분 너무 못됐는데요. 왜 그런 분하고 결혼했어요?"

그라지나가 표정을 누그러뜨리더니 손을 내저었다. "그렇게 나쁜 사람은 아니야. 그냥 겁쟁이였던 거지. 눅눅한 비스킷 같은 남자였지만 어째서인지 그 애를 미워하더라고. 어쩌면 리나에게서 자기 어머니가 너무 많이 엿보였기 때문인지도 몰라. 아기는 부모가 만들지만 성격은 하느님이 내려주는 거라잖아. 그런데 한번은 말이다, 내가 그이를 떠나 이 집을 박차고 나간 적이 있어." 그라지나가 눈을 가늘게 뜨고 과거를 돌아보는 듯 방 저편을 건너다보았다. "그때 차량 기지에서 일하던 그이가 승진을 거부당해서 일주일 내내 성질을 부렸거든. 그냥 환상 이야기책 좀 읽으려고 했을 뿐인 불쌍한 여자애한테 온갖 흉악한 말을 쏟아내더라고. 그래서 내가 이랬지. '작작 좀 해.' 그러고는 아홉 살인가 열 살이었던 딸을 데리고 짐을 꾸려 시내로 나가서 모텔에 방을 잡았어. 방 다섯 개랑 제빙기 하나 딸려 있는 그 모텔 알지? 토핑을 가득 얹은 피자도 시켰어. 울워스에서 일하며 모은 200달러가 있었는데 그 시절에는 그만한 돈이면 하루를 왕처럼 지낼 수 있었거든. 나는 침대에 앉아서 피자를 먹으며, 내게 책을 읽어주는 딸의 미소 띤 얼굴을 지켜보았어. 그때는 1960년대, 뭇 엄마들이 그런 식으로 무작정 종적을 감추지 못하던 시절이었지. 나는 세상에서 가장 강한 여자가 된 기분이었어." 그라지나가 안경을 콧등 위로 밀어 올렸고, 그걸 본 하이도 똑같이 했다. "내가 직접 번 돈으로 내 딸에게 하루 동안 평화롭게 책을 읽을 수 있는 방을 내준 거야. 딱 하루만. 나는 거기 앉아서 그 애가 책 읽는 걸 지켜보며 미니바에 있던 스카치 위스키를 홀짝였지. 그러다 아기처럼 울었어. 그러자 리나가, 내 딸 리나가 '엄마, 왜 울어요?'라고 묻더라. 그래서 내가 이랬지. '하느님이 어떤 기분이신지 이제 알겠다.' 어린 여자애한테 그런 말을 하다니 어리석었지만, 무슨 대수겠어. 걔는 내가 결국 미쳤나 보다고 생각했을 거야." 그러지나가 갈라지는 목소리로 웃더니 새끼손가락으로 하이를 가리켰다. "있잖니, 그 애는 시도 썼어. 내 딸 리나 말이야. 로버트 프로스트보다 더 잘 쓰더라, 네가 믿을지 모르겠지만. 그 작자가 한 일이라봐야 결국 나무들이나 보면서 낙심한 것밖에 더 있니? 그런 식으로 살아선 안 되는 거야."

"그럴지도 모르죠." 긴 침묵이 흘렀다. 하이는 호주머니에 손을 뻗어 있지도 않은 담배를 찾았다.

"여기가 엉망진창이긴 하지만 너한테 쓸모가 있을지도 모르겠구나. 응?"

"멋진 엉망진창이에요." 하이가 책등들을 훑어보며 말했다.

세월 탓에 책 표지들이 서로 들러붙어서 하이가 선반에서 책을 빼내려 하자 두세 권씩 한꺼번에 딸려 나왔다. 어떤 책들은 쥐가 거의 다 쏠아 먹은 상태였다. 하이는 카뮈의 책 세 권을 들고 《이방인》, 《페스트》, 《반항인》에 생긴 골프공만 한 구멍을 들여다보았다.

책등 하나가 시선을 사로잡았다. 《카라마조프 가의 형제들》. 노아가 죽기 전 여름에 같이 읽으려던 책이다. **이거 다 읽으려면, 흠, 5년은 걸릴까?** 노아는 그렇게 말했다. 그는 독서를 별로 즐기지 않았지만, 굿윌스토어에서 하이와 함께 중고품 쇼핑을 하던 때 그 책을 집어 들고는 제목이 마음에 든다고 했다. **형제들.** 나중에 노아의 트럭 짐칸에서 웬디스 감자튀김을 먹으며 하이는 책의 첫 챕터를 소리 내어 읽어주었다. 그동안 노아는 별을 올려다보았고, 밑에서는 엔진이 탁탁거리는 소리가 났고 둘의 머릿속은 옥시코돈과 딸기 밀크셰이크로 웅웅거리고 있었다. 노아의 장례식을 치르고 일주일 뒤 하이는 빨래 바구니 밑바닥에서 겨우 두 챕터 읽고 책갈피를 꽂아둔《카라마조프 가의 형제들》을 발견하고 쓰레기통에 버렸다.

하이는 선반에서 책을 꺼내 손안에서 돌려보았다. 먼젓번 책보다 더 값싸고 작은 판본이었고 귀퉁이가 너덜너덜했다.

"그게 마음에 드나 봐, 응?"

"한번 읽어보려고요." 하이는 책을 가슴에 안았다.

"좋아, 가져가. 다 가져도 돼. 지금에 와서는 불쏘시개일 뿐이니까. 그래, 우리가 해냈어, 라바스." 그라지나가 그렇게 말하는 동안 흔들리는 전구 아래에서 두 사람의 그림자가 너울거렸다. "내일 그 옥수수빵이나 좀 더 가져오렴, 알았지?"

이 집에는 노트북도 인터넷도 없었기에 이후로 한 주 동안 하이는 밤늦게까지 깨어서 종종 불안한 꿈에 시달리는 그라지나의 곁을 지키며 손안에서 곰팡이 핀 낱장들이 자꾸만 떨어지는《카라마조프 가의 형제들》을 읽었다. 책장을 넘길 때마다 종이가 바스라졌다. 읽는 과정에서 책이 사실상 분해되고 있었다.

자비에 한없이 가까운 무언가를 감각한다는 것은 얼마나 이상한 일인가. 그것이 하고 많은 장소 중에서도 폐가들이 늘어선 유독한 강가의 길 끝자락에서 발견되었다는 것은 더더욱 이상한 일이었다. 쓰레기 더미 사이에서 바야흐로 자신이 되고 싶었던 사람에 가장 근접한 존재가 되었다는 것도. 전구알 아래에 앉아 책을 읽으며 하루하루를 보내는 하이는 따스하고도 혼자였으며, 혼자이면서도 어쩐지 누군가의 아들이었다.

5

 10월이 빠르게 깊어지면서 주차된 차들 위로 끊임없이 떨어지는 낙엽이 재향군인회관 밖에 늘어선 픽업트럭들의 짐칸을 채우고 배수로를 막았다. 도로 저편에서 집 밖 하수구에 고양이 모래를 버리느라 몸을 숙인 한 소녀의 머리카락에 반 고흐가 그려 넣은 뒤 때가 묻은 별 같은 황토색 낙엽 한 장이 달라붙었다. 외장재가 부서진 철로변 집들 앞에서 후드 티셔츠를 입은 10대 아이들 무리가 가스 흡입제와 자낙스를 팔며 자기들끼리 속닥거렸다. 근처에는 푸에르토리코 국기 무늬 두건이 백미러에 걸려 있는, 휠캡 없는 카마로 한 대가 주차되어 있었다. 길 아래쪽에서 엉덩이에 **쥬시**라는 글자가 수놓인, 축 늘어진 운동복 바지를 입은 통통한 백인 여자가 치와와 한 마리를 데리고 한때 시트고 석유 회사가 있던 공터 한가운데를 지나갔다.
 허버드 거리 16번지의 지하실 안 잔해들 사이에서 하이는 1970년대에 제조된 낡은 슈윈 자전거를 발견했다. 어떻게 된 일인지 타이어에 공기를 넣으니 멀쩡히 움직였다. 먼지가 너무 두껍게 앉아 있어서 어느 날 밤 빗속에 그 자전거를 타고 가다가 가로등 불빛 아래 허물을 벗는 뱀처럼 사파이어색으로 빛나는 것을 봤을 때에야 원래 은청색이었음을 깨달았다. 감지 않은 머리카락을 바람에 휘날리며 눈을 감고 강에서 불어오는 찬바람을 맞고 있으려니 깨끗해진 기분마저 들었다.

일터에 적응하는 데에는 시간이 좀 걸렸지만 곧 자신만의 리듬을 찾았다. 홈마켓의 통상적인 아침은 이렇게 돌아갔다. 오전 10시, 가게 문을 열기 한 시간 전에 출근한다. 먼저 카운터 아래에 있는 가열 장치를 켜고 전날 오염 방지 덮개에 묻은 기름과 지문을 닦는다. 카운터가 데워지는 동안 금전등록기 옆과 홀에 비치된 냅킨 통과 플라스틱 식기 통을 채우고 남자 화장실과 여자 화장실을 모두 청소한다. 그러고 나서 음료 추출기 앞에서 커피를 끓이고, 손님들이 신선한 커피인지 알아볼 수 있도록 금속 텀블러마다 마커로 커피 끓인 시각을 적어 넣는다. 설령 텀블러가 거의 꽉 찬 상태라도 세 시간에 한 번씩은 커피를 교체해야 한다. BJ 말마따나 "오래된 커피는 추수감사절에 어울리지 않으니까".

다음으로는 맥앤치즈든 고구마 파이든 어젯밤 마감할 때 절반 이상 차 있던 음식 통들을 끄집어내 랩을 벗긴다. 그리고 윗부분의 지저분한 더께를 칼로 걷어내고 남은 것을 가열 통에 쏟아붓고 약간 저어준다. 5분이 지나면 음식물이 끓어오르면서 갓 만든 듯한 광채가 흐르고 김이 피어오른다. 그러면 각 음식 통 앞에 붙은, **오늘 _____가 직접 만들었어요**라고 적힌 조그마한 검은 팻말에 하얀색 매직 마커로 직원 이름을 적어 넣는다. 홈마켓에서 "직접 만들었어요"란 거의 1년 전에 디모인 외곽의 공장에서 만들어져 산업용 수지 자루에 진공 밀봉된 묽은 음식물을 가열했다는 것을 의미한다. 하이는 사람들이 식당에 가면 남은 음식을 먹게 된다는 사실을 생각이나 해봤을지 궁금했다. 그리고 FDA에서 매시드포테이토에 쥐똥과 곤충 '조각'이 섞여 들어가는 것을 각각 2퍼센트, 3.5퍼센트까지는 허용한다는 것을 알고 있는지도. 어느 날 하이는 모린이 순전히 따분함에 겨워서 구워지는 닭고기에 파리 한 마리를 튕겨 보내는 걸 보았다. 파리는 바삭바삭한 닭 껍질 위에 들러붙어 지글거리며 타들어가더니 검은 덩어리가 되어버렸다.

다음으로 할 일은 냉동고로 들어가는 것이다. 자칫 그 안에 갇히지 않도록 문 뒤에 우유 상자를 받쳐놓아야 한다. 소니는 근무 첫 주에 네 번이나 갇혔고, 웨인은 문을 열린 채로 유지하려고 닭 넓적다리를 문짝에 테이프로 붙여놓기까지 했다고 한다. 냉동고 선반에는 진공 포장되고 라벨이 붙은 다양한 요리가 줄줄이 놓여 있다. 사람 몸통만큼 큰 냉동 크림 시금치 봉지를 들어 올려 손수레에 싣는다. 다른 음식 봉지들도 똑같이 한다. 한번은 긴 근무가 끝나갈 무렵 사과 파이를 꺼내려고 문을 열었다가 맥앤치즈 봉지를 무릎에 대고 있는 모린을 발견한 적이 있다. "관절염에 도움이 되거든." 그가 어깨를 으쓱하며 말했다.

봉지들을 챙겨 급탕기로 간다. 급탕기란 뜨거운 물이 든 거대한 가마솥과 그 위에 매달린 갈고리 두 개를 뜻한다. 봉지들을 금속 갈고리에 걸어놓고, 레버를 당겨서 콘크리트 덩어리처럼 흔들거리는 봉지들을 끓는 물에 담그면 완벽한 타이밍에 내용물이 녹아 '부엌에서 갓 나온 신선한 맛'이 된다. 봉지를 꺼내서 끄트머리를 잘라 열고 내용물을 금속 틀에 쏟아붓고 보면, 기적처럼 파릇파릇해진 마늘과 파슬리 조각들이 박혀 있는 매시드포테이토가 얼마나 부드럽고 향긋한지 재가열한 것이라고는 짐작도 할 수 없을 정도다. '오늘의 수프'라는 것도 마찬가지다. 어느 날 러시아는 수프 가열 통에 휴대전화를 떨어트리고는 하이를 멀거니 쳐다보더니 "수프 다 퍼내고 나서 건지지 뭐"라고 했다.

홈마켓은 식당이라기보다는 거대한 전자레인지에 가까웠지만 BJ는 손님들에게 계속 이렇게 말했다. "잘 보세요, 여러분. 여기에는 전자레인지가 없죠, 안 그래요? 데니스에는 있잖아요, 그렇죠? 데니스는 자칭 고급 레스토랑이라면서 여러분을 속이는 친근한 전자레인지를 두고 있다고요. 하지만 저희 가게에서 여러분이 보는 모든 음식은 바로 오늘 아침 저희 모린이 만든 거랍니다." 그러고는 연극을 하듯 모린에게 허리 숙여 인사하면 모린은 작은 두 손을 턱 아래에 포개고서 그가 완벽하게 가다듬은, 푸근한 할머니 같은 미소를 지었다. 거의 다 감긴 눈꺼풀 사이로 선량한 기쁨으로 가득 찬 눈이 보일락말락 하는 그런 미소였다. 손님들은 이 연극을 무척 좋아해서 집에 있는 가족들에게 가져갈 음식을 더 사곤 했다. 떨리는 손으로 깍지콩을 퍼주는 할머니를 누가 응원하고 싶지 않겠는가?

홈마켓에서 '만드는' 음식은 옥수수빵 하나뿐이었는데 레시피는 BJ만 아는 비밀이었다. 거대한 봉지에 든 노란색 빵가루에 물을 더해서 빵틀에 넣어 구우면 옥수수빵이 만들어졌다. 그 빵가루는 일요일마다 BJ가 가게 문을 닫은 후 남아서 직접 일주일치를 배합해 플라스틱 통에 담아두었다.

어떤 사람들은 식당에서 일하면서 소시지가 어떻게 만들어지는지 보고 나면 그곳 음식은 절대로 못 먹게 된다고 하지만, 하이와 동료 직원들은 60퍼센트 할인 혜택을 뿌리치지 못하고 모두 홈마켓에서 식사를 했다. 싫증이 나도 어떻게든 음식에 변화를 줄 방법을 찾아냈다. 웨인이 고안한, 미트로프에 맥앤치즈를 꽉 채워 넣은 신메뉴는 직원들 사이에 두 주 내내 히트를 쳤다. 모린은 크림 시금치를 고구마 파이와 합치고 자신만만해했지만 그걸 먹는 사람은 모린뿐이었다. 그리고 주문이 잘못 들어갔거나, 매시드포테이토가 차갑거나, 깍지콩이 너무 흐물흐물하다는 이유로 손님이 식사를 물리는 경우에는, 쟁반을 통째로 들고 대형 냉장고 안에 들어가 머리 위에서 가물거리는 전구 아래에 서서 5분 만에 모조리 먹어치울 수 있었다.

홈마켓 직원들은 뉴잉글랜드의 여느 주민들과 같았다. 날씨에 시달리며 늘 지쳐 있거나 화가 나 있거나 아니면 둘 다이거나. 모린은 은퇴한 초등학교 학생 주임이었는데, 누구와도 비견할 수 없을 만큼 입이 더러웠다. 한번은 미트로프 쟁반을 떨어뜨리고는 "아 씨발 좆구리바구니!"라고 외치는 바람에 하늘색 터틀넥을 입은 남자가 비명을 지르며 먹던 매시드포테이토를 뱉은 적이 있다. 하이에게 모린은 햄버거에 감자튀김을 집어넣는 부류의 사람으로 보였고, 그래서 신뢰할 만하다고 느껴졌다. 계산대를 담당하는 모린은 손님들이 입을 헤벌리고 서서 어물어물 주문을 하는 속도보다 더 빠르게 화면 위에 손가락을 놀리는 마술사였다.

러시아는 열여덟 살 소년인데, 사실 그의 출신지는 타지키스탄이었다. 그의 아버지는 적군(赤軍) 해체 직전에 소령으로 복무했고 소련이 무너진 후 가족을 데리고 미국에 망명했다. 러시아는 깡마른 몸으로 늘 구부정하게 서 있어서, 하이는 그가 〈반지의 제왕〉에 나오는 골룸과 비슷하지만 더 귀엽다고 생각했다. 에미넴처럼 짧게 깎은 머리를 애니메이션에 나올 법한 새파란 빛깔로 염색했고 잭 스켈링턴 모양의 코 피어싱을 하고 다녔다. 하이는 러시아에게 혹시 퇴근 후 스펜서 선물 가게에서도 일하느냐고 물었지만 그는 아니라고 했다. 드라이브스루를 담당하는 그는 평소에 혼잣말을 중얼거리며 돌아다니다가 30분에 한 번꼴로 **"그러니까, 케첩 필요하시냐고요!"**라고 목청껏 외쳐야 했다.

설거지 담당 소녀 아만다는 거의 존재감을 드러내지 않아서 직원들이 보통 '설거지 담당'이라고만 불렀다. UFO 브랜드의 배기팬츠와 늑대 그림 티셔츠를 입고 검은 아이라이너를 칠하고 다니는 고등학교 3학년생인 그는 말이 거의 없었고, 주로 부엌에서 그릇을 닦으며 싱크대 위에 설치된 TV를 보며 혼자 키득거리며 시간을 보냈다. 직원들은 대부분 아만다가 모종의 신경안정제를 먹고 있다고 생각했지만 그릇은 늘 깨끗하게 씻었다.

그리고 노스캐롤라이나에서 온 '통닭의 지배자', 체형이 불룩한 술통 같은 웨인이 있었다. 웨인은 자기 일에 재능이 있었다. BJ는 옥수수빵이 일등공신이라 주장하지만 홈마켓이 이토록 장사가 잘되는 진짜 이유는 웨인의 통닭이었다. "여기 통닭은 그냥 달라요. 입안에서 느껴지는 맛이 다르다고요." 카운터 바로 앞에서 통닭 반 마리를 먹어치우던 단골 여자 손님이 그렇게 말했다. 그는 종이봉투를 들고 선 채로 닭 옆구리 살을 뜯으며 그 고기가 자신에게 주는 힘에 압도되었다.

"어이, 소니." 모런이 외쳤다. "이리 나와서 이 여자분이 통닭 드시는 것 좀 보렴. 대박이야."

"나는 아이가 셋인 데다 직업은 둘이라서 미쳐버릴 지경이에요.

그러니 이 통닭을 팔아줘서 고마워요." 여자가 손가락을 핥으며 말했다. "여러분은 하느님의 일을 하고 있어요." 그는 머리를 한 갈래로 올려 묶고 손바닥에 손 소독제를 약간 짜낸 다음 닭 뼈로 가득 찬 봉투를 쓰레기통에 던져 넣고서 물 위를 걷듯 유유히 걸어 나갔다.

어느 토요일, 한창 매장이 한산하던 시간에 보라색 스쿨버스 석 대가 주차장에 들어서더니 인근 가톨릭 사립 고등학교 학생 200여 명이 쏟아져 들어왔다. 억압되었을지언정 회개할 줄은 모르는 호르몬이 날뛰는 몸에 스웨터를 걸친 아이들이 홀에 바다처럼 넘실거렸다. 막 신학기 댄스파티를 마치고 온 참이라고 했다. 그들이 도착한 시간은 7시 30분, 손님이 몰리는 시간대는 지나고 이미 마감을 준비하던 때였다. 직원들은 일에 치여서 화낼 시간도 없었다. BJ는 냉동고로 달려가서 석판 같은 사이드디시 봉지 세 개를 등에 지고 나왔다. 하이는 웨인이 개수대에 몸을 굽히고 호주머니를 뒤져 혈압약을 찾는 모습을 보았다. 러시아가 그 옆에 서서 웨인의 등을 두드리며 진을 섞은 게토레이를 건네주고 있었다. 한편 소니는 홀에서 본격적인 공황 발작을 일으켰다. 아이들 여남은 명이 주문을 외쳐대는 동안 구석에서 두 손으로 얼굴을 싸쥔 채 얼어붙어 있는 소니를 본 BJ가 그를 사무실로 보내 유튜브로 역사 채널이나 보며 진정하도록 했다. 손님들이 떠나고 나니 가게는 토네이도가 휩쓸고 지나간 현장을 방불케 했다. 모두가 청소를 하느라 그날 밤 10시 반에야 퇴근할 수 있었다.

얼마 지나지 않아 하이는 등 뒤에서 나는 냄새만으로 그 직원이 누구인지 알아차리게 되었다. 웨인이 팔에 기름이 튀어 화상이 생긴 자리에 바르는 존슨앤존슨 베이비로션 냄새, 모런이 씹는 리글리 껌 냄새와 거기에 어렴풋이 섞여 있는 위스키 냄새, BJ가 뿌리고 다니는 짝퉁 톰포드 향수(토바코 바닐) 냄새, 그 향기에 끼어드는, 러시아가 늘 먹는 스타버스트 딸기맛 사탕 냄새. 보호시설의 탈수기가 고장난 탓에 눅눅한 옷 특유의 냄새를 어렴풋이 풍기고 다니는 소니도 있었다. 이 냄새들은 그들이 담배를 피우고 올 때마다 더 강해지거나 옅어지거나 했다. 그리고 대량 생산되는 음식에서 나는 인공적인 맛과 향, 즉 다이아세틸, 아세틸프로피오닐, 아세토인, 하이드록시벤조산, 그리고 선셋 옐로우 FCF와 타르타진과 페이턴트 블루 V와 그린 3과 같은 색소들의 금속성 향이 이 모든 냄새에 섞였다. 여기에 더해 오븐에서 타들어가는 닭기름이 뿜어내는, 특허받은 초강력 환풍기조차 다 빨아들이지 못하는 연기와 그을음 냄새도 있었다. 또한 부엌의 싱크대에서 새어 나오는 설거지물과 반쯤 썩은 음식의 퀴퀴한 악취도 있었다. 근무를 시작한 지 세 시간째에 접어들면 새로운 냄새—이 식당 전체에서 유일하게 유기적인 냄새, 즉 인간의 체취가 직원들의 옷에서 스며 나오기 시작했다. 가공식품과 개인위생 제품에 뒤섞이는, 마늘과 타르와 식초를 연상시키는 체취. 이 모든 것이 벽장과 냉동고를 포함해 90제곱미터도 안 되는 좁은 공간에 압축되어 있었다. 손님이 없는 짧은 휴식 시간이면 하이는 러시아의 드라이브 스루 창구로 고개를 내밀고 바깥 공기를 들이마셨지만, 창문 아래에 고여 있던 배기가스와 엔진오일 냄새만 맡아질 뿐이었다.

 손님들이 그저 사람 같을 때도 있었다. 즉 개자식이었다는 뜻이다. 어느 날은 중년의 아버지와 10대 아들 둘로 이루어진 가족이 찾아왔다. 그들이 도로 저편의 글래스턴베리에서 열리는 고급스러운 테니스 캠프 때문에 이 동네에 들른 것임을 뻔히 알 수 있었다. 아버지는 다섯 살부터 테니스를 친 사람 같았다. 그가 휴양지에서 불그스름하게 그을린 얼굴에 쓴 선글라스를 벗고서 옆구리에 두 손을 얹고 메뉴판을 들여다보는데, 평소 선글라스에 가려져서 타지 않은 두 눈가를 둘러싼 희끗한 원 모양이 드러났다. 모린이 주문을 받는 동안 키 큰 아들이 자기 동생을 장난스럽게 팔꿈치로 쿡쿡 찌르며 웨인에게 다 들릴 만큼 큰 소리로 "그래, **당연히** 흑인 남자가 닭을 구워야지"*라고 했다. 소년들은 엘크처럼 돌출된 치아를 숨기려고 높이 세운 폴로 셔츠 옷깃에 고개를 묻고 킬킬 웃었다. 그러자 아버지가 리모컨 같은 장치를 목에 가져다 댔다. 성대 절제 수술을 받은 흡연자인 모양이었다. "에반, 농담은 어떻게 하라고 했지?" 그가 미소를 눌러 참으며 기계화된 음성으로 말했다.

근처 카운터에서 케첩 상자를 뜯고 있던 하이는 오븐 앞에서 일하고 있는 웨인의 얼굴을 돌아보았다. 웨인의 눈길이 아버지와 아들들에게로 향했다가 금세 떠나갔다. BJ는 아무 일도 없었다는 듯 몸을 굽히고 그들의 트레이에 사이드디시를 퍼 담았다.

"엉클 벤**은 치킨 아저씨야, 쌀 아저씨야?" 키 작은 소년이 형에게 물었다.

"얘들아, 얘들아. 그만해." 남자가 그렇게 말하고는 BJ 너머 모린에게로 시선을 돌렸다. "테니스 때문에 스트레스받아서 저래요. 그 캠프가 워낙 경쟁이 심하거든요."

"아무리 그래도 애들을 더 잘 가르치셔야죠." 모린이 그에게 거스름돈을 건네며 소년들을 쳐다보았다.

 * 흑인들이 닭고기를 즐겨 먹는다는 고정관념에서 비롯된 인종차별적 농담.
 ** 엉클 벤이라는 미국의 쌀 브랜드에서 내세운 가상의 흑인 농부.

BJ는 말 한 마디 없이 음식 봉투들을 카운터 위에 올려놓았다.

남자가 음식을 낚아채더니 모린을 향해 손가락질했다. "댁이…… 댁이 감히…… 내 애들을 어떻게 가르치라는 둥 참견이야!" 기계에서 지직거리는 소리가 났다. 그는 버튼을 누른 채로 움찔거리며 말을 이었다. "그리고…… 그 하, 한심한 아이라니느냐…… 지워. 싸 보이잖아." 그는 아들들을 뒤세우고 가게를 나서다, 문 앞에서 오토튠 프로그램으로 음정을 왜곡한 노래처럼 일그러진 목소리로 덧붙였다. "이제부터는 아비스에 가겠어!"

"대체 뭐죠, 저놈은?" 하이가 주변을 둘러보며 말했다.

"뭐라고 생각하는데?" BJ가 장갑을 벗어서 쓰레기통에 던졌지만 빗맞혔다. "웨인." 그는 어깨를 늘어뜨린 채 아주 부드러운 어조로 말했다.

웨인은 공연히 오븐 막대들만 만지작거렸다. BJ가 다시 말을 걸었다. "웨인. 저기, 내가 한마디 했었어야 했어. 내가 점장이잖아. 내 책임이었어. 하지만……." 그는 팔짱을 끼고 창밖으로 지나가는 차들을 바라보았다. "그 빌어먹을 로봇 목소리 때문에 얼이 빠졌던 거야, 이 친구야. 내 말은, 그런 걸 실제로 보는 건 난생처음이었거든. 무슨 SNL 에피소드 속에 들어온 것 같은 기분이었어. 이해해?"

웨인은 고개를 숙인 채 생닭을 오븐에 넣었다.

"있잖아, 웨인." 모린이 말했다. "러시아도 닭을 구울 수 있을 거야. 꼭 네가 해야 할……."

"모르." BJ가 모린에게 고개를 돌렸다. 모린의 이마에 한 줄기 땀이 흘러내려 빛을 반사하고 있었다. "고마워. 하지만 지금은 네가 나설 때가 아니야. 알았어?"

모린이 입술을 깨물고 고개를 끄덕이더니 하이 옆으로 슬쩍 다가서서 케첩 상자를 뜯기 시작했다.

"이봐, 만약 통닭 일에서 손을 떼는 게 더 편하다면 그렇게 해줄 수 있어." BJ가 웨인에게 말했다. "내 귀에 그딴 헛소리가 들어온 게 이번이 처음은 아니야. 그리고 그쪽도 처음이 아닐 거라는 걸 알아."

그때 웨인이 오븐 막대를 금속 구멍에 철컹 소리가 나게 찔러서 하이는 화들짝 놀랐다.

웨인이 콧김을 내뿜으며 모두를 돌아보았다. "내 아버지가 이 일을 가르쳐주셨어." 그는 차분하게 말했지만 아랫입술이 파르르 떨리고 있었다. "그리고 아버지는 캐롤라이나에서 할아버지에게 일을 배우셨고. 할아버지는 증조할아버지에게서 배웠지. 그분들은 바비큐 장인이었어. 나는 장인까지는 아니지만 이건 **그분들의** 일이야. 그리고 나도 전수받았고." 웨인이 자기 심장께를 손가락으로 쿡 찍었다. 얼마나 세게 찍었는지 앞치마에 느낌표 모양의 기름얼룩이 남았다. "내겐 할아버지의 **사진**조차 남아 있지 않지만 이 일이 남았어. 알아듣겠어?" 그는 직원들의 얼굴 하나하나를 훑어보았다. "그러니까 아무도 나를 이 한심한 통닭 코너에서 끌어낼 수 없어." 그가 모자를 깊이 눌러써서 눈을 가리더니 다 구워진 닭들이 꽂힌 막대를 꺼냈다. 그리고 동료들에게서 등을 돌린 채 지글거리는 통닭들을 막대에서 빼내서 썰었다. 그게 다였다.

BJ는 이마를 닦고 꿈틀거리는 자신의 발가락을 물끄러미 내려다보았다. "빌어먹을 레모네이드 좀 가져다줘." 그의 지시를 받은 하이는 발을 질질 끌며 음료 추출기 쪽으로 건너갔고, 그동안 모린은 BJ의 어깨에 손을 얹었다. 웨인이 막대 하나를 새로 오븐에 넣는데, 마치 대포를 장전하는 듯한 철컹 소리가 났다. 그날 남은 시간 동안 웨인은 한 번도 웃지 않았고 동료 직원들 모두 그 사실을 인지했다. 평소에는 코끼리의 우울증도 날려버릴 법한 소리로 웃던 사람이었다.

근무를 마치고 바람을 쐬러 밖으로 나간 하이는 판지 위에서 윗몸일으키기를 하는 소니를 보았다. 러시아는 문 앞 우유 상자에 걸터앉아 파란 머리카락에 햇살을 받으며 그가 개발한, 반을 가른 옥수수빵 사이에 바삭한 닭 껍질을 끼워 넣고 핫소스를 뿌린 샌드위치를 먹고 있었다.

"이거 메뉴에 넣어야 해." 러시아는 자신의 피조물에 감탄하며 말했다.

"네가 드디어 이달의 직원이 될지도 모르겠다." 하이는 씩 웃었다.

"본사에서 나를 최고 경영자로 올려줘야 해. 그러면 여기를 팔고 돈을 다 빼내고 너희 놈팡이들을 다 해고해버리게." 그가 히죽거렸다.

소니는 햇살 속에서 얼굴을 구긴 채 윗몸일으키기를 하며 신음을 흘렸다.

"몇 개나 하려고?" 하이가 물었다.

"50개." 소니는 인상을 찌푸리며 말했다. "내가 해병대는 못 가도 의장대엔 지원할 수 있거든. 제대로만 준비한다면 말이야. 사실 의장대가 경쟁률이 훨씬 높아."

러시아는 **장난해?** 라고 묻는 듯한 표정으로 하이를 보았다.

"하지만 홈마켓이 무엇보다 좋다고 하지 않았어?" 하이가 물었다. "여기서 쭉 일하다가 은퇴하지 않을 거야?"

"군대는 들어가기만 해도 3천 달러를 준다고. 만약……." 소니가 몸을 일으키며 끙 소리를 냈다. "윗몸일으키기를 최소한 55개 한다면 다른 신병들보다 앞서나갈 수 있을 거야. 《내셔널 버글》에서 읽었는데, 대부분이 과체중이래."

"여기서 일해도 결국에는 3천 달러를 벌게 될 텐데." 러시아가 말했다. "군대는 웃기는 짓거리야. 너는 군산복합체의 먹잇감이 될 뿐이라고." 하이는 러시아를 한 번 더 흘긋하고 그가 그린데이나 안티플래그 음악을 많이 들으리라는 상상을 했다. "우리 아빠는 소련군에서 겨우 3년 복무했는데 지금 **심각하게** 좆돼버렸어."

"법원에서 우리 엄마의 항소를 기각했어. 그러니까 엄마를 빼내는 일은 내가 보석금을 내는 데 달린 거야." 소니가 몸을 내리며 말했다.

"잠깐만, 그게 언제 있었던 일인데?" 하이는 앞치마 끈을 풀고 사촌을 마주 보았다.

"어젯밤 엄마한테 전화가 왔거든." 소니가 일어나 앉아 심호흡을 했다.

"산업 감옥 복합체라. **그건** 또 전혀 다른 개새끼지. 따지고 보면 모든 게 감옥이야." 러시아는 심오한 어조로 말했다. "우리 아빠가 자주 하는 말이야." 그가 앞치마 주머니에서 두 개째 닭 껍질 옥수수빵 샌드위치를 꺼내 소니에게 건넸다.

"고맙지만 됐어." 소니는 윗몸일으키기를 계속했다.

하이는 군대가 사기라고 늘 생각했다. 고등학교 친구들 대부분이 입대했는데, 그중 대다수가 공공 주택에 살고 학교 성적이 낮은 깡마르고 여드름 난 백인 소년이었다. 그들은 훈련복에 휘감겨 사막에 내던져진 채 레드불을 마시고 헤드폰으로 슬립낫 음악을 들으며 총질

하는 데 재미를 붙였다. 언젠가 웨인이 군인 500명 중 열 명은 총기 난사범일 확률이 높다고 말하는 걸 들은 적 있었다. "국가에서 허가하고 우리 세금으로 유지하는 총기난사범 집단, 군대가 딱 그게 아니면 뭐겠어? 민간인들이 그 짓을 하면 전기 처형을 당하는데, 군인이 똑같은 짓을 하면 나라에서 가슴에 반짝이를 달아준다고." 그는 소니에게도 같은 말을 할까 생각했지만 그냥 이렇게 말했다. "너는 훌륭한 해병이 될 거야, 소니. 해병이 아니라도 뭐든. 이 나라를 악당들로부터 지킬 수 있는 사람이 있다면 그건 바로 너야, 인마."

러시아가 하이에게 의미심장한 눈길을 보냈지만 그는 못 본 척했다. 하늘이 드디어 파랗게 개어 있었다. 그들이 소니가 윗몸일으키기를 다 하는 것을 지켜보는 동안 죽은 아파트 건물들로부터 낙엽들이 바스락바스락 굴러왔다. 햇빛은 한동안 변하지 않을 듯했다.

어렸을 때 하이는 더 큰 삶을 원했다. 하지만 그가 얻은 것은 자신을 놓아주지 않는 삶이었다. 하이는 모두가 즐겨 이야기하지만 그를 포함한 누구도 이해하지 못하는 큰 전쟁이 끝나고 14년 뒤 베트남에서 태어났다. 그해는 1989년, 베를린 장벽이 무너지고 천안문 시위가 일어난 것으로 가장 잘 알려진 해였다. 조지 부시 시니어가 마이클 두카키스를 물리치고 41대 대통령이 되었고, 바비 브라운의 〈나의 특권(My Prerogative)〉이 차트 1위를 차지했다. 플로피 디스크, 청재킷, 다리 토시, 쿨랜치맛 도리토스, 파스타 샐러드가 있던 시대였다.

한편 베트남에서 미국인들은 몬산토가 생산한 고엽제인 에이전트 오렌지로 땅을 초토화시켜 황무지로 만든 한편, 정글과 강둑에 흩어진 채 자신을 찾아주기만을 기다리는 200만 명의 이름 없는 시체들과, 햇볕에 탈색된 뼈로 가득 찬 바구니를 옆구리에 끼고 시신을 찾아다니는 유가족들을 남겼다. 게다가 이 나라는 서부 국경을 침략한 집단 학살범 폴 포트와 그 정권 크메르 루주와 싸우고 있었다. 자연히 사람들은 굶주렸고, 쥐를 잡아먹거나 목재 야적장에서 나온 톱밥을 배급받은 쌀에 섞어 먹었다. 2년 후, 기적인지 자비인지 모를 과정에 따라 하이와 그의 가족은 망가지고 피폐해진 얼굴로 눈 쌓인 코네티컷에 도착했다. 처음 두 주 동안은 그들을 후원해준 가톨릭 성당에서 장의자들 사이 바닥에 누워 성경을 베개 삼아 잠을 청했다. 그때 겨우 두 살이었던 하이는 아무것도 기억하지 못했다.

하이는 엄마, 할머니(평안히 쉬시기를), 그리고 킴 이모의 손에서 자랐다. 몸은 전쟁에서 살아남았지만 마음은 그러지 못했던 여자들로서 그들은 폭풍이 몰아치는 하트퍼드에서 나름의 삶을 꾸려나갈 방법을 함께 찾아갔다. 하이도 자기만의 어려움을 겪긴 했지만 고생했다고는 말할 수 없었다. 고등학교를 졸업한 후 뉴욕의 브루클린 다리 아래에 있는 페이스 대학교에 들어갔다. 가족 중 대학 진학자는 그가 처음이었다. 하이는 국제 마케팅을 공부하려고 했지만 막판에 알 수 없는 이유로 일반 교육이라는 전공으로 바꿨다. 학과라기보다는 버려진 정신 병동 이름처럼 들리는 어감이었다. 그때쯤 그는 이미 5년째 마약을 꾸준히 하고 있었고 대부분의 날을 도서관 지하에서 문예지와 거대한 사진집 들을 읽으며 졸면서 보냈다. 한번은 기침약과 옥시코돈을 섞어 먹고 정신이 나간 채로 다이앤 아버스가 찍은, 센트럴파크에서 수류탄을 움켜쥔 한 어린 소년의 사진을 응시하며 두 시간을 꼬박 보낸 적도 있었다.

추수감사절 무렵 하이는 학교를 그만두고 이스트 글래드니스로 돌아와 엄마 집 소파에 널브러졌다. 뉴욕시는 빛바랜 꿈에 지나지 않았다. 그는 자신이 어쩌다가 빈손으로 이 더럽고 오래된 동네로 돌아오게 되었는지 지금까지도 이해가 되지 않았다.

하이가 대학을 중퇴하고 1년이 흐른 어느 날 아침 식사 시간, 늘 약에 취한 채 몇 달째 집에만 박혀 있는 무직자인 아들을 보다 못한 엄마가 한 소리 했다.

"또 약했지, 그치? 도저히 이해가 안 돼. 그게 대체 뭔데, 초강력 진통제 같은 거야?" 엄마는 분홍색 게임보이 화면에 시선을 붙박고 테트리스를 하고 있었다. 하이가 엄마의 아들로 살아온 시간 동안 엄마는 늘 테트리스에 집착했다. 엄마가 원할 때면 언제든 기어 들어갈 수 있는 구멍인 셈이었다.

"이걸 먹으면 세상이 더 조용해져요."

"이 주변은 이미 꽤 조용하지 않아? 너무 조용해서 돈이 모조리 문밖으로 나가서는 다시 안 돌아오잖아. 네 아빠처럼." 엄마가 여전히 손가락으로 게임기를 눌러대며 하이를 올려다보았다.

"어쩌라고요."

"그래, 뉴욕에서 흔히들 그러더라, **어쩌라고**. 거기선 어떻게 된 거야?" 엄마가 빈정거렸다. "만약 내가 영어를 할 줄 알았다면 대통령한테 직접 말했을 거야. 이 동네 멍청이들이랑 말 안 섞고."

"엄마가 이해 못 할 일들이 일어났죠." 하이는 베이글에 크림치즈를 두껍게 발랐다. 코데인 때문에 손이 흐릿하게 보였다. "그래도 저는 최소한 노력은 했다고요."

"나는 또 싸울 생각 없어. 특히 네가 취했을 때는. 너 좀 봐, 눈도 제대로 못 뜨고 있잖니, 하이. 오늘은 너랑 실랑이 못 해, 알겠니?" 엄마가 게임보이를 내려놨다. "가뜩이나 할 일도 많은데."

"무슨 할 일요? 테트리스 13단계 깨는 거?" 하이는 빵을 씹으며 말했다. "1년째 13단계에서 멈춰 있잖아요."

"나는 **일**을 하잖아." 엄마가 씨근거리며 일어섰다. "우리 모두를 먹여 살리려고 일한다고. 나만. 혼자서. 기억하지?"

그때 불쑥 충동에 휘말린 하이는 읽고 있던 《술라》에 끼워두었던 팸플릿 한 장을 빼내 엄마 앞에 내려놓았다.

"그거 입사지원서니?" 엄마가 종이를 쳐다보며 물었다.

"의사가 되려고요." 하이는 베이글을 씹으며 말했다.

"의사?" 엄마가 웃음을 눌러 참았다. "무슨 소릴 하는 거야? 무슨 의사?"

하이는 어깨를 으쓱했다. "사람들 고치는 의사."

엄마의 아랫입술이 보일락말락하게 벌어졌다. "제발. 제발 부탁이다. 나한테 장난치지 마, 아들." 엄마는 농담이 끝나기를 기다리며 하이를 응시했다.

하이가 팸플릿을 펼치자 초록빛 캠퍼스에 세워진 종루와 성처럼 웅장하고 위엄 있는 탑 네 개가 드러났다. "보스턴에 있는 이 대학의 의학박사 과정에 지원했어요." 하이는 기대감에 차서 턱을 높이 치켜들고 말했다.

엄마가 팸플릿에서 빛이 뿜어져 나오기라도 하는 듯이 두 손으로 종이를 들었다. "너 지금 약에 취하지 않았니?"

"그냥 피곤해요. 피곤하긴 하지만 행복해요. 저는…… 원래는 생활이 다 정리되기 전까지는 말 안 하려고 했어요. 하지만……." 하이는 엄마의 시선을 피해 바닥을 훑어보았다. "그래도 엄마가 알고 싶어 할 것 같아서요."

"그럼 이게 진짜란 말이야?" 엄마가 그를 쳐다보았다. 하이가 눈도 깜짝하지 않자 엄마는 사진을 고갯짓했다. "아, 저걸 봐, 바로 저거네. 하느님이 내 기도를 들어주셨어. 이럴 줄 알았지! 아, 정말 좋은 소식이구나. 정말이니? 하이?" 엄마가 게임보이를 끄고 땀이 밴 손으로 하이의 얼굴을 잡았다. "얘, 네가 지난 몇 년간 힘들었을 거란 거 알아. 할머니가 돌아가신 후 네가 마음을 추스르기까지 시간이 걸렸지. 하지만 네가 무언가 대단한 일을 해내리라는 걸 나는 늘 알고 있었어. 너는 이 동네 여느 멍청이들하고는 다르니까." 엄마가 온 동네를 가리키려는 듯 손을 휘두르다가 하이가 먹던 베이글을 쳐서 크림치즈가 묻은 쪽이 바닥에 닿도록 떨어뜨렸다. "그런데 정말이니? **합격한 거야?**" 엄마가 몸을 살짝 뒤로 젖히고 진실을 캐내려는 눈길로 하이를, 자신의 외아들을 비스듬히 응시했다. "하지만 꼭 **그래야 할** 필요는 없어. 기억해, 나는 네일 살롱의 다른 엄마들하고는 달라. 네가 원하는 건 뭐든 해도 괜찮아. 너만 원한다면 나랑 같이 노부인들 발 각질 제거나 평생 하면서 살아도 돼, 알겠니? 부끄러울 것 없어. **일을** 하기만 한다면 뭐든 괜찮아." 엄마가 손빗으로 머리를 쓸었다. "네가 영웅이 되어야 한다고 생각하진 않았으면 해. 오로지 나를 위해서 말이야." 하지만 하이는 자신이 전한 소식이 엄마에게 안도감을 주었다는 것을 알았다. 그것은 서로가 멀어져가면서도 함께 따라갈 수 있는 실과 같았다.

"전 합격했어요, 엄마. 진짜 의사가 되기까지는 먼 길이겠지만 그래도 해낼 거예요. 사람들을 고칠 거라고요." 하이는 제단 위의 할머니 사진을 흘긋 보았다. "할머니를 고칠 수도 있었을 의사가 될게요."

"뉴욕에서는 어떻게 된 거고?"

"그건 운이 나빠서 그런 거예요. 알잖아요." 하이는 베이글을 집어 들었다. 크림치즈에 먼지 몇 톨만 묻어 있기에 그냥 마저 먹었다. "이번에는 진짜라고요."

"얘, 내가 너 임신했을 때 허구한 날 두리안 먹었잖아. 그래서 네 머리가 좋아진 거야." 엄마가 할머니의 제단으로 몸을 돌렸다. "정말 다행이에요, 엄마. 하이가 해냈어요. 쟤가 **의사**가 되어서 사람들 병을 고칠 거래요. 그리고 우리는 집다운 집에서 살게 되겠죠. 먼 길이 되겠지만 하이가 인생을 낭비하지 않으리라는 걸 우린 알고 있었죠. 킴의 아들, 그 불쌍한 바보 아이하고는 다르다고요." 엄마가 손바닥으로 눈물을 닦고는 향불을 붙이고 깊이 절했다. 파마 머리 위로 불티가 흩날렸다.

다섯 달 후 하이는 똑같은 부엌에서 발치에 배낭과 여행 가방을 두고 앉아 있었다. 보스턴행 버스가 두 시간 뒤 출발할 예정이었고 집 안은 누군가가 장거리 여행을 떠날 때 특유의 부산스럽고 불안한 공기로 가득했다. 엄마가 코코넛 밥을 다 싸기를 기다리는 동안 하이는 식탁을 톡톡 두드리며 자신의 심장박동을 느끼는 것 말고는 아무 할 일이 없었다. 한 시간도 채 걸리지 않는 여행인데도 엄마는 5시에 일어나 싸늘한 푸른 새벽빛 속에서 부엌 창밖을 바라보며, 아들이 짐을 챙겨 들고 내려올 때까지 아침 내내 밥을 짓고 코코넛 밀크를 졸였다.

"너는 훌륭한 의사가 될 거야." 엄마가 고개를 수그리고 두 손으로 입을 가린 채 말했다. 하이는 구강청결제로 입을 헹구고 나서도 볼 안쪽에 남아 있는 토사물의 쓴맛을 느끼며 엄마 뒤에 서 있었다.

"나는 여기서 혼자 지내겠지만 걱정은 하지 마. 나는 나 자신을 돌보는 법을 아니까. 할머니의 영혼도 내 곁에 있고." 엄마가 하이를 바라보았다. "있잖니, 네가 어렸을 때 얼마나 괴상한 이야기를 많이 하던지, 나는 악령에 씌었나 했단다. 그런데 자랄수록 점점 조용해지더라. 이제 와서는 그 시절이 그립네."

"알아요, 엄마." 하이는 엄마의 어깨에 손을 얹고 싶었지만 팔이 움직이지 않았다. 지난 몇 달은 하이가 기억하는 최고의 시간이었다. 싸움이 멈추고 집 안이 옅띤 희망으로 꽉 들어차서 하이는 그 속에 흠뻑 젖은 채 서서 최대한 오래 머무르고만 싶었다.

엄마가 하이의 눈을 피해 뺨을 닦았다. 그는 엄마가 생일 축하 노래를 흥얼거리는 걸 멈추지 못하리라는 생각에 초조해하고 있다는 것을 알고 있었다. 할머니가 돌아가시고 몇 주 동안, 하이가 일곱 번째 생일에 엄마가 천장에 붙여준 야광별들을 올려다보며 누워 있는 사이에 옆에 있는 엄마 방에서는 오로지 생일 축하 노래만 들려왔다.

엄마는 웅장한 종탑 사진이 있는 팸플릿을 오려내 메리덴에 있는 네일 살롱의 자기 책상에 테이프로 붙여놓았다. 학교 이름을 발음하지 못하는 엄마는 다만 손님들 앞에서 활짝 웃으며 사진을 가리키면서 아들이 의사가 되려고 보스턴이라는 큰 도시의 대학에 간다고 알렸다.

모자가 사는 다세대 주택 앞 인도에서 하이는 또 토하고 싶은 충동을 억눌렀다. 엄마가 버스 터미널까지 차로 데려다주겠다고 했지만 하이는 사양했다. 버스 터미널에서 작별 인사를 하는 것보다 더 끔찍한 일은 세상에 없었다. 터미널에서 포옹하며 작별 인사를 나누고는 버스에 들어가 앉아, 운전기사가 건물 안에서 한참 똥을 누거나 아내와 통화하는 동안 차창 너머 서로를 마주 보며 바보 같은 기분을 느끼고 있다가, 시선을 돌리고 가방에서 뭘 꺼내는 척하다가 결국 차창을 돌아보고는, 상대방이 너무 슬퍼지지 않도록 신나는 표정으로 입을 벙긋거려 "안녕"이라는 말을 표시해 보이며 손을 흔드는 일련의 과정을 반복하는 일. 그럴 순 없었다. 하이는 엄마와 자신이 그런 고역을 치르지 않게끔 택시를 불러 거금 20달러를 쏟아부었다.

"지난번처럼 되진 않을 거야, 그치?" 엄마가 움찔거리며 말했다. "그리고 맛있는 라면을 사려면 차이나타운부터 찾아가는 거 잊지 말고." 차가 출발하면서 엄마 목소리가 유리창 너머로 멀어져갔다. 하이는 길 한가운데에 서서 숄로 얼굴을 닦는 엄마의 모습이 점점 작아져가고 있으리라는 것을 알았지만 차마 눈으로 확인할 용기는 없었다. 수천 명의 아들들이 지금 하이와 같은 곳에서 말, 마차, 인력거, 시클로,• 버스, 범선, 기차를 타고, 아니면 먼지 앉은 샌들을 신고서 제 엄마를 돌아봤을 것이다. 이별의 마지막 의식으로 그들은 작아져가는 엄마의 모습에 반응하는 표정을 지어 보였을 것이다. 이렇게 떠나는 것의 대가를 이마에 새기고 서로에게 드러내 보였을 것이다. 그러나 하이는 머리가 거의 바닥에 닿을 만큼 깊이 몸을 숙인 채 부츠 끈을 풀고 만지작거리는 척하다가 다시 묶으며 엄마의 시야를 벗어났다.

• 베트남에서 흔히 사용되는 3륜 인력차.

30분 후 하이는 하트퍼드 유니언 역 벤치에 앉아 자기 부츠를 멍하니 내려다보고 있었다. 택시에서 코데인 두 알을 먹었더니 머릿속이 드디어 따스하고 텅 빈 느낌이었고 세상의 가장자리가 흐릿하게 번져 보였다. 8월 중순, 여름이 한창이라 공기가 후텁지근하고 끈적거렸다. 땅에 엎질러진, 더위에 녹아내린 탄산음료가 신발 밑창에 묻어서 그가 꼼지락거릴 때마다 찍찍 소리가 났다. 다른 사람들은 대부분 여름 막바지 당일치기 여행을 하고 돌아오는 길이었다. 하이는 머릿속에서 흐려져가는 취기를 붙잡으려 애쓰며 잠시 앉아 있었다. 얼마 지나지 않아 6시 45분 보스턴행 피터팬 노선 버스가 들어섰다. 승객들이 내리는 동안 기사는 겨드랑이에 땀이 밴 셔츠 차림으로 범퍼에 기대어 담배를 피웠다. 하이는 티켓에 찍힌 6시 45분이라는 시각을 확인하고는 벤치에 티켓을 살며시 내려놓았다. 무게가 없는 듯이, 아무런 가치가 없는 듯이. 왜냐하면 정말로 그랬으니까. 보스턴이 아무 의미가 없으므로 그 티켓에도 아무 의미가 없었다. 애초에 의대도 없었고, 지원한 적조차 없었다. 어떻게 그럴 수가 있겠는가? 그에게는 학사 학위조차 없었다. 종탑 딸린 학교 사진은 도서관에서 어느 성경 공부 모임이 파한 후 남기고 간 하버드 신학교 팸플릿에 있던 것이었다.

몇 주 전, 버스표를 예매하느라 35달러를 낭비하면서 하이는 이런 일련의 절차를 거치다 보면 무언가 저절로 열릴 거라고, '우주'가 그의 노력을 알아줘서 그가 기어들 수 있는 창문을 열어주리라고 어리석게도 믿었다. 얼마나 유치했던가, 얼마나 귀엽도록 어리석었던가. 주차장을 빠져나가 보스턴으로 향하는 고속도로로 멀어져가는 버스의 후미등을 지켜보며 하이는 비로소 깨달았다.

하이는 여행 가방을 끌고 터미널을 나와 여름의 황혼으로 들어갔다. 하늘이 진홍색을 띠었고 연립 주택들 앞에 늘어선 쓰레기통들은 일주일 내내 이어진 더위로 악취를 내뿜었다. 고가도로 아래를 걸어가다 보니 탁한 푸른색 텐트 안에서 남자와 여자가 다투는 소리가 들렸다. 텐트는 둘 사이의 동요로 들썩이고 있었다. 대화를 언뜻 들으니 누가 누구의 돈을 빌렸다느니 어떻다느니 하는, 늘 되풀이되는 주제의 싸움이었다.

방향 없는 공포에 휩싸인 그는 갓돌 위에 걸터앉아 마음을 추스르려 애썼다. 땀에 젖은 목이 셔츠 깃에 닿아 간질거렸다. 길 건너편 약국 주차장의 네 단짜리 계단에서 한 무리의 사람들이 스케이트보드를 타고 내려가고 있었다. 그들이 움직이는 걸 보고 있자니 더더욱 토기가 올라왔다. 배낭 속에 챙겨온 엄마의 밥이 떠올랐다. 밥을 먹으면 속이 좀 가라앉지 않을까 싶었다. 보라색, 빨간색, 초록색, 노란색으로 된 찰밥은 밀폐 용기에 네모진 모양으로 말끔하게 보관되어 있었고, 그 위에 소금 뿌린 땅콩과 으깬 사탕수수 설탕이 고명으로 올라가 있었다. 엄마가 밥을 얼마나 예쁘게 싸주었는지 보자 너무 부끄러워서 하이는 눈을 질끈 감은 채 재빨리 씹어 삼켰.

찰밥은 언제나처럼 맛있었다. 너무 달지 않고 쫄깃하면서도 부드럽고, 밥알 하나하나가 통통하고 코코넛오일이 듬뿍 배어 있었다. 하이는 밀폐 용기를 갓돌 위에 놔두고 내처 걸었다. 그를 에워싸고 타오르는 도시를 가로지르다 보니 주간 고속도로가 놓인 다리가 나왔다. 하이는 다리를 건너갔다. 발밑에서 떠다니는 배들의 갑판 위는 휘어진 낚싯대를 잡고 웃으며 떠드는 가족들로 붐볐다.

이스트 글래드니스로 돌아왔을 때에야 속이 뒤집혀서 소화전에 기대어 토했다. 입에서 튀어 나온 무지개색 밥알들이 인도 위에 쌓였다. 방금 감전당한 듯 보이는 머리 모양과 얼굴을 하고 쓰레기통을 뒤지던 남자가 하이의 소란에 하던 행동을 멈추고 발을 질질 끌며 다가왔다. "어이, 돈 좀 있어? 한 푼 줘봐, 동생. 뭐 좀 먹으려고." 하이는 남자를 밀치고 걸어가며 재킷 어깨 부분으로 입을 닦았다. 몇 발짝 뒤에서 남자가 계속 중얼거렸지만 이윽고 자동차 소리에 묻혔다. 하이는 내처 걸어서 오래된 카후츠 나이트클럽을 지나갔다. 곧 영업을 시작할 클럽 앞의 자갈 깔린 주차장에 대놓은 차 안에서 여자들이 대시보드 불빛 아래 화장을 하고 있었다. 그들의 얼굴이 다이아몬드 가루를 뿌린 듯 반짝거렸다. 저녁이 계곡에 내려앉으면서 오른편의 옥수수밭에서 귀뚜라미 노랫소리가 들려왔다. 1킬로미터쯤 더 걸으니 마침내 벽돌 건물 한 채가 눈에 들어왔다. 하이는 저곳에 가야겠다고 결심했다. 이제 날이 어두워졌고 달리 갈 데가 없다는 이유뿐이었지만.

벽돌 건물은 원래 초등학교였는데 방화 사건으로 폐쇄된 후 절반만 수리되어 다른 용도로 운영되고 있었다. 하이는 차 몇 대가 흩어져 있는 주차장을 가로질러 출입문으로 다가갔다. 손차양을 하고 창문을 들여다보니 나무 무늬 책상에 레이스 장식이 달린 램프가 어렴풋이 밝혀져 있어 먼 옛날 같은 분위기를 자아냈다. 하이가 문손잡이를 당기자 전자 초인종이 울렸다. 바닥에 깔린 카펫이 실내를 빡빡한 솜털 같은 고요로 채우고 있었다.

접수처 뒤편의 문이 열리더니 앞머리를 탈색하고 녹색 카디건을 입은 여자가 나타났다. 그가 멈춰 서서 하이를 한번 훑어보더니 얼굴을 누그러뜨렸다. "상태가 안 좋군요, 그렇죠?"

"도와주세요." 하이는 그렇게 웅얼거렸다가 손마디로 입을 틀어막았다. 이런 말을 입 밖에 내는 것은 난생처음이라는 생각이 들어서였다. 하지만 여기 들어온 사람은 바로 그런 말을 하는 법이었다. 이 세상에는 특정한 문구를 말할 수 있도록 만들어진 공간들이 있다는 것을 그제야 깨달았다. "이 자리에서 엄숙히 맹세합니다"라든지, "마지막으로 할 말이 있습니까?", "이혼하고 싶어요", "낙태하고 싶어요", "축하합니다, 2006년 졸업생 여러분", "네, 네, 네" 같은 말들. 이 건물에서는 "도와주세요"라는 말을 할 수 있고, 그러면 이곳 사람들은 그 말을 한 사람이 무엇을 의도했는지뿐만 아니라 정확히 어떤 사람인지도 이해한다.

여자는 코를 긁적이며 뿔테 안경 너머로 하이를 훑어보았다. "이제 괜찮아요. 무섭죠, 알아요. 여기……." 여자가 유리 칸막이 아래로 클립보드와 펜 한 자루를 미끄러뜨렸다. "이걸 작성하세요. 우선은 가서 물 마시고 숨 좀 돌리고요." 그가 구석에 있는 냉장고를 고갯짓하며 말을 이었다. "천천히 하세요. 다 준비되면 저를 부르세요."

하이는 고맙다고 인사하고 자리에 앉았다. 짧고도 찬란한 한순간 그는 이 작은 동네의 모든 사람을 향한 엉뚱한 박애로 북받쳤다. 불타버린 학교 건물을 **도와주세요**라는 말을 꺼낼 수 있는 공간으로 애써 바꿔놓을 만큼 이타적이고 천사 같은 사람들이 존재한다는 사실에. 하이는 도로 건너 따스하고 고요한 밤공기 속에 펼쳐진 옥수수밭, 어둠 속을 가물가물 날아다니는 반딧불이들을 다시금 일별하고서 뉴호프 재활 센터의 입소 신청서를 작성했다.

하이가 처음 목격한 약물 과다 복용 사례는 누군가의 아버지였다.

열두 살 때 제니퍼 녹슬리라는 여자애와 함께 역사 수업 과제를 하러 그 애의 집으로 갔다. 거실에서 공작용 판지를 자르고 있는데 제니퍼의 아버지가 아주 조용히, 마치 유령에 이끌리는 듯한 몸놀림으로 들어오더니 소파에 앉았다. 잠시 후 그의 고개가 뒤로 젖혀지고 입이 벌어지더니 눈알이 눈구멍 속으로 돌아갔다. 마치 그가 들어본 가장 웃긴 농담에 폭소를 터뜨리려던 순간 누군가가 일시 정지 버튼을 누른 것 같았다. 그것이 하이가 뉴호프에 입소할 때 뇌리에 각인되어 있던 이미지였다.

어느 세대든 다 하는 말이지만, 하이가 사는 시대는 정말로 당혹스러운 시대였다. 아이폰이 사방에 깔리기 전이었기에 사람들은 아직까지 깊은 잠재의식의 구덩이에서 저절로 떠오른 상념들에 사로잡힌 채 고개를 들고 걸어 다녔다. 그때만 해도 사람들은 이웃집 문을 두드리기도 했고, 누군가와 대화를 나누고 싶어지면 전화를 걸어야 했고, 그러면 그 친구 어머니의 숨소리나, 그분이 음료를 만들거나 다리털을 깎는 소리를 잠시 들어야 하기도 했으며, 그러다 어딘가에서 만나기로 약속을 잡고는 그 장소로 나가서 서성거리고 구름이나 나무나 공립 건물이나 지나가는 차들을 바라보며, 하루 종일 블루라이트 화면을 들여다보느라 고갈될 일 없이 높게 유지되는 도파민 속에서 상대방을 기다리곤 했다. 그때만 해도 길모퉁이 마약상이 지루함에 못 이겨, 자기 안에 남아 있는 소년의 본성을 주체하지 못하고 철책 위에 올라서서 균형을 잡았고, 그의 바지춤이 흘러내려 격자무늬 사각 팬티가 드러난 모습을 스쿨버스 뒷유리창으로 볼 수도 있었다. 하지만 그러다 보면 서서히 친구 한두 명 혹은 일곱 명이 약을 찾아 몰려들어 어린 뇌를 인공적 기쁨으로 채웠다. 그리고 당신도 그들과 합류했을 것이다. 당신은 어깨 위로 머리가 붕 떠오르는 감각에 젖은 채 발전소 옆 숲속을 뛰어다니며 광활한 밤을 향해 웃어댔을 것이다. 그 친구들은 결국 죽음을 맞겠지만 그 죽음은 아직까지는 정치인들의 지지 기반 확보에 이용되지 않았을 것이다. 이 학살에는 이름이 없지만 당신의 소중한 존재들은 서서히 지워지고 있었다. 심지어 선생님들과 급식 아주머니들조차 하룻밤 사이에 과다 복용으로 죽어서 장례도 없이 화장되었고 그들의 얼굴은 당신의 기억 속에만 남았다. **그런 시절이었어.** 그 시대를 지나온 사람들은 세월이 흐른 후 자신이 무슨 말을 하는지도 모른 채 그렇게 말할 것이다.

하이 스스로 선택한 마약은 아니었지만, 처음 헤로인을 시도했을 때 그는 겨우 열여섯 살이었다. 어느 여름밤 동네 외곽의 스케이트장 하프파이프* 안에서 다른 아이들 셋과 함께 몸을 웅크리고, 누군가의 잔스포츠 배낭에 든 오디오에서 반복 재생되는 푸가지의 〈웨이팅 룸〉을 들으며, 습한 공기 속에서 잠잠히 타오르는 촛불에 숟가락을 들이댔다. 아이들은 양말을 벗고 길고 깡마른 발을 빛에 비추어보며 정맥이 도드라진 부분을 찾았다. 발을 선호한 까닭은 흉터를 숨기기 쉽기 때문이었다. 게다가 후끈하고 톡 쏘는 기운이 다리를 타고 머리끝까지 급속도로 솟구쳐오르는 감각을 즐길 수도 있었다. 몇몇은 지도에서 폐허가 된 도시들을 손가락으로 짚어보듯 마약이 자신의 몸을 통과하는 궤적을 좇았다. 하지만 하이에게 그 감각은 자기 피에 빠져 허우적거리며 공기중으로 고개를 빼내려 애쓰는 경험에 더 가

---

* 스케이트장에서 점프를 할 수 있게 설치한 U자형 구조물.

까웠다. 이윽고 어둠 속 곳곳에서 웃음과 함께 손으로 맨살을 찰싹 찰싹 치는 소리가 터져 나왔다. 하지만 30분이 지나자 들리는 소리라고는 푸르스름한 밤공기를 날아다니는 반딧불이 아래 강기슭으로 떠밀려 온 물고기들처럼 숨을 헐떡이는 소년들의 반질거리는 맨 가슴 위로 흐르는 푸가지 노래뿐이었다.

하이가 가입되어 있는 형편없는 국가 건강보험은 스물다섯 살까지만 유효했고 3주간의 재활 치료만 보장해주었다. 그래서 딱 3주만 신청했다. 둘째 날, 재활 센터에서 새로 지급해준 하얀 파자마를 입은 하이는 엄마에게 전화를 걸기로 마음먹었다. 센터에서 노키아 휴대전화를 압수했기에 그는 입소자들이 20분간 가족과(오직 가족하고만) 통화할 수 있도록 유선 전화기가 설치된 벽장만 한 크기의 유리방에 들어가야 했다.

"엄마?" 하이는 철제 의자에 앉아 몸을 바로 세우며 말했다.

"아들, 너 맞니?"

"네, 저 지금 기숙사 전화로⋯⋯."

"해냈구나. 아, 얼마나 걱정했는데. 아니, 걱정한 건 아니지만⋯⋯. 첫날 밤엔 바빴겠지. 아무튼 좀 어떠니? 그 종탑은 봤고?"

"근사해요. 높다랗고 웅장하고, 사진에서 본 그대로예요. 이렇게 흐린 날에도 빛이 난다니까요."

"기숙사도 무지 좋겠지. 찰밥은 먹었니? 어떻데?"

하이는 이마를 문지르며 기억을 되짚었다. "엄청 맛있었어요."

"너무 달지 않던? 손이 떨려서 설탕 한 덩어리를 떨어트렸거든." 엄마가 소리 내어 웃었다. 하이는 자신이 벌써부터 엄마의 목소리를 얼마나 그리워하고 있는지 실감했다.

"전혀요. 사실 버스에서 다 먹어버렸어요. 여기 정말 예뻐요, 엄마. 잔디밭이 우리 시청 잔디밭보다 더 푸르고, 사방을 둘러보면 미래의 의사들이 캠퍼스 곳곳에서 프리스비를 하고 놀아요. 그중 한 명은 심지어 베트남 사람이더라고요. 저는 의사들이 프리스비를 하고 논다고는 상상도 못 했어요."

"프리스-비." 엄마가 영어 단어를 발음해보았다. "그게 뭔데?"

"아, 그건, 어······. 미안해요. 플라스틱 원반 던지는 놀이 알죠? 그 거 있잖아요, 부시넬 공원에서 백인들이 쇠사슬로 만들어진 바구니에다 원반을 던지고 막 그랬잖아요."

유리벽 밖에서 먼지 낀 작업복을 입은, 한쪽 멜빵이 어깨 아래로 흘러내린 앙상한 남자가 간호사 두 명에게 이끌려 진료실로 향하고 있었다.

"기억나." 엄마가 말했다. "그게 의사들 사이에서 그렇게 인기 있는 취미가 될 줄 누가 알았겠어! 그래, 첫 주에 벌써 새로운 것들을 배우고 있구나. 하지만······." 엄마가 멈칫하더니 수화기 너머로 다 들릴 만큼 숨을 내쉬었다.

"엄마, **알아요.**"

"내 말 잘 들어. 무리는 하지 마. 뭐든 천천히 하라고, 알겠니? 너무 빨리 읽지도 말고. 책을 집어 들었다가도 10분 뒤에는 내려놓고 창밖을 봐. 뇌는 자동차 같은 거라서 가끔씩······."

"엄마, 알겠다고요." 하이는 의도한 것보다 더 가시 돋친 목소리로 대꾸했다.

둘은 잠시 침묵했다. "네가 뉴욕에 있었을 때 공부 너무 열심히 할 필요 없다고 말해줄걸 그랬어. 너 그러다가 때려치운 거잖아. 미안해.

엄만 이번에야말로 더 잘하고 싶어."

"그래요. 그런데 엄마, 저 끊어야 해요. 친구들이 원반 놀이 같이 하자고 불러서요."

"아, 그럼. 가, 가, 가. 멀리 던지되 거들먹거리진 마, 알겠니? 그리고 나한테 맨날 전화할 필요는 없어. 그냥 너 자신에게 집중하렴. 그러다 내가 필요할 때 언제든 연락해."

"그럴게요."

"좋아, 사랑한다." 엄마가 영어로 말했다. "혹시라도 네가……."

하이는 엄마가 말을 끝맺기 전에 전화를 끊어버리고 그 자리에 앉아 코르크 벽에 압정으로 고정된, 코팅된 종이 한 장을 쳐다보았다. 거기에는 **소중한 사람과 당신의 중독에 대해 상의하는 7단계**라는 제목의 표가 있었다. 그 아래에는 꽃 그림들이 인쇄된 종이와 함께 메리 올리버의 시구가 테이프로 붙어 있었다. 그 문구는 센터의 거의 모든 여백마다, 공용 냉장고와 전자레인지, 화장실 칸막이, 심지어 치료실 옆의 망가진 화재경보기에도 나붙어 있어서, 이제는 마치 비꼬고 놀리는 것처럼 보였다.

**말해봐요, 당신의 하나뿐인 소중한 인생을
앞으로 어떻게 할 계획인가요?**

마약의 좋은 점은, 일단 그 마법이 몸에 스며들고 나면 몇 날 며칠을 비에 쫄딱 젖은 채 걸어 다니다가 마침내 두터운 양모 이불이 덮인 따스하고 보송보송한 침대에 알몸으로 들어가는 기분이 든다는 것이었다.

처음 사흘은 결코 쉽지 않았지만, 직원들은 식사 시간과 주치의 진찰 시간 외에는 하이를 거의 혼자 놔두었다. 지효성 마약을 해왔기 때문에 금단증상이 극심하지는 않았다. 처음 며칠간 밤마다 두통과 뼛속까지 시려오는 오한에 시달리고 베개가 흠뻑 젖을 정도로 땀을 흘렸던 것을 제외하면 말이다. 필로폰 중독자들이 가장 심각했다. 헤브론에서 온 고등학교를 중퇴한 한 소녀는 끔찍한 금단증상을 겪다 발작을 두 번이나 일으켰기에 센터에서 24시간 감시 카메라를 달아놓은 방에 그를 들여보내 불을 꺼놓고 이불을 여러 겹 덮고 자게 했다. 재활 센터의 일차적인 기능은 잠시 자기 자신을 수납해두는 것이었다. 그런데 조금 지내보니 이곳이 지루함의 왕국이기도 하다는 것을 알 수 있었다. 하지만 어쩌면 그것이야말로 재활 센터의 요점일지도, 아니 심지어는 **목표**일지도 몰랐다. 자기 자신과 함께한다는 것은 그 자체로 일종의 지옥이니까. 재활 치료를 둘러싼 온갖 클리셰는 다 사실이다. 자신을 망가뜨리는 독소가 세상으로 빠져나갈 때까지 기다려야 한다. 그렇게 해서 생겨난 몸속의 빈 공간을 더 많은 시간으로 채워야 한다. 대화하고, 휴게실을 서성거리고, 더 대화하고, 사람들이 "말로 푸는" 것을 듣고, 수채 물감으로 동물들을 그리고, 영어덜트 소설이나 과학소설(이곳에서 허락되는 장르소설은 이 두 가지뿐이다)을 읽으면서. 그렇게 기다린 끝에 창살 쳐진 창문 옆에 서서 주차장 건너편 맥도날드의 황금빛 아치 모양 간판에 불이 들어오는 것을 지켜보다 보면 야간 근무 간호사들이 이전 간호사들과 교대를 하고, 알코올의존자이자 다운증후군 환자인 조던이 옆에서 창문을 가리키며 "치킨 텐더 시간이다! 치킨 텐더 시간이야. 어이, 친구들, 텐더 시간이라고"라고 외쳤다.

각 병실의 이름은 뉴잉글랜드에서 재배되는 갖가지 호박에서 따온 것으로, 각 호박의 그림이 그려진 코팅된 종이가 문마다 붙어 있었다. 하이는 말린이라는 이름의 섹스 중독자와 함께 '단호박' 병실을 썼다. 말린은 자위를 할 수 없게끔 침대 기둥에 번지점프용 로프로 묶여 있었다. 어느 날 밤 그가 하이를 돌아보더니 의아한 듯 물었다. "이봐, 궁금한 게 있는데. 왜 나는 이제껏 재활 센터에서 동양인을 한 번도 못 봤을까? 이런 데에 다섯 번이나 와봤지만 동양인은 네가 처음이야."

"MSG." 하이가 미칠 듯한 기분에 사로잡혀 말했다.

"뭐라고?" 축축하고 푸르스름한 어둠 속에서 말린의 눈이 커졌다.

"MSG가 독을 다 빨아들이거든요. 정부가 왜 MSG를 싫어한다고 생각해요? 진실이 알려지길 원치 않는 거예요. 그랬다가는 이런 시설들이 죄다 문을 닫을 테니까요. 그래서 몸에 안 좋다고 마구 떠들어대는 거죠. 연방 정부가 몸에 안 좋다고 하는 건 최대한 많이 먹어 둬요."

"미친." 말린이 몸을 일으키며 말했다.

"하지만 당신 경우엔 안 통하겠네요."

"그래. 아니, 아니, 이해해. 이해한다고. 그런데 너는 어떻게 된 거야? 너는 MSG인지 뭔지를 다 흡수하지 못했어?"

"나는 입양아거든요. 평생 거의 와플만 먹으며 살았더니 이제 좆된 거죠."

"제기랄, 그랬군." 말린은 밤새도록 잠자코 누워서 이 새로운 지식을 곱씹었다. 그가 몸을 뒤척일 때마다 로프가 절그럭 부딪혔다.

뉴호프에는 상담사들도 있었다. 그들은 아침마다 휴게실에 모여 클립보드를 들여다보며 고개를 주억거리고는 마치 큐대로 맞은 당구공들처럼 곳곳으로 흩어졌다. 하이를 담당하는 상담사 호세는 희끗한 팔자수염을 길렀고 코에 피어싱을 하고 있었다. "들어봐요, 청년." 어느 날 아침 일대일 상담 시간에 그는 말했다. "당신은 우리가 의학적으로 우울증이라고 부르는 상태예요. 알겠어요? 즉 당신은 별다른 이유 없이 무너져 있다는 뜻이죠."

"그러면 의학적이라는 게 단지 이유가 없다는 의미인 건가요?"

호세가 고개를 갸웃하고 눈을 가늘게 떴다. "그런 셈이라고 할 수 있겠네요. 하지만 걱정 말아요, 우리가 처방하는 약을 먹다 보면 괜찮아질 테니. 일단 이걸 가져요." 그가 앞주머니에 손을 넣더니 하이에게 포춘 쿠키 속 점괘 쪽지처럼 보이는 것을 건넸다. 가장자리에 기름얼룩이 밴 쪽지에 적힌 문구를 하이는 소리 내어 읽었다. "승자는 이기고 나서 전쟁에 나간다. 패자는 전쟁에 나가고 나서 승리를 좇는다."

"손자병법이에요, 친구." 호세가 몸을 뒤로 기대며 씩 웃었다. "틀린 말 아니죠, 안 그래요? 그리고 내가 이걸 보여주는 이유는 당신 때문이 아니라……" 그가 하이를 가리키며 말을 이었다. "사실 이걸 모으고 있거든요." 호세는 책상 위에 돌돌 말린 포춘 쿠키 점괘 쪽지로 가득 찬 오래된 파파이스 바구니를 고갯짓했다.

"고마워요. 하지만 뇌 이식은 어떨까요?"

"그것도 물론 좋죠. 당신 의료보험으로는 보장이 안 되겠지만." 그가 킬킬 웃으며 손으로 콧수염을 꼬았다.

뉴호프에는 손자뿐만 아니라 예수도 있었다. 예수가 엄청 많았다. 하이가 헤아릴 수 있는 이만 열네 명이었고, 그들 모두 제각기 다양한 크기와 다양한 모양을 하고 다양한 아픔과 피로에 물든 표정을 짓고서 곳곳에 매달려 있었다. 하이가 식당에서 타피오카 푸딩을 먹는 동안에도, 아니면 집단 상담 중에 누군가가 양말 한 짝만 신은 채 발버둥을 치며 울거나 웃는 동안에도—나중에는 그 두 가지를 구분하기 어려워졌다—예수는 십자가에서 그를 내려다보고 있었다. 한번은 인근 전문대학에서 수학을 가르치던, 서복손을 남용한 은퇴 교수가 정신적으로 무너져서 현관 벽에다 온통 오줌을 갈기는 바람에 직원들에게 붙잡혀 비명을 지르며 끌려가 진정제를 투여받은 적이 있는데, 그때도 예수는 오줌에 젖어 짙은 얼룩이 밴 벽을 쓸쓸히 응시하고 있었다.

아이러니하게도 집단 상담 시간은 마약이 거래되는 시간이기도 했다. 모두가 드디어 한자리에 모였으니까. 머핀과 커피를 즐기는 테이블은 오래지 않아 활기찬 암시장으로 변모했지만, 졸로푸트나 자낙스, 때로는 퍼코세트나 수제 약물 같은, 관리인들에 의해 반입된 가벼운 것들 위주로 거래되었다.

모든 것이 영화 〈뻐꾸기 둥지 위로 날아간 새〉와 다를 바 없었다. 신기하게도 모든 환자가 똑같은 파자마를 입고 손목에 바코드 팔찌를 차고 있었다(간호사들에게서 약을 받거나 식당에서 음식을 받을 때마다 팔찌를 스캔해야 했다). 하느님이 보고 있든 아니든 간에 재활 시설도 결국에는 사업이었다. 하지만 하이가 보기에 간호사들은 좋은 사람들이었다. 진솔하고 선량한 여자들. 영화 속 래치드 간호사 같은 인물은 여기에 없었다. 모두가 보라색(혈압을 낮춘다고 알려진 색깔) 수술복 같은 옷을 입었고, 어쩐지 늘 쾌활했지만 아이들을 막 대학으로 떠나보낸 중서부 지역의 엄마처럼 울적하고 감상적인 분위기를 자아냈다. 금방이라도 눈물을 터뜨릴 듯하면서도 환자의 팔에 눈 하나 깜짝하지 않고 주삿바늘을 잽싸게 찔러 넣을 줄 알았고, 이리저리 돌아다니며 환자들에게 필요한 것을 그들이 미처 인지하기도 전에 파악해냈다. 그들은 복도를 지나며 "오늘은 좀 어때요?"라거나 "주님께서 우리를 내려다보며 미소 짓는 게 느껴지시나요? 저는 느껴지는데"라거나 "핫초콜릿 마시고 싶으면 말해요, 알았죠? 동결 건조된 엉터리 말고 진짜 마시멜로를 넣어서 만들어줄 테니까요" 같은 말을 했다. 그중 하이가 가장 좋아하는 말은 수전 빈이라는 간호사(그는 자신의 성과 이름을 모두 불러달라고 요구했다)가 하는, "저리 가서 그 찡그린 얼굴을 바나나 스플리트*로 바꿔다 주지그래요?"라는 말이었다. 스페인어 억양으로 말하는 완다라는 간호사도 있었다. 그는 하이의 생체 신호를 확인할 때마다 그의 앞주머니에 웨더스 오리지널 사탕을 넣고 살짝 토닥여준 다음 공연히 키득거리며 걸어가곤 했다. 간호사들이 자기 일에 그토록 진실하지 않았다면 환자들은 미쳐버릴 수도 있었을 것이다. 대부분은 자원봉사자로 시작했고, 형제든 자매든 남편이든 자식이든 누군가를 잃은 경험이 있는 사람들이었다. 뉴호프 같은 데로 오지 못했거나, 왔더라도 소용없었거나 이미 너무 늦어버린 경우였을 것이다.

그 넓고 하얀 시간 속에서 하이는 어째서 애초에 엄마를 속였는지 자주 자문했다. 뾰족한 답은 없었다. 다만 그가 의사가 되어 병들고, 암에 시달리고, 망가지고, 불구가 된 사람들을 치료하겠다고 했을 때 환해지던 엄마의 얼굴만 떠올랐다. 할머니가 세상을 떠난 후

* 바나나를 길게 가르고 그 속에 아이스크림을 채운 디저트.

엄마의 빛은 침침해졌다. 소파 구석 자리에 앉아 쪼그라든 채, 숱이 줄어가는 머리를 수그리고서, 푸른 빛이 새어나오는 게임보이 화면을 들여다보며 하루 종일 테트리스만 하는 엄마를 지켜보다 못해 **뭔가를** 해야겠다는 생각이 들었다. 누군가를 여의면 그 사람은 땅에 **빼앗기지만** 살아 있는 사람에게는 여전히 간섭할 수 있다. 그래서 하이는 간섭했다. 거짓말을 했던 것이다.

6

하이가 가게 문을 닫을 차례였다. 보통은 다른 직원이 도와주었지만, 오늘 BJ는 여동생을 학교 연극에 데려가려고 일찍 퇴근했고 소니는 보호시설에서 저녁 식사 당번을 맡았기 때문에 하이 혼자 마감을 해야 했다.

띄엄띄엄 손님이 몰려오긴 했지만—대부분은 밀 거리의 성공회 교회에서 열리는 알코올의존증 모임에서 온 사람들이었다—그 밖의 저녁 시간 동안 가게는 비어 있었다. 가게를 보던 하이는 적외선등에서 나오는 온기에 머리가 무거워져서 어느 순간 졸았다. 정적에 흠칫 놀라 깨보니 오디오가 꺼져 있었다. 드라이브스루 창구 위 벽에 걸린 시계는 오후 9시 16분을 가리키고 있었다. 9시 30분까지 가게를 닫아야 했다.

하품을 하고 눈을 비비며 시선을 돌리려던 순간 드라이브스루 창밖으로 누군가가 지나가는 게 보였다. 하이는 후닥닥 뛰어가서 밤 공기 속으로 고개를 내밀고 주위를 둘러보았다. "손님? 주문하시겠습니까?" 하이가 조용히 말했다. 가을의 첫 추위에 께느른해진 귀뚜라미들만이 덤불 속에서 힘없이 울고 있었다. 오늘 밤 내내 누군가가 자신을 지켜보는 듯한 묘한 기분이 들었다. 어쩌면 금단증상이 머릿속을 휘저어놓은 탓인지도 몰랐다. 하이는 창문을 닫고 어리벙벙한 상태로 마저 마감을 했다. 지금까지 옥수수빵 오븐을 닦고, 홀에 대걸레질을 하고, 의자들을 테이블 위에 쌓아 올리고, 화장실을 청소하고, 변기 주위에 떨어진 음모를 쓸어내고, 누군가가 반쯤 먹다 말고 소변기 탈취제 위에 던져버린 미트로프 덩어리를 빼내고, 화장실에서 마약을 주사한 중독자들이 버린 기구들이 자칫 손에 닿을세라 조심조심 쓰레기봉투 끄트머리를 잡고 내버리고, 통닭 오븐에 묻은 기름을 닦아내고, 남은 통닭 네 마리를 은박지에 싸둔 참이었다. 하이는 다시 드라이브스루 쪽을 보지 않으려 주의하면서 빈 실내를 이리저리 돌아다녔다. 이제 남은 일은 음식 통들을 비우고 카운터 전원을 끄는 것뿐이었다. 그런데 램프와 가열기를 끄는 순간 앞문이 열렸다.

 울퉁불퉁한 갈색 가죽 재킷을 입은 50대 후반 남자였다. 그는 턱살이 늘어지고 얼굴이 울룩불룩해서 누군가가 검은 구슬 두 개를 던져넣은 매시드포테이토 그릇처럼 보였다. 남자가 카운터 쪽으로 다가왔다.

 "영업 끝났습니다." 하이는 미안한 어조로 말했다.

 "문을 안 잠갔잖아요." 남자가 식어가는 음식 통들을 내려다보며 말했다. "그리고 먹을 게 좀 남은 것 같은데요."

 하이가 어떤 걸 원하느냐고 묻자 남자는 잘 보지도 않고 크림 시금치를, 그다음으로 고구마 파이를 가리켰다. 하이가 음식 윗부분의 마른 더께를 걷어내기 시작하자 남자가 그를 제지했다. "아뇨, 그대로 주세요. 전부 다."

"정말요?"

남자가 고개를 끄덕였다. 술 냄새가 훅 끼쳤다.

하이는 트레이의 칸 네 개를 두 가지 음식으로 그득히 채워서 남자에게 건넸다. "공짜로 드릴게요. 그냥 드세요."

"고마워요, 친구. 아……." 남자가 코트 주머니에 손을 넣더니 종이 한 장을 꺼냈다. "혹시 저기 게시판에 이 종이를 붙여도 될까요?"

전단지에는 어느 검은색 세단 차량을 찾는다는 문구와 함께 그 차가 찍힌, 픽셀이 심하게 깨진 CCTV 사진이 실려 있었다.

"레이첼 미오타라는 사람 들어봤어요?" 남자가 물었다.

"따님이나 뭐 그런 분인가요?"

남자가 뒷주머니에서 배지를 꺼내 보여주었다.

"하트퍼드 카운티의 립먼입니다. 은퇴한 형사죠."

"아." 하이는 몸을 곧게 세웠다. "무슨 일이 벌어졌나요?"

"그렇다고 볼 수 있겠죠. 죽었거든요." 형사가 대강 목을 긋는 시늉을 해 보였다. "7년 전 일이에요. 이 세단 조수석 문 밖으로 몸이 늘어진 채 거의 8킬로미터를 끌려갔죠. 성 구매자 소행이었을 가능성이 높아요. 그날 밤 나는 현장에 없었지만 다음 날 아침 그 도로를 살펴봤어요. 그때는 내가 아직 순찰을 돌던 시기였거든요. 가해자는 바로 이 밖에서 그 짓을 시작해서……." 형사가 어깨 너머를 고갯짓했다. "그리스월드 도로를 쭉 나아가서 쿡스 공원 애견 운동장까지 갔더군요. 인도 위에 남은 피해자의 흔적이 딱 거기서 끊겼어요." 형사는 고개를 설레설레 저었다. 얼굴 위 검은 구슬 한 쌍이 번뜩였다. 하이도 이제 기억이 났다. 중학교 시절 그 사건은 큰 화제였다. 그 여자의 어머니가 거의 매일 밤 TV에 나왔고 나날이 눈 밑 다크서클이 진해졌다. 하트퍼드 카운티는 몇 년 동안 살인 사건 발생 순위에서 전국 7, 8위를 달리는 곳이었고, 사람을 차 밖으로 질질 끌어가는 방식으로 살해한 사건 중에서 레이첼 미오티는 역대 가장 긴 거리를 끌려간 피해자로 기록됐다.

"그때만 해도 길 건너편 세차장은 그냥 빈터였어요. 저 뒤에 허름한 아파트 주민들이 주차장에 자리가 모자라면 거기다 차를 대곤 했죠. 주로 약쟁이나 매춘부였겠지만. 그래도 누구도 그런 식으로 죽어선 안 되는 거잖아요, 무슨 말인지 알죠?" 그는 몇 년 동안 미해결로 남아 있던 사건이었는데 지금 재수사에 들어간다며 말을 이었다. "지금 나는 은퇴했지만 이 사건이 마음에서 떨쳐지지 않아요. 게다가 잔디 의자에 앉아 마당의 스프링클러가 오르락내리락하는 걸 보는 것 말고는 어차피 달리 할 일이 없기도 하고." 그가 눈만 실그러뜨려 미소 지었다. "그러니 주변을 살피다가 뭐라도 보면 연락해주겠어요?"

"그럴게요, 형사님." 하이는 웨인이 늘 하듯 모자를 만지작거리며 말했다.

"좋아요. 그리고 고마워요." 형사가 트레이를 들고 숟가락을 집더니 미지근한 음식을 입에 쑤셔 넣으면서 걸어 나갔다.

하이는 형사가 쇼핑몰 끝자락에 있는 베이지색 해치백을 향해 느릿느릿 걸어가 차를 빼는 것을 지켜보았다. 드라이브스루에서 본 사람이 그였을지도 모른다. 문을 잠그고 불을 끈 후 노파심에 가게 안을 마지막으로 한번 둘러보았지만, 뒷문 위에서 붉게 빛나는 비상구 램프 외에는 온통 어두웠다. 하이는 몸서리를 치고 재킷 지퍼를 올리고서 집으로 향했다.

 밤은 칠흑같이 캄캄했고 별은 없었다. 주위는 강에서 불어오는 돌풍에 휘말려 나뭇가지에 더 매달려 있지 못하고 떨어지는 잎사귀들이 내는 바스락 소리로 가득했다. 길가를 따라 이어지던 나트륨 가로등들이 끊기고 어둠이 바다처럼 펼쳐지는 곳에서 인도가 끝났다. 고가도로 아래를 지나가는데 콘크리트 제방 위에서 무언가가 번쩍였다. 침낭에 몸을 묻은 한 남자가 폴더폰으로 문자메시지를 보내고 있었다. 화면의 푸른 빛을 받은 남자의 얼굴은 황폐해 보였고 헤벌어진 입안 치아와 덥수룩한 수염이 두드러졌다. 휴대전화 속 상대방에게 너무 몰두한 나머지 하이의 발소리를 못 들은 눈치였다. 하이가 길을 내려가는데 남자가 웃음을 터뜨렸고, 그 목소리가 콘크리트에 증폭되어 밤공기에 울려 퍼지자 마치 계곡 전체가 하이의 등 뒤에서 웃는 듯 들렸다.

 집에 들어와보니 어둡고 고요했고 그라지나는 잠든 지 오래였다. 하이는 집 안을 꿰뚫는 철교의 불빛들이 비치는 벽을 손으로 훑어보다가 계단을 올라 방으로 들어갔다. 재킷과 모자와 앞치마를 걸고, 기름과 락스의 악취에 찌든 셔츠를 벗고, 나이키 군화를 벗었다. 그건 하이가 처음 대학에 갔을 때 엄마가 쇼핑몰에서 일주일치 봉급의 절반을 털어 사준 신발이었다.
 침대에 누워 어둠이 실제보다 더 진실해지기를 기다렸다. 어렸을 때부터 자신이 언제 잠들었는지 정확히 기억할 수 없다는 것이 신경에 거슬렸다. 마치 의식이 흐려지기 전에 누군가가 자신의 전원을 꺼버리는 것처럼 느껴졌다. 거대한 파도의 그림자 같은 잠이 덮쳐오는 것을 보면 누구나 잠들기를 선택하지 않고 정신을 차리고 있으리라는 것을 그 존재가 아는 것만 같았다.

얼마나 오랫동안 잠들어 있었는지는 몰라도 깨어났을 때 가장 먼저 알아차린 것은 폭발음이었다. 천둥소리처럼 들렸지만 그것보다는 더 빠른 속도로 바깥의 공기를 찢어발기고 있었다. 하이는 그라지나를 떠올렸고, 그러자 자신이 너무 피곤했던 나머지 그라지나가 저녁 9시에 복용해야 하는 약을 먹었는지 약통을 확인하는 것을 깜빡했다는 사실에 생각이 미쳤다. 하이는 침대에서 뛰어내려 창밖을 내다보았다. 강 건너 먼 기슭에서 폭죽 불꽃들이 나무 우듬지를 뚫고 솟아오르고 있었다. 흥분한 사람들의 목소리가 수면 위로 드문드문 전해져 왔고, 뒤이어 버려진 제분소의 지하 저장고에서 쏘아 올린 통형 불꽃들이 암흑을 사르며 솟구쳤다. 10대들이었다.

당황한 하이는 복도로 나갔다. 그러다 계단참에 이르렀을 때 나이트가운 차림의 그라지나가 마네킹처럼 서 있는 것을 보고 비명을 지를 뻔했다. 그라지나는 헝클어진 머리를 하고 파리를 후려치려는 듯한 자세로 주걱을 든 채 하이를 똑바로 쳐다보고 잇었다. 솔숲에서 불꽃놀이 때문에 미쳐 날뛰는 코요테들의 울부짖음이 끔찍한 비명처럼 집 안을 울렸다.

하이는 그라지나의 손을 잡고 부드럽게 흔들었다. "워, 워. 괜찮아요. 자, 이리 와요. 괜찮으니까." 그러자 그가 하이를 뿌리치고는 예상보다 빠른 몸놀림으로 하이의 방으로 들어갔다. 그라지나는 카펫 위에 꿇어앉아 나이트가운 옷깃이 젖도록 울기 시작했다. 하이의 손이 닿자 그는 화들짝 놀라며 리투아니아어로 무언가를 쏟아냈다.

"영어로 해요, 알았죠? 안 그러면 이해할 수 없어요. 기억하죠? 우린 미국에 있다는 거요. 전쟁은 끝났어요, 그라지나. 이제 전쟁은 없다고요. 약속할게요."

이번에는 준비가 되어 있었다. 하이는 그라지나를 껴안고 그가 고개를 버둥거리지 않도록 손으로 뒤통수를 받치고서 할머니의 자장가를 다시 불렀다. 지난 일주일 동안 손님들에게서 받은 주문을 외치느라 목소리가 지난번보다 거칠었고 잡음이 끼는 라디오처럼 자꾸만 갈라졌다.

하지만 소용이 없었다. 하이는 〈고요한 밤 거룩한 밤〉으로 바꿨다. 갑자기 가사가 기억나지 않아서 콧노래만 흥얼거렸다. 그런데 그라지나는 이제 아예 다른 세상으로 날아가버린 듯, 얼굴과 목이 눈물과 땀으로 축축해진 채 눈을 마구 굴렸다. "내 동생, 크리스토프!" 그가 책상을 향해 달려들며 고함을 질렀다.

팔로 그라지나의 허리를 안전벨트처럼 감고 있다 보니 엉뚱한 생각이 들었다. 그라지나가 과거에 깊숙이 파묻혀 있으니 거기까지 따라가면 그에게 닿을 수 있지 않을까 하는 생각. 할머니가 조현병 발작을 일으킬 때 한두 번 그렇게 해본 적 있었다. 《제5도살장》 속 장면들, 군인들, 파괴된 독일 풍경을 마음속에 생생히 떠올리며, 하이는 심호흡을 하고서 배 속에서 굵고 남자다운 목소리를 끌어냈다. "부인." 그는 자신의 음성이 그럴싸하게 들리는지 확인하려고 멈칫했다가 말을 이었다. "부인, 걱정 마십시오. 동생분을 구하러 갈 겁니다." 하이는 그라지나의 가슴을 가리켰다. "하지만 제 말을 들어야 합니다, 아시겠죠?" 아직 잠에 취해 흐릿한 머리로 군인 이름을 물색하다가 가장 먼저 떠오른 이름을 불쑥 내뱉었다. "저는 미 육군 2사단 페퍼 병장입니다." 동네에 있는 페퍼 병장 피자 가게의 이름이 비틀즈의 앨범에서 따온 것이라는 사실은 나중에야 알게 되었다. 여러해 동안 라디오에서 흘러나오던 노래 몇 곡 외에는 비틀즈를 들어본 적 없는 하이는 페퍼가 페퍼로니 피자의 줄임말인 줄로만 알았다.

그라지나가 고개를 불쑥 들더니 하이가 새롭게 만들어낸 성인 남성의 목소리에 귀를 기울였다.

"부인, 저희는 지금 포병 사격을 받는 중이라 주민들을 대피시켜야 합니다." 그는 브루스 윌리스처럼 단호하면서도 걸걸한 목소리로 재빨리 말했다.

그라지나가 맑아진 눈으로 기운차게 고개를 끄덕였다. "네, 네, 그럼요, 병장님."

"동생분을 포함해 부인의 가족은 모두 안전합니다. 이미 C 대피 구역으로 이송되었습니다. 그곳은 난민 수용소로서……." 하이는 자신이 제2차 세계대전이나 유럽, 세계사에 대해 아무것도 모른다는 것을 깨달았다. "……게티스버그 외곽에 있습니다." 그는 홈마켓에서 일하면서 주워들은, 소니가 떠들어대던 남북전쟁 이야기를 떠올렸다. 그것도 전쟁은 전쟁이니까.

"게티스버그라고요?" 그라지나가 머릿속 지도에서 그 지역을 찾으려는 듯 눈을 깜빡거렸다. 그는 얼굴을 찌푸리며 고개를 주억거렸다. "독일 맞죠? 우리 아직 독일에 있는 거죠?"

"그렇습니다, 부인." 하이는 이를 갈며 스스로를 다잡았다. "작은 마을입니다. 히틀러에 맞서 다음 공세를 대비해 물자를 저장하는 곳이죠."

"히틀러!" 그라지나가 하이의 말을 끊고 한쪽 눈으로 그를 곁눈질 했다. 나중에 알게 됐지만 그것은 그라지나가 사람의 됨됨이를 가늠할 때 나오는 태도였다. "스탈린을 잊지 마세요, 페퍼 병장님." 그가 차갑게 말했다. "요즘에는 악마가 하나만 있는 게 아니잖아요."

"물론이죠."

"이제 제 말 들어보세요, 병장님." 그라지나가 몸을 바투 붙였다. "제 아버지께 전보를 보내주세요. 그분의 딸 그라지나 비트쿠스가 건강하고, 겁에 질리지 않았고, 신앙을 굳세게 지키고 있다고요. 런던에서 기다려달라고도 해주세요. 아버지의 빵집을 떠나기 전에 그렇게 계획을 세웠거든요. 잉글랜드로 가서 거기서 미국편 배를 찾으려고요."

새로운 임무를 생각해내고 상기된 그라지나가 자신의 어깨에서 하이의 팔을 떼어내고는 비틀거리며 일어섰다. 하이는 넘어질 뻔한 그의 등을 손으로 받쳐 부축해주었다. 그라지나가 턱을 높이 쳐들고 그를 마주 보았다. "저는 이제 가볼게요, 페퍼 병장님." 그는 허리띠를 바로잡고 젊은 여자가 치맛자락을 매만지듯 나이트가운 자락을 가다듬더니 군대식 경례를 했다. "신의 가호가 있기를. 저는 이제 게티스버그로 가겠어요."

그라지나가 내보이는 갑작스럽고도 선명한 활력에 당황한 하이는 두 손을 턱 밑에 깍지 끼고서 이제 어떻게 할지 궁리했다. "음. 안 됩니다."

그라지나가 방 안을 둘러보았다. 하이는 그에게 정말로 도로가 **보이는지**, 짙푸른 독일 시골 정경을 누비는 흙길이 보이는 것인지 궁금해졌다.

"여기 있어야 합니다, 부인."

그는 하이를 무시했다. "도로가 비어 있는걸요. 농로라서 흙먼지가 일긴 하죠. 하지만 걸어서 갈 만은 해요. 나무들 아래로 숨어 다니면 비행기 조종사들이 우리를 못 볼 거예요. 자, 어느 방향이죠, 페퍼 병장님?" 그라지나가 고개를 뒤로 젖히고 하이의 대답을 기다렸다.

"이거 보입니까?" 하이는 손가락을 갈고리 모양으로 구부려 보이며 속삭였다. "이건 낚싯바늘입니다. 저기 능선을 따라 우리 방어선이 이렇게 배치되어 있습니다. 저 나무들 사이 장교 막사에서 나오는 흐릿한 불빛이 보입니까?"

그라지나의 시선이 하이의 손가락을 따라 불 꺼진 복도를 향했다. "보여요, 병장님." 그가 고개를 끄덕였다.

"좋아요." 하이는 그냥 남북전쟁 당시 포토맥 군의 전열을 제2차 세계대전 미국의 것으로 대체할 작정이었다. 게티스버그 전투에서 북군이 로버트 E. 리 장군을 방어하려고 낚싯바늘 대형을 펼쳐서 성공했다던 소니의 이야기를 머릿속의 침전물 속에서 끄집어냈다. "낚싯바늘, 즉 S선으로 독일군의 측면 전술을 막을 수 있을 겁니다. 즉 측면에서 우리를 기습 공격하지 못할 거라는 거죠."

"이해돼요. 당신네 미국인들은 머리가 좋다니까요. 독일군이 여기 오면……." 그라지나가 손바닥 위에 낚싯바늘의 안쪽 곡선을 그려 보였다. "갈고리 윗부분이 뒤에서부터 포위할 테니 놈들은 끝장나겠네요." 그는 하이를 쳐다보았다. 시간 속에 갇힌 10대 소녀인 그라지나는 이런 군사 전략이 자신에게 이토록 이해가 잘된다는 사실에 놀란 듯했다. "전쟁은 게임이에요. 〈가격 괜찮네〉처럼 말예요." 그가 고개를 끄덕였다.

"〈가격 괜찮네〉처럼 말이죠."

그런데 이 역할극을 얼마나 멀리까지 이어가야 하나? 욕실까지?

아래층 현관의 벽장까지? 지하실까지? 길거리로도 나가나? 집 안 어디에—아니면, 더 정확히는 그라지나의 과거 어디에—게티스버그가 있을까?

그라지나가 하이의 앞 허공을 휙 가르며 말했다. "하지만 병장님 부대는 동쪽으로 진격하는 **소련군도** 막아야 해요! 우리 엄마 말로는 빌뉴스가 이미 함락됐대요. 그 편지는 나흘 전에 받았지만 거기 적힌 날짜는 7월이었어요!" 하이의 얼굴에 서늘한 침이 튀었다.

"그래요······. 잠깐만요. 그러니까······." 그는 헛기침을 했다. "인내심을 가지고 선택지를 따져봐야 합니다, 부인." 하이는 두 손을 옆구리에 올리고 가슴을 부풀렸지만 자신의 얼굴이 그 자세에 어울리지 않는다는 걸 알고 있었다.

그라지나는 불타는 광경이 눈앞에 어른거리는 듯 시선을 돌렸다. 나중에 알게 된 사실이지만 그는 1944년, 소련이 마지막으로 진격했을 때 고향 마을 부비아이에서 도망쳤다. "그냥 그라지나라고 불러주세요."

"그러죠. 자, 이렇게 합시다. 일단 내 지프를 타는 겁니다." TV로 본 제2차 세계대전 영화들의 영상이 뇌리를 스쳤다. 〈패튼〉, 〈라이언 일병 구하기〉, 〈대탈주〉 등등.

그라지나가 턱을 긁적였다. "그러니까 우리는 **차를 타고** 게티스버그로 가는 거군요."

"내 지프가 바로 저기 있습니다." 하이는 복도 건너편 욕실을 가리켰다. 갈고리 모양 발이 달린 욕조를 지프로 삼으면 될 듯했다.

"그러면 공습은 어떡해요? 우리가 차를 타고 도로를 달리면 적들에게 노출될 텐데요."

"어두워지고 있잖아요. 전조등을 끄면 됩니다. 천천히 갈 거고요. 달빛이 있으니 괜찮습니다." 하이는 오래된 물 얼룩이 밴 천장을 올려다보았다.

"배짱이 좋으시네요, 페퍼 병장님." 그때 그라지나가 말을 멈추고 어깨를 구부리더니 인상을 찡그린 채 하이를 훑어보았다. 목 부분이 여전히 찢어져 있는 흰 티셔츠, 빨간 체크무늬 사각 팬티, 창백한 다리, 툭 튀어나온 무릎. 군복을 입지 않았다는 것을 눈여겨보는 듯했다. 이제 끝장이었다.

"너무 말랐는데요." 그가 고개를 저으며 말했다. "뼈에 살도 없는데 어떻게 싸우겠다는 거예요?" 그라지나는 몸을 숙여 바닥에 놓인 상자에서 무언가를 꺼냈다. 그가 하이의 얼굴 앞에 주먹을 들어 올리자 그 안에 딸기맛 팝타르트 한 봉지가 쥐인 것이 보였.

"가는 길에 먹죠."

"좋은 생각입니다." 하이는 그의 팔을 잡고 욕실로 이끌었다. 그라지나가 발을 질질 끌며 따라왔다.

밖에서 폭죽이 계속 터졌다. 성에 낀 욕실 창밖으로 불꽃이 보였지만 소리는 유리에 가로막혀 작게 들렸다. 그라지나는 큰 폭죽이 터질 때마다 움찔거렸다. 하이는 조그마한 노란색 올빼미들이 그려진 샤워 커튼을 젖혔다. 낡은 욕조에는 녹슨 금이 길게 나 있었다. 그는 그라지나의 목욕을 보조하는 흰색 플라스틱 의자를 치울까 생각했지만 트럭 좌석과 비슷해 보여서 그냥 두기로 했다.

"어서." 하이가 그를 돌아보았다. "타십시오. 빨리 움직여야 합니다. 몇 시간 뒤면 동이 틉니다."

그라지나가 자유로운 쪽 손으로 하이의 팔을 붙잡고 안으로 들어갔다. 손에서 쿵쿵거리는 맥동이 전해졌다. 다른 쪽 손에는 여전히 팝타르트가 쥐어 있었다. 하이는 욕조 바닥에 고인 물을 닦아내고 그라지나가 플라스틱 의자 아래로 두 다리를 뻗고 앉도록 했다. 그는 트럭 안에 들어가 보조 의자 위에 앉아 그라지나를 등졌다. "좋습니다. 준비됐습니까?" 그는 백미러를 조정하고 안전벨트 매는 시늉을 했다. 할머니의 뇌가 오작동하던 때—그라지나와는 다른 방식이긴 했지만—할머니와 함께 상상 놀이를 하고 요새를 쌓으며 오랜 시간을 보낸 보람이 있었다.

"당신 걱정이나 하세요, 깡마른 페퍼 병장님. 여긴 시골이잖아요." 그라지나는 몇 발짝 떨어진 벽에 걸린 작은 수건을 가리켰다. "여기서 죽는 건 두렵지 않아요."

하이는 시동을 거는 몸짓을 했다. "좋아요. 이제 갑니다. 출발!" 그가 의자를 살짝 흔들자 물 몇 방울이 발가락에 떨어졌다. "느껴집니까? 길이 울퉁불퉁하군요."

"그야 당연하죠. 이 도로는 몇 년 전부터 엉망이 됐는걸요." 그라지나는 디젤 엔진의 굉음과 지프 차체에 돌멩이들이 튀어 덜그럭거리는 소리가 들린다는 듯 고함을 질렀다. "차르 시대 이후로는 흙과 진흙뿐이에요. 농민들의 길. 정직한 길이죠."

새벽 1시쯤 되었을 터였다. 두 사람은 한동안 아무 말도 하지 않았다. 주위의 시골 풍경은 온통 남색으로 물들어 있었다. 집 밖에서 차 한 대가 지나갔다. 스피커에서 새어 나오는 블랙 아이드 피스의 〈감 잡았어(I Gotta Feeling)〉 노랫말이 작지만 또렷하게 들려왔다. 하이는 더 이상 불꽃놀이 섬광이 번뜩이지 않는 성에 낀 창문을 바라보고, 점차 느려져가는 그라지나의 숨소리에 귀를 기울였다.

날카로운 **쨍그랑** 소리가 났다. 하이는 뒤를 돌아보았다. 그라지나의 호박 팔찌가 도기로 된 욕조 표면에 부딪힌 것이었다.

"맑은 밤이네요. 그리고 저기 호수가 있어요, 병장님." 그라지나가 별 흥미 없는 투로 말했다. "어두워도 보이긴 하네요. 하늘 한 조각이 떨어진 것만 같아요." 그는 눈을 들어 천장을 훑어보았다.

"어렸을 때는 레키바 호수에서 헤엄치곤 했어요. 동생과 같이요." 또 **쨍그랑** 소리가 났다. "하지만 다 끝났어요. 호수가 폭격당했거든요. 물고기들이 죄다 튀겨져서 오렌지색이 되어 둥둥 떠다니며 썩어갔죠. 끔찍했어요. 소름 끼쳤죠."

"호수를 폭격했단 말입니까?"

"뭐예요, 제가 지어낸 얘기라고 생각해요? 나치는 뭐든 다 폭격한다고요. 물까지도요." **쨍그랑.**

그 말이 하이의 안에서 무언가를 불러일으켰다. 그라지나가 이성이 흐트러진 상태임에도 이토록 맑고 투명한 선형적 사고에 도달한 것이 얼마나 신기한 일인가 싶었다. 하지만 다시 생각해보면 하이는 치매에 대해, 그 병이 얼마나 넓고 온전한 시야를 품고 있는지에 대해 아무것도 몰랐다.

하이는 무언가를 털어내는 듯한 손놀림으로 핸들을 돌리는 시늉을 했다. "부인, 눈 좀 붙이지 않겠습니까?" 이렇게 해서 놀이를 마무리하고 그를 침대로 데려가 마침내 재시작 버튼을 누를 요량이었다. "다 와가면 깨우겠습니다."

"당신은 군인이잖아요." 그라지나가 몸을 꼿꼿이 세웠다. "그런데 제가 **잠들기를** 바라다뇨? 침공당하는 중에 잠들면 안 된다는 건 개도 알아요."

호일이 바스락거리는 소리가 나더니 거친 나무껍질 같은 것이 하이의 입을 긁었다. "먹어요." 그라지나가 팝타르트로 하이의 뺨을 쿡쿡 찔러대며 말했다. 과자 속에 든 잼 부스러기가 피부에 떨어져 서늘했다.

"더 밑으로."

"뭐라고요?"

"밑으로 내리라고요! 됐어요, 냠냠." 하이는 고개를 뒤로 젖히고 과자를 입에 문 채 한 조각 베어 먹었다.

"배고픈 채로 운전하게 둘 순 없죠. 먼 길이 될 거 아녜요."

그라지나도 과자를 한 입 베어 물고는 입을 요란하게 쩝쩝 다시며 욕조 안에서 자세를 편하게 고쳤다. 하이는 기어를 3단으로 바꿨다. 트럭이 부릉거리며 속도를 높여 눈앞으로 뻗은 투명한 밤으로 나아갔다. 하이는 욕조가 움직이지 않는다는 것을 알았지만, 마치 자신이 몸 밖으로 빠져나가 세월의 거리 너머에서 지켜보고 있는 듯 두 사람의 모습이 풍경 속에서 점점 작아져가는 것을 느낄 수 있었다. 하이는 좌석에 몸을 기대고 눈을 감았다. 엄마, 할머니, 소니, 킴 이모, 동네에서 아는 사람들을 떠올렸다. 하이가 그라지나와 함께 1944년, 즉 할머니가 베트남 고콩에서 태어나기 3년 전에 있는 지금, 그들 모두가 저 먼 미래에 떨어져 있었다. 그래서 하이는 말하기 시작했다. 누구에게라고 할 것 없이. "잘 자요. 잘 자요, 모두. 사랑해요. 와주셔서 감사합니다. 매시드포테이토 몇 스쿱 퍼드릴까요, 손님? 조심하세요, 트레이가 뜨겁습니다. 아뇨, 선생님, 저희 맥앤치즈는 글루텐프리가 아닙니다." 타일에 부딪혀 메아리치는 목소리가 텅 빈 듯 들렸다. 자신이 말을 하고 있는 건지 속으로 생각만 하고 있는 건지 아니면 정신을 잃은 건지 더 이상 분간되지 않았다. 그래도 왼편으로 별빛 아래 유채꽃밭이 펼쳐지고 상념들 위로 달이 떠 있는 가운데 계속 차를 몰았다.

욕조가 눈에 들어온 것은 그라지나가 신음을 흘렸을 때였다. 도로를 상상하는 데 몰두하느라 눈앞의 창문이 분홍빛 여명으로 물드는 것도 모르고 있었다. 뒤돌아보니 그라지나는 두 손을 펼친 채 잠들어 있었다. 가슴팍에 반쯤 먹고 남은 팝타르트가 놓여 있었다.

하이는 조용히 욕조 밖으로 나가서 그라지나의 방으로 건너가 베개와 함께 그라지나가 가장 좋아하는, 녹색과 흰색이 섞인 퀼트 이불을 챙겨왔다. 그리고 그의 가슴에서 과자를 집어 들어 변기에다 첨벙 소리가 나지 않도록 살며시 넣어 버렸다.

그라지나의 머리가 한쪽으로 젖혀져 있기에 베개로 머리를 받쳐주었다. 그리고 이불을 가슴 위로 끌어올려 두 팔과 몸 전체를 덮어주고 싸늘한 도기 표면에 살이 덜 닿게끔 이부자락을 몸 안쪽으로 끼워 넣었다. 그러다 샤워 커튼 뒤에 튀어나온 나무토막 같은 것을 발견했다.

사진 액자 귀퉁이였다.

욕조 위 벽에 액자가 걸려 있었는데 여태껏 불투명한 커튼에 가려져서 보이지 않았던 것이었다. 커튼을 걷어보니 놀라울 만큼 큰, 현관 깔개만 한 액자 유리 안에 끼워진 흑백 사진이 보였다. 남자와 여자, 그리고 걸음마를 막 뗐을 여자아이가 함께 웃고 있는 사진이었다. 셋 다 파티라든지 여타 격식 있는 자리에 참석하는 듯 옷을 잘 차려입고 있었다. 흑백 색조와 옷 스타일을 보니 1950년대나 60년대 같았다. 딸아이는 남자의 무릎 위에 앉아 있었다. 여자는 벌집처럼 풍성하게 부풀린 금발 머리에, 이가 다 드러나도록 입을 벌리고 눈을 감은 채 소리 내어 웃는 모습이었다. 그들이 있는 실내 정경은 사람들의 말소리에 드문드문 유리잔을 부딪히는 소리가 섞여드는 곳으로 보였다. 여자는 300달러라고 적힌 카드를 두 손으로 들고 있었다. 복권일까? 아니면 추첨 경품? 아마도 그것 때문에 웃고 있는 모양이었다. 자기 손에 든 것보다 가치 있는 것은 세상에 없다는 듯 의기양양한 표정이었다.

하이는 반세기 전에 찍은 자기 사진 아래 잠든 그라지나를 보며 서 있었다. 이불에 덮이지 않은 유일한 부분인 얼굴은 잿빛을 띠었고 경직되었으며 딸기잼이 묻어 있었다. 매일 복용하는 열세 알의 알약 중 네 알이 그의 병을 마치 머릿속 범죄자를 다루듯 '진압'한다는 것 외에 자신이 그 병에 대해 뭘 안다고 할 수 있을까? 그의 두개골 안에서 뇌가 서서히 붕괴하고 있다는 것을, 그것이 작은 구멍들을 뚫고 새 신경망을 만들고 옛것들을 뒤섞는 과정을 자신이 어떻게 알 수 있을까? 주위에 아침이 떠오르는 동안 하이는 생각했다. 마치 물 같을 거라고. 그라지나가 이야기한 호수처럼. 수면 밑으로 뛰어들어 모든 소리가 잦아들고 눈앞의 모든 것이 흐릿해질 때까지 곤두박질치더라도 여전히 **그 자리에** 있는 것. 하이는 쌔근거리는 그의 숨소리를 들으며 조그마한 불길이 그의 안을 할퀴는 것을 상상했다. 물속에서는 타오를 수 없다는 사실을 잊어버린 작은 횃불. 기억한다는 것은 현재를 과거로 채우는 일이며, 이는 무언가를, 무엇이든 간에 기억하려면 삶 그 자체를 대가로 치러야 한다는 것을 의미하므로. 우리는 기억함으로써 우리 자신을 죽이는 것이구나. 그 생각에 속이 울렁거렸다. 자기 다리가 움직이는 줄도 모른 채 그는 복도를 건너

침실로 갔다. 약을 하지 않고 맨정신을 지켜온 지 47일째, 하이는 재킷 주머니에서 콘택트렌즈 케이스를 꺼내 퍼코세트와 코데인을 한입에 삼켜버리고는 지프 안에 퍼드러져 있는 그라지나에게로 돌아갔다.

"잘 자요." 그렇게 말하는데 그라지나의 입술이 달싹이는 것이 보였다. "왜 그래요?" 하이는 쭈그려 앉았다.

"내 말은……." 그라지나가 마른침을 삼키고 눈을 깜빡였다. "해냈다고요."

"해내다뇨?"

"게티스버그에."

"어떻게 알아요?"

"당신이 보이니까요. 보인다는 건 내가 아직 살아 있다는 뜻이죠." 그가 잠에 취해 탁해진 목소리로 웅얼거렸다. "제가 보이나요, 페퍼 병장님?"

아득히 먼 선로에서 기차 경적 소리가 들려왔다. "네. 부인은 바로 제 앞에, 바로 여기 게티스버그에 있습니다."

둘은 어슴푸레한 빛 속에서 한참으로 느껴지는 시간 동안 서로를 바라보았다.

그러다 그라지나가 입을 열었다. "그래서 병장님은 사람을 죽인 적이 있나요?"

하이는 아무 말도 하지 않았다.

"모든 군인이 듣는 질문이라는 거 알아요. 하지만 여자로서 알아야겠어요." 그는 너무 잠잠해서 오로지 입만 움직이는 것처럼 보였다. "진지하게 묻는 거예요. 사람을 죽여봤나요? 부끄러울 일은 아니에요. 요즘 같은 시대에는요."

약의 효과가 나타나면서 시야 가장자리가 흐릿해졌다. 경험상 약이 대뇌변연계에 도달할 때쯤이면 세상에 남는 것은 마치 핀홀 카메라처럼 그의 의식 한가운데에 뚫린 조그마한 구멍으로 새어드는 빛뿐이라는 것을 알고 있었다. 그렇게 되면 사위가 충분히 어두워져서 자신의 안에 난 깊은 구덩이 속으로 기어들어가 태아처럼 웅크린 자세로 쉴 수 있었다. 불꽃놀이는 오래전에 끝났지만 금 간 창밖에서 떠도는 유황 냄새가 느껴졌다. 하이는 자신의 손에 해답이라도 있는 것처럼 두 손을 내려다보았다. 그라지나에게 육체란 우리가 시간을 파헤치는 데에 쓰는 작고 한심한 삽에 불과하며, 그렇게 파헤치다 보면 우리로서는 어떻게 다뤄야 할지 모르는 빈 공간에 더 많이 둘러싸이게 될 뿐이라고 말하고 싶었다. 하지만 그라지나의 안에서 약이 녹아드는 동안 그의 안에서도 약이 녹아들고 있었고, 혼미한 상태에서 들리는 소리라고는 실내를 가득 메우는 지직거리는 잡음뿐이었다. 잡음은 점점 커져갔다. 집 전체가 잘못된 주파수에 맞춰진 커다란 라디오이고 하이는 그 안에서 이유를 기다리며 서 있는 것만 같았다. **안 돼.** 하이는 스스로에게 말했다. **안 돼, 안 돼, 안 돼**……. 그러다 그 소리를 차단하려고 귀를 막았다. 하지만 사실 그건 빗소리일 뿐이었다.

가을

7

 그는 노부인을 쏜다. 아무 일도 일어나지 않는다.
 그는 노부인의 입에 총을 겨누고 방아쇠를 당긴다. 말들이 세상 밖으로 떨어져 나간다. 노부인이 자기 두개골을 제자리에 고정하려는 듯이 두 손으로 얼굴을 감싼다. 그가 노부인의 가슴을 겨누고 다시 방아쇠를 당기자, 노부인이 리놀륨 바닥에 주저앉아 움찔거린다. 그는 노부인의 가운 아래에서 새어 나오는 느린 신음에 귀를 기울이다 등에다 대고 다시 총을 쏜다. 그리고 기다린다.
 언제나 그랬듯 노부인은 결국 일어난다. 줄에 매달린 꼭두각시 인형처럼 등을 구부린 채. 노부인이 네발로 기며 그가 든 7.65구경 권총을 향해 찡그린 얼굴을 들어 올리고는 자기 가족을, 아직 저기에 있는 어머니를 살려달라고 빈다. 유채밭 건너 은신용 집 지하실 안, 절인 무와 비트가 든 사람만 한 크기의 항아리들 뒤에 웅크리고 있는 금발의 어머니를. 그는 입술을 깨물고 노부인의 이마를 쏜다. 노부인이 흠칫하더니 몸을 구부린다.
 그는 부엌에서, 침실에서, 현관에서 노부인을 쏜다. 복도를 뛰어가는 노부인의 구부정한 등을 조준하고 발사한다. 노부인은 집 안 곳곳에서 파란 가운 자락을 나부끼며 옆구리를 움켜쥐고 쓰러진다. 마치 하늘의 조각들을 겨누는 듯하지만, 결국 쏘고 보면 어느 할머니를 맞혔을 뿐이다.

왜냐하면 그들은 전쟁 중이고, 그건 말이 안 되니까. 그들은 현실을 흉내 내고 있지만 너무 지옥 같아서 가짜처럼 느껴진다. 노부인은 그가 사는 집의 주인이다. 어떤 의미에서는. 이름은 그라지나 비트쿠스다. 총알에 맞은 그라지나가 층계참에서 비틀거리며 비명을 지른다. 그런데 이번에는 가운 주머니에 손을 넣더니 권총(발터 P38)을 꺼내 공이치기를 당기고는 소년의 심장께에 총구를 겨누고 방아쇠를 당긴다. 〈스타와 함께 춤을〉* 광고 송출 시간에 가슴을 맞은 그는 움찔하고는 옆에 있던 뜯지 않은 프레첼 봉지를 집어 그라지나에게 던진다. 그가 곰팡내 나는 카펫에 쓰러져 머리를 뒤로 젖힌 채 격하게 몸부림치며 목구멍에 피가 끓는 듯한 신음을 흘리는 동안 그라지나는 낄낄 웃으며 구부린 손가락을 입가에 대고 제임스 본드 영화 속 악당처럼 연기를 훅 불어 날리는 시늉을 한다.

한번은 아침 식사 도중 뒤에서 암살당했다. 그라지나의 입에서 **빵**하는 소리가 터져 나온 순간 소년은 그릇에 얼굴을 털퍼덕 고꾸라뜨렸다. 미적지근한 뇌 같은 색깔의 오트밀이 관자놀이에서 새어 나왔다. 적위대가 오고 있고 스탈린이 매주 수천 명씩 죽이고 있으니까. 하지만 굴라크 수용소에 들어가지는 않을 것이다. 하느님과 성모 마리아님이 도우신다면. 이보다 현실적일 수는 없다. 여기는 독일의 이

• Dancing with the Stars. 미국의 ABC 방송사에서 제작한 댄스 경연 프로그램.

스트 글래드니스다. 11월이고, 상처에서 나는 열기가 손가락 사이에서 김이 되어 피어오른다. 그들은 삶 한가운데에서 벗어나 죽음에 그 어느 때보다 가까이 다가서 있다.

　이 집은 그런 곳이다. 자신이 사라지게 만든 것들로만 자신을 드러내는 강 곁에 자리잡은 집. 그는 미 보병 2사단 페퍼 병장이다. 페퍼는 입을 노린다. 입이야말로 그가 본 가장 깊은 상처이기 때문이다. 몸이 아무리 오랜 세월 삶의 기슭에서 난파해도 입은 그 영원한 공허 속에서 한결같이 충직하게 남아 있다. 어떤 사람들은 이를 허기라 부른다. 또 어떤 사람들은 상실이라 부른다. 페퍼는 그것을 오직 법칙으로 알고 있다. 이빨로 둘러싸인 이 작은 타원으로부터 온 나라가 불타올랐다. 하느님이 우리 얼굴 아랫부분의 이 자리를 손가락으로 그을려 열어젖혀서 우리가 이 새로운 숯덩어리 세계를 실눈으로 흘겨보며 "뭐야, 씨발?"이라고 말할 수 있게 되기 전까지 우리가 과연 인간이기는 했을까?

　그는 입을 노린다. 시간이 열리듯 입도 열리고, 지나간 것은 결코 전과 같이 돌아오지 않기 때문이다. 언어처럼. 당신처럼. 내가 말했듯, 이것은 전쟁이다.

　하이가 전혀 모르는 전쟁에 나가기 위해 동네 피자 가게의 이름을 딴 육군 장교인 척하기로 결정한 밤 이후, 그라지나의 요청에 따라 두 사람은 사격 훈련 삼아 모의 총격전을 시작했다. 그라지나의 눈이 특유의 멍한 빛을 띠며 흐릿해질 때면 하이는 그가 예의 그 환각에 빠져든다는 것을 알아차리고 목소리를 깔고 병장 행세를 했다. "소련군과 독일군이라면 거뜬히 쏠 수 있어요. 방법만 알려줘요." 그라지나는 솔즈베리 스테이크 그레이비소스로 얼룩진 가운 자락을 드리운 채 옆구리에 두 손을 얹고 말했다.

환상 속의 꿈 같은 이 총격전은 일주일에 세 번쯤 일어났다. 두 사람은 집 안 곳곳을 돌아다니며, 꽃무늬 가구 사이에 웅크리고 손가락 권총을 장전해가며 서로에게 총을 쏘았다. 하이는 이곳이 오래된 낙농장 목초지라거나, 포격당한 마을이나 솔숲 옆 길가라고, 총부리의 빛이 처마들 사이로 번뜩이고 있다고 말하곤 했다.

그라지나의 기억으로 지어 올린 이 극장에서 전쟁은 막바지에 다다르고 있었다. 소련군이 빌뉴스를 점령했다면 독일군이 동부 전선에서 밀리고 있다는 뜻이고 프랑스에서 연합군이 진격해오는 것은 시간문제라고 그라지나는 말했다. 하이는 자신도 뻔히 아는 사실이라는 듯 고개를 주억거렸다. 그가 다시 지프에 오르자고 하려는 순간 그라지나가 멈칫하더니 누군가가 자기 이름을 부르는 소리를 듣기라도 한 듯 주위를 둘러보고는, 부엌으로 걸어가서 마치 아무 일도 없었던 것처럼 컵을 늘어놓고 차 끓일 준비를 했다.

그렇게 모든 게 끝났다.

환각 뒤에서 다시 나타난 집은 언제나처럼 칙칙하고 퀴퀴했다. 약에 취했다가 제정신이 돌아올 때와 비슷했다. 그라지나는 얼그레이 잔을 앞에 두고—하이는 그 차가 마치 뜨거운 향수를 마시는 것 같아서 견딜 수 없었다—자기 삶에 대해 이야기했다. 그중 얼마나 많은 부분이 진실인지는 알 도리가 없었다. 리투아니아의 가족에 대해서도 이야기했다. 아버지가 그 지역에서 유명한 제빵사였고, 그분이 만드는 라즈베리 스트루델은 타의 추종을 불허했으며, 1939년 나치가 로키슈키스에 쳐들어왔을 때 그들에게 뇌물을 줘서 제과점을 지켜냈다고. "독일군이 길가의 모든 창문을 부숴버렸어. 놈들이 길을 걸어오는 것을 본 아버지가 가게 안쪽으로 뛰어가더니 내가 제일 좋아하는 초콜릿 루겔라흐*를 싱크대의 더러운 물에다 던져버리고는 냄비로 덮어놨어. 그리고 아기만큼 커다란 호밀빵들을 가지고 나와서 장교들의 팔에 던져줬지. 그때 겨우 열두 살이었던 나는 내 아버지 가게 창문만큼은 부수지 않고 지나가는 독일군들의 모습을 창가에 서서 바라보았어. 놈들은 우리 나라를 빼앗고는 품 한가득 빵을 안고서 투구 아래 눈으로 우리를 지켜보며 행군했고, 나는 자두 케이크와 쿠키에 둘러싸인 여자애였지." 그라지나는 자부심과 가라앉은 분노가 뒤섞인 감정을 내비치며 말했다. "당연하지만 우리는 놈들이 정말로 무슨 짓을 할 수 있는지 몰랐어. 게토에서 무슨 일이 벌어지고 있었는지. 만약 알았더라면 다른 똑똑한 사람들처럼 도망쳤겠지. 독일놈들은 말이야, 우리를 그냥 슬라브족으로, 노예로 여겼고** 우리가 조만간 사라지기를 바랐어."

"그다음에는 어떻게 됐어요?"

"어머니는 너무 무서워서 가톨릭 신자가 되셨지. 그러고 나서 폭탄이 떨어졌어. 폭탄, 또 폭탄. 쾅, 쾅, 쾅." 그라지나가 테이블을 탕 쳤다.

"그러면 아버지는요? 뭘 믿으셨어요?"

"가톨릭도, 유대교도 믿지 않으셨어. 다만 알코올의존증이 되셨지." 그는 입술을 깨물고 어깨를 으쓱했다.

그라지나는 아버지가 어리석게도 빵으로 가족을 영원히 구할 수 있으리라 믿었다고 이야기했다. 나치가 빵집 앞을 지나간 지 불과 5년

● 폴란드계 유대인의 전통 과자로, 건포도, 초콜릿, 시나몬, 과일 절임 등을 속에 채워 굽는다.
●● 슬라브족(Slavs)과 노예들(slaves)의 발음이 비슷한 데에서 나온 언어유희.

후인 1944년 6월, 나치를 몰아낸 소련군이 리투아니아를 침공했다. 빌뉴스가 점령되기 2주 전 아버지는 그라지나와 오빠를 데리고 서쪽의 독일로 향하는 기차에 올랐다. 거기서 점령된 프랑스로 숨어 들어간 다음 런던까지 도망칠 요량이었다. 독일인들이 궁극적으로 그들을 몰살할 계획을 세웠을지라도 더 직접적인 위협을 끼치는 쪽은 공산주의자들이었다. 그들은 사유재산을 압류하고 온 가족을 뿔뿔이 흩트린 후 소련 지하 세계에 있는 스탈린의 노동 수용소로 강제 이주시켰으며, 그중 많은 이들이 다시 돌아오지 못했다. "말했듯이 그 시절엔 악마가 하나뿐만이 아니었어. 알겠니?"

하이는 차갑게 식은 찻잔 앞에서 고개를 끄덕였다. "한쪽에는 낭떠러지, 한쪽에는 불구덩이였겠네요."

"그보다는 악마의 피로 가득 찬 불알 두 짝에 짓이겨지는 것에 가까워. 불알에 짓이겨져본 적 있어?"

"아뇨."

"스탈린이 우리를 더 많이 괴롭혔던 건 그가 더 오래 살았기 때문이야. 집단 학살 이야기 들어본 적 있니? 나는 아무것도 후회하지 않아, 라바스." 그라지나가 중지로 안경을 밀어 올렸다. 그 모습에 하이가 미소 짓자 그는 말했다. "내 남편이 이 버릇을 참 싫어했는데. 내가 그이를 엿 먹이려고 일부러 이런다고 생각했거든. 오해는 아니었지." 그가 깔깔 웃자 안경이 콧잔등으로 도로 미끄러져 내려왔다.

하이는 더 자세히 알고 싶었다. 가장 필요한 순간에 페퍼 병장을 그럴싸하고 진실한 인물로 그려낼 수 있게끔 그의 세계를 구축하기 위해서였다. 페퍼 병장을 오래 연기할수록 그라지나의 환각을 수월하게 다룰 수 있었다. 지금 산 너머에서 비쳐드는 새벽 햇살에 살라

믹히는 강물 위 안개처럼 그라지나의 현재가 타들어갈 때, 하이는 페퍼 병장을 차원문으로 삼아 그라지나를 인도할 수 있었다.

"아, 아니구나." 그라지나가 바람을 가늠하듯 손가락 하나를 들어 올리며 말했다. "한 가지 후회하는 건 있어. 진 피트니 콘서트에 못 간 것."

"누구 콘서트요?"

"알 것 없어. 하트퍼드에서 태어나 엄청난 거물이 된 사람이야. 그 사람이 마침내 고향으로 돌아왔을 때 나는 재향군인회 모금 행사에 참여하느라 못 갔거든. 또 기회가 있을 거라고 생각했는데, 세상 일이 다 그렇지. 누가 대박을 쳤다 싶다가도 문득 정신을 차리고 보면 그 사람은 뒤안길로 휩쓸려 가버리고 세상엔 듀란듀란이니 뭐니 하는 놈들로 가득하게 되는 거야. 피곤하구나, 라바스. 어젯밤에 내가 자기는 했니?"

"몰라요. 주무셨어요?"

"기억이 안 나네." 그라지나가 어깨를 으쓱했다.

"이런 말하긴 싫지만, 이 벅스 버니는 **확실히** 좆을 빨고 있어." 모린이 러시아의 문신을 찬찬히 뜯어보며 입술을 오므렸다. 러시아의 팔뚝 옆면에 새겨진, 당근을 깨무는 것으로 묘사된 듯한 벅스 바니 문신이었다. 그걸 처음 거론한 사람은 웨인이었다. 풀이 죽은 러시아가 하이를 돌아보고 너도 이게 좆으로 보이냐고 묻자, 하이는 요령 있게 대처하려 해보았다. "솔직히 말할까? 두 가지 다로 보여. 그러니까 애 볼이 불룩 튀어나와 있는 모양이나 이런저런 걸 보면 웨인이 무슨 말하는진 알겠어. 하지만, 음…… 처음 딱 봤을 때부터 그렇게 보이진 않을 것 같아. 무슨 말인지 알겠어?"

"하지만 머잖아 그렇게 보이게 되는걸." 모런이 손으로 입을 가리고 웃었다. "네 벅스 버니가 오럴 섹스를 하고 있다고. 그리고 말이야, 난 그게 꽤 멋지다고 생각해."

"아뇨, 안 멋져요." 러시아가 셔츠 소매로 문신을 가리고 그 자리에 화상을 입은 양 문질렀다.

"애초에 왜 그런 문신을 한 거야?" 웨인이 도마를 닦으며 물었다.

"고등학교 때 제 별명이었거든요."

"오럴 섹스가?" 하이는 웃음을 꾹 참았다.

"아니, 인마. B-래빗 말이야." 러시아가 마치 그 사실을 확인해달라는 듯 모런을 돌아보았다. "〈8마일〉에 나오는 에미넴 캐릭터 이름 알지? 내가 거기 나오는 랩을 즉석에서 싹 외웠거든. 고등학교 때 그걸로 날렸어. 3학년 때 우리 학교 미식축구부가 준결승에 진출했을 때 쿼터백 지미 니켈이 경기 전 로커룸에서 〈루즈 유어셀프(Lose Yourself)〉로 분위기 좀 띄워달라고 부탁하기까지 했지." 러시아는 코를 긁적이고 겸연쩍은 눈빛으로 그들을 바라보았다. "경기에선 박살 났지만 그래도 정말 끝내줬어."

"괜찮아, 친구. 네 문신은 B-래빗을 의미하면서 **동시에** 성을 긍정하는 메시지를 담을 수도 있는 거야. 중의적인 거지. 대부분의 사람들은 한심한 그림이나 철조망이나 발음하지도 못하는 한자를 문신으로 새기잖아. 하지만 네 문신은 죽여준다고."

"누가 죽어?" 직원용 공간에서 BJ가 걸어 나오며 물었다. 두 손이 옥수수빵 믹스로 범벅되어 있었다.

"러시아의 좆요." 모런이 말했다. "내 말은, 토끼가 좆을 빨고 있는 문신 말예요."

"뭐라고? 어디 보자." BJ가 소매를 들추려고 했지만 러시아가 몸을 뺐다.

"저리 가요. 난 **박물관**이 아니라고요." 러시아는 한숨을 푹 쉬고 드라이브스루 창구로 돌아갔다. 어느새 손님이 탄 차가 들어오고 있었다.

"좋아, 서로 공유하는 분위기이니까 내 것도 보여주지. 심지어 더 좋은 거거든." BJ가 말했다.

하이는 크림 시금치를 휘젓던 손을 멈췄다.

"맞혀볼까요." 모린이 팔짱을 끼고 씩 웃었다. "앨버트 왕자* 죠?"

"내가 어떻게 그런 걸 하겠어, 모르? 아니야, 이 친구야. 내가 고추에 피어싱하는 사람으로 보여?"

"나는 앨버트 왕자 문신을 한 줄 알았죠!"

홀에서 그들의 대화가 들릴 만한 거리에 앉아 미트로프 포장을 벗기고 있던 여자가 멈칫하더니 온몸을 경직시키고 귀를 기울였다. BJ가 벨트를 풀고 하얀 점장용 셔츠 자락을 들추더니 단추를 옷깃까지 다 끄르고 살집 있는 어깨를 드러냈다. 오른쪽 날개뼈 한가운데에 닭다리 한 개만 한 크기의 거뭇한 반점이 있었다. 화학 약품에 심한 화상을 입은 자국처럼 보였다.

"내가 감명받아야 하나요?" 모린이 말했다.

"안 보여? 빌어먹을 음표잖아. 이건 모반이야. 무슨 뜻인지 알겠어? 신이 내게 표식을 남겼고 내가 그분이 맡긴 일을 하고 있다는 뜻이

● Prince Albert. 음경에 하는 피어싱이라는 뜻도 있다.

지. 레슬링의 90퍼센트는 음악이란 거 알지?" BJ가 등을 슬쩍 구부리자 할로겐 조명 아래 모반이 땀에 젖어 번들거렸다.

모린이 웨인을 돌아보았다. "내가 보기엔 멕시코 같은데. 멕시코처럼 보이지 않아?"

소니가 다가와서 모린의 어깨 너머를 건너다보았다. "플로리다에 더 가까워 보이는데요." 그가 이례적으로 자기 사령관과 의견을 달리하며 말했다. "연방에서 탈퇴한 세 번째 주죠." 그러고는 실망한 듯 머리를 가로저었다.

BJ가 몸을 불쑥 일으키고 셔츠를 다시 걸쳤다. "됐어, 다들 일하러 가! 너희 의견 듣자고 돈 주는 거 아니야." 그는 단추를 잠그고 이름표를 고쳐 달았다. "그리고 오늘이 평화 조약의 날이란 거 잊지 마." BJ가 하이와 모린을 가리키며 말을 이었다. "이 두 사람이 일처리를 맡도록."

"뭐라고요? 나는 지난봄에 이미 하지 않았어요?" 모린이 얼굴을 찌푸렸다. "화물이랑 튤립을 같이 들여왔던 게 기억나는데."

"그건 2년 전이고. 지난봄엔 소니가 했는데 다 망쳐버렸잖아." BJ가 걸어가며 말했다.

"제기랄. 알았어요. 이리 와, 얘야." 모린이 직원용 공간으로 절뚝절뚝 들어가며 말했다. "출발하기 전에 무릎에 얼음찜질 좀 해야겠어."

냉동고 안에서 모린은 우유 상자에 걸터앉아 냉동 맥앤치즈 한 봉지를 무릎 위에 올려놓고 하이에게 평화 조약에 대해 설명해주었다. 그건 도로 저편 밀샙에 있는 최대 라이벌 식당인 파네타와 홈마켓 직원들이 음식을 교환하는 조약이었다. 파네타는 반경 32킬로미터 안에 있는 유일한 패스트 캐주얼 식당인데 오만하기로 악명 높았다. "엿 같은 **샐러드**를 판다는 이유로 우리보다 낫다고 생각한다니까. 장난해? 패스트푸드점에서 푸성귀나 먹고 싶어 하는 사람이 어딨담?" 모린이 맥앤치즈 봉지를 한쪽 무릎으로 옮기며 얼굴을 찡그렸다. 고등학교 시절 파네타에서는 아베크롬비 운동복 바지에 어그 부츠를 신고 패딩 조끼를 입은, '부촌'에 사는 여자애들이 칸막이 좌석에 앉아 캔털루프 멜론 아이스티를 홀짝이며 다른 사람을 쳐다보다가 서로 속닥거리고는 이를 벙긋 드러내며 웃음을 터뜨리곤 했다더랬다.

평화 조약의 날은 두 매장의 직원들이 매일 먹는 메뉴가 아닌 다른 음식을 먹어볼 기회를 갖는 날이기도 했다. "하지만 문제는 말이야." 모린이 몸을 앞으로 기울이며 말했다. "거기 음식이 엿 같다는 거야. 나는 그런 음식을 **뻥강식**이라 불러. 가짜 건강식이라는 뜻이지. 베이컨 조각으로 뒤덮인 마요네즈로 가득 찬 그릇에다 로메인 상추 두 줄기를 잘라 던져 넣고는 '아삭아삭 착한 샐러드'라 부르지. 그딴 걸 보면 어린애를 한 대 때리고 싶어지지 않니?"

하이는 한번 생각해보고 고개를 끄덕였다.

"이따가 한번 보라고. 그놈들은 티셔츠에 갈색 앞치마를 걸치고 나와서 거드름 피울 거야. 월마트 옆 프랜차이즈 매장이 아니라 무슨 농산물 장터에서 나온 것처럼."

모린이 맥앤치즈 봉지를 바닥에 내려놓자 봉지가 시체처럼 쿵 떨어졌다. 그는 일어서며 말했다. "이제 가자. 너, 운전은 할 줄 아니?"

하이는 고개를 저었다. "면허 시험에 네 번 떨어졌어요."

"맙소사." 모린이 하이를 쓱 훑어보았다.

하이는 동양인과 운전에 대한 그렇고 그런 말이 나올 것에 대비해 마음을 도슬렀다.

"다음엔 붙을 거야. 5는 행운의 숫자라잖아." 모린이 냉동고에서 걸어 나가며 어깨 너머로 덧붙였다. "나는 결혼하고 5년 만에 이혼했거든."

10분 뒤 하이는 양쪽에 홈마켓이라는 빨간색 글씨가 박힌 2002년형 검은색 닷지 캐러밴 패신저를 타고 있었다. 짐칸에는 소니와 설거지 담당이 그날 다 떨어진 고기 파이를 제외한 모든 메뉴가 담긴 알루미늄 트레이를 실어놓은 참이었다.

이윽고 두 사람이 탄 밴은 드라이브를 더 오래 즐기기 위해 일부러 선택한 경치 좋은 비포장 도로를 따라 덜커덩덜커덩 달렸다. "차를 오래 탈수록 더 오래 앉아 있을 수 있지. 자, 이거 받아." 모린이 뚜껑이 열린 금속 플라스크를 내밀었다. 진과 더불어 무언가 다른 냄새가 풍겼다. "마시고 싶으면 마셔. 나는 그걸 세 모금만 마시면 무릎이 서른다섯 살로 돌아간 것 같더라."

"괜찮아요. 저 알레르기 있어서요."

"술 알레르기? 그런 건 또 처음 듣네." 그는 한쪽 눈으로 하이를 홀긋 보았다. "그거 진짜야, 아니면 무슨 글루텐프리 같은 힙스터식 개념이야?"

모린이 한 모금 마시고는 혀를 내밀더니 손등으로 입을 닦았다. 둘은 한동안 침묵했다. 호밀밭과 부들 습지 사이로 전선을 설치하느라 개간된, 점판암 같은 들판을 부릉거리며 나아가는 차 소리만 들렸다. 계곡 가장자리를 따라 이어지는 능선 위로 해가 떠오르며 안개가 계속 녹아내렸다. 모린이 입을 열었다. "네가 이 이야기를 들을 마음의 준비가 됐을진 모르겠지만 말이야……."

하이는 모린이 농담을 하나 싶어서 돌아보았지만 그의 눈은 진지했고 언저리가 붉게 물들어 있었다.

"너는 풋내기니까 배워야 할 것들이 있잖아, 그렇지? 이 모든 지식을 무릎 삐걱거리는 할머니 혼자서만 알고 있어서 좋을 건 없잖아. 생긴 건 안 그래 보일진 몰라도 사실 난 철학자거든."

"철학자처럼 생긴 게 뭔데요? 그리고 모린은 할머니가 아닌걸요."

"아, 왜 이래. 이건 **데이트**가 아니라고. 나한테 아부할 필요 없어, 녀석아." 모린은 차를 샛길로 튼 다음 울퉁불퉁한 손가락으로 앞유리를 톡톡 두드렸다. "들어봐. 우리가 이대로 계속 운전한다면 말이야. 그러니까 밀샙도 파네타도 하트퍼드도 지나서 뉴욕주, 피츠버그를 건너 서쪽으로 쭉 간다면, 그리고 그 너머까지 나아간다면, 이 밴이 물을 건널 수 있어서 아예 바다로 나간다면……" 그가 손을 배 모양으로 만들어 하이의 얼굴로 떠가는 시늉을 했다. "바로 거기, 바다 저편에서 무슨 일이 일어날지 알겠니?"

"익사하나요?"

"다시 생각해봐. 상상력을 더 짜내서."

"아, 알겠어요. 모린도 **그런** 부류예요?" 하이가 몸을 기울여 그를 보았다. "우리가 평평한 지구 끄트머리에서 굴러떨어질 거란 거죠?"

"장난해? 그건 아마추어들이나 하는 얘기고, 이 친구야. 지구는 **평평하지 않아.** 한 번도 평평했던 적이 없다고." 모린은 손을 구부려 구체 모양으로 만들었다. "지구는 속이 **텅 비어 있어.** 그리고 그 입구는 남극에 있어. 그러니까 계속 나아가면 남쪽에 있는 커다란 얼음 덩어리에 부딪히겠지. 모든 길은 남극으로 통하니까. 말 그대로든, 비유적으로든."

하이는 그 이야기를 생각하려니 머리가 지끈거렸다. "커피 좀 마셔야겠어요."

"판단 내리기 전에 내 얘기 잘 들어." 모린이 또 한눈으로 하이를 흘겨보고는 지구가 거대한 진열장 같은 것 안에 있다는 이야기를 늘어놓았다. "박물관에 있는 모형 마을처럼 말이야. 뭔지 알지? 우리가, 딱 지금 이 순간 이 허접한 밴을 타고 허접한 파네타로 가고 있는 너하고 내가 바로 그 짝이란 얘기야. 모든 게 모형이라고. 가장이란 얘기지. 과학자들도 쭉 알고 있던 사실이야. 이제 이런저런 공식이며 수학으로 그 원리를 설명할 수 있고."

"이해가 안 되는데요. 그러면 우주에서 찍은 지구 사진이며 그런 건 다 뭔데요? 닐 암스트롱, 버드 라이트이어* 등등은요?"

"버즈 알드린 말이지!" 모린이 소리 내어 웃었다. "녀석, 네가 어린애라는 걸 그만 깜빡했구나." 모린은 둥둥 떠 있는 지구 따위는 없다고 설명했다. 사실 지구는 지하에 사는 파충류들이 조종하고 있으며 그들의 터널은 '금지된 대륙'의 까마득히 오래된 빙하에 난 비밀 입구로만 들어갈 수 있다는 것이었다. 케네디 이후 모든 미국 대통령을 포함해 모든 정치인이 은밀히 남극을 방문해 이 도마뱀들과 거래를 했다고 했다. 어쩐지 하이는 모린이 음모론자일 거라고는 짐작하지 못했다. "뭐야, 너는 그 사람들이 그냥 다 빙산을 **좋아한다고** 생각해? 빌어먹을 교황까지도? 웃기지 마. 그들은 그 입구를 확인하고 있는 거야. 어쩌면 그 아래로까지 내려가서 기웃거리고 있을지도 몰라. 남극에 왜 아무 나라도 없다고 생각해? 이제 생각해봐. 제대로

● 〈토이 스토리〉에 등장하는, 미국 우주 비행사 버즈 알드린에게서 이름을 따온 캐릭터 버즈 라이트이어의 이름을 잘못 발음하고 있다.

한번 생각해보라고." 그가 횡단보도 앞에서 차를 세우고 침을 삼켰다. 머릿수건을 두른 한 노파가 품에 조그마한 강아지 한 마리를 안고 바람에 맞서 힘겹게 걷고 있었다. 모린이 모는 차가 지나가자 노파가 얼굴을 들어 검은 눈동자로 멍하니 그들을 바라보았다.

"공룡은 전혀 멸종하지 않았어. 알아듣겠어? 그들도 우리처럼 진화했다고. 다만 우리보다 수백만 년이나 앞섰지. 이제는 우리의 부정적인 에너지를 빨아먹고 사는 똑똑한 도마뱀이 된 거야. 그들은 우리 세계의 지도자들을 수하로 부리면서 인류를 끝없는 전쟁과 죽음의 굴레에 가둬버렸어. 심지어 우리 지도자들 중 일부는 변장한 도마뱀이라고. 그렇지 않고서야 딕 체니를 어떻게 설명할 수 있겠어? 이제 그들은 우리를 쓸어버릴 수 없어. 우리가 계속 여기서 살아가며 나쁜 기운을 뿜어내야 우리 고통을 먹고 살아갈 수 있으니까. 이해하지? 우리는 그들에게 그저 작물일 뿐이야. 그들은 우리가 힘들게 살면서 햇빛과 비를 받고 자라나게 내버려두지……. 그러다 가끔씩, 자기네 개체 수를 유지하려고 우리를 베어버려." 모린은 이런 이야기를 주절주절 이어갔다. 하이는 판자촌 옆에 버려진 차들을 바라보다 졸기 시작했다. 어떤 판잣집들은 너무 납작하고 녹슬어서 쓰러진 나무처럼 보였다. 모린이 눈썹을 치켜올리며 그를 돌아보았다. 하이는 그가 자신에게 한 질문을 미처 못 들었다는 걸 한 박자 늦게 깨달았다.

"네." 그는 영문도 모른 채 말했다.

"정말 그렇게 생각해?" 모린은 눈을 가늘게 뜨고 입술을 깨물었다.

"대체로요. 네."

"그렇군." 그가 고개를 끄덕였다. "너는 겉보기만큼 둔하진 않네."

도마뱀 음모론은 처음 접하는 것이었다. 하지만 스물한 가지 음식이 가득 들어찬, 그 모든 음식이 뒤섞인 냄새가 강렬하게 진동하는 밴 안에서, 차창 밖 세상이 세탁기 속 빨래처럼 흐릿하게 흘러가며 손 닿지 않는 저 폐허 속 무정형의 무언가로 변해가는 걸 보고 있으려니 모린의 말을 믿지 **않기가** 어려웠다. 어떤 의미에서는 말이 됐다. 세금이란 게 원래 그런 식으로 돌아가는 것 아니었나? 우리가 살아 있는 건 그저 그들이 우리 수입을 뜯어가게 해주기 위해서가 아니던가? 그런데 그들이 **정말로** 지하에 숨어 불멸하는 공룡들에게 지배당하고 있더라도 무슨 상관인가? 하이는 그들과 전쟁 중인 게 아니었다. 그는 실수의 조각들 속에서 살아 있을 뿐이었고 중력은 그 조각들을 모아 현재라는 이름의 구명정을 지었다. 그는 식음료 공급용 밴을 타고 강 하류로, 저 앞을 가로막고 있을 빙산을 향해 달려가는 중이었다.

"한 번에 소화하기에는 너무 벅차겠지, 알아. 내가 차근차근 설명해줄게. 시간을 두고." 그가 손을 뻗어 하이의 무릎을 두드렸다. 뜻밖의 부드러운 손길이었다. 그때 모린의 손목에 찬 시계가 눈에 띄었다. 하늘색 밴드에 달린 〈스타워즈〉 디자인의 시계로, 시간을 표시하는 조그마한 츄바카 머리들이 한 솔로의 얼굴을 둘러싸고 있었다.

"〈스타워즈〉가 텅 빈 지구와 어떤 관계죠?" 하이가 시계를 고갯짓하며 물었다. 모린은 잠자코 앞만 쳐다보았다. 하이는 창밖을 내다보았다. 자동차의 시체들로 가득한 폐차장이 길 양편에 펼쳐져 있었다. 낡은 세단들의 차체 위로 낙엽이 벌써 떨어져 있었다. 그중 몇 대는 1960년대 모델이었다. 문손잡이만큼 높게 자라난 풀들은 아직 청록빛이었지만 몇 주 뒤면 겨울의 회색 곰팡이 빛깔로 변할 터였다.

여름내 택시 바다 틈새를 비집고 자라나며 누렇게 변해가던 양치식물 한 포기가 이제는 운전대 앞에서 졸고 있는 사람처럼 운전석 위에서 흔들리고 있었다.

"내 아들 거야. 〈스타워즈〉에 빠졌었거든. 우리 둘 다." 그가 킥킥 웃었다. "저 위에 사는 양반이 1999년에 걔를 데려갔어. 백혈병이었지. 나쁜 피라고 하더라. 재밌는 건 그 애의 비렁뱅이 아비도 똑같은 말을 했다는 거야. 그 애가 나쁜 피를 타고났다고. 하지만 그건 나를 두고 한 말이었어. 그 애가 내 성질을 닮았다는 뜻이었는데, 맞는 말이긴 했지. 그런데 걔가 하늘로 올라가면서 **정말로** 나쁜 피를 가졌다는 게 드러난 거야. 웃긴 일이지."

"죄송해요."

"그딴 헛소리 좀 하지 마." 모린은 캘리포니아 부잣집 여자애들 특유의 말투를 흉내 내며 덧붙였다. "'오, 모린. 정말 안타깝네요. 여기 당신의 슬픔을 달랠 젤리 만드는 틀이 있어요. 오, 모린, 하나뿐인 자식을 잃었으니 얼마나 힘들겠어요. 정말 안타깝습니다.' 모두가 안타깝다고 야단이지. 그게 무슨 일인지 좆도 모르면서."

하이는 모린이 고개를 설레설레 저으며 부드럽게 말하는 모습을 곁눈으로 보았다. "나 가지고 괜히 유난 피우지 않아도 돼. 내 상황이 엉망일진 몰라도 나는 하느님을 두려워할 줄 아는 사람이고, 내게 솔직하게 대해주는 사람을 존중하니까." 모린은 아들이 한 솔로를 무척 좋아했으며 그 시계는 10년도 더 전에 그 애의 열 살 생일 선물로 사준 것이라고 설명했다. 시계는 더는 작동하지 않았다. "걔는 한 솔로가 제 아빠랑 비슷한데 더 나은 사람인 것 같다고 하더군. 믿고 싶진 않았지만 걔 말이 맞아. 우리는 한때……." 그가 자기 팔에다 대고 기침하더니 플라스크를 꺼내 뚜껑을 열다가 멈추고는 도로 재킷 주머니에 집어넣었다. "한때 〈제국의 역습〉을 몇 번이고 같이 봤어. 걔는 〈스타워즈〉 시리즈에서 그게 최고라 하더라."

"맞는 말이네요."

"이름은 폴이었어. 하도 식상한 이름이라 길고 따분한 삶을 살 것 같았는데 말이야."

모린은 아직까지 폴의 병원비를 갚고 있다고 했다. 킹 앤드 메인 거리에 있는 연립 주택에 사는데, 생활비를 아끼려고 부엌에만 난방을 돌려놓고 바닥에 침낭을 깔고 잔다는 모양이었다.

차가 다시 4번 국도에 들어섰다. 구름 사이로 상가의 주유소와 패스트푸드점 들이 반짝거렸다. 상가 뒤편에는 보웬 발전소가 영화 세트장의 판지 배경처럼 서 있었고 스카이라인 위로 급수탑 두 개가 우뚝 솟아 있었다. 발전소 옆 소나무 숲에는 냉전 시대에 건설되다 만 지대공 미사일 기지가 있었다. 고등학교 때 아이들은 그곳에 가서 섹스하고, 파티하고, 콘크리트 방에서 펑크 밴드가 학교에서 훔쳐 온 발전기를 이용해 연주하는 동안 낡은 쇠파이프로 코카인을 했다. 이 모든 게 슬라이드로 투사된 영상처럼 머릿속을 스쳐 지나갔다.

잠시 후 하이는 아주 조용히 말했다. "뭐 좀 물어봐도 돼요?"

"평소엔 안 된다고 할 텐데, 이번엔 허락할게. 아, 저기 보이는 저 가게에서 파는 오레오 튀김 엄청 맛있어." 모린이 턱으로 가리켰다.

"그분이 어디 있을 것 같아요?"

"누구?"

"남극이니 도마뱀이니 하는 이야기를 하셨잖아요. 그러면 폴 같은 사람은 에너지를 다 쓰고 나면 어디로 가요?"

"하! 내 아기는 하느님 곁에 있지." 모린은 하이로 하여금 자기 말을 믿도록 만들려는 듯한 눈길로 쳐다보았다. 그래야만 그 사실이 확증된다는 듯이.

하이는 녹슨 발전소 쪽으로 고개를 돌렸다. "그렇군요. 그거 말 되네요."

모린은 파네타 뒷마당에 차를 댔다. 홈마켓과 달리 적재 구획이 따로 있었다. 그는 플라스크에 담긴 술을 또 한 모금 마셨다. 취했다고 할 수는 없지만 평소보다 느슨하고 따뜻한 태도였다. "파티할 준비 됐어?" 그가 머리를 귀 뒤로 넘기며 말했다.

"아이섀도가 조금 번졌어요. 혹시 해서요."

"아이고." 모린이 백미러를 보고 손마디로 뺨을 닦았다.

적재 구획에는 파네타 직원 두 명이 기다리고 있었다. 마치 웨스 앤더슨 영화의 등장인물처럼 지나치게 활짝 웃고 있는 남자와 여자였다. 하이는 계단을 오르는 모린을 뒤따라갔다. 양말을 신지 않은 모린의 발목이 붉게 부어 있었고 발꿈치는 물집투성이였다. 그가 안으로 들어가 직원들에게 말했다. "잠금장치 풀어놨어요. 가서 할 일들 하세요. 머핀 한 개 주시고."

식당은 이른 점심 손님들로 북적거렸다. 대부분 정장이나 비즈니스 캐주얼 차림으로, 길 건너에 있는 무명 보험사, IT 서비스 업체, 사마귀나 라임병 전문 치료소 등이 입주한 업무 지구에서 온 사무원들이었다. 가게 안의 모든 것이 깔끔했고 예의와 질서가 묻어났다. 벽은 인조 벽돌이 덧대어져 있었고 빵과 채소를 찍은 고화질 사진들로 장식되어 있었다. 가게 안쪽에는 스튜디오 조명 아래 갓 구운 다양한 빵들이 가득 담긴 철제 통들이 늘어서 있었는데, 기름이 뚝뚝 흐르는 닭고기들이 있는 홈마켓과는 딴판이었다. 하이와 모린이 카운터로 다가가는 동안 요가 강사처럼 금발을 포니테일로 묶은 여자가 오븐에서 네모난 크루아상이 가득 올려진 틀을 회전시키고 있었다. 갓 구워진 크루아상들은 얼마나 신선한지 바지직 하는 소리까지 냈다.

"저 파이 같은 거 하나 줘요." 모린이 크루아상을 가리키며 말했다.

여자가 빈정거렸다. "아, 아직 준비가 안 됐는데요." 모린은 아이섀도를 닦아낸다고 닦아냈지만 반대쪽 뺨에 또 번져서 이제는 얼굴을 한 대 얻어맞은 것처럼 보였다.

"그냥 좀 주시죠. 저희 홈마켓에서 나왔어요. 평화 조약의 날이잖아요. 제가 보기엔 다 구워진 것 같은데요."

"죄송하지만 저희 빵은 한 시간에 한 번씩 구워지고 굉장히 뜨거운 상태로 오븐에서 나와요. 준비가 다 되기 전까지는 드리려고 해도 드릴 수가 없어요. 안전 문제라서요." 여자가 더 차가운 투로 덧붙였다. "고객이 아니라고 해도 마찬가지예요."

"맙소사." 모린이 까치발을 들고 비틀거리며 진열된 차 통들 너머 빵을 건너다보았다.

하이는 여자에게 오븐 속 크루아상과 비슷한 다른 빵도 있느냐고 물었다.

"아, 저희 팽 오 쇼콜라 말씀하시는 건가요? 음, 그건······."

"빵 이름 한번 희한하네." 모린이 말했다. "당신네는 정말 특이해."

"플랫화이트 나왔습니다!" 다른 직원이 카운터에 음료를 내려놓으며 소리쳤다.

"방금 나한테 말한 거야?" 모린이 물었다.•

"홈마켓 여러분!" 등 뒤에서 누군가의 새된 음성이 들려왔다.

뒤를 돌아보니 프링글스 상표 캐릭터처럼 콧수염을 기른 160센티미터 남짓한 남자가 두 손을 맞비비며 히죽 웃고 있었다. "해냈군요." 그가 과장스럽게 손목시계를 보는 시늉을 했다. "15분밖에 늦지 않았네요. 그래도 평화를 위해 일할 때는 시간도 기다려야겠죠. 제 말이 맞죠?"

"초콜릿팽이라는 거 주세요." 모린이 무덤덤하게 대꾸했다.

"그럼요." 남자는 샘이라는 이름표를 달고 있었고 이 가게의 점장인 게 분명했다. "셸리, 우리 친구들에게……." 그가 셸리를 향해 들어 올린 손가락이 하이의 코앞에 있어서 라벤더향 손소독제 냄새가 느껴졌다. "팽 오 쇼콜라 **네 개** 줘요." 그는 프랑스어 발음을 살려 말하고는 하이와 모린을 돌아보았다. 무성하게 자란 콧수염 사이로 빙긋 웃는 입술이 보일락말락했다. "늘 그렇듯 갓 구운 거랍니다."

셸리가 하이에게 빵 봉투를 건네주고 그 너머를 내다보며 다음 손님을 불렀다. 그때 모린의 뒤에서 한 남자가 다가와 어깨를 툭툭 쳤다. 모린이 빙글 돌아보고는 외쳤다. "나초!" 그러더니 귀 옆에 있지도 않은 잔머리를 넘기는 손짓을 했다.

남자가 껄껄 웃으며 모린을 당겨 안았다. 그는 겨드랑이께가 땀으로 동그랗게 젖어든 카우보이 스타일의 셔츠 차림이었고 피부는 고급 스카치 위스키 같은 빛깔이었다. "어떻게 지냈어, 아줌마? 엄청 잘 지내는 것 같아 보이는데."

• '플랫화이트'를 인종적 농담으로 오해하고 있다.

183

모린이 낄낄거리며 그의 뺨을 손등으로 쓸었다. "잘 지내다마다. 그러는 너는 어떻고? 플로리다가 **너를** 살짝 변신시켜놨네."

나초가 겸연쩍은 미소를 지으며 시선을 피했다. 그는 파네타와 홈마켓을 비롯한 다양한 프랜차이즈 식당에 용품을 공급하는 유통업체 시스코의 대형 트럭 운전사라고 했다. 지금은 월마트 안에 있는 써브웨이에 전달할 화물을 내리려고 16륜 트럭을 길 건너편에 주차해둔 참이었다.

모린이 팽 오 쇼콜라를 권했지만 나초는 방금 중국 음식을 먹고 왔다며 사양했다. "끝나면 밴으로 갈 테니 거기서 보자." 모린이 하이에게 말하고는 나초의 품에 안겨 걸어갔다. 둘 다 신나서 들떠 있었다.

하이가 밴으로 돌아와보니 파네타 직원들이 이미 일을 마친 뒤였다. 밴 짐칸에는 노란 리본으로 묶인 흙빛 생분해성 상자들이 들어찬 종이 곽이 가득 실려 있었다. 곽들 중 하나에는 네임펜으로 '최고의 자신이 되세요'라고 적힌 종이가 붙어 있었는데, 자식을 스포츠니 뭐니 하는 이런저런 활동에 데리고 다니는 중산층 주부 같은 글씨체였다. 모린이 옳았다. 이곳 사람들은 정말 불쾌했다. 주위를 둘러봐도 모린이 보이지 않기에 그냥 조수석에 앉아서 기다렸다. 30분쯤 지나자 주차장에 흰색 시스코 트럭이 들어섰다. 나초가 먼저 내리더니 조수석에서 모린이 내리는 것을 신사처럼 도와주었다. 두 사람은 포옹을 나누고 입 맞추는 시늉을 했다. 그런 뒤 모린은 히죽 웃으며 땅을 내려다보면서 갑자기 유연해진 발놀림으로 서둘러 밴으로 걸어왔다.

"빠르네." 그가 숨을 몰아쉬며 문을 닫았다. "보통은 그 한심한 샐러드들 싣는 데 하루 종일 걸리는데. 오래 기다렸니?"

"전혀요. 그 남자분은 누구예요?"

모린이 나초에게 손을 흔들자 그가 트럭 사다리에서 멈춰 선 채 마주 손을 흔들었다.

"아, 나초? 오랜 친구야. 음, 그냥 그렇다고 해두자." 그가 모자를 벗고 머리를 손질했다. "섹스하는 친구 사이거든. 생긴 게 나쁘진 않지? 주유소 직원들 사이에 저런 남자가 있으면 10점짜리 외모라 할 정도. 마음씨도 좋고. 뭐야, 내가 재미 좀 보자고 일을 팽개쳤다고 생각하는 건 아니겠지? 나초라는 이름은 이그나시오의 줄임말이야. 나초, 그러니까 우리가 먹는 그 나초를 이그나시오라는 사람이 발명했다고 하더라." 모린은 나초의 트럭을 몽롱하게 바라보았다. "하지만 쟤는 구라를 너무 많이 쳐. 어쩌면 그것도 내 팬티 벗기자고 자기 똥구멍으로 지어낸 거짓말일지도 모르지."

"그게 먹혔나 보네요."

"꺼져. 우리 짐 다 챙겼나?" 모린이 뒤를 돌아보더니 상자들 중 하나를 집어 들고 실눈을 뜨고 라벨을 보았다. "아, 멋지군. 버섯 샐러드 처먹으라고? 나는 절대 사양이야. 고맙지만 난 가뜩이나 똥 같은 거 많이 먹고 산다고." 그가 상자를 곽 안에 넣고 밴에 시동을 걸었다.

"그래도 이건 챙겼잖아요." 하이가 팽 오 쇼콜라 봉투를 흔들며 미소 지었다.

이스트 글래드니스로 돌아왔을 때는 거의 3시였다. 모두가 나와서 상자를 나르는 것을 도왔다. 상자마다 샐러드가 꽉꽉 들어차 있다는 데에는 아무도 놀라지 않았다. 소포장된 드레싱이 들어 있는 상자 귀퉁이에 조그마한 머핀 네 개가 쑤셔박혀 있었다. 웨인이 말했다. "내 이럴 줄 알았지! 제기랄, 매번 이런 식이야. 이건 사기라고. 우리가 이 짓을 왜 계속하고 있는지 모르겠다니까." 그러고는 모두가 먹을 미트로프를 잘라주었고, 그동안 러시아는 옥수수빵과 닭 껍질 샌드위치를 만들었다.

소니가 뭔지 모를 푸르뎅뎅한 조각 하나를 두 손가락으로 집어 들고 라벨을 읽었다. "토끼풀 토마토가 뭐예요?"

BJ가 소니의 어깨 너머를 내다보았다. "부자들이 좆같이 생긴 것들을 일반적인 것보다 더 특별한 듯이 포장할 때 쓰는 말이야."

그래도 그들은 간간이 찾아드는 손님들을 상대하면서 파네타에서 차려준 진수성찬 중 각자의 몫을 골라냈다. 하이와 모린은 홈마켓으로 오는 길에 밴 안에 흐른 드레싱을 닦아낸 후 뒷마당의 우유 상자 위에 걸터앉았다.

"맥앤치즈 아이스팩 갖다드릴까요?"

"아냐, 관절에 정액 윤활유 발라놨으니까. 나초도 잔뜩 먹었고." 모린이 윙크했다.

"트럭에서 섹스한 거예요?"

"믿거나 말거나지만 거기 침대가 있거든. 아, 그리고 나초가 대마초도 좀 줬어." 그는 앞치마 주머니에 든, 말끔하게 말린 대마초를 턱짓했다. 그때 드라이브스루 창구에 차 한 대가 들어섰다. 창구 안에서 손님들에게 "안녕하십니까"라고 하는 러시아의 잠음 섞인 음성이 흘러나왔고, 손님들은 러시아의 인사에 본인들이 먹고 싶은 메뉴 주문으로 화답했다.

마침내 해가 나왔다. 차갑고 어슴푸레한 빛이었지만 맞은편 아파트들의 텅 빈 방 안에 예쁜 그림자를 드리웠다.

"뭔가 의미가 있을 거라고 생각했는데." 모린이 긴 한숨을 내쉬며 말했다.

"무슨 말이에요?" 하이는 그를 보고 싶지 않아하면서 물었다.

"누군가가 죽는 데에는 의미가 있을 거라고. 무언가로 이어질 거라고. 하지만 그렇지 않더라." 모린의 목소리는 어딘가에 파묻힌 듯 들렸다. "달라진 거라면 단 하나, 이제는 꽃을 참을 수가 없다는 거야. 꽃의 알록달록한 색깔을 보면 열받기만 해. 가끔 꽃을 보면 그냥 때려치우고 싶어진다고, 무슨 뜻인지 알아?"

"알 것 같아요."

모린이 입술을 삐죽 내밀고 어깨를 늘어뜨렸다. "여기." 그가 빵 봉투를 발로 툭 쳤다. "먹어봐. 우리한테 이게 있다는 걸 다른 사람들한테 말 안 하길 잘했어."

하이는 봉투에서 자기 얼굴만 한 초콜릿 크루아상을 꺼내 찢었다. 끈적끈적한 초콜릿이 흐릿한 햇빛을 반사해 반짝였다. 그는 빵의 절반을 모린에게 건넸다. "초콜릿 고통* 좀 겪어봐요. 그럴 자격 있잖아요."

모린이 웃으며 빵을 한 입 먹자 부스러기가 입술에 묻었다. "망할 도마뱀들." 그는 손에 달라붙은 달콤한 조각들을 쳐다보며 말을 이었다. "그놈들은 이런 건 좆도 모르지."

● 팽 오 쇼콜라의 '팽'이 고통(pain)과 철자가 같다는 데에서 나온 농담.

8

하이는 현관 구석에서 먼지를 뒤집어쓰고 있던, 그라지나가 몇 년째 쓰지 않은 전기 스쿠터를 끄집어냈다. 스쿠터를 너무 오래 방치한 나머지 그게 있다는 사실조차 잊고 있던 그라지나는 당뇨병 환자가 늘었다는 뉴스 보도에서 한 여자가 스쿠터를 타는 장면을 보고 "잠깐만, 나도 저거 있는데!"라고 외쳤다.

그 스쿠터는 시속 12킬로미터를 넘지 못하는 의료 기기로, 모델명은 스팟파이어2라고 했는데, 차체에 박힌 **파이어**라는 글자가 불꽃 모양이었다. 하이는 마치 카테터에 '영원한 샘'이라는 이름을 붙인 격이라고 생각했다. 살펴보니 스쿠터는 플러그가 꽂혀 있었으므로 몇 년째 충전 중이었던 듯했다. 하이는 그걸 닦아내는 데 30분을 썼다. 청소가 끝나자 그라지나가 허둥지둥 뛰어와 스쿠터를 사람인 양 껴안았다. "아, 고맙습니다, 성모 마리아님." 그러고는 리투아니아어로 무언가를 말하더니 이렇게 말을 이었다. "이제 나는 차가 있어. 비로소 진정한 미국인이 된 셈이지."

"비슷하네요." 하이가 타이어를 발로 한번 차보며 말했다.

몇 분 후 두 사람은 스쿠터를 시승했다. 그라지나가 운전을 맡았다. 그는 추위를 막으려고 체크무늬 담요로 머리와 어깨를 감쌌고 하이는 그라지나 뒤의 보조석에 올라섰다. 일요일이었고 길에는 차가 별로 없었다. 그라지나는 이따금 노면이 움푹 파인 곳들을 천천히 피해 스쿠터를 몰면서 근처에 늘어선, 버려진 지 오래되기도 하고 얼마 안 되기도 한 집들을 가리키며, 그곳에서 한때 살았던 가족의 이름, 직업, 죽은 이유, 출신지 등을 이야기해주었다. 텅 빈 길을 오락가락하면서 그라지나는 핸들을 돌리거나 스쿠터가 덜컹거릴 때마다 환호성을 질렀다. 너무 추워서 손이 곱아버리고 빈집에 살았던 사람들에 대해 할 이야기가 더는 남지 않았을 때에야 그들은 집으로 돌아갔다.

다음 날 하이는 충동적으로 홈마켓의 모두에게 자신의 마음을 늘 위로해주는 최고의 음식인 땅콩버터 마시멜로 크림 샌드위치를 만들어주기로 했다. BJ는 자신은 먹지 않겠다며 어리벙벙한 반응을 보였다. "레스토랑에서 일하는 애가 고딩들이나 먹는 도시락을 만들겠다니?" 그는 고개를 설레설레 저었다. 하지만 매일 되풀이되는 메뉴에 질린 직원들은 땅콩버터와 마시멜로 크림이 자아내는 상대적으로 신선한 맛을 반겼다.

"비율이 중요해요." 하이는 도마 위에 샌드위치를 늘어놓으며 웨인에게 구워달라고 부탁했다. "마시멜로 크림 3분의 1, 땅콩버터 3분의 2." 점심시간이 지나서 가게가 한산했다. 소니는 뒷마당에서 토마토를 썰고 있었다. 그가 북군 훈련곡인 〈조니가 집으로 행진할 때〉를 흥얼거리는 소리가 들렸다. 그런데 잠시 뒤 홀에서 누군가가 내지른 고함에 노래가 끊겼다. 하이가 눈을 들어보니, 고성을 지른 장본인은 폴로 셔츠에 새겨진 로고로 보아 근처 닛산 대리점에서 점심 먹으러 나온 직원인 듯했다. "댁한테 똥 냄새 나." 그는 식사를 하다 말고 일어서서 자기 뒷자리에 앉은 여자한테 소리치고 있었다. 하지만 여자는 움직이지 않고 가만히 앉아 테이블에 소니가 올려놓은 종이 펭귄들만 쳐다보았다. 하이는 그 여자가 쿠키라는 이름으로 불리는 단골손님이라는 것을 뒤늦게 눈치챘다. 일주일에 한 번꼴로 찾아와서 뜨거운 물을 부탁하고 화장실을 쓰게 해달라고 했는데, 직원들은 여자가 노숙인이겠거니 생각하고 허락해주었다.

남자가 BJ를 돌아보았다. 얼굴이 햄 같은 분홍색을 띠었고, 숱 적고 가느다란 머리카락들은 만화 속에서 김이 피어오르는 것을 표현한 그림처럼 붕 떠서 흩날리고 있었다. "어떻게 저런 사람을 가게에 들여놓을 수가 있죠? 고객들이 진짜 싫어할 텐데. 저 여자한테서 **말 그대로 똥냄새가 난다니까요.**"

하이는 별안간 남자에게 옥수수빵을 내던지고 싶은 충동을 느꼈다. 단골은 지켜주고 싶어지게 마련이었다. 설령 그 단골이 아무것도 사지 않더라도 말이다. 여자는 기름 낀 갈색 외투를 어깨에 걸치고 떡진 포니테일이 옷깃 위로 삐져나온 채로 의자에서 몸을 작게 웅크렸다.

BJ는 점장다운 어조로 남자에게 진정하라고, 원한다면 홀 반대쪽으로 자리를 옮겨도 괜찮다고 했다. 하지만 남자는 거절했다. 그는 일어나서 반쯤 먹다 남은 닭다리를 쓰레기통에 버리며 추태를 부리고는, 여자가 있는 데로 저벅저벅 걸어오더니 형편없는 연극에서 아빠 역할을 맡은 배우처럼 옆구리에 양손을 올리고 그를 내려다보았다. "여러분, 정신 좀 차려요." 남자가 부아가 치민 투로 말했다. "나도 안타깝긴 해요. 진심으로요. 이분이 겪고 있는 고난이 뭐든 간에 그건 진짜겠죠. 아무리 그래도 그렇지, 나가라고 해야 하는 거 아녜요? 여기서 돈 내는 사람은 나라고요."

여자는 빈 생수병을 쥐고 테이블에 몸을 구부렸다. "당신은 날 상처 줄 수 없어. 절대로 상처 줄 수 없다고. 나는 남한테 고함 듣는 것보다 더 심한 일도 겪어왔으니까." 그는 딱지 앉은 손마디를 응시하며 단조로운 음성으로 느릿느릿 말했다.

남자는 머리를 흔들며 걸어나갔다. 문을 탕 닫으려 했지만, 내압성 경첩이 달린 문은 남자의 등 뒤에서 어중간한 슉 소리를 내며 천천히 닫혔다.

이윽고 땅콩버터 마시멜로 크림 샌드위치가 완성되었다. 직원들 모두가 웨인을 둘러싸고 샌드위치를 받았다. 그 사이에 여자가 화장실에 들어간 것을 아무도 눈치채지 못했다. 모두들 메뉴에 이 샌드위치가 있다면 팔릴까 안 팔릴까 토론하느라 여념이 없었다. 결론은 **안 팔린다**였다. 그러다 설거지 담당이 화장실에 가서 문을 두드렸다. 안에서 아무 기척도 없기에 BJ가 그에게 열쇠를 던져줬다. 몇 초 뒤 허공을 가르는 비명이 울려 퍼져서 모두가 화장실로 뛰어갔다. 설거지 담당이 두 손으로 머리를 싸쥐고 숨을 헐떡이며 밖으로 뛰쳐 나오고 있었다.

BJ가 화장실에 들어갔다. 곧 모두가 들은 소리는 "오 제기랄, 오 제기랄. 젠장, 젠장, 안 돼, 안 돼, 안 돼"였다.

노숙인 여자가 뚜껑 덮인 변기 위에 앉아 벽에 걸린, 클로즈업된 옥수수빵 사진이 든 커다란 액자에 머리를 기대고 있었다. 발치에는

다 쓴 주사기가 있었다. 이두박근이 전화선으로 꽉 동여매져 있었고 정맥이 도드라진 팔에 피가 흘러내렸다. BJ가 코를 싸쥐고 911을 부르라고 외쳤다. 웨인은 여자가 고꾸라져 머리를 찧지 않도록 그를 바닥으로 끌어내리려 애썼다. 여자의 입이 〈스크림〉 영화 속 가면처럼 쩍 벌어져 있었다. 햇볕을 받아 쭈글쭈글해진 여자의 가느다란 손목에는 하얀 비즈들을 삼줄로 엮어 만든 팔찌가 끼워져 있었는데, 비즈에는 **내 남동생의 보호자**라는 글귀가 새겨져 있었다.

웨인이 하이에게 여자의 팔 한쪽을 잡으라고 했다. 구급대원들이 여자를 더 신속하게 실을 수 있도록 둘이서 함께 그를 복도로 끌고 가는 동안 BJ는 전화기에다 대고 고함을 치며 911 담당자에게 가게 위치를 알렸다. 그런데 웨인이 카운터를 지나는 길에 지지대 삼아 가장자리를 잡았다가 식히려고 내놓은 커다란 치즈소스 통을 실수로 떨어뜨리는 바람에 소스가 하이, 웨인, 여자의 머리 위로 쏟아져버렸다. 해동 후 맥앤치즈에 뿌려서 식감을 더 부드럽게 만들어주려고 했던 치즈 소스가 여자의 벌린 입 속으로 직행했다. 다행히 미지근해진 뒤여서 데지는 않았다. 웨인은 얼굴과 머리카락이 치즈로 범벅된 채로 여자의 입에서 노랗고 끈적끈적한 소스를 미친 듯이 퍼냈다. "제기랄." 그는 여자의 눈꺼풀에 묻은 치즈를 닦아내며 뇌까렸다. "대체 뭔 일이 일어나고 있는 거야?"

7분 후 구급차가 도착했다. 소방서는 여기서 바로 길 아래쪽에 있었고, 최근에는 화재보다 펜타닐 과다 복용 사고에 대응하는 경우가 많아서 해독제인 나록손을 갖춰두고 있었다. 구급 대원들이 여자의 코에 나록손을 대용량으로 세 번이나 주입하고 나서야 그가 깨어났다. 들것에 실려 가면서 여자의 눈이 지친 나방처럼 파들거렸다. 여자는 팔을 휘두르며 격분을 쏟아냈는데, 하이는 나룩손을 투여받은 환자가 그런 반응을 보일 수 있다는 걸 일찍이 뉴호프에서 봐서 잘 알고 있었다. 모린은 옥수수빵 여러 개를 담은 종이봉투를 구급 대원 한 명에게 건넸다. 앞과 옆은 짧고 뒷부분은 기른 머리를 하고 입술에 피어싱을 한 여자였다. 대원은 카고 바지 주머니에 봉투를 쑤셔 넣고 "고마워요"라고 하며 노숙인 여자를 실어갔다. 치즈를 뒤집어쓴 여자는 탄소 냉각된 한 솔로처럼 보였다.

구급차가 주차장을 떠나는 동안 직원들은 잠시 그 자리에 서 있었다. BJ는 성조기 무늬 손수건으로 얼굴을 닦았고, 지금껏 내내 샌드위치를 꼭 쥐고 있었던 모린은 통 옆면에 남은 치즈에 샌드위치를 찍어서 마저 먹었다.

"그걸 먹겠다고요?" 러시아가 모린을 지켜보며 말했다.

"입맛을 버렸으니 새 맛으로 바꿔줘야지." 모린은 어깨를 으쓱했다.

웨인은 식기세척기 옆 의자에 앉아, 배낭에 늘 넣어 가지고 다니는 뽁뽁이를 바닥에 늘어뜨린 채 하나씩 터뜨리고 있었다. 쉬는 시간에 스트레스를 푸는 그의 방식이었다.

하이는 바람을 쐬러 뒷마당으로 나가 안경에 묻은 치즈를 앞치마로 닦아냈다. 머리카락에 들러붙은 소스 방울들이 식어서 굳어 있었다. 그는 우유 상자에 앉아 담뱃불을 붙이려 했지만 손가락이 잘 움직이지 않았다. 코데인 대여섯 알을 삼켜 눈앞의 세상을 조금 흐릿하게 만들고 싶은 충동이 들었다. 머릿속 어항에 노란 사료를 넣어서 물을 뿌옇게 물들이듯이.

뒤에서 발소리가 나더니 누가 상자를 끌어당겨 앉는 기척이 들렸다. 소니였다. 둘은 서로 고개를 끄덕이고 잠시 아무 말도 하지 않았다.

"편의점에서 너희 엄마 봤어."

"뭐라고?" 하이가 소니를 마주 보았다. "말도 걸었어?"

"당연히 안 걸었지. 우리 엄마들 싸우고 있잖아. 그냥 너한테 알려 줘야 할 것 같아서 말하는 거야."

"엄마 만나면 내 얘긴 하지 마, 알았지?"

"왜?" 소니가 지나가는 파리를 움켜쥐었다가 손을 펼쳤다. 손바닥엔 아무것도 없었다.

"엄마는 내가 보스턴에 있는 줄 알거든." 하이가 조용히 말했다.

"그런데 왜 여기 있는데?"

"**여기** 있으니까. 복잡한 문제야."

그는 어쨌거나 고개를 끄덕였다. 그게 소니의 방식이었다. 하이는 소니의 그런 면을 무척 좋아했다.

하이는 자신도 모르게 땀을 흘리고 있다는 것을 깨달았다. 소니가 그의 뺨에 손가락을 가져다 대고 훑어내리자 미끌거리고 축축한 감촉이 들었다.

"뭐 하는 거야?" 하이가 뒤로 물러서며 물었다.

"가만 있어봐. 뭘 좀 쓰고 있어."

"무슨 말인데?"

"괜찮다."

"괜찮다?"

"응. **괜찮다**고 썼어."

"왜?" 하이는 소니를 쳐다보았다.

"그렇게 말하고 싶으니까."

하이는 자신의 얼굴이 **괜찮다**고 말하도록 내버려두었다.

한때 하이가 열두 살이고 소니가 열 살이었을 때 웰스 빌리지에 있는 하이의 집 근처 놀이터에서 논 적이 있다. 소니가 주말을 맞아 자기 엄마와 같이 방문했을 때였다. 하이는 사촌을 놀이터에 데리고 나가 놀아줘야 했지만 별로 그러고 싶지 않았다. 그 주에 슈퍼 닌텐도를 선물받은 참이어서 하루 종일 '캐슬바니아' 게임을 하고만 싶었다. 그래서 소니가 조그마한 놀이터를 돌아다니는 동안 하이는 그네에 앉아 집에 가기 적당할 만큼 시간이 흘러가기를 기다렸다. 잠시 뒤 시끄러운 소리가 들려서 눈을 들어보니 소니가 동네 남자아이 서너 명에게 둘러싸여 있었다. 그들은 10대였고 자기보다 어린 아이들에게 늘 거칠게 굴었다. 하이는 그들에게 같이 놀자는 말을 한 번도 들은 적 없었다.

"너 왜 그렇게 맛이 갔냐?" 남자애들 중 한 명이 말했다. 소니는 바닥에 두 다리를 벌리고 앉아 자신을 에워싼 아이들을 어리둥절한 눈으로 올려다보고 있었다.

"미끄럼틀에 붙어 있던 껌을 씹고 있잖아. 더럽다는 거 몰라?" 또 다른 아이가 물었다.

삭발한 깡마른 아이 하나가 바닥을 걷어차 소니의 얼굴에 흙을 튀겼다. 눈에 흙이 들어간 소니는 울음을 터뜨렸다. 다른 아이가 하이를 돌아보고 물었다. "야, 너희 둘이 형제나 뭐 그런 거냐? 둘이 닮았는데."

하이는 고개를 젓고 그네에서 뛰어내려 그들을, 그리고 바닥에서 울고 있는 소니를 지나쳐 걸어갔다. 집에 거의 도착했을 즈음 소니가 얼굴이 더 더러워진 채 하이를 뒤따라와서 자신에게 무슨 일이 있었는지 말했다. 자기 사촌이 아까 그 장면을 못 봤다는 듯이, 그걸 보기만 했더라면 막아줬을 거라는 듯이. 하이는 그 애를 차마 보지 못했다. "망할 놈들이네." 그는 걸음을 멈추지 않고 대꾸했다. 현관문 앞에서 하이는 들어가기 전에 자기 셔츠 자락으로 소니의 얼굴을 닦아줬다.

"얼굴 반대쪽으로 돌려봐." 지금 소니가 말했다. "그쪽 뺨에도 써야 해."

하이는 얼굴을 돌려 반대쪽 뺨을 내밀었다. 소니가 거기에 쓰는 **괜찮다**의 한 글자 한 글자가 느껴졌다.

"됐어. 이제 너는 두 번 괜찮은 거야."

하이도 사촌의 이마에 손가락을 가져가 **괜찮다**라고 써줬다. 소니는 씩 웃었다. 수줍은 미소였지만 그 밑에는 자랑스러움이 깔려 있었다.

그날 밤 부엌에서 휴대용 라디오로 보스턴 방송국에서 송출되는 리투아니아 국립 교향악단의 울적하고 한없이 긴 오페라를 들으며, 그라지나는 의자에 웅크린 채로 바닥에 앉은 하이의 머리를 빗질해 끈적한 치즈 덩어리들을 떼어냈다. 이제 하이는 리투아니아어를 들으면 마음이 편안해졌다. 백색소음이라기보다는, 옆방에서 친구들이 두런두런 대화하는 소리처럼 알아들을 순 없어도 따뜻하고 친숙한 느낌이었다.

"스토퍼스의 솔즈베리 스테이크가 호텔에서 나온 캔에 든 스테이크보다 더 맛있어." 그라지나가 입술을 오므리며 말했다. "크게 차이 나진 않지만. 그런데 웹스터스에서 스파게티 저녁 식사를 3.65달러로 할인 중이야." 그는 빗질을 하면서 오케스트라의 박자에 맞춰 하이의 머리를 두드렸다. "있지, 우리는 이 나라에 살 수 있어서 정말 운이 좋은 거야. 시장에 나가서 먹고 싶은 건 뭐든 살 수 있으니까."

하이가 아무 대답도 하지 않자 그라지나가 몸을 기울였다. "오늘 일이 힘들었나 보구먼?"

"보면 몰라요?"

그가 끙 하고 신음을 흘리며 하이의 머리카락에서 치즈 한 조각을 떼어냈다. "가만히 있어봐, 애야."

불현듯 하이의 뇌리에 노숙인 여자가 찼던 팔찌가 떠올랐다. "저기, 형제 있으시죠?" 그는 그라지나가 공습 때 잔해 밑에 남동생이 있다며 손으로 가리켰던 것을 기억했다.

"남동생 하나. 오래전에 있었지. 전생 같은 일이야." 음악이 계속되는 가운데 그라지나의 손이 멈칫했다.

"어떻게 됐는데요?"

갑자기 그라지나가 벌떡 일어서기에 하이는 뒤를 돌아보았다.

"참, 준비해야지!"

"뭘요?"

"앉아, 앉아. 저기 가서 앉으라고. 네 머리는 그만하면 이제 괜찮아." 그가 라디오를 끄더니 발을 질질 끌며 오븐으로 건너가 문을 열고 초콜릿 당의가 입혀진 케이크를 꺼냈다.

"여기요." 하이가 장갑을 건네주려 다가갔지만 그라지나는 그를 멈춰 세웠다.

"안 뜨거워. 오늘 오후에 구웠거든." 그가 접시 두 개와 칼과 함께 케이크를 식탁에 올려놓았다. "봐." 그가 초콜릿 당의를 턱짓했다. "누텔라 케이크야. 내 특제 케이크지. 가서 찻주전자 불에 올려."

하이가 주전자를 올리는 동안 그라지나가 등 뒤에서 부드럽게 말했다. "생일 축하한다, 라바스."

하이는 우뚝 멈췄다. 그러고 보니 처음 만난 다음날 아침 그라지나가 생일을 물어봤던 게 기억났다. 벽에 걸린 9.11 주제 달력에 눈길이 갔다. 11월 15일자 네모칸에 파란 잉크로 **라바스 생일**이라 휘갈겨 적혀 있었다.

그라지나가 중지로 안경을 밀어 올리며 미소 지었다.

"아, 세상에. 멋져요." 하이의 음성이 미세하게 떨렸다. "정말 고마워요." 그가 몸을 앞으로 숙여 그라지나와 어색하게 포옹했다. 그런 다음 라디오를 다시 켰다. 오케스트라가 연주하는 마지막 악장이 삐걱거리는 집 안을 휩쓸며 바깥의 넓고 검은 강물이 흐르는 소리를 덮었다. 이제 하이는 스무 살이었다.

9

 홈마켓은 '매일매일 추수감사절인 곳'이니만큼, 사람들이 사랑하는 이들과 함께 직접 음식을 만들어 먹는 추수감사절 전날에는 매장이 텅 빌 거라고 생각할 수도 있지만 그건 오산이다. 오히려 북새통이었다. 많은 사람이 홈마켓 음식을 플라스틱 용기에 담아 가져가서 다음 날 데워 먹는 것을 선호했던 것이다. 그중에는 직접 만든 거라고 거짓말할 사람도 있을 터였다. 게다가 이런 단골손님 외에도 투잡이나 스리잡을 뛰느라 요리할 시간이 없는 사람, 낮에 잠을 자는 야간 근무 간호사, 제분소 옆 재향 군인 숙소에서 사는 참전 용사, 사업장을 청소하느라 밤을 지새운 청소부, 주유소 뒤편에서 기름때 묻은 노트북으로 가족과 화상 통화를 하며 추수감사절을 보내는 트럭 운전사도 있었다.
 정오 무렵 매장은 손님으로 꽉 찼다. 하이가 막 구운 고구마 파이를 낸 지 불과 5분 만에 텅 비어버린 파이 통 밑바닥에 러시아의 주걱이 깡 하고 부딪혔다. 주문이 너무 밀려서 급탕기가 모자라는 바람에 냉동 맥앤치즈를 식기세척기의 온수로 해동시켜야 했다.

옥수수빵이 다 떨어져서 하이가 베이킹 틀에 반죽을 담으려고 부랴부랴 돌아가는데, 등 뒤에서 모린의 걸걸한 목소리가 들려왔다.
"그거 케이크인 거 알지?"
"케이크라뇨?"
"BJ 레시피 말이야, 그냥 케이크라고." 모린은 소화기만 한 식용유 통을 들고 틀 위에 기름을 뿌리고 있었다. "코스트코에서 대용량 바닐라 케이크 믹스를 사와서 본사의 옥수수빵 믹스에 섞는 거야." 그가 몸을 가까이 기울이고 씩 웃었다. 숨에서 배어나는 위스키 냄새가 코를 찔렀다. "바로 그거야, 신입. **그게** 대단한 비결이야. 케이크 말이야."
"꽤 기발한 아이디어 같은데요." 하이는 윙크를 하려고 했지만 두 눈을 껌뻑거릴 뿐이었다.
"나도 점장이 될 수 있었어." 모린이 철제 숟가락을 들고 틀에 반죽을 채워 넣으며 털어놓았다. 승진 제의를 여러 번 받았는데 거절했다고. 점장은 시급 15달러를 받는데 모린은 이미 13.50달러를 받고 있기 때문이었다. "고작 1.5달러 더 벌자고 두통에 시달릴 가치는 없잖아, 얘야. 비난도 감수해야 하고. 자, 여기 좀 도와줘."
하이는 모린과 함께 틀을 오븐에 넣고 타이머를 맞췄다. "뭐, 뭐가 들었든 간에 끝내주는 레시피는 맞잖아요. 다들 그 옥수수빵에 환장한다고요."
"**끝내주긴** 하지. 우리 보스께서 만들어낸 옥수수 케이크는……." 모린이 몸을 굽혀 믹스를 더 퍼 넣으며 말을 이었다. "근본적으로 마약이야. 설탕 덩어리라고. 내 주치의 말로는 설탕이 인슐린을 분비시켜서 미트로프로 배를 잔뜩 채운 상태에서도 배고프다고 느끼게 만든대. 배고픔은 식당 장사에 도움이 되는 법이지." 그가 선반 위에서 식어가던 옥수수빵을 집어 손바닥 위에 올렸다.

하이가 물을 붓고 믹서기를 켜는 동안 모린은 계속 이야기를 늘어놓았다.

모린이 옥수수빵을 두 덩어리로 찢어서 한 입 베어 먹고는 앞치마로 입술을 닦고 하이에게 나머지 절반을 건넸다. "이게 이렇게 맛있는 건……." 그가 고개를 들며 말했다. "거짓말이기 때문이야. 기막힌 것들은 원래 거짓말에서 나오거든. 이 나라 정치인 나리들에게 물어보라고."

"홈마켓이 전국 매출 3위인 이유가 설탕에 있다고 말씀하시는 거예요?" 하이는 침을 삼켰다.

"잘 들어, 우린 **이걸** 빵이라고 불러서 사람들을 속이는 거야. 빵이라고 하면 건강한 음식처럼 들리잖아. 대중에게는 그냥 그렇고 그런 빵이라고 말해놓고 막상 혀에 닿으면…… 쾅! 케이크인 거지! 이건 허접하기 그지없는 케이크지만, 설령 그런 케이크라도 빵에 비한다면야 맛있을 수밖에 없거든. 세상 그 어떤 빵보다도 말이야." 소니가 허둥지둥 들이닥쳐 다 구워진 옥수수빵 틀을 가지고 홀로 나갔다. "하지만 문제는……." 모린이 왼쪽 눈이 충혈되고 아이라이너가 번진 채로 몸을 기울였다. "내 친구, 옥수수빵이 정확히 어느 지점부터 옥수수 케이크가 되는 걸까? 이 속임수가 일어나는 아주 미세한 **순간**이 언제인지 찾을 수 있겠어?" 그는 옆구리에 늘어뜨린 두 팔을 흔들며 대답을 기다렸다.

하이는 생각에 잠겼다. 그러게, 빵이 케이크가 되는 찰나의 시점은 언제일까? 아니면 그건 사실 언제나 케이크였는데 빵이라고 거짓 이름을 붙인 걸까? 빵의 잠재력을 넘어서는 빵으로 보이려고?" "더럽게 헷갈리네요." 하이는 고개를 주억거리며 옥수수빵을 한 입 먹었다. "잘 모르겠어요."

"일단 속았다는 걸 깨닫고 나면 엉망진창인 시스템에 대한 믿음을 잃게 돼. 다른 목표를 찾으려다 보니 아웃사이더들을 응원하게 되지. 약자들 말이야. 하지만 약자들은 어디에서도 찾을 수 없어. 언론이 그들을 감추고, 교도소와 정신병원이 그들을 가둬놨으니까. 그래서 미쳐가는 건 나 혼자뿐인가 보다, 하고 생각해버리지. 실은 수많은 사람들이 일과 잠, 빌어먹을 끝없는 케이크로 가득한 소위 자유세계라는 곳에 갇힌 채 똑같이 미쳐가고 있는데 말이야."

모린이 말을 멈추고 스스로를 가다듬었다. 하이는 눈이 화끈거렸다. 모린에게서 풍기는 위스키 냄새가 너무 독한 탓이었다.

"잠시만요. 이 모든 게 지구 맨틀 아래인지 어딘지에 살고 있는 도마뱀들하고 연결되는 거예요? 그리고 혹시 취했어요? 제 말은, **심하게** 취했냐는 거예요. 냉동고 가서 무릎에 얼음찜질이라도 할래요?"

모린이 하이의 가슴을 찰싹 후려치자 둘 사이에 밀가루가 구름처럼 피어올랐다.

"내가 취했냐고? 그러는 너는 어떤데, 눈동자는 바늘구멍만 해가지고서는? 네가 얼마나 좆됐는지 내가 모를 것 같아, 약쟁이 아저씨?" 하이는 딜라우디드 약병을 빠르게 비워가는 중이었다. 최근에는 변화를 조금 더 매끄럽게 일으키기 위해 두 알을 한꺼번에 먹기도 했다.

"잘 들어. 이 나라는 말이야……" 모린이 목소리를 낮췄다. "고의로 전쟁을 일으켜서 세운 나라야. 파충류들이 정치인이나 유명인으로 변신한 다음 그 꼭두각시 인형들을 이용해 전쟁을 벌이거든. 자기네가 흡수할 나쁜 에너지가 부족해질 일이 없게끔. 이해 안 돼? 전쟁은 그들의 작물을 자라나게 해주는 거름인 셈이야."

원래 모린은 가끔씩 비아냥거릴 때를 빼면 대체로 조용한 편이었지만 술을 반 병만 마시면 라디오 프로그램 진행자처럼 변하는 종류의 술꾼이었다.

"하지만 과학자들이 그 나쁜 기운을 어떻게든 측정할 수 있지 않을까요?"

모린이 킬킬 웃었다. "아, 우리 불쌍하고 순진한 꼬맹이 같으니. 옛날 옛적에 과학자들이 세일럼의 여자들을 산 채로 불태워야 한다고 했지. **과학이** 그 여자들을 마녀라 불렀으니까. 그러다 과학이 법이 됐어. 이제는 사람들이 서로 폭탄을 던져대게 만드는 데 과학을 활용하더군. 신입, 아까 내가 말했듯이……." 그가 미소를 눌러 참았다. "이 세상의 모든 게 〈스타워즈〉나 마찬가지야. 선 대 악, 어둠과 빛. 제다이가 있고 또 제국이 있는 거지. 그리고 눈치챘을지 모르겠는데, 나는 오비완 케노비야. 우리에겐 시간이 얼마 없어." 모린이 앞치마 주머니에 손을 넣어 술병을 꺼내 귓가에 대고 흔들어보았다. 텅 비어 있었다. 그때 오븐에서 삑 소리가 났다. 모린의 눈시울이 촉촉했다. 케이크 한 판이 또 완성되었다.

모두가 쉼 없이 폭풍처럼 일을 해치웠다. 러시아는 헤드셋에 대고 끊임없이 소리 지르느라 목이 쉬어버렸다. 그리고 가열 통, 식기세척기, 오븐에서 나오는 김 때문에 실내 온도가 40도는 넘을 듯했다. 도중에 웨인은 열을 식히려고 싱크대 수도꼭지 밑에 머리를 갖다 댔다. 모린은 유니폼 아래 스포츠 브라까지 푹 젖어버렸다. 소니는 모린이 남은 근무 시간 동안 앉은 채로 계산대 일을 볼 수 있게끔 의자를 가져다줬다.

손님이 뜸해지고 창밖이 어두워졌을 때 지팡이를 짚은 한 노인이 물음표처럼 굽은 척추를 파들파들 떨며 들어왔다. 그는 카운터에서 김이 피어오르는 트레이를 챙기고 가만히 서서 약간 휘청거렸다. 턱 근육을 풀려는 듯이 입을 벌렸다 다물었다 하다가 턱을 들었는데, 몸속 어딘가에서 꼿꼿이 서 있는 보이스카우트가 엿보이는 태도였다. "명절에 영업해주셔서 감사하다고 말씀드리고 싶었습니다. 여러분은 말이죠, 많은 사람을 두통에서 구하고 있어요. 추수감사절에 혼자 식사하지 않을 수 있도록요. 그리고…… 그리고……." 노인이 턱을 덜덜 떨며 입을 앙다물고 고개를 젓더니, 인사하듯 지팡이를 들어 올리고는 발을 질질 끌며 자리를 떴다.

직원들은 자신이 누군가를 무언가로부터 구하고 있다고는 생각하지 않았다. 하지만 노인에게서 그 말을 들은 것만으로 모두의 마음이 형언할 수 없는 진귀한 긍지로 가득 찼다. 웨인은 우뚝 서서 모자를 치켜올리고는 기름으로 온통 얼룩진 유니폼을 조심스럽게 매만져 폈다.

다음 날 침대에서 책을 읽던 하이는 무언가 타는 냄새를 맡고 방을 나서서 집을 살폈다. 복도로 나가보니 그라지나가 강을 면한 둥근 창을 바라보고 있었다.

"그라지나." 하이가 그라지나의 뒤에서 손을 머뭇머뭇 내밀며 말했다. 그러다 복도에 쌓인 많은 상자들 중 하나에 부딪히자, 그라지나가 손마디로 눈가를 닦으며 뒤를 돌아보았다.

"라바스, 너니?"

하이는 페퍼 병장 노릇을 해야 할지 망설이며 멈칫했다. "저예요. 괜찮아요."

"라바스, 좀 도와주렴. 이리 와, 얘야."

그라지나는 하이의 팔을 붙잡고 자기 옆구리로 끌어당기며 창문으로 비쳐드는 빛 속으로 들어섰다. 그러자 그의 얼굴이 누군가 다른 사람의 것임이 드러났다. 그는 떨리는 두 손을 뺨 위로 들어 올렸다. "봐." 그라지나가 고개를 한쪽으로 젖히며 말했다. 반질거리는, 엉겨붙은 머리카락 한 뭉치가 보였다. 옆머리에 시럽을 쏟아놓기라도 한 듯했다.

"머리카락을 말다가 태워버렸어. 예쁘게 하고 싶었는데. 나는 곱슬머리가 더 잘 어울리거든." 그가 바닥에 놓인 고데기를 가리켰다. 하이가 고데기를 집어보니 집게 부분에 곱슬곱슬한 회색 머리털 뭉치들이 달라붙어 있었다. 아직 뜨끈했고 그을린 머리카락 특유의 역겨운 유황 냄새가 났다.

"저기요, 지금 대통령이 누구죠?" 하이는 고데기를 벽난로 선반에 내려놓으며 물었다.

"뭐? 아, 오바마." 그라지나는 성가셔하며 말했다. "난 지금 미치지 않았어. 진지하다고." 그가 침착한 눈길로 하이를 보았다. "내 머리카락 고쳐줄 수 있니? 녹아버렸어."

"당연히 고칠 수 있죠. 머리는 자라잖아요, 알죠? **당신이** 불에 탄 게 아니에요. 그죠?" 하이는 그의 목과 쇄골을 훑어보았다.

그라지나가 고개를 끄덕였다.

화장대에 달린 네 개의 전구 중 유일하게 켜져 있는 가물거리는 전구 불빛 아래에서 하이는 생애 첫 미용을 시작했다. 그라지나는 변기 시트 위에 참을성 있게 가만히 앉아서 타버린 머리털들이 죽은 곤충처럼 발치에 떨어지는 동안 입술 끝을 올렸다. 하이는 생산된 지 반세기는 된 듯한, 둔하게 웅웅거리는 소리를 내는 면도기를 움직이다가 이따금씩 멈추고 모양새를 점검했다. 이윽고 머리에 윤곽이 잡혔다. 손가락 두 마디 정도 내려오는 앞머리가 넓은 이마에 테를 두르고 있었다. 그렇다, 하이와 같은 바가지 머리였다. 하지만 왼쪽 옆머리가 거의 뿌리까지 타들어간 탓에 어쩔 수 없이 조금 더 짧게 자르는 수밖에 없었다.

그는 뒤로 물러서서 자신의 작품을 찬찬히 살펴보았다. "율리우스 카이사르처럼 보이네요."

그라지나가 거울을 마주 보고 머리를 이리저리 돌려보더니 얼굴을 찌푸렸다. "그보다는 보리스● 처럼 보이는걸. 왕년에는 나도 예뻤다고. 이제 와서 뭘 어쩌겠냐만."

그라지나를 안정시키고 나서 하이는 자전거를 타고 잿빛 일색인 하늘 아래 철교를 달려 시내로 향했다. 마찬가지로 잿빛을 띤 거리에 다람쥐들이 쏠거나 아이들이 남의 집 현관문 앞에서 빼돌려 전신주에 대고 내던지는 바람에 으스러진 호박들이 드문드문 뒹굴고 있었다. 집들은 대부분 비어 있었다. 사람들이 더 좋은 집에 사는 친척들을 만나러 떠나고 없었기 때문이다. 하이가 오늘 하루 문을 닫은, 신장개업 현수막이 오래전에 철거되고 없는 폐퍼 병장 피자 가게

● 동유럽 남자들에게 흔한, 투박하고 촌스러운 느낌의 이름.

를 지나쳤을 때 소니는 이미 홈마켓 입구에서 기다리고 있었다. 그는 편의점 비닐봉투를 들고 양철 병정처럼 서 있었다. "유니폼은 왜 입었어?" 하이가 자전거 속도를 늦추며 물었다. "우리 휴무인데. 기억하지? 오늘 추수감사절이거든."

"내가 가진 가장 좋은 옷이 이거라서. 칼라가 달렸잖아." 소니가 폴로 셔츠의 깃을 잡아당겼다.

"그렇네. 그래, 그라지나도 마음에 들어할 거야."

그라지나는 소니가 보호시설에서 혼자 추수감사절을 보낸다는 말을 듣고 저녁 식사에 초대했다. 보호시설에서도 식사가 준비되긴 했지만 소니는 내켜 하지 않았다. 알고 보니 그곳에 **정말로** 중독자들이 있었기 때문이었다. 소니처럼 특별한 도움이 필요한 사람들은 1층에 머물렀고, 중독 치료 프로그램은 2층에서 진행되었다. 그런데 저녁 식사는 그 건물에 사는 모두가 이용하는 식당에서 제공되었고, 중독 치료를 받는 입소자 두어 명이 소니를 불편하게 하는 모양이었다.

"골드피시 과자 사왔어." 소니가 편의점 봉투를 들어 올리며 말했다.

"그러면 우리 추수감사절 식사는 완벽하겠네."

소니가 씩 웃으며 뒤쪽 발판 위에 올라섰다. 하이는 다시 페달을 밟고 나아갔다. 강둑에 수증기가 서려서 물살의 흐름이 뿌옇게 흐려져 보였다. 자전거를 타고 가는 동안 둘 다 아무 말도 하지 않았지만, 소니가 하이의 재킷에 비닐봉투를 부스럭부스럭 부딪쳐가며 그의 어깨를 단단히 틀어쥐는 손길만은 느낄 수 있었다. 선로에 다다르자 화물열차 한 대가 들어서고 있기에 하이는 자전거를 멈췄다. 열차들이 지나가면서 땅을 내리치는 육중한 힘이 자전거를 타고 전해졌다.

"그러니까 네 이름이 서니라고? 여름날처럼 말이야?" 그라지나가 양배추 냄비에서 몸을 돌리며 말했다.

"아뇨. 일본의 전자 제품 회사 이름이에요. 음, 정확히 말하면 그 회사에서 만든 TV 이름요."

"아." 그라지나가 음식 맛을 보면서 고개를 끄덕였다. "네가 비싸다는 뜻이구나." 소니는 약간 놀란 듯 하이를 보고는 이내 억지웃음을 지었다.

"라바스, 이거 맛 좀 봐. 완벽하지 않니?"

"완벽해요." 하이는 입술을 핥으며 말했다.

"신선한 양배추로 만든 거야. 루카스가 가져다줬어. 참 친절하지, 내 아들. 어제 현관에 우유랑 같이 두고 갔더라고. 인사도 없이 그냥 물건만 놔두고 쌩 가버렸지. 걘 나한테 늘 버릇없게 군단 말이야."

"아, 그래요?" 하이는 장단을 맞춰줬다. "이번에는 파리에서 왔다던가요?" 최근 루카스에 대한 이야기가 종종 나왔지만, 리나라는 딸과 달리 루카스의 사진은 어디에서도 본 적이 없다.

"아니, 아니, 아니. 근처에 있어." 그라지나가 숟가락을 휘저으며 말했다. "늘 쥐새끼처럼 오락가락해, 그 녀석. 어쩔 땐 말도 하는데, 어쩔 땐 발소리조차 안 들린다니까."

하이는 혹시 모를 상황에 대비해 조리대 위 약통을 훑어보았지만 모든 게 제자리에 있는 듯 보였다.

그는 소니에게 포도맛 탄산음료를 따라주고 냉동실에서 솔즈베리 스테이크를 꺼냈다. 매주 스토퍼스 냉동 스테이크를 얼마나 많이 사는지 웨인에게 말했더니 그가 홈마켓에서 남은 미트로프로 직접 만들어준 것이었다.

"아! 이게 웨인이 만들던 솔즈베리 스테이크로구나." 소니가 말했다. "왜 솔즈베리라고 하는지 알아?"

그라지나가 흥미가 생긴 듯 멈춰 서서 허리에 손을 얹었다. "왜?"

"제임스 솔즈베리 때문이에요." 소니가 몸을 일으켜 앉았다. "남북전쟁 때 군의관요."

하이가 말했다. "오늘만은 전쟁 얘기 그만하면 안 돼? 추수감사절이잖아."

"아니야, 계속해. 얼른. 30년 동안 이 스테이크를 먹었는데 아무도 나한테 설명해준 적이 없다고." 그라지나는 행주로 손을 닦고 가스레인지 불을 끄고 자리에 앉은 뒤 하이에게 말했다. "이 애는 정말 재밌네."

소니가 설명하기를, 제임스 솔즈베리는 전쟁 중 북군의 유행병이었던 설사를 커피와 다진 소고기로 완화할 수 있다고 믿었다고 했다. "그는 쌀이나 감자 같은 전분이 소화관에 종양을 유발한다고 믿고, 처음으로 저탄수화물 식단을 주창한 사람이기도 했어요. 그래서 자신의 가설을 증명하기 위해 솔즈베리 스테이크를 개발한 거죠." 소니가 냉동 스테이크가 담긴 지퍼백을 집어 들고 들여다보며 감탄했다. "빅토리아 시대 혁신의 정수죠."

그라지나도 지퍼백 속 스테이크를 훑어보았다. "허. 친절한 의사가 세상에서 가장 맛있는 요리를 발명했군. 우리가 좋아하는 것도 당연하네." 그는 반짝이는 눈으로 하이를 돌아보았다. "그렇지 않니, 라바스? 당근이랑 똑같아! 그 남자의 선한 마음씨가 음식 맛에서 느껴지잖아. 100년이 지났는데도 말이야." 그라지나가 몸을 뒤로 젖히고 소니를 바라보았다. "역사 수업 고맙다. 이럴 때 보면 하느님이 우리한테 참 잘해주셔, 그렇지?"

소니가 초조한 투로 킬킬거렸다. "음, 그런 것 같아요. 다 고려해보자면요."

"내 아버지가 과일 샐러드 발명하셨다는 거 알지?" 그라지나가 만족스러운 듯 한쪽 눈썹을 치켜올리며 말했다. "하지만 당연히 소련군은 아버지의 공로를 인정해주지 않았어. 지금 과일 샐러드가 좀 있었으면 좋겠네."

소니가 그라지나를 쳐다보았다. "아버님이 과일 샐러드를 발명하셨다고요?"

"그럼. 지금 내가 허풍 떤다고 생각하니? 뭐 하러?"

식사 후 그릇을 치우고 식탁을 닦아낸 뒤 차를 내오자 소니가 갑자기 조용해졌다. 이제 소니의 리듬을 삼투 현상처럼 터득한 하이는 그가 자기만의 바다로 더 깊이 빠져드는 기색을 알아차릴 수 있었다. 그라지나 역시 분위기가 변한 것을 감지하고 골드피시 과자를 그릇에 붓고서 자리에 앉았다. "표정이 왜 그러니, 애야?"

"야, 너 괜찮아?" 하이는 소니에게 몸을 기울였다. "집에 가고 싶니?"

소니는 손도 대지 않은 찻잔만 물끄러미 내려다보았다.

그라지나는 눈치껏 과자 한 줌을 집어먹고서 말했다. "이제 울적해진 거니? 응? 명절이면 그럴 수도 있지." 그라지나는 좁은 부엌을 둘러보았다. "어이쿠, 짓밟을 빵이 다 떨어지고 없네."

"내가 집에 데려다줄 수 있어. 그냥 가서 자도 돼. 괜찮아." 하이가 말했다.

소니가 손으로 식탁을 힘껏 눌렀다. 손을 떼어내고 나니 나무 표면에 지문이 남았다.

"우리 엄마 못 나온대." 소니가 고개를 흔들었다.

"뭐? 어떻게 알아?"

"며칠 전에 만났어. 퇴근하고 나서 버스 타고 요크 교도소까지 갔거든."

"왜 말 안 했어? 내가 같이 갔을 텐데."

소니는 어깨를 으쓱했다.

"왜 못 나오시는 거야?"

"너희 엄마 감옥에 있니?" 그라지나가 눈이 휘둥그래진 채 찻잔을 내려놓았다. "너 **정말로** 재밌는 애구나."

"왠지는 나도 몰라. 설명은 다 들었는데 이해를 잘 못 했어."

"너희 엄마는 괜찮을 거야. 진정해." 그라지나가 일어서서 소니의 머리를 감싸 안았다. "미국 교도소에 계신 거잖아. 그다지 나쁘지 않아, 안 그래? 죽지 않을 테니까. 너는 딱 이렇게 엄마를 다시 안게 될 거야. 너는 비싸잖아. 예수님은 귀중한 것들을 낭비하지 않으셔."

"내가 알았으면 도왔을 텐데." 하이가 말했다. "너희 엄마랑 우리 엄마가 싸우든 말든 무슨 상관이야. 우린 사촌이잖아. 다음에는 그냥 말해줘."

"너는 전에도 도와주지 않았잖아. 이제 와서 도와줄지 어떻게 알아?" 소니의 목소리는 그라지나의 가운 자락에 묻혀 작게 들렸지만 하이의 마음을 찔렀다.

하이는 식탁을 치웠다. 소니의 말이 옳았다.

"꿀 당근을 만들어둘걸." 그라지나가 입술을 뿌루퉁 내밀며 말했다. "지금 다 같이 나눠 먹으면 딱이었을 텐데." 그러고는 옆구리에 늘어뜨린 두 손을 펼친 채 자기 허리를 내려다보며 얼굴을 찌푸렸다. "잠깐만, 얘들아, 이거 어떻게 풀지?" 그가 초조한 웃음을 흘리고는 다시 손을 움직였지만 그의 두 손은 잠깐 꿈틀거리다 허공을 맴돌 뿐이었다. 그라지나는 멈칫하고 당황한 얼굴로 주위를 둘러보았다.

소니가 앞치마 끈을 잡아당기자 매듭이 풀렸다.

"하! 요것 좀 보게, 라바스! 이 녀석, 쪼그만 천재였네."

잠시 뒤 세 사람은 소파에 자리 잡고 영화를 보았다. 소니가 자신이 가장 좋아하는, 제프 대니얼스가 주연으로 나오는 〈게티스버그〉 비디오테이프를 가져왔다. 소니가 열 살 때부터 즐겨본 영화였는데, 테이프 하나는 잃어버렸고 또 하나는 끊임없이 반복 재생하다가 망가뜨려서 지금 가져온 테이프가 세 개째였다. 어린 시절 하이가 소니네 집에 갈 때마다 그 영화가 마치 날씨처럼 늘 배경에 틀어져 있었다.

낡은 비디오 플레이어에 테이프를 넣고 하이와 그라지나 사이에 앉으며 소니는 들떠 있었다. "이 전투가 전쟁의 흐름을 바꿨다는 거 알아요?" 오프닝 크레디트가 올라오자 그가 말했다. "그런데 그 모든 게 우연이었어요. 리 장군이 기병대 장교인 젭 스튜어트와 교신이 끊기는 바람에 떠돌다가 포토맥 군 진영 한복판에 들어갔거든요. 믿어지세요? 우리 나라 역사의 가장 큰 전환점이 누가 길을 잃어서 생겼다는 게요." 어둠 속에서 들려오는 소니의 음성에서 웃음기가 묻어났다.

"믿어지는걸." 그라지나는 그릇에서 골드피시를 한 움큼 퍼내며 말했다.

영화는 네 시간이 넘었다. 그라지나가 코를 골며 졸다가 소총 사격 소리에 화들짝 놀라 깨어나서는 골드피시 그릇에 손을 뻗었다. 소니는 내내 똑바로 앉아서 회색과 파란색 제복 차림 장교들이 '부하들'에게 차례차례 총검으로 돌격하다 죽으라 독려하는 장대한 연설을 한 문장 한 문장 외우고 있었다.

"사람 죽이는 건 그다지 어렵지 않아." 남부군 병사 한 명이 나무들이 자란 언덕을 뛰어오르다 총검에 꿰찔리는 장면에서 그라지나는 졸음에 겨운 투로 말했다. "그냥 뭔가를 만지면 되는 일이야. 그것의 색깔이 변할 때까지."

너무 이상한 말이어서 하이는 몸을 굽혀 그라지나의 안색을 살피며 속삭였다. "그라지나."

"왜?"

"지금 대통령이 누구죠?"

그라지나가 TV를 가리켰다. "링컨."

충분히 좋은 답변이었다. 영화가 절정에 다다랐을 즈음 그라지나는 완전히 곯아떨어졌다. "이게 '피켓의 돌격'이야." 소니가 앉은 자리에서 몸을 흔들며 말했다. "로버트 E. 리가 전쟁에서 저지른 최악의 실수지. 이견의 여지는 있겠지만. 미드 장군의 포화 한가운데로 자살 행진을 하듯 진격했으니 말이야. 그건 역사상 최대 규모의 나폴레옹식 포격전이었어. 대포알 튀는 소리가 워싱턴까지 들릴 정도였다니까." 그는 몸을 앞으로 기울이고 골드피시를 더 집어먹었다.

"내가 맞혀볼게. 피켓(picket: 말뚝) 울타리라는 말이 여기서 나왔다고 말하려는 거지?"

"아니, 이 돌격은 버지니아의 조지 피켓 장군의 이름을 따서 명명

된 거야. 그는 이 돌격을 명령한 리를 결코 용서하지 않았지. 그럴 만도 했고. 피켓은 단 45분 만에 사단의 3분의 2를 잃었거든. 내 솔직한 의견을 말하자면 리는 전술가로서 과대평가됐어. 그랜트 장군에는 비할 바가 못 되는데 말이야."

실패한 '돌격'으로 시체가 쌓여가는 장면이 하이에게는 수염 무성한 남자들의 행렬이 연기 자욱한 들판을 천천히 걸어가다 한 무리씩 학살당하는 장면으로 보였다. 소니가 들릴락 말락 한 목소리로 말했다. "나쁜 일은 늘 남쪽에서 일어나." 그러고는 풀이 죽은 채 팔짱을 끼고 소파에 몸을 늘어뜨렸다.

"무슨 말이야? 야, 너 괜찮아? 오늘따라 유독 이상하게 구네."

"남부는 늘 지잖아. 그게 규칙이야."

"져도 싸지. 남부는, 음, 거대한 좆 같은 동네였으니까. 저기……." 하이는 화면을 가리켰다. "더럽게 넓은 들판을 가로질러 총을 맞았던 게 다 노예제 유지하기 위해서였잖아."

소니는 하이의 말을 듣지 않았다. 무언가 생각에 푹 빠진 눈치였다. "우리 아빠가 남부군에서 상병으로 복무하셨는데 참패했어. 이제는 버몬트의 오두막에 틀어박혀 오래된 레코드판 듣고 지도책 읽으며 우는 일밖에 안 하셔."

"너 농담하는 거지? 그건 완전히 **다른** 전쟁이잖아."

"알아. 하지만 나침반으로 보면 북쪽과 남쪽은 어디에서든 똑같아. 그냥 그게 규칙이라고." 소니가 입을 살짝 벌리고 하이를 돌아보았다. "저기, 우리 엄마 괜찮을 거라고 생각해? 남부 같은 거랑은 아무 상관도 없겠지, 안 그래?"

밖에서는 구름장 사이로 달빛이 새어 나오기 시작했고, 창밖의 버려진 집들이 달빛에 씻겨 깨끗하고 말끔해 보였다.

절박감 때문인지 어리석은 충동에서인지는 몰라도 하이는 골드피시 한 마리를 집어서 소니에게로, 그리고 그의 머리 흉터가 시작되는 부위를 향해 헤엄쳐가듯 움직였다. 소니가 과자에 시선을 고정하는 동안 하이는 강물을 헤엄치는 금붕어처럼 과자를 움직여 사촌의 흉터를 훑었다. 시체들이 즐비한 TV 화면의 빛을 반사하는 반질반질한 흉터 표면이 창밖에 흐르는 강물과 똑 닮아 보였다. 금붕어는 강줄기를 벗어나 소니의 목덜미를 타고 머리를 빙글 둘러간 다음, 당황과 기쁨이 뒤섞인 감정으로 반짝이는 소니의 눈을 지나쳐, 하이의 벌린 입속으로 들어갔다.

소니는 어린아이처럼 이를 가리고 키득거렸다. "역겨워!"

하이는 어깨를 으쓱하고 과자를 씹었다. "그래도 이렇게 하니 훨씬 맛있는걸."

그들은 막바지에 접어든 영화에 다시 집중했다. 엔딩 크레디트가 올라간 후 소니는 잠들었고 하이는 슬그머니 위층으로 올라가 엄마에게 전화를 걸었다. 어둠 속에 혼자 남아 엄마 목소리를 듣고 있으니 기분이 좋았다. 명절에 함께하지 못해 아쉽다고 하자 엄마는 어차피 명절을 챙긴 적도 없으니 상관없다고 했다. 하지만 하이는 언제나 그랬듯 자신이 없어서 엄마의 마음이 아프리라는 걸 알고 있었다. 엄마는 이번 주 내내 수많은 여자들의 손톱을 칠면조, 밝은 주황색 잎사귀, 호박 그림으로 장식하며 그들이 떠벌리는 거창한 계획을 들었을 터였다. "저 잘 지내고 있어요, 엄마. 돈도 벌고 있어요. 대학 내 의학 연구실 조교로 일하고 있거든요. 많은 돈은 아니지만 그래도 의미가 있죠."

"네가 해낼 줄 알았다, 얘야." 엄마가 속삭였다. 하이는 엄마에게 돈을 보내겠다 했지만 엄마는 처음 갔던 대학에서 빚졌던 학비를 그걸로 대신 갚으라 했다. 그러고는 쌀죽을 끓여 가지고 제단 앞에 앉아 "할머니와 같이 먹고 있다"고 말했는데, 그 대목에서 하이는 도저히 참을 수 없어서 이만 가봐야겠다고 둘러대고 전화를 끊었다.

하이는 이불을 가지고 아래층으로 내려가서 자신과 소니가 함께 누울 요 삼아 바닥에 깔았다. 소니는 비몽사몽으로 소파에서 기어 내려와 몸을 뻗었다. 하이는 그라지나를 소파에 눕혀놓고 안경을 벗기고 아래쪽 틀니를 물컵에 담근 다음 어깨에 퀼트 이불을 덮어주었다. 그런 후 마침내 자신도 누웠다. 천장을 올려다보고 있는데 소니가 머리를 긁적이는 소리가 들렸다. 흉터를 만지작거리고 있는 모양이었다. 멍하니 있을 때 곧잘 하는 버릇이었다. 그러다 소니가 아주 나지막이 무언가를 말했는데, 하이에게 한 말인지 혼잣말인지 분간되지 않았다. "왜 이렇게 지독히 슬프지?"

그게 다였다.

하이는 자는 척하며 가만히 있었다. 만약 소니가 그 말을 다시 한다면, 만약 그가 무언가에 대해, 세상 그 무엇에 대해서든지 질문을 한다면, 하이는 벌떡 일어나 대답해주리라고 다짐했다. 저 애에게 몸을 던져 그 어떤 질문에든 답해줄 거라고. 욕을 먹고 괴롭힘당하는 소니를 못 본 척 지나치지 않을 거라고. 하지만 소니는 그 이상 아무 말도 하지 않았다. 밤은 잠잠한 고요 속으로 가라앉고 집 처마를 삐걱이는 바람 소리만 들려왔다. 하이는 둘 중 누가 먼저 잠들었는지 알 수 없었지만 부디 소니였으면 했다. 머리에 금붕어가 잔뜩 사는 강물이 흐르는 사촌이었으면 했다.

10

그들은 버지니아주 어딘가에 있다. 엄마의 녹슨 도요타 차창 밖으로 늦은 오후 햇살 아래 금색 거품이 이는 푸른 목초지가 흐릿하게 스쳐 지나간다. 들판 가장자리에는 마지막 휴게소에서 본 지도에 따르면 블루 리지라는 이름으로 불리는 산맥이 있다.

"여기는 닭장을 앞마당에 두네." 할머니가 말한다. 할머니는 차창 위 손잡이를 두 손으로 꽉 쥐고 있다. 어린 시절 공용 밴을 타고 띠엔장성의 험난한 비포장도로를 달리느라 생긴 습관이다. "한 시간 전에 본 동네에서는 집 옆에 닭장이 있었는데." 늘 그랬듯 할머니 말에 귀 기울이는 사람은 하이뿐이다. 엄마는 운전 중이고, 킴 이모는 조수석에, 하이는 뒷좌석 문에 몸을 부대끼며 앉아 있고, 소니는 가운데에 끼어 앉았고, 하이에게서 반대쪽 끝자리에 앉은 할머니는 자신의 마음속 저 멀리 떨어져 있다.

"여기 살았다면 닭들을 풀어줬을 텐데. 한밤중에 나가서 닭장을 절단해버렸겠지." 할머니가 혼자 킬킬거리다 공연히 촉촉이 젖어든 눈으로 하이를 돌아본다.

"뭐가 웃겨요, 할머니?" 소니가 묻는다. "할머니 안에 농담이 있어요?"

할머니가 소니에게 팔을 두르자 그가 움츠러든다. "헬리콥터가 웃기지. 이건 내 딸이 모는 거야."

소니가 할머니에게서 몸을 떼어낸다. "언젠가 군대에 들어가 헬리콥터를 몰 거예요. 그래서 할머니를 태우고 캐나다로 가서 거기 사람들이 어떻게 닭장을 만드는지 보여줄게요."

할머니가 파자마 주머니에 손을 넣어 홀스 목캔디 두 알을 꺼내 포장을 뜯더니 한 알을 소니의 입에 넣어준다. 그러고는 하이를 건너다본다. "입 벌리렴."

하이가 입을 벌리자, 할머니가 던져준 목캔디가 그의 앞니에 날아와 맞는다. "홈런! 홈런!" 할머니가 영어로 소리를 지르며 차 천장을 철썩철썩 치며 웃어댄다.

"거기서 무슨 말 하는 거예요?" 킴 이모가 베트남어로 묻는다. 이모는 피스타치오를 까먹으면서 껍데기를 창밖으로 던지고 있다.

"쓰레기 좀 버리지 마." 엄마가 말한다.

"참 나, 거들먹거리긴." 킴 이모가 창밖을 향해 껍데기를 또 뱉어낸다. "자연의 일부는 쓰레기가 아니라고."

일행은 킴 이모가 매입할 네일 살롱을 살펴보러 플로리다로 가는 길이다. 이 일은 이모와 소니가 가족을 떠나야 한다는 뜻이기에 중대 사건이다. 그래서 엄마는 한 주 내내 신경을 곤두세웠다. 아까 버지니아에 가까워졌을 때 소니가 제 엄마에게 우회로로 가자고 애원해서 지금 이 길로 오게 된 참이다.

"아무튼 여기서 얼마나 더 가야 하는 거야? 여기 좀 소름 끼쳐."

엄마가 말한다. 차는 부서진 놀이 기구들로 가득 찬 임시 하치장을 지나고 있다.

하이의 목에는 기가펫이 달린 목걸이가 걸려 있다. 기가펫은 배터리가 다 떨어질 때까지 픽셀화된 '반려동물'에게 먹이를 주고 돌볼 수 있는 장난감으로, 2001년 들어서 모든 10대 초반 아이들이 열광하고 있다. 즉 이때 하이는 열한 살이고 소니는 아홉 살이라는 뜻이다. 즉 이때는 8월이고 뉴욕의 쌍둥이 빌딩이 무너지기까지 5주 남았다는 뜻이기도 하다.

킴 이모가 지도를 펼치고 잠시 들여다본다. "20분 남은 것 같아. 그보다 덜 걸릴 수도 있고." 이모가 소니를 돌아보더니 손가락으로 그를 가리킨다. "가볼 가치가 있는 곳이어야 할 거야. 너희 이모가 두통에 시달리면서 한 시간이나 걸려서 운전하고 있잖아."

소니가 힘차게 고개를 주억거린다. "엄마, 정말 중요한 곳이에요. 맹세할게요." 그가 영어로 말한다.

하이는 목캔디 때문에 아파서 눈물이 고인다. 차가 1차선 도로를 덜컹덜컹 나아가면서 차창 너머 금빛 언덕이 번지기 시작한다.

이윽고 트레일러와 하치장은 사라지고 말 목장과 시립 공원만큼 넓은 잔디밭이 펼쳐진 가운데 언덕 위에 자리잡은 한적한 마을이 나타난다. 엄마와 킴 이모가 길을 찾느라 애쓴다. 고작 몇 블록이면 끝나는 마을 중심가를 빙빙 돌며 킴 이모가 번지수들을 훑어본다. 한 길거리에 접어들자 소니가 외친다. "여기다! 여기가 그 길이에요. 8번지로 가주세요, 이모! 워싱턴 거리 8번지요."

엄마가 작고 고풍스러운 벽돌길에 차를 세운다. 광택 나는 검은색 가로등, 커피숍, 와인 가게, 그리고 **근방에서 가장 깜찍한 곳**이라고 분필로 적힌 팻말이 걸려 있는 중고품 위탁 판매점이 있다. 어느 20대 초반 커플이 허공에 매달린 국화 화분 아래 멈춰 서서 폴라로이드 카메라로 셀카를 찍는다. 모든 게 말끔하다. 흠 없이 새하얀 인도가 그들을 휩싸는 늦은 오후 햇살에 반짝인다.

할머니가 차에서 내려 두 팔을 쭉 뻗는다. "우리 여기서 뭐 하는 거냐? 여기가 플로리다야?"

"소니 공부 도와주려고 잠깐 들른 거예요." 킴 이모가 말한다. "금방 끝날 거예요."

"여기가 학교니?" 엄마가 높은 창문을 올려다보며 인상을 찡그린다.

"뒷마당으로 가야 해요." 소니가 집 뒤편으로 향하는 자갈길로 잽싸게 뛰어가더니 뒷마당으로 통하는 목제 문을 열고는 가족에게 들어오라 손짓한다. 그곳은 작은 채소밭으로 보인다. 지역 농산물 이름이 적힌 나무 말뚝들이 꽂혀 있다. 황동색 페인트가 칠해진 헛간은 덩굴에 휘감겨 있고 고요한 오후 공기 속에 잎사귀들은 미동도 없다. 모든 게 잠잠한 가운데 자갈을 밟는 그들의 발소리만 울려 퍼진다.

"민트다!" 할머니가 민트 잎을 몇 장 뜯어 쥐고 코를 감싸며 말한다. "그리고 이것 좀 봐! 가지도 있어!"

"누군가 사는 집이잖아." 킴 이모가 말한다. "이러다 우리 총에 맞겠어. 어떤 주에서는 물어보지도 않고 상대방을 총으로 쏴도 된다고 들었어."

"바보 같은 소리 하지 마. 총 안 맞아." 엄마가 소니를 부른다. "얘, 어서 이 채소들에 대해 좀 알아보렴." 엄마가 핸드백에서 껌을 찾으며 말한다. "배고파 죽겠어."

바로 그때 뒷문이 벌컥 열리는 소리에 모두가 뒤를 돌아본다. 소니는 얼마나 흥분했는지 두 손으로 머리를 싸쥐고 있다. 바지 정장을 입고 금발 머리를 부풀린 여자가 나와서 묻는다. "안녕하세요, 도와드릴까요?" 여자는 붙잡힌 짐승처럼 멍한 표정을 짓고 있는 그들의 얼굴을 살펴본다.

"무슨 말이라도 해봐!" 엄마가 하이에게 나지막이 윽박지른다.

"음, 안녕하세요, 부인." 하이가 영어로 말을 건다. "저희는, 음······. 저희는 여기서 뭘 좀 배우려고, 어······."

"아! 그러시군요." 여자가 재잘거린다. "부끄러워하실 것 없어요. 들어오세요, 곧 시작할 거예요." 여자는 불가해한 미소를 벙긋 지으며 문을 연다. 일행이 고개를 수그리고 줄지어 들어가는 동안 여자의 달랑거리는 귀걸이가 바늘처럼 반짝인다.

출입문은 내벽이 자연석으로 둘러싸인 지하실로 이어진다. 하루 종일 더위에 갇혀 있었던 그들에게 바깥보다 훨씬 서늘한 지하 공기가 밀려온다. 눅눅한 습기와 소독제 냄새가 느껴진다.

금발 여자가 그들을 카운터로 이끈다. "성인 셋, 아이 둘 맞죠? 그러면 32달러예요."

"얼마래?" 엄마가 하이에게 물으며 핸드백을 뒤진다.

"3, 2." 하이가 베트남어로 말한다.

"5달러?"

"아니, 32. 이만큼." 하이가 엄마의 핸드백을 가져가, 놀란 표정을 짓는 안내원에게 20달러 지폐 두 장을 건넨다.

"**그렇게 비싸?**" 킴 이모가 할머니의 손을 쥐고 방글거리는 소니를 노려보며 따진다.

"이 집, 귀신이 있네." 할머니가 천장을 훑어보며 말한다.

여자가 일행에게 푸른 스티커를 나눠주며 옷옷에 붙이라고 한다. 할머니는 스티커를 이마에 붙이고는 소니와 하이에게도 똑같이 하라고 한다. "이렇게 하면 귀신들을 쫓아낼 수 있어. 우리가 주술사라고 생각할 거야."

백인 여자가 캐럴이라는 사람을 부르자, 커튼 쳐진 뒷방에서 캐럴이 즉시 나온다. 무테 안경을 쓰고 머리를 짧게 깎고 녹색 카고 바지를 입은 상냥하고 쾌활한 중년 여성이다. 캐럴은 어른 손님 여섯 명이 서성거리는 대기실로 일행을 안내한다.

캐럴이 방 앞쪽으로 성큼성큼 걸어가 헛기침을 하고는 말한다. "좋아요, 여러분. 스톤월 잭슨 역사관 겸 박물관에 오신 것을 환영합니다! 저는 오늘 여러분의 관람 안내를 맡은 캐럴입니다. 여러분의 참여와 지지는 역사와 유물을 보존하는 데 무척 중요하답니다. 하지만 그에 앞서서……." 캐럴이 유쾌한 태도로 검지손가락을 올린다. "수상작이기도 한 저희 단편 영화의 일부분을 보여드릴게요. 전설의 주인공, 바로 그 사람에 대한 이야기입니다." 그가 한 바퀴 빙글 돌더니 옆으로 비켜선다. 몇 초 뒤 조명이 어두워지고 벽에 설치된 TV에 영화가 재생된다.

영화는 약 10분 길이로, 주로 이 노인의 삶을 날짜에 따라 내레이션으로 훑는 내용이다. 군사적 업적이 아니라 그가 일상적으로 했던 평범한 일들을 다루고 있다. 그가 교편을 잡은 버지니아 군사 학교로 출근하며 매일 아침 걸었던 길, 그가 즐겨 읽은 원예 서적, 이전에 생도였던 이들에게 보낸 편지에서 발췌한 문장들, 그가 좋아했던 음식, 첫 아내 엘리노어가 출산 중 사망한 일, 사산된 아기, 웨스트버지니아주 루이스 카운티에서 흑인 가족들에게 글을 가르치며 보냈던 초년 시절. 특히 마지막 부분은 세 번이나 언급된다. 영상은 버지니아 대학교에 있는 잭슨의 동상을 천천히 확대해 보여주며 드라마틱한 바이올린 음악과 함께 끝난다.

불이 켜지고, 잭슨의 할아버지 같은 인자한 이미지를 뇌리에 새긴 관람객들은 캐럴을 따라 복도를 건너 부엌으로 향한다. 다양한 음식이 곳곳에 널려 있다. 작은 파이, 롤빵, 황금빛 빵, 치즈, 과일, 채소가 고리버들 바구니에 쌓여 있거나 도마 위에 늘어놓여 있다. 하나같이 풍성하고, 완벽하며, 선명한 빛깔로 반짝이는 플라스틱으로 만들어진 가짜이다.

"이게 다 뭐야?" 할머니가 베트남어로 너무 크게 묻는 바람에 몇 사람이 뒤돌아본다. "우리한테 요리를 해주려는 거야?"

"여긴 박물관이에요." 소니가 영어로 속닥거린다. "스톤월 잭슨에 대해 알려주는 곳요."

"엄마, 조용히 해요." 킴 이모가 조그만 소리로 다그친다. "배고프면 이따가 치킨 텐더 사드릴게요." 킴 이모는 캐럴에게 계속하라는 뜻으로 씩 웃어 보인다.

"좋아요, 단도직입적으로 말씀드리죠. 잭슨 가문은 노예를 **두긴 했어요**. 하지만……." 캐럴은 안경을 치켜올리며 찡그림에 가까운 미소를 짓는다. "여기서는 그들을 하인이라 부르죠. 잭슨 가문에서 그렇게 불렀으니까요." 그가 말을 멈추고 주위를 둘러본다. "저희는 동시대적으로 정확하게 표현하려고 합니다. 그게 다예요." 모두 백인으로만 구성된 다른 관람객들이 고개를 끄덕인다. "하인 두 명은 심지어

223

잭슨 가에게 자신들을 사달라고 **부탁**하기까지 했어요. 그건 매우 흔한 일이었죠." 캐럴이 강조한다. "잭슨은 그중 한 명인 앨버트가 바깥일을 해서 번 돈으로 자기 몸값을 치르고 마침내 자유인이 될 수 있도록 허락하기도 했답니다."

한 여성 관람객이 감탄한 듯 자기 가슴에 손을 얹는다.

소니는 넋을 잃고 푹 빠져 있지만 하이는 죽도록 따분하다. 길 아래쪽의 '모텔6'에 가서 집에서는 안 나오는 무료 케이블 채널로 레슬링 경기나 보고 싶을 따름이다. 기가펫을 확인해보니 녀석은 잠들어버려서 가지고 놀 수도 없다. "쓸모없네." 그는 기가펫을 호주머니에 쑤셔 넣으며 투덜거린다.

위층에 있는 잭슨의 서재에서 캐럴은 당시 쓰였던 가구들의 종류를 자세히 설명한다. 기름 먹인 천으로 된 식탁보, 여름철에 쓰는, 풀로 엮은 깔개, 벽걸이 진품, 잭슨이 의자 없이 쓰던 책상……. 캐럴의 설명에 따르면 그는 소화기가 안 좋아서 선 채로 강의를 준비하는 것을 선호했다고 한다. 그다음으로는 잭슨이 금욕적인 장로교 신앙에 어긋나게도 저녁 식사 후 술에 취해 아내의 피아노 독주에 맞춰 폴카 춤을 췄던 거실이 이어진다. 잭슨 교수는 이곳의 벽을 마주한 의자에 앉아 명상하고 강의 내용을 암기했다고 한다. 융단 위에서는 손님이 데려온 아이들과 함께 뒹굴며 놀았는데, 그는 진부한 어른들보다 아이들과 어울리는 것을 더 좋아했기 때문이다.

침실에서 일행은 잭슨 장군이 용변을 보던 변기, 기둥 침대, 의자에 걸쳐진 파란색 제복과 잭슨이 남부군에 입대하기 전 사관학교 교수 시절에 썼던 모자를 본다. 침대 귀퉁이에는 작은 바구니가 놓여 있다. 캐럴이 바구니에서 잭슨이 찍힌 코팅된 사진들을 꺼내 관람객들에게 돌린다. 사진 속 잭슨은 대부분 깨끗하게 면도한 얼굴을 하고 옅은 빛깔의 눈에 구슬프면서도 날카로운 단호함이 뒤섞인 묘한 눈빛을 띠고 있다. "잭슨은 수염을 말끔히 깎고 다니는 편이었어요." 캐럴이 잭슨이 쓰던 면도용 탁자 진품을 고갯짓하며 말한다. 탁자에 달린, 한때 잭슨의 얼굴을 담던 타원형 거울에 일행의 얼굴이 차례차례 비친다.

"이동하기 전에 질문 있으신 분?" 캐럴이 묻는다.

일행 뒤에 있던 소니가 손을 번쩍 들지만 캐럴은 보지 못한다. "제2차 불런 전투 이후에 그가 여기 다시 온 적이 있나요?"

"더 크게 말해야지." 하이는 소니의 셔츠를 잡아당긴다. 하지만 캐럴은 이미 다음 방으로 넘어간 뒤다.

"여기서 사는 게 상상이 돼?" 엄마가 광택 나는 나무 찬장을 살펴보며 말한다. "**빗자루질을** 얼마나 해야 할까?"

"남편이 부자라면 이런 데 살겠어." 킴 이모가 말한다.

"코네티컷에서 부자 남편을 찾을 수도 있겠지." 엄마가 이모를 흘겨본다.

엄마와 킴 이모가 나가자마자 할머니가 하이의 팔을 잡는다. "하이, 좀 도와주렴."

"무슨 일인데요, 할머니?" 소니가 영어로 묻는다.

"저 애가 뭐라고 하는 거니?" 할머니가 하이에게 묻는다. "아무튼 나 오줌 마려워. 너희 둘이 문 좀 봐주겠니?"

"알았어요, 화장실 찾아볼게요." 하이가 베트남어로 말한다. 그런데 그가 한 걸음 내딛기도 전에 할머니가 벽 선반에서 뚜껑 달린 토기 항아리 하나를 끄집어내 바닥에 내려놓는다. 누가 봐도 골동품이다.

"할머니!" 할머니가 항아리 위에 쪼그려 앉자 소니가 소리를 지른다. 졸졸거리는 물소리가 방 안을 채우는 가운데 할머니는 개운한 듯 눈을 감고 두 손자를 마주하고 있다.

하이는 소니의 입을 틀어막는다. 할머니가 소변을 다 누고 일어서는데 누군가가 이쪽으로 다가오는 발소리가 들린다. "서둘러요."

"저 수건 좀 주렴!" 할머니가 말한다.

하이는 흔들의자에 걸쳐져 있던 자수 천을 할머니에게 건넨다. 할머니는 몸을 닦고 나서 헝겊을 항아리 안에 던져 넣고 뚜껑을 덮는다. 그가 항아리를 선반에 돌려놓으려 할 때 캐럴이 돌아온다. "좋아요, 여러분. 이제 여기를 지나 로비로 돌아갑시다. 아, 아 할머님! 자, 제가 할게요." 소니와 하이가 벽에 기대서 있는 사이 캐럴은 할머니에게 뛰어가더니, 항아리를 붙잡고서 할머니와 힘을 합쳐 선반 위로 들어 올리며 끙 소리를 낸다. "어휴, 무겁네요. 요즘은 이런 식으로 물건을 만들지 않죠." 그가 선반 위의 항아리를 두드린다. "자, 이곳의 물건들을 만지지 말아주세요. **진품**이거든요. 알아요, 이해합니다. 손대고 싶은 마음이 들죠. 역사는 재밌으니까요." 그가 두 소년에게로 고개를 돌린다. "그렇지 않니, 얘들아?"

소니도 하이도 고개를 끄덕인다. 할머니는 어깨를 으쓱하고 아이들에게 윙크를 보낸다.

식탁 위에 정성 들인 저녁 식사가 차려진 식당에서 잠시 시간을 보낸 후 관람은 마무리된다. 또 다른 가짜 과일 그릇 옆의 협탁 위에 잭슨의 가족이 다 같이 읽었던 가죽 장정 성경책이 놓여 있다. 두께도, 크기도 도마만 하다. "아침마다 기도하던 곳이 여기였어요. 그리고 가끔은……." 캐럴이 미소 지으며 덧붙인다. "아내가 기도 시간에

늦으면 문을 잠그고 못 들어오게 했답니다."

관람은 이렇게 끝난다. 신앙으로. 시작했을 때와 마찬가지로 신앙과 음식이 함께하는 마무리다.

1분 후 일행은 기념품 가게로 인솔된다. 불길한 지하 창고 같은 곳을 개조한 조그마한 방이다. 북부군과 남부군 모자가 진열된 선반들 사이에 남부 연합의 모든 주 깃발이 인쇄된 트럼프 카드가 있다. 7세 이상 어린이를 대상으로 하는, 남부 연합 지도자들의 이야기를 담은 얇은 그래픽노블 책도 눈에 띈다. 한 선반의 양쪽 끝에는 잭슨과 로버트 E. 리의 일대기를 삽화를 곁들여 담은 책들이 있고 그 사이에 닥터 수스의 《초록 달걀과 햄》 여러 권이 놓여 있다. 그 위에는 오이와 분홍 과꽃 씨앗이 담긴 알록달록한 봉투들이 진열돼 있다. 킴 이모는 계산대에서 알토이즈 민트 한 통을 샀다.

문이 열리고 일행은 밝은 정원으로 쏟아져 나온다. 향모, 건초, 근처 농장에서 풍기는 소똥 냄새가 스민 습한 공기가 그들을 맞이한다. 우체국 위에 걸린 디지털 온도계가 섭씨 35도를 가리키고 있다. 적갈색으로 염색한, 여름 끝 무렵 검은 뿌리가 자라난 킴 이모의 머리카락이 버지니아주의 햇살 아래 반짝거린다. "너희 공부 많이 했니? 그래서, 그 남자가 왜 그렇게 중요한 인물인데? 그냥 큰 집에 살아서 그랬던 거니?" 이모가 엄마를 돌아본다. "무언가 큰 것을 가졌다는 이유만으로 유명해지는 거, 싫지 않아?"

"잭슨은 군사 방면에서 천재였어요." 소니가 재잘거린다. "딱 우리 아빠처럼요."

"너희 아빠는 놈팡이지." 킴 이모가 쏘아붙인다. "이제는 베트남 음식도 안 먹어. 그거 아니?"

"그 백인 남자는 그냥 여기저기 서서 포즈 잡고 사진 찍는 것밖에 안 한 것 같던데." 엄마가 차 문을 열며 말한다. "내가 한 손을 옆구리에 얹고 서 있는 걸로 유명해졌다면, 나는 내 집에 아무도 들이지 않았을 거야. 죽고 나서도."

길 건너편에서 여자 생도 두 명이 걸어와 그들을 스쳐 지나간다. 어깨높이까지 내려온 저녁 햇살에 흰 제복이 붉게 물든 채로, 서로 머리를 거의 맞대고서 한쪽 팔에 새겨진 문신을 보며 깔깔거리고 있다.

30분 뒤 하이의 가족은 맥도날드 주차장의 갓돌에 걸터앉아 치킨 너겟을 먹는다.

"생일 축하한다, 요 녀석!" 할머니가 그렇게 말하고는 소니의 바비큐 소스에 너겟을 찍는다.

"하지 마요, 할머니. 그만요!" 소니가 킥킥거리며 자신을 붙잡고 끌어당기는 할머니에게서 몸을 돌린다. 한편 옆에 앉은 엄마와 킴 이모는 피시버거를 먹으면서 플로리다에 있다는 네일 살롱, 그것에 드는 비용, 서로가 그토록 멀리 떨어져 지내는 것의 의미에 대해 대화를 나누고 있다. 말 사이사이에 긴 침묵이 두 사람의 거리를 벌린다.

하이는 9월, 학교, 직장으로 향하는 차들이 굉음을 울리며 지나가는 광활한 고속도로를 응시하다 소니에게 몸을 기울인다. 둘의 어깨가 감지하기 어려울 만큼 아주 살짝 맞닿는다.

"거기서 나와서 속이 시원하다." 할머니가 하이에게 말한다. "귀신이 가득한 집이었어." 할머니는 이마에 붙은 파란 스티커를 떼어내 바람에 날려 보낸다. 하이와 소니도 똑같이 한다. 소니는 턱에 바비큐 소스가 묻은 채로 미소 짓고 있다.

그때 하이는 잠에서 깨어 잠과 달빛에 물들어 돌 같은 푸른색을 띈 소니의 얼굴을 보았다. 소니의 고른 숨소리가 옆 소파에서 잠든 그라지나의 코 고는 소리와 뒤섞였다. 오늘은 이스트 글래드니스의 추수감사절이었고 할머니는 오래전에 떠났다. 먼 옛날 그날의 여름과 함께. 그래도 하이는 속삭였다. "생일 축하해, 소니."

11

"페퍼 병장님, 시간 됐어요. 뭘 해야 할지 아시죠?" 그라지나가 고개를 한쪽으로 젖혔다. 바가지 모양 앞머리가 땀으로 축축이 젖어 있었다. 밤이었고, 그들은 식탁 아래 참호 안에 앉아 있었다. "여기요." 그라지나가 하이의 손을 자기 가슴으로 끌어당겼다. 매끈하고 서늘한 덩어리가 손바닥에 쥐였다. "저는 호박 목걸이를 걸고 있어요. 할머니가 주신 거예요. 이게 있으면 어둠을 헤쳐나갈 수 있어요. 호박은 숲의 정령들이 빚은 특별한 보석이거든요……. 쉿." 그가 하이의 배를 손으로 누르며 누가 엿듣기라도 한다는 듯 주위를 두리번거렸다. "이리 와요, 놈들이 다가오고 있어요." 그라지나는 식탁에 늘어뜨려진 쿠폰 카탈로그를 한 장 들추며 속삭였다. 여러 장의 레이스 커튼으로 비쳐드는 달빛이 마치 나무 우듬지 사이로 새어드는 빛처럼 보였다.

최근 들어 약이 잘 듣지 않아 그라지나는 약을 복용한 지 여섯 시간이 채 못 되어 정신이 오락가락했다. 다음 병원 방문은 한 달 뒤로 예약되어 있는데, 하이가 여기서 지내기 시작하고 처음이었다. 지역

병원에서 밴을 보내 그라지나를 데려가기로 했다. 하이는 병원에서 약을 늘려서 조처를 취해주기를 바라고 있었다.

하이는 귀를 기울이는 척했다. "독일군이군요. 왼쪽으로 50미터쯤. 전초 부대예요. 세 명 이하. 멀리 피합시다."

그라지나가 식탁 밑으로 더 깊이 몸을 숨겼다. 하이도 따라했다. "목소리가 더 커지고 있어요." 그라지나가 어깨 너머로 말했다. "저는 두렵지 않아요. 당신은 두려운가요, 병장님?"

"나는 집에서 먼 길을 왔습니다."

"그나저나 몇 살이에요?" 그라지나가 손을 뒤로 뻗어 하이의 손을 잡고 달빛에 비춰보았다.

하이는 거짓말을 할까 생각하다가 그냥 진실을 말했다. "스무 살요."

"그러면 저보다 겨우 세 살 많네요. 병장이 그렇게 젊을 수 있는지 몰랐어요." 그라지나는 그의 손을 놓고 얼굴을 뜯어보았다.

"제가 배우는 게 빨라서 그렇습니다."

"그런 것 같네요." 그라지나가 머리카락을 귀 뒤로 넘겼다. 하이는 그의 미소를 본 듯싶었다.

"이리 오십시오." 하이는 식탁 밑에서 나와 달콤한 향기가 감도는 밤으로 향했다. 뉴잉글랜드의 12월 첫 주, 낮의 열기에 바싹 구워진 밀과 키 큰 풀들의 냄새가 올라오는 초원에서 두 사람은 손을 맞잡고 비틀비틀 걸었다. 끔찍한 전쟁이 끝나고 그들의 시대착오적 성인기가 시작되는 시점이었다.

9월 11일 달력 옆 뻐꾸기시계는 4시 51분을 가리키고 있었다. "곧 동이 틉니다. 오늘 밤은 쉬어가야겠어요. 여기." 하이는 뒷문 옆 식료품 저장실을 가리켰다. "헛간 같은 것이 있군요."

그라지나가 키 큰 풀숲 속에서 몸을 낮게 웅크린 채 서서는 흔들리는 잎새들 위로 머리를 빼꼼 내밀었다. "사냥꾼이 쓰는 오두막 같네요." 그가 더 잘 보려고 턱을 들며 말했다. "하지만 아직 사냥철이 아니니까 비어 있을지도 모르겠네요. 한번 들어가볼까요?"

하늘에 비행기 한 대가 나타났다. 진짜 비행기였다. 브래들리 국제공항에서 출발한 국내선 항공기가 뒤틀린 창문들 너머 맑은 밤하늘을 날아가며 웅웅거리는 소음을 내고 있었다. 그라지나가 불안한 듯 천장을 훑어보았다. "저건 무슨 기종이죠, 병장님?"

하이는 머릿속을 훑어 적당한 이름을 끄집어냈다. "B-52." 그는 위를 올려다보며 그렇게 던져보았다.

"폭격할까요?"

"안으로 들어갑시다. 언덕 위로 동이 트고 있어요." 하이는 그라지나를 지나쳐 키 큰 풀밭을 걸어갔다. 잎새들이 팔을 할퀴었다.

그가 식료품 저장실 문을 열어주자 그라지나가 안으로 들어갔다. 두 사람은 바닥에 앉았다. 등을 기대고 숨을 고르는 그라지나의 푸른 얼굴이 땀에 젖어 번들거렸다. 하이는 옆에 있던 페이퍼타월을 한 장 뜯어 그라지나의 뺨와 이마를 닦아주었다. 비행기는 떠났고 이제 다시 강물 소리가 들렸다. 사냥꾼의 헛간 밖 풀밭을 스치는 바람 소리 같았다. 그라지나가 옥수수 통조림 하나를 젖히고 선반에 난 빈 곳에 얼굴을 들이밀었다.

"독일군은 자고 있나 봐요. 그런데 저 언덕 위 농가에서 불빛이 새어 나오고 있어요. 적군일까요?"

"그냥 민간인들일 겁니다." 하이는 기진맥진한 채 그라지나의 뒤통수에 대고 말했다.

"겁먹었겠어요. 어린애들도 있을 텐데. 큰 집이잖아요. 아, 저기 봐요! 여우!" 그라지나가 옆으로 비키더니 하이를 손짓해 불렀다. 하이는 벽에 얼굴을 들이밀었다. 초원 저편 나무숲 바로 앞의 물웅덩이를 여우 한 마리가 건너가면서 수면이 두어 번 가물거렸다.

"빌뉴스 함락 이후로 여우를 두 마리 봤어요."

식료품 저장실이 따뜻하고 조용해서 눈꺼풀이 무거워졌다. 하이는 관자놀이를 문지르며 역할극을 이어갈 만한 건더기를 찾아 벽을 훑어보다가 전깃불 스위치를 발견하고 켰다. 등갓 없는 전구알 하나에 불이 들어왔다. 갑자기 사위가 밝아지자 그라지나가 움찔하고는 주위를 두리번거리니, 선반 위 통조림들을 손가락으로 훑었다. "이게 뭐죠?" 그가 통조림 하나를 집어 들며 물었다.

"깍지콩요."

그라지나가 얼굴을 찌푸렸다. "저희 엄마는 어디 있죠? 벌써 국경 요원과 함께 있나요? 아까 우체국에서 봤는데." 그는 탁 트인 공공장소에 있는 양 식료품 저장실을 둘러보았다. 하이는 초조해졌다. 두 가지 시간대를 오가는 것까지는 감당할 수 있었지만 세 번째 시간대는 무리였다. 그라지나가 리투아니아어로 뭐라고 말하고는 펜네 파스타 봉지를 집어 들더니, 셀로판지 바스락거리는 소리에 화들짝 놀라며 살아 있는 생명체를 다루듯 바닥에 패대기쳤다.

"지금 대통령이 누구죠?" 하이는 자기도 모르게 물었다. 한밤중에 절박한 심정으로 그라지나에게 던지는 이 질문은 이제 질문이라기보다 기도가 되어 있었다.

"엄마." 그라지나가 떨리는 목소리로 말했다.

"다시 생각해봐요, 그라지나. 할 수 있어요."

"우리 엄마, 엄마가 제 담요를 쿠키 상자에 넣어두셨어요." 그는 방금 벤치 옆자리에 앉은 낯선 사람을 보듯 하이를 쳐다보더니, 벌떡 일어나 선반 위의 통조림과 상자 들을 다른 선반으로 옮기기 시작했다. 그러다 두 개가 굴러떨어져 발에 맞을 뻔했다.

"그만해요. 이봐요, 우리 헛간에 있잖아요. 기억해요? 여긴 사냥용 창고라고요. 독일에 있는."

그라지나가 묵직한 밀가루 자루를 두 손으로 밀었다. 그러자 자루에 뚫린 구멍에서 가루가 뿜어져 나와 그들의 머리 위로 흩날렸다. 자루 뒤에는 가장자리가 녹슨 커다랗고 둥그런 양철통이 있었다. 그라지나는 그걸 내리는 걸 도와달라고 했다. 통은 무거웠고 먼지가 잔뜩 쌓여 있었다. 입바람을 불어도 날리지 않고 손에 끈적끈적하게 묻어나는 종류의 먼지였다.

"어서 열어봐요." 그라지나가 통을 고갯짓했다. 원래는 월그린에서 파는 덴마크 버터 쿠키가 들어 있었을 듯한 통이었는데, 열어보니 개켜진 베이지색 천이 들어 있었다. 천을 들어서 펼쳐보니 예상보다 컸다. 그들의 무릎을 덮고 식료품 저장실 안을 꽉 채우는 킹사이즈 침대 시트였다.

"맙소사!" 그라지나가 숨을 헉 들이켜며 시트로 코를 덮고 숨을 들이쉬었다. 그러다 고개를 들었는데, 초록색 눈이 미소 띤 눈물로 젖어 있었다.

"이게 뭔지 알아, 라바스?"

라바스. 하이는 생각했다. **돌아왔구나. 이제 모퉁이를 돌고 있어. 곧 침대로 들어갈 수 있겠어.**

"내일 말해주지 않을래요?" 하이는 머릿속에 펼쳐졌던 독일의 초원을 지우려고 식품품 저장실을 둘러보았다.

"아냐. 앉아, 앉아." 그라지나가 웃음 지으며 자기 옆의 바닥을 두드렸다. "보여주고 싶어서 그래." 눈꺼풀을 깜빡여 눈물을 훔쳐내는 그의 눈동자는 맑고 침착했다. 그는 신성한 산에서 내려진, 계시가 적힌 두루마리를 만지는 양 조심스러운 손길로 시트를 펼치며 속삭였다. "이것 봐."

시트 전체에 그림이 그려져 있었다. 색칠도 한 듯했지만 세월이 흘러 빛이 바랬고 바늘땀도 해졌다. 어린아이의 작품처럼 보였다.

"이건 올빼미 소녀 마르타 것이야." 그라지나가 아주 부드럽게 말했다. "내 단짝 친구였어. 너무 살쪄서 날 수 없는 올빼미였지. 내 이름보다 나와 더 가까운 존재였어. 보이니? 여기가 마르타의 집이야." 그가 불룩한 튤립들로 둘러싸인, 빨간 지붕을 인 나무 오두막을 구부러진 손가락으로 가리켰다. 집 옆에는 얼룩빼기 닭 몇 마리와 작은 차 한 대가 있었다. 그라지나는 녹음기에서 흘러나오는 듯한 음성으로, 마르타가 그곳에서 엄마, 아빠, 남동생과 함께 살았다고 말했다.

"따님이 만든 거예요? 예쁘네요."

"어림도 없지. 내 딸은 이보다 훨씬 손재주가 좋은걸. 걔는 내가 이걸 만들었다는 걸 몰라. 내가 어렸을 때 자꾸 악몽을 꿔서 정신을 딴 데로 돌리려고 시트에다 그림을 그린 거야. 내 엄마가 이걸 보고는 색연필을 사줬지. 지금도 그래. 열일곱 살이 됐는데 아직도 시트에 그림을 그리거든." 그라지나가 키득키득 웃고는 수줍게 시선을 돌렸다.

"아니, 잠깐만요. 라바스는요? 라바스를 기억해요? 당신은 열일곱 살이 아니에요. 여든두 살이라고요."

하지만 그라지나는 듣지 않았다. 그는 양철통에 든 시트 자락을 마저 끌어내며 무언가를 찾았다. "이건 마을 근처 호수야. 마르타는 여름이면 여기서 수영을 하곤 했어."

하이는 부들로 둘러싸인 희미한 푸른 타원을 바라보았다. 오리도 몇 마리 있었는데, 빛이 너무 바래서 물속에 가라앉은 유령처럼 보였다.

"리투아니아에서는 수영하려면 8월까지 기다려야 해. 그때는 되어야 안 춥거든. 여기……." 그는 선반을, 즉 헛간에 난 창문을 다시 가리키며 말했다. "여기 독일은 더 따뜻하네." 그라지나는 마르타가 열여섯 살이 되어서야 수영을 배웠다고 이야기했다. 마을에 사는 한 소년이 가르쳐줬다는 것이었다. 광부의 아들이었던 그는 마르타보다 네 살 많았고 어깨가 넓었으며 수영을 아주 잘해서, 마르타에게 수영을 가르칠 때 그의 손이 수면 아래에서 물고기 두 마리처럼 움직였다고 했다. 하이는 그라지나가 말하면서 눈을 꼭 감고 있는 것을 알아차렸다. "물고기들이 마르타를 온통 휘감고 헤엄쳤어. 그 애는 무척 느렸거든. 물에 떠 있는 것만 잘했지." 이런 일이 여러 번 일어났다고 했다. 마르타가 소년과 함께 수영할 때마다 물속 깊디깊은 곳으로부터—아마도 호수 밑바닥에서부터—물고기들이 올라와 깨물기 시작했다는 것이었다. "하지만 마르타는 소년을 속상하게 하고 싶지 않았어. 소년이 수영을 가르치려고 무던히 애를 썼으니까." 그래서 마르타는 소년과 함께 깔깔 웃으며 수영을 계속했고, 그러다 보니 온갖 종류의 물고기 수백 마리가 마르타를 둘러싸기에 이르렀다.

"모두 광부의 아들을 사랑했어. 스물한 살에 리투아니아 자유군에 자원입대해 마을에 큰 영광을 안겨줄 예정이었지. 그러던 어느 날이었어. 그가 전선에 나가기 2주 전, 마르타와 마지막으로 함께 수영하러 나갔는데 말이야."

코끝에서 땀 한 방울이 시트 위로 뚝 떨어졌을 때에야 하이는 자신이 땀을 흘리고 있었다는 것을 깨달았다.

"그날은 9월이었고 무척 더웠어. 그때쯤 마르타는 수영을 제법 익혀서 소년이 도와주지 않아도 잘할 수 있었어." 그라지나는 광부의 아들이 다가오자마자 물속에서 또 물고기들이 올라왔다고 이야기했다. "농사꾼 팔뚝만큼 굵은 물고기들이었어. 마르타는 눈을 감고 두 손을 뻗었어." 그라지나는 말을 멈추고 직접 손동작을 해 보였다. "그런 다음 최대한 빨리, 힘껏 헤엄쳤어. 소년이 가르쳐준 대로 말이야. 마치 커다란 쓰레기봉투 안에 갇힌 사람이 봉투를 찢어발기듯 눈앞의 물을 헤쳤어." 하지만 강바닥에서 흙탕물만 더 피어올랐다. 그러다 마침내 마르타는 단단한 무언가를 부수고 "동화 속 늙은 전사들이 던진 창처럼" 수면을 꿰뚫는 빛줄기 속으로 미끄러져 올라왔다. 그러다 수면으로 올라와 광부의 아들을 보았다. 그의 이름은 필립이었다. "그는 여름 장미처럼 희었어. 마르타 옆에서 아주 잠잠하고 고요하게 떠서 하늘을 바라보며 미소 짓고 있었지." 그라지나는 이 말을 하면서 선반을 바라보았다. "누구도 죽이지 않고 숨진 병사였어." 그는 시트 위의 오리들 중 한 마리를 어루만졌다. "마르타는 최대한 빨리 집으로 뛰어갔어. 사흘 뒤 신부님이 영웅이 되기 전에 익사한 용감한 병사에 대한 아름답고 영광스러운 추도사를 낭송했어. 그때 마르타는 셋째 줄에 앉아, 소년의 관 앞에 꿇어앉은 늙은 광부가 갓난아이처럼 우는 것을 듣고 있었어."

그라지나가 말을 멈췄다. 둘 다 한동안 아무 말도 하지 않았다. 공기가 갑자기 탁해지면서 숨이 막혀왔다.

"마르타는 어떻게 됐어요?"

그라지나는 그를 한참 쳐다보았다. "아무 일도 없었어."

"무슨 말이에요? **무슨 일인가** 있었을 거 아니에요." 그는 몸을 일으켜 앉았다. 자신이 듣고 싶었는지 아닌지도 몰랐던 이야기의 결말이 갑자기 듣고 싶어져서 좀이 쑤셨다.

"마르타가 뭘 아는지 내가 어떻게 알겠어? 어떤 것들은 그 삶의 주인만이 아는 법이지." 그라지나가 하이의 얼굴을 훑어보았다. "날 수 없을 만큼 살찐 올빼미들이 어떻게 되는지는 아무도 몰라. 녀석들은 어쩌면 헤엄을 치는지도 모르지." 그는 고개를 돌렸다. "마르타는 그냥 옛날에 있었던 한 여자아이야. 나 말고는 아무도 기억 못하는 애."

하이는 눈치껏 고개를 끄덕였다.

그라지나가 양철통에서 시트를 들어 올렸다. 통 밑바닥에 봉투가 하나 있었다. 그는 가장자리가 티슈처럼 닳아 해진 봉투를 하이에게 건네주고는 열어보라고 고갯짓했다. 하이가 봉투를 뜯어보니 얇은 100달러짜리 지폐 다발이 있었다. 4천 달러는 넘을 듯했다.

"요나스가 하느님 곁으로 가기 전에 내게 남긴 거야. 이런 여정에 유용하게 쓰이리라는 걸 알고 있었던 거지. 병장, 이걸 가지고 있다가 런던으로 가는 길에 써줘. 나 같은 여자애가 이만큼의 돈을 가지고 있으면 국경 요원들이 의심할 거야."

이제는 그라지나가 어느 시간대에 있는지 파악할 수 없었다. "이걸로 뭘 하라고요?" 하이는 물었다. 소니가, 킴 이모의 보석금이 떠올랐다. 온갖 것이 떠올랐다. 뜨끈해진 손안에서 봉투가 젖어들고 있었다. 그는 봉투를 돌려주려 했지만 그라지나가 애원하는 표정으로 하이의 손을 그의 가슴으로 떠밀었다. "가져. 내 돈이니 내가 원하는 대로 해도 되잖아. 전쟁이 일어나면 돈은 휴지 조각이 돼." 그라지나는 하이의 흉골 위에 봉투를 가져다 댔다.

그라지나를 침대로 데려가느라 더 많은 사고를 감수하느니 이대로 재우는 편이 낫겠다는 생각에 하이는 그의 어깨에 시트를 둘러주었다. 그때 그라지나가 벌떡 몸을 곧추세우더니 좁은 벽을 훑어보고는, 선반 위에서 비닐봉투들이 든 상자를 꺼내 들고 살펴보았다. "아, 맙소사. 오바마잖아."

"네?"

"대통령이 오바마라고. 맞지?" 그라지나가 안경 너머 눈을 만화처럼 커다랗게 뜨고 말했다.

"맞아요. 2009년 12월이고요."

"그렇고 말고, 라바스." 그가 하이의 손에 들린 봉투를 쿡 찔렀다. 봉투는 이스트 글래드니스 퍼스트 이글 은행에서 발급한 오래된 입출금 내역서로 만든 것이었고 표면에 그라지나의 이름이 인쇄되어 있었다. "이게 뭐니? 리나가 내게 편지라도 보냈어?"

그가 제정신이라는 것을 확인한 하이는 봉투를 뒤집어 그라지나의 이름을 숨겼다. "그냥 제 급여 명세서예요. 세금이랑 이것저것 내려고요." 그는 어깨를 으쓱하고 봉투를 사각 팬티 허리춤에 꽂아 넣었다.

"이번에는 대통령 이름 맞혔지?" 그라지나가 벽에 기대앉아 한숨을 쉬었다. "오바마는 입을 크게 벌려 활짝 웃는 사람이지. 너처럼."

하이는 그라지나의 눈을 차마 마주 보지 못하고 무릎 사이에 머리를 묻었다.

"마르타는 큰 올빼미였어. 날지 못해서 오리처럼 물 위를 떠다녔지." 그라지나가 꿈꾸듯 말하고는 하이의 어깨에 머리를 기대고 눈을 감았다. 마침내 잠이 그를 끌어당기고 있었다. "말에는 마법의 힘이 있단다. 너는 작가이니까 이걸 알아야 해. 그래서 주문(呪文)이라는 단어도 있는 거야, 라바스."

긴 침묵이 흘렀다. 잠들었나 했는데 그라지나가 다시 입을 열었다. "오래전에 너를 알았더라면 좋았을걸. 그랬다면 서로를 도울 수 있었을 거야. 안 그래?"

"그러게요."

식료품 저장실 문 아래로 칼날 같은 햇살이 반짝이기 시작한 순간 하이는 눈을 감고 잠깐 세상을 떠났다. 그들의 어머니들이 데려다준, 허둥지둥 간신히 살아온 세상을. 하지만 하이는 반드시 살아남을 거라고, 축축한 살갗 위에 돈봉투를 지그시 누르며 단호히 결심했다. 그는 어느 때보다 부유했다.

12

 퇴근 직후 하이와 러시아는 뒷마당에 앉아 담배를 돌려 피웠다. 코발트색 어둠 속에서 입술 사이 담뱃불이 붉은 구슬처럼 빛났다.
 피부가 벗어지도록 일하고 나면 집에 가고 싶은 의욕도, 기력조차도 없을 때가 있는데, 이날이 바로 그런 날이었다. 땀과 통증으로 가득한 이 공간에서 담배를 축축한 필터까지 타들어가도록 피우며 앉아 있어도 이미 퇴근했기 때문에 아무도 뭐라고 하지 않는 상황은 일종의 사치였다. 위엄 있고도 반항적인 휴식이었다.
 "부츠 죽여주네." 러시아가 말했다.
 "이거?" 하이는 고개를 갸웃하며 자신의 부츠를 비스듬히 내려다보았다.
 "나이키에서 군용으로 만든 거 맞지? 내 사촌의 친구가 아프가니스탄에서 귀환했을 때 갖고 있더라. 그걸 신은 덕분에 로켓탄을 엄청나게 많이 피했다던데. 미식축구 연맹에서 그 부츠에 후원을 넣어줘야 할 정도라나." 러시아가 푸른 연기 사이로 뻐드렁니를 내보이며 웃었다.

"그래도 돌아오긴 했네."

"돌아오긴 했지. 우리한테 그 이야기도 들려준 적 있어. 걔가 필로폰을 왕창 했을 때였지. 며칠 동안 푹 취해서 맛이 가 있었어. 그냥 헛간 같은 데서, 양동이고 뭐고 아무것도 없이 이틀을 그러고 뒹굴었단 말이야. 그때 나는 사촌 다닐하고 같이 바비큐 파티를 하고 있었어. 음, 파티까지는 아니고, 그냥 그릴에다가 닭고기를 좀 구웠던 거지만."

"이해했어."

"닭고기를 뒤집고 있는데 별안간 이 친구가 헛간에서 비틀비틀 나오는 거야. 그래서 나는 내 사촌을 보면서 '야, 너네 헛간에 대체 누가 들어가 있었던 거야? 다 큰 남자 하나가 너희 집 창고에서 기어나오고 있잖아'라고 말했지. 그러자 내 사촌이 이랬어. '저건 멍청이 롭이야.'"

"멍청이 롭. 그렇구나." 하이는 고개를 끄덕였다.

"롭은 전쟁에 중독된 녀석 중 하나였어. 무슨 뜻인지 알아?"

"중독됐다고?"

"왜 있잖아, 집에 돌아오고 나서도 정신을 못 차리고 자꾸 전쟁터에 나가려고 하는 놈들. 동지애나 뭐 그딴 걸 느끼려고 말이야. 롭도 그런 경우였어. 팬텀 퓨리 작전•이니 뭐니 하는 데에 다 참여했다지. 아무튼 멍청이 롭이 땅에 엎드린 채 무슨 괴상한 특공 대원처럼 우리를 향해 기어오지 뭐겠어. 약에 머리끝까지 취해가지고 입에서 거품을 부글부글 흘리면서 말이야. 그야말로 미친놈처럼 취해 있었어.

• 2004년 팔루자에서 벌어진 대규모 시가전. 이라크 전쟁에서 가장 치열했던 전투로 알려졌다.

무슨 〈엑소시스트〉 보는 것 같았다니까."

하이는 담배를 빨아들이고 안개 속으로 던졌다. 담배가 불똥을 튀기다 꺼져갔다. "그래서 어떻게 했어?"

"사촌이 내가 기겁하는 걸 보더니 이랬어. '야, 그냥 닭고기나 뒤집어. 롭은 걱정하지 마. 좋은 사람이야.' 그래서 나는 닭고기를 뒤집었지. 사촌은 침착하게 있으려 애썼지만 안절부절못하더라고. 그래서 나는 생각했지. 잠깐, 쟤도 혹시 필로폰을 했나? 무슨 말인지 알겠어? 그러다 보니 롭이 우리한테서 세 발짝 거리까지 다가와서 플라스틱 간이 의자를 잡으려 했어. 그러자 사촌은 롭이 의자 위로 기어 올라올 수 있도록 붙잡아줬어. 올라오는 데 한참 걸리더라. 나는 그냥 거기 서서 닭가슴살이나 굽고 있었고, 그동안 플라스틱 의자가 덜컹거리는 소리가 온 사방에 울려 퍼졌어. 내 사촌은 '좋았어, 내 친구. 넌 괜찮아, 로비. 넌 괜찮다고, 로비'라고 계속 말했지만, 로비는 안 괜찮았어."

"결국 닭고기를 좀 주긴 했어?"

"웨인이 구운 것처럼 노릇노릇 잘 구워진 고기 한 점을 그릴에서 들어내서 입바람을 불어 식혔어. 그런 다음 주걱에 얹어서 롭에게 건네줬지. 그는 고기를 집어 입에 넣었어. 롭이 다 씹고 나자 다닐이 그 녀석을 깨우려고 얼굴을 때리더라."

"애초에 거긴 어떻게 들어간 거야? 헛간 말이야."

"롭이 다닐의 고등학교 친구였대. 그래서 롭이 원할 때마다 약을 할 수 있게 헛간을 빌려줬다나 봐."

러시아가 새 담뱃불을 붙이며 손으로 불씨를 감싸 보호했다. 하이는 러시아가 눈치채지 못하게 그를 지켜보았다. 하루 일을 끝낸 러시아의 얼굴은 퀭했고 땀으로 번들거렸는데, 하이는 그 이마를 닦아주고 입술로 목덜미를 훑고 싶어졌다. 그 소년은 아름답진 않았다. 이토록 부드럽고 어슴푸레한 빛 속에서 봐도 잘생겼다고 할 수 없었다. 다만 하이와 동갑이고 이곳에서 함께 일하는 사이라는 점이 남다를 뿐이었다. 하이는 수증기 자욱한 부엌에서 그와 어깨를 맞대며 함께 고생했고, 이 공터에서 담배를 주거니 받거니 하며 필터 맛이 변하는 것을 느꼈다 — 러시아가 일하면서 홀짝이는 파란색 게토레이 때문에 필터는 점점 미끌거리고 달짝지근해졌다. 동지애, 그러니까 함께 일하며 생겨나는 유대감 때문에 저 못생긴 얼굴에 입을 맞추고 싶어질 수도 있는 걸까? 그의 아름다움을 알아볼 수 없더라도, 아무리 데오도란트를 써도 숨겨지지 않는, 마늘과 식초가 섞인 듯한 인간적인 액취가 폴로 셔츠에서 새어 나오는데도, 그를 더 온전한 존재로 여길 수도 있는 걸까? 그래, 하이는 이제 깨달았다. 충분히 그럴 수 있다고.

러시아는 입술을 삐죽 내민 채 휴대전화로 누군가에게 문자메시지를 보내더니 말을 이었다. "롭이 자기 동료 둘을 날려버린 유탄 발사기 이야기를 들려줬어. 상상이 돼? 모래가 **까맣게** 변했다더라. 피가 그만큼 많았단 거야. 그런데 롭은 말하는 내내 머리를 빙빙 돌리고 들썩거렸어. 존나게 무섭더라. 그래서 내가 뭘 했느냐면, 닭고기나 계속 먹었지 뭐. 그러고 있다 보니 어느새 롭은 닭고기를 다 먹어치웠고 다닐과 나는 그냥 그 자리에 서 있었어. 바로 그때였어, 개 부츠가 눈에 띈 게. 네가 신은 거랑 같은 부츠였어. 디자인이 마음에 들어. 발목 부분이 부드러워서 접질릴 일이 없겠더라. 걸을 때 발을 포근하게 감싸주지 않아?" 러시아는 하이의 부츠를 쳐다보며 빙그레 웃었다. "네 사촌 소니, 걔는 군대에 환장하잖아. 그렇지? 그 녀석, 완전 **집착**하던데."

"걔 아빠가 군대에 있었어. 너희 아빠처럼 말이야."

러시아가 혀로 자기 치아를 훑었다. "우리 아빠는 완전 루저였지. **대단한** 루저였다고 할까."

"대단한 루저라." 그렇게까지 웃긴 농담이 아닌데도 둘은 한바탕 웃었다. 목구멍에서 피어오르는 연기가 그 순간을 끈끈한 다정함으로 얽어맸다.

"옛 친구가 이 부츠를 갖고 있었어. 자기한테 너무 작아졌다고 나한테 줬지. 내가 신고 다니다가 낡아서 엄마가 크리스마스 선물로 똑같은 걸 사주셨어. 신발 상자를 여니까 엄마가 이렇게 말하더라. '내가 이걸 살 돈을 벌려고 페디큐어를 몇 번 했는지 알아? 여덟 번! 네 두 발을 감싸려고 남의 발 열여섯 개를 손질했다고.'" 하이는 고개를 흔들며 미소 지었다.

"우리 엄마는 얼마 전에 우릴 떠났는데. 그래도 할머니가 엄청나게 잘 돌봐주고 계시지만."

"안나는 어떻게 지내?"

러시아는 어깨를 으쓱했다. 낮에는 블루베리 잼이 묻은 것처럼 보였던 러시아의 여드름이 황혼 속에서 보니 뺨의 더 매끄러운 부위에 섞여 있었다. 마치 오래된 대리석에 새겨진, 비바람에 닳은 설형 문자 같았다. 반창고를 붙이지 않았더라면 여드름이 눈에 띄지도 않았을 듯했다. 아까 근무 도중 여드름에서 피가 너무 많이 흘러서 드라이브스루로 음식을 주문한 한 여자 손님이 자기 음식에 피가 들어갔을 거라고 항의하는 바람에 붙인 반창고였다. 직원들은 러시아가 무안해서 시뻘개진 얼굴을 두 손으로 싸쥐고 화장실로 뛰어가는 모습을 지켜보았다. 이제 반창고는 한쪽 끝이 떨어져서 바람에 덜렁거리고 있었다. 러시아는 뉴햄프셔에서 두 달째 중독 재활 치료를 받고 있는 여동생을 생각하며 침묵했다.

하이는 자신도 재활 치료를 받은 적이 있다는 사실은 말하지 않기로 했다.

"약을 또 했다고 하더라. 두 번." 러시아의 목소리가 가라앉았고 부드럽고 감미롭던 억양은 사라졌다. 러시아는 열여덟 살이었지만 여전히 사춘기 아이 특유의 거친 음색을 가지고 있었다. 단지 시간을 묻기만 해도 **좋아**라고 말해주고 싶어지는 목소리였다. "하지만 예상했던 일이래. 대부분은 완전히 끊기까지 네 번은 약에 다시 빠진대. 완전히 끊기나 한다면 말이지만."

하이는 러시아의 상황에 대해 잘 몰랐지만 그가 여동생의 재활 치료를 도우려고 허리가 휘도록 일하고 있다는 건 홈마켓의 다른 직원들과 마찬가지로 알고 있었다. 러시아는 야간에 페덱스 창고에서 트럭에 화물을 적재하는 일도 했는데, 그 덕분에 여동생이 뉴햄프셔에서 한 달씩 버틸 수 있었다.

"겁나지 않아?"

"익숙해졌어." 러시아는 입술을 깨물었다. "안나는 우리 할머니 같아. 강인하거든."

둘은 각기 다른 이유로 한동안 아무 말도 하지 않았다. 정적 속에서 러시아는 다시 담뱃불을 붙였다. 둘 다 집에 갈 생각이 없었다.

"자꾸 생각나는 이야기가 있어." 러시아가 마침내 말문을 열었다. "아빠 고향인 콘스탄티노보 외곽의 마을에서 일어났던 일이래."

"그래서 아버지 이름이 콘스탄틴인가 보지?"

"독창적인 이름이지?" 러시아가 씩 웃었다. "아무튼 어느 날 밤 한 남자가 마을 가게에 담배를 사러 나갔대. 한 시간이 지나도 돌아오지 않기에 아내가 그를 찾으러 나갔어. 마침 눈이 내려 온 세상이 하얗고 조용했지. 아내가 남자의 발자국을 따라가보니 나무 울타리가 나왔는데, 거기서 발자국이 끊겼더래. 마당 한복판에서. 걸어가는 도중 없어진 거야."

"어떻게 된 거야?" 하이가 러시아의 손가락 사이에서 담배를 빼내며 물었다.

"몰라. 그게 다야. 우리 아빠는 그 남자가 그냥 사라졌다고 했어. **다시는** 나타나지 않았대. 두 번 다시."

"울타리를 기어오른 건 아니고?"

"그럴 수도 있었겠지. 하지만 그러고 나서 어디로 갔겠어? 바로 그거야, 친구. 그냥 사라졌다니까. 그런 일이 세계 곳곳에서 허구한 날 일어날걸."

"정말?"

"아무 자취도 안 남기고 행방이 묘연해지는 사람들이 많대. 여기 미국에서도. 특히 국립공원에서 그런 일이 많다더라. 쌍, 우리 아빠가 내 침대 머리맡에서 그 이야기를 해주곤 했어. 술에 존나 취해서 바닥에 주저앉은 채로 말이야. 그런데도 무섭긴 하더라." 러시아가 이를 다 드러내고 소리 내어 웃었다. "너무 무서워서 뇌에 퓨즈가 나가버리던데. 한 달에 한 번꼴로 그 이야기를 생각해. 아니, 그 남자는 대체 어디로 갔냐고? 세상 밖 어딘가에 둥둥 떠다니고 있나?"

어둠 속에서 둘은 각자의 생각에 잠겨 고개를 주억거렸다.

하이는 담배를 다 피우고 획 던졌다. "징병제를 부활시킨다는 얘기가 나오고 있는 거 알아?" 아까 소니가 하이에게 그 이야기를 하며 입이 귀에 걸리도록 싱글벙글 웃었다. 보호시설 사람들이 온통 그 이야기로 떠들썩하다는 것이었다.

"엿 먹으라고 해. 연방 정부는 공짜 석유를 원할 뿐이야." 러시아가 말했다. "아무튼 그 부츠 **진짜** 죽여준다. 구라 아니야."

러시아가 하이의 발을 감싼 눅눅한 가죽을 턱짓했다. "씨발, 그거 한 켤레 얻기 위해서라면 이 깡마른 몸으로라도 징병당하겠어."

13

어느 날 오후 그라지나가 아리셉트 23밀리그램을 막 복용하고 소파에서 깊은 낮잠에 빠져들었을 때 하이는 새로 읽을 책을 고르러 지하실로 내려갔다. 가와바타 야스나리의 《설국》 문고판을 허리춤에 끼고 위층으로 올라온 그는 부엌 장식장 앞에서 멈춰 섰다. 열린 서랍 안, 오려낸 낡은 쿠폰들 사이에 딜라우디드 4밀리그램 병 세 개가 놓여 있었다. 이제껏 그걸 찾으려고 예의주시하고 있었는데 오늘 아침 그라지나의 돋보기를 찾다가 드디어 발견했다.

하이는 옆방에서 그라지나가 코 고는 소리와 강에서 불어오는 돌풍에 집이 삐걱이는 소리를 들으며 몸을 기우뚱거리며 서서 기다렸다. 거대한 배 안에 있는 듯 약병들이 흔들거렸다. 첫 번째 병에 남은 약은 아홉 알뿐이었다. 이제 약을 더 찾았으니 홈마켓에서 보다 오래 버티며 일할 기반을 세울 수 있을 터였다. 웨인이 버번이 든 권총 모양 술병을 두고 닭을 굽는 틈틈이 홀짝이는 것과 마찬가지였다. **나는 약쟁이가 아니야.** 하이는 스스로를 타일렀다. **약쟁이들은 제어를 못 하잖아.** "나는 나 자신을 제어하고 있어." 그는 양말 속 발가락을 꼼지락거리며 중얼거렸다.

재활 센터에서 퇴소하던 날 아침 비가 줄기차게 내렸다. 간밤에 잠을 못 이룬 그는 표백제 냄새가 나는 방 안에서, 옆 침대의 섹스 중독자 말린이 코를 골며 자는 동안 두 팔을 옆구리에 붙인 채 누워 있었다. 새벽이 되어 벽이 잿빛으로 물들자 간호사 한 명이 들어와 하이의 어깨를 만졌다. 어스름 속에 간호사의 달 같은 얼굴이 떠올랐다. 백금색 앞머리를 보니 마릴린이라는 걸 알 수 있었다. "오늘이에요, 친구." 그가 속삭였다. "7시가 다 됐어요. 준비됐나요?"

"웨더스 사탕 한 알 더 받아도 돼요? 행운의 징표로?"

"아, 이런. 그건 완다가 하는 일인데." 마릴린이 얼굴을 찌푸렸다. "나는 특별한 게 없어요. 그래서 내가 퇴소 담당인 거예요. **이게 내 특별 영역이에요.**"

"괜찮아요. 안 받아도 돼요." 하이는 마음을 도스르며 이불을 턱까지 끌어올렸다.

"당신은 전보다 강해졌어요. 내일은 더 강해질 테고요." 마릴린이 베개를 손으로 탁탁 두드렸다. "자, 로비에 소지품을 가져다뒀어요."

마릴린이 하이가 입소할 때 입었던 옷가지가 든 비닐봉투를 건네줬다. 모두 세탁되어 개켜져 있었다. "저기 욕실로 가서 갈아입어요. 저는 여기서 기다릴게요."

하이는 세면대 아래 수거함에 흰 파자마를 던져 넣고 옷을 입었다. 거울에 비친 자신을 흘끔 보니 흡사 마네킹 같았다. 너무 여위고 창백해서 볼이 움푹 꺼졌고 눈 밑에 그늘이 져 있었다. 그는 서둘러 밖으로 나갔다.

하이와 마릴린은 다른 환자들이 식은땀을 흘리며 덜덜 떨고 금단증상이 일으킨 열에 들떠 꿈을 꾸며 눈알을 굴리고 있는 불 꺼진 방들을 지나쳐 걸어갔다. 로비에 이르러 마릴린이 벽장에서 하이의 배낭과 여행 가방을 꺼내주었다. "물건은 다 들어 있겠지만 그래도 혹시 모르니 확인해봐요."

"어차피 가져온 것도 별로 없어요."

마릴린은 하이에게 서류가 끼워진 클립보드를 건네주고 서명하도록 한 뒤 출입문으로 데려가 잠금장치를 열었다. "뭐, 완벽한 것은 없다죠. 그래도 내가 항상 하는 말은……." 그가 말을 멈추더니 두 손을 맞비볐다. "저는 항상 말해요. 당신을 여기서 다시 보고 싶지 않다고. 비록 대부분이…… 그러니까 퇴소한 사람들 대다수가 돌아온다는 걸 알지만요. 자, 이 팸플릿에 더 자세한 안내가 적혀 있어요. 필요할 때 전화할 수 있는 번호도요. 늦은 밤이라도 가능해요. 우리는 언제나 여기 있을 거예요. 다시 온다고 해서 부끄러울 것 없어요, 알았죠? 어차피 대부분은 몇 차례 여기 **다녀가야만** 하니까요."

"알았어요."

"보통은 차랑 무화과 쿠키를 내주는데……."

"아, 그거 좋네요."

"아니…… 그게, 다 내 차에 있어서……." 마릴린은 말꼬리를 흐렸다.

"아, 그렇군요. 괜찮아요. 알았어요……." 하이는 어깨를 으쓱했다.

"알았어요."

"알았어요." 그는 고개를 끄덕였다.

두 사람은 서서 주위를 둘러보았다. 머리 위의 아스팔트 지붕에서 빗방울이 떨어졌다.

마릴린이 고개를 젖히더니 손바닥을 위로 향하게끔 두 손을 내밀었다.

하이는 뭘 어떻게 해야 할지 몰라서 손을 흔들었다. 코앞에 있는 사람을 상대로 그러고 있자니 미친 짓 같았다.

"손을 잡으라고요. 기도해주게요."

"기도해준다고요?" 하이는 그렇게 물으면서도 어쨌든 손을 잡았다. 마릴린의 손은 따뜻했고 로션 때문에 미끌거렸다.

"사랑하는 아버지, 굽어살펴⋯⋯. 잠깐, 눈을 감아요. 안 그러면 기도 효과가 없어요. 사랑하는 아버지, 굽어살펴서서 이 젊은이를 지켜주시고 그의 죄를 용서해주옵소서. 저희는 당신 목장의 어린 양들이고, 당신의 빛은 저희가 악마와 그의 군대가 지배하는 이 세상의 어둠을 헤쳐나가며 의지할 등불입니다. 여기 악마의 마법에 시달리는, 사랑하는 형제에게 힘을 내려주시고, 주님의 용서로 자비로운 빛을 베푸셔서 치유하여 집으로 보내주세요. 그들은 자신이 무슨 짓을 하는지 모릅니다. 아멘."

"아멘." 하이는 마릴린을 따라 말했다.

"이건 우리 할머니의 기도예요. 그분은 전도사였거든요." 마릴린이 덧붙였다. "저기, 당신은 말을 잘 안 하지만, 그래도 내겐 당신이 보여요."

하이는 이곳 간호사들이 망가진 인간 군상을 하도 많이 봐서—그들의 일그러진 얼굴을 자세히 들여다보면 자신의 이웃이나 친구임이 드러나기도 할 터였다—무뎌졌을 거라고 상상했는데, 마릴린은 하이에게나 자기 자신에게나 다정했다. 과연 **이것이** 마릴린의 특별 영역이구나 싶었다. 사람들을 집으로 돌려보내는 것. 그것이 무엇을 의미할지는 몰라도.

"데리러 오기로 한 사람이 있나요?"

"집이 가까워요. 걸어가면 돼요."

"그래요." 마릴린은 고개를 쳐들었다. 하이에게도 고개를 들라고 말하는 듯한 몸짓이었다. 그러더니 몸을 돌려 이중문을 지나 병동으로 돌아갔다.

하이는 정문 계단에서 여행 가방을 열었다. 9월 중순이었다. 여름이 썩어가며 흙으로 돌아가는 냄새, 마지막 여세를 몰아 자라나는 풀들, 인도 위에 흐른 엔진오일과 반짝이는 화학 물질이 젖은 공기를 더욱 선명하게 했다. 하이가 대학에 간답시고 가짜 여행을 떠나면서 챙긴 짐이라고는 갈색 UPS 재킷, 칼하트 후드 티셔츠, 양장본 두 권, 그리고 혹시라도 엄마가 여행 가방을 들어볼 경우를 대비해 가방에 무게를 더하려고 넣은 여분의 청바지 한 벌뿐이었다. 그는 뉴호프에서 준 티셔츠 위에 검은 후드 티셔츠를 입고 재킷을 걸친 후, 청바지와 책은 그대로 둔 채 가방을 닫고 문 옆의 수풀 아래에 슬쩍 밀어 넣었다. 그런 다음 배낭을 어깨에 걸메고 내처 걸었다.

길 건너편의 옥수숫대들이 마지막으로 봤을 때보다 키가 팔뚝만큼 더 자랐지만 끄트머리는 여전히 푸르렀다. 묵직하게 부푼 이삭들이 비에 젖어 축 늘어져 있었다. 하이는 재킷 주머니를 더듬어 집을 나설 때 엄마가 준 말보로 레드 반 갑을 꺼냈다. 한 개비를 입에 물고 보니 라이터가 없었다. 그는 담배를 축축해질 때까지 물고 있다가 씹어 삼키고는 필터만 뱉어냈다. 그리고 후드를 머리에 써서 바람을 막고 이스트 글래드니스의 더 깊은 곳으로 걸어 들어갔다.

한 시간을 걸어 부츠가 쫄딱 젖고 나니 마침내 메인 거리의 우체국을 지나 구세군 뒤편 야구장을 건너 웰스 빌리지 입구에 도착했다. 원래는 1970년대에 베트남에서 돌아온 참전 용사들을 두 세대씩 수용하는 단층집들로 이루어진 주거 지역이었지만 이제는 저소득층이 복권 추첨으로 입주 가능한 공공 주택 단지가 되었다. 하이는 기억할 수 있는 가장 먼 옛날부터 거기 살았지만 복권에 당첨된 기억은 전혀 없었다.

타이어가 널린 뒷마당을 가로질러 리즐리 거리를 걸었다. 거리 끝에서 두 번째 집이 그의 집이었다. 그런데 연기로 그을린, 낯익은 플라스틱 비막이 판자가 시야에 들어오자 무언가가 불현듯 그를 사로잡았다. 하이는 마치 궤도 위를 움직이듯 몸을 돌려 또 다른 마당을 건너갔다. 빨랫줄 아래로 몸을 숙여 시들시들한 채소밭, 조용한 닭장, 바퀴가 빠진 채 시멘트 블록 위에 버려진 카마로를 지나, 죽은 갈색 이끼로 뒤덮인 베이지색 2가구 주택에 다다랐다.

부엌 창문에 유령처럼 비치는 후드 쓴 자신의 모습을 마주하고 하이는 〈농장 마당의 스컹크〉의 리듬에 맞춰 유리를 두드렸다. 유리창 너머 더러운 접시들이 가득 쌓인 싱크대 위로 빛나는 야간등이 보였다. 벽에는 검은색 바탕에 분홍색 실로 **가족이 넘쳐나는데 내 어찌 배가 고프겠는가?**라는 문장이 수놓인 벽걸이가 걸려 있었다. 누군가가 그 앞을 가로막고 서자 커다란 흰색 티셔츠 뒤로 글씨들이 사라졌다.

창문이 열리고 벌써부터 히죽 웃고 있는 랜디가 모습을 드러냈다.

청회색 하늘 아래 그의 금니가 반짝였다. 집 안에서는 잠과 묵은 커피 냄새가 났다. "내 친구! 너한테 필요한 걸 갖고 있지!" 랜디는 모든 사람을 **내 친구**라고 불렀다. "날 믿어, 내가 다 갖고 있다니까." 그는 하이의 얼굴을 가리키며, 기억 속에 남은 모습보다 더 깊이 보조개를 지으며 그렇게 말하고는 창문 옆부분을 철썩 때렸다. 랜디는 말할 때 주변의 무엇이든 철썩 때리는 부류의 사람이었다.

하이는 짐짓 놀란 표정을 지어 보였다. "나한테 필요한 걸 다 갖고 있단 말이지? 그러면 어디 한번 보여줘봐, '스물두 살에는 프로 농구 선수가 될 사나이' 씨."

랜디가 몸을 기울여 커다란 머리를 창밖으로 내밀었다. 그의 얼굴이 바싹 다가와 쥬시 프루트 껌 냄새가 풍겨왔다. "오늘 나 건드리지 마, 알겠어? 비도 오고 엉망이란 말이야. 우리 엄마 허리가 또 나갔어. 네게 필요한 건 가지고 있어. 그게 필요하다면 말이야. 내 창문 앞에서 까불지 마."

"나 지금 당신 긁는 거야, 랜드. 나도 그다지 유쾌한 한 주를 보내지는 않았거든. 알겠어?"

"왜, 무슨 문젠데? 또 도서관 카드 잃어버렸냐?" 늘 자기 농담에 스스로 웃는 랜디가 또 마구 웃었다. 지난여름 하이가 상표 미등록 퍼코세트와 코데인을 섞어서 했을 때 불쾌한 환각 체험을 하는 바람에 랜디 집 창문을 두드리면서 도서관 카드를 잃어버렸다며 히스테리컬하게 울어댄 적이 있다. 게다가 랜디는 하이가 책을 읽는다고 곧잘 놀리기도 했다. 웰스 빌리지의 여느 사람들과 마찬가지로 랜디도 독서는 학교에서 **강요**하는 것이고 열여덟 살쯤 되면 활자의 압제에서 영원히 해방되어야 한다고 믿기 때문이었다. 그런 랜디에게 열아홉 살인데도 여전히 책을 읽는 하이는 어른들만 들어갈 수 있는, 책 없는 드넓은 유토피아를 **자발적으로** 거부하는 멍청이나 다름없었다.

"나중에 말해줄게. 저기, 옥시코돈 둘이랑 코데인 둘 필요해. 아직 한 알당 10달러야?"

"좋았어, 내 친구. 바로 가져다줄게. 걱정 마." 그가 창턱을 두드리고는 창문 안으로 몸을 빼더니 뒷방으로 사라졌다.

랜디는 웰스 빌리지의 '캔디맨'*이었다. 하이가 어렸을 때 매일 방과 후 다른 아이들과 함께 랜디네 집 앞에 들러, 그가 정한 암호인 〈농장 마당의 스컹크〉 노래 박자에 맞춰 창문을 두드렸다. 그러면 랜디가 불쑥 튀어 나와 졸리 랜처, 에어헤드, 프루트 롤업, 웰치스 프루트 스낵, 심지어는 그가 뉴브리튼의 공장 직판장에서 대량으로 사들인 페퍼리지 팜 밀라노 쿠키 같은 값비싼 과자까지 들어찬 신발 상자를 내보이곤 했다. 그러던 어느 날 하이가 중학생이 됐을 때 랜디가 새로운 사탕을 선보였다. 따끈따끈한 신상품이어서 포장지조차 없다며 랜디가 달콤하게 속삭였다. "특별한 거야. 처음으로 맛볼 기회를 얻고 싶지 않아? 아무 가게에서나 살 수 있는 게 아니야, 내 친구." 비닐봉투 안에 든 사탕들은 마치 마법의 힘에 의해 공기 중에 떠 있는 듯 보였다. 몇몇은 웃는 얼굴 그림이나 데이비드 보위의 트레이드마크인 번개 기호가 박혀 있었다.

랜디가 물건을 가지고 창문 앞으로 돌아왔다. 두 사람은 오랜 악수를 나누며 서로의 손안에서 알약과 4분의 1로 접힌 20달러짜리 지폐 두 장을 교환했다.

* 마약 밀매상이라는 뜻의 은어.

"이번엔 섞어서 하지 마, 알았지?" 랜디가 무거운 한숨을 쉬며 말했다.

"알았어요, 선생님. 아, 그런데……." 하이는 손바닥에 든 알약들을 흔들었다. "이거 담아갈 만한 거 있어? 사실 내가 저……." 그는 어깨 너머를 고갯짓하며 덧붙였다. "어디서 필름 통을 잃어버렸거든."

랜디는 안으로 들어가 하얀 콘택트렌즈 케이스 하나를 가져왔다. "이거면 될 거야. 가져도 돼." 랜디의 눈에서 어렴풋한 슬픔이 엿보였다. 아니면 동정심이었을까? 전날 밤 재활 센터 욕실에서 직접 잘랐다가 망쳐버린 바가지 머리가 비에 쫄딱 젖은 채 서 있으니 꼴이 말이 아닐 터였다. "어이, 혹시 기억해?" 랜디가 수염을 긁으며 말했다. "매일 3시 40분, 버스에서 내리자마자 이 창문 앞으로 뛰어와서 '캔디매애애앤! 캐애애앤디매애애애앤!'이라고 외쳤던 거. 그때 네가 엘로이 나이쯤 됐었지." 랜디는 집 안 어딘가에 있을 아들을 고갯짓하더니 기억에 깊이 잠겨서는 머리를 흔들며 무슨 말인가를 하려고 했다. 그러다 자기 가슴을 철썩 때리더니 이를 쏩 빼고는 미소 지었다. "됐다."

옆집의 열린 창문에서 〈스위트 홈 앨라배마〉 노래가 새어 나오고 있었다.

"랜드, 당신도 많이 발전했어. 고등학교 내내 3점 슛 하나 제대로 못 넣던 사람치곤 나쁘지 않아."

랜디가 농구 선수로서 실패한 건 키가 크면서도 덩크슛을 못 했기 때문이었다. 대부분이 폴로 셔츠를 입고 클립보드를 들고 다니는 백인인 대학 스카우터들은 그가 3점 슛 전문가가 될 거라 기대했지만, 랜디는 그 방면에서 형편없었다. "이게 다 샤킬이나 숀 켐프 같은 녀석들 때문이야." 그는 하이에게 말했다. "섬세하게 마무리하는 스타일의 선수들은 완전히 찬밥 신세가 됐다고!" 키가 크면 클수록 덩크 슛을 날릴 거라는 기대가 높아지지만, 랜디는 손끝으로 공을 살짝 감아 올리는 슛을 선호하는 돌파형 파워포워드였기 때문에 메이저리그에 진출하지 못했다는 것이었다. 적어도 그의 설명은 그랬다.

"뭐야, 연습은 했어?" 하이가 케이스 안에 약을 넣고 뚜껑을 탁 닫으며 물었다. "셀틱스에 술배 튀어나온 30대 후반의 쿠바인 선수가 레이업을 잘한다고 하더라. **섬세하게.**"

랜디가 혀와 이를 다 내보이며 폭소를 터뜨렸다. "내 마당에서 꺼져, 꼬맹아." 두 사람은 미소를 짓다가 깊고도 어색한 침묵에 잠겼다. 서로의 쓸모가 다해버린 것이었다.

하이가 발걸음을 돌리려는데 랜디가 창문을 닫다 말고 멈추더니 틈새에 입을 대고 말했다. "어이! 넌 괜찮을 거야, 내 친구! 날 믿어, 알았지?"

하이는 뒤를 돌아보지 않고 엄지손가락을 올려 보이고는 내처 걸었다.

하이는 마음을 비우러 공원으로 향했다. 엄마의 가슴을 다시 찢어놓을 용기를 도스르기 위해서였다. 엄마는 그가 보스턴에서 의학 박사 과정을 밟은 지 한 달이 지났다고 알고 있었다.

하이는 파란 하마 모양 미끄럼틀 아래 앉아 플라스틱 천장을 두들기는 빗소리를 들었다. 평생 이 공원에 드나들었던 그는 어렸을 때부터 바로 이 미끄럼틀 아래에 혼자 앉아 주변을 흐르는 소리에 귀를 기울이곤 했다. 어떤 날은 몇 시간이고 이곳에 머물며 나뭇가지들 사이로 사람들이 담뱃불을 붙이며 나지막이 이야기하는 소리, 숨을 들이켜는 소리, 어둠에 낚아채여 뚝 끊어지는 웃음소리를 들었다. 한번은 눈보라가 몰아친 후 혼자서 거대한 눈사람을 만들다 지쳐 이곳에서 쉬던 중, 나무들 앞 눈밭에 어떤 남자가 꿇어앉아 있고 또 다른 남자가 나뭇가지를 붙잡은 채 하늘을 올려다보며 주님의 이름을 되뇌는 모습을 보았다. 지금까지도 그 기도는 하이가 목격한 그 어떤 기도보다 기묘하고도 우아했다.

빗소리가 작아져서 마치 꿈속에서 들리는 듯했다. 하이는 호주머니 속 렌즈 케이스를 만지작거리다 뚜껑을 열고 조그마한 캡슐형 알약 네 개(파란색 둘, 흰색 둘)를 들여다보았다. 코데인은 그가 엄마와 대화를 이어가는 걸 도와주고 엄마의 울음소리가 바로 눈앞에서가 아니라 이 세상의 지하에서 들려오는 듯 느껴지게 해줄 것이다. 그는 자신이 아는 가장 작은 구명정인 코데인을 쿡 찔러보았다. 그러고는 케이스를 닫고 호주머니에 도로 넣었다. 그때 무언가 바스락거리는 소리가 났다. 손을 깊이 넣어보니 완다 간호사에게서 받고 남은 웨더스 사탕 한 알이 만져졌다. 하이는 사탕을 입안에 넣고 달콤한 캐러멜 맛을 음미하며, 금박 포장지에 비친 자신의 일그러진 상을 유심히 살펴보았다. "어떻게 하죠, 완다? 어떻게 해야 할지 모르겠어요." 그는 붕 뜬 음성으로 말했다.

하이가 잠에서 깼을 때는 초저녁이었다. 하늘은 여전히 구름이 잔뜩 끼어 있었지만 비가 내리진 않았다. 휴대전화를 열어보니 잠든 지 거의 세 시간이 지나 있었다.

리틀 리그 야구장의 진흙밭을 부츠 발로 가로질러 주택 단지로 돌아왔다. 엄마의 집 앞에 다다르니 거실 불이 아직 켜져 있었다. 그는 창문 아래로 몸을 수그렸다. 레이스 커튼이 쳐져 있었지만 반투명한 천을 유심히 들여다보니 방 안이 보였다. 엄마는 평소처럼 소파에 앉아 고개를 숙이고 휴대전화를 보고 있었다. 전보다 꼿꼿한 자세로 어깨를 움찔거리며 문자메시지를 쓰는 중이었다. 옆의 탁자 위에는 쇼핑몰에서만 26달러 주고 살 수 있는 값비싼 양키캔들이 켜져 있었다. 엄마의 머리카락은 뒤로 모아서 무언가 반짝이는 핀으로 고정해놓았고 얼굴은 연지를 발라 발그레했으며 몸 전체를 덮는 우아한 푸른 리넨 원피스 차림이었다. 집에 있을 때 저런 차림새를 하는 건 일찍이 본 적이 없다. **다른 사람들을 예쁘게 해주려고 스스로 예뻐질 필요는 없어.** 언젠가 엄마는 네일 살롱 뒷방에서 작은 몸을 푹 감싸는 운동복 바지와 레드삭스 후드 티셔츠 차림으로 쉬면서 담배를 피우며 그렇게 말했다.

지금 엄마는 건강한 듯했고 심지어 만족스러워 보였다. 휴대전화를 들여다보며 활짝 웃는 엄마의 금색 링 귀걸이가 촛불 빛을 반사하고 있었다. 산들바람에 커튼이 나부끼며 틈새로 엄마의 모습이 보였다. 누군가의 어머니가 저토록 불분명하고 불가해한—드물게 낚아챈 자유를 통해 무척이나 은밀하게 실현한—만족감에 빠져 있는 광경을 보는 일이란 얼마나 드문가. 하이는 관음증 환자가 된 듯 느껴졌지만 마치 관음증 환자처럼 눈을 뗄 수 없었다.

어떻게 지금 그럴 수 있을까? 어떻게 이대로 뒷문으로 가 노크를 하고 이런 자신의 꼴을 엄마에게 보여줄 수 있나? 평생 보고 싶었던 엄마의 모습을 이제 비로소 처음으로 목도하고 있는데, 어떻게 이 장면을 단 몇 걸음 만에 끝장낼 수 있나? 게다가 무엇보다도 끔찍한 건이 짓이 두 번째가 되리라는 사실이었다.
　뉴욕에서 돌아온 그날 밤에도 딱 저 문을 두드렸다. 그때 어떻게 말할 수 있었을까? 고등학교 때 같은 반 아이들 여남은 명이 그랬듯 노아가 불량 펜타닐을 과다 복용했다고, 엄마는 알지도 못하는 그 남자애의 얼굴을 자신은 결코 잊을 수 없다고, 그래서 대학교를 자퇴해버렸다고? 골암에 두부를 갉아먹힌 할머니가 제단 위 항아리 속에 안치된 지 고작 여덟 달이 지난 시점, 노아가 죽은 이후로는 대학도 책도 성적도 과제도 딱 랜디 말마따나 "어린 시절의 강물을 떠다니는 나무토막"처럼 지극히 하찮게 느껴졌다고? 뿐만 아니라 그는 장학생 수혜 조건을 지키지 않아 환수 처분을 받았고, 학교에 2만 5천 달러 가까이 상환해야 했다. 그날 밤 엄마는 하이의 앞에서 거의 무너져내렸다. "2만 5천 달러를 상환해야 한다는 게 무슨 말이야?" 엄마는 살인 사건 소식이라도 들은 듯 입을 틀어막고 말했다. "대학은 우리를 도와주려고 있는 것 아니니? 이해가 안 돼. 어떻게 대학이 우리가 평생 가져본 돈보다 더 많은 빚을 우리에게 지울 수가 있어?"
　하이는 그저 입을 벌리고 서 있었다. 버스 정류장에서 산 휘트먼 초콜릿 상자를 들고, 그게 충격을 완화해주리라는 말도 안 되는 망상에 사로잡힌 채.
　그러다 재앙을 명확히 인지한 엄마는 입술을 깨물더니 하이의 얼굴 바로 앞에 손가락을 들이밀었다. "네가 신세 조진 줄 알고 있었어. 이 동네의 여느 **쓰레기**들처럼 말이야. 그게 빌어먹을 내 잘못이란 것도 알았고. 다른 베트남인들은 다 캘리포니아나 텍사스로 떠나는데 나만 여기서 너를 키우기로 작정했으니까. 남들은 다 더 좋은 도시로 갈 만큼의 지능이 있었지만 난 아니었어. 오로지 내 아들만 생각했지. 여기까지 애를 데려와놓고 또 뿌리째 뽑아 다른 데로 끌고 가고 싶진 않았으니까. 그래서 이 눈 덮인 지옥 구덩이에 처박힌 거야." 엄마가 말하는 동안 머리핀이 풀려서 머리카락이 흩날렸다.

"엄마, 저도 노력했어요. 하지만 상황이 힘들어졌어요. 엄마가 이해하지 못할 일들과……."

"너는 항상 이기적인 애였어. 맥도날드에 갈 때마다 너는 내 감자튀김부터 먹었지. 네 것이 뻔히 있는데도!"

"와, 이러기예요? 제가 **어린애**였을 때 감자튀김 좀 먹었다는 이유로 나쁜 사람이 되는 거예요?"

"그게 다 징조라고. 무슨 일이 닥칠지 미리 알았어야 했는데. 그런데 알긴 했지, 왠지 알아? 하." 엄마가 부글부글 끓는 미소를 지으며 말했다. "트랜 선생도 그러더라. 네가 죽은 물고기처럼 물가로 쓸려올 거라고. 그래서 나는 '하이는 안 그래요'라고 했어. 그 선생이 약쟁이는 그 도시에서 오래 버티지 못할 거라고 하는데도 나는 널 감쌌다고. 멍청하게도. 그 긴 세월을 너를 입히고 먹이느라 똥줄 타게 일했는데, 도대체 뭘 위해서 그랬을까?"

"투자한 돈을 **회수하지** 못했다니 안타깝네요. 애를 키우는 게 카지노에서 주사위 던지는 일이나 마찬가지인 줄은 미처 몰랐네요." 모자가 다투는 건 너무나 드문 일이었던 데다 조그마한 아파트는 팽팽해져가는 긴장을 담아내기에 너무 비좁았기에, 두 사람이 내뱉은 말이 일으킨 폭발에 둘 다 충격을 받았다.

"잘한다." 엄마가 코를 닦았다. "네 엄마 욕이나 하렴. 그동안 그렇게 공부하고 언어 실력을 갈고닦아서 얻은 게 그거잖니? 응? 네 엄마를 피할 만큼은 똑똑해졌지만 이 집을 멀리 벗어날 만큼 똑똑해지진 못했지, 안 그래?"

"그러는 엄마는요? 이 엿 같은 나라에서 20년을 살면서 대체 뭘 했는데요? 네일 살롱에 드나드는 아줌마들도 그렇고 엄마도 그렇고 다들 자기네 애한테 저 밖에 나가서 '성공'하라고 하죠. 그게 무슨 마술이라도 되는 듯이. 하지만 엄마는 20년이나 살면서 뭘 했냐고요?"

"그만해." 엄마는 하이가 자신을 어디로 끌고 가는지 알고 있었다. 엄마가 마치 바위를 밀어내듯 두 손을 내뻗었다. "이제 그만······."

"그냥 부자들 발이나 문질러주면서 앉아 있는 것밖에 안 하잖아요?" 하이는 몸을 돌리려 하는 엄마를 향해 그렇게 내뱉었다.

"꺼져. 내가 발 문지르면서 산 덕분에 우리가 이 거지 같은 아파트에 있는 거야. 내가 하루에도 스무 번씩 백인들 앞에서 신을 모시는 양 고개를 조아리는 짓을 좋아서 하는 줄 알아?"

너무나 조그맣고 상처입은, 너무나 당혹하고 깨져버린 엄마의 모습이 하이를 격침시켰다. 별안간 전에 없던 분노가 솟구쳐 그는 초콜릿을 벽에 내던져버렸다. 엄마가 비명을 지르고 입을 틀어막더니 계단을 뛰어 올라갔다.

"미안해요. 엄마, 제발요. 미안해요." 하이는 그렇게 외치며 엄마를 따라 올라갔다가 탕 닫힌 방문 앞에 서서 얼굴을 두 손에 묻었다. 그러고 나서 몇 주 동안 서로 말을 섞지 않았다. 비좁은 집 안에 같이 있는 순간이면 지하철 전동차 안에서 마주친 남남처럼 서로가 지나가기를 기다렸다.

이제 커튼 너머로 온몸이 환하게 빛나는 엄마가 휴대전화를 내려놓고 두 손으로 양초를 들더니 숨을 들이쉬었다. 하이는 통렬한 수

치심에 몸서리를 치며 그 광경을 마지막으로 일별하고 창문에서 몸을 돌렸다. 그리고 막다른 골목을 벗어나 길을 따라 걸었다. 동네를 똑바로 가로지르다 보니 외곽 지대 위로 솟아오른 킹 필립 철교의 위쪽 기둥들이 보였다. 몇 분 뒤 그는 철교의 침목들 아래 섰다. 그리고 지금은 바로 이곳, 몇 발짝 너머 그라지나가 잠들어 있는 집 안에서, 아직까지 자신의 하나뿐인, 소중하고도 마구잡이인 삶을 살고 있었다.

집이 뼈대를 추스르며 자리를 잡았다. 삐걱이는 소리 사이로 자신의 심장이 우리 안에서 팔딱이는 소리가 들렸다. 그때 무언가에 썬 건지 아니면 버림받은 건지 몰라도, 그는 약병 하나를 집어 뚜껑을 열고 조그마한 흰색 부표를 혀 위에 올리고 삼켰다. 그러고는 멈칫하고 생각에 잠겼다가 나머지 약병 세 개를 팔에 안고 부랴부랴 방으로 돌아가서 책상 서랍 안에 죄다 던져 넣었다. 그런 후 누워서 천장을 올려다보고 있노라니 어둠이 주위를 휘감으며 사방을 뒤덮었고, 타락한 천사의 정맥을 휩쓸고 지나가는 혈구처럼 따스해졌다. 드디어 괜찮아졌다.

모린의 탁한 폭스바겐 차창으로 잿빛 동네가 스쳐 지나갔다. 모린은 기어를 4단으로 바꾸고 오차드 거리의 진흙땅 위로 덜커덕거리며 차를 몰았다. 동물들에게도 먹히지 않고 남은, 12월의 서리를 뒤집어쓴 채 쭈그러든 호박들이 황폐한 거리를 뒹굴고 있었다. 모린의 비틀 승용차 안에는 외부 전원 공급용 단자로 연결된 크리스마스 전구들이 주렁주렁 걸려 있었다. 1980년대에 흔히 유통됐던 젖빛 유리 전구들이 차 안에 지저분하면서도 아늑한 분위기를 자아냈고 묘한 그리움을 불러일으켰다. 일요일 교회 예배 시간이어서 이스트 글래드니스 경계선을 벗어난 이후로 길에 차가 한 대도 없었다.

"늦었어요." 뒷좌석에서 유리창에 머리를 기대고 있던 러시아가 말했다.

"5분 안에 도착할 거야." 모린이 기어를 당겼다. 차는 속력을 더 내지 못하고 덜커덩거리기만 했고 전구들이 차창에 짤그랑짤그랑 부딪혔다.

"30분 전에도 똑같은 말을 했잖아요."

"그 녀석들 중에 터진 거 있어?" 모린이 하이에게 물었다. 하이는 몇 킬로미터 전에 모린이 준 복권 뭉치를 한 장씩 긁는 중이었다. "만약 대박 나면 여기서 그냥 차 돌려버리자."

느릅나무들 뒤편 진흙 언덕 위로 강철 곡식 저장탑 두 개가 솟아 있었다. 흐린 하늘 아래 돔 모양의 꼭대기가 반짝였다. "저거예요. 저장탑 두 개가 보이면 오른쪽으로 꺾으라고 웨인이 그랬어요."

"이럴 가치가 있어야 할 텐데." 모린이 플라스크를 집어 들고 위스키를 구강 청결제라도 되는 양 입 속에 털어 넣고는 하이에게 건넸다.

하이는 의무적으로 한 모금 마시고 러시아에게 넘겨줬다. "우리 아빠가 술꾼이야." 러시아는 플라스크를 밀어내며 말했다.

"그러면 쟤 알레르기가 **그렇게** 심하진 않겠네." 모린이 하이에게 윙크했다. 저장탑 건너 자갈길로 들어서면서 술기운에 달아오른 그는 몸을 흔들었고, 크리스마스 전구들은 그들의 얼굴 위로 흉한 빛을 드리웠다.

길이 언덕 아래로 쑥 내려가면서 자갈밭이 시야에 들어왔다. 차 몇 대가 흩어져 있었는데 대부분은 높은 차축이 진흙으로 범벅된 픽업트럭들이었다. 모린의 차가 들어섰을 때 웨인은 이미 기다리는 중이었다. 그는 팔짱을 끼고 누가 입꼬리를 당기기라도 한 듯 입술을 실그러뜨리고 있었다. "오늘 투덜이를 상대해야 할 모양이다, 애들아." 모린이 말했다.

웨인이 뭔지 모를 연장 끄트머리로 차창을 통통 쳤다. 모린이 창문을 내리고 나니 웨인의 손에 들린, 검은 날 달린 마체테가 보였다. "어이, 모르. 11시라고 했잖아. 너희 다 늦었어." 그가 아무것도 차지 않은 손목을 가리켰다.

"일요일이잖아. 교회 가는 차가 많아서 길이 막혔어." 모린이 거짓말을 했다. "성찬식에 가는 어린애들을 들이받으란 거야? 그리고 그 칼은 대체 뭐야?"

"말했잖아. 오늘 고기 써는 일 한다고." 차가운 공기에 웨인의 숨결이 피어올랐다. 일주일째 깎지 않은 수염이 무성했고, 입술은 갈라져 가장자리가 희끗했다. 오존과 죽은 풀로 표백되고 거름과 휘발유 냄새가 뒤섞인 맵싸한 겨울바람이 차 안으로 불어와 하이의 눈을 찔렀다. "난 아침 7시부터 여기 있었어." 웨인이 한숨을 쉬었다. 관자놀이의 흰 곱슬머리가 바람에 나부꼈다. "한 명은 벌써 그만두고 가버렸다고."

모린이 특유의 미심쩍은 눈길로 하이를 보더니 웨인에게 말했다. "이러지 마, 웨인. 너랑 안 세월이 벌써…… 20년인가?"

"내가 북부로 올라온 지 11년밖에 안 됐어."

"네가 우리에게 했던 말은……." 모린이 플라스크로 웨인을 가리켰다. "고기를 **포장**하는 일을 도와달란 거였잖아. 돼지고기 토막을 싸는 데 칼이 왜 필요한데?"

웨인이 대꾸하지 않자 러시아가 후드를 머리 위로 덮어쓰고 줄을 당겨서 코만 빼끔 나오게 했다. "이게 바보 같은 짓일 줄 알았어."

금요일에 매장 문을 닫을 때 웨인이 코번트리에서 동쪽으로 한 시간 떨어진 창고에서 고기 포장 일을 도와서 부수입을 좀 챙기지 않겠느냐고 직원들에게 물었다. 명절 연휴 동안 부업 삼아 며칠 일해보니 꽤 짭짤했다는 것이었다. 그런데 지난주에 몇 명이 장염에 걸리는 바람에 크리스마스 철을 맞아 급격히 늘어난 물량을 처내지 못했다며, 이대로 주간 할당량을 소화하지 못하면 월말에 약속된 1천 500달러 보너스를 못 받게 될 거라고 했다. 그 제안을 들은 직원들 중 하이, 모린, 러시아만이 응했다. 이미 홈마켓에서 생닭을 만지고 있는데 또 다른 **백색육**인 돼지고기가 다루기 힘들어봤자 얼마나 힘들겠나 싶었던 것이다.● 세 사람은 정식 고용 명단에 올라 있지 않기 때문에, 다른 인부들이 자기네 보너스에서 일부를 떼어내 500달러씩 일당을 나눠줄 예정이라고 했다.

세 사람은 차에서 내렸다. 바람이 그들의 몸을 깨물었다.

"자, 얘들아, 거기엔 옥수수빵 없는 거 알지?" 웨인이 소리 내어 웃고는 마체테로 그들의 검은색 홈마켓 유니폼을 가리켰다.

"손가락에 피 묻었어요." 하이는 웨인의 손마디에 묻은 자주색 얼룩을 고갯짓했다.

"돼지고기란 건 돼지한테서 나오는 거야, 알지? 피와 내장과 뇌가 있는 동물이란 거?"

"여기 도축장이죠, 그렇죠?" 하이가 물었다.

● 돼지고기는 적색육이지만, 미국에서 '또 다른 백색육'이라는 슬로건으로 돼지고기를 홍보한 일이 있다.

"유기농 농장 직송 돼지고기 생산 시설이야." 웨인이 눈을 질끈 감고 말했다.

"이런 쌍!" 모린이 보닛에 몸을 기대며 말했다. "나는 칼로 돼지 찌를 생각 없어, 친구들. 나는 **엄밀히 말해** 노인이라고. 알지?"

"내 생각엔……." 웨인이 말했다. "이렇게 하면 어떨까. 너희를 두 팀으로 나눠서 작업장으로 보내고 정식 도축 인부가 한 명씩 너희를 맡는 거야. 그러면 최소한으로……."

"도축 인부라고요?" 하이는 온통 회색과 갈색으로 뒤덮인 주위 풍경을 둘러보았다.

"그리고 **작업장**이란 게 무슨 뜻인데요?" 러시아가 말했다. "돼지 한 마리가 죽는 데 얼마나 많은 **작업장**을 거쳐야 하죠?"

"동맥을 자르는 것만큼 순식간에 끝나."

모린은 웨인의 말을 안 믿는 눈치였지만 잠자코 플라스크 뚜껑을 여느라 씨름했다.

"여기, 내 거 마셔." 웨인이 뒷주머니에서 권총처럼 생긴 금색 플라스크를 꺼냈다.

"6연발 권총이네, 멋져." 모린이 플라스크를 받아들고 자기 목을 가리키며 여러 발 쏘는 시늉을 했다.

"오늘 하루 가져가서 마셔도 돼. 필요할 거야."

"술이 무릎에 좋더라고. 태양 플레어가 일어나면 통증이 심해져."

"**태양** 때문에 무릎이 아프다고요?" 러시아가 뒤처진 채 따라오며 말했다.

다 같이 커다란 헛간의 대형 출입문 앞으로 다가가자—모린은 가면서 웨인의 어깨에 매달려 몸을 지탱했다—두 남자가 대화를 멈추고 검은 유니폼 차림의 직원들을 쳐다보았다. 웨인이 모자를 치켜올리고 고개인사를 했다. 남자들은 추위 속에서 노동한 탓에 도축이 아니라 산불 진화라도 한 듯 옷이 뻣뻣해지고 잿빛을 띠었다. 그중에서 동유럽 억양을 쓰는, 바람에 시달린 얼굴을 한 사람이 손을 들었다. 마약에 취한 기색이 역력했다. "아예 부대를 데려왔네, 웨인? 잘했어. 게다가 이것 봐! 동영인까지 있네." 그가 얼마 없는 치아를 드러내며 헤벌쭉 웃었다. "엄청 멋지다!"

"**동양인**이겠지." 웨인이 하이를 돌아보았다. "맞지?"

하이는 너무 추워서 대답할 겨를도 없었다. 그는 웨인의 등을 밀어서 일행과 다 같이 이동했다.

헛간은 콘크리트 블록으로 지어졌고 방수 처리된 매끈한 금속 지붕이 얹혀 있어서 대리전에 쓸 무기를 생산하는 곳처럼 보였다. 웨인을 따라 안으로 들어가자마자 막 배출된 소변 냄새와 쏟아진 피에서 나는 진한 쇳내가 그들을 집어삼켰다. 철제 울타리가 쳐진 좁은 통로 양편의 우리 안에 빽빽이 몰려선 거대한 돼지들의 뒤틀린 복숭앗빛 살덩이가 보였다. 끔찍한 공기를 쿵쿵대며 들이쉬는 돼지들의 콧구멍에 스민 물기만이 침침한 빛을 반사하고 있었다. 몇몇 녀석들은 저편 구석에 서로의 몸을 베고 널브러져, 밀짚이 들러붙은 물집 투성이 배를 들썩거리고 숨을 쉬며 툭 튀어나온 입에서 갈색 액체와 점액을 흘리고 있었다.

웨인이 설명하기를, 우리가 철창이 아닌 울타리로 되어 있는 까닭은 포장에 '자유 방사'라는 탐나는 라벨을 붙일 수 있는 법적 권한을 얻기 위해서라고 했다. 하지만 우리는 너무 비좁아서 돼지들이 몸을 돌리려고 안간힘을 쓰며 서로 거친 털을 맞비비는 소리가 들렸고, 몇몇은 짓눌리다 못해 답답해서 소리를 질러댔다.

"맙소사." 모린이 속삭였다. "저걸 다 죽인다고?"

"크리스마스 전까지." 웨인이 모자를 벗어 이마를 닦으며 말했다. 살갗에 묻은 먼지가 땀에 젖어 진흙으로 변하고 있었다.

"이건 좀 엿 같은데." 러시아가 말했다.

"좀?" 하이는 발치의 건초 몇 가닥을 걷어차며 말했다.

웨인은 이곳에서 생산되는 돼지고기가 '유기농'이라고 했다. 즉 돼지들이 유기농 옥수수를 먹고 자란다는 뜻이었는데, 진흙이 엉겨붙은 러버메이드 사료통에 담긴 어마어마한 양의 옥수수를 먹다 보니 산과다증으로 혈액이 발효되어서 항생제가 필요할 지경에 이르렀다고 했다. "내 가족에게 이 고기를 먹일 수 없다는 말은 아니야. 제기랄, 이 녀석들은 커다랗고 지방이 꽉 들어찼으니까." 웨인이 두리번거리며 말했다. "하지만 사람들이 **생각하는** 유기농은 이런 게 아니지."

그 '사람들' 중에는 WWE 공동 창립자이자 현재 코네티컷주 상원의원 선거에 공화당 후보로 출마한 린다 맥마흔도 있었다. 그가 스탬퍼드에 있는 자신의 저택에서 여는, 레슬링계 슈퍼스타들이 참석할 예정인 크리스마스 모금 행사를 위해 이 돼지 서른 마리를 주문했다는 소문이 돌았다. "참 나." 웨인이 키득거리며 말했다. "언더테이커가 가죽 트렌치코트에 냅킨을 끼우고 앉아서 돼지고기를 자르는 모습이라니, 어쩐지 상상이 안 가."

"저기." 모린이 심각한 표정으로 말했다. "이런 무릎으로는 돼지를 찌를 수 없어. **저렇게** 큰 돼지는 안 돼. 지탱을 못 하잖아. 보여?" 그는 건초가 흩어진 흙바닥에 땅을 디뎠다가 미끄러지는 동작을 과장되게 해 보였다. 그러자 웨인이 작업용 벨트를 벗어 모린에게 건네주었고, 그는 이유도 묻지 않고 벨트를 허리에 단단히 맸다.

"벨트 앞에 달린 주머니 보여? 그 안에 베이컨 맛 개 간식이 들어 있어." 웨인이 윙크했다. "다른 인부가 우리를 열면, 네가 할 일은 돼지들을 유인해서 뒤편 도축장으로 데려가는 거야. 이걸 쓰면 돼지들이 따라갈 거야. 아무 문제 없어."

모린이 간식을 집어 들고 째려보더니 다시 주머니에 떨어트렸다. "이 일을 하려면 알토이즈가 필요하겠어. 러시아, 아직 가진 거 있어?"

러시아가 뒷주머니에서 알토이즈 케이스를 꺼내 열었다. 모린이 민트 사탕을 양쪽 콧구멍에 하나씩 쑤셔 넣고는 숨을 들이쉬었다. "흐으음, 시나몬 맛이네."

러시아와 하이도 똑같이 했다.

웨인이 그들을 보고 고개를 저으며 걸음을 옮겼다. "겁쟁이들 같으니."

모린은 우리 앞에 남고 하이와 러시아는 웨인을 따라 헛간을 가로질러 걸어갔다. 길에서는 보이지 않았던 반대편 구역에 세차장만 한 크기의, 땅까지 덮는 기다란 방수포 천막이 있었다. 소니가 늘 이야기하는 남북전쟁 당시의 병원처럼 보였다. 가까이 다가가자 공기 중에 울려 퍼지는 데스 메탈 음악이 들렸다. 하이가 고등학교 때 유행했던 슬립낫 노래였고, 러시아도 어렴풋이 알아들었는지 리듬에 맞춰 고개를 끄덕거렸다. 천막 둘레에는 백만장자들의 샹들리에 아래 식탁에 오를 운명임을 깨달은 돼지들이 도망치지 못하도록 막기 위해 녹이 잔뜩 슨 굵은 철조망이 둘러쳐져 있었다. 철조망에 케이블 타이로 묶인 플라스틱 팻말에는 **머피의 자유 방사 돼지고기. 1921년**

부터 운영된 가족 목장이라 적혀 있었다.

천막 바로 앞에 다다라서야 비명 소리가 들렸다. 돼지라기보다는 사춘기 소녀들이 내는 소리 같았다. 하지만 이제 와서 멈추기에는 너무 늦었다. 웨인이 파란색 비닐을 들어 올리자 마치 누군가가 동전을 한 움큼 입안에 욱여넣은 듯 피에 젖은 공기에 밴 쇠 맛이 혀를 화끈히 감쌌다. 여기에 콧구멍에 든 민트 향이 뒤섞여서 욕지기가 올라왔다.

"이런 씨발." 웨인이 천막 지퍼를 닫고 그들의 눈이 지하 세계에 적응하고 나니 러시아가 그렇게 내뱉었다.

천장에 걸린 밧줄에 설치된 조명등들 아래, 콧수염을 기르고 술배가 나온 건장한 남자들이 천막 안 한편에 줄줄이 달린 갈고리에 돼지들을 매달고 있었다. 그들은 돼지를 거꾸로 매단 다음 마체테를 휘둘렀다. 부식 방지 처리된 검은 칼날이 커다란 쉭 소리를 내며 공기를 갈랐다. 웨인은 갈고리에서 갈색 고무 턱받이를 꺼내 턱 밑에 두르고 팔꿈치까지 올라오는 두꺼운 고무장갑을 꼈다.

이 돼지고기는 여느 돼지고기처럼 남부나 중서부가 아니라 바로 이곳, 격자무늬 식탁보 위 맛깔스러운 애플파이를 내놓는 뉴잉글랜드에서 난 것이어서 비쌌다. 또 다른 이유는 '목장'이라는 단어가 돼지들이 '들판에서 도축됐다'는 것을 보장한다는, 즉 무성한 초원에서 행복하게 뛰어놀다가 푸른 목초지를 눈에 담은 채 이승을 떠났다고 암시한다는 데에 있었다. 사실 그 돼지들이 밟을 수 있는 흙이라고는 헛간 옆에 딸린 조그마한 천장 없는 우리 안, 풀 따위는 앞서 죽임당한 수많은 돼지들에 짓밟혀 오래전에 다 부스러지고 없는 진창뿐이었고, 그마저도 너무 작아서 이용할 수 없었는데도 말이다.

"자." 웨인이 러시아와 하이에게 총 같은 것을 건넸다. "날 따라와."

"우리더러 쏴 죽이라는 거예요?" 하이가 업소용 고기 보관대로 다가가면서 물었다. "웨인, 진심이에요?"

"이 방법이 더 **인도적**이야, 얘들아." 웨인은 지친 아버지 같은 눈길로 소년들을 보았다. "뭐야, 우리가 이 녀석들을 칼로 찔러 죽일 줄 알았어? 두세 마리만 죽이고 나면 팔이 타들어갈걸. 지금은 21세기라고, 친구들. 원래 뭔가를 죽일 때는 머리를 쏘는 법이야."

웨인이 입구에 있는 작은 우리를 열고 돼지 한 마리의 플라스틱 목줄을 잡아 끌어낸 다음, 하이의 손에 들린 권총을 가져갔다. "총알이 아니라 볼트야. 작은 금속 조각이 머리에 박혀서 즉사하는 거지."

"그거나 총알이나…… 이런 씨발!" 웨인이 돼지의 이마에 총을 쏘는 바람에 하이는 펄쩍 뛰어 물러나 러시아의 팔을 붙잡았다. 돼지는 즉시 쓰러져 진창에서 몸부림치며 비명을 질렀다.

"보통은 한 방에 끝나는데." 웨인이 끙 앓는 소리를 내며, 입에서 피거품을 흘리는 돼지의 얼굴 옆면을 한쪽 무릎으로 짓누르며 같은 자리에 총을 한 발 더 쐈다. 그러자 다리가 축 늘어지더니 감전된 듯 부르르 떨었다. 웨인은 돼지의 발굽에 쇠줄을 걸고는 옆에 있던 기계의 버튼을 눌렀고, 그러자 기계가 돼지의 다리를 끌어올렸다.

웨인이 하이에게 볼트 총을 넘겨줬다. 그러고는 마치 성냥을 켜듯 매끄러운 동작 한 번으로 돼지의 목을 그었다. 그들의 몸 위로 핏방울이 후두둑 튀었다. 러시아가 미친 듯이 두리번거리더니 섬뜩한 눈으로 하이를 쳐다보았다. 반쯤 벌어진 그의 입 **안에** 들어간 돼지 피가 턱을 타고 흘러내리고 있었다. "으 씨발, 씨발. 어떡하지, 어떡하지,

어떡하지?"

웨인이 사체에서 물러나더니 바닥에 놓인 양동이에서 엔진오일인 듯한 액체로 얼룩진 수건을 꺼내 러시아의 얼굴을 닦아줬다. 하이의 뺨에서부터 관자놀이까지 뜨듯하고 축축한 느낌이 번졌다. 그가 자기 얼굴을 만져보기도 전에 웨인이 수건으로 하이의 이마를 찍어눌렀다. 너무 세게 눌러서 하이의 고개가 자꾸만 뒤로 젖혀졌다. "너희도 익숙해질 거야. 이 돼지들은 우리 몸속에도 있다고. 사람들은 고기를 엄청 좋아하면서 정작 고기가 어떻게 만들어지는 좆도 모르지. 이건 살아 있어. 피, 오줌, 똥이라는 뜻이야." 그가 자기 말에 소리 내어 웃더니 하이와 러시아의 가슴을 철썩 쳤다. "너희 둘 다 몇 시간 내에 세 번째 불알이 자라날 거다. 나중에 나한테 고마워하든지."

돼지를 어떻게 잡는지 실제로 아는 사람이 몇이나 될까? 그 과정에서 얼마나 많은 힘이 들고 얼마나 많은 아드레날린이 솟구치는지. 그리고 심지어 일종의 사악한 카리스마마저 발휘된다는 것과, 기괴하게도 마치 전투를 치르는 듯 느껴진다는 것도. 그래서 그토록 많은 사람들이 이 일을 하면서 술을 마시는 것이리라. 웨인이 말하기를 어떤 이들은 돼지가 잔뜩 나오는 악몽마저 꾼다고 했다. 돼지 비명이 잠 속에 스며든 나머지 한밤중에 팔을 뻗어 자기 아내나 땀으로 흠뻑 젖은 베개를 부여잡는다고. 슈퍼마켓에 있는 고기들은 무슨 스튜디오에서 제작된 양 평온하고 고요하고 차분해 보인다. 하지만 여기─슬립낫 음악, 째진 식도에서 끓어오르는 피, 숨, 위장 가스의 집합체, 그리고 내장으로 누렇게 물든 풀밭이 펼쳐지는 이곳에서, 숱 많은 금빛 속눈썹이 있는 돼지들의 얼굴은 너무나 인간적이고 표정이 풍부해서 각각 이름마저 있어야 할 것 같았다. 그래서 하이는 방아쇠를 당기며 시선을 돌릴 수밖에 없었다. 이 일은 혼돈 그 자체였다.

하이는 총을 쏘고는 돼지 발굽이 땅을 구르는 순간 움찔했다. 돼지는 머리에 박힌 볼트가 소뇌를 파열시켜 운동 제어 기능을 망가뜨린 줄도 모르는지 위로 펄쩍 솟구쳤다. 하이는 다시 쐈다. "해, 얼른. 얼른, 서둘러." 하이가 속삭이자 러시아는 젖은 눈이 빨갛게 충혈된 채 볼트를 재장전했고, 그동안 버드라이트 맥주가 가득 든 아이스박스 위의 스피커에서는 레이지 어게인스트 더 머신의 음악이 꽝꽝 울려 퍼지고 있었다.

돼지를 네다섯 마리 죽이고 나니, 불쑥 총을 들이대는 무시무시한 신 앞에서 아연해져 휘둥그레 뜬 녀석들의 눈망울을 보지 않고 그 대신 산들바람에 팔락이는 헝겊 조각을 닮은 귀에 시선을 고정하는 요령이 생겼다. **바로 그거야.** 하이는 방아쇠를 당기면서 스스로 타일렀다. 자신은 헝겊에 호치키스를 찍고 있는 거라고. 아무것도 아닌 무언가에 죽음을 꽂고 있다고. 그 방법은 먹혀들었다. 헤비메탈 음악으로도 다 묻을 수 없는 녀석들의 뒤틀리고 고통스러운 꾸르륵 소리가 여전히 들리긴 했지만, 그래도 살육으로부터 충분한 거리를 벌리고 일을 처리할 수 있게 되었다.

이후 세 시간 동안 하이와 러시아는 번갈아가며 돼지들의 이마에 차례차례 방아쇠를 당겼고, 웨인은 몇 발짝 너머에서 녀석들의 피를 뽑아냈다. 피는 들판 비탈에 설치된 금속 도랑으로 콸콸 쏟아져 마치 악마의 빗물처럼 강으로 흘러갔다. 이따금씩 하이와 러시아의 작업 속도가 빨라지면 모린이 나타나 돼지를 들여보냈고, 그러지 않을 때 돼지들은 천막 밖의 철조망 안에서 기다렸다.

잠시 뒤 하이는 바깥 공기를 마시러 나갔다. 돼지들의 몸에서 나오는 열기로 천막 안이 더워져 상의가 땀으로 흠뻑 젖어 있었다. 헛간에서 일하는 팀은 자기네 오디오로 또 다른 음악을 듣는 중이었다. 코앞에 들이밀어진 개 간식을 따라가는 돼지들이 내는 명랑한 소리 위로 스페인어 노래가 들판으로 퍼져나갔다.

하이는 모린을 돌아보았다. "벌써 때려치우려는 건 아니죠?" 모린은 커다란 암퇘지 등에 엎드려 녀석을 거의 끌어안다시피 하며 몸을 지탱하고 있었다. 머리카락이 얼굴에 들러붙었고, 표정은 자연재해 한복판에서 끔찍한 소식을 전하러 온 사람처럼 망연자실했다. "이 짓을 한 대가를 얻을 거예요. 알죠? 한 시간 정도만 더 버티면 돼요. 그러고 나면……"

모린은 멍하니 하이를 쳐다보더니 몸을 앞으로 불쑥 내밀며 돼지 등에 토했다. 그러고는 땅에서 낙엽들을 주워 모아 녀석의 등에 묻은 토사물을 건성으로 닦아냈다. 모린은 하이에게 손을 내젓고는, 소맷자락으로 얼굴을 닦고 콧구멍에서 알토이즈 한 알을 꺼내 입 안에 넣고서 비뚱거리며 헛간으로 돌아갔다.

그때 호주머니에서 뭔가가 느껴졌다. 휴대전화가 진동하고 있었다. 지금껏 내내 휴대전화가 거기 있다는 것도 까맣게 잊고 있었다. 꺼내 보니 엄마 전화였다. 이미 부재중 전화가 두 통 와 있었다.

"엄마?" 하이는 도축장 소리가 들리지 않을 만한 거리에 있는 건초 더미 뒤로 부랴부랴 건너가서 애써 미소 지으며 말했다. "아뇨, 아뇨, 안 바빠요. 그냥…… 음. 좀 돌아다니고 있었어요. 숨이 가쁘다고요? 아, 아무것도 아녜요. 그냥 일 좀 보느라고요. 생산적으로 지내려고요. 뭐 그런 거죠." 하이는 웃음소리를 짜냈다. "쉬는 중이라고요? 그렇구나. 보통 크리스마스 전 주는 대목이잖아요, 그렇죠? 사람들이 빨강이랑 초록으로 손톱을 칠하려고 오니까요. 그리고 엄마는 눈꽃 그림도 엄청 잘 그리고요."

웨인이 이쪽으로 오고 있었다. 돼지 한 마리가 도망치고 있었고 웨인은 녀석을 잡으려고 안간힘을 쓰는 중이었다. 뛰어오는 길에 하이에게 부딪힌 돼지가 소리를 꽥 질렀다. "어이, 친구, 그놈 좀 잡아줄래?" 웨인이 녀석의 꼬리로 손을 뻗으며 말했다.

하이는 수화기를 손으로 막고 나지막한 소리로 딱딱거렸다. "저 통화 중이에요."

그을린 얼굴에 땅딸막한 체격의 또 다른 인부가 나타났다. 웨인이 남자의 얼굴에 손가락 여러 개를 내밀어 신호하자 그는 또 다른 손짓으로 대답하고는 둘이서 함께 돼지를 몰았다.

"수어도 알아요?" 하이가 물었지만 웨인은 이미 들리지 않을 거리로 멀어진 뒤였다. "네? 아, 아무것도 아녜요. 그냥 친구였어요, 엄마. 아, **그거**요. 그건…… 돼지였어요. 해부용 돼지요. 음…… 돼지 장기가 사람과 아주 비슷해서 학교에서 부검이랑 뭐 그런 거 하는 데 써요."

"아이구, 불쌍한 것." 엄마가 말했다. "끝나고 나면 돼지 혼령을 위해 기도해야 해, 알았니? 안 그러면 녀석들의 혼령이 너를 괴롭혀서 네 명에 못 살 거야." 하이는 네일 살롱 의자에서 벌떡 일어섰을 엄마 모습이 눈에 선했다. "중요한 일이야. 꼭 기도하렴, 알았지? 부 씨는 해충 구제업자로 오랜 세월 일하다가 죽었어. 쥐를 그렇게 죽여놓고 기도도 안 해서 심장마비로 죽었잖니."

"원래 심장병을 앓던 분이었잖아요."

"하이, 제발."

"엄마, 알았어요. 기도할게요, 반드시. 한 일곱 번은 할게요."

"여덟 번 해. 그게 더 길한 숫자야."

"알았어요. 엄마, 저 끊어야 돼요. 일을 도와야 해서요."

"그래, 그래. 가보렴. 가끔 전화해. 그냥 엄마한테 뭐 필요한 거 있으면 말하라고."

하이는 전화를 끊고 웨인에게 뛰어갔다. 돼지는 얕은 진흙탕으로 어슬렁어슬렁 걸어 들어가 눈을 감은 채 기분 좋게 꿀꿀거리며 흙을 파헤치고 있었다. 다른 돼지들보다 어려 보였고, 자기 친구와 가족이 처형당하고 있는 줄도 모르는 눈치였다. 웨인은 얼굴을 옆으로 떨군 채 돼지를 바라보았다. 하이는 주머니에 손을 넣어 개 간식 한 줌을 던졌다. 간식들은 돼지 주둥이를 비껴가 배에 맞고는 말라붙은 모린의 토사물 위에 줄무늬처럼 달라붙었다. 돼지는 그러거나 말거나 신경 쓰지 않는 듯했다. "곧 끝날 거야." 웨인이 숨을 고르며 말했다.

"저 엄마한테 거짓말했어요." 하이는 자기도 모르게 중얼거렸다.

웨인이 곁눈으로 하이를 응시했다. "아까 통화한 사람이 엄마야?"

"네."

"알 만하네." 그는 개 간식을 하나 꺼내 핥아보았다. "나쁘지 않군. 훈제 파프리카 같은 맛이야."

"알 만하다니, 뭐가요?"

"네가 거짓말했다는 거. 말투가 딱 그렇던데. 난 아빠잖아, 기억하지? 한때 아빠였다고 해야 할지도 모르겠지만. 아무튼. 애가 구라 치는 건 듣기만 해도 알 수 있어. 난 중국어를 못 하는데도 말이야."

"베트남어예요."

웨인이 개 간식을 입안에 넣고 삼켰다. "우와. 더럽게 맛없네."

언제부터였는지 헤비메탈 음악이 멈췄다. 뒤편의 천막 안에서 두런두런 이야기하는 남자들의 목소리가 들려왔다. 그 말소리에 뒤이은 정적이 새롭게 들렸다. 돼지는 이제 모로 누워 쉬고 있었다. "내게도 아들이 있어." 웨인이 실눈으로 하이를 보았는데, 갑자기 열 살은 더 나이 들어 보였다. "그래서 귀에 들려. 너희 사내애들 말투는 다 똑같거든." 그가 소리 내어 웃었다. "**우리** 말투가 다 똑같다고 해야겠지." 그는 하이의 갈비뼈를 쿡 찔렀다. "한때 나도 너 같은 꼬맹이였으니까. 100년 전 일이지만."

"아드님 이름이 뭐예요?"

"나이트. 열여섯 살이야." 웨인은 자기 아들 나이가 믿고 싶지 않은 뜬소문이라도 되는 듯 머리를 흔들었다. "그 애 이름은, 그 있잖아, 체스의 나이트에서 따온 거야. 내가 노스캐롤라이나에서 고등학교 다니던 시절 체스 선수였거든. 나이트는 내 에이스이자 오른팔이었어. 나이트를 가지고 **죽여버렸지. 슈욱!**" 웨인은 펼친 손으로 허공을 베는 시늉을 했다. 그의 손바닥은 부풀어오르고 물집투성이어서 생명선이 눈에 띄지 않았다. "내가 L자 모양으로 나이트를 움직여 적진을 꿰뚫으면…… 쾅! 별안간 상대쪽 퀸이 혼자 덩그러니 남게 되는 거야. 〈안녕히, 아이린〉*이나 불러야 하는 신세가 되는 거지."

"나이트를 볼 거예요? 크리스마스나 뭐 그럴 때요?"

웨인은 잠시 침묵하더니 몸을 굽혀 돼지 배에 묻은 개 간식을 뭔가 외설적인 것이라도 되는 양 털어냈다. "있잖아, 나는 지난 3년 동

● Goodnight, Irene. 1933년 발매된 미국의 블루스 곡으로, 이별을 노래하는 내용.

안 이 돼지들을 썰어왔어. 후회는 안 해. 죽으려고 태어난 녀석들이니까. 그리고 난 그냥 망치일 뿐이야. 누군가 다른 이가 나라는 망치를 쓰고 있는 거지. 다만 그 존재가 저 위에 있는 분인지……." 웨인이 애매모호한 청회색 하늘을 눈짓했다. "아니면 이 아래에 있는 개자식인지는 모를 일이지." 그는 부츠로 땅을 쿡 찌르며 말을 이었다. "그런데 저기 나무 보여?" 그가 저장탑들 너머 두 목초지 사이에 홀로 서 있는 땅딸막한 주목을 고갯짓했다. "할아버지 말씀이, 나무가 주위에 다른 나무 없이 혼자 자라면 가지들이 저렇게 마구잡이로 자라난대. 뭐든 움켜쥐려 하는데 잡을 만한 게 아무것도 없는 것처럼 사방으로 구불구불 뻗어나가는 거지."

"네, 그러네요." 하이는 잎사귀 없는 나무를 유심히 살펴보았다. 가지들이 흩어진 모양이 마치 누군가에게 도움을 청하려 손짓하다가 얼어붙은 것 같았다.

"하지만 숲에서 자기네 동족과 같이 있는 나무들은…… 알지? 똑바로 뻗어 올라가. 최대한 높이. 이상하지 않아? 솔직히 헛소리일 수도 있겠지만, 그래도 난 믿어."

하이가 대답하기도 전에 웨인이 뒷주머니에서 지갑을 꺼내 사진 한 장을 보여주었다. 머리에 분홍색 리본을 단 검은색 퍼그 세 마리가 현관 계단에 앉아 있는 사진이었다. 녀석들은 커다랗고 둥근, 우쭐하면서도 희망찬 눈동자를 비스듬히 기울인 채 카메라를 바라보고 있었다. "이제는 이 녀석들이 내 아기들이야. 여기 게으른 눈빛을 한 애는 리사. 래퍼 레프트 아이의 이름을 딴 거지. 얘는 로지고. 그리고 이 조그만 녀석은 할머니 이름을 따서 베델이라고 불러. 이 애들이 내 전부야." 그는 피로 거뭇하게 물든 엄지손가락으로 사진 귀

통이를 잡고서 활짝 웃었다. "나이트 사진은 없어. 가질 수 없는 걸 보고 있어봤자 좋을 거 없잖아, 하." 웨인은 사람들의 비밀을 다 꿰고 있는 양 하이를 응시했다. "엿 먹어라"라고 말하는 듯한 자긍심과 상처가 뒤섞인 눈빛이었다.

"아직 안 끝났어? 나 죽을 것 같아." 모린이 그들의 등 뒤로 다가오며 말했다. 러시아도 뒤따라오고 있었다.

러시아가 이제 점심시간이라고 했다. 인부들이 목초지를 가로질러 흩어지고 있었다. "KFC에 가서 모두가 먹을 걸 사온대." 러시아가 뻐드렁니를 드러내며 벙긋 웃었다. "지금 먹으면 딱이겠지." 러시아의 팔이 온통 피범벅이었다. 하이의 눈길을 알아차린 러시아가 덧붙였다. "한바탕 씨름하고 온 참이야. 첫 발을 쏜 직후 볼트가 막혀버려서 재장전을 하느라고." 휑하고 멍한 눈을 한 러시아의 얼굴은 누군가가 움푹 파낸 듯 보였다. 땀에 젖은 푸른 머리를 은빛으로 물들이는 뿌연 햇살 속에서 보니, 하이는 불현듯 저 소년이 **잘생겼다**는 것을 깨달았다. 그 잘생김은 오래 알고 지낸 사람에게서야 볼 수 있는, 쓰면 쓸수록 윤이 나는 문손잡이 같은 것이었다. 죽을 때까지 이를 갈며 몸부림치는 돼지들의 상처 입은 누런 입을 세 시간이나 지켜보고 나니 이제는 러시아의 뻐드렁니도 모처럼 맛보는 휴식처럼 사랑스럽게 느껴졌다.

모린이 웨인의 물총 모양 플라스크를 꺼내 주둥이를 입에 대고 방아쇠를 여러 차례 당겼다. 그는 눈을 감은 채 머리를 하늘로 쳐들고서 웨인에게 플라스크를 넘겨주었고, 웨인도 똑같이 입에 대고 술을 쏘았다. 웨인은 얼룩진 소맷부리로 입술을 문질러 닦더니 침울하고 시무룩한 표정으로 하이를 보았다. 그리고 무언가를, 오래전부터 별

러온 어떤 말을 하려는 듯 입을 약간 벌렸다. 그런데 말을 막 꺼내려던 순간 캄캄한 입속 치아의 충전재가 빛을 반짝 반사하더니 사라졌고, 그는 고개를 돌렸다.

하이는 플라스크를 다 비웠다. 그들의 앞에 펼쳐진 계곡은 완전히 폐허 같았고 끝이 없어 보였다.

"봐, 눈이 오네." 모린이 속삭였다. "화이트 크리스마스가 되겠어. 그럴 땐 꼭 마법 같지." 그는 숨을 내쉬며 헤더 꽃들 위로 내려앉는 겨울날의 빛을 향해 고개를 저었다.

"내가 이 돼지들에 대해 얘기해줬던가?" 웨인이 발치에서 잠든 돼지를 보며 어렴풋이 미소 지었다. "1800년대쯤에 버크셔라는 마을이 있었는데 말이야."

"어딘지 알아요." 하이가 말했다.

"아니, 뉴욕 부자들이 캠핑하러 가는 북쪽 동네 말고. 영국에 있는 버크셔 말이야. 세계 최고의 돼지고기가 나는 곳이지. 영국이 일본에 들어가려고 했을 때…… 그러니까 선교 활동이니 뭐니 해서 말이야. 아무튼 버크셔 돼지를 덴노(天皇)에게 줘서 설득하려고 했대. 흠." 웨인이 입술을 핥았다. "덴노는 기름지고 달콤하고 육즙이 풍부한 돼지 맛에 완전히 반해서 문을 활짝 열어젖혔어. 그렇게 기독교가 일본에 들어가게 된 거야. 돼지고기를 통해서. 그래서 '황제 돼지'라는 이름이 있는 거래. 할아버지가 전쟁 때 일본에 갔다가 알게 되셨다더라고. 그분 성함은 유스티스야. 그래서 코네티컷에서도 이 돼지 품종을 생산하려고 했지."

"순 헛소리 같은데." 모린이 말했다.

"황제라는 호칭을 얻고 그리스도의 이름으로 목이 잘려야 한다면 저는 차라리 농부나 할래요." 러시아가 말했다.

"이제 황제는 린다 맥마흔이지." 하이는 들썩이는 돼지 배를 쳐다 보았다.

트럭 한 대가 주차장에 들어섰다. KFC가 도착한 것이다. 건초 더미에 축 늘어져 휴대전화를 들여다보거나 턱을 괴고 있던 인부들이 고개를 들었다. 천막 반대편, 계곡 아래 가공 공장으로 견인되어 가는 수레에는 갓 도축된 돼지들이 쌓여 있었다. 텅 빈 배에 눈이 떨어지는 동안 다리는 추위에 뻣뻣하게 굳어갔고, 김이 피어오르는 갈비뼈 안으로 들어간 눈송이들은 빗방울로 변했다. 죽으면 누구나 저렇게 된다. 세상이 몸속으로 들어온다.

"쟤 좀 봐. 좆도 신경 안 쓰네." 러시아는 등에 반짝이는 눈발을 묻힌 채 잠든 돼지를 보며 고개를 설레설레 저었다.

모린이 돼지를 보고는 한숨을 쉬었다. "악령들은 예수께 **저희를 저 돼지들에게 보내어 그 속에 들어가게 해주십시오** 하고 간청하였다. 예수께서 허락하시자 더러운 악령들은 그 사람에게서 나와 돼지들 속으로 들어갔다. 그러자 거의 2천 마리나 되는 돼지 떼가 바다를 향하여 비탈을 내리달려 물속에 빠져 죽고 말았다."•

"내 이름은 군대라고 합니다. 수효가 많아서 그렇습니다."•• 웨인이 모린에게 윙크하며 미소 지었다.

세 사람이 그날 오후 여기서 죽인 돼지만 쉰 마리는 될 터였다(하이는 열여덟 마리 이후로 수를 세는 것을 잊었다). 그들이 보너스를 받아내줄 거라는 웨인의 기대가 없었더라면 하이는 그들의 얼굴을 보자마

• 〈마가복음〉 5장 12-13절.
•• 〈마가복음〉 5장 9절.

자 길을 걸어가 히치하이킹을 해서라도 이스트 글래드니스로 돌아갔을 것이다. 하지만 뭘 어쩌겠는가? 하이는 팀의 일원이었고, 그것도 의미가 있지 않은가?

돼지들의 영혼이 지금쯤 얼마나 멀리까지 갔을지 궁금했다. 그들이 죽은 인간들을 따라잡을 수 있을지(인간과 돼지 사이에 차이가 있다면 말이지만). 영혼이 어딘가로 간다고 믿는다는 게 얼마나 어리석은가 싶기도 했다. 뭐 하러 그러겠는가? 영혼이 여기 이 돼지처럼 그냥 드러누워서 에라 모르겠다고 한다면? 영혼도 몸만큼 지쳐 있다면? 가족들이 개 간식에 속아 천막으로 따라 들어갔다가 속이 다 비워진 채로 나오는 꼴을 지켜보느라 지쳤다면? 그리고 나서 어차피 패배할 선거운동에 5천만 달러를 쏟아붓는 후보의 손에 구워질 운명인데, 거기에 영혼은 어디 있나?

30분 후 모린의 세단이 황량한 언덕을 덜덜거리며 달릴 것이다. 세 사람 모두 피 묻은 옷 때문에 차가 더러워지지 않도록 오려낸 검은색 쓰레기봉투를 걸치고 서로 한마디도 하지 않을 것이다. 러시아는 끈을 동여맨 후드 안에서 코를 골 테고, 차가 회전할 때마다 크리스마스 유리 전구들이 차창에 쟁그랑쟁그랑 부딪힐 것이다. 결국 그들은 할당량을 채우지 못해 약속된 보너스를 받지 못할 것이다. 다음 주 근무 때 웨인은 동정심 또는 죄책감 때문에 그들에게 각각 50달러씩 쥐여줄 테고, 그들은 비밀스러운 의형제라도 맺은 듯 조용히 고개를 끄덕일 것이다. "좋은 녀석. 넌 좋은 녀석이야, 웨인." 모린이 말할 것이다. 그리고 웨인은 대답 대신 모자챙을 두드리고 묵묵히 닭을 자를 것이다.

"저 돼지도 아는 것 같아요." 하이가 함박눈을 바라보며 말했다.

"뭘?" 웨인이 물었다.

"우리가 자기 친척들을 죽였다는 걸."

"바보 같은 헛소리 마." 모린이 말했다. "도마뱀들이 네 부정적인 에너지를 느낄 거라고. 자, 그러지 말고 박수나 쳐. 난 가끔 기분이 엿 같을 땐 무작정 박수를 치거든. 이렇게."

모린이 손뼉을 쳤다. 그러자 손에 말라붙은 피가 추위에 얼어붙어 보랏빛 구름처럼 흩날려서 모두가 즐거워했다. 다들 손뼉을 치기 시작하자 피 구름이 얼굴 앞에 뭉게뭉게 피어올랐다.

"성별 공개 파티* 같네." 러시아가 키득거리며 말했다.

"보라색은 무슨 성별인데?" 하이가 물었다.

"망한 성별이지." 웨인이 말했다.

모두가 웨인을, 자신들을 이 엉망진창에 빠뜨린 남자를 쳐다보고는 불안한 웃음을 흘렸다. 손에 묻은 피가 자기들 것이 아님을 알았기에 웃었던 것이다. 그리고 웃음소리와 그들의 머리 위로 솟아올라 새해를 향해 날아가는 보랏빛 먼지 한가운데에서 하이는 기도하는 것을 잊었다.

● 미국의 풍습으로, 곧 태어날 아기의 성별을 밝히며 축하하는 파티.

14

 멀리 고속도로 옆 잔디밭 위로 붉은 해가 낮게 스친다. 가족과 함께 스톤월 잭슨 박물관을 방문한 후 맥도날드 주차장에서 소니와 하이는 킥보드를 타고 있다. 두 사람이 움직이면서 일으키는 바람에 뜨듯하고 끈적끈적한 여름 공기가 실려온다. 하이는 뒤에 서고, 그의 사촌은 앞에서 하이의 팔 사이에 안긴 채로 인도 위를 덜컹거리며 달린다. 등 뒤 어딘가에서 엄마와 이모가 깔깔 웃는다. 몇 년 뒤, 할머니가 돌아가시고 한참 뒤에야 하이는 그들이 그때 얼마나 쉽게 웃었는가 하는 데에 생각이 미칠 것이다. 터질 듯 활짝 열린 얼굴로 그렇게 웃음을 터뜨렸다는 게, 더구나 8월의 어느 날 고속도로 옆 주차장에서, 휘발유가 4리터밖에 안 남은 도요타에서, 감자튀김과 치킨 텐더와 닥터 페퍼—그들이 도망쳐온 나라에서 판매하는 기침약 시럽과 맛이 너무 비슷한 그 음료를 코카콜라로 착각하고 사오는 바람에 어쩔 수 없이 얼굴을 찌푸리며 마셨다—로 배가 꽉 찬 채로, 일말의 부끄러움도 없이 그렇게 웃을 수 있었다는 게 흡사 초능력 같았다고 말이다.

웃음소리는 뒤이어 들려온 차 소리에 가로막히긴 했지만 하이를 붕 띄워 올려준다. 하이는 더욱 세게 킥보드를 민다. "이것 봐, 우주선이야! 우리 우주선에 있어, 소니!" 젖니가 빠지고 남은 구멍으로 바람이 쌩쌩 새어드는 동안 하이는 소니의 귀에 대고 삑삑거리는 소리를 낸다.

소니는 눈을 감고 고개를 젓는다. "그런 말 하지 마. 진짜 우주선 아니잖아. 킥보드일 뿐이지. 재미로 거짓말 지어내지 마."

"우주 얘기 좋아하는 줄 알았는데. 아니면 이젠 남북전쟁만 좋아하는 거야?" 하이는 발 구르기를 멈추고 가속도에 몸을 맡긴다.

"나사(NASA)는 좋아해. 진짜 나사 말이야. 〈스타트렉〉 같은 허구 말고. 엄마는 허구를 좋아하지만 난 싫어. 그런 걸 보면 이것저것 흔들리는 느낌이 들어."

킥보드가 느려지다가 멈춘다. 소니가 고개를 돌리자 하이의 시야에 사촌의 얼굴이, 눈 밑에 있는 검은 후추 한 톨 같은 점이 선명히 들어온다. 소니는 엄마가 기념품 가게에서 사준 스톤월 잭슨 색칠 공부 책을 꽉 쥔다. 책이 몸통만큼 커서 소니는 상대적으로 우스꽝스러울 만큼 작아 보인다. 마치 남부연합 장군들을 그려놓은 광고판을 몸에 걸고 다니는 것 같다. 3년 뒤면 하이보다 머리 하나는 더 커질 테지만 이때는 아직 어린 사촌 동생처럼만 보인다. "상상력을 발휘하면 어지러워진단 뜻이야? 멍청한 소리."

"어떤 걸 뭔가 다른 거라고 상상할 순 있지. 가짜를 상상하는 것 말고. 거짓말은 날 어지럽게 한단 말야."

"이 스톤월이란 사람은 어떤데?" 하이가 책을 손으로 튕긴다. "아까 백인 여자가 말했던 대로 그가 정말로 매일 저녁 식사 후에 폴카 춤을 췄다고 생각하는 거야?"

"그분이 거짓말할 리 없잖아. 안내원인데."

하이는 엄마와 이모를 돌아본다. 두 사람이 입은 꽃무늬 셔츠가 땅거미 속에 섞여들어 금빛 덩어리로 합쳐지고 있다. **어떤 춤이든 2분만 추고 나면 질릴걸. 그 여자가 한 건 안내가 아니야. 순 헛소리였다고.**"

"안내는 안내였지. 게다가 우리 아빠도 그렇게 말했어. 거짓말을 너무 많이 하면 온 사방이 술 취한 것처럼 보인대. 허구한 날 보이지 않는 요정 이야기를 하는, 아시아 식료품점 앞에 사는 푸옹 씨처럼 말이야. 우리 아빠는 그런 기밀 정보들을 알고 있어. 아빠는 남베트남군의 스톤월 잭슨이라 할 수 있지."

"할머니 말씀으로는 군기지 허드렛일꾼이었다고 하던데." 하이는 킥보드를 땅에 떨어트린다. 킥보드는 이틀 전 뉴욕 차이나타운에 들렀을 때 킴 이모가 사준 것이다. 요즘 유행하는 유명 브랜드 '레이저' 킥보드가 아닌 짝퉁이었지만, 그래도 80달러나 했다. 엄마는 하이가 그런 사치스러운 선물을 받는다고 꾸짖었다. "애가 좋은 거 갖게 놔둬." 가게 밖에서 킴 이모가 말했다. "어차피 오랫동안 못 볼 텐데." 하이는 엄마가 입술을 깨물고 시선을 피하는 것을 보았다. 그 사이에 캐널 거리의 인파가 그들을 집어삼켰다. 그게 다였다.

"우리 아빠는 상병이었어. 증거도 있단 말이야. 손목에 베트콩한테 당한 흉터가 있다고." 소니가 턱을 내리뜨린 채 얼굴을 찡그린다.

"이것 좀 보여줘." 하이가 색칠 공부 책을 가져가 갓돌 위에 앉아서 책장을 획획 넘겨본다. 소니는 자신이 좋아하는 주제로 넘어간 데에 안도하며 하이의 옆에 웅크려 앉는다. 책 속에는 다양한 목가

적 풍경에 둘러싸인, 때로는 말을 데리고 있는 잭슨의 그림들이 그려져 있다. 예상대로 흑백 그림들이다. 그런데 이상하게도 각 인물의 피부색은 이미 복숭앗빛으로 칠해져 있어, 마치 흑백 윤곽선 너머 그들의 얼굴이 종이를 뚫고 밖을 빠끔히 내다보는 것 같다.

"피부는 굳이 안 칠해도 되게 배려해줬네." 하이가 말한다.

"얼굴은 칠하기 어려우니까 그래. 눈처럼 조그마한 부분들이 많잖아."

하이는 응접실에 앉아 파이프 담배를 피우며 책을 읽고 있는 잭슨과 벽난로 옆에서 코바늘 뜨개질을 하는 아내 엘리노어의 모습이 그려진 페이지에서 멈춘다. 잠시 머뭇거리는 하이의 손가락이 만든 그림자에 엘리노어의 미소가 어두워진다. 요즘 들어 하이는 기묘하고도 낯선 생각들에 사로잡히곤 한다. 주로 밤에, 집 안 불이 꺼지고 옆방에서 엄마가 켜둔 TV의 HGTV 채널의 해설식 광고 소리가 웅웅 새어 나오는 시간에 그랬다. 어둠 속에 있다 보면 7학년 같은 반 남자애들의 이목구비가 자꾸만 떠올랐다. 크리스, 네이트, 타일러, 아르만도, 제이슨. 하지만 그들의 얼굴 자체가 생각나는 것은 아니었다. 물론 각자 특유의 매력이 있고, 열두 살 아이들에게 흔히 보이는 호기심 어린 솔직함이 엿보이는 얼굴이었지만. 하이는 그들이 아름답다거나 예쁘다고 여기지는 않았고 다만 무정형의 **소년성**을 향한 강력하고도 음울한 동류 의식을 느꼈다. 소년성이란 하이가 가지고 있어야 할 것 같은데도 아직까지 불완전하게만 엿보이는 영역이었다. 근원을 명확히 알 수는 없지만 거기엔 손에 닿지 않는 무언가가, 반짝이는 열기가 있었다. 마치 때때로 구름 낀 밤하늘에서 달이 어디에 있는지 알 수 있듯이. 혹은 정의되기 전에 이미 존재하는 단어처럼. 그리고 의미 없는 모든 것이 그렇듯 그것은 말이 되지 않았다. 그것은 조용하면서도 끈질기게 하이를 사로잡고 뒤흔들어서, 가까이 다가오는 그들의 얼굴을 보노라면 눈꺼풀이 떨려왔다. 그는 자신이 만들어낸 한기로부터 스스로를 보호하기 위해 이불을 머리 끝까지 올려 덮곤 했다.

"만약 이 자리에 다른 남자가 뜨개질을 하고 있었다면 웃겼겠다." 하이는 두 사람을 유심히 살펴보는 소니에게 시선을 고정한 채 웃으며 말한다.

소니가 눈을 든다. "그건 말이 안 되잖아." 그러고는 실눈을 뜨고 그림을 보며 생각해보더니, 고개를 저으며 단호하게 말한다. "역시 아니야. 그런 그림이었다면 괴상했을 거야. 우선 그 남자는 동료 장교나 군사학교 강사일 가능성이 높아. 그러면 남자들이 대화하는 동안 엘리노어는 방을 나가야 한다는 뜻이지. 안내원이 그렇게 말했어. 그리고 또……" 소니가 말꼬리를 흐리는 동안 하이는 조약돌을 하나 집어 체스판에 말 놓듯 잭슨의 얼굴 위에 살며시 내려놓고, 엘리노어의 얼굴에도 똑같이 한다.

그때 엄마와 이모가 또 웃음을 터뜨렸다. 하이가 뒤를 돌아보니 두 여자가 방금 불이 들어온 주차장 램프 아래에서 옆구리를 쥐고 눈을 감고 입을 크게 벌리고서 장난스럽게 서로의 다리를 찰싹 치고 있다. 하이는 돌멩이로 가려진 분홍색 얼굴 두 개를 내려다보고, 여자들의 목소리가 자신을 적시도록 내버려둔다.

퇴근 전에 손 씻는 것을 깜빡한 하이는 기름 묻은 손을 홈마켓 앞치마에 문질러 닦으며 대기실 맞은편 벽에 걸린 포스터를 바라보고 있었다. 포스터에는 해안가에 선 아이가 쓰나미 파도 아래에 서 있는 모습이 그려져 있었는데, 파도가 완전히 실루엣으로 표현되어 있어서 마치 오려낸 것처럼 보였다. 파도 그림자에 뒤덮인 아이는 빛으로 가득 찬 윤곽에 불과했다. 그 장면 아래에 대문자로 **당신의 아이가 우울증에 뒤덮이게 두지 마세요**라는 문구가 적혀 있었다. 그 밑에는 당신의 아이를 마음의 자연재해로부터 구해줄 약이라고 하는 '루민카인드'라는 이름이 덧붙여져 있었다. 하이는 자신이 아이들을 위한 약을 먹기에는 나이가 너무 든 건지 궁금했다. 아이의 슬픔이 어른의 슬픔이 되는 시점은 정확히 언제일까? 저 아이가 자랄수록 쓰나미도 커질까? 하이의 파도는 이미 포스터 속 파도의 두 배는 되는 걸까?

그런 생각을 하는 사이에 문이 벌컥 열리더니 넥타이를 매지 않은 회색 정장 차림의 남자가 나타났다. 쌕쌕거리는 숨소리를 내며 하이를 향해 천천히 다가오는 그의 거대한 얼굴이 누가 주먹으로 후려친 빵 반죽처럼 보였다. 국선 변호사처럼 초췌한 인상이었지만 사실 정신과 의사였고, 이곳은 그의 사무실이었다. "저기, 아버님 되시나요?" 그가 그렇게 말하고는 하이의 앳된 외모를 다시 보더니 고쳐 물었다. "아니면 형제나 뭐 그런 거?"

"저는 그냥……."

"여기요." 의사가 옆에 있던 선반에 휴게소 안내 책자처럼 비치된, 다양한 정신 질환에 대한 내용이 담긴 팸플릿들로 고개를 돌렸다. 그중에서 두 부를 빼 들고 잠시 생각하더니 한 부를 돌려놓았다. "이걸 가져가서 읽어보고 환자분과 함께 상의하세요. 알았죠? 가족으로서 앞으로 갈 길이 멀어요. 하지만 이런 일은 흔히 일어납니다. 정상적인 거예요, 알았죠? 지극히 정상이라고요. 마크가 다음 진료 예약을 잡아줄 거예요. 질문 있나요?" 그는 30대 초로 보이는데도 목구멍에 침이 끓는 노인 같은 목소리를 냈다. 소니의 주 의료보험으로 진료를 받을 수 있으면서도 자전거로 갈 수 있는 거리에 있는 정신과는 이곳이 유일했다. "자, 제가 처방한 항정신병제는 처음 2주 동안에는 메스꺼움을 유발할 거예요. 그러니 충분한 음식을 섭취한 후에 복용하게 해줘요, 알았죠? 용어 때문에 겁먹진 말고요. 소니는 미치지 않았어요. 정상적인 사람이란 말이죠. 이해했어요? 좀 지나치게 정상일 수도 있어요." 의사는 소리 내어 웃으려다가 그만두고 팔에 대고 기침을 했다.

하이는 고개를 끄덕였다. "고맙습니다."

의사가 다시 안으로 들어갔다. "마크!" 그는 다른 방 어디엔가 있을 비서에게 외쳤다. "한 달 뒤로 예약을 잡아드려. 그리고 문 닫자. 오늘 일은 여기까지 하겠어. 헤어리 해리스나 갈래?"

문 뒤에서 소니가 몇 마디 중얼거린 뒤 밖으로 나왔다. 웃음기는 없었지만 차분한 얼굴이었다. 여전히 앞치마를 두르고 검은 모자를 쓰고 있었다. 패스트푸드점 직원 둘이 정신과에 와 있는 모습을 의식하니 웃음이 터져 나올 뻔했다. 《뉴요커》에 실리는, 만화에 적절한 제목을 붙이는 게임을 연상시켰다.

"그래서, 너 진짜 미친 거래, 뭐래?" 하이가 물었다.

소니는 어깨를 으쓱하더니 하이의 손에 들린 팸플릿을 흘긋 내려다보았다. 그제야 비로소 팸플릿에 실린 문구가 눈에 들어왔다. **신경이형성 청소년: 앞으로의 5년.**

하이는 소니에게 팸플릿을 들어 보였지만 소니는 바닥만 내려다보았다. 손에 든 옥수수빵 봉지가 바스락거렸다. 하이는 이것이 어떤 의미인지, 사촌이 얼마나 큰 파도 아래 서 있는지 은유적으로 알려줄 또 다른 포스터가 있지는 않을까 찾고만 싶은 심정으로 실내를 두리번거렸다. 하지만 전등이 웅웅거리는 소리, 마크와 의사가 외투를 입으며 발을 끌고 문으로 향하는 기척만 들려왔기에, 하이는 그냥 소니를 끌어안았다. 소니는 처음엔 움찔하고 굳었지만 이내 받아들였다. 둘은 잠시 그러고 있었다. 그러다 소니가 초조할 때마다 내는 만화영화 캐릭터 같은 목소리로 말했다. "으윽, 나 짜부러지겠다!"

"행운을 빌어요, 두 분. 그리고 안전하게 잘 지내요!" 의사는 마크와 함께 나가면서 외쳤다. 마치 파티장을 떠나는 차에 타면서 다른 사람들에게 인사하듯이. 오후 5시밖에 안 됐지만 주차장은 캄캄했고 얇은 얼음이 앉아 반질거리고 있었다. 하이는 근처 관목에 댄 자전거를 끌어내 도로로 가져갔다.

"이것 때문에 보호시설에 들어간 거라는 말은 안 했잖아." 하이는 자전거에 올라타며 말했다. "나는 그냥 심리 상담인 줄 알았어."

"심리적인 거긴 하지."

"내 말은, 음, 슬픔이나 뭐 그런 감정으로."

"그것도 맞아."

하이는 팸플릿을 재킷 안에 쑤셔 넣었다. "됐어. 괜찮아, 알았지? 다 정상이니까."

"이거 먹어야 해." 소니가 의사에게 받은 샘플 알약 두 개가 든 병을 흔들며 말했다. "좀 무서워."

"알아." 하이는 자신의 목소리가 부드러워지는 것을 느꼈다. "하지만 넌 잘 해낼 거야. 내가 보장해. 그 사람 의사잖아. 의사들은 자기들이 뭘 하는지 잘 알고 있어. 진짜 대학도 나왔고." 스스로 거짓말로 느껴지는 말을 하자니 곤혹스러웠다.

소니는 어깨를 으쓱했다.

하이는 소니의 가방에서 옥수수빵 한 덩이를 꺼내 반으로 갈랐다. "먹을래?"

소니는 빵 조각을 받아들고 뒤쪽 발판 위에 올라섰다.

"꽉 잡았지?" 하이는 그렇게 물으며 빵을 씹으면서 페달을 밟았다.

길 양편으로 늘어선 네모난 창문이 난 집들 사이를 지나쳐 달리며 그들은 한동안 아무 말도 하지 않았다. 드문드문 나타나는 가로등의 원뿔형 빛 아래에서 서로의 숨만 피어올랐다. 그때 하이는 자신도 모르게 그 말을 했다. 그리고 다시 말했다. 처음에는 조용히, 그다음에는 크게. 그러자 소니는 하이의 어깨를 잡은 손에 힘을 주더니 그의 말을 따라했다. 둘은 언덕을 내달려 이스트 글래드니스로, 안개 저 멀리 알록달록한 크리스마스 전구들로 휘감긴 급수탑으로 향하며 함께 되뇌었다. "이건 우주선이 아니다." 그들은 읊조렸다. "이건 우주선이 아니다! 이건 우주선이 아니다!" 둘의 목소리가 끊어지고, 다가오는 계곡이 그들을 집어삼키고, 사방이 캄캄해지고, 길바닥에 얼어붙은 수정 같은 얼음장 위로 희미한 푸른색 실핏줄만이 그들의 궤적을 따라 반짝일 때까지.

겨울

15

 누군가의 삶에서 겨울의 첫날 말버러로 향하는 기차의 기적 소리가 늦은 오후를 꿰뚫고 울려 퍼졌다. 홈마켓 주차장의 서리 낀 아스팔트에 서 있으면 그 소리가 들렸다. 주차장을 마지막으로 빠져나가는 차들 안에는 아침 내내 휘어진 교회 의자에 앉아 백 번도 더 들었던 설교를 들으며 꾸벅꾸벅 졸고 나서 이제는 경화유와 요오드 첨가 소금으로 배를 꽉 채운 사람들이 타고 있었다. 크리스마스를 나흘 앞두고 겨울 햇살이 매장을 감쌌고 내부는 아직 진한 황금빛으로 타오르고 있었다. 매일 청소해서 공기처럼 투명한 넓은 창문 너머, 흰 셔츠를 입고 나비넥타이를 맨 큰 체구의 점장 여성이 **들어오세요!**라는 팻말을 뒤집어 **아침에 봐요!**라는 문구가 앞을 향하도록 바꿔놓고는 카운터로 돌아갔다. 직원들은 고무장갑을 벗고 앞치마를 풀고 여자의 주위에 모여들었다. 여자가 별들의 재정렬을 보고한다든지 새롭고 자비로운 시대의 도래를 선포하는 등의 중대한 연설을 이제 막 쏟아낼 듯한 모습에 모두가 온 주의를 집중하고 있었다.

가게에 남은 손님은 이름과 특유의 걸음걸이로 직원들에게 잘 알려진 단골 셋뿐이었다. 눈가를 검게 칠하고 가죽 재킷 지퍼를 턱까지 올린 40대 매춘부 여성 둘이 칸막이 자리에 틀어박혀 통닭을 먹고 있었다. 원색으로 칠한 그들의 손톱이 닭 갈비뼈들 사이에서 반짝였다. 통닭은 웨인이 그들을 위해 특별히 준비한 것으로, 집 창가 화분에서 따온 로즈마리를 문질러 바르고 4번 국도에서 시작될 그들의 야간 근무 시간에 맞춰 구워놓은 것이었다.

마지막 손님은 얼굴이 앳되고 거친 손이 기름으로 범벅된 정비사로, 그가 문에 들어설 때마다 하이는 그가 입은 하늘색 작업복 상의와 심장께에 수놓인 **톰**이라는 글자가 눈에 띄었다. 그는 어둑한 창가 자리에 혼자 앉아 늘 그렇듯 그레이비를 듬뿍 끼얹은 매시드포테이토와 깍지콩을 먹었다. 왼쪽 귀가 없어지고 푹 파인 자리에 남은 반질반질한 혹을 가리려고 고개를 수그리고서, 닭고기를 뼈만 남기고 먹어치우는 여자들을 흘긋흘긋 훔쳐보았다.

점장이 모두의 주의를 끌려고 손뼉을 쳤다. BJ라고 새겨진 금색 명찰이 그의 움직임에 따라 빛을 반사했다. 인조 모피 코트와 빨간 베레모 차림으로 플라스틱 테이블 앞에 웅크려 앉아 있는, 그의 70대 어머니가 직원들 모두를 위해 특제 라자냐를 구워 가지고 온 참이었다. 직원들은 서서 라자냐를 먹었고, 몇몇은 눈을 감고 몸을 살짝 흔들기도 했다. 어머니는 몸을 기대고 팔짱을 낀 채 기이한 자부심에 젖어 고개를 끄덕였다. 그러다 자신이 낳은 여자가 좌중의 주목을 받으며 우뚝 서자, 입을 반쯤 벌리고 전보다 더욱 반짝이는 눈빛으로 여자를 올려다보았다. "좋아, 좋아, 좋아." BJ가 매튜 맥커너히처럼 느릿느릿한 말투로 말했다. "공연 볼 준비 됐어?"

모린은 매춘부 한 명과 잡담을 나누고 있었기에, 웨인이 바구니에서 옥수수빵 하나를 꺼내 모린에게 던졌다. "닥쳐, 모르." 빵이 그의 가슴을 맞고 테이블에 떨어지는 순간 웨인이 말했다.

모린은 빵을 집어 들고 한 입 먹었다. "이 공연에 간식도 나오는 줄은 몰랐네."

"더 먹고 싶으면 말만 해요." 웨인이 여자들에게 씩 웃으며 말하자 그들은 재킷 칼라에 대고 소리 내어 웃었다.

"천 달러면 뭐든 할 수 있지." 모린이 여자들에게 윙크했다. "어떻게 생각해요, 아가씨들? 너무 싼가?"

BJ가 입술을 핥고는 두 손을 맞쥐었다. "하지만 기억해, 이건 연습일 뿐이라는 걸. 리허설이라고 하는 거야, 알겠지? 그러니까 너무 의미 두거나 그러진 마."

"넌 잘하고 있어, 진!" BJ의 어머니가 털장갑을 낀 주먹을 흔들었다.

"아직 시작도 안 했어요, 엄마." BJ가 음식 식히는 통들 뒤에 있던 휴대용 앰프를 꺼내 전원을 꽂고는 잔스포츠 배낭 지퍼를 열었다. 배낭이 BJ의 손에 있으니 힙색처럼 조그마해 보였다. 지퍼가 열리자 휴대용 사전 한 권과 더불어 《데스 노트》 만화책 두 권이 쏟아져 나왔다. BJ는 책들을 낚아채 배낭에 도로 쑤셔 넣었다.

"사전이라니? 그리고 무슨 다 큰 여자가 색칠 공부야?" 웨인이 반쯤 먹은 라자냐 접시를 손에 들고 말했다.

"나 말고 또 누가 사전을 처음부터 끝까지 읽는지 알아?" BJ가 좌중을 둘러보았다. "에미넴. 바로 그거야." 그가 고개를 끄덕이는 러시아를 보고는 말을 이었다. "그리고 《데스 노트》를 무시하지 마. 무진장 재밌다고."

"BJ 이야기는 널리 읽힐 거예요." 소니가 늘 그렇듯 진지하게 말했다. "위대한 장군들은 다 그러니까요."

BJ가 앰프를 켜자 잡음이 방 전체에 울려 퍼졌다. 그는 나비넥타이를 풀어 머리띠처럼 이마에 두르고 이를 온통 드러내며 벙긋 웃었다. 좌중이 조용해졌다. 칸막이 자리의 여자들은 미심쩍으면서도 재밌다는 표정으로 탄산음료를 홀짝거렸다.

"잘할 거예요, BJ." 하이가 말했다.

"넌 할 수 있어, 얘야." BJ의 어머니가 맞장구를 쳤다. "너는 **그분**의 축복을 받았으니까."

BJ는 초조하게 미소 지으며 발로 재생 버튼을 눌렀다. 그러자 헤비메탈 비트가 터져 나왔다. 불협화음처럼 거칠고 육중한 기타 리프, 빠르고 힘찬 드럼 소리가 매장을 쿵쿵 울리면서 이윽고 모두가 꼭두각시 인형의 줄에 매달린 양 고개를 까닥이기 시작했다. BJ의 어머니가 어깨에 걸친 모피 재킷을 너풀거리며 길고 앙상한 손가락을 튕겼다. 그는 소리 내어 웃으려고 입을 벌렸지만, 스피커에서 나오는, 귀를 찢는 메탈 버전으로 편곡한 드라우닝 풀의 〈보디스(Bodies)〉에 입혀진 BJ의 음성 때문에 그의 목소리는 들리지 않았다. 베이스가 질주하듯 이어지는 동안 BJ는 카운터 뒤에서 앞뒤로 서성거렸다. 평상시에는 깍지콩과 크림 시금치를 퍼주던 카운터 뒤에서 그들의 상사가 헤비메탈에 맞춰 공연하는 것을 보고 있자니 열병에 들뜬 꿈을 꾸는 듯했다.

직원들은 프로레슬링을 향한 BJ의 꿈을 몇 달째 들어왔고(웨인과 모린은 몇 년째), 레슬러의 개성을 돋보이는 데 입장곡이 얼마나 중요한지도 알고 있었다. 하지만 BJ가 이렇게 제대로 해낼 거라고는, 더욱

이 TV에서나 들을 수 있었던 음악을 만들어낼 거라고는 아무도 예상하지 못했다. 하이는 드물게 느끼는 공동의 승리감에 취해 얼굴이 달아올랐다. 그는 신비로운 에너지의 원천을 향해 나아가듯 BJ에게 무심코 두 발짝 다가갔다.

"좋다." 웨인이 팔짱을 끼고 고개를 끄덕거리며 말했다. "괜찮네. 꽤 잘하는걸. 제기랄, 이건…… 음, 제대로 된 음악으로 들려. 그러니까……." 그가 러시아를 돌아보며 말을 이었다. "미친 백인 음악 같아."

소니는 음료 추출기 옆에 서서 스프라이트 꼭지 아래 받쳐든 컵이 넘치는 줄도 모른 채 입을 딱 벌리고 넋을 잃고 있었다. 자신의 율리시스 S. 그랜트 장군이 헤비메탈에 맞춰 머리를 흔드는 모습을 올려다보느라 여념이 없었다. 하이가 몰래 눈여겨보던 아름다운 정비사도 매시드포테이토 접시를 제쳐둔 채 몸을 돌리고 입가에 미소를 머금고 있었다. 매춘부들은 손나팔을 하고 BJ의 이름을 연호했다. 상가 한편에 자리잡은 조그마한 상자 같은 식당 안이 갑자기 기이한 광장으로 변했다.

노래가 끝나자 BJ는 목이 땀으로 흠뻑 젖고 얼굴에는 행복과 안도감에 벅차오르는 성취감이 깃든 채로 홀 안을—자신 밑에서 일하거나 자신과 함께하는 사람들이 들어찬, 자신의 주위를 공전하는 작은 행성을 둘러보았다. 그러고는 카운터에서 뛰쳐나와 어머니를 껴안았다. "잘한다, 내 딸! 잘한다!" 어머니가 BJ의 어깨에 대고 외쳤다.

"모두 잘 들어!" BJ가 고함쳤다. "1월 11일, 처칠 거리의 헤어리 해리스 바에서. 밸리 그랜드 슬램 아마추어 레슬링 협회 경기에 나갈 예정이야. 그러니까 이건 너희가 마음의 준비를 할 수 있게 마련한 맛보기였을 뿐이야. 새해에는 진짜로 **진짜**가 될 거야. 알았지?"

"정말 멋졌어요!" 하이가 BJ에게 다가가서 끌어안았다. "**여기서** 일도 하면서 어떻게 그렇게 잘할 수가 있죠? 연습할 시간을 어떻게 마련했어요?"

"나는 이 일을 정말 좋아하니까, 신입. 제기랄, 나는 레슬링계의, 그 뭐냐, 스티브 잡스처럼 되려고 노력하고 있어. 알아들었어?"

"그건…… 그러니까, '더 락' 같은 사람 말이죠?"

"말했잖아." BJ가 배울 게 많은 어린아이를 대하듯 하이의 머리를 토닥였다. "레슬링계의 **스티브 잡스**라니까. 나는 이 판을 바꿀 작정인 거야."

하이는 소니에게 건너가 그를 끌어안으려다가 멈췄다. 정신과에서 받은 팸플릿에 원치 않는 접촉을 삼가라는 말이 들어 있었던 게 떠올랐기 때문이었다. "BJ는 못 하는 게 없어." 소니는 황홀한 듯 말했다. "마법을 부린다니까. 이봐요, BJ!" 소니는 앞줄에 선 소녀 팬처럼 손을 흔들며 말했다. "점장님은 마법의 장군이에요!"

"내 비장의 무기를 볼 때까지 기다려." BJ의 얼굴에 의미심장한 미소가 스쳤다. "경기에서 내 소매에 뭘 숨겼는지 보게 될 테니까. 엄청날 거야!"

좌중의 흥분이 수그러들자 모린이 하이와 러시아를 계산대로 손짓해 불렀다. 그는 몸을 굽혀 카운터 밑에서 무언가를 꺼냈다. "이거 너희 가져. 알았지? 원한다면 둘이 나눠 가져도 돼. 둘 모두를 위한 거니까."

하이가 엉겁결에 건네받은 것은 중학교 야구 경기 트로피만 한 크기의 플라스틱 남근 모형이었다. "완벽하네요." 그는 그렇게 운을 뗐다. "그런데…… 이게 뭔데요?"

"R2-D2*야." 모린이 팔짱을 끼고 경탄하는 어조로 말했다. "너희를 설득해 웨인의 돼지 일을 돕게 한 건 나니까, 적어도 너희에게 뭔가를 주고 싶었어. 고맙다는 뜻으로 말이야."

"야." 러시아가 말했다. "좀 이상해 보이지 않아?"

하이는 고개를 끄덕였다. "10점 만점에 6점 정도 닮은 것 같은데."

"물론 미완성 작품이야. 폴이 이걸 만드는 도중에 몸져눕는 바람에."

"아, 미안해요." 하이가 모형을 이리저리 돌려보며 말했다. "사실 꽤 닮았어요."

"내 침대 옆 탁자에는 완성된 C-3PO 모형도 있어. 종이 반죽으로 만든 거야. 몸통이 약간 가늘고, 그이가 여력이 없어서 색칠도 못 했지만, 그래도 무슨 말인지 알지? 그러니까…… 거짓말은 안 할게. 고추처럼 **생기긴** 했어." 모린이 킬킬거렸다. "젠장, 바닥에 있는 작은 바퀴들도 쭈그러든 불알처럼 보이잖아. 하지만 눈을 가늘게 뜨고 보면……." 그가 한쪽 눈을 감고 말을 맺었다. "확실히 R2-D2야."

그들은 잠시 그 자리에 서서 모형을 훑어보았다. 검은 유니폼 때문에 유골 단지를 살펴보는 장의사들처럼 보였다.

"너 가져, 신입." 러시아가 하이의 가슴을 툭툭 두드리고 물러났다.

하이는 고추를 품에 안았다. "고마워요."

밖에서는 눈보라가 치기 시작했다. 드라이브스루 구역의 불빛 속에서 눈발이 빙빙 휘몰아쳤다. 유리창 밖에 차는 한 대도 없었고 지면에서 솟아오르는 부드러운 보라색 빛만 보였다. 땅이 이미 눈으로 뒤덮였다는 뜻이었다.

● 〈스타워즈〉 시리즈에 등장하는 로봇 캐릭터.

영업이 끝나고, 주차장이 텅 비고, 미니 콘서트는 귓가에 맴도는 희미한 여운으로만 남았을 때, 하이는 소니를 자전거 뒤에 태우고 지퍼 밖으로 삐져나오는 R2-D2가 든 배낭을 메고서 이스트 글래드니스 중심부를 향해 달렸다. 인도 위의 눈은 낮의 미약한 햇살에 벌써 녹아서 습기를 머금고 반짝이고 있었다.

"오늘 밤이 바로 그 밤이야." 흥분한 소니가 목소리를 높이며 사촌의 어깨를 꽉 쥐었다. "네가 그만큼이나 얻었다는 게 믿기지 않아. 어떻게 그럴 수 있었어?"

소란스러웠던 BJ의 리허설에 휩쓸려 하이는 근무 후에 소니와 함께하기로 했던 비밀 임무를 깜빡 잊고 있었다. 그는 초조한 웃음을 터뜨렸다. "화이트 크리스마스가 될까, 소니?" 팸플릿에는 대화하면서 환자의 이름을 되풀이해 부르는 게 도움이 된다고, 그러면 '고통받는' 사람을 붙잡아줄 일종의 닻 역할을 할 거라고 적혀 있었다.

소니가 모자를 벗어 앞으로 내밀자 눈송이들이 모자 표면에 내려앉아 흐릿하게 스며들었다. "응." 그는 가쁜 숨을 몰아쉬며 말했다. **"그래야 해**. 지난 3년 동안 화이트 크리스마스가 없었으니까. 3년보다 길게 갈 리는 없어. 그들이 그렇게 내버려두지 않거든."

"그들이 누구야?"

소니가 생각에 잠겼다. "장군들."

"로버트 E. 리?" 자전거가 작은 언덕에 다다르자 하이는 고개를 숙이고 속력을 높였다.

"아니, 바보 같긴." 소니가 웃었다. "역사 속의 장군들 말이야. 그리고 나는 그들의 병사들 중 하나고. 보여?" 소니가 하이에게 모자를 보여주었다. 아까 퇴근하기 전에 소니는 사물함에서 홈마켓 모자를 벗고 이베이에서 산, 반짝이는 금나팔이 달린 북군 보병 야전모를 쓰고 온 참이었다.

"그건 왜 쓰고 있는 건데?"

"행운을 부르려고. 오늘 밤 우리에게 필요할 거야."

강에서 불어오는 차디찬 돌풍이 그들의 얼굴을 때렸다. 소년들은 움츠러든 채 추위를 어깨로 밀어젖히며 저 멀리 불빛을 향해 자전거를 몰았다.

시내 중심가에 가까운 상가에 도착했을 때 눈은 그치고 안개가 자욱하게 끼어서 네온사인들이 주차장 허공에 떠 있는 색색의 얼룩처럼 보였다. 춥고 습한 날씨에 곱아버린 손가락으로 두 사람은 자전거를 끌고 빛을 향해 나아갔다. 가게들이 하나하나 시야에 들어왔다. 와인과 리큐르 병이 진열창에 늘어선 주류 판매점, 밤이라서 문을 닫은 응급 진료소. 그리고 바로 거기, 써브웨이 매장과 '임대' 팻말이 나붙은 구멍가게 사이에 '브라이언의 보석금 즉시 대출'이 있었다. 노란 불빛이 켜진 간판 아래에는 **24시간 후 출소: 24시간 영업**이라는 현수막이 걸려 있었다.

10시가 다 된 시각이었다. 소니가 초인종을 누르자 유리 카운터 뒤에서 개구리처럼 생긴 남자 얼굴이 빠끔히 나왔다. 그는 잠시 두 소년을 살펴보더니 안으로 들어오라 손짓하고 잠금장치를 풀었다. 실내는 좁으면서도 조명이 환해서 어딘가 먼 곳에 있는, 무너져가는 공화국 외곽에 있는 약국을 연상시켰다. 나무판자를 댄 대기실과 남자가 샌드위치를 먹고 있는 카운터가 있었다. 남자 뒤편의 벽에는 **자유는 공짜가 아니다**라는 말풍선이 그려진 조지 W. 부시 포스터가 붙어 있었다.

"저기요." 소니가 카운터로 다가섰다. "저 돌아왔어요. 이제 돈이 있어요. 우리 엄마를 빼낼 수 있어요."

남자가 손가락 한 개를 들어올리고는 눈살을 찡그리며 음식을 삼켰다. "잠깐만. 두 입만 먹으면 끝나."

소년들은 샌드위치를 우적우적 씹고 밀랍 입힌 포장지에 즙을 뚝뚝 흘리는 소리가 흐르는 방 안을 둘러보며 서 있었다. 이윽고 마지막 한 입을 삼킨 남자는 써브웨이 종이컵에 든 음료를 홀짝이고는 포장지를 근처 쓰레기통 쪽으로 대강 던지고 셔츠 칼라로 입을 닦았다. "좋아. 애들아, 오늘 누구를 해방시킬 작정이라고?" 그러고는 소니의 북군 모자를 보더니 분홍색 얼굴 깊이 박힌 구슬 같은 두 눈을 반짝 빛냈다. "아, 그렇군. 너로구나. 엄마가 요크 교도소에 있다고 했지?" 그는 턱을 문지르며 고개를 끄덕였다.

"네, 선생님. 레 티 킴이라는 이름이에요. 이제 보석금을 낼 수 있어요."

하이는 내내 아무 말도 하지 않았다. 보석금 채당 사무소에 와본 건 처음이었다. 그동안 사촌이 저 쓸모없는 남북전쟁 모자를 쓰고 몇 달이나 이 사무소에 혼자 드나들었다는 사실이 실감나 불현듯 마음이 무너졌다.

"기억해, 5천 달러야. 그보다 적으면 안 돼. 수수료는 따로야. 즉 500달러가 더 든다는 뜻이지." 남자는 몸을 뒤로 기대고 팔짱을 꼈다. "내가 규칙을 정하는 게 아니야, 이해했어? 나야 마음 같아서는 단돈 5센트만 받고 모든 애들의 엄마를 풀어주고 싶지." 그는 주체할 수 없는 듯 히죽 웃었다. "난 싱글맘들에게 약하거든. 너는 또 다른 아들이냐? 너희 누구 돈을 훔쳐온 거야, 응?" 그가 하이에게 윙크하고는 손을 들었다. "아니, 아냐, 아냐. 말하지 마! 나는 변호사가 아니라고." 남자가 책상을 탕 치고 웃어댔다. 두꺼운 안경 때문에 눈이 휘둥그래진 것처럼 보였다. 하이는 슬슬 머리가 지끈거렸다. 놀이공원에 있는 유령의 집에서 뒤틀린 거울에 스스로를 비춰보는 기분이었다.

소니가 몸 전체를 돌려, UPS 재킷 속에 두 손을 감추고 있는 사촌을 바라보았다. 별안간 하이는 몸을 움직일 수 없었다. 웅웅거리는 전깃불 아래에서 무언가에 붙박인 것만 같았다. 한편 남자는 막힌 코로 숨을 몰아쉬느라 휘파람에 가까운 소리를 내고 있었다.

"하이, 보여드려. 그 할머니에게 받은 걸 보여줘." 소니는 고개를 뒤로 젖히고서 가본 적 없는 장소를 찾아 지도를 보듯 환하게 밝은 절박감을 내비치며 하이를 보았다. "네가 그분을 돌봐드리고 돈을 받았다고 했잖아, 그렇지? 그 돈은 내가 갚을게. 너는 안 갚아도 된다고 했지만, 그래도. 약속할게." 소니는 직원을 돌아보았다. "저는 약속을 지키는 사람이에요, 선생님."

이것이 계획이었다. 하이가 그라지나의 쿠키 통에서 가져온 4,274달러로 킴 이모를 빼내는 것. 거기에 소니가 모아둔 천 달러와 잔돈을 더하면 충분할 터였다. 하이는 눈을 질끈 감고 구석에서 지직거리는 라디오 소리와 점원의 쌕쌕거리는 소리가 사라질 때까지 기다렸다. 그러다 보니 눈꺼풀 아래 어둠 속에서 백합처럼 진솔하고 무구한 그라지나의 머리가 둥둥 떠내려오면서 커다란 안경알에 비친 하이 자신의 모습이 보였다. 그라지나는 하이의 어깨 너머, 그가 차마 볼 수 없었던 무언가를 보고 있었다. 9월의 비 오는 저녁, 모든 것의 문턱인 철교 위에 서 있었던 자신의 모습을. 곧이어 빵집, 창문을 깨는 군인들, 그 안에서 호밀빵들에 둘러싸여 울던 열일곱 살 그라지나, 신의 자녀들이 만든 불경스러운 죽음의 왕국들을 지나가는 기차들이 보였다. 하이는 문득 아래를 내려다보고 자신의 손이 덜덜 떨리는 것을 뒤늦게 알아차렸다.

"여기, 제 몫이에요, 선생님." 소니의 목소리가 들렸다.

지폐를 헤아리는 소리도 들렸다.

손 아래로 시선을 내리자 발치에 짓이겨진 빵들이 보였다. 그라지나를 처음 만났던 날 밤 내린 비가 빵들을 적시고 있었다. 그러다 수면 위로 올라온 하이는 자신이 무슨 짓을 하고 있었는지 깨닫고 숨을 헉 들이켤 뻔했다―그리고 마음을 바꿨다.

돈은 두 뭉치로 나뉘어 양쪽 호주머니에 들어 있었다. 하이는 그중 한 뭉치만을 꺼내 카운터 위에 올려놓았다.

소니의 돈을 다 헤아린 남자는 돈뭉치를 옆에 내려놓았다. 하이는 1,200달러가 얼마나 얇은지 깨닫고 놀랐다. 허쉬 초콜릿보다 얇아 보였다. 다음으로 남자는 하이가 낸 돈을 세다 말고 멈추더니, 벽을 돌아보고는 과장되게 한숨을 내쉰 다음 돈뭉치들을 하이와 소니를 향해 도로 밀어주었다. "모자라." 그는 이렇게 될 줄 알았다는 듯한 표정으로 말했다.

소니의 어깨가 축 처졌다. "아녜요, 아녜요. 제 사촌이 실수했을 리 없어요. 얘는 대학도 갔다고요. 선생님······." 이 대목에서 하이는 외면할 수밖에 없었다. "선생님." 소니는 떨리는 손을 북군 모자챙에 가져다 대고 경례했다. 불빛 아래에서 금나팔이 환하게 타올랐다. "저희가 괜히 선생님을 성가시게 하려고 여기까지 왔을 리 없잖아요. 제발, 다시 한번 살펴……."

"알았어, 좋아. 이런 제기랄." 남자는 돈뭉치를 집어 들고 다시 헤아렸다. 그동안 하이는 소니의 글썽이는 눈을 마주할 수 없어 비틀비틀 문 쪽으로 걸어갔다.

"봤지? 모자란다니까. 여전히 액수가 안 맞는다고, 형씨." 그는 소니에게 돈을 돌려주고 반쯤 쾌활한 어조로 앞으로 2천 달러만 더 모으면 된다고 말했다. "별거 아니야. 금방 모을 거야. 다들 그러거든."

소니는 오른편의 대기실 의자들 중 하나에 누군가 도와줄 사람이 앉아 있기라도 한 것처럼 그쪽을 돌아보았다. 하지만 거기엔 아무도 없었다. "제발요." 소니는 거의 끽끽거리는 목소리로 말했다. "그냥 이만큼이라도 받아주실 순 없나요?"

하이는 돌아가서 소니의 어깨에 손을 올렸다. 처음에는 부드럽게 잡았지만 그다음에는 힘줘서 눌렀다. "가자. 내가 망쳤어, 됐어? 난 숫자도 못 세."

"괜찮아." 소니가 자기 발을 내려다보며 웅얼거렸다. "누구나 한계는 있어. 심지어 링컨도 그랬어." 그는 하이에게 돈을 돌려주었다.

"나중에 다시 해보자, 알았지? 다음 번에는 너도 같이 돈을 세줘. 나는 일반 교육 전공이고 수학은 젬병이야. 미안해."

"이해해줘서 고맙다, 얘들아. 나는 그냥 전달만 할 뿐이야. 그런데…… 저기." 점원이 빛바랜 카운터 위로 몸을 기울였다. "점성술에 대해 좀 아니? 내가 공부를 해보려고 하거든. 새로 사귄 여자친구가 점성술에 **미쳐** 있어서 말이야. 정말이지, 앞머리 있는 계집애들은 이

딴 거에 환장하더라고. 이것 봐." 그가 《이스트 글래드니스 이글》에 실린 기사 하나를 보여주었다. "양자리는 '이번 주 안으로 당신의 삶에 신선한 활기를 가져다줄 사건이 벌어질 것'이라고 하는데. '신선한 활기'라는 게 대체 뭐냐? 내 활기는 유통기한이 다 됐거나 뭐 그런 거야?" 그가 초조한 웃음을 터뜨렸다. "혹시 별자리가 브루인스가 플레이오프에 진출할지도 알려주려나?"

하이는 뒤돌아 걸어 나갔다.

"죄송합니다, 선생님. 저는 역사만 믿어서요." 소니가 말했다.

"있잖아, 나도 그래, 형씨." 남자가 고개를 끄덕이며 말했다. "나도 그렇다고."

주차장을 교차하는 나트륨등 불빛들을 바라보는 두 사람의 숨결이 연기가 되었다. 크리스마스이브까지 며칠 남아 있었지만 이브 특유의 으스스한 적막감이 온 동네에 감돌고 있었다.

"이런 기분이 아니었으면 좋겠어." 소니가 말했다.

"어떤 기분?"

"모르겠어…… 뭐랄까……." 그는 눈을 감고 이맛살을 찡그리며 말을 골랐다.

"그래도 괜찮……."

"패배자가 된 기분이야." 소니가 마침내 말했다.

하이는 움찔했다. 마음 아파서가 아니라, 이 비슷한 말이 나올 줄 알고 있었기 때문이었다. 소니가 갓돌에 걸터앉았고 하이도 그 옆에 앉았다. 서로의 어깨가 외투 천을 사이에 두고 맞닿았다.

"야, 나 좀 봐." 하이는 소니의 턱을 쥐고 눈을 마주쳤다. "나도 씨발 패배자야. 알았어?"

"하지만 너는 대학도 들어갔고······."

"아니야. 이해가 안 돼? 난 자퇴했잖아. 그건 말이지, 대학을 못 간 것보다 더 나쁜 일이야. 도중에 그만뒀다고. **기회가** 있었는데 날려버렸단 거야. 나는 너보다도, 그리고 우리가 아는 그 어떤 인간들보다도 더 심각한 패배자야. 너는, 적어도 너는 잃을 게 아무것도 없잖아."

소니는 상처받기보다는 어리둥절한 듯 얼굴을 찌푸렸다.

"씨발." 하이는 옆에 뒹굴던 종이컵을 걷어찼다. "그런 뜻이 아니야. 난 그냥······ 난 머저리고 숫자도 못 센다는 뜻이야. 알겠지?" 하이는 두 손에 얼굴을 묻었다. 갑자기 비명을 지르고 싶은 충동이 솟구쳤다. 그는 하릴없이 휴대전화를 꺼내 펼쳤다.

"이 시간에 누구한테 전화하는데?"

"잠깐만 기다려. 자, 이걸 들어봐." 하이는 자신의 노키아 휴대전화에 저장된 유일한 노래인, 통화 연결음으로 쓰던 MP3 음원을 재생했다.

"그게 뭔데?"

"아메리칸 풋볼."

소니가 이상한 눈초리로 하이를 보았다.

"밴드 이름이야. 노래 제목은 〈여름의 끝〉. 기분이 엿 같을 때 들어."

소니는 아주 가만히 고개를 떨군 채 깡깡거리며 흘러나오는 음악을 들었다. "하지만 슬프게 **들리는데**. 이미 슬픈데 왜 슬픈 노래를 듣는 거야?"

"몰라." 하이는 보도 블록 위에 발끝으로 원을 그렸다. "그런 노래가 감정에 설 자리를 줘서 그런가 봐. 작은 버스 정류장처럼." 지하철 네온사인 간판이 꺼졌다. 갑작스럽게 사위를 뒤덮은 어둠 속에서 상가 위 하늘에 뜬 겨울 별들이 보였다. 여름날보다 훨씬 선명한 별빛이었다.

소니가 옷소매를 잡아당겼다. "이것 봐." 노래가 계속 흐르는 동안 그는 말했다.

소니가 내보인 것은 사진이었다. 하이가 사진을 눈앞에 가까이 가져오니 자기 자신의 얼굴이 보였고, 그다음으로 엄마, 킴 이모, 할머니, 모두의 얼굴이 보였다. 미국행 비행기에 올라 고국을 아주 떠나기 직전 떤선녓 공항 활주로에서 찍은 단체 사진이었다. 그들은 쌀농사꾼이 흔히 입는 야단스러운 꽃무늬 옷을 입고 있었다. 프랑스인들이 강점기 때 남기고 간, 요란한 소음을 내는 싱거 재봉틀로 시장에서 떼온 천을 박아 지은 옷이었다. 정오의 햇살 아래 훤히 드러난 그들의 얼굴은 웃음기가 없었고 근심으로 이목구비가 경직되어 있었다. 하이는 엄마 옆구리에 매달려 엄지손가락을 빨고 있는 조그마한 아이를 자세히 들여다보았다. 사진 속 엄마는 지금의 하이보다—마음의 밑바닥까지 굴러떨어진 하이보다 나이가 많아 보이지 않았다.

"이걸 항상 가지고 다녀?"

소니는 지갑을 손에 든 채 고개를 끄덕였다. 소니는 이 사진이 찍힌 시점으로부터 2년 뒤에 태어났다. 사진은 필연적으로 태어날 소니의 미래를, 영원히 이스트 글래드니스로 가고 있는 그들의 모습을 포착한 스냅샷이었다. 그리고 바로 그곳에서 소니는 이들을, 이 패배자들을 어서 만나고 싶어 좀이 쑤신 나머지 예정일보다 한 달 일찍 태어날 터였다.

소니가 몸을 기울이자 그의 모자에 달린 금나팔에 반사되는 별들이 보였다. "우리 엄마 예쁘지 않아?" 소니는 마치 사진을 처음 보는 듯 쳐다보며 말했다. 그가 하이의 팔 위로 목을 뻗어서 목젖이 손목에 닿았다. "다들 아름다워." 그렇게 말하는 소니의 목소리가 들렸다. "할머니까지도. 이때는 아직 늙지 않으셨어. 그리고 우리 아빠 좀 봐, 보여? 키가 어쩌면 저렇게 작은지. 지금 내가 아빠보다 더 커!" 소니는 이 귀중한 사실에 들뜬 듯 키들거렸다. "우리 엄마 정수리가 아빠 귀까지 닿네. 그런데 지금 엄마 키는 내 가슴까지 와. 그러니까 지금 이 삶에서는······."

"이해했어."

소니가 잠잠해지더니 고속도로 저편으로 멀어져가는 희미한 전조등 불빛들을 바라보았다. 노래가 끝났다. "하지만 우리는 여전히 패배자야. 우리 모두. 우리가 한 일은 패배뿐이야. 엄마 말로는 아빠가 원래는 나처럼 키가 컸는데 온갖 전투를 거치면서 작아졌대. 전쟁이 아빠를 쭈그러뜨렸고, 엄마는 집을 잃었고, 그다음에는 네일 살롱이 불탔지. 그리고 나는 엄마를 요크 교도소에 빼앗겼고. 할머니는 천국에 빼앗겼어." 소니의 목소리가 떨렸다. 그는 닥쳐오는 무언가를 막으려고 재킷 소매를 깨물었다. "우리가 아름다울지는 몰라도, 패배자이기 때문에 그런 건 소용이 없어. 우리는 키 작은 패배자야. 아름답고 키 작은 패배자들. 그리고 그건 아무에게도 어떤 도움도 되지 않아."

"아름답고 키 작은 패배자들." 하이는 과거에서 자신들을 응시하는, 옹기종기 모인 얼굴들을 향해 고개를 끄덕였다. 아름다움이란 게, 어떤 아름다움이든 간에, 아무도 이기지 못한다면 무슨 소용이 있나?

소니는 조심스럽게 사진을 지갑에 도로 넣었다. "알고 있었어……?" 그가 바투 다가앉아 자기 손에 대고 숨을 내쉬었다. "우리 아빠 손에 다이아몬드가 있다는 거 알고 있었어?"

"한 번만이라도 미친 소리 좀 그만할 수 없어?" 하이는 갑자기 짜증이 치밀어 그렇게 쏘아붙이고는 흐릿한 눈을 힘껏 깜빡이고 코를 문질러 닦았다.

소니가 씩 웃었다. 자신이 우상화하는 남자에 대한 흥미로운 이야기 한 토막이 전류처럼 그를 관통하는 듯했다. 소니는 입술을 핥고는, 남베트남군 병사였던 아버지가 보석상에서 킴 이모에게 줄 반지를 고르고 있을 때 옆의 국숫집에서 베트콩의 차량 폭탄이 터졌다고 이야기했다. 폭발 후 아버지는 연기를 피해 눈으로 손을 가렸는데 그때 자욱한 먼지 사이로 오른쪽 손등이 반짝거렸다고 했다. 완두콩만 한 다이아몬드 한 알이 손등에 박힌 것이다. 그는 겉옷으로 손을 감싸고 기지의 야전병원으로 갔는데, 천에 다이아몬드가 눌려서 너무 깊이 박힌 나머지 간호사가 새 붕대를 감아주었을 때는 손이 더 이상 빛나지 않았다고 했다. 다이아몬드가 그의 몸속 깊숙이 자리잡은 것이다. "내가 어렸을 때……." 소니가 별하늘을 바라보며 머리를 흔들었다. "힘든 날이면 아빠가 내 손가락을 잡고 자기 손에 불룩 튀어 나온 부분을 만져보게 하고는 이렇게 말했어. '너희 아빠는 다이아몬드로 만들어졌어, 아들. 너는 3성 장군 아빠가 아니라 다이아몬드 장군 아빠를 둔 거야.' 그러면 기분이 나아지곤 했지."

소니는 애틋하고 부드러운 목소리로, 어느 날 아빠와 함께 도서관에 걸어갔던 일을 이야기했다. 소니는 도서관에서 미국 역사 코너에 틀어박혀 남북전쟁 관련 책들을 몇 시간이고 읽을 요량이었다. 소니가 태어난 후 아버지는 다른 여자와 떠나버렸지만, 아주 가끔씩 이렇게 찾아와서 아들을 만나기는 했다.

그때 이웃 아이들 몇 명이 소니를 알아보고는 다가와서 평소와 같은 별명으로 불렀다. **야, 코카인 머리. 하느님이 네 몸의 엉뚱한 부분을 찢어놓았다는 거 알아? 너 똥 쌀 때 변기에다 머리 처박지?** 그들은 하이에나처럼 낄낄거렸고, 군기지에서 일하느라 영어를 배운 소니의 아버지는 그 말을 다 알아들었다.

"처음에는 아빠도 그냥 빨리 지나가려고 했어. 내 손을 잡고 뛰기 시작했지. 그런데 아이들이 따라왔어. 결국 아빠가 뒤돌아서 자기 손을 보여줬어. 전쟁 때 손에 다이아몬드가 박혔다고, 전쟁이 아빠에게 다이아몬드 손을 줬다고. 그러고는 아이들에게 손을 만져보게 했어. 아이들은 아빠 피부 아래에 불룩 튀어나온 다이아몬드를 만져보며 한참을 말이 없더니, 그중 한 명이 아빠에게 사람을 죽인 적이 있느냐고 물었어. 아빠는 그건 예수님과 자신만 알 일이라고 했고, 그 애는 그게 무슨 뜻인지 마음속으로 이해했지. 아이들은 귓속말을 주고받으며 몇 걸음 물러났어. 그러다 그냥 멈춰 서서는 우리가 걸어가는 걸 지켜보았어. 잠시 뒤 아빠가 베트남어 노래를 흥얼거리기 시작했지. 나는 도서관에 도착할 때까지 아빠 손을 잡고 이따금씩 다이아몬드를 문지르며 걸었어." 기억의 넓은 저류에 휩쓸린 소니는 눈썹을 구부렸다.

"너희 아빠 최고다." 하이가 말했다. "우리 아빠도 그랬으면 좋겠어."

"괜찮아. 군에서 누구나 장교가 될 수 있는 건 아니잖아. 게다가 차량 폭탄 공격은 사실 아주 드물고. 너희 아빠와 우리 아빠 둘 다 그런 경우에 해당할 확률은 거의 없어."

하이는 소니의 모자를 손으로 튕겼다. "이제 가자, 병사."

자전거를 타고 상가를 나섰을 때 그곳에 남은 빛이라고는 브라이언의 24시간 보석금 즉시 대출 간판뿐이었다. 소니가 새 약이 든 배낭을 깜빡 잊고 퇴근한 바람에 그들은 배낭을 챙기러 홈마켓으로 돌아갔다. 잠시 뒤 하이는 그라지나의 식료품 저장실에 숨어들어가 현금 두 뭉치를 양철통에 돌려놓을 작정이었다. 하지만 홈마켓 매장에 다다른 지금, 소니는 실패한 임무에 대해서는 잊었는지 자전거가 노면에 난 혹을 타고 넘어갈 때마다 키득거렸다. "저것 봐!" 소니가 소리 내어 웃으며 홈마켓 간판을 가리켰다. 글자의 일부에 회로가 끊겨서 불이 꺼져 있었다. 그들은 중앙분리대의 잔디밭을 넘어가 서리가 앉아 뻑뻑해진, 자전거 바퀴 아래에서 툭툭 부러지는 소리를 내는 풀밭을 가로질러 안개 속에 붉게 떠 있는 **홈마**라는 글자를 향해 나아갔다.

16

"왜 그래요?" 하이가 말했다. "괜찮아요? 우유 데워드릴까요?" 방금 샤워를 마치고 나온 그는 그라지나가 계단 꼭대기에 주저앉아 있는 모습을 발견했다.

"크리스마스이브야, 라바스."

이 집에 드는 빛은 늘 변함이 없어서 매일이 똑같이 느껴졌기에 하이는 크리스마스를 까맣게 잊고 있었다.

"이해가 안 돼." 그라지나가 손바닥으로 턱을 받치고 말했다. "너무 무거운 기분이야. 예수님 생일인데, 나는 이상한 기분이 들어, 라바스."

"새 머리 모양이 그렇게 나쁘진 않아요. 제 머리랑 비슷하잖아요. 이제 우린 쌍둥이예요." 하이는 애써 빙긋 웃어 보였다.

그라지나가 앞머리를 만지작거렸다. "아냐, 잘했어. 넌 잘했어, 애야. 난 그냥…… 모르겠네. 가끔 그냥 이래. 그리고…… TV 속으로 기어 들어가서 그 안에 있고 싶어." 그라지나가 말을 끊고 주위를 훑어보았다. "미친 소리 같지, 그렇지?"

"그냥 의학적으로 우울한 상태일 뿐이에요." 하이는 자기도 모르게 말했다. "이유 없이 슬프다는 뜻이죠."

그라지나는 그 말을 생각하며 이마를 찡그렸다. "아냐, 내가 스탈린보다 오래 살아남았는데 **우울해질** 리가." 그는 반항적으로 고개를 저었다. "너희는 만사를 감정 탓으로 돌리더라. 굶주림도 감정 탓이라고 생각하니? 홍수는? 지진은?"

"저기, 저도 그래요. 그건 날씨 같은 거예요. 구름이나 비나 뭐 그런 거요. 저절로 사라지게 마련이죠. 하지만 어떤 사람들은 런던에서 더 많은 시간을 보내기도 하잖아요, 그렇죠? 아니면 시애틀이라든지요. 당신은 지금 비가 오는 중인 거예요. 기억해요? 토끼랑, 당근 속에 든 빛에 대해 했던 이야기요."

그라지나가 고개를 끄덕였다. "그러면 나는 크리스마스이브에 비가 오는 중인가 보구나."

잠시 침묵이 흐르더니 그라지나가 어깨를 움찔했다. "오 예수님 마리아님, 오늘 루카스를 보는 날이잖아! 5시에 만나기로 했는데. 쿠치오스인데. 깜빡할 뻔했네."

하이는 눈을 껌뻑거렸다. "뭐라고요?" 지금까지 그는 루카스가 가상의 인물이거나 기껏해야 그라지나의 젊은 시절이 뒤죽박죽 뒤섞여 만들어낸 환상, 즉 치매에서 비롯된 또 다른 허깨비라고 생각했다. 벽난로 선반이며 벽에 진열된 어느 사진에도 루카스라는 아들은 보이지 않았기 때문이다. 오로지 금발 딸 리나만 있을 뿐이었다. 리나의 유치원 시절부터 대학교 시절까지 담긴 사진들이 사용되지 않는 벽난로 위에 마치 시간의 아코디언처럼 펼쳐져 있었다. 하이는 몸을 일으켜 앉았다. "무슨 말을 하는 거예요?"

"그래, 리투아니아에서는 매년 크리스마스 이브에는 생선을 잔뜩 넣은 저녁을 먹거든. 그걸 쿠치오스라고 해." 그라지나는 끙 소리를 내며 일어나서 자기 방으로 발을 질질 끌며 걸어갔다. 그리고 침대 옆 탁자에서 종이 한 장을 집어 하이에게 건넸다. 사용된 봉투 뒷면에 강 건너 차로 20분 거리에 있는 부유한 교외 지역인 맨체스터의 한 아파트 주소가 적혀 있었다.

"잠깐, 진짜예요? 그럼 우리 이제 어떡해요?"

"걱정 마." 그라지나가 방을 가로질러 가서 서랍장의 맨 아랫서랍을 열었다. "자, 이거 입어."

하이의 손에서 펼쳐진 것은 간호사의 수술복처럼 보이는 옷이었다.

"재닛 옷이야. 너한테는 크지만 그래도 괜찮을 거야. 입어봐, 그래. 잠깐…… 이렇게 하면 돼." 그라지나가 옷을 머리로 당겨 입는 것을 도와주며 하이의 모습을 훑어보았다.

두 사이즈나 커서 솔기 부분이 어깨 밑으로 내려왔지만 소매를 말아 올리니 그럭저럭 맞았다.

"잘 어울리네. 자, 이름표만 떼." 그라지나가 **재닛**이라고 인쇄된 명찰을 떼어냈다.

"제가 뭐라고 해야 하죠? 제가 일하는 병원은 어디라고 해야 하는데요?"

"베들레헴에 있는 뉴크로스 병원. 걱정하지 마. 새로 온 간호사라고 말할 테니까. 내 아들은 동양인들을 존중해. 동양인 의사들이 일을 잘한다고 하더라. 루카스는 천재적인 두뇌를 지녔지만 인간관계에는 약해. 그래도 재닛보다는 너를 마음에 들어할 거야. 재닛은 향수를 너무 많이 뿌린다고 싫어했거든." 그라지나가 먼 곳을 바라보며 한숨을 쉬었다. "참 건방지단 말이야, 그 녀석."

그라지나가 또 무너질 것 같아서 하이는 몸을 한 바퀴 빙글 돌아보이고는 공식적인 어조로 농담을 던졌다. "안녕하십니까, 부인. 오늘 밤 부인을 위한 간호사 겸 운전기사가 되어드리겠습니다. 생선과 쿠카로 가득한 크리스마스를 보내길 바랍니다."

"쿠카가 아니라 쿠치오스야." 그라지나가 웃으면서 하이의 팔을 철썩 쳤다. "이제 내 올빼미 스웨터 좀 찾아주렴. 1986년 런던에서 결혼기념일에 산 거야. 그것도 내 돈으로."

30분 후 그들은 프라이팬 위 양파가 버터에 지글지글 익어가는 부엌에 있었다. 바람 없이 쌀쌀하고 흐린 날이어서 곧 눈이 올 듯했다. 그라지나는 턱까지 올라오는, 가슴에 커다란 흰 올빼미가 수놓인 울퉁불퉁한 양모 스웨터를 푹 덮어쓰듯 입고 소매를 걷어올린 채, 젊고 민첩한 발걸음으로 조그마한 부엌을 빙빙 돌았다. 두 배로 복용한 아리셉트가 근육 기억을 보조해준 덕분이었다. 재료를 썰고 휘젓는 그라지나의 손이 조리대 위에서 춤추듯 움직였다.

하이는 커피를 홀짝이고 팝타르트를 조금씩 먹으며 《카라마조프가의 형제들》을 읽었다. 낡은 문고판 표지가 반투명하게 닳아서 그 아래 글자들이 비쳐 보였다. "사모바르가 대체 뭐죠?" 하이가 책을 내려놓으며 물었다.

"인도에서 먹는 빵 같은 거 아냐?* 아이고, 예전엔 알았는데. 하지만 오래전 일이지." 그라지나가 코를 찡그리더니 안경을 벗었다. "저

● 러시아의 주전자 사모바르(samovar)를 인도의 빵 사모사(samosa)와 혼동하고 있다.

기 서랍 열어 봐. 남편이 십자말풀이를 할 때 보던 사전이 거기 있을 거야."

그라지나가 요리를 끝냈을 때 밖에서는 해가 지고 있었다. 뻐꾸기 시계가 오후 4시 5분을 가리켰다. 그라지나는 김이 모락모락 나는, 토마토와 양파로 범벅한 생선으로 속을 채워 넣은 피망들이 들어찬 찜 냄비를 랩으로 덮었다. "루카스가 가장 좋아하는 요리야. 우리 할머니한테서 전수받은 오래된 레시피지." 하지만 하이는 몇 주 전 식탁 위 잡지 더미의 맨 위 잡지 사이에 꽂혀 있던, 베티 크로커 요리책에서 오려낸 레시피를 우연히 본 기억이 있었다.

그라지나가 일을 마치고 손을 닦으면서 제자리에 가만히 서 있기에 하이는 책을 내려놓고 그를 올려다보았다.

"리나한테 전화하는 걸 깜빡할 뻔했네." 그라지나가 고개를 저었다. "아, 원래 크리스마스 이브에는 절대 안 잊어버리는데." 그는 식탁 위의 전화기를 집어 들고 다이얼을 돌린 다음 기다렸다. 수화기를 잡은 두 손의 정맥들이 움직였다. 신호음만 계속 울렸다.

"외출 중인가 봐요." 하이가 말했다. "막판에 크리스마스 선물이니 뭐니 사러 나갔겠죠. 다들 그러잖아요."

"맞아." 그라지나가 창밖을 바라보며 그렇게 속삭이더니, 신호음이 몇 번 더 울릴 때까지 기다리다가 전화를 끊었다.

"디저트도 가져가야 할까요?" 하이는 루카스가 실존 인물인지 여전히 긴가민가한 채로 물었다. "냉동실에 옥수수빵 한 봉지가 있어요. 가져가면 시간 맞춰 해동이 될 거예요."

"좋은 생각이야. 소 채운 피망 요리 한 접시만 달랑 가져가서는 좋은 손님이라 할 수 없겠지. 루카스에겐 애들도 있거든." 그라지나가 냉동고를 열고 봉지를 꺼내줬다. "크리스마스라니, 라바스. 믿어지니?"

"크리스마스네요." 하이가 말했다.

"14호 맞아요?" 하이가 발돋움질하고 공동현관 안쪽을 내려다보았다. 그들은 콜로니얼 그린이라는 이름의 외부인 출입 제한 주택 단지의 한 동 앞에 서 있었다. 그들을 내려준 택시의 불빛이 길모퉁이 너머로 희미해졌다.

"10년 전부터 쭉 14호였어. 아마도."

하이는 그라지나의 눈을 살펴보았다. 맑아 보이는 눈빛이었다. 하이는 혹시 모를 상황에 대비해 그라지나의 약을 절반쯤 늘려서 먹인 참이었다.

"그리고 아드님, 루카스라는 분 맞죠? 진짜 사람이란 거죠. 본 적 있어요?"

"멍청한 소리 하지 마. 바로 **여기서** 나왔다고." 그라지나가 자기 가랑이를 가리켰다. "내가 어떻게 걔를 못 봤을 수가 있겠니?"

하이의 손에 들린 찜 냄비가 서늘했다. "자, 이렇게 해보죠." 그는 건물에 있는 여섯 가구의 호출 버튼을 모조리 누르고 기다렸다. 몇 초 뒤 공동현관 잠금장치가 풀렸다. 두 사람은 부랴부랴 추위를 벗어나 안으로 들어갔다. 2층으로 올라가니 14호가 보였다. 현관문 틈새로 희미한 음악 소리가 새어 나오고 있었다. 그라지나가 푸른 정맥이 돋은 손으로 문을 두드렸지만 음악 때문에 노크 소리가 묻혀 버렸다.

"다시 해보마."

"아드님이 택시를 불러준 게 맞아요? **당신이** 부른 게 아니고요? 실수로라도요. 어제 호출해둔 거 아니에요, 혹시?"

그라지나가 머리를 뒤로 젖히고 입을 벌렸다. "아 하느님, 아 하느님." 그는 손으로 입을 틀어막고 붉게 충혈된 눈으로 하이를 보았다. "모르겠어. 이젠 잘 모르겠어." 그가 고개를 흔들었다.

"괜찮아요. 울지 말아요. 저기요……." 하이는 그라지나를 당겨 안았다. 그라지나가 하이의 어깨에 대고 리투아니아어로 뭐라고 중얼거렸다.

"엄마? 오셨군요."

두 사람은 껴안고 있는 사이에 문이 열린 것도 미처 몰랐다.

서글퍼 보이는 갈색 카디건을 걸친 60대 배불뚝이 남자가 미소 지으며 목까지 무성하게 자란 수염을 문질렀다. 둘은 서로를 품에서 놓고서 지나치게 큰 외투 속에 묻힌 채 남자를 보며 눈을 껌뻑였다. 하이가 어색하게 손을 흔들고 찜 냄비를 남자를 향해 내밀자, 그는 포탄 파편이라도 본 양 턱을 당기고는 부드럽게 냄비를 밀어냈다. "음, 음식은 많아서요. 자, 들어와요. 날이 너무 춥네요. 택시가 길을 잘 찾아와서 다행이에요."

그라지나는 안경을 밀어 올리고 하이의 손을 붙잡은 채 비틀비틀 안으로 들어갔다.

집 안은 널찍했고 아치형 천장은 광이 나는 오크나무 들보들로 받쳐져 있었다. 조도를 조절할 수 있는 촛대 조명들이 벽 위에서 모든 것을 밝히고 있었다. **공간**이 굉장히 많았다. 부유함이란 바로 이런 거구나 싶었다. 생활에 필요한 모든 도구가 보이지 않게 치워진 집 안에 사는 것. 빗자루도, 대걸레도, 세탁 바구니도, 영수증이며 청구서며 알약이며 열쇠를 넣어두는 무수한 트레이나 보관함도 보이지 않았다. 조리대부터 가구, 협탁, 식기 진열장에 이르기까지 모든 것이 눈을 즐겁게 하고 몸을 편하게 움직이기 위한 장식이었다. 앞을 가로막는 것은 아무것도 없었다. 약 광고에 등장하는 집들이 연상되는 곳이었다.

그라지나가 멈춰 서서 주위를 둘러보았다. "아주 현대적이구나." 그가 고개를 끄덕였다. "정말 멋져. 보이니, 라바스? 과학은 놀라운 일들을 해내지." 그라지나가 아들을 향해 활짝 웃었고, 그는 팔꿈치를 문지르며 부엌을 돌아보았다. 그곳에서 여자와 두 아이—남자아이와 여자아이가 나타났다.

"아, 그라지나, 오랜만이에요! 근사해졌네요." 여자가 총총 다가와 그라지나를 끌어안았다. 그런데 잘 보니 그의 팔이 그라지나의 몸에 닿지 않고 주위에 붕 떠 있었다. 여자는 뺨을 맞대고 요란하게 뽀뽀하는 소리를 냈지만 그의 붉은 입술은 그라지나의 얼굴에서 거의 두 뼘은 떨어져 있었다. "당신은 그라지나의 보조원인가 보군요. 맙소사, 굉장히 **어리잖아요**. 저는 평화봉사단원으로 말레이시아에서 일했었어요. 거기 여자들을 얼마나 **질투**했는지 몰라요. 그런데, 어머, 내가 지금 인사도 안 하고 뭐 하고 있담? 안녕하세요?" 그는 이가 온통 드러나도록 활짝 웃었다. "자, 이건 저 주세요." 여자가 찜 냄비를 받아 들고는 새끼손가락으로 호일을 들어올리더니 움찔하고는 애써 미소 지었다. "흐으음, 맛있겠네요."

"틸라피아[•] 소를 채운 피망이란다." 그라지나가 루카스에게 말했

• 열대 지역에서 나는 민물고기.

다. "쿠치오스니까."

"쿠치." 남자아이가 여동생에게 속삭였다. 열다섯쯤 되어 보이는 그는 깡마른 체구였고 얼굴은 어린아이가 점토를 빚어 만든 것처럼 이목구비가 한가운데로 쏠려 있었다.

여자아이는 그보다 조금 더 어렸고 턱이라고 할 만한 부위가 없다시피 했다. 아이가 제 엄마 뒤에서 걸어 나오더니 코를 가렸다. "저 할머니 오줌 냄새 나."

"애비." 아이 엄마가 말했다. "공손하게 굴어야지. 네 할머니잖아. 자, 햄이 다 됐다. 그렇지, 얘야?" 여자는 부엌으로 건너가서 조리대의 커피머신 뒤에 찜 냄비를 내려놓았다.

하이는 그라지나의 떨리는 손을 잡고 마치 불 꺼진 방을 지나듯 천천히 걸음을 옮겼다. "조시, 네 할머니 마지막으로 만난 게 언제였더라?" 끝으로 갈수록 가늘어지는 양초 세 개에 불을 붙이며 여자가 말했다. "거의 5년이나 됐네. 시간이란 너무 빨라. 물론 바쁠 때만 그렇게 느껴지지. 우리는 바빴고 말이야. 이제는 **어떻게** 쉬는 건지도 모르겠어. 심지어 휴일에도."

"일을 너무 많이 하니까 그렇지." 루카스가 부엌에서 경쾌하게 말했다. "학부모회 회의, 맞벌이 부부 클럽 현장 학습, 교육 위원회까지." 그가 하이를 돌아보았다. "클라라는 여기 학교 시스템을 다 굴리다시피 하거든요."

제 남편보다 열 살은 더 어려 보이는 클라라는 고개를 기울이고 입술을 삐죽 내밀었다. "그렇긴 해. 돈 한 푼 안 받으면서 말이야." 그러고는 포트와인을 홀짝이며 아이들을 바라보았다.

클라라는 상대방을 못생겼다고 흉보는 뜻으로 짐짓 걱정스러운 척 머리를 기울이고서 "피곤해 보이네요"라고 말할 법한 부류의 사람이었다. 그의 머리는 잡지에서나 볼 수 있는 빨간색을 띠었다. 클라라를 상대로는 그냥 고개를 끄덕거리고 말없이 있기만 하면 충분할 듯싶었다. 하이는 빙긋 웃으며 옥수수빵 봉지를 식탁 위에 놓았다.

"이젠 할머니처럼 안 보여요. 리지스 필빈® 처럼 보이는걸요." 여자아이가 말했다.

"코카인을 한 리지스 필빈이겠지." 남자아이가 속닥거렸다. 그러고는 둘이서 안경 뒤 눈을 실그러뜨리며 킬킬 웃었다.

"얘들아." 부엌에서 루카스가 외쳤다. "하룻밤만이라도 좀 어른스럽게 굴어보자, 알았지?"

"쟤가 뭐라고 했니?" 그라지나가 맞은편에 앉은 여자아이에게 물었다. "농담이라도 한 거야? 재밌는 애야. 제 할아버지를 닮았지. 늘 유쾌한 분이었거든."

"아, 조시는 워낙 농담을 잘하죠." 루카스가 들어와서 조시의 머리를 헝클어뜨리고는 방울 양배추가 든 그릇을 내려놓았다. "제리 사인펠드가 따로 없다니까요." 아이는 제 아빠의 관심을 받자 의기양양해서 어쩔 줄 몰라했다. 조시의 앞니에 촛불 빛이 비쳐 반짝였다.

루카스가 요리 담당인 것이 분명했다. 그는 타임을 곁들여 구운 닭고기와, 가장자리가 거뭇하게 그을린, 꿀 바른 햄 반 덩이를 식탁에 차려놓았다. 크리스털 병에 담긴 크랜베리 주스도 내왔다.

그라지나가 하이가 자신을 담당하는 새 간호사라고 설명하자 루카스는 침울한 표정으로 고개를 끄덕였다. 그런 후 그들은 고역스러

● 쇼 프로그램 〈누가 백만장자가 되고 싶은가〉 진행자로 유명한 미국의 방송인이자 배우.

운 잡담을 나누며 식사를 했다. 남자아이는 접시를 입가에 가져다 대고 부스러기들을 입에 밀어넣는 버릇이 있었다. 음식은 겉보기엔 예뻤지만 죄다 버터 맛밖에 안 났다. 별안간 하이는 BJ의 엄마가 만들어준 라자냐가 못 견디게 그리워졌다. 심지어 홈마켓에서 파는 크림 시금치나 맥앤치즈—러시아는 늘 거기에 빵 부스러기를 더 얹어서 먹었다—마저도 그리웠다.

"그러면, 궁금한 게 있는데요. 어……." 루카스가 굵은 새끼손가락으로 하이를 가리켰다.

"라바스." 그라지나가 말했다. "이름이 '하이'라서 라바스라고 불러."

"아, 재밌네요. 라바스." 루카스가 고개를 끄덕였다. "저기, 난 이게 궁금해요. 상주 간호사들 중 필리핀 출신이 얼마나 많죠? 필리핀에서 미국 병원들과 무슨 제휴라도 맺은 건가요? 《애틀랜틱》에 실린 기사를 읽으니 그렇다는 이야기가 있던데. 인턴십이나 뭐 그런 건가?"

하이는 크랜베리 주스를 가져다 마시며 좌중이 자신의 대답을 기다리는 동안 시간을 벌었다. "음……." 그는 입을 닦고는 손에 대고 기침을 했다. "제가 다른 필리핀 사람들 입장을 대신해 말할 수는 없겠죠. 하지만 어렸을 때 〈캡틴 플래닛〉이라는 만화영화를 봤는데요." 가족들이 몸을 앞으로 내밀고서 하이의 이야기에 몰입했다. 이국 문화의 진원지에서 흥미로운 일화가 흘러나오리라는 것을 감지한 모양새였다. "거기에 저 같은 동양인으로 보이는 애가 하나 나왔어요. 걔가 필리핀 사람이었을 수도 있었을 것 같아요."

"그렇군요." 클라라가 고개를 끄덕이며 맞장구를 쳤다.

"그 만화영화에 나오는 애들은 모두 하늘로 주먹을 들어 올리고

〈캡틴 플래닛〉의 주제들을 기반으로 한 구호를 외치곤 했어요. 불, 바람, 물, 뭐 이런 식으로. 음, 그런데 그 갈색 피부 아이는 늘 '마음(heart)'이라고 외치더라고요. 이상했죠. 그건 지구의 자연 원소가 아니니까요. 하지만 저는 그걸 '건강(health)'이라고 잘못 들었어요. 세상을 지키고 싶다면 건강해야 한다는 뜻 정도로 말이죠. 그래서 기억할 수 있는 가장 어린 시절부터 저는 의사가 되고 싶었던 거예요. 하지만……." 하이는 어깨를 으쓱하고 고기 조각을 포크로 찔렀다. "그나마 될 수 있었던 게 간호사였던 거죠." 그는 음식을 씹으며 자신을 둘러싼 얼굴들을 훑어보았다.

"시시해." 조시가 닭다리를 휘두르며 말하고는 이번엔 그라지나를 열띤 눈으로 바라보았다. 그라지나와 하이가 오늘 밤의 오락을 책임져줘야 한다는 듯이.

"그게 다예요?" 클라라가 얼굴을 찌푸렸다. "**만화영화** 때문에 진로를 정했다고요? 그건 좀…… 무모한데요, 안 그래요? 너도 그러면 안 된다, 얘." 그가 자기 딸에게 말했다. "〈라스트 에어벤더〉 운운하는 헛소리는 안 돼."

그라지나는 방울양배추 한 알을 펜 포크를 집어 들고 유리잔을 두드렸다. "쿠치오스 기도를 해야지, 그렇지? 루카스, 기억하니?"

"올해는 하지 말아요. 알았죠, 엄마?" 루카스가 말했다. "그건 생선이나 먹으면서 하는 낡은 풍습이잖아요. 저희는 집을 대대적으로 재단장하고 **드디어** 엄마를 초대한 건데. 옛날 시골식 장광설을 늘어놓을 필요는 없다고요."

"재단장을 했니?" 그라지나는 주위를 둘러보았다. "그런 것 같구나, 허."

"상태가 점점 더 심각해지는데." 남자아이가 진심으로 걱정하는 투로 말했다.

"무례하게 굴지 마. 쿠치 기도인가 하는 것 나도 듣고 싶어." 아이 엄마가 진주 귀걸이를 달랑거리며 몸을 꼿꼿이 세우고는 와인을 한 모금 마셨다. 여기서 크랜베리 주스를 마시지 않는 사람은 클라라뿐이었다.

"클라라. 성가신 일 만들지 마, 제발."

"냄새가 지독해. **진짜** 오줌 같아." 남자아이가 모두에게 들릴 만큼 큰 소리로 속닥거렸다.

하이는 그라지나가 곧잘 구사하는 특유의 따끔한 말을 쏘아붙이기를 바랐다. 스탈린의 조그마한 음낭을 재치 있게 풍자하거나, 남자아이의 새 같은 이목구비를 지적함으로써 재빠른 반격을 가하기를. 하지만 그런 말은 나오지 않았다. 그라지나는 그저 멀리서 들려오는 소리를 듣는 듯 머리를 갸웃하더니 리투아니아어로 무언가를 웅얼거렸다. 그러고는 웃으면서 손뼉을 쳤다.

"나는 정말 이렇게 심할 줄은 몰랐어, 여보." 클라라의 얼굴이 경직되었다. "처리 좀 하지그래, 응? 그냥 대놓고 물어보란 말이야." 클라라가 접시에 냅킨을 던지고는 와인을 한 모금 더 꿀꺽 삼켰다. 그가 만들어 썼던 가면은 뼈 같은 무관심으로 녹아들었다.

"잠깐만. 이봐요, 안녕인지 뭔지…… 라바스. 엄마 좀 욕실로 데려가주겠어요? 거기서, 알죠? 정돈 좀 해주세요." 그는 한숨을 내쉬고서 하이가 그라지나를 복도로 이끄는 동안 시선을 돌렸다.

"이번이 마지막이어야 해, 루카스." 하이가 욕실 문을 닫는데 뒤에서 클라라가 그렇게 말하는 소리가 들렸다.

"저기, 기분 어때요?" 하이가 아주 부드럽게 말했다. "지금 대통령이 누구……."

"아무도 아니야."

"그렇군요. 다시 해볼까요?"

"나 여기 있니? 내가 아직 여기 있어, 라바스?"

하이는 그라지나의 손을 잡았다. "날 봐요. 뭐가 어떻게 되어가는 거예요? 아직 저 보이세요?"

그라지나의 뿌연 눈이 욕실을 훑더니 하이의 가슴에 고정되었다. "그래. 아, 물론이지. 네가 보여. 네가 보여, 라바스."

"그러면 우리 여기 있는 거죠, 맞죠?"

그라지나가 변기에 털썩 주저앉았다. 스웨터 위의 올빼미가 구겨졌다. 마침내 자기 자신으로 돌아와 무릎 위에 놓인 두 손을 골똘히 쳐다보는 그라지나는 사람이 저렇게까지 어리둥절해질 수가 있나 싶을 만큼 어리둥절한 표정이었다.

하이는 말소리가 밖으로 새어 나가지 않도록 수돗물을 틀었다.

"다 엿 먹으라 해요. 됐죠? 그냥 개자식들일 뿐이에요."

그라지나는 하이의 날선 목소리에 움찔했다. "무슨 말을 하는 거니?" 그가 억지웃음을 지었다. "좋은 사람들이잖아. 똑똑한 손주들이고, 나의 루카스, 그리고 예쁜 아내. 이 집을 보렴. 이런 집 본 적 있니?"

"저기요, 식사 자리로 돌아갈 수 있겠어요? 아니면 그냥 박차고 나가버릴까요?"

잠시 후 그라지나가 고개를 끄덕였다. "돌아갈 수 있어. 하지만 그 전에 목캔디 좀 먹을 수 있을까?"

하이는 호주머니에서 목캔디 한 알을 꺼내 포장지를 벗기고 그라지나의 입에 넣어주었다. "체리맛이에요."

문을 열자 루카스가 기다리고 있었다. "엄마." 그가 몸을 숙여 그라지나와 눈높이를 맞췄다. 이제 그의 얼굴은 진솔하고 상냥했다. "그 안에서 괜찮았어요?"

그 안에서라니. 무슨 상자 안에 들어가기라도 했던 것처럼.

"있잖아요, 오늘 밤 엄마가 와줘서 정말 기뻐요. 크리스마스이브에 엄마를 보는 건 제게 중요한 일이에요. 아시죠? 그리고 아이들도 정말 좋아하고요."

"이 늙은이가 곁에 있는 게 그리웠나 보구나, 응?" 그라지나가 루카스에게 힘없이 미소 지었다. 루카스는 그의 손을 잡고 부드럽게 식당으로 이끌었다.

"우리 모두 기운을 차렸네!" 루카스가 자리에 앉으며 말했다.

"내일 세인트 피터스 성당에 리투아니아어 미사를 드리러 갈 거니?" 그라지나가 물었다. "너희 의붓아버지가 나를 데리고……."

"아, 왜 그러세요. 엄마도 몇 년째 안 가셨잖아요. 의붓아버지가 살아 계셨을 때도요. 자……." 루카스가 숨을 들이쉬고 안경을 벗어 식탁 위에 단정히 내려놓았다. "조시와 애비에게 해주고 싶은 이야기가 있어요. 우리 가족, 우리 **뿌리**에 대한 이야기요. 엄마가 쿠치오스니 뭐니를 하고 싶어 했으니까요. 그리고……." 루카스가 아이들의 멍한 얼굴을 애써 바라보며 고개를 끄덕였다. "아이들이 이 이야기를 들을 때 할머니가 곁에 있는 건 중요해요." 그는 입가에 두 손을 맞대 첨탑 모양으로 만든 채로 나지막이 말했다. 그의 양옆에서 반쯤 탄 촛불들이 너울거리며 선 굵은 얼굴에 황량한 그림자를 드리웠다. "들어보렴, 애비, 조시. 너희 할머니 남편은 전쟁 영웅이었어." 그의 손이 식탁 위에서 맴돌았다. 클라라가 자리에서 일어나 부엌으로 건너가자 루카스의 눈길이 그 뒤를 좇았다.

"계속해. 난 그냥 술 더 가지러 가는 거야." 클라라가 빈 잔을 흔들었다.

"네 진짜 할아버지는 우리 집에서 물살에 떠밀려온 나무토막처럼 구석에 틀어박혀 책이나 읽던 괴짜 늙은이가 아니었어. 너희 기억하지, 그렇지? 그 곱사등이 말이야. 허구한 날 읽고 또 읽기만 할 뿐, 그분이 엄마한테 해준 게 뭐가 있죠? 네?" 그의 목소리에 날이 섰다. 방금 전까지 내보이던 상냥함은 사라져버렸.

그라지나는 식탁에 턱이 닿을락 말락 할 만큼 고개를 깊이 숙이고 있었다.

"아무것도 안 했지. 머리로 알기만 할 뿐 지식을 활용하지 않으면 그렇게 되는 거야. 차에 기름만 넣어놓고 시동 걸 배짱은 없는 거나 마찬가지지." 루카스가 **배짱**이라는 말을 씹어뱉듯 내뱉었다. "하지만 내 아버지, 너희 **진짜** 할아버지는 말이다. 나는 그분의 필립 루카스라는 이름을 물려받은 거야. 그분은 레지스탕스 군인이었어. 스탈린과도 나치와도 맞서 싸웠지. 그러다 돌아가셨어." 촛불 빛을 받은 루카스의 얼굴에 강한 명암이 드리워졌다.

클라라가 무언가 더 진한 붉은빛 술을 채운 잔을 들고 돌아와 몽롱한 투로 "영웅들을 위해"라고 말하고는 한 모금 들이켰다.

"너희 고모 리나는 그 곱사등이 늙은이의 딸이었지. 하지만 나는……." 루카스가 몸을 뒤로 기대며 두 손으로 쌓았던 첨탑을 허물고 팔짱을 꼈다. "난 군인의 아들이야. 너희는 용맹, 품격, 그리고 규율에서 태어난 거다. 리나가 텍사스에서 술꾼으로 사는 것도 그래서고. 걔는 괴짜 유전자를 물려받은 거야. 그렇죠 엄마?"

"너무 모질게 굴지 마, 루카스." 클라라가 말했다. "**불쌍한** 사람이잖아. 마음씨는 고운데. 그리고 최선을 다했고…… 할 수 있는 동안에는." 클라라는 루카스에게 의미심장한 눈길을 던졌다.

그라지나는 잠에서 깨어난 듯 몸을 불쑥 젖혔다. "당연하지, 당연하지, 얘야. 내 아들 루카스." 그가 클라라를 돌아보고 말했다. "저 애는 참 똑똑하지. 건방지기도 하고. 제 아빠를 닮았어. 머리가 좋아. 과학자지."

"저는 **약사**예요, 엄마." 그가 하이에게 덧붙였다. "월그린에서 알약을 상자에 넣는 일을 해요. 주로 콜레스테롤 억제제를요."

"하지만 아빠의 마음속에는 군인이 있다는 거죠." 조시가 모처럼 진지한 얼굴로 말했다. "저도 그렇고요." 그가 기름 묻은 입술을 닦고 여윈 턱을 들어 올렸다. 잠시간 정적 속에서 그가 코로 쉬는 숨소리만 들렸다.

"아버지는 수영도 굉장히 잘하셨어." 루카스가 자신의 어머니를 돌아보았다. "전쟁이 아니었더라면 올림픽에 나가셨을 거야. 심지어 할머니께 수영을 가르쳐주기도 하셨어. 그렇죠, 엄마? 아빠한테서 수영을 배우지 않았나요?"

"여름에 그랬지. 레키바 호수에서 헤엄쳤어." 그라지나는 고개를 움직이지 않은 채 말했다.

하이는 그라지나에게 시선을 고정한 채 그가 자신을 봐주기를, 함께 건널 수 있는 다리를 놓아주기를 바랐지만 그런 일은 일어나지 않았다.

"아버지는 동부 전선에서 총을 맞았어. 하지만 그때는 너희 할머니 배 속에 내가 들어선 뒤였지. 엄마, 저 애들에게 말해줘요. 그래서 요나스 아저씨가 40년이 지나도 저를 **아들**이라 부르지 않은 거 아닌가요?"

그라지나가 고개를 끄덕였다.

"그 노인은 창피했던 거야." 루카스가 만족스러운 듯 몸을 뒤로 기댔다. "당연히 그러지 않겠어? 영웅의 아들을 키우면서 자기 딸은 술주정뱅이 ESL 선생으로 자랐으니 말이야." 그가 두 손을 들어 올렸다. "미안해요, 저도 이렇게까지 흥분하고 싶지는 않아요."

클라라는 눈을 수정처럼 반짝이며 기쁨을 들이마셨다.

"하지만 그래서 제가 엄마를 돌보려는 거예요. 엄마 아들은 가족을 돌볼 줄 아는 남자들에게서 태어났으니까요." 그가 스스로 도스르며 천천히 머리를 끄덕였다. "그래서 알아본 장소가 있어요. 네, 이 집에서 불과 15분 떨어진 곳이에요. 해밀턴 홈이라고 하는데, 최고의 시설이에요. 과학자의 어머니에게 딱 걸맞죠."

하이의 귀가 뜨거워졌다. 마침내 그라지나가 하이를 돌아보았다. 그의 얼굴은 흐릿하게 지워져 있었다. 하이는 목캔디를 한 알 더 꺼내서 식탁 위, 그라지나의 손 옆에 두었다.

"아, 벌써 나를 치우고 싶은 거구나." 그라지나가 킥킥 초조한 웃음을 흘렸다. "집은 어쩌고……."

"아, 어머님." 클라라가 지독한 술 냄새를 풍기며 몸을 내밀어 그라지나의 손목을 움켜쥐었다. "그건 저희가 팔아서 그 돈으로 어머님을 돌봐드리려고요. 필요한 게 아주, 아주 많을 테니까요. 그 작고 허름한 집을 활용해서 어머님을 **편안하게** 모시려는 거예요."

"그리고 거기에는 딱 여기 안녕 같은 사람들이 있을 거예요. 더 많겠죠. 라바스가 여남은 명은 될 테니까요. 아버지라도 그렇게 하셨을 거예요, 난 알아요." 루카스가 울먹이는 듯, 그러나 눈물 한 방울 머금지 않고 말했다. "그렇잖아요, 엄마 남편의 연금이라봐야 고작…… 뭐, 한 달에 400달러밖에 안 나오잖아요?"

"하지만 그 집 융자는 다 갚았어. 그리고 나는 거기서 거의 15년을 살았어. 네 아버지는…… 아니, 그러니까 요나스는……."

"이봐요, 그라지나." 클라라가 술잔을 내려놓았다. "정말이지, 당신은 지금까지 **엄청나게** 잘해왔어요. 그냥 이 말을 하고 싶어요. 어머니 대 어머니로서요. 그리고 루카스는 멋진 아들이고요. 나는 그냥……." 그는 멈칫하고 식탁 너머 아이들의 얼굴을 훑어보더니 말을 이었다. "그냥 너무 **힘들었을** 것 같아서요. 혼자서 그렇게 늙어가는 것도요. 저희 어머니는 적어도 아버지에게서 물려받은 유산이라도 있었는데. 당신에겐 휴식이 필요해요. 버림받았다는 기분을 느끼지 않기를 바라는 거예요. 누구도 그런 대접을 받아선 안 되잖아요. 그리고 그 집은, 어휴 맙소사, 다 **들어내야** 할지도 몰라요. 아니면 시에서 그 동네 전체를 철거할지도 모르고요. 하지만 루카스와 제가 책임지고 돌볼게요. 우리는 당신을 절대 버리지 않을 거예요."

"한번 생각해봐요, 알았죠, 엄마? 서류는 다 준비해뒀으니 엄마는 서명만 하면 돼요. 보증금을 처리하고 나서 몇 주 뒤에 가져올게요."

하이는 의자 등받이에 몸을 기댔다.

"미안해요." 클라라가 하이에게 말했다. "당신에겐 굉장히 이상한 상황이겠네요. 참아줘서 고마워요." 클라라가 웃음을 터뜨렸다. 그

웃음소리가 식탁 위 동물 사체들—연골과 지방이 붙은 채 흩어진 닭 뼈와 돼지 뼈 사이에서 맴돌았다. "괜찮은 계획 같지 않아요, 그라지나?" 강아지를 칭찬하는 듯한 어조로 그가 말했다.

그라지나가 힘없이 고개를 끄덕였다.

"아, 정말 잘 생각했어요." 루카스가 그라지나에게 말했다. "자세한 건 나중에 전화로 더 얘기해봐야겠지만, 잘됐어요, 정말로요. 엄마는 올바른 선택을 한 거예요. 우리 모두 무척 안심이에요. 메리 크리스마스, 엄마."

"메리 크리스마스, 어머님." 클라라가 남편을 향해 미소 지으며 말했다.

돌아가는 차 안에서 둘 다 한참 동안 말이 없었다. 어느 모임이든 파하고 나면 밀려들게 마련인 광활한 공허감이 흘렀다. 사람들의 음성으로, 그리고 배출된 에너지와 채 다 쓰지 못한 에너지로 근육이 아직까지 고동쳤고, 택시는 그들을 잠잠히 어르는 요람이 되어주었다. 차가 눈 덮인 흰 어둠 속을 스쳐가는 동안 기사는 시나트라의 〈마이 웨이〉를 틀어놓고 나지막이 콧노래를 흥얼거렸다. 소를 채운 피망 요리가 아직 그득히 들어 있는 냄비가 하이의 무릎 위에 시멘트 블록처럼 놓여 있었다. 도로는 거의 비어 있고 푸른 어둠은 갓 내린 눈과 사람들의 부재로 증폭된 드문 정적으로 가득 차 있었다. 메인 거리에 이르러 반짝이는 전구들이 엮인 크리스마스 화환으로 장식된 가로등을 지나는데, 신호등에 달린 스피커에서 크리스마스 캐럴이 깡깡거리며 터져 나와 하얗게 변한 인도 위로 퍼졌다. 부잣집 카펫만 한 크기의 앞마당이 딸린 땅딸막한 집들의 창문에는 오랜 세월 햇빛에 바랜 플라스틱 눈사람과 아기 예수 탄생을 묘사한 장식품 들이 유리 너머 더욱 짙어진 밤의 잿빛 영토 위에서 노란 구체처럼 빛나고 있었다.

하이는 그라지나가 잠들었는지 아닌지 알지 못했다. 4번 국도와 홈마켓 상가를 지나는 길에 보니 불이 켜진 매장은 페퍼 병장 피자 가게뿐이었다. 카운터 앞에 주저앉아 머리를 괴고 있는 사장이 보였다. 불빛 아래 눈에 띄는 색깔이라고는 그의 머리에 감긴 녹색 터번뿐이었다. 그는 다른 가게들이 크리스마스이브라서 문을 닫은 참에 자기 가게만 영업하면 손님이 몰릴 거라 기대한 모양이었지만, 보아하니 몇 시간째 카운터에 팔을 붙인 채 앉아만 있었던 듯했다.

"좋은 밤 보내세요, 페퍼 병장님." 하이는 택시가 피자 가게를 지나갈 때 그렇게 말했다.

그라지나가 고개를 반짝 들고 하이를 건너다보았다. "좋은 밤 보내세요, 페퍼 병장님." 그라지나가 하이의 등에 대고 속삭였다. 그리고 긴 침묵 끝에 물었다. "얘, 라바스. 네 이름이 무슨 뜻이니? 너희 문화에서 말이야. 그걸 여태 말해주지 않았네."

"'바다'라는 뜻이에요." 그는 여전히 창밖을 보며 말했다.

그때 하이의 기분도 딱 그랬다. 이스트 글래드니스라는 넓은 바다를 떠다니는 듯했다.

곧 택시가 허버드 거리 16번지 앞에서 멈췄다. 다 허물어져가는 집의 친숙함이 어쩐지 위로가 되었다. 그라지나는 루카스에게 받은 탄산 사과 주스 병을 기사에게 건넸다. "기사님, 메리 크리스마스." 그러고는 재빨리 집으로 몸을 돌렸다.

"아, 정말 친절하시네요. 손님들도 메리 크리스마스." 남자가 그렇게 외쳤다. 택시는 잠시 그 자리에 멈춰 있다가 이윽고 길 저편으로 부릉거리며 멀어져갔다.

하이는 현관문으로 곧장 걸어가는 그라지나의 뒤를 부랴부랴 따라잡았다. 집 안으로 들어간 그라지나는 외투를 벗어던지고 계단으로 똑바로 향했다. 하이는 찜 냄비를 약병이 널려 있는 식탁 위에 내려놓고 그를 뒤따라 올라갔다. "저기, 괜찮아요? 그라지나!" 하이가 욕실로 따라 들어가보니 그라지나가 물을 틀고 있었다. 김이 뿜어져 나오고 파이프에서 굉음이 울렸다. 그는 올빼미 스웨터를 벗으려다가 옷이 턱에 자꾸 걸리자 짜증스러운 신음을 흘렸.

하이가 도우려 하니 그가 쏘아붙였다. "할 수 있어! 내 빌어먹을 옷은 내가 벗을 수 있어. 네 도움은 필요없다고, 얘야." 그라지나는 다시 옷을 끌어 올렸지만 스웨터는 가슴에 걸려 꼼짝도 하지 않았다. 결국 그는 버둥거림을 멈췄다. 수증기가 자욱한 욕실 한가운데에서, 두 팔을 옆구리에 붙이고, 스웨터는 머리와 얼굴까지 말려 올라가 바깥 머리의 일부분만이 빠끔히 삐져 나온 채로 우두커니 서 있었다. "도와줘." 작은 목소리가 새어 나왔다.

"팔을 들어봐요. 네, 그렇게요. 자."

그라지나는 팬티와 브래지어를 벗었다. 이제 둘 사이에는 부끄러움도 두려움도 없었다. 그는 물에 손을 대보고는 욕조로 들어갔다. 힘에 부쳐서 팔을 움찔거리기에, 하이가 손을 내밀자 그는 손을 붙잡고 지탱하면서 몸을 굽혀 앉았다. 따뜻한 물이 어깨까지 올라오자 그는 수도꼭지를 잠그고 비누를 꺼내 자신의 팔과 어깨를, 그 다음으로 목을 힘차게 문질렀다. 손톱에 살갗이 긁혀 붉은 자국이 남았다.

"그만, 그만해요. 할퀴고 있잖아요."

"나더러 **오줌** 냄새가 난다고 하잖아. 그러니까 깨끗하게 하려는 거야. 보여? 나도 남들처럼 목욕한다고, 안 그러니?" 비누가 물속으로 미끄러져 들어갔다. 그라지나가 허둥지둥 비누를 찾던 중 아래쪽 틀니가 물에 풍덩 빠져버렸다. "안 돼, 안 돼, 예수님 마리아님." 그가 숨을 헐떡이며 두 손으로 입을 틀어막고 눈을 질끈 감았다.

"그만해요. 제발 그만하라고요." 하이는 그라지나의 팔을 꽉 잡고 그가 버둥거리며 뿌리치려 하는데도 놔주지 않았다. 그의 손목에서 전해지는 맥동으로 그라지나의 심장이 뛰는 것을 느낄 수 있었다. 하이는 손에 단단히 힘을 줬다.

"진정해요. 천천히 찾으면 돼요. 그리고 당신은 냄새 안 나요. 깨끗하다고요, 그라지나. 당신은 깨끗한 사람이에요, 알았죠?"

그라지나는 수면 바로 위에 떠 있는 자신의 배를 응시했다. "내 몸은 악몽이야." 그는 멍하고 당혹스러운 표정으로 하이를 바라보았다. "내 몸은 악몽이니?"

바깥의 철교 불빛들을 머금은 수증기가 피어올라 그라지나의 얼굴을 가렸다.

하이는 고개를 저었다. "아니에요."

그라지나는 하이에게서 진실을 끌어내리는 듯이 턱을 내려뜨렸다. "거의 매일 밤 악몽을 꾸는데 너는 한 번도 안 나오더라."

그라지나는 처음 들어와본 방에서 창밖에 뭐가 있나 내다보는 사람처럼, 가늠할 수 없는 눈빛으로 하이를 보았다. "이번만큼은 너도 옷을 벗어줄 수 없겠니?" 그가 겸연쩍게 말했다. "너는 늘 내 알몸을 보잖아. 내가 무슨 환자라도 된 것처럼."

하이는 생각하고 말고 할 것도 없이 간호사 옷을 벗고 그다음으로 셔츠와 바지를, 마지막으로 사각 팬티를 벗었다. 그리고 겨드랑이에 두 손을 끼운 채 서 있었다. 그라지나가 자신을 꽤 오랫동안 쳐다본다 싶었지만 그는 움직이지 않았다. 이 시점에서는 서로에게 숨길 것이 거의 없었다. 둘의 몸이 마침내 서로의 시선으로 말끔히 닦인 셈이었다.

"한참 전부터 너를 봤어. 너도 알고 있었지?"

"그게 무슨 뜻이에요?" 하이는 벽에 기대어 앉았다.

그라지나가 창밖을 고갯짓했다. "네가 뛰어내리려 하기 한참 전부터 너를 봤단 말이야. 네가 다리에 올라오는 걸 보자마자 곤경에 빠진 애라는 느낌이 오더라. 9월에 그토록 아름다운 강을 그런 식으로, 내내 고개 숙인 채 건너는 사람은 아무도 없으니까. 단 한 번도 고개를 들지 않더라고. 그래서 집 밖으로 나와서 빨래를 너는 척했지."

하이는 발 사이의 타일들을, 타일 한 장 한 장에 그려진 작은 파란색 꽃들을 살펴보았다. "미안해요."

"뭐가?"

하이는 어깨를 으쓱했다. "멍청한 짓을 해서요."

"나야말로 제일 멍청하지." 그라지나가 말을 끊고 침을 삼켰다. "아이들을 키우고, 먹이고, 피망 요리를 만들고…… 그러다 어느 날 모든 것으로부터, 모든 사람으로부터 멀리, 멀리 떨어지게 돼. 죄다 다른 누군가에게 속하게 되거든. 그들은 나를 몰라. **나**도 나를 모르고. 난 그냥……." 그라지나는 탁한 물을 내려다보며 고개를 저었다. "어쩌다 이렇게 됐는지 모르겠어. 나는 유럽의 폭군들을 피해 도망쳤고 꿈꿔왔던 모든 것을 얻었어. 그 모든 게 너무나 빨리 사라져버렸어.

어떻게 그럴 수 있었을까?"

하이는 주위를 둘러보았다. 우중충한 욕실이 그 어느 때보다 좁고 답답하게 느껴졌다. 그라지나에게 답을, 이유를 알려주고 싶은 마음이 너무나 간절했다. "혹시, 그러니까, 이 집이랑 아이들 말고 뭔가 다른 건 없었어요? 그냥 일 다니고 집에 와서 피망 요리하면서 40년을 보낸 거예요?"

그라지나가 눈을 깜빡여 눈물을 삼키고 숨을 들이쉬었다. "울워스에서 관리직을 했어. 여자 직원들을 관리했지. 하지만 별로 좋은 일은 아니었어. 종종 여자들이 울면 나는 거기 앉아서 하소연을 들어줘야 했어. 때로는 몇 시간이나."

"하지만 열정 같은 게, 좋아하는 게 있을 거 아녜요. 뭐라도 원하는 게 있지 않았어요?"

"내겐 삶이 있었어, 라바스." 그라지나가 잠시 말을 멈추고 생각에 잠겼다. "불타는 언덕에서 시작된 삶이었지. 그 삶은 언덕을 굴러떨어지더니 이렇게 됐어." 그가 하이의 얼굴 앞에 손가락으로 선을 그려 보였다. "펑크가 난 거지. 엉망이 돼버렸다고. 아무것도 없었어. 그냥 매일매일이 흘러갔고 가끔은 조금씩 덜컹거렸을 뿐. 그리고 그걸로 충분했어. 주님이 내게 평화를 내려주셨고 평화는 좋은 거니까."

"오늘 밤도 평화로웠어요?"

그라지나가 마른침을 삼켰다. "살아 있으면서 괜찮은 사람이 되려고 노력하는 것, 무언가 크거나 거창한 것이 되지 않는 것. 그거야말로 무엇보다 어려운 일이야. 너는 대통령이 되는 게 어렵다고 생각하니? 하. 대통령들이 퇴임 후에는 죄다 백만장자가 되는 거 몰라? 아무도 아닌 사람으로서 나만큼 오랫동안 자립해 살아갈 수 있으면 그것으로 충분한 거야. 내 딸 좀 봐. 기껏해야 버드라이트에 빠져 죽는 인생이라면 그 온갖 재능이 다 무슨 소용이람?" 그라지나의 코에서 물이 떨어져 내렸다. "사람들은 뭐가 충분한지를 몰라, 라바스. 그게 문제야. 그들은 괴롭다고 생각하지만 실제로는 그저 지루할 뿐이야. 당근을 충분히 먹지 않아서 그래."

하이는 그라지나를 쳐다보다 피로감에 한숨을 쉬었다.

"그 사람들이 마련했다는 거기에 정말로 갈 거예요?"

그라지나는 마치 자갈돌이라도 날아와 이마에 맞은 듯이 움찔하고는 눈을 크게 떴다. 투명한 홍채가 흔들림 없이 정면을 응시하고 있었다. "이봐요, 페퍼 병장님. 나치들이 벌써 갈고리 모양 포위선을 뚫은 건가요?" 그가 물이 뚝뚝 떨어지는 손가락으로 변기를 가리켰다. "나는 이 지프에서 잠들었어요. 너무……."

"이러지 마요. 제정신인 거 다 알아요." 하이가 그라지나에게 맞서 고집을 부리는 건 이번이 처음이었다.

그라지나가 말을 잃고 천장을 올려다보았다. "라바스." 그의 목소리가 절벽 아래를 내려다보는 사람처럼 떨렸다. "라바스, 죽는 게 무서워. 조금 더 살고 싶어. 몇 년만 더. 하느님이 허락하신다면 말이야. 이승을 떠나면 푹 쉴 수 있으리란 건 알지만…… 하지만…… 아, 나는 갓 끓인 차를 맛보고 싶어. 크림을 한 스푼 넣어서. 여전히 그걸 원한단 말이야. 밖이 추울 때는 더더욱." 하이는 이런 생각을 하는 게 젊은 시절의 그라지나인지, 나이 든 그라지나인지 분간할 수 없었고, 알아내려 채근하기에는 너무 피곤했다. 지금 그라지나가 있는 시간대가 언제인지가 뭐가 중요한가? 어차피 다 하나의 뼈대 안에 들어 있는 사람인 것을.

"이제 크리스마스가 됐겠네요." 하이는 하늘을 향해 속삭였다. "당신이 쿠치오스를 위해 만든 요리가 아직 있어요. 좀 먹을래요?"

그라지나는 작은 욕실을 둘러보았지만 시계가 없었다. "그래, 좀 먹자." 하지만 하이는 움직이지 않았다. 그라지나도 마찬가지였다.

그러다 그라지나가 손을 뻗어 하이의 앞머리를 쓸어넘겼다. "투 에시 마노 드라우가스."

"크리스마스 기도 같은 건가요?"

그라지나가 고개를 저었다.

"그럼 무슨 뜻인데요?"

그라지나는 물을 쳐다보더니 부드럽게 말했다. "너는 내 친구라고."

17

"기본적으로 피자 베이글이야. 머리 좋은 여러분 중에 이거 잘 모르겠는 사람?"

BJ가 팸플릿을 들어 올리고 종이 가운데 접힌 부분에 인쇄된, 치즈가 흘러내리는 피자 그림을 길게 자란 손톱으로 가리켰다. 홈마켓 본부에서 다음 주에 피자를 메뉴에 추가하고자 했기에 BJ가 직원들에게 신제품에 대해 브리핑하는 중이었다. 그는 식음료 공급용 밴의 운전석에 앉아 있었다.

"이건 딱히 추수감사절풍은 아니지 않아?" 뒷좌석에서 웨인이 말했다.

"폴이랑 나는 남편이 떠난 뒤 추수감사절에 피자 먹었어." 모린이 말했다. "내 인생 최고의 추수감사절이었지." 모린은 웨인 옆자리에 앉아 안개에 젖은 이스트 글래드니스의 밤을 내다보고 있었다. 소니는 가운데 자리에 혼자 앉았고 하이는 조수석에 타고 있었다. 밴은 헤어리 해리스 뒷마당에 주차되어 있었다. 그곳은 84번 주간 고속도로 옆 호밀밭으로 둘러싸인 싸구려 술집이었다. 음울한 저녁이 다가오고 있음에도 직원들은 들떠 있었다. 그들의 점장이 인생 최고의 경기를 펼칠 예정이었기 때문이다.

"하지만 그건 중국 뷔페에 가서 치킨 텐더를 먹는 거나 마찬가지잖아." 웨인이 혀를 찼다. "누가 우리 가게에서 피자를 사 먹겠어?"

"저라면 그럴 것 같은데요." 소니가 말했다.

"내가 만드는 게 아니라면 말이지." 웨인이 말했다.

BJ가 뒤를 돌아보았다. "작년에 본사에서 설문 조사를 했는데, 아이들이 피자 베이글을 좋아한다는 거야. 우리 고객층이 점점 고령화되고 있어서 변화가 필요하다나 봐." 그가 손마디를 꺾으며 말을 이었다. "드라이브스루랑 설거지가 일을 분담할 거야. 그리고 다음 달에 이 지역을 담당하는 깡마른 관리자 녀석이 오기 전에 그 조그만 피자 만드는 법을 완전히 익혀야 해."

"우리 매출이 줄고 있단 뜻이에요?" 하이가 물었다. 앞유리에 보슬비가 떨어지고 있었다.

"당연히 아니지!" BJ가 하이의 어깨를 쿡 찔렀다. 곧이어 호주머니에서 무언가를 찾는 척하며 재빨리 눈을 피했다. "우리가 **확장하고** 있다는 뜻이야. 홈마켓 같은 회사들은 가만히 앉아서 피자헛이 알아서 다 하게 놔두지 않는다고. 자, 소니, 이거 가져가서 주말 동안 연구해. 너는 뭐든 사진 찍듯이 정확하게 기억하잖아, 안 그래?"

소니가 팸플릿을 앞주머니에 집어넣었다. "저희 할머니가 그렇게 말씀하긴 했어요."

"헉, 젠장!" 열려 있던 BJ의 휴대전화에서 밝혀진 푸른 빛이 밴 안을 가득 채웠다. "내 친구 롭이 문자 보냈네. 내가 말했던 그 프로듀서, DJ 레드카드가 **바로 지금** 술집에 있대. 우와." BJ가 관자놀이를 눌렀다. "이게 바로 내 기회야, 친구들. 오늘 밤 내가 꼭 링을 찢어놔야 해. 알아듣겠어? 이 사람한테 입장곡을 받은 레슬러들은 하나같이 대박을 친다고! 그는 입장곡계의 닥터 드레 같은 사람이거든."

"가만 있어봐요." 하이가 대시보드에 있던 BJ의 화장품 케이스를 집어 들며 말했다. "이것만 좀 고쳐줄게요." 그는 브러시를 집어 들고, 인세인 클라운 포시*를 연상시키는 흑백 분장을 한 BJ의 얼굴에 흰 칠을 조금 덧댔다. "됐어요. 이제 보기 좋아요."

한 시간 뒤면 BJ는 지역 록 음악 라디오 방송국 PWR 89.7에서 후원하는 연례 뉴이어 그랜드 슬램의 여섯 개 경기 중 하나에 참가해, 헤어리 해리스의 댄스 플로어에 설치된 레슬링 링에 '빅 진'이라는 이름으로 서서, 팬들의 지지를 받는 52살 할머니인 '미스 매지션' 선수를 상대로 일대일 매치를 벌일 터였다.

BJ가 설명하기를, DJ 레드카드는 WWE의 비공식 스카우터이기도 하며, 경기에 불쑥 나타나 마음에 든 선수에게 레드카드를 내미는 것으로 유명하다고 했다. "그리고 백스테이지로 가서 음반 계약서를 건네는 거지. 그러니까 난 오늘 판을 **쓸어버려야** 해."

그때 앞유리에 얼음 조각들이 투둑투둑 떨어졌다. 비가 진눈깨비로 변한 것이었다. BJ가 고개를 젖히고 흐린 하늘을 보며 움찔거렸다. "지금 장난해? 왜 이러는 거야? 눈이라니? 눈이라니!" 그가 직원들을 돌아보았다. "내 인생에서 가장 중요한 밤인데 얼어 뒈지게 차가운 비가 내린다니." 1월 둘째 주에 접어든 요즘 간간이 눈이 내렸다. 땅은 며칠 동안 종잇장처럼 하얗다가 갈색 진창으로 변했다. "알

● 미국의 힙합 듀오로, 광대 같은 분장으로 유명하다.

겠어? 코네티컷에서 제대로 된 레슬러가 나오지 않는 이유가 이거야. 뭐 좀 시작하려고 하면 엿 같은 북동풍이 분다니까. 매번 이런 식이라고."

"괜찮아, BJ." 모린이 위기감을 느끼고 말했다. "지나가는 비일 뿐이야. 10분 후면 가라앉을 거야. 눈발이 휘휘 도는 모양을 보면 알잖아." 그가 손가락으로 눈의 움직임을 대강 따라 그렸다.

하이는 청바지 주머니에서 딜라우디드 한 알을 꺼내 입에 넣었다. "먹을래요?" BJ에게도 권했지만 그는 고개를 저었다. 하이는 두 개째 알약을 삼키고 목을 탁탁 쳐서 넘겼다.

"할 수 있어." 모린이 뒤에서 팔을 뻗어 BJ의 어깨를 주물러줬다. "빅 조가 2010년 새해에 명성을 떨칠 거야."

"빅 진이라니까. 말했잖아." BJ가 모린의 손아귀를 떨쳐냈다. "네 몫만 잘해줘, 알겠지? 넌 내 조수니까."

"잠깐만." 웨인이 말했다. "모린이 너랑 레슬링을 한다고? 모린은 겨우 158센티미터인데!"

"내 운전면허증에는 163센티미터라고 되어 있는데."

운전석 쪽에 누군가의 그림자가 나타나더니 유리창을 두드렸다.

BJ가 차창을 내리니 포르노 배우 같은 모양의 수염을 기른, 짐 캐리를 닮은 백인 남자가 후드에 감싸인 좁은 얼굴에 미소를 띠고 있었다. "안녕하세요 여러분, 저는 V-빈입니다. 오늘 밤 MC를 맡았죠. '바닐라빈'의 약자예요, 하하."

"그런 줄 알았어요." BJ가 심드렁한 얼굴로 말했다.

V-빈이 클립보드를 꺼내 무언가를 끼적였다. "분장을 보니 오늘 밤 레슬링을 하시는 모양이군요? 이름을 뭐라고 적으면 될지……." 그가

몸을 뒤로 빼고 밴 옆면의 무언가를 보더니 말을 이었다. "디즈 너츠?"

"뭔 소릴 하는 거예요?" 눈보라가 들이닥쳐 BJ의 찡그린 이마 위에 녹아내렸다. 돌풍에 휘말린 패스트푸드 포장지들이 밴에 날아와 부딪혔다.

"이 밴에 '디즈 너츠'라고 적혀 있는데요, 내 친구."

"이분은 여자예요."● 하이가 말했다.

V-빈이 눈을 가늘게 떴다. 웨인이 문을 열고는 차체에 스프레이 페인트로 휘갈겨진 그래피티를 살펴보았다. "염병할 4번 국도에서 그래피티하는 놈들 짓이군."

"제 생각이지만……." V-빈이 어깨를 으쓱하며 말했다. "꽤 멋진 레슬러 이름인데요. 과감하잖아요. 남들이 뭐라고 생각하든 신경 안 쓰는 것 같고."

"하지만 나는 신경 써요, 이 양반아." BJ가 한숨을 쉬며 말하더니 잠시 생각에 잠겼다. "그런데 정말로 그 이름이 좋다고 생각해요?" 운전대를 잡은 그의 손마디에 힘이 들어갔다. "그렇단 말이죠? 됐어요, 그럼. 날 디즈 너츠라고 적어줘요. 우주가 나한테 뭔가 말해주고 있는 것 같으니."

"좋아요, 친구. 그렇게 하죠." MC가 BJ와 주먹을 맞대 인사하려고 손을 내밀었지만 BJ는 이미 차창을 올리고 있었다.

"디즈 너츠." 하이는 느릿느릿 이름을 발음해보았다. "정말 괜찮겠어요?"

BJ는 폴더폰으로 문자를 보내고 있었다. "롭한테 사람이 얼마나

● 너츠(nuts)에는 불알이라는 뜻도 있다.

왔냐고 물어보는 중이야." 주차장에 차들이 들어왔다. 밤 외출을 위해 옷을 차려입은 사람들이 옹기종기 모여 술집으로 걸어가며 들뜬 목소리로 대화를 나누고 있었다. 대부분은 운동복 바지 차림의 여자친구를 오토바이에 태우고 온 남자들과, 칼하트 후드 티셔츠를 입고 현재는 운영하지 않는 잔디 관리 업체 로고가 박힌 모자를 쓴 백인 청년들이었다.

BJ는 문자를 보내다 말고 휴대전화를 떨어뜨렸다. "씨발. 이 버튼들 때문에 돌겠네."

"손가락이 너무 퉁퉁해서 그래. 나처럼." 모린이 웨인에게 속닥거렸다. "그래서 블랙베리를 사야 하는 거야."

임시 로커룸으로 꾸려진 술집 주방에서 거구의 레슬러들이 의자에 앉아 손에 붕대를 감고 있었다. 올드 스파이스 화장품 냄새, 암내, 라텍스와 가죽 냄새가 뒤섞인 공기 속에서 그들의 몸이 땀과 기름으로 번들거렸고 불룩한 근육이 형광등 아래 빛났다. 하이는 BJ 옆에 앉아 말벗이 되어 긴장을 풀어주고 있었다. BJ는 청소 도구함 옆 위스키 통 위에 걸터앉아 헤드폰을 낀 채로 자신이 경기에서 할 일들을 예습하는 중이었다. 미스 매지션의 고집에 따라 오늘은 BJ가 이기기로 했다. 미스 매지션은 지난 2년 동안 무패 행진을 했으니 오늘 그를 무너뜨리면 빅 진, 또는 디즈 너츠를 관중에게 각인시킬 수 있으리라는 계산에서였다. 두 사람은 지난 몇 달간 오늘의 경기를 준비해온 터였다. BJ는 주방 문에 쳐진 커튼으로 건너가 그 너머를 내다보았다.

"하나, 둘, 넷, 다섯…… 여섯인가."

"뭘 세는 거예요?" 하이가 물었다.

"흑인들." BJ는 커튼 사이로 관중을 훔쳐보며 말했다. 홀에 모인 관중은 예순다섯 명 정도였다. 대부분은 무대에서 몇 발짝 떨어진 데 무리 지어 서서 주머니에 손을 넣은 채 경기와 경기 사이에 흘러나오는 1980년대 록 음악에 맞춰 고개를 흔들고 있었다. 처음 두 경기가 끝났고 다음 순서가 BJ였다.

"넷뿐이군." BJ가 말했다.

"여섯 같은데요." 하이는 관중을 둘러보았다. "웨인도 셌어요?"

"응. 그리고 저 커플은 인도인이야." BJ는 커튼을 떨어뜨리고 신음했다. "제기랄. 어떻게 레슬링 경기에 흑인이 **요만큼**밖에 없지?"

"농담해요?" 하이가 말했다. "아마추어 레슬링 경기잖아요. 여긴 폭주족들이 마약 거래를 하는 싸구려 술집이고요."

"저 사람들 이스트 글래드니스 출신처럼 보이지도 않아." BJ가 한숨을 쉬었다.

"음, 러시아가 친구랑 같이 온 건 봤어요. 그리고…… 오, 체리도 온 것 같네요." 체리는 리허설 때 왔던 매춘부 중 한 명이었다. "그러니까 점장님을 응원하는 사람들이 있어요. 걱정하지 마요, 네?"

"잠깐, 저기 우리 엄마 아빠인가?" BJ가 커튼을 젖히고 관중을 훑어보다가 일요일 미사에라도 온 듯 두 손을 무릎 위에 포개고 벽 앞에 앉아 있는 모피 코트 차림의 루비를 발견했다. 그 옆에는 잿빛 수염을 위풍당당하게 기르고 가죽 재킷을 입은 남자가 있었다.

V-빈이 다가와 BJ의 어깨를 두드렸다. "어이, 디즈 너츠. 준비 됐어요? 5분 뒤 뜨거운 박수 갈채를 받을 준비요."

"DJ 레드카드가 아직 있나요?"

"걱정 말아요. 그 양반은 다 보고 있으니까. 그냥 침착하게 할 일만 해요."

"잠깐, 모린은 어디 갔죠?" 하이가 주위를 두리번거리며 물었다. "모린도 역할을 맡지 않았어요?"

"화장실에서 준비하는 중이야. 그 친구는 이런 일을 맡으면 완전 아티스트처럼 하거든, 정말로. 우린 해낼 거야."

하이는 BJ가 평정을 되찾아서 기뻤다.

"이제 저기 나가서 쇼를 즐기렴, 신입." BJ가 하이의 가슴을 두드리며 윙크했다. "우리가 '스톤 콜드' 스티브 오스틴*을 로저스 씨**처럼 보이게 만들 테니까."

V-빈이 무대에 올라 두 팔을 펼치고 마이크에 대고 외쳤다. "신사 숙녀 여러분! 모오오두 **뒤집어질** 준비가 되셨나요??? 뉴잉글랜드의 랭킹 2위, 다시 말하지만 **2위**를 달리는 아마추어 레슬링 쇼를 볼 준비 되셨나요? 이 쇼에서 발굴한 인재들이 우리 계곡 일대를 빛내고 있는데요!" 아까보다 술에 취한 기색이 역력한 관중이 주의를 집중했다. 앞줄에 있는 몇몇은 맥주잔을 쥔 주먹을 뻗었다. "좋아요. 이제 여러분이 박수를 보낼 선수는……." 그는 손에 든 종이를 만지작거리며 고개를 기울이고 종이에 적힌 손글씨를 들여다보았다. "아, 네! 모두 환호해주시죠…… 디즈 너츠!" 몇몇 사람이 눈썹을 치켜올리고 서로의 눈치를 보았다. 대머리에 캉골 모자를 눌러쓴 땅딸막한 백인 남자인 DJ 레드카드는 옆에 있던 여자에게 벙긋 웃고 어깨를 으쓱하고는 일회용 컵에 든 술을 한 모금 마셨다.

- • 1990년대 미국 프로레슬링의 전성기를 이끈 전설적인 인물.
- •• 어린이 프로그램 〈미스터 로저스의 이웃〉에서 친근한 아저씨 이미지로 잘 알려진 방송인 프레드 로저스.

그래도 드라우닝 풀의 〈보디스〉 기타 연주가 연기 자욱한 공기를 찢어발기고 울려 퍼지자 관중은 열성적으로 환호했고, 택시 같은 노란색 벨루어 운동복을 입은 BJ가 커튼 너머에서 휘적휘적 걸어 나왔다. 하이, 소니, 웨인은 그 모습을 숨죽이고 지켜보았다. 하이는 BJ가 〈세서미 스트리트〉에 나오는 빅 버드처럼—다만 원조 빅 버드보다 미치광이처럼 보인다는 것을 깨닫고 문득 당황했다. 몇 줄 앞에 있던 10대 소년 둘도 똑같은 생각을 했는지, 손나팔에 대고 "나와라, 빅 버드! 그래, 나와라, 빅 버드!"라고 외쳤다.

BJ는 홈마켓 사무실에서 녹음한 입장곡에 맞춰 으르렁거리며 버텼다. 앞줄의 몇몇 여자들은 남자친구 손을 놓고 베이스 연주에 맞춰 헤드뱅잉을 시작했다. 소음을 줄이려고 귀마개를 낀 소니도 경이감에 눈을 휘둥그레 뜬 채 고개를 흔들었다. 그의 장군이 링 위에서 말 그대로 **빛나고** 있었다. 코와 턱을 타고 흘러내리는 땀방울이 그야말로 다이아몬드 같았다.

관중이 흠뻑 빠져드는 데에 홈마켓 직원들은 안도했고, 나아가 놀랐다. BJ는 링을 마지막으로 한 바퀴 돌더니 아무도 예상치 못한 일을 했다. V-빈의 마이크를 낚아채더니 관중에게 자신과 함께 손뼉을 치라며 호응을 유도한 것이었다. "이제 내 조수 모린한테 특별 간식을 받을 준비를 하도록! 존나게 특별한 거 받을 준비 됐어?! 일생에 한 번뿐인 엄청난 거 말야!" BJ가 관중을 향해 마이크를 내밀자 **네** 하는 고함이 일제히 울려 퍼졌다.

그때 노래가 끊겼다. 관중이 당황해서 웅성거리는 가운데, 아일랜드식 노란색 킬트를 입은 모린이 커튼을 젖히고 나왔다. 그는 어깨에 멜빵을 단단히 조이고 심호흡하더니, 옆구리에서 밴조를 들어 올려

현을 퉁기면서 춤을 추며 통로를 걸어 나왔다. 그런데 무릎 통증 탓에 춤이라기보다는 발작처럼 보였다. 관중이 일제히 한 발짝 물러섰다. 첫 줄에 앉은 여자 하나가 모린을 도우려는 듯 앞으로 나섰지만 뭘 어떻게 해야 할지 모르겠는지 도로 자리에 앉았다. 모린은 시속 약 1.5킬로미터의 속도로 통로를 움직였다.

"뭐야 이게? 야, 이거 장난이라고 **말해줘**." 한 백인 소년이 본의 아니게 희극이 된 이 상황을 즐기며 친구들에게 말했다.

"뭐가 어떻게 되어가는 거야?" 웨인이 하이를 돌아보았다.

"블루그래스 음악 같은데요. 모린이 연주하는." 하이가 그렇게 말하는데 관중이 야유하기 시작했다.

"**밴조**를 칠 줄 안다는 말은 한 적 없는데. 좀 섹시한걸."

하이는 눈을 질끈 감고 웃고 있는 DJ 레드카드를 눈여겨보았다. 야유가 굵고 우렁찬 함성으로 변하며 바닥을 타고 진동해 모두의 발바닥에까지 전해졌다. 이걸 감지한 BJ가 곡을 멈추란 뜻에서 팔을 저었지만 어째서인지 음악은 계속됐다. 은발을 하나로 묶은, 머리가 벗어져가는 폭주족 한 명만이 열정적으로 몸을 흔들고 있었다. 이 상황을 까맣게 모르는 모린은 링 밖을 절뚝절뚝 돌면서 연주를 계속했고, 그동안 BJ는 턴버클* 위에서 다소 성의 없는 조롱을 내뱉었지만 야유는 더 거세졌다.

이 모든 게 미스 매지션의 전설적인 등장으로 더욱 악화되었다. 등장 이전에 우선 조명이 암전되었는데, 영원처럼 길게 느껴지는 20초의 암흑 속에서 기대감이 점점 고조되더니 메탈리카의 〈엔터 샌드맨

● 링 줄의 장력을 유지하는 쇔쇠.

⟨Enter Sandman⟩〉 후렴이 쾅 하고 터져 나오면서 연기 자욱한 실내에 빛의 대홍수가 뿜어져 모두의 눈을 찔렀다. 이윽고 스팽글 달린 망토를 걸치고 보석 박힌 분홍색 마법사 모자를 쓴, 몸이 탄탄하고 피부가 그을린 할머니(법적 이름은 노라 지메네즈라고 했다)가 커튼 뒤에서 나오자 술집 천장이 터져 나갈 듯했다. 그는 두 손으로 모자를 벗어, 반경 80킬로미터 안에서 가장 사랑스러운 여덟 살배기 소녀일 듯한 아이에게 씌워주었다. 그러자 장내가 아예 폭발해버렸다. 구레나룻을 기른 폭주족이 눈물을 훔치고는 버드라이트 병을 허공에 쳐들며 "저게 우리 엄마야! 와, 미쳤다 엄마!"라고 외쳤다.

경기는 계획대로 진행됐다. 대개 BJ나 미스 매지션이 상대방의 가슴에 백핸드 촙을 날리고 상대방을 로프로 끌어당긴 다음 슬로모션으로 넘어뜨리는 식이었다. 하이는 이것이 허리가 약한 나이 든 레슬러를 상대할 때 흔한, 보디슬램을 피하기 위해 쓰는 '가벼운' 레퍼토리라고 들었다. 그러는 내내 모린은 링 밖에서 난민 걸인처럼 밴조를 연주하며 이리저리 서성거렸다. 경기는 BJ가 표적으로부터 두 발짝이나 떨어진 허공에다 팔꿈치를 휘두르며 끝났다. 너무 느리게 로프에 던져진 미스 매지션은 BJ의 팔꿈치에 맞지 못했는데도 무슨 심령현상으로 얻어맞기라도 한 듯이 쓰러져 반짝이가 흩어진 링 바닥에 털썩 늘어졌다. BJ는 마무리 기술인 '바하마 붐'을 시도했다. 연약한 노라 지메네즈를 소방관이 하듯 어깨에 걸메고 그의 등이 바닥에 닿도록 다리 사이로 메다꽂는 동작이었다. 그러나 그런 동작을 제대로 했다가는 노라가 병원에 실려 갈 게 뻔했기에, BJ는 천천히 미끄러뜨리듯이 그를 어깨에서 떼어내 팔 아래로 굴려서 매트 위에 착지시켰다. 슬램이라기보다는 물에 빠진 사람을 수영장 가장자리에 눕히는 듯한 몸짓이었다. 그런 뒤 BJ는 미스 매지션 위에 엎드려 그를 자신의 몸으로 완전히 뒤덮다시피 하고—체중은 전혀 싣지 않은 채—심판이 핀폴을 세는 동안 버텼다.

끔찍했다. BJ의 음악이 나오자 모두가 재깍 야유를 퍼부었다. BJ는 오래 군림한 강자를 꺾은 것이 아니라, 나이 들었지만 여전히 사랑받는 지역의 아이콘을 괴상한 방식으로 파괴한 셈이었다. 그 후 디즈 너츠가 링에 있었음을 증명하는 유일한 흔적은 모린의 킬트에서 떨어진 노란색 리본 한 가닥에 휘감긴, 땀방울 묻은 반짝이 가루들뿐이었다.

BJ가 운전대에 머리를 짓누르는 동안 하이는 옆에서 말없이 앉아 있었다. BJ의 몸에서 뿜어져 나오는 열기에 차창에 김이 서렸고 술집의 네온사인 때문에 밴 내부가 보랏빛으로 물들었다. "부모님께 집에 가시라고 전해줘. 나 기다리지 말라고." BJ가 바닥에 대고 말했다.

"내가 할게." 모린은 이 참사에서 자신이 맡았던 역할에서 벗어나고픈 마음이 굴뚝 같은지 밴을 부리나케 뛰쳐나갔다.

"죄송하다고도 전해드리고!" BJ가 외쳤지만 모린은 이미 들리지 않을 거리에 있었다. 모린은 주차장 곳곳에 있는 얼음 웅덩이를 조심조심 피해갔다.

입에서 **죄송**이라는 말이 나왔을 때 BJ는 더 참지 못하고 어깨를 들썩이며 울음을 터뜨렸다. 하이는 BJ의 등에 침착하게 손을 얹었다. 그의 얼굴에 칠해진 흑백 물감이 녹아내리고 있었다. 아까는 빅 버드 같던 그가 이제 지하 세계의 로널드 맥도날드* 처럼 보였다. BJ가

---

* 맥도날드 마스코트로 유명한 광대 캐릭터.

울자 밴이 기우뚱거렸고 모린이 백미러에 묶어놓은 묵주도 흔들거렸다. "입장료만 300달러였어! 그러면 동생에게 새 코트와 부츠를 사줄 수도 있었는데. 걘 새 부츠가 필요했다고."

"거기 나가는 데 돈이 들어요? 나는 지역 주민들이 재능을 뽐내는 자리인 줄 알았는데."

"링이잖아. 그리고, 맞아, 대회이기도 하지. 파이 굽기 대회에 나가려면 돈을 내잖아, 안 그래?"

"저기, 괜찮아요. 점장님은……." 하이는 흐릿해진 차창을 눈으로 훑으며 적절한 말을 골랐다. "경기를 했어요. 할 일을 했다고요. 이제 사람들은 당신을 알아요. 그게 중요한 거 아녜요?"

"나를 우스갯소리로 알겠지." 운전대에 묻은 빛나는 레이스 같은 한 줄기 침이 노란 운동복을 입은 왼쪽 다리 위로 떨어지고 있었다.

밴 밖에서 담배 피우며 걸어가던 아이들이 웃는 소리가 들려왔다. "야, 이거 봐. 디즈 너츠야." 차창이 너무 뿌얘서 그들이 안에 있는 사람을 알아볼 수는 없었다. 그중 한 명이 그래피티 옆에 쪼그려 앉아 포즈를 취했다. "나를 디즈 너츠라 불러. 또는 힐빌리 빅 버드라고도 하지!" 낄낄거리는 웃음소리가 터지더니 술집 쪽으로 멀어져갔다. 한편 술집에서는 다음 입장곡의 베이스 연주가 작게 흘러나오고 있었다.

"BJ, 저 애들은 신경 쓰지……."

"이런 썅. DJ 레드카드잖아. 이리로 오고 있어. 씨발, 씨발."

"네? 어떻게 알아요?"

"봐!" BJ가 앞유리를 손으로 닦아냈다. "걸어오고 있잖아. 빌어먹을 모린이랑 같이!"

"뭐라고요?"

"저 사람이 앉게 비켜줘. 뒤로 가, 가. 자리를 내주라고!" BJ가 하이의 옷깃을 움켜잡고 뒷좌석으로 내던지다시피 한 순간 조수석 문이 열렸다. 모린이 붉은 머리를 쓸어 넘기더니 멜빵을 매만졌다. "너와 이야기하고 싶어 하는 친절한 신사분을 모셔왔어." 모린이 입을 반쯤 벌리고 있는 BJ에게 윙크했다. 그 뒤에서 DJ 레드카드가 걸어 나오더니 끙 소리를 내며 조수석에 털썩 앉았다.

"다른 녀석들 데려올게." 모린이 말했다. "두 분이서 친해져봐요." 모린이 또 윙크하고는 걸음을 돌렸다. 레드카드는 흰 터틀넥 스웨터를 잡아당기며 차 안이 덥다고 했다. 그러고 보니 그 커다란 터틀넥은 심한 피부 발진을 가리기 위해 입은 옷이라는 걸 하이는 깨달았다.

"이봐요." BJ가 만회할 기회를 엿보며 말했다. "아까 그게 개떡 같았고 미친 듯이 괴상해 보였다는 거 알아요. 하지만 그럴 만한 이유가 있었어요, 알겠죠? 난 이걸 위해서 비전 보드*까지 만들고 모든 걸 준비했는데, 그냥······."

"얼마?"

"네?" BJ는 하이를 흘긋 돌아보았다. "무슨 말이에요?"

"얼마나 원하냐고?" 레드카드가 가식적인 음성으로 나지막이 속삭였다. 마치 목에 칼이 꽂히고도 살아남은 사람처럼. 아니, 하이는 이내 깨달았다. 영화 〈대부〉의 돈 콜레오네를 흉내내는 사람 같았다.

BJ는 생각해보더니 어깨를 으쓱했다. "모르겠는데요. 나, 나, 나는 생각해본 적이 없어서." BJ는 몸을 세우고 눈을 껌뻑였다. "그러니까, 매니저 비용이 얼마나 되는지 생각해본 적이 없어서요. 글쎄······ 표

---

* 꿈과 목표를 달성하기 위해 영감을 주는 이미지나 문구를 붙여놓는 메모판.

준 금액이 있으면 그걸로 해도······.”

"지금 장난해?" 레드카드가 몸을 앞으로 내밀었다. "내 말은, 얼마나 **원하냐니까**? 얼마나 필요하냐고? 아마추어도 아니고 뭐야 지금?" 그는 하이를 흘끔 돌아보더니 한숨을 거나하게 내쉬고 자세를 바꿔 호주머니에서 무언가를 꺼냈다. "자, 2그램짜리랑 7그램짜리 있어. 더 적은 것도 있긴 한데 댁은 그보단 더 많이 필요할 것 같아서." 그의 손바닥에는 대마초 봉투 두 개가 놓여 있었다. 하나가 다른 하나보다 더 컸다. "말했잖아, 얼마나 필요해, 친구?"

BJ의 얼굴에 실망감이 번진 순간 하이는 몸을 뒤로 젖혔다.

분위기를 파악한 레드카드는 운전석에 앉은 BJ를 훑어보았다. 놀란 표정이 이내 진실하고 솔직한 동정심으로 바뀌었다. "어휴우우, 이 친구. 내가 **계약** 얘기를 하는 줄 알았던 모양이군. 어이쿠. 댁이 한 짓이 코미디가 아니었다는 거야? 위어드 알 얀코빅* 같은 게 아니었다고? 제기랄." 그는 창밖을 내다보며 고개를 설레설레 저었다.

"오늘 **누구하고라도** 계약을 하기는 해요?" BJ가 물었다.

"당신 전 순서에 나왔던 그 깡마른 녀석 있잖아. 영 EZ인가? 그 녀석이지. 레이 미스테리오처럼 대박 칠 기미가 보이는데 얼굴은 곱상하고. 게다가 마이스페이스에 친구를 800명이나 거느리고 있어. 그러니까, 그래, 그 녀석이 딱이야."

"미첼 켈러허로군요. 걔 아빠가 밀샙에서 포드 판매점을 운영하던데. 그 자식은 존나 가짜예요. 내가 하는 게 진짜죠, DJ 양반. 나한텐 근본이 있다고요."

● 미국의 대중음악 패러디를 전문으로 하는 코미디 뮤지션.

"내 말 들어, 형씨…… 아니 아줌마인가…… 아무튼 규칙은 내가 정하는 게 아니야. 내가 이 짓으로 돈 번다고 생각해? 그러면 내가 왜 여기서 댁한테 대마초나 팔려고 하겠어? 이건 〈아메리칸 아이돌〉이 아니라고. 이 업계에서 눈물 짜내는 사연은 먹히지 않아."

"염병할 2그램짜리 주세요." BJ가 20달러를 건네자 레드카드는 대마초 봉투를 BJ의 가슴 주머니에 넣어주었다.

"들어봐, 친구." 레드카드가 다시 〈대부〉 같은 어조로 말했다. "선수를 욕하지 말고 경기를 욕해야 하는 법이지."

그는 BJ의 어깨를 토닥이고, 손가락으로 평화를 뜻하는 기호를 그려 보이고는 차에서 뛰어내렸다.

"그래요, 당신도 새해 복 많이 받아요."

"그래요, 새해 복 많이 받아요!" 하이가 더 강한 말투로 덧붙였다.

BJ는 기진맥진한 얼굴로 하이를 돌아보더니 코를 문질러 닦고 차에 시동을 걸었다.

차를 타고 돌아가는 길에 안개가 시시각각 짙어졌다. 안개는 사람들이 도로를 떠나 집 안에 스스로를 가두자마자 동네를 뒤덮을 작정인 듯했다. 텅 빈 도로를 달리다 신호등에 걸려 차를 세운 BJ는 옷 아래 숨겨진 음표 모양 반점을 막 생긴 상처인 양 문질렀다.

웨인이 숨을 내쉬었다. "자, 이제 집 가서 다리 뻗고 트윙키 과자나 먹어야겠어."

모린이 몸을 세워 앉았다. 아이섀도가 너무 많이 번져서 판다 분장을 한 것처럼 보였다. "다른 우주에서는 오늘 밤 일이 아예 일어나지 않았다는 거 알지? 내가 좀 알아봤는데, 이런 걸 만델라 효과라고 한대." 모린의 설명에 따르면 만델라 효과란 적어도 현 우주에서는 일어나지 않은 일을 많은 사람이 기억하는 현상이라고 했다.

"아, 제발 좀." 웨인이 모린의 밴조 케이스를 껴안으며 말했다. "네가 펼치는 평평 지구 헛소리 따위는 우리 불쌍한 소녀에게 필요 없다고. 내 우주에는 물리학이라는 흥미로운 게 있거든."

"예컨대 C-3PO 말이야." 모린이 계속 말했다. "내가 속한 시간대에서 C-3PO는 온통 금색이었어. 그거 알고 있었어? 지금처럼 은색 다리가 아니었다고. 지금 그는 제작진이 다리를 마저 색칠하는 걸 깜빡하기라도 한 것처럼 다리 하나만 은색이잖아. 내 세계에서 조지 루카스는 C-3PO 전체를 금색으로 칠할 만큼의 분별력이 있었어."

"장애인을 표현하려고 은색으로 만든 걸지도 몰라요." 소니가 창밖을 내다보며 말했다. "제 상담사가 말하길, 그걸로 시작해서……."

"요는 이 우주에서 C-3PO는 몸 전체가 금색이었던 적이 **한 번도** 없다는 거야. 엉망진창이라고. 나는 이 우주로 쫓겨난 신세야. 대멸종 이후였겠지, 아마. 많이들 이런 일을 겪어. 내 원래 시간대에서 폴은 아직 살아 있어. 그리고 내 남편은……." 모린이 말을 끊고는 고개를 돌렸다.

웨인이 모린의 어깨를 꽉 쥐었다. "도움이 될지 모르겠지만, 내 시간대에서도 그건 다 금색이었어." 그가 속삭였다.

BJ가 액셀러레이터를 밟았다. "좋아, 그럼. 네가 멜빵을 **안 메는** 우주도 있어?" 그가 백미러로 모린을 보며 물었다. "왜 시골 백인 할아버지 같은 옷을 입을 거라고 진작 말해주지 않았어?"

"이건 우리 할아버지가 밴조를 연주할 때 입었던 옷이야. 네가 이 작은 연극에서 꼭 필요하다고 했던 바로 그 밴조를 내게 가르쳐준

분 말이야. 그리고 이건 인체공학적이기도 해. 직업안전보건법에 따르면." 모린의 목소리에 처음으로 가시가 돋쳤다. 그는 나지막이 덧붙였다. "너야 모르겠지. 우리 매장은 올해만 벌써 그 법을 세 차례나 위반했으니까."

"좋아, 좋아. 이제 그만하자." 웨인이 말했다. "이 일을 가지고 긁어 부스럼 만들지는 말자고. 오늘 밤 그럭저럭 괜찮았어."

"그런데 애초에 왜 밴조 연주를 넣은 거예요?" 하이가 진심으로 궁금해서 물었다.

BJ가 숨을 들이쉬고는 시선을 도로로 향했다. "밴조는 말이야……" 그가 무거운 한숨을 내쉬며 말을 이었다. "노예무역까지 거슬러 올라가는 역사가 있어. 블루그래스 포크 장르에서 가져다 쓰기 시작했지만, 원래는 서아프리카에서 유래한 악기였다고. 다들 **그거** 알고는 있었어? 응? 바로 그거야. 화물선에 실린 노예들이 미국으로 가는 도중 죽어나가니, 노예상들은 염병할 밴조만 연주해도 납치당한 사람들의 원기를 돋워서 여정이 끝날 때까지 버틸 수 있다는 걸 알게 됐어. 그래서 자기네 화물이 살아 있게 만들려고 바다를 건너는 내내 밴조를 쳤지. 블루그래스고 로우그래스고 뭐고, 원래 그 악기는 아프리카 거였다고. 우리 엄마가 가르쳐준 사실이야. **그게** 내가 하려던 일이었어. 그래서 모린이 밴조를 겁나게 잘 치니까 함께해달라고 부탁한 거고. 레슬링광들에게 이 지식을 알려주고 싶었던 거야." BJ가 컵에 침을 뱉고 도로를 노려보았다. 비명을 지르려는 건지 또 울음을 터뜨리려는 건지 알 수 없었다.

"흥미진진하네요." 소니가 고개를 주억거리며 말했다.

"난 좋은 생각이라고 했지." 모린이 말했다. "그리고 BJ가 물어보기도 전에 나는 밴조에 대한 이 작은 상식을 이미 알고 있었고." 그는 무릎을 문질렀다. "이제 연골이 다 사라져버렸네. 내 말 잘 들어, 너는 거기서 진정한 스타로 보였어. 알겠어? 그 사실을 누구도 부정할 순 없어."

"나는 진정한 스타가 **맞아**." BJ가 말했다.

BJ는 좌회전해 홈마켓으로 곧장 이어지는 긴 도로인 4번 국도로 차를 몰았다. 모린이 BJ의 어깨를 두드렸다. "너는 시대를 앞서나갔을 뿐이야. 잘했어, 녀석아." 그리고는 자기 몫을 만족스럽게 다했다고 생각했는지 소니의 무릎 위에 있던 도리토스 봉지를 가져갔다. "이거 쿨랜치 맛 맞지?"

홈마켓에 도착해 BJ가 시동을 껐다. 매장 안은 컴컴했고 주차장에 있는 차는 모린과 웨인의 것뿐이었다.

"이제 세인트 존스 워트* 좀 먹어야겠어." 모린이 코트 단추를 잠그며 말했다. "울적한 기분이야."

"너도, 온 세상도 다 그렇지." BJ가 대꾸했다.

"아니, 정말이야. 우울감이 닥쳐오는 느낌이 든다고. 어깨에서 시작해 쭉 내려오거든."

"얼마나 내려가는데?" 웨인이 팔꿈치로 모린을 쿡 찌르며 말했다.

"네가 닿을 수 있는 것보다 더 멀리."

모두가 잠시 가만히 앉아 침묵했다. 누구도 차에서 내릴 생각이 없는 듯했다.

"피자 시켜야겠어." BJ가 단호하게 말하자 모두 웅얼웅얼 좋다고

● 우울증에 효과가 있다고 알려진 식물 또는 그 식물로 만든 영양제.

했다.

"이번에야말로 한번 먹어보죠." 하이가 길 건너편에 불시착한 우주선처럼 환히 불을 밝힌 페퍼 병장 피자 가게를 가리켰다. BJ가 전화를 걸어 라지 사이즈 스페셜 피자 두 판을 시켰다. 하나는 버섯을 뺐고(모린을 위해), 하나는 치즈를 추가했다(웨인을 위해).

그들은 안개 깔린 드넓은 주차장에 에워싸인 따스한 밴 안의 정적 속에 앉아서 기다렸다. 이따금 외투 부스럭대는 소리만 들리는 가운데 하이는 모린이 말한 다중 우주에 대해 생각했다. 자신이 새해 벽두에 주차장 안 밴에 앉아 있는 또 다른 시간대가 **존재할까** 궁금했다. 길고도 처참했던 모험을 끝마친 밤, 피자를 기다리는 사람들이 그곳에도 있을지. 레슬링도, 소설도 어쩌면 사람들이 더 영웅적이고 더 끈질기고 더 유능한 자기 자신이 존재하는 또 다른 우주를 포착하려는 시도의 결과물에 불과한 것은 아닐지. 그곳에서도 그들은 똑같은 모습일지. 엄마가 여전히 침대 옆 바닥에 누워 천장을 올려다보며 이 세상에서와 같은 꿈을 꾸고 있을지. 지금쯤 다 먹은 스토퍼스 트레이를 무릎 위에 놓은 채 TV 앞에서 잠들어 있을 그라지 나도, 요크 교도소 감방에서 코를 고는 동료 옆에 누워 있을 킴이모도. 하이는 공기 중에 흩어진 할머니와 노아를 생각했다. 몇 주 전 자신이 죽인 돼지들도 생각했다. 죽기 직전 마지막으로 떠오르는 생각에 파르르 떨리던 그들의 커다란 속눈썹도.

"피자 온다!" BJ가 앞유리를 엄지손가락으로 쿡 찔렀다. 페퍼 병장 가게에서 어깨에 보온 가방을 짊어진 사람이 걸어 나오고 있었다.

"배고파 죽겠어요." 소니가 몸을 세워 앉으며 말했다.

밴에 가까워지자 배달부는 발걸음을 늦추더니 범퍼에서 열 발짝

쯤 떨어진 데에 멈춰 섰다. 코네티컷대학교 후드 티셔츠를 입고 빨간 모자 아래 머리를 한 갈래로 묶은 젊은 여자였다. 여자는 어깨를 떨면서 입에서 입김을 뿜어냈다. 그러더니 피자 상자를 열었다.

"뭐야, 저건?" BJ가 두 팔을 쳐들었다. "이봐! 왜 그래?"

"무서운 걸까요?" 하이가 말했다. "나가서 돈을 줘야 할까요?"

BJ가 한숨을 쉬고 문을 열려는 순간, 여자가 피자 한 장을 꺼내 차에다 대고 힘껏 던졌다. 피자의 치즈가 발린 면이 앞유리에 철퍼덕 들러붙자 모두 비명을 질렀다. 이윽고 여자는 나머지 한 판도 똑같이 집어던졌다. 이번에는 사이드미러 위에 장갑처럼 걸쳐졌다.

"어쩐지 손님이 존나게 없더라니!" 모린이 고함쳤다.

여자가 BJ 옆으로 성큼성큼 걸어오더니 소리를 지르기 시작했다. 가까이에서 보니 열다섯 살도 안 되어 보였다. 유리창에 가로막혀 목소리가 작게 들렸지만 그래도 대부분의 말은 알아들을 수 있었다. 그는 피자를 주문한 손님이 홈마켓 직원들이라는 것을 알고 폭발한 모양이었다. "댁들한테는 이게 무슨 한심한 장난질 같아? 오늘 아침에 피자 베이글을 판다는 커다란 팻말을 내걸었더라. 이미 염병할 통닭으로 우리 손님들을 빼앗고 있었으면서, 이제는 우리가 파는 유일한 메뉴까지 훔쳐가려 해? 우리 아빠가 이 쓰레기장 같은 데를 얻으려고 얼마나 뼈빠지게 일했는데!" 소녀가 멘 보온 가방이 바람에 날려 흔들거렸다. "당신네는 빌어먹을 멍청한 프랜차이즈 매장이잖아. 녹차도 안 파는 주제에! 당신네한텐 이런 게 하나도 안 중요하겠지. 우리한텐 이 매장 하나뿐이라고. 하나뿐!" 목소리가 갈라져서 소녀는 말을 멈췄다.

직원들은 눈을 껌뻑거리며 쳐다만 보았다. 소녀는 무언가 더 말하려다가 말고 도로 건너편의 끔찍한 공허로, 그 너머 어딘가에 펼쳐져 있을 강으로 시선을 돌렸다.

"가서 한심한 베이글이나 드셔." 소녀가 가운뎃손가락을 들어 보이고는 부랴부랴 주차장을 가로질러 뛰어갔다. 빈 보온 가방이 등 뒤에서 덜렁거렸다.

"좋아." 모린이 말했다. "피곤해 죽을 것 같아. 이제 자러 들어가야겠어."

"나는 인슐린 주사 맞을 시간이 지났어." 웨인이 한마디 보탰다.

그 말을 끝으로 모린과 웨인은 밴에서 내려 각자의 차를 향해 어슬렁어슬렁 걸어갔다. 좋은 밤 보내라고 인사하는 그들의 목소리가 점점 희미해졌다. 모린은 비틀을 주차장에서 빼기 전에 차창을 내리고 외쳤다. "네 부모님은 좋아하셨어, BJ. 내 눈으로 똑똑히 봤어. 그게 중요한 거야." BJ가 뭐라고 대답하기도 전에 모린은 차를 몰고 떠나버렸다. BJ는 운전석에 앉아 앞유리에 들러붙은 피자를 쳐다보고 있었다. "제기랄." 그는 문을 열고 유리에서 피자 한 조각을 떼어내 살펴보았다. "그래도 멀쩡하네. 한 조각 먹을래?"

"좋아요."

"소니도?" BJ가 미적지근한 피자 조각들을 하이와 소니에게 건네주었다. 그들은 묵묵히 피자를 먹었다.

BJ가 얼굴에서 피자 조각을 떨어뜨리더니 말했다. "나쁘지 않은데. 뭐, 꽤 괜찮은걸. 제기랄." 하이와 소니가 고개를 끄덕여 동의했다.

"제가 제일 좋아하는 빛이 뭔지 알아요?" 잠시 후 하이가 피자를 씹으면서 페퍼 병장 간판을 쳐다보며 말했다.

"무슨 빛인데?" BJ가 물었다.

"어두운 데 전자레인지 문을 열어놓았을 때 나오는 빛요."

"뭐라고?" BJ가 피자 너머로 하이를 건너다보았다.

"설명은 못 하겠지만요. 그 빛을 보면 사람들에 대해 생각하게 돼요. 뭐가 뭔지 모르겠는데 한편으로는 모든 게 평화롭게 느껴지죠. 그리고 까닭 없이 누군가에게 전화를 걸고 싶어지고요."

"대체 어째서 너희 둘 다 이렇게 **괴상하냐**?" BJ가 마지막 한 입을 입에 넣었다. "우리 모두 이 막다른 동네를 박차고 떠나야겠어. 여기서 우릴 이동시켜주는 광선 같은 건 없어?"

소니가 상처받은 표정으로 자신의 영웅을 돌아보았다. "하지만 전 여기가 좋은데요. 이스트 글래드니스만큼 좋은 데도 세상에 없다고요. 우리 동네엔 맥도날드도 두 개나 있을 **뿐만 아니라** 게임스톱도 있잖아요. 이런 데가 또 어딨겠어요? 아마 뉴욕밖에 없을걸요. 하지만 거긴 너무 시끄럽고 더럽잖아요. 게다가 이곳 주민 평균 수명도 미시시피 주민 전체 평균보다 길어요." 소니가 하이를 돌아보았다. "74.6살이거든. 그리고 또, 내가 머물 곳이 필요해지니 마이어스 센터에서 방을 하나 내줬다니까. 공짜로."

"장난해? **이** 동네가?" BJ가 창밖을 내다보았다. "어떤 여자가 차에 매달려, 그 뭐냐, 16킬로미터나 질질 끌려갔는데, 망할 CCTV도 다 달려 있는데 누구 소행인지 아무도 모르는 동네가? 7개월 동안 눈이 내리고 여름엔 허구한 날 찜통이고 모기가 우글거리는 동네가? 콘서트에는 야광봉 든 백인 애들이 수두룩하고 레슬링 경기엔 당뇨 걸린 촌놈늘로 가득한 동네가? 진정한 음악도, 기술적 격투도 평가할 줄 아는 사람이 아무도 없는 동네가?" BJ는 헐떡거리다 못해 과호흡에 치달은 듯 보였다. "난 여기서 영원히 살진 않을 거야. 나는……." 그가 말을 끊고는 고개를 가만히 고정시켰다. "저게 대체 뭐야?"

주차장 가장자리에 뒤틀린 모양새의 무언가가 나타나 이쪽으로 다가오고 있었다. 가루처럼 고운 눈보라가 아스팔트 위로 불어닥쳐 단조로운 툰드라 지대 같은 광경을 연출하는 가운데, 거대한 벌레처럼 보이는 형체는 바닥에 배를 질질 끌며 점점 가까워졌다. 벌레 같은 몸통에서 털이 삐져나왔지만 뚜렷한 특징이랄 것은 눈에 띄지 않았다. 하이는 몸을 앞으로 기울였다. "저거 진짜예요?"

"저게 뭘까?" 소니가 말했다.

BJ가 실눈을 떴다. "쓰레기봉투 따위에 휘감긴 코요테 같은데. 나가지 마. 광견병 걸렸을 수도 있어."

그 형체는 계속 움직이고 빙빙 돌다가 쓰러지더니 웅크린 채로 고통스럽게 몸부림쳤다.

"동물 관리국에 전화해야겠어요." 소니가 말했다. "그렇죠?"

"잠깐만. 저게 우리 가게로 가고 있는데." 동물이 유리벽을 타고 입구 쪽으로 나아가더니, 출입문 앞에서 널브러져 태아 자세로 몸을 말았다.

"잘됐네요. 코요테가 문을 막고 있군요." 하이가 말했다.

소니가 BJ를 보았다. "점장님이잖아요. 길을 트는 건 점장님 임무예요. 물론 우리도 돕겠지만요."

"글쎄다. 광견병 걸렸을 수도 있다며." 하이가 말했다.

"좋아." BJ가 스스로를 가다듬으며 말했다. "소니, 뒤에서 음식 배급통 하나 줘. ……그래, 그거. 자, 이제 내가 나가면 너희는 일렬로 뒤따라와. 알았지? 내가 말하기 전에는 아무 짓도 하지 말고."

잠시 뒤, 여전히 택시 같은 노란색 옷차림에 얼굴에 칠한 물감이 드문드문 벗어진 BJ가 거대한 알루미늄 배급통을 들고 몸을 구부리고서, 소니와 하이를 양옆에 나란히 대동하고, 포스트 아포칼립스 영화에 나오는 특별 기동대원들처럼 코요테를 향해 나아갔다. 코요테가 움찔거리자 BJ는 우뚝 멈추고는 통을 두드리며 꽥꽥거리는 소리를 내 겁을 줬다.

"다쳤을지도 몰라요." 소니가 말했다.

"얼어 죽어가는 건 아닐까요." 하이는 BJ의 운동복에 닿도록 바짝 붙어 있었다.

동물이 코요테보다 훨씬 크다는 것을 알아볼 수 있을 만큼 가까이 다가갔을 때 그들은 멈춰 섰다. "이런 염병할." BJ가 뇌까렸다. 일종의 침낭인 듯한 천 사이에서 털 한 뭉치가 삐져나오더니 지퍼 틈으로 인간의 눈 한 쌍이 깜빡거렸던 것이다. BJ가 통을 떨어트리고 뛰어갔다. "저거 사람이잖아! 아니, 저 **사람**…… 사람이라고!"

남자의 얼굴은 때투성이에 추위로 상해 있었고 수염이 덥수룩했다. 남자는 알아들을 수 없는 말을 하더니 일어나 앉으려 했지만 모로 쓰러졌다. 입술이 시퍼런 것을 보니 상태가 나빠 보였다. BJ가 열쇠 꾸러미를 꺼내 재빨리 문을 열었다. 그리고 몸을 굽혀 조그만 체구의 남자를 안아 들고 가게 안으로 들어갔다. 그 사이에 소니가 먼저 뛰어가서 불을 켰다.

BJ가 남자를 칸막이 좌석 의자에 눕혔다. 남자는 웅크린 채 덜덜 떨었다. 조명 아래에서야 하이는 남자의 생김새를 제대로 보았다. "잠깐. 다리 아래에 있던 사람 맞죠? 항상 휴대전화를 보고 웃고 있던."

"원래 이 정도 밤은 거뜬히 버텨내는데." 남자가 두 손으로 입술을 만지작거리며 아직 얼굴에 붙어 있는지 확인했다. "그런데 내 보조 가방이, 침낭 밖에 놔두는 멀쩡한 가방이 둑 너머로 넘어가서 강에 떨어져버리는 바람에. 잡으려 했는데, 그러다 발목을 삐었고. 여러분……." 그는 일어나 앉으려 애썼지만 잘되지 않았다. BJ가 그를 일으켜 앉혀주니 그의 머리가 헝겊 인형처럼 축 쳐졌다. "여러분이 날 발견했죠. 하느님 감사합니다. 아니, **여러분**에게 고마워요."

"혹시 당근 있어요?" 하이는 그라지나의 이론을 떠올리고 그렇게 물었다.

"여기서 당근은 한 개도 본 적 없어." BJ가 말했다. "가서 옥수수빵이나 가져와."

하이는 카운터 위에 있던, 남은 옥수수빵을 넣어둔 비닐봉지를 집어 들었다.

BJ는 소니에게 남자의 발을 녹일 따뜻한 물을 냄비에 받아오라고 일렀다. "잠깐만 기다려요, 친구. 핫초콜릿을 끓여줄 테니. 진짜 음식을 내주고 싶지만 지금 데우려면 시간이 한참 걸릴 거라서요."

남자가 손사래를 쳤다. "괜찮아요. 그냥 잠깐만 따뜻하게 있으면 돼요. 그런 다음 갈게요."

"필요한 만큼 있어도 괜찮아요. 자." BJ는 남자에게서 가방을 떼어내고, 얼어붙고 더러워진 부츠 끈을 풀어서 벗겨준 다음, 자신의 노란 외투로 식물 뿌리 같은 그의 발을 감싸주었다.

소니가 물을 받아왔다. 그들은 앉아서 남자가 떨리는 손으로 먹고 마시는 모습을 지켜보았다. 옥수수빵을 베어 먹은 남자의 얼굴이 활짝 펴졌다. 떡진 머리카락과 수염 사이로 마치 악마의 꽃이 피어나

듯 인간성이 선명히 드러나는 순간이었다. 그는 세 사람을 한 명 한 명 올려다보았다. "우와, 이거 엄청 맛있네요." 그는 수염에 부스러기를 묻힌 채 머리를 흔들고는 또 한 입 먹었다.

"BJ가 만든 거예요." 소니가 그 걸작의 주인을 적극적으로 알렸다.

"당신이 만든 거라고요? 제기랄." 남자가 고개를 끄덕였다. "대단하네요, 당신."

"아무렴요." BJ는 누군가가 귓가에 속삭여주는 비밀스러운 낭보를 듣는 양 고개를 살짝 기울였다. "내 특제 레시피거든요." 하이는 BJ의 눈이 반짝이는 것을 본 듯했지만 어쩌면 조명 탓일지도 몰랐다. BJ는 외투 아래에 검은 홈마켓 티셔츠를 입고 있었는데, 거기엔 **2003년 여름, 홈마켓이 가정 폭력 구호를 위해 5킬로미터 걷기 대회를 엽니다**라고 적혀 있었다.

"됐다, 애들아." BJ가 일어서며 말했다. "내가 가서 그릴에 불 올릴게. 오늘 밤은 어디 한번 챔피언처럼 먹어보자. 어때, 여러분?"

"맙소사. 정말인가요? 축복받기를, 내 형제님. 하느님이 여러분 모두를 축복하시기를." 남자가 그렇게 말하고는 나머지 빵을 입에 욱여넣었다. "잠깐만요." 그가 눈을 휘둥그레 뜨더니 BJ의 벗어져가는 얼굴 분장을 가리켰다. 그게 이제야 눈에 들어온 모양이었다. "근데 당신 대체 누군데요? 무슨 자경단이라도 돼요?"

"아뇨." BJ가 몸을 세우고 두 손을 옆구리에 올렸다. "빌어먹을 점장입니다."

18

 그날 아침 일찍 하이는 욕실에 틀어박혀 홈마켓에서 가져온 여분의 후추 분쇄기로 알약을 갈아 두 덩이의 가루로 만들어서 콘택트렌즈 케이스에 넣었다. 딜라우디드가 핏속에서 빠르게 녹아내리는 지금 그는 다시 대기실에 앉아 있었다. 막 약기운이 돌기 시작하는 시점이라 밝은 온기가 손을 타고 웅웅거렸다. 손가락이 빛으로 만들어진 것만 같았다.

 정신과가 오늘은 유난히 삭막해 보였고 벽은 어딘가 멀리 떨어져 있었다. 하이가 차마 주위를 둘러보기도 어려워하고 있던 차에 문이 벌컥 열리더니 어떤 남자 목소리가 소니의 성을 불렀다. 그러자 사촌이 벌떡 일어섰다.

 "너도 같이 갈래?" 소니가 창백하고 괴로운 얼굴로 물었다.

 "그럴까?" 하이가 소니를 따라 문으로 들어가니 검시라도 할 수 있을 만큼 조명이 환하게 밝혀진 큰 방이 나왔다. 한 여자의 얼굴이 시야에 들어왔다. 올백으로 머리를 넘겨 묶어서 두드러진 반질반질한 이마에 여드름이 흩뿌려진 듯 난 여자였다. 그가 하이의 가슴을 손가락으로 쿡 찔렀을 때에야 그는 여자의 유니폼에 달린 금색 뱃지에 새겨진 **주 정부 교정국, 1963년 설립**이라는 글씨가 눈에 들어왔다. 여자의 벨트 고리에 걸린 금속 고리 위에서 수갑들이 짤랑거리자 소니는 흠칫했다.

"괜찮니, 얘? 떨고 있잖아. 나도 덩달아 초조해지는걸." 여자가 눈을 질끈 감은 소니의 얼굴을 굽어보았다. "몸수색을 해야 해. 그래도 될까, 아니면 도움이 필요할까?" 여자가 하이를 돌아보며 덧붙였다.

"괜찮아요, 선생님. 제 사촌은…… 특별한 도움이 좀 필요한 애라서요. 그뿐이에요. 긴장해서 저래요."

"조지, 당신이 좀 해줄래요?" 여자가 한 남자 교도관을 고갯짓했다.

하이와 소니는 고구마 얼룩과 밀가루가 묻은 검은색 홈마켓 앞치마를 두른 채 서서 양손을 들어 올렸다.

"이게 뭐지?" 여자가 손가락 사이에 분홍색 종이 펭귄을 집어 들고 물었다.

"엄마 선물이에요." 소니가 여전히 눈을 감은 채로 말했다.

하이 뒤에 있던 교도관이 그의 어깨를 가볍게 두드리고 헛기침을 해서 다 끝났다고 신호했다.

"엄마 선물이라고?" 펭귄은 이제 여자의 손바닥 위에 놓여 있었다. "그래…… 그럼 가서 전해드려. 18번 칸이야."

여자가 비켜서서 길을 내줬다. 두 소년은 휴대전화를 금속 탐지기에 두고 한 줄로 늘어선 면회용 칸막이들 앞을 걸어갔다. 칸들은 금속 판으로 나뉘어 있었다. 18번 칸막이 앞에 다다랐을 때에야 킴 이모의 수척하고 시무룩한 얼굴이 코앞에 보였다. 킴 이모는 하이를 보고 놀란 눈치였다. 그는 입을 가리고 시선을 돌렸다가 다시 하이를 보았다. "너 많이 컸구나, 하이. 세상에, 2년이나 지났네. 허. 여, 여기는 어떻게 왔니?"

두 소년은 바닥에 고정된 플라스틱 벤치에 앉았다. 킴 이모가 본능적으로 아들의 손을 잡으려 팔을 뻗었다가 인터콤이 설치된 유리창에 손마디를 찧었다. 하이는 소니 혼자 알아서 하게 놔두고 이 자리에서 증발해버리고 싶어졌다. 애초에 이게 자신과 무슨 상관인가? 하이는 소니가 퇴근 후 혼자서 한 시간이나 버스를 타고 가게 하고 싶지 않아서 따라왔을 뿐이었다. 대기실에 머물렀다면 지금 핏줄을 타고 흐르는 약기운을 즐길 수 있을 텐데.

"잘 지내세요, 킴 이모?" 하이는 말했다. 콘크리트 벽 안에서 울리는 자신의 베트남어가 어쩐지 기묘하게 느껴졌다. "설날*이라서 왔어요."

"어이쿠 맙소사. 그렇구나. 어떻게 깜빡하고 있었지? 어떻게 내가······."

"또 한 해가 밝았을 뿐이죠 뭐. 호랑이는 과대평가됐고요.** 여기 얼마나 오래 계셨어요?"

이모 뒤의 문 옆에 또 다른 교도관이 서 있었다. 킴 이모 외에 면회 중인 사람은 한 명뿐이었다. 저 멀리서 남자와 여자가 숨죽여 대화하는 소리만 들렸다. 아마도 연인 사이일 터였다.

"6월이면 1년째가 돼." 그런 다음 이모는 하이만 쳐다보며 베트남어로 말하기 시작했다. "우리 아들 괜찮니? 솔직히 말해줘."

하이도 베트남어로 대답했다. "괜찮아요. 걱정 마세요. 제가 돌봐주고 있으니까요."

- 베트남은 음력설을 쉰다.
-- 2010년은 호랑이의 해였다.

"교도소에 국수도 나와요, 엄마?" 소니가 물었다. 그는 머리의 흉터를 손가락으로 이리저리 훑으며 마음을 가라앉히고 있었다.

다른 사람의 기분을 좀처럼 묻지 않는 소년에게서 이런 질문이 나오자 킴 이모는 기뻐서 애써 미소 지었다. 그걸 시작으로 세 사람은 잡담을 나눴다. 교도관이 자세를 바꾸며 열쇠 꾸러미가 짤랑거릴 때마다 그들은 목소리를 낮췄다. 킴 이모는 이곳에서 어떤 나날을 보내고 있는지 이야기했다. 교도소가 베트남에서 어린 시절을 보냈던 아파트에 있던 것과 같은 실내 안뜰을 연상시킨다든지, 여자들이 동맹과 우정의 작은 섬들 위를 서성거리며 카드 놀이를 하고, 서로 머리를 땋아주고, 〈엘런 드제너러스 쇼〉를 보고, 어떤 이들은 벽에 구부정히 기대어 앉아 몇 시간이고 흘려보낸다든지. 그런 이야기를 하면서 이모는 멀지도 가깝지도 않은 허공에 시선을 고정하고 있었다.

하이는 이모의 얼굴이 예전과 달리 날카롭지 않고 윤곽이 무너져 있다는 것을 깨달았다. 흰머리 수백 가닥이 섞인 헝클어진 머리카락이 어깨 위에 마구 흐트러져 있었다. 하이가 한때 알았던 강철 같고 신랄하고 재기 넘치는 각진 얼굴은 사라져버렸다. 이모는 자매 중에서도 반항아 쪽에 속했는데.

"처음엔 다들 내가 아메리카 선주민인 줄 알았대." 이모가 킥킥 웃었다. "여기서 베트남 사람은 처음 보나 봐."

"뭐라서?" 소니가 영어로 물었다. 그는 가슴에 무릎을 당겨 안고 앞치마에 난 구멍을 헤집고 있었다.

"여기 사람들이 너희 엄마를 아메리카 선주민으로 착각했대." 하이가 말해주자 소니는 엄마에게서 시선을 피한 채 고개만 끄덕였다.

"**너희** 엄마는 어떻게 지내니?" 킴 이모가 몸을 세우며 물었다. "내가 여기 있는 줄은 모르지?"

소니와 하이는 서로 눈치를 보고는 고개를 끄덕였다.

"잘됐네. 내가 감옥에 처박힌 나쁜 딸이라는 걸 언니가 아는 건 정말 싫으니까. 내가 사준 열쇠고리는 아직 가지고 다니데? 루이비통 말이야."

엄마의 열쇠에는 성냥갑만 한 크기의 루이비통 클러치 모양의 펜던트가 달려 있었다. 엄마가 퇴근하고 집에 와 문을 열 때마다 손잡이 위에서 그 펜던트가 달랑거렸다. 심지어 클러치를 여닫을 수 있는 걸쇠도 있었지만, 그 안에 아무것도 넣을 수 없으니 인형의 집에 든 장난감처럼 쓸모없었다.

"플로리다로 떠나기 전 언니 생일 선물로 사준 거야. 우리가 크게 싸우기 전에." 킴 이모가 고개를 흔들며 미소 지었다. "너희 엄마가 늘 루이비통 가방 갖고 싶어 해서 나는 진짜 사주고 싶었어. 그래서 몇 달간 돈을 모아 쇼핑몰의 루이비통 매장에 들어갔는데, 가방 하나의 가격표를 보고는 절대 못 사겠구나 하고 깨달았지. 너무 민망해서 이리저리 돌아다니며 눈에 보이는 가장 작은 물건들을 살펴봤어. 그렇게 점점 더 작은 물건들을 찾다가 결국 계산대 앞까지 이르렀지. 그때쯤에는 점원 모두가 내가 그런 데 올 사람이 아니라는 걸 알아차린 눈치였어." 그는 쪼그라든 눈빛으로 소년들을 보았다. "결국 계산대에 쌓여 있던 열쇠고리들 중 하나를 집어 들었지. 루이비통 열쇠고리가 얼마인지 아니? 250달러였어. 세상에서 가장 비싼 열쇠고리일걸." 이모가 튼 입술을 핥았다. "내가 멍청했지. 그래도 최소한 이렇게는 말할 수 있어. 내가 너희 엄마에게 돈으로 살 수 있는 가장 비싼 열쇠고리를 사줬다고. 언니는 엄청 좋아하더라. 그 주 내내 '**진짜** 루이비통을 사주다니!'라는 말을 되풀이했거든. 뭐, 달리 할 말이 없네. 내가 정말 그랬으니까."

"아직도 그걸 걸고 다녀요." 하이가 말했다. "바로 지금도요."

킴 이모가 고개를 끄덕였다. "얘, 아들." 이모가 달라진 목소리로 소니에게 말했다. "저기 자판기에서 네 사촌형 줄 탄산 음료라도 좀 뽑아오지 않겠니? 이 먼 데까지 와줬는데……."

하이는 현금을 꺼내려고 주머니에 손을 넣었지만 소니는 이미 일어서고 있었다. 바닥만 쳐다보고 앉아 있는 것 외에 다른 할 일이 생겨서 기쁜 눈치였다. "알겠습니다, 각하." 그가 경례를 붙이고 부리나케 나섰다.

소니가 대화가 들리지 않을 만한 거리로 멀어지자 킴 이모는 인터콤 쪽으로 고개를 수그리며 관자놀이를 문질렀다. "들어보렴." 그가 눈을 질끈 감고 말했다. "확실히 하고 싶은 게 있어."

"이모." 하이가 몸을 앞으로 내밀자 유리에 입김이 서렸다. "엄마랑 이모가 연락 안 하는 거 알아요. 하지만 엄만 화난 게 아니에요, 정말로요. 엄마는 그냥…… 글쎄요…… 길을 잃었달까요."

"언니가? 길을 잃어? **나**를 봐. 나는 망망대해에 노도 없이 배 타고 나온 신세야. 저 애와 떨어져 있는 게 그런 기분이라고. 쟤가 어떻게 지내는지 궁금한데 너무 무서워서 차마 못 물어보겠어. 올 때마다 자기가 좋아하는 전쟁 얘기나 통닭 가게 일 얘기만 계속 떠들고." 이모가 몸을 뒤로 젖히고 고개를 저었다. "난 그냥…… 왜 쟤는 수학 천재나 뭐 그런 게 되지 못하는 걸까? 왜, 그 병에 걸린 애들은 으레 그러던데. 신동 같은 게 되지 않아? 뭔가 쓸모 있는 사람 말이야."

"그건 병이 아니에요. 그리고 쟤는 제가 아는 누구보다 역사에 빠삭해요. 똑똑하다고요. 저보다 훨씬 똑똑해요. 그냥 하는 말이 아니에요."

"알아, 하지만…… 아, 미치겠네." 이모가 두 손으로 얼굴을 감쌌다. "내가 무슨 짓을 한 거지? 이렇게 형편없는 엄마라니, 벌받을 게 뻔해. 쟤는 비밀이 엄청 많은 것 같아. 어떻게 내가 낳은 내 자식이 이렇게 낯설 수가 있지? 그 오랜 세월을 키웠는데 나는 아직도 쟤를 잘 모르겠어."

"그만해요."

"그래도 들어봐. 그냥 너한테 말하고 싶어. 그리고 제발, 제발 부탁인데, 이 얘긴 비밀로 해줘." 킴 이모가 젖은 눈을 깜빡이며 텅 빈 칸막이들을 훑어보았다. "소니의 아빠, 민 말이야. 음…… 이상한 사람이었어. 그래도 소니는 그를 숭배했지. 너한테 이 얘기를 진작 했어야 했는데." 그가 목소리를 속삭임에 가깝게 낮췄다. "하지만 소니의 아빠, 그러니까 네 이모부 민은, 죽었어."

하이가 몸을 뒤로 젖히자 플라스틱 벤치가 삐걱였다. **"죽었다고요?"**

"한 4년 전에."

"농담하는 거죠? 이모부가요?" 하이가 속삭였다.

킴 이모는 소니의 아빠가 2월 어느 날 아침 브래틀버러 외곽의 어느 숲에서 발견되었다고 털어놓았다. 그의 차가 숲길 입구를 지나 나무들 사이로 좀 들어간 데에 주차되어 있었는데, 밤사이 아무도 모르게 몇 시간 동안 불타서 숯덩이가 되어 있었다고 했다. "연료 탱크에서 가스가 새는 바람에 담배 피우다가 그렇게 됐다고 하더라. 그는 길가에 차를 세워두고 뚱하게 담배 피우는 버릇이 있었거든. 나랑 같이 있을 때도. 하지만 나…… 나는 모르겠어……." 이모는 의

심스러운, 어딘가를 표류하는 표정을 띤 채 머리를 흔들었다. "그이는……."

"저희 엄마한테는 말 안하셨고요?"

"언니가 나랑 연락을 안 하잖아. 그리고 난 망할 **감옥**에 있고."

"그래서 소니도 몰라요? 전혀?"

이모의 침묵이 **그래**라고 말했다.

"제가 이걸 알아서 어쩌길 바라세요?"

소니의 발소리가 다가왔다. 그가 스프라이트 병을 따서 카운터 위에 올려놓았다. 통로 저편의 커플은 이미 대화를 끝낸 지 오래여서 병에서 거품이 쉬익 끓어오르는 소리만 들렸다.

킴 이모가 입으로만 미소 지었다. "자, 마시렴." 그가 소니에게 고개를 끄덕였다. "둘 다 목마를 것 같아서 사 오라고 했지."

소니가 씩 웃더니 앉아서 두 손으로 병을 들고 마셨다. "엄마는 늘 사려 깊어요." 그가 영어로 말했다. 그러고는 화제를 돌렸다. "엄마, 다음 달에 아빠 보러 가도 될까요? 휴가가 사흘 생겼거든요. 지난달에 아빠가 우체국에 취직했다고 편지에 쓰셨던데, 제복 입은 아빠 모습을 보고 싶어요. 작년에 흰색 셔츠로 바뀌었다더라고요."

킴 이모가 옷소매로 코를 닦았다. "글쎄다. 일하는 데 방해될 것 같은데. 기억하렴, 그 사람에겐 아내가 있어. 그 아내의 아이들도."

"버몬트에서 가장 큰 멕시코 레스토랑을 운영하는 마리아라는 분 말이죠." 소니가 말했다. "그 이야기도 아빠한테 다 들었어요."

"좀 참아줄 수 있겠니?" 그가 날선 투로 말하자 교도관이 열쇠 꾸러미를 절그럭거렸다. "저 밖에서 자유롭게 꿈꾸던 삶을 살고 있는 남자를 만나러 가기 전에, 너희 엄마가 여기서 나갈 때까지만이라도 좀 기다려주면 안 되겠어?"

교도관이 손목시계를 흘긋 보더니 3분 남았다고 알렸다.

소니가 눈을 내리깔았다. "엄마가 아빠를 미워한다고 해서 저까지 그럴 순 없어요."

"나는 젊은 나날을 누릴 수가 없었어. 알겠니? 넌 학교를 다녔잖아. 학위라든가 하는 거 따고 싶지 않니? 노상 남북전쟁 헛소리만 늘어놓는 걸로 인정받아 종이 한 장이라도 얻어내서 무언가가 되고 싶지 않아? 나는……." 킴 이모가 시선을 돌리고 심호흡을 했다. "나는 열심히 공부하고, 시험에 떨어지고, 친구들과 도서관에 가서 다시 공부하는 그런 기회를 가져본 적이 없어. 스스로를 계발할 기회 말이야. 두 번째 기회는 없어. 내겐 너뿐이야. 바로 그거야. 네가 내 두 번째 기회야." 이모가 팔을 쭉 뻗었다. 넉넉한 크기의 황갈색 점프수트 때문에 아주 나이 든 아이처럼 보였다. "열일곱에 너를 가졌어. 그러고는 곧바로 네 아빠를 따라 콜트 총기 공장에 일하러 다녔지." 소니는 베트남어를 일부밖에 못 알아들었지만, 굳이 알아듣지 않아도 이해할 수 있었다. 그는 본능적으로 제 엄마의 눈을 피하려고 오므린 손으로 스스로를 가렸다.

킴 이모가 팔을 떨어트렸다. 하이는 스프라이트를 집어 들고 마셨고, 교도관이 헛기침을 했다.

"네 아빠는 좋은 남자가 아니었어." 이모가 턱을 치켜들었다. "그래도 너를 사랑하긴 했지. 그건 인정해."

"저는 무명용사 공동 묘소의 경비원이 되려고 훈련중이에요. 해병대보다 더 들어가기 어려운 덴데, 나는……."

"그만!" 교도관이 말했다. "마무리하도록, 924."

그제야 하이는 이모의 가슴에 수놓인 수인 번호를 보았다.

"엄마 주려고 접었어요." 소니가 뒷주머니에서 분홍색 펭귄을 꺼내 손바닥 위에 올려놓고 엄마에게 내보였다. 모로 누워 있는 종이 새를 보는 킴 이모의 눈이 부드럽게 휘어졌다. "분홍 펭귄이에요. 교도관에게 맡길게요. 엑스레이 검사를 거쳐서 내일 받을 수 있을 거예요."

이모가 고개를 끄덕였다. "정말 예쁘구나, 아가. 얘, 얘, 나 좀 봐. 너는 네 생각보다 강해. 내 말 알겠니?"

교도관이 일반 수감자 구역으로 통하는 철문을 여는 사이에 킴 이모는 일어섰다. "너희 엄마가 묻거든 난 잘 지낸다고 전해드려." 이모가 어깨 너머로 하이에게 말했다. "내가 지금도 플로리다에 있고, 큰 차도 있고, 아무튼 다 있다고 해. 알았지? 혼다. 내가 혼다 차를 가지고 있다고 전해줘. 그리고 너……." 하지만 문이 닫혀버렸고 면회실에는 스프라이트 거품이 부글거리는 소리 말고는 정적만 흘렀다.

등 뒤에서 닫힌 두꺼운 강철문을 뒤로하고 사촌 형제는 차디찬 밤공기 속으로 비틀비틀 나아갔다. 막대한 고요가 그들을 집어삼켰고 머리 위의 하늘은 별빛으로 얼룩져 있었다. 교도소 주위로는 소나무 숲, 습지, 자연 보존 구역이 꽉 들어찬, 티끌만 한 오염도 없는 겨울 황무지가 몇 킬로미터나 펼쳐져 있었다. 근처 나무들에서 풍겨오는 흙내가 공기를 채웠다. 교도소에서 생산되고 사용되는 모든 것은 이제 그 안에 완전히 갇혀서, 깨끗이 닦인 복도에서 나던 세성제와 락스 냄새조차 철문을 넘지 못했다.

"내 기억엔 별이 저렇게 많지 않았던 것 같은데." 소니가 말했다.

하이가 채 대답하기도 전에 소니는 벌써 잔디밭을 가로질러 주차장으로 향하고 있었다. 두 사람은 옹송그리고 붙어서 철조망을 따라 버스 정류장으로 향했다. 살을 에는 듯한 바람에 그들의 앞치마가 중세 우화 속 수도사들의 로브처럼 펄럭거렸다.

"몇 시야?" 유리 칸막이가 쳐진 정류장 안에 앉아 떨면서 하이는 물었다.

"9시 2분." 소니가 휴대전화를 열어보고 말했다. "30분 남았네."

하이는 《카라마조프 가의 형제들》을 꺼내 엄지손가락으로 책장을 훑었다. 책은 원래 두께의 절반이 남아 있었다. 하이는 몇 주 전 소년 일류샤의 관을 장사 지내러 허름한 교회로 나르는 장면까지 읽고는 더 읽지 못했다. "있잖아." 하이가 말했다. "도스토옙스키는 고작 세 살에 간질로 죽은 아들 이름을 따서 주인공 알료샤의 이름을 붙였대. 그는 알료샤를 작중에서 가장 좋은 사람으로 그렸고……." 그는 이 이야기를 왜 하고 있는 건가 싶어져서 머리를 흔들었다.

"야. 나중에 작가가 되면, 너는……."

"난 작가가 아니야." 하이는 책을 외투 주머니에 쑤셔 넣었다. "그냥 한때 그렇게 말하고 다녔었지. 난 지금 빈둥거리고 있다고. 알았어?"

"뭐, 배우면 되잖아, 안 그래? 그래서 대학에 간 거잖아. 이것저것 빨리 배우려고."

"소니." 하이는 서리 덮인 도로 건너 숲을 뚫어지게 쳐다보았다. 자작나무 줄기들 사이가 너무나 캄캄해서 네임펜으로 칠한 것처럼 보였다. "봐, 날 만져봐. 어서. 잡아보라고." 그가 팔을 내밀자 소니는 조심스럽게 움켜쥐었다. "더 세게. 알겠어? 진짜 나는 이것뿐이야. 버스 정류장에서 너와 함께 벤치에 앉아 있는 나. 바로 그거라고. 그 밖의 모든 것, 내가 하는 것, 내가 해온 것, 이런저런 목표며 약속 들, 그런 건 다 유령이야. 대부분의 유령은 사람 몸 안에 깃들어 있어서 죽고 나서 빠져나갈 날을 기다리지. 하지만 내 유령은 산산조각났어." 그는 드문드문 흩어진 나무들을 턱짓했다. "온 사방에 흩어져 있다고. 내가 걸려 넘어진 곳들마다 내 유령 조각이 남은 거야." 하이는 말을 끊었다. 지금까지 말로 표현해본 적 없는 생각을 입 밖으로 꺼내니 별안간 그 명징함에 속이 울렁거렸다. 그것은 완벽하게 파낸, 가장자리가 비뚤어진 데 없이 날카롭게 경계 진 구덩이처럼 눈앞에 도사리고 있었다. "내겐 아무것도 없어. 네가 접은 조그만 종이 펭귄만 한 크기의 무엇조차 없다고. 그러니까 그 한심한 대학 얘기는 이제 그만 집어치워."

하이는 곧장 자신이 한 말을 후회했다. "야, 겁주려던 건 아니야. 그냥 피곤해서 그래. 여기 너무 이상한 곳이야." 그는 몸을 굽혀 두 손에 얼굴을 묻었다.

"하지만 이해가 안 되는걸." 소니가 말했다. "그거 네 꿈 아니야?"

하이는 더 말하고 싶었지만, 모든 걸 털어놓고 싶었지만, 그럴 힘이 없었다. "너희 엄마는 괜찮을 거야. 중요한 건 그것뿐이야."

소니는 스프라이트를 꿀꺽 들이켰다. "하지만 마음은 조종할 수 없는 거야. 그래야 한다고 생각해도 어차피 안 돼." 그는 이제 속삭이고 있었다. 어쩐지 하이는 소니가 이 말을 하면서 어떤 표정을 짓고 있을지 보기가 두려워 시선을 아래에만 붙박았다. "내 마음은 특정한 것들에만 끌려." 소니가 말을 이었다. "가끔은 다른 무언가에 끌렸으면 할 때가 있어. 상담 일정이라든지, 자꾸만 잊어버리는 사람들

이름이라든지, 어떤 사람이 CNN이나 패트리어츠에 대해 하는 생각이라든지, 웨인이 그렇게 애지중지 가꾸는 창턱 정원이라든지…… 그리고 우리 엄마도. 너희 엄마도. 하지만 이런 것들은 내게 다가와서 나를 선택해주지 않아. 나를 빼먹고 가버리더라고." 소니가 코트 지퍼를 턱까지 올렸다. "가끔은 착해지는 것에 대해 생각하고 싶어져. 하지만 착함은 나를 선택하지 않아. 그냥 그러질 않더라고. 나는 착해지는 데 소질이 없어."

"그건 변할 수 있어." 하이가 말했다. "그걸 성장이라고, 배움이라고 불러. 사람들은……."

"하지만 진실은 결코 변하지 않잖아. 거짓만 변하지."

"어떤 멍청한 장군이 그딴 말을 했냐?"

"아니, BJ가 한 말이야."

하이는 자신이 다른 누구보다 소니에게서 너무나 많은 것을 받아들인다는 것을 깨달았다. 저 애가 무슨 말이든 하면 하이는 그걸 진지하게 받아들였다. 만약 소니가 맨손으로 누군가의 목을 조른다면, 하이는 버스 정류장 옆자리에 앉아서 손에 삽을 든 채 다른 방법은 없으리라고 확신할 터였다.

소니는 무언가 생각해내려 애쓰고 있었다. "그래도 언젠가 나에 대해서 써줄래? 소설이든 뭐든?"

"글쎄."

"음, 만약 그런다면……." 그가 초조하게 웃었다. "내 점은 빼줘. 알았지?"

"알았어." 하이는 고개를 끄덕였지만 그의 마음은 다른 데에 가 있었다. "야, 네가 기억하지 못하는 삶도 좋은 삶이라고 생각해?" 질문을 꺼내고 보니 어리석게 들렸다. "내 말은……."

"응." 소니가 대답했다.

"왜?"

"다른 누군가가 기억할 테니까."

그 말과 동시에 소니가 눈앞의 허공을 손으로 훔쳤다. 너무나 빠른 손짓이어서 하이는 화들짝 뒤로 물러났다. "뭐야?"

"파리." 소니가 하이의 얼굴 앞으로 주먹을 가져가 손을 펼쳤다. "상상 속 파리."

"잡았어?"

"아니." 소니는 고개를 흔들고 광막한 밤을 둘러보았다. "도망갔어."

버스가 두 소년을 이스트 글래드니스에 내려준 건 10시 30분이 다 되어서였다. 소니를 자전거 뒤에 태우고 집까지 데려다주고 나서 뼛속까지 녹초가 된 하이는 공원 야구장을 가로질렀다. 진창이 너무 깊어서 나머지 길은 자전거를 끌고 걸어가야 했다. 막다른 길과 함께 안개 같은 회색 집이 나타났을 때에야 그는 자신이 왜 여기 왔는지 기억했다.

자전거를 팽개치고 길 건너편 갓돌에 걸터앉았다. 집은 잠잠했고 꿈결처럼 반투명한 레이스 커튼이 빛을 분산시키고 있었다. 하이는 엄마에게 음력설 인사를 드리러 방문하겠다고 그라지나에게 약속한 참이었다. "가, 꼭 가." 그라지나는 그렇게 말했다. "가서 엄마를 안아 드리고 고맙다고 말씀드려. 그냥 고맙다고만 해. 아무것도 설명할 필요 없어."

하이는 보스턴에서의 거창한 삶에 대해 엄마에게 들려줄 생각이었다. 심지어 돼지 간을 해부한 일화까지 지어냈다. 그럴듯하게 이야기하려고 도축장에서 본 광경을 토대로 꿈틀거리는 발굽까지 생생하게 묘사할 계획을 짰다. 그런데 지금, 엄마와 같이 살았던 집 건너편 길가에 서서 떨고 있으려니 엄마를 마주할 의지가 꺾였다. 실감나게 연기할 자신이 없었다. 그래서 결국 전화만 걸기로 결정하고 익히 외우고 있는 엄마 번호로 전화를 걸었다. 신호음이 울리는 동안 고속도로 울타리 뒤에서 트레일러 두 대를 연결한 트럭들이 굉음을 내며 지나갔다.

"엄마?"

"아, 너구나!" 엄마가 놀란 목소리로 말했다. 위층 침실 창문에 희미한 그림자가 드리워졌다. 자고 있다가 막 일어나 침대에 앉은 모양이었다. "이렇게 늦은 시간에. 공부하느라 안 자고 있었니?"

"음, 그냥…… 그냥 새해 복 많이 받으시라고요. 엄마 혼자 지내고 있으니까, 나는……." 그때 수화기 저편에서 다른 사람의 목소리가 들렸다. 어떤 여자가 뭐라고 질문하는 소리였다. 그러고 보니 엄마가 전화를 받으면서 웃음을 참는 기색이었다는 데에 생각이 미쳤다.

"내 말 들리니, 하이? 신호가 잘 안 터지나 보다. 이놈의 고속도로 근처에는 송신탑이 없어서 말이야."

"들려요." 하이는 침을 삼키고 창문을 훑어보았다. "네, 저 의대 도서관에 있어요. 밤에도 열거든요. 엄마, 더 일찍 전화하지 못해서 미안해요. 그냥……." 그는 길가에 버려진 축축한 소파에 앉았다. 옆면에 노란 충전재가 불룩 튀어나와 있었다. "그냥 좀 바빴어요."

"아, 괜찮아. 뭐 어때."

"그냥 엄마한테 제일 먼저 설날 인사를 하는 사람이 저이고 싶었어요. 새해 복 많이 받으세요, 엄마."

"너도, 아들. 오늘 머리 좀 잘랐니?"

"제기랄." 하이는 영어로 내뱉었다.

"도서관에서 그렇게 말하지 마! 무슨 의사가 그런 욕을 하니?"

"내일 자를게요. 꼭요."

"나는 오늘 아침에 엄지손가락만큼 잘랐어. 그렇게 해야 지난해의 나쁜 기운이 떨어져 나가. 알잖아. 그 무게를 덜어내야 해. 엄청 무겁더라."

하이는 창가의 그림자를 향해 고개를 끄덕였다.

"얘, 하이." 엄마가 숨소리 섞인 음성으로 말했다. "네가 여기 있을 때 말해주고 싶었는데, 나는…… 뭐라고 할까…… 이런저런 일이 많다 보니……."

"뭔데요?"

"네가 이 기회를 잡은 게 정말 자랑스럽다고. 이 모든 게. 그냥 생긴 기회가 아니잖아. 너 스스로 만든 거지. 네가 직접 나가서 운명을 엮어낸 거야. 있잖아, 네가 태어나고 너희 아빠가 떠난 후 평생 동안 나는 무언가 다른 게 올 거라고 생각했는데 오지 않더라. 나는 그게 무슨 배처럼 내 앞으로 떠내려올 줄 알았어. 내 아들이랑 엄마랑 같이 짐을 다 싸놓고 기슭에서 기다리고 있으면 말이야. 하지만 그건 좀처럼 오지 않았고……."

"엄마, 그만해요."

"아냐, 끝까지 들어. 지금껏 너한테 아무 말도 못 했는데 이 말은 해야겠어. 결국 그건 내게 오지 않았단 거야, 알겠니? 사람은 운이 필요할 때도 있지만 가끔은 큰 용기를 내야 할 때도 있어. 나는 둘

다 아니었지. 그런데 너는 **용감해**. 의지만으로 스스로 길을 텄으니까. 아무도 널 도와주지 않았는데…… 나도 그건 알아. 엄마가 알고 있다는 걸 네가 알았으면 해."

긴 침묵이 흐르고 엄마가 한 말들이 둘 사이를 가로지르는 길거리에 떠다녔다.

"노력하고 있어요." 하이가 할 수 있는 말이라고는 고작 그 정도였다. 소파의 차가운 습기가 바지로 스며들었다. 수화기 너머에 있는 여자가 무어라 말하는 소리가 들렸고, 창문 안에서 희미한 그림자가 엄마의 실루엣 옆으로 다가왔다. "엄마, 옆에 누가 있어요? 소리가 들려서……"

"아." 엄마가 애써 킥킥 웃었다. "도 씨야. 네일 살롱 손님. 도 씨도 혼자 사니까 오늘 같이 보내기로 했지. 그러면 덜 울적하잖아." 도 씨의 그림자가 엄마 옆에 앉았다.

"공부 열심히 하렴, 하이!" 도 씨가 외쳤다. "우리 모두 네가 무척 자랑스럽다."

"고맙다고 전해주세요." 하이는 엄마에게 말했다.

아래층 창문으로 들여다보이는 부엌 조리대에 엄마가 켜둔 야간등이 보였다. 그 아래에 엄마가 잔돈을 모아두는 원숭이 모양 도자기 쿠키 병이 있었다. 담배처럼 돌돌 말린 지폐 수백 장이 병 안에 빽빽이 들어 있을 터였다. 새벽녘 두근거리는 광대한 고요 속에 깨어나 부엌으로 살금살금 내려가서 원숭이 머리 뚜껑을 열고 지폐 몇 장을 꺼내 캔디맨을 찾아간 적이 얼마나 많았던가?

"아, 맞다. 물어보고 싶은 게 있었어." 엄마가 말했다. "수잔이랑 수전이랑 뭐가 다른 거니?"

엄마는 동료 직원들과 마찬가지로 일터에서 미국식 이름을 사용했다. 더 '친숙한' 이름을 쓸수록 팁을 많이 받을 거라고 믿었기 때문이다. 몇 년 동안 엄마는 줄리라고 했다가 그다음에는 스테이시라고 했는데, 긴 '이' 발음으로 끝나는 이름이 너무 어린애 같다고 생각했는지 최근에는 수전으로 바꿨다.

"모르겠는데요. 어느 쪽이 더 마음에 들어요? 아무튼 둘이 다른 이름이에요. 수잔은 좀 더 예스러운 느낌이긴 해요. 다른 시대 사람처럼."

엄마는 생각에 잠겼다. "도 씨도 그렇게 말하더라. 도 씨는 루시라는 이름을 써. 그래도 난 수잔이 좋아. 끝에서 억양이 올라가잖아. 느껴지니?"

"확실히 올라가죠."

"네가 날 이해할 줄 알았어." 엄마가 끊어지는 목소리로 웃었다.

"사랑해요." 하이는 영어로 말했다. 자신의 목소리가 어쩐지 낯설게 느껴졌다. 딜라우디드 약효가 빠르게 스러져가고 있었다.

"나도 사랑해. 음, 이제 슬슬 끊어야겠어. 괜찮지? 도 씨가 헤네시를 가져와서 같이 마시고 있었거든. 머리가 빙빙 도네." 두 사람이 웃음을 터뜨리자 둘의 그림자 윤곽이 맞닿았다.

"알았어요. 새해 복 많이 받아요, 엄마."

"새해 복 많이 받으렴, 내 아들."

두 사람의 실루엣이 움직이는 것을 보기도 전에 하이의 아래에서 자전거 바퀴살이 윙 하고 돌아갔고, 그는 어느새 서늘하고 부드럽게 이마에 닿는 밤바람을 맞으며 길을 반쯤 나아가고 있었다. 이슬에 젖어 미끄러운 거리를 달리다 보니 2월의 나무들이 다른 시대에 만들어진 나무 조각상처럼 보였다. 이윽고 상점들이 사라지고 하이는 교외 도로의 깊은 고요 속으로 꺼져들었다. 집마다 방 한두 곳에 불이 아직 켜져 있었다. 밤에 오래된 코네티컷 마을을 지나가다 보면 느껴지는 정취가 있다. 굴착당하고 폭파당했지만 잠잠하고도 강렬한 여운이 깔려서 모든 게 설명할 수 없는 아름다움으로 물든 듯한 느낌. 마치 바깥이 갑자기 거대한 거실로 변한 것처럼. 그리고 만약 가로등의 진실한 불빛 아래 앉아 있더라도 아무도 간섭하거나 떠나라고 하지 않으리란 느낌이 든다. 다들 어련히 그럴 만한 이유가 있을 거라고, 빚이나 피나 땀에 얽매여 있을 거라고 생각할 테니까. 그리고 아무도 기억하지 못하는 백인 백만장자들의 이름을 따서 명명된 거리들을 따라 늘어선, 흰 서리가 흩뿌려진 자동차들. 이 얼마나 따분한 일인가, 하이는 생각했다. 또 한 명의 소년이 제 엄마의 담뱃불에서 튀는 불똥처럼 길을 나서서 옷에 달라붙은 고향의 먼지들을 털어내고 싶어 한다는 게. 텅 빈 길을 떠다니다 보니 싸늘한 바람 때문에 눈물이 고였다. 따스한 빛으로 가득한 집들을 지나며 하이는 그 안의 사람들을 상상했다. 가구가 가득 들어찬 조그마한 거실에 모여 앉은 그들의 모습을, TV 광고와 뉴스―끝없이 이어지는 비참―에서 나오는 옷자락 같은 빛을 뚫고 새어 나가는 그들의 목소리를, 햇빛 그리고 햇빛이 가져다주는 노동과 불안의 행렬을 견디지 못하는 고통으로부터 당분간은 자유로운 그들의 몸을 생각하다 보니 머릿속이 흐릿해졌다. 그들 모두와 함께 있고 싶다는 환상이 마음속에 솟구쳤다. 하이는 자신이 알고 싶었던 모든 소년이 잠 못 이루고 누워 있는 모습을, 그들을 둘러싼 좁고 어수선한 방 안에 있는 가장자리가 말린 포스터, 이가 나간 트로피, 고장난 비디오 게임기로 이어지는 기나긴 전선—한때는 10대 시절의 업적들을 기리는 허약한 제단이었으나 이제는 사춘기의 폐기물이 된 것들을 상상했다. 흔들거리는 자전거를 몰고 거리를 누비며 하이는 어느 집 창문에 누군가의 얼굴이 있지는 않을까 훑어보았고, 눈에 띄지 않자 자신의 얼굴을 흐린 하늘로 들어 올렸다. 하늘은 텅 빈 그릇 같아서 거위 떼는 고사하고 무엇도 그곳에 존재하리라고는 상상할 수 없었다. 킹 필립 철교를 건널 때쯤 되니 닿을 수 없는 모든 것을 향한 갈망 때문에 정신이 나갈 지경이었다. 수많은 생애 전체가 손아귀에 쥐일 듯, 이번 생에서 만들어질 듯하다가도, 머리 위로 피어오르는 입김과 함께 증발해버리는 것이었다. 철교의 불빛들에 모든 것이 번지는 가운데 하이는 고함을 질렀다. 너무나 날카로운 자신의 목소리에 약의 취기에서 퍼뜩 깨어났다. "할머니! 이모부! 어디 계세요?" 그는 페달을 밟으며 베트남어로 외쳤다. "민 이모부, 할머니! 거기 계세요?" 하이는 그들을 찾아 지평선을 향해 밤새도록 자전거를 달리고 싶었다. 충분히 힘줘서, 충분히 빠르게 페달을 밟으면, 자신을 묶는 시간의 막을 찢어발기고 탈출속도*에 도달할 수 있을 것 같았다. 그래서 버지니아의 맥도날드 주차장에 단둘이 앉아 있는 두 사람을, 반쯤 먹은 치킨 텐더를 손에 들고 하이를 향해 빙긋 웃는 할머니를 볼 수 있을 것만 같았다. "할머니!" 하이는 영어로 그렇게 외치며 허버드 16번지 앞에 자전거를 팽개치고 문으로 비척비척 다가갔다. "할머니, 돌아와요!" 눈앞의 하늘이 휙 뒤집히고 나서야 그는 자신이 빙판에 미끄러져 넘어졌다는 것을 깨달았다. 이 블록에 남아 있는 유일한 가

● 중력에서 벗어나 무한히 먼 곳까지 갈 수 있는 최소한의 속도.

로등이 그의 위에서 빛을 비추고 있었다.

하이는 잠시 그 자리에 누워 강물 소리에 귀를 기울였다. 강둑을 따라 흐르는 나지막한 철썩 소리에 간간이 여울을 휘돌며 콸콸거리는 소리가 섞였다. 지난 수천 년 동안 똑같았을 저 소리만이 유일하게 한결같았다. 인간이 아무리 강을 오염시켰어도, 스프링필드나 맨체스터의 화학 공장들이 아무리 많은 폐기물을 저 깊은 물속에 버렸더라도, 강물이 아무리 많은 시신을 삼켰다가 이빨처럼 말끔하게 뱉어냈더라도, 바다를 향해 나아가는 저 물소리만큼은 변치 않았다. 그때 방충망 문의 걸쇠가 풀리고 문짝이 열리더니, 누군가의 발소리가 눈을 뽀드득뽀드득 밟고 하이에게 다가왔다.

"누구죠? 어느 진영 소속이에요?" 그라지나가 꽃무늬 나이트가운 자락을 눈밭 위에 드리우며 꿇어앉아 하이의 이마에 손을 올렸다.

"제 이름은 하이 페퍼 병장입니다." 그가 가로등을 올려다보며 말했다. "당신을 미국으로 데려가는 중입니다."

"부상당했나요?" 그라지나가 하이의 가슴에 구멍이 뚫렸는지 찾아 손을 더듬었다. "오 성모 마리아님, 총에 맞았나 보군요."

"전 괜찮습니다." 약 때문에 하이는 바다 밑바닥에 가라앉은, 배에서 떨어진 닻이 된 듯 느껴졌다. "나는…… 나는 끊을 수가 없어요, 그라지나. 어떻게 끊어야 하는지 모르겠어요. 맙소사." 그는 소리 없이 울음을 터뜨리며 무릎을 배로 당겨 안고 몸을 굴렸다. "못 끊겠다고요."

"당연히 못 끊죠! 당신은 미군이잖아요. 여기 탈영병은 없어요, 안 그래요?"

"그만둘 수가 없다고요……. 아, 난 완전 망했어요. 우리 모두 완전

망했어요."

 "알았어요, 알았어. 여기서 기다려요. 뭐가 도움이 될지 아니까." 그라지나가 발을 질질 끌며 집으로 들어가더니 잠시 뒤 두 손에 무언가를 들고 나왔다. 그는 하이의 지퍼 달린 외투 깃 속으로 그것을 미끄러뜨려 넣었다. 이윽고 휴대용 라디오가 지직거리고 켜지면서 첼로를 비롯한 현악기와 플루트, 클라리넷 등으로 이루어진 관현악 음악이 그의 가슴에서 터져 나왔다.

 하이는 음악에 귀를 기울였다. 음악 소리가 강물과 합쳐졌고 갈비뼈 안에서 숨이 팽팽하게 죄어들었다.

 "자, 자. 진정해요, 병장님." 그라지나가 나이트가운 밑단으로 하이의 눈물을 닦아주었다. 튤립 모양의 끝자락이 짙게 물들었다. "눈에 상처가 났을 뿐이에요. 하지만 당신의 피는 투명해요, 보이죠? 즉 당신의 양심이 깨끗하다는 뜻이에요. 자, 이건 리투아니아 국립교향악단 연주예요. 빌니우스에서 방송하는 걸 여기서도 들을 수 있죠. 그들에게 축복이 있기를! 음악이 당신의 기분을 낫게 해줄 거예요, 틀림없어요." 그라지나가 하이의 심장께에 귀를 대고 소리를 듣더니 고개를 끄덕였다. "걱정 말아요, 페퍼. 하느님께서는 선한 사람들을 죽게 내버려두지 않아요. 적어도 오늘 밤은요."

 하이는 외투를 뒤져 주머니칼을 꺼냈다. "저기, 당신이 뭘 좀 도와줬으면 해요. 괜찮죠?"

 "뭐든지요, 병장님."

 "이걸 받고……." 하이가 그라지나에게 칼을 건넸다. "내 머리카락에 수술을 해줘요. 여기, 이만큼만. 제 어머니가 머리카락을 잘라야 모든 무게를 덜어낼 수 있다고 하더라고요."

"제가 간호사는 아니지만 그래도 해볼게요." 그라지나가 바투 다가와 하이의 앞머리를 손가락으로 훑더니 칼날을 열고 머리카락을 잘라냈다. 검은 머리 올들이 바람에 흩어지는 동안 악단은 연주를 계속했다.

19

 밤늦은 시간, 옥수수밭을 가로지르는 주간 고속도로는 아스팔트에 끊임없이 떨어지는 빗소리 외에는 조용했다. 그는 얼굴에 묻은 물이 세면대에 떨어지게 놔두고 스스로를 가다듬었다. 옆방 사람이 틀어놓은 〈아메리칸 아이돌〉의 갈채 소리가 환풍구로 새어 나오는 동안 그는 모텔 거울에 비친 자신을, 짧게 잘린 앞머리 아래로 드러난 높은 이마를 바라보았다.
 그는 사일러스 딘 고속도로 옆 모텔6의 39달러짜리 방에 딸린 욕실에서 나왔다. 침대에 벌거벗은 채 누워 있던 남자가 그를 향해 어색하게 웃었다. 한밤중의 모텔에서 펼쳐지는 욕망의 안무에 익숙하지 않은 소년은 약간 서성거렸다. 그러자 남자가 그의 손을 잡고 자기 위로 끌어당겨, 털이 빽빽한 가슴 위로 그가 몸을 쭉 뻗고 눕게 하고는 백조 두 마리가 목을 얽듯이 그와 팔을 얽었다.
 소년은 남자의 귀가 사라진 자리에 남은 구멍을 노란 가로등 불빛이 금화처럼 밝히는 것을 지켜보았다. 아까 이 객실에 처음 들어왔을 때 남자는 자신이 이라크에서 막 돌아왔다며 사과하는 듯한 어조로 말했다. 한동안 둘은 나란히 누워 있었다. 이불에 난 담뱃불 자국들에 팔다리가 자꾸만 긁혔고, 머리 위의 배수구로 떨어지는 빗소리가 울렸다. 정의 내릴 수 없을 만큼 거대한 무언가의 기슭으로 튕겨져 나온 두 사람은 서로의 품 안에 좌초되었다.

남자가 가까이 다가오자 소년은 작은 금화를 향해 말했다. "좋아요, 좋아요." 자신이 무엇을 긍정하고 있는지도 알지 못한 채로. 남자의 달콤한 열기에 막 신경이 활짝 열려서 자기 실수를 알아차리지 못한 하이는 뒤늦게 멈칫하고 남자의 반대쪽, 즉 들을 수 있는 귀에다 대고 다시 말했다. 그런데 남자의 등이 경직되더니 소년의 손 아래 엉킨 근육들이 별안간 비틀렸다.

"아니야." 군인이 소년의 조그마한 뺨에 넓은 손바닥을 대고 그의 얼굴을 자기 얼굴 앞에 가져왔다. 밖에서 새어드는 빗소리가 어쩐지 낙엽을 살라 먹는 불길 소리처럼 들렸다. "반대쪽 귀에 대고 계속 말해줘. 그쪽으로 들리는 네 목소리가 더 좋아."

"하지만 거기엔 아무것도……."

남자가 소년의 얼굴을 부드럽게 쥐어서 금화 쪽으로 돌려놓았다. 이제 금화의 빛은 아까보다 어두워져 있었다. 남자의 메이벨 자동차 정비 유니폼이 의자 위에 걸쳐져 있었다. 소년은 유니폼 가슴에 빨간 필기체로 수놓인 **톰**이라는 이름을 금화에 대고 발음해보았다. 그리고 남자의 이름이 자신의 척추에 어떤 영향을 주는지, 등뼈들이 움직이기에 좋은 리듬을 찾아낸 듯 그 한 음절을 얼마나 게걸스럽게 삼키는지 깨달았다. 단골 톰. 일주일 전 가게를 찾아와 망가진 귀를 가리고 앉아 자신이 내준 깍지콩과 매시드 포테이토와 그레이비 소스를 먹었던 톰.

소년은 천장에 시선을 고정했다. 크림색 천장은 깨끗했지만, 지금 그와 남자가 있는 자리에 수많은 사람이 생각에 잠긴 채 누워서 담배를 피우느라 생겨난 갈색 원 하나가 있었다. 가운데가 가장 탁하고 가장자리로 갈수록 점점 연노란색 고리로 변하는 원이었다. 보이는 것이 항상 느끼는 것과 같을 수는 없다. 그리고 느끼는 것은 더이상 진짜가 아닐 수 있다. 소년은 이 법칙이 지구를 돌게 한다고 마음속 한편에서 믿었다.

끝나고 나서 둘이 텅 빈 벽을 마주하고 침대 위에 앉아 이슬에 젖은 몸에 옷을 걸칠 때, 소년은 군인에게 인공 귀를 붙일 생각을 해보았느냐고 물었다. 언젠가 엄마가 한쪽 종아리를 잃은 여자에게 페디큐어를 해준 일이 기억났기 때문이었다. 소년은 텅 빈 부츠 속을 들여다보다 그 안에 발을 미끄러뜨려 넣었다.

"도미니카 사람에게 맞는 귀는 아직 안 만들더라고." 남자가 씩 웃었다. 재향 군인국에서 주는 인공 귀들은 색깔이 너무 밝거나 어둡다면서. "그래도 곧 만들어주겠지." 그는 움푹 들어간 자리를 만지려는 듯 손을 들었다가 그 대신 턱을 긁적였다. "읽고 있는 건 뭐야?" 그가 소년의 청바지 주머니에 꽂혀 있던 문고본 책을 고갯짓했다.

"그냥 소설책요. 옛날 전쟁에 대한 내용이에요."

"그 주제에 대해서라면 내가 좀 알려줄 수도 있겠는걸."

"그렇겠죠. 피자 좀 먹을래요? 신상 가게를 하나 아는데."

군인은 당황한 듯하면서도 안도한 눈빛으로 그를 보더니 웃음을 터뜨렸다. 요란하다 못해 표면이 터져버려서 그 안에 깃든 조그마한 비명까지 들리는 웃음이었다. "먹지 뭐." 그가 고개를 끄덕이며 말했다. "먹자."

그들은 침대에서 일어났다. 방이 어쩐지 아까보다 더 비어 있는 듯 보였다. 늦은 시간이었지만 누군가가 그들을 찾을 만큼 늦지는 않았다. 둘 다 한동안 움직이지 않았다.

군인으로 되돌아온 남자는 기둥처럼 위엄 있는 체구로 서서 소년을 향해 인상을 찌푸렸다. 방금 자기 옆구리에서 뽑아낸 화살촉을 보는 듯이.

벽에는 연기로 오인될 만큼 희미한 두 사람의 그림자가 어른거렸고 그 너머에서는 TV 속 방청객들의 박수 소리가 새어 나왔다.

일주일 내내 비가 오다가 개었다. 3월 들어 춥고 표백된 나날이 이어졌고 서리 덮인 오크나무들이 늘어선 강둑을 따라 암녹색 물이 흘러갔다. 2010년에 접어들고도 시간이 한참 지났기에 새천년의 첫 10년을 맞이한 빛은 벌써 바랬고 공포스러운 소식들로 군데군데 구멍이 파였다. 2월에 칠레에서 일어난 대지진은 인도주의의 위기를 초래했다. 매일 점심시간마다 적십자사에서 나온 분홍색 귀마개를 한 여자가 매장에 찾아와 손님들에게 기부해달라고 요청했다. 나라는 여전히 불경기로 엉망이었고 오바마는 '대마불사' 기업들을 구제하려는 정책을 밀어붙이느라 벌써부터 지지율이 떨어지고 있었다. 키프로스에서는 전 대통령의 시신을 훔친 혐의로 세 남자가 억류되었고, 중국 동물원에서는 야생에 겨우 30마리밖에 남지 않은 멸종 위기종 시베리아 호랑이 11마리가 굶어죽었다. 레이첼 미오티 사건을 담당하는 형사는 얼굴이 붓고 눈이 충혈된 채로 또 가게에 찾아와 직원과 손님 들을 상대로 탐문을 벌였지만 새로운 실마리는 없었다.

엄마가 일주일에 엿새는 이스트 글래드니스 반대 방향의 메리든에서 일했기에 하이는 그동안 엄마와 마주치는 일을 피할 수 있었다. 그래도 혹시 모르니 후드를 뒤집어쓴 채 자전거를 타고 다니긴 했다. 그런데 어느 화요일 밤, 그라지나의 배탈을 가라앉히려고 장염약을 사러 폐점까지 30분 남은 편의점에 갔다가 엄마를 보았다.

하이는 진열대에서 눈을 들어 파란색과 빨간색 꽃무늬가 있는, 엄마의 독특한 엘엘빈 플리스 외투를 보았다. 자신이 엄마의 마흔 번째 생일 선물로 사준 것이었다. 엄마는 고개를 숙인 채 샴푸 병을 들여다보고 있었다. 하이는 재빨리 반대쪽 통로로 건너가 서서 꼼짝하지 않았다. 엄마가 몇 발짝 가까이 걸어오더니 멈춰 서서 휴대전화 문자메시지를 확인했다. 둘 사이를 가르는 얇은 선반 너머로 엄마의 숨소리도, 머리를 움직일 때마다 귀걸이가 짤랑거리는 소리도 들려왔다. 이렇게 가까이 마주한 것은 몇 달만에 처음이었다. "엄마." 그렇게 부르고 싶었지만 아무런 할 말이 없었다. "엄마, 엄마, 엄마." 그러나 하이는 미동도 하지 않았다. 엄마가 가게 안쪽으로 향하자 그는 부리나케 계산대로 뛰어가서 계산을 마치고 자전거를 타고 집으로 달아났다.

허버드 16번지에서는 그라지나의 상태가 한 주 한 주 갈수록 악화되었다. 드라마 〈오피스〉를 보다가 하이를 돌아보고는 수십 년 전에 누군가와 나눴을 법한 화제를 꺼내기 일쑤였다. 라디오 다이얼을 아무 주파수에나 맞췄을 때 나오는 소리처럼 뒤죽박죽이었다. "혹시…… 나와서 나머지 다 챙겼어?" 그라지나는 심각하게 물었다. "루카스의 댄스 교습 보증금은 챙겼어? 음, 그거 받으려고 카뷰레터는 작성했겠지, 안 그래?" 게다가 뜬금없이 울음을 터뜨리기도 했다. 오열하는 건 아니고 왈칵 눈물을 쏟다가 뚝 그치는 식이었고, 때로는 울음을 멈추면서 섬뜩하게 소리 내어 웃기도 했다. 보이지 않는 화재에서 연기가 피어오르듯, 기억은 사라져도 슬픔은 남아 있는 모양이었다.

유일하게 한결같이 유지되는 것은 홈마켓이었다. 홈마켓은 작년과 같이, 그리고 아마 재작년과도 다르지 않게 운영되었다. 사람들이 새해맞이 다이어트를 고수하던 첫 두 달간은 매상이 줄었지만 3월이 되자 예상대로 활기를 되찾았고, 맥앤치즈 통은 오후 1시쯤에는 바닥나서 다시 채워야 했다.

어느 날 손님이 몰리는 저녁 식사 시간이 지나고 난 밤에 북동풍이 불어닥쳐 직원들의 발이 묶였다. 모두가 홀에 촛불을 빙 둘러놓고 모여서 전기가 들어오기를 기다렸고, 그렇게 30분이 흐르는 동안 창밖에 눈이 30센티미터나 쌓였다. 그들과 함께 매장에 있던 손님은 체리뿐이었다. 그는 헤로인을 끊은 참이었는데, 자의라기보다는 그와 거래하던 마약상이 감옥에 들어간 탓이었다. 체리에게 술이 필요했기에 웨인이 눈보라를 뚫고 자기 차까지 가서 권총 모양 플라스크를 가져와야 했다. 그 술이 동나자 모린이 차가운 위스키가 담긴 요다 모양의 금속 텀블러를 좌중에 돌리며 아일랜드 민요인 듯한 노래의 도입부를 거친 목소리로 느릿느릿 불렀다. "이 노래가 내 목숨을 구했어. 정말이야."

"아, 미치겠네." 체리가 텀블러를 낚아채며 말했다. "그러면 나는 증인 보호 프로그램에 등록된 다이애나 왕세자비게요?"

어느 날 하이가 홀을 청소하고 있는데 어떤 남자가 불안한 표정으로 가게에 들어왔다. 머리가 벗어진 데다 몸에 비해 너무 작아서, 곁눈으로 보면 머리라기보다는 마치 허공에 치켜든 주먹처럼 보였다. 주먹처럼 생긴 머리는 하이가 옆구리에 양손을 얹은 채 대기하고 있던 카운터 쪽으로 날아왔다. 아무도 그를 눈여겨봐주지 않자 그가 금속 벨을 연신 눌러댔다.

"뭘 도와드릴까요, 손님?" 웨인이 앞치마에 손을 닦으며 물었다.

"첫째……." 남자가 누군가가 코를 꼬집은 듯한 소리를 내며 말했다. "빌어먹을 유니폼에 손 닦기 전에 그 더러운 장갑부터 벗으세요. 그리고 둘째, 피자 베이글은 어딨죠?"

웨인은 남자가 다른 사람에게 말하기라도 한 듯이 주위를 두리번거리다가 뒤늦게 그 사람이 누구인지 깨달았다. "아, 당신이 지역 관리자로군요. 안녕하세요. 음……." 그가 남자의 셔츠에 달린 플라스틱 명찰에 새겨진 이름을 읽었다. "보겔 씨! 저는 웨인이라고 합니다. 지난여름 오셨을 때에도 만났던 것 같은데요." 웨인이 손을 내밀었지만 남자는 무시했다.

"BJ는 어딨습니까?" 남자가 턱을 치켜들자 주먹이 셔츠 칼라 위로 솟아올랐다. 그는 보이스카우트 유니폼을 입고 졸업 앨범 사진을 찍을 법한 사람이었다.

"제가 데려올게요." 하이가 그렇게 말하고 빗자루를 벽에 기대어 놓았다.

하이는 사무실 문을 두드리고 고개를 들이밀었다. "관리자인가 뭔가 하는 사람이 와서 점장님을 찾아요."

"잠깐만." BJ는 조그마한 키보드 위에 몸을 구부리고서 사운드클라우드에 곡을 업로드하고 있었다. "잠깐, **관리자**?" 그가 몸을 빙글 돌려 하이를 마주 보았다. "파란 셔츠 입었데?"

하이는 고개를 끄덕였다.

"썅." BJ가 의자에서 몸을 일으켜 부랴부랴 밖으로 나갔다. 하이도 그 뒤를 따라갔다.

"어이, 미치! 잘 지내요, 우리 관리자님?" BJ가 두 팔을 활짝 벌리고서 지역 관리자를 맞이했다. 그는 고객을 응대할 때, 예컨대 덜 익은 미트로프를 카운터 위에 탁 내려놓고 환불을 요구하는 손님을 대할 때 으레 쓰는 높은 어조를 구사하고 있었다.

"나한테 **어이**라는 말 쓰지 말아요. 어떻게 피자 베이글이 아직도 메뉴에 없을 수가 있죠? **몇 주 전**에 출시됐는데."

"음, 드라이브스루에 포스터를 두 장 붙여놓았고 꽤 잘 팔리고 있어요. 다만 포스터 뒤의 조명이 고장 나서 전기 기사가 와야 해요. 보이죠? 눈폭풍이 부는 바람에 출장 일정이 변경되었거든요."

보겔은 160센티미터밖에 안 되는 자신을 거구의 BJ가 굽어보는 게 불안한 듯 뒤로 물러섰다. "그건 변명이 안 돼요. 포스터가 없으면 메뉴를 알 수가 없잖아요. 음식 사진이 없는데 어떻게 음식 홍보를 합니까? 사진이 있어야 고객들이 침샘을 자극받아 주문을 많이 하죠. 이미지가 매출을 12퍼센트나 높인다고요. 알 텐데요." 그는 다른 직원들에게도 들리도록 목소리를 높였다. "대체 무슨 배를 조종하고 있는 겁니까, 셰릴?"

"제 이름은 진인데요." BJ가 웅얼거렸다. 그는 초조하면 마치 등을 토닥이듯 자기 머리카락을 만지는 버릇이 있었다.

"희한하네요. **파일**에는 셰릴이라고 적혀 있던데." 그가 길게 늘여 발음한 이름이 공중에 떠다녔다. 이제 모린, 소니, 러시아, 웨인이 카운터 주위로 모여들었다. 보겔은 짓궂은 눈길로 BJ를 노려보더니 내처 꾸짖었다.

"우리 이 대화, 저 안에서 하는 건 어때요?" BJ가 물었다. "손님이 들어오면 어떡해요?"

"걱정 마시죠, 아가씨." 보겔이 방금 상대방에게 침을 뱉은 5학년 아이처럼 씩 웃었다. "들어오면서 문을 잠갔으니까. 앉아요, 셰릴."

BJ가 줄이 끊어진 꼭두각시 인형처럼 철제 의자에 털썩 주저앉았다. BJ가 이런 대우를 받는 것을 본 직원들 사이에 불안감이 감돌았다. 보겔은 바지 주머니에 엄지손가락을 꽂아넣고 카운터 앞을 이리저리 서성거렸다.

"잘 들어요, 여러분." 그가 코로 숨을 내쉬며 말했다. "여기 여러분의 점장이⋯⋯." 그는 **점장**이라는 말을 하면서 손가락으로 따옴표 표시를 했다. "레오타드 입은 할머니를 이리저리 내던지는 동안⋯⋯." 그가 BJ를 흘긋 눈짓했다. "그 조그마한 술집 격투 광고 전단지가 가게 밖에 붙어 있는 걸 내가 봤거든. 회사 소유 부지에 그런 걸 떡하니 붙여놓다니. 아무튼, 점장이 **그 짓**을 하는 동안, 머서 앤 컴벌랜드 거리에 신상 맥도날드가 문을 열었어요. 여기서 차로 7분 거리에 말이지. 그게 무슨 뜻인지 압니까, 여러분? 거기 자네." 그가 하이를 고갯짓했다. "그게 무슨 뜻인지 알아요?"

"햄버거가 더 많아진다?"

"멍청한 겁니까, 아니면 건방 떠는 겁니까?" 보겔의 벗어진 머리 부분이 붉게 달아올랐다.

하이는 어깨를 으쓱했다. 마음 한편에서는 이 자리에서 확 해고당하고 싶은 충동이 치밀었다.

"**경쟁**이 치열해진단 뜻이죠. 홈마켓에서 반경 5마일 이내에 맥도날드가 하나 생기면 매출이 7.4퍼센트 감소한단 말입니다. 매달. 즉 우리가 여기서 목숨 걸고 싸우고 있단 뜻이라고요!" 그가 이 대목에서 너무 크게 소리치는 바람에 러시아가 드라이브스루 헤드셋을 떨어트렸다. "빌이 관리하는 동부 해안의 모든 매장이……." 빌은 다른 지역 관리자였다. "허겁지겁 따라잡으려고 애를 쓰고 있어요. 그리고 어떻게 됐을까? 레딩 매장은 미트로프 매출이 15퍼센트나 늘었습니다. 댁네 얼간이들이 사회 부적응자들과 마약 중독자들을 상대로 곁다리 싸움을 벌이는 동안." 보겔은 자신의 말에 BJ가 어떻게 반응하는지 지켜보았다. BJ의 이마는 이제 땀으로 번들거렸다.

"그 미제 사건 때문이에요." BJ가 자신을 도와줄 사람을 찾아 두리번거리며 말했다. "바로 길 건너편 주차장에서 차에 탄 여자애가 온 동네를 끌려다니며 살해당했으니 손님들이 여기 오고 싶어 하질 않는다고요. 그리고 그 뚱뚱한 경찰이 자꾸 들이닥쳐서 모두에게 질문을 던지니까요. 입맛 떨어지기 십상이죠."

"실례지만, 보겔 씨……." 웨인이 음료 추출기 뒤에서 걸어 나오며 말했다. "레딩은 더 보수적인 지역인데, 제가 듣기로는 보수층이 진보층보다 미트로프를 많이 먹는다고 하더군요." 그 말과 함께 웨인은 모린 뒤로 물러섰고, 모린은 그를 피하려고 옆으로 비켜섰다.

"보수층이 미트로프를 더 많이 먹는다고요?" 보겔 씨가 눈썹을 얼마나 높이 치켜올렸는지 눈썹산이 주먹 같은 머리의 **정수리**에 닿을 듯했다. "**미트로프**가 정치적이란 뜻입니까?"

"**여기는** 전통적으로 민주당 지지 지역이긴 하잖아요." 모린이 힘차게 고개를 끄덕였다.

"글쎄요……." BJ 뒤에 서 있던 소니가 입을 열자 모두가 그를 돌아보았다. "사실 미트로프가 적어도 재정적 측면에서는 보수성을 띤다는 주장이 있어요." 그가 두 손을 맞잡고 비틀었다. "결국 미트로프는 솔즈베리 스테이크와 마찬가지로 사용하고 남은 동물 단백질로 만들어지니까요. 때로는 여러 종류의 동물 부속 부위를 뒤섞기도 하고요. 소시지도 똑같아요. 역사를 거슬러 올라가면 햄버거는 원래 고기의 잔여 부위를 활용하는 방편이었어요. 그러므로 미트로프가 우파 음식이라는 견해는, 문화적 측면에서 보수적인 사람들이 재정적 측면에서도 그런 경향이 있다는 이유로 뒷받침되고, 늘 그런 것은 아니지만······."

"내 평생 이렇게 **멍청한** 소리는 처음 들어보는군. 그리고 이 쓰레긴 뭡니까?" 주먹은 팬 위에서 식어가는, 갓 구운 옥수수빵들을 가리켰다. "껍질에 **윤기가** 나잖습니까. 설탕이 너무 많이 들었단 뜻인데." 그는 빵 한 개를 집어 들고 불빛에 비춰보더니 껍질을 뜯어내 혀 위에 떨어트리고 삼켰다. 그러고는 눈살을 찌푸렸다. "세상에! 이건 사실상 머핀이잖아! 이게 어떻게 된 일입니까? 머핀을 팔고 싶으면 지역 전문대 엄마들하고 같이 던킨도너츠나 가야죠."

"하지만, 선생님." 소니가 경례를 붙이며 입을 열었다. 보겔은 한 발짝 물러서서 BJ에게 설명을 요구하는 눈초리를 던졌다. "정말 죄송하지만, 그건 저희 매장에서 가장 많이 팔리는 상품입니다. 게다가 BJ가 직접 만든 특제 레시피로······."

"조용히 좀 하지?" BJ가 외쳤다. "보겔 씨 말 끊지 마. 명령이야. 하지만 새 말이 맞긴 맞아요." 그가 상처받은 자존심을 지키려는 듯 팔짱을 끼며 덧붙였다. "손님들은 저희 옥수수빵을 열렬히 지지합니다."

주먹이 옥수수빵을 야구공 던지듯 쓰레기통에 던졌다. 한편 러시아는 살금살금 화장실로 걸어갔고, 빠져나갈 구멍을 엿본 웨인은 뒷주머니에서 권총 플라스크를 꺼내며 뒷문으로 향했다.

"우선……." 보겔 씨가 말했다. "옥수수빵은 모든 식사 메뉴에 공짜로 따라붙는 거니까 그 주장은 증명할 수 없어요. 둘째, **댁은 대체 왜**……." 그가 구부린 새끼손가락으로 BJ를 가리켰다. "내 옥수수빵에 설탕을 더 넣는 겁니까? 우리 고객들이 당뇨병 걸리길 바라요?" 보겔의 새끼손가락은 손톱이 길었다. 하이는 저 남자가 차에서 코카인을 좀 했을지도 모른다고 생각했다. 그러면 저렇게까지 줄곧 에너지를 폭발시킬 수 있는 이유가 설명되었다.

"그쯤 하세요." 모린이 힘없이 말했지만 아무도 그 말을 듣지 못했다.

"그리고 이건 대체 뭡니까?" 그가 근처에 있던 '이달의 직원' 게시판을 가리켰다. "'홈월'에 대체 왜 범죄자 증명사진들이 붙어 있는 겁니까?"

"프로 농구 선수인데요." 소니가 덧붙였다.

"소니." BJ가 손으로 얼굴을 덮었다.

보겔은 믿을 수 없다는 듯 웃음을 눌러 참더니 가만히 서서 소니를 향해 눈을 껌뻑거렸다. "그래, 그래. 우와. **정말이지** 미칠 노릇이군. 빌이 이 모든 걸 놓쳤다니 믿기지 않아. BJ, 지금 사무실로 갑시다. 당장요." 여기 온 이래 처음으로 보겔은 진심으로 슬프고 허망해 보였다. 그가 펄펄 날뛰며 과장된 연극을 펼치는 사이에 대머리 위로 빗어넘긴 듬성듬성한 붉은 머리카락 중 몇 가닥이 제자리를 벗어났다. 약국에서 파는 포마드를 발라 붙여놓았던 머리카락들이 이제는 허공에 둥둥 뻗쳐 있어서 마치 물속에서 너울거리는 듯 보였다. "그리고 자네." 그가 하이에게 말했다. "테이블 위에 그 종잇조각들 치워. 지금까지 뭐 한 거야. **공기**라도 쓸고 있었나? 온 사방이 쓰레기잖아."

"아, 저거 쓰레기 아니에요." 하이가 말했다.

"그건…… 그건 제 종이접기인데요." 소니가 경직된 채 말했다.

"홈마켓이랑 상관없는 건 다 쓰레기야." 그가 걸어 다니며 일곱 개의 테이블 위에 놓여 있던 종이 펭귄들을 한 마리 한 마리 집어 쓰레기통에 던져 넣었다. "이제 이 궁상스러운 가게 문이나 열도록." 그가 소리치고는 사무실 문을 닫았다.

소니가 뛰어가서 쓰레기통에서 펭귄들을 꺼냈다. 모린도 옆에서 도왔다. 하이는 너무 화가 나서 움직이지도 못했다.

"왜 내 펭귄들한테 이러는 거예요?" 소니가 진심으로 당혹해서 외쳤다.

"괜찮아." 모린이 말했다. "자, 이 파란 펭귄은 고구마 묻은 것만 닦아내면 멀쩡할 거야."

하이는 사무실 문 앞으로 건너가서 출퇴근 시간 등록기를 만지는 척하면서 귀를 기울였다. 문이 완전히 닫히지 않아 연필만 한 틈이 있었다.

"이봐요, 친구. 나 좀 봅시다." 보겔이 그렇게 말하며 자리에 앉으려하는 듯싶더니 마음을 바꿨는지 자세를 도로 세웠다. BJ가 씨근거리는 소리가 들렸다. "괜찮아요? 저기, 셰릴 어쩌고한 건 미안해요. 그러지 말았어야……."

"괜찮습니다."

"BJ, 내가 어쩔 수 없었다는 거 알죠? 난 당신을 존중해요, 정말로. 당신이 우리와 함께 일한 지도 어언…… 9/11 직후부터 일하기 시작했죠, 그렇죠?"

"그렇죠."

"그나저나 나는 **당신에게** 큰 호의를 베푼 거예요, 셰릴. 알아요? 왜냐하면 다음 달에…….." 그가 목소리를 낮춰 속삭였다. "직원들 중 최소한 한 명, 어쩌면 두 명까지도 해고해야 할 테니까요."

BJ는 아무 말도 하지 않았지만 그가 앉은 의자가 삐걱거렸다.

"그러니 당신이 할 일은 모든 걸 내 탓으로 돌리는 거예요. 우스터 지점의 빌도 똑같이 입을 맞추고 있어요. 일단 준비가 되면 직원들에게 그냥 이렇게 둘러대요. 사악한 본사에서 나온 그 덩치 큰 보겔 씨가 시키는 바람에 어쩔 수 없다고. 알았죠? 바로 그겁니다." 그가 무거운 한숨을 쉬었다. "그렇게 하면 비용은 절감하면서 사기도 높일 수 있어요. 본사에서도 이 방법을 두어 번 언급했지요. 지역 관리자들이 악당 역할을 맡는 걸로."

"고맙군요." BJ가 웅얼거렸다.

"그리고 물어보기 전에 미리 말하는데, 이건 절대 타협할 수 없는 겁니다. 인원 감축은 불가피해요. 이 지점만 이러는 게 아니에요. 레딩을 제외한 모든 지점에서 시행 중입니다. 기억해요, 지금 불경기인 거."

하이가 몸을 돌리자마자 문이 열리고 푸른 셔츠를 입은 남자가 휙 나갔다. 하이는 어디로 갈지 갈팡질팡했다. BJ와 대화하고 싶은 기분은 아니었다. 그래서 대형 냉장고 문을 열고 안으로 들어가서 상추 상자에 걸터앉아 숨을 골랐다. 얼마나 오래 그러고 있었을까, 문이 열렸다. 모린이었다. 야간등 하나만 밝혀진 어슴푸레한 어둠 속에서 모린은 미처 하이를 못 보고 구석으로 걸어 들어가 벽에 이마를 대고 서 있었다. 하이는 이 상황에 어떻게 대처해야 할지 몰라서 그냥 가만히 있었다. 모린이 한참을 그 자세로 움직이지 않기에 하이는 결국 그의 이름을 불렀다.

모린이 화들짝 놀라 돌아보았다. "아, 너였구나. 왜 아무 말도 안 했어? 애초에 왜 여기 있는 건데?"

"**당신**은요?"

모린의 푸른 눈이 고통스러워 보였다. 평소의 심드렁한 태도는 온 데간데 없었다.

"있잖아요." 하이는 몸을 일으켰다. "그놈은 완전 개자식이긴 했지만 BJ는 괜찮을 거예요. 그리고 소니는 펭귄을 새로 접으면 되고요. 모린, 모린…… 왜 그래요?"

모린은 잠자코 기묘한 표정으로, 글썽거리는 눈으로 하이를 보았다. "좀 불안해."

모린은 선반 위에 놓인 BBQ 소스 봉투 쪽으로 몸을 반쯤 돌렸다. 하이는 모린의 목소리에서 배어나는 두려움에 놀랐다. "나 혹이 있어…… 여기, 가슴에." 그가 자신의 오른쪽 가슴을 만졌다. "난 이게 뭔지 알아. 할머니도, 패티 이모도 있었으니까. 그냥 **안다고**. 몇 달 전부터 알고 있었어." 모린이 고개를 젓자 염색한 빨간 머리의 흰 뿌리가 드러났다.

"검사해보면 되지 않아요? 사람들이 그 파니니 누르는 기계처럼 생긴 거에다가 가슴 넣고 그러던데요."

모린은 애매하게 고개를 끄덕였지만 하이를 뚜렷이 보고 있지는 않은 눈치였다. 모린이 뭔가 말하려고 하던 차에 빛줄기가 냉장고 안을 절반으로 가르면서 문이 열렸다.

"두 분, 왜 숨어 있는 거예요?" 러시아가 말했다. "그 아저씨는 갔어요." 그는 선반 위에 있던, 분홍색 크림이 둘러진 커다란 케이크 시트를 꺼냈다. "이리 나와요, 우리 12시에 생일 파티 예약 있잖아요. 기억하죠?"

모린과 하이는 러시아를 따라 나갔다. 러시아가 카운터 위에 케이크를 내려놓고 촛불을 켠 후 밖으로 가지고 갔다. 웨인, 소니(다소 기운을 차렸다), 그리고 모자를 쓰고 점장의 나비넥타이를 매고 선두에 선 BJ가 손뼉을 치며 주방에서 휘청휘청 걸어가 〈생일 축하합니다〉 노래를 부르며, 즐거운 표정을 띤 가면을 둘러쓰고서 고무 매트를 가로질러 홀의 따스한 벽돌 타일 깔린 바닥으로, 그곳에서 분홍색 왕관을 쓴 여자아이를 중심으로 모인 한 가족에게로 다가갔다. 6이라는 모양의 양초가 다가오는 걸 본 소녀는 순수한 기쁨으로 소리를 지르며 직원들의 얼굴을 훑어보다가 자기 부모—기껏해야 스물다섯 살 정도로 보였다—를 돌아보았다. 그 눈빛은 고마움이라는 감정을 **발명**한 듯했고, 억제되지 않은 감격에 허공으로 붕 떠오를 듯했다.

러시아가 케이크를 내려놓았다. 그의 뺨에 붙어 있던 반창고가 떨어져서 덜렁거렸다. 직원들은 목청 밖으로 노래를 쏟아내며 몸을 흔들었고 박수갈채가 솟아올랐다가 잦아들었다. 이 작은 기적을 공모한 소녀의 아버지가 BJ와 악수를 했다. 그동안 MGMT의 〈일렉트릭 필(Electric Feel)〉이 스피커에서 흘러나왔고, 그 밑으로는 키득거리는 웃음소리, 플라스틱 포크를 테이블 위로 도르며 달그락거리는 소리, 각자의 자리로 돌아가는 직원들의 발소리에 이어, 구석에 설치된 TV에서 **이라크 바쿠바 근처, 병원을 비롯한 여러 장소에서 자살 폭탄 테러가 발생해 최소 33명이 사망하고 50명 이상이 부상을 입었습니다**라는 보도가 흘러나왔다. 그리고 모두가 일을 계속했고, 부모는 딸 앞에 분홍색으로 포장된 선물들을 내려놓았으며, 모린은 그들 가족이 케이크를 먹는 모습을 '집 뒤쪽'이라 불리는 스테인리스 스틸 기계들 틈새로 지켜보았다. 그렇게 겨울이 끝났다.

봄

20

어느 날 저녁 근무를 끝내고 자전거를 타고 철교를 건너던 하이는 집이 완전히 캄캄하다는 것을 알아차렸다. 평소 잠잘 때조차 방을 밝혀두는 그라지나가 불을 다 꺼놓다니 그답지 않은 일이었다. 처음으로 허버드 16번지가 이웃한 다른 건물들처럼 내장을 다 들어낸 듯 보였다. 하이는 앞마당에 자전거를 팽개치고 후닥닥 안으로 들어갔다. 가로등 불빛이 설핏 비쳐드는 거실이 너무 썰렁했다. 하이는 눈앞에 입김이 피어오르는 것을 보며 가만히 서서 귀를 기울였다. 누가 침입해서 숨어 있을 수도 있으니 섣불리 그라지나를 소리쳐 부르면 안 될 것 같았다.

하이는 삐걱이는 마룻널을 피하려 조심하며, 벽을 손끝으로 훑으면서 천천히 부엌으로 걸어갔다. 배낭에서 주머니칼을 꺼냈다. 계단 밑에 다다른 그는 칼자루로 난간을 두드리고 공기가 변하는지 살폈다. 여전히 아무 기척도 없었다. 열린 욕실 창문으로 강물 소리가 들려왔다. 그런데 계단을 올라가보니 욕실은 비어 있었다. 모든 것이 푸른색으로 물들어 있었고 복도 여기저기서 커튼이 나부꼈다. 그라지나의 방을 확인해보았지만 역시 아무도 없었고 끔찍하도록 조용했다. 정돈되지 않은 침대 위 이부자리가 엉켜 있었고, 화장대 위 나무 올빼미들은 주인의 부재에도 아랑곳 않고 묵묵히 기다리고 있었다. 하이의 방도 손 닿은 흔적이 없었다.

"그라지나!" 하이는 칼을 뒷주머니에 집어넣으며 외쳤다. 아무 대답이 없기에 그는 불을 켰다. 가끔 그라지나가 마법에 깊이 빠져들었을 때 빛에 변화를 주면 화들짝 놀라 과거에서 깨어나기도 했다. 그는 아래층으로 뛰어 내려가 불이란 불은 다 켜면서 그라지나의 이름을 불렀다. 이제는 패닉이 몰려왔다. 그라지나가 길거리나 강둑이나 다리 위를 배회하는 모습이 뇌리를 스쳤다. 지하실도 확인한 그는 현관으로 돌아갔다가 그라지나의 신발을 발견했다. 햇볕에 바랜 낡은 로퍼 한 켤레가 선반에 고스란히 놓여 있었다.

이윽고 하이는 다시 자전거를 타고 텅 빈 거리를 이리저리 달리며, 집집마다 벌어진 입처럼 열린 문 너머 시커먼 동공을 향해 그라지나의 이름을 소리쳐 불렀다. 인도가 진흙으로 변하는 지점까지 달렸다가 결국 자전거를 돌렸다. 이성의 끈이 풀린 그는 고개를 돌려 나무들을 훑어보다가 붉게 점멸하는 방송탑이 있는 산자락을 올려다보았다.

부엌으로 돌아와 다이얼식 전화기를 집어 들었다. 루카스에게 전화하는 건 위험한 일이었다. 하이가 그라지나를 잃어버렸다는 걸 그가 알면 모든 게 끝장날 테니까. 엉망이 될 테니까. 수화기에 손을 얹고서 다시금 그라지나의 이름을 외쳤다. 강물의 대답만 들려오자 하이는 마침내 다이얼을 돌렸다.

"'어머님이 어디 있나요'라니, 그게 무슨 뜻이지?" 루카스가 씹어뱉

듯 말했다.

관자놀이에 맥동이 쿵쾅거렸다. "음, 그분이 없…… 저는, 저는 모르……."

"내 어머니 전화로 나한테 전화하면서 그분이 어디 있는지를 모른다고?" 그는 자리에서 벌떡 일어선 듯했다. 숨소리가 거칠었다.

"맞아요."

"댁은 어머니 간호사잖아. 이게 무슨 수작이지, 응? 얼마나 받고 일하는 거야? **나**한테 돈을 받기라도 했어? 그분은 **병원**에 있어, 이런 염병할. 어떻게 그걸 모를 수가 있지?"

왠지 모르게 하이는 어깨 너머를 돌아보았다. "어떻게요? 아니, 뭐라고요?"

"아침에 쓰러져서 정신 나간 상태로 나한테 전화했어. 빌어먹을 약을 다 빼먹었더군. 당신은 대체 어딨었던 거야?"

"직장에요. 그러니까, 그…… 병원에요. 비품을 좀 들여오느라고요. 어…… 새 보행기였는데…… 저는 전혀 몰랐어요. 집을 나올 때만 해도 부인은 괜찮았어요, 정말이에요."

루카스는 생각에 잠긴 듯, 계산하는 듯했다. 수화기 너머 그의 숨소리가 가빴다. "식료품 저장실에서 턱에 피를 흘리며 쓰러진 채로 발견됐어." 그가 말했다. "계속 당신을 찾더군. 당신을 닥터 페퍼나 뭐라나, 그렇게 부르던데. 이봐……." 그가 영화 속 인물들이 무언가 절망적인 말을 할 때와 같은 투로 한숨을 쉬었다. "시간이 얼마 없어. 당신도 이미 알겠지만, 뇌에 생긴 이 병이 빠르게 진행되고 있어. 1년 안으로 아무도 알아보지 못하게 될 거야. 그로부터 6개월 뒤에는 휠체어에 실려 다녀야 할 테고. 나 자신을 지키기 위해 거리를 두려고 노력하고는 있지만 그래도 나는 여전히 그분 아들이야. 이봐, 이건 어때? 내가 그분을 해밀턴 홈에 보내드릴 때까지만 편하게 지낼 수 있게 해줘. 응? 그럴 수 있겠어, 내 친구?"

"네." 하이는 고개를 끄덕였다. "다시 쓰러지지 않게 확실히 할게요."

"아, 다시 쓰러지실 거야. 그럴 수밖에 없어. 그냥 어디 다치지 않게만 좀 해줘. 일단 집 정리하고 전화 줘. 내 번호는 알지? 어디 물 새는 데 있으면 알려주고. 곰팡이가 잔뜩 번지면 집값 떨어지잖아. 집값이라봐야 쥐꼬리만 하지만." 그가 웅얼거렸다. 루카스는 이틀 안으로 그라지나가 재활 센터에서 퇴원해 집으로 돌아갈 거라고 알려주었다. 수화기 저편에서 클라라가 "그 남자애야?" 하고 묻는 소리가 들렸다. 하이는 그들이 뭔가 멍청한 소리를 하기 전에 전화를 끊었다.

하이는 불 꺼진 부엌에 서 있었다. 얼굴들이—가족 사진 속 사람들과 올빼미들의 얼굴이 카니발의 관중처럼 모조리 하이를 쳐다보고 있었다. 그는 식탁 위에 있던 그라지나의 의료 가방을 열고, 바다 거품 색깔의 간호사 덧옷을 입고 UPS 외투 지퍼를 올리고서 밖으로 나갔다. 자전거를 타고 달리는 그의 양옆으로 음산한 네온 불빛, 술집과 하역장의 초록색 불빛, 텅 빈 세차장이 번져가는 밤이 펼쳐졌다. 달러 제너럴, 버거킹, 슈퍼 8, 반짝이는 위성 방송 수신 안테나가 달린 급수탑, 거대한 눈처럼 섬광을 번뜩이는 발전소.

당신 차례가 되면, 그리고 당신 차례가 되기를 원치 않는다 해도, 당신은 자녀뻘 혹은 심지어 손주뻘 되는 젊은이들이 미는 휠체어에 실려갈 것이다. 언제나 그럴 것이다. 당신은 안정감을 자아내기 위해 잔잔한 청록색이나 설거지물 같은 회색으로 칠해진 복도에서 락스로 닦인 바닥을 따라 미끄러져 나아갈 것이다. 일그러지긴 했어도 반짝반짝 윤이 나는, 그 위에서 소리 없는 절반의 비명을 지르느라 입을 벌린 뒤틀린 얼굴들이 반사되는 리놀륨 바닥 역시 파란색이다. 너무나 파래서 당신은 휩쓸려갈 듯한 느낌이 들 것이다. 뒤돌기 어려울 만큼 의도적으로 좁게 만들어진 복도의 흐름 속으로 빨려들고 있으니까. 바닥에 대어진 베이지색 몰딩만이 이 장소가 얼마나 오랫동안 존재했는지 보여준다. 얼마나 많은 들것, 휠체어, 심전도기, 수액 거치대, 이동식 침대가 산 사람과 막 뻣뻣해진 사람을 싣고서 온갖 속도로 이 복도를 지나가며 모퉁이에 검은 자국을 냄으로써 시간의 흐름을 새겼는지를. 80대나 90대로 쪼그라든 사람들이 복도에서 의자나 침대 위에 구부정히 앉아 당혹한 채 몇 시간이고 천장 선풍기나 벽에 밴 얼룩을 바라보며 몇 달째 못 본 아들이나 딸에게 한때 주었던 이름을 부르는 모습도 볼 수 있을 것이다.

 그들 중에는 의사, 변호사, 관리인, 군소 정치인, 공무원, 파일럿, 제빵사, 바텐더도 있었다. 다양하게 분산되었던 삶의 주둔지들이 균등해지는 곳, 유일하게 진정한 평등주의가 실현되는 아메리칸 드림의 공간—요양원. 이곳에서 과거는 그것이 당신에게 한 일 외에는 아무것도 아니다. 때때로 이런 '집'은 늙어가는 몸, 주름진 종이 같은 피부, 누런 진물이 흐르는 상처, 몇 주씩 사라지지 않는 빈혈성 멍, 충혈된 갈색 눈을 숨기는 장소이다. 어째서 우리는 세월을, 수십 년의 총체를 목도하는 일이 우리에게—심지어 가족이라 해도—엄청난 폭력을 가한다고 그토록 확신해서 그러한 몸이 보이지 않게끔 요새마저 지어 올리게 되었을까?

 복도를 지나면서 하이는 마치 저승의 원을 통과하는 혼령이 된 듯, 자신이 '바깥세상'에서 얼마나 멀리 떨어졌는지 깨달았다. 어둠에 잠긴 한 방에는 TV가 흰빛을 발하며 켜져 있었고, 반쯤 찬 푸딩 컵들과 분홍색 플라스틱 물컵들 위로 가물거리는 광고 화면을 콧물 흘리는 사람 몇 명과 촉촉한 눈을 은색으로 빛내는 사람 몇 명이 바라보고 있었다. 식당도 똑같았다. 작은 테이블들 주위로 휠체어가 빽빽이 몰려 있었고 몇몇은 나지막이 수다를 떨었고 몇몇은 정지된 얼굴로 앉아만 있었다. 그리고 공군 모자를 쓴 한 남자는 허공에 대고 열성적으로 무어라 말을 하고 있었다. 그러는 내내 녹색 유니폼을 입은 사람들이 가구를 움직이듯 기계적으로 노인들의 팔다리를 재배치하며 돌아다녔다. TV 넉 대에서 웅웅거리는 소리가 흘러나왔는데, 모두 CNN 채널에 맞춰져 있는 와중에 한 대만 도그쇼가 나오는 중이었고 그 아래에서 한 여자가 그걸 보며 손뼉 치며 좋아했다. 이 '시설'은 여느 시설과 마찬가지로 주에서 운영했고 자금이 부족했지만 그래도 최악은 아니었다.

하이는 접수창구에 가서 그라지나를 찾는다고 하고 자신의 간호사복을 슬쩍 보여주기만 했다. 그러자 파마머리 여자가 껌을 질겅질겅 씹으며 복도 저편을 고갯짓했다. "217호요. 재활 병동 표지판을 따라가세요. 9시까지는 꼭 나오셔야 해요. 청소부가 올 거라서."

재활 병동은 대체로 비어 있었다. 응급실에서 외상 전문의들이 벌어진 상처가 있는 사람들을 눕힌 침대를 끌고 이중문을 지나다니고 준중환자실의 커피 자판기 주위에 환자 가족들이 옹송그리고 있는 일반 병동과 달리, 이곳은 섬뜩할 만큼 조용했다. 이상하게도 독신자의 집 거실 같은 정적이었다. 여기 사람들은 다 같이 있는데도.

가다 보니 80대쯤 되어 보이는 여자가 침대 위에 태아 자세로 팔

베개를 하고 누워 있었다. 낮잠에서 깨어나는 중인 듯 보였다. "파티 올래?" 하이가 가까이 오자 여자는 눈길로 그를 좇으며 말했다. 하이는 불이 반쯤 켜진 복도를 둘러보았지만 파티 따위는 없는 게 확실했고 지난 몇 달간 없었을 것 같았다. 그는 병실 밖에 앉아서 뭔지 모를 것을 경계하고 있는 간호사 둘을 지나쳤다. 그들은 스페인어로 두런두런 나누던 말을 멈추고 하이를 쳐다보았다. 그는 마저 걸음을 옮겨 217호로 들어갔다. 한 걸음 내딛기만 했는데도 온 사방이 캄캄해져서 입구에 멈춰 서서 눈이 어둠에 적응하길 기다렸다. 이윽고 기계에 깜빡이는 녹색 불빛들이 눈에 들어왔다. 하이는 침대 위 뒤엉킨 뼈대를 뒤덮은 이불을 향해 다가갔다.

"그라지나?" 그는 팔처럼 보이는 것을 향해 손을 뻗으며 속삭였다. 그리고 피부에 닿은 순간 뭔가가 잘못됐다는 것을 알았다. 누군가를 목욕시켜주고, 침대며 욕조며 의자며 스쿠터에 올라갈 때 부축해 주다 보면 그 사람의 몸에 있는 온갖 주름도 알게 된다. 하이는 손을 가볍게 쥐어보고는 그 손이 남자의 것임을 알았다. 남자는 하이가 거기 있는 줄도 모르는 듯했다. 손을 놓고 보니 커튼이 눈에 들어왔다. 하이는 커튼을 젖히고 안으로 들어섰다.

바로 거기에 그라지나가 있었다. 어디서 나오는지 알 수 없는 빛이 창문으로 새어 들어서 그라지나의 모습이 어슴푸레하게 보였다. 그는 이불과 수건으로 팔다리가 꽁꽁 감싸인 꽃잎처럼 보였다. 부풀린 흰 머리카락은 이제 관자놀이와 이마에 들러붙어 있었다. 배가 오르락내리락하는 걸 보니 잠들었다는 걸 알 수 있었다.

하이는 꿇어앉아서 그라지나의 이마를 손등으로 훑었다.

"그라지나." 그는 그라지나의 눈썹 위에 흩어진 잔머리 몇 가닥을 쏟아내며 속삭였다. "그라지나, 정신 들어요?"

처음에는 손가락만 들썩거리더니 한껏 찌푸렸던 얼굴이 이내 느슨해지면서 눈이 뜨였다. 그라지나는 눈을 깜빡이며 창밖을 바라보았다. 하이는 더 바싹 붙어 앉으며 그의 이름을 다시 불렀다. 그러자 그라지나가 몸을 돌려 너무나 숨김없고 솔직하고 백지 같은 표정으로 그를 쳐다보기에, 순간 자신이 엉뚱한 방에 잘못 들어왔나 하는 의심마저 들 뻔했다.

"그라지나? 저 보여요?" 하이는 그라지나의 얼굴 앞에 손을 흔들어보았지만 그는 손 너머만 쳐다보았다.

그 즉시 뭔가 다르다는 것을 알 수 있었다. 그라지나의 동공이 확장되면서 우윳빛 막이 씌워졌다. 예전에도 정신이 흐릿한 모습을 본 적이야 있었지만 지금은 완전히 불투명해 보였다. 하이가 팔을 만져보자 그는 뿌리치며 리투아니아어로 무언가를 뇌까렸다.

"페퍼 병장입니다." 하이는 그렇게 시도해보았다. "제게는 영어로 말해야 합니다, 아시죠? 내 말 들어봐요." 그는 그라지나의 엄지손가락을 가까스로 잡았다. "하루만 더 가면 런던입니다. 거의 다 왔어요. 제가 당신을 미국으로 데려다주겠다고 했는데 정말 그렇게 하고 있다고요. 당신은 나를 믿죠, 그렇죠?"

그라지나는 입을 벌린 채 두리번거렸다. "누구예요?"

"저는 전문가입니다." 그는 무심코 대답했다.

"무슨 전문가요?"

"인간관계."

그라지나가 고개를 끄덕이는 듯했다. "윌렘."

"아니, 제 이름은 하이 페퍼 병장입니다. 미 육군 2사단요. 기억 안

나요?"

"어젯밤에 그를 봤어요." 그라지나의 눈길이 마침내 소년의 얼굴에 고정되었지만, 그 눈 속에는 별다른 게 없었다. "그의 쓰레받기는 어떻게 했어요?"

"그의 쓰레받기라뇨? 제가 아는 사람입니까?"

"그에게 불이 붙었어요. 가슴에서부터." 그라지나가 자기 심장께를 가리켰다. "그가 집으로 뛰어드는 걸 봤어요. 내가 이 아래에 있는 동안 그는 시기타스의 집에서 불탔어요."

"이 아래? 여기요?"

"이 지하실 말이에요. 그의 어머니에게 말해줘요. 네? 그분은 D조에 있어요."

"그렇군요. D조 말이죠. 다시 올라가면 전할게요."

그라지나는 오른편에 처진 커튼을 보더니 손을 내밀었다. "이 문은 어떻게 열죠? 이쪽으로 나갈 수 있나요?"

하이는 그의 손을 자기 쪽으로 잡아끌었다. "거긴 출구가 아니에요. 지금은 여기 있어야 해요."

"나 이제 위층에 있나요? 위에 있는데도 여전히 아프네요."

"여긴 병원 1층이에요."

"천국이 아니라고요? 아직도 아래층이라고요?"

"아직 아래층이에요. 우리 모두."

"어째서 하느님은 우리를 죽이는 거죠?" 그라지나의 얼굴이 무너질 듯했다.

하이는 그의 갑작스러운 분노에 놀랐다.

"기상 캐스터가 왜 이런 식으로 우리에게 거짓말한 거죠?"

"무슨 거짓말을 했는데요?"

"제가 모두를 미주리로 데려갔잖아요."

"그래요? 그렇군요, 뭐 하러요?" 하이는 부드럽고 느긋한 목소리로, 최대한 따라가려 애쓰며 말했다.

"울워스에서 일할 때였어요. 제가 올린 가장 큰 성과는 미주리 여행을 준비한 거였어요. 우리는 세인트루이스의 커다란 아치를 보고 싶었어요."

옆 침대에 누워 있던 뼈들이 기침을 하더니 매트리스 위에서 몸을 가다듬었다.

"이봐요…… 이제 당신이 이야기 좀 해봐요, 페퍼 병장님. 당신에 대해 이야기해줘요, 용사님." 그라지나가 흐릿한 눈으로 하이를 돌아보았다.

"저는 할 만한 이야기가 없는데요."

"공습경보가 울리자 우리는 대피소로 달려갔어요. 어쩔 때는 기름등불과 촛불로 여러 밤을 보냈죠. 그 아래에서 사람들은 이야기를 주고받으며 밤을 흘려보냈어요." 그라지나는 기억을 떠올리며 미소 지었다. 목소리가 얼핏 선명해졌다. "당신은 저에 대해 많이 아는데 저는 당신에 대해 잘 모르잖아요. 당신 인생 이야기를 해줘요. 미국에 대해서도요. 어느 주에서 왔나요, 병장님? 미국엔 주가 많잖아요."

하이는 잠시 생각에 잠겼다. 그때 그라지나의 기운을 북돋워주려고 식탁에서 챙겨온 올빼미 모양 도지기 소금 통과 후추 통이 떠올랐다. 그는 코트 주머니에서 통 두 개를 꺼내 이불 위에 올려놓았다. 올빼미 두 마리가 눈밭 위에 서 있었다.

"예전에 친구가 있었어요." 그는 속삭임에 가까울 만큼 부드럽게 말했다. 한참 뜸을 들이다 말을 이었다. "이름을 노아라고 부르죠." 그는 그 이름이 자신의 입 밖으로 빠져나가는 것을 들었다. "'노아의 방주' 할 때 노아요."

"노아의 방주." 그라지나가 고개를 끄덕였다.

"이게 노아예요." 그는 올빼미 한 마리를 흔들어 보였다. "그리고 이건 어린 시절의 페퍼 병장이고요. 둘은 눈이 많이 내리는 동네에 살았어요."

하이가 이불 위로 올빼미들을 움직이자 그라지나의 시선이 따라왔다.

"그러다 드디어 여름이 왔을 때, 저녁 무렵 보름달이 뜨면 들판이 온통 은빛이어서 눈을 게슴츠레 뜨고 보면 눈 내린 후와 똑같아 보였어요. 그런 밤이면 노아와 저는 함께 담배밭을 뛰어다녔어요. 이렇게요. 그리고 맑고 웅장한 하늘엔 별이 가득해서 뛰다가 자꾸만 멈추고 위를 올려다보곤 했어요. 이 측량할 수 없는 우주 어디에 내가 있을지 가늠하노라면 머리가 국자처럼 텅 비었죠. 내가 어디에 있는지 아무도 모르고, 아주 찰나의 순간, 부모님이 없다는 느낌이 들었어요. 애초에 존재한 적도 없는 것처럼요. 그런 느낌을 좋아한다는 건 불가능할뿐더러 부끄러운 일이지만, 그래도 전 그랬어요. 그 느낌이 참 좋았어요."

하이는 그라지나에게 둘의 우정에 대해 이야기했다. 유럽에서, 독일에서 멀리, 멀리 떨어진, 이스트 글래드니스라고 불리는 한 마을에서 트럭을 타고 정처 없이 떠돌아다니던 나날에 대해. 그 녹슨 지대의 뒷마당에서 소나무 숲을 몇 시간이고 거닐며 전시(戰時)의 라디오처럼 자꾸만 갈라지는 변성기 목소리로 노래를 부르던 시절에 대해. 폭풍우가 지나간 뒤 폐품 처리장의 부들과 향모 위로 솟아오르던 맑은 물웅덩이에 대해, 오래된 스쿨버스 지붕의 우그러진 부분에 고인 빗물로 얕은 욕조를 만들어 헤엄쳤던 일에 대해. 물이 너무나 맑고 달콤해서 그 속에 담근 피부의 색깔이 더 진짜처럼 보였고, 그들이 건져낸 웃음으로 조그마한 물결이 일 때면 피부가 일그러지고 확대되어 보이기도 했다고. 하이는 노아의 헛간에 대해서도 이야기했다. 자신들이 자란 곳을—내기에서 진 신들이 테이블을 엎고 떠나버린 뒤 그들만 덩그마니 남아 도망자 같은 삶을 살아야 했던 그곳을 이해할 수 있는 유일한 방법은 그들 내면의 결함뿐이라는 것을 바로 그 헛간에서 알았다고. 소년 옆의 소년이 '괜찮음'이라는 섬을 이룰 수 있었다는 것도. "그 애와 같이 있으면……." 하이는 말했다. "딱히 행복했던 건 아니에요. 하지만 괜찮았어요. 괜찮은 건 행복한 것보다 좋은 거예요. 더 오래갈 가능성이 높으니까요." 그는 고개를 돌렸다가 그라지나가 자신을 똑바로 쳐다보는 눈을 마주하고 흠칫 놀랐다. "괜찮음은 과소평가돼 있어요. **과소평가**가 무슨 말인지 알죠?"

"주님께서 계획하신 것보다 더." 그라지나가 말했다.

"맞아요. 그리고 우리는 굉장히 과소평가됐죠. 그래도 우리는 아주 괜찮았어요."

하이는 올빼미들이 등을 맞대게 했다. "우리는 놀이터의 철제 미끄럼틀 아래에 이렇게 앉아 몇 시간이고 수다를 떨었어요." 소년들은 말을 하지 않고도 서로의 생각을 알아차리는 법을 터득했다. "열네 살 때는 다 그러거든요." 어린 사람들은 아무것도 아닌 상태에 아주 가까워지는 초능력을 발휘할 수 있다. 아주 늙은 사람들도 마찬가지다. "누군가의 마음속에 생각을 넣었다 뺐다 할 수 있고 그래도 아무 상처도 안 받으니까, 무엇이든 가능하다고 생각하게 되죠. 그러니까 이런 말도 하게 돼요. **나는 아내와 아이들을 둔 게이 아빠가 되고 싶어.** 혹은 **약에 취하면 이성애자들이 딱해 보이더라. 그들은 늘 자기네 집 앞마당에 갇힌 것 같거든.** 혹은 **내가 예순다섯 살이 되면 아빠보다 더 행복해질 거야.** 같은."

그라지나는 머리에 희미한 빛을 받고 있는 올빼미 두 마리를 애틋한 눈길로 바라보았다.

"너는 언젠가 아이를 가질 거야?" 하이는 오른쪽 올빼미의 목소리를 연기했다.

지금 페퍼 병장이 그라지나에게 이 이야기를 하기 전까지는 그의 인생에 그런 친구가 있었다는 사실을 아무도 몰랐다. 어떤 사람들이 앞서 죽어버리면 우리는 별안간 그들을 담는 상자가 되는 것 같다고 하이는 생각했다. 아무도 본 적 없는 것들을 상자 안에 보관하고서, 죽은 채로 살아 있는 자들의 기억을 간직한 관이 되어 계속 그렇게 살아가는 것이다. 그런데 그런 상자로 뭘 어떻게 해야 할까? 그걸 어디다 두어야 하는 걸까?

"나는 딸을 가질 거야." 왼쪽 올빼미가 말했다.

"딸?" 오른쪽 올빼미가 한쪽으로 몸을 기울였다. "흐음. 나는 어쩐지 네가 아들을 갖고 싶어 할 거라 생각했어. 하지만 네가 딸에게 월마트에서 사준 분홍색 소총 장난감으로 유리병을 쏘아 맞히는 법을 가르쳐주는 모습을 보게 된다면 멋지겠다. 나는 너희 둘을 지켜보며 걱정하는 게이 삼촌이 되어야지." 오른쪽 올빼미가 웃었다.

"하지만 나는 걔가 뭔가를 총으로 쏘지 않으면 좋겠는데." 왼쪽 올빼미가 말했다.

"그래? **정말로?**" 하이는 자신의 등에 맞닿는 노아의 등을 보기라도 하려는 듯 어깨 너머를 흘끔 보았다. "그러면 화가가 될 수도 있겠다. 너 늘 화가가 되고 싶어 하지 않았어?"

하이는 자신의 손을 내려다보았다. 이제 올빼미들은 둥그런 허공을 사이에 두고 서로 떨어져 누워 있었다.

"노아는 지금 어디 있나요, 병장님?"

하이는 고개를 숙였다. "J. D. 샐린저처럼 노르망디를 급습하다가 부상을 입었어요. 우리는 함께 입대했죠. 이스트 글래드니스의 영웅이 되려고요. 그러다 노아는 상처를 낫게 하려고 약을 먹었어요. 그는 한 가지 감정을 너무 많이 원했고, 그래서 심장이 버텨내질 못했던 것 같아요. 우리는 한 가지를 너무 많이 품을 수 없는 존재인가봐요." 하이는 손안의 죽은 올빼미들을 응시했다.

"물론 그렇죠."

하이는 그 시절을, 기억이 가물가물한 날들을 떠올리며 간호사 덧옷 소매로 코를 닦았다. 뉴욕에서 학교를 그만둔 것은 엄마 생각처럼 책을 너무 많이 읽어서 두통이 생긴 탓이 아니라, 어느 날 노아가 숨을 멈췄고 그로부터 일주일 후 차가운 11월의 땅에 묻혔기 때문이었다. 엄마가 만나본 적도 없는 한 소년에 대해 그가 무슨 말을 할 수 있었을까? 그 이야기를 하는 것만으로도 하이가 엄마의 기쁨보다—전쟁, 난민 수용소, 남편의 학대, 어머니의 죽음, 동생과의 절연이라는 온갖 사건을 거친 끝에 아들을 대학에 보낸 엄마의 자부심보다 자신의 슬픔을 선택했음이 드러날 터였다. 하지만 하이가 집으로 돌아온 것은—포기한 것은—오로지 엄마 곁에 있고 싶어서였다. 인간관계의 자성(磁性)으로 끝없이 고동치는 거대한 뉴욕이라는 도시는 슬픔에 잠긴 하이 안의 빈 부분들을 더더욱 공허하게 느껴지게 해서 도저히 견딜 수가 없었다.

"안타깝네요." 그라지나가 병상 이불 속에서 말했다.

"괜찮아요."

"나라에서 둘을 전쟁에 보낸 게 안타까워요. 아무도 전쟁에 나가선 안 돼요. 소년들은 눈밭에서 뛰어노는 올빼미여야 해요. 당신이 나를 만나게 돼서 유감이에요." 그라지나가 따스하고 단단한 손길로 하이의 팔을 어루만졌다. "그러면 당신은 리가빗이로군요." 그가 코를 훌쩍이며 말했다.

하이는 자신의 소매에 올려진 그라지나의 손을 보았다. "네?"

"당신은……." 그라지나가 하이를 손짓했다. "리가빗이라고요. 남자랑 남자, 여자랑 여자. 신문에서 봤어요. 리가빗이라는 사람들이 있다고."

"아…… 아, 엘지비티(LGBT)를 말하는 거예요?" 하이는 눈을 문질러 닦고 아연한 웃음을 흘렸다.

그라지나가 어깨를 으쓱했다.

"맞아요, 전 리가빗이에요."

"리가빗 군인이라." 그라지나가 머리를 한편으로 젖히며 말했다. "드문 경우일 것 같은데요."

"그렇죠."

그라지나의 두 눈이 천장에 있는 무언가를 살피면서 눈꼬리에 빛이 고였다. 그의 의식이 또 흐려져가고 있었다. 하이는 무슨 말을 해야 할지 몰라 그라지나의 차가운 손을 잡고 머릿속에 떠오르는 유일한 생각을 말했다. "투 에시 마노 드라우가스."

그라지나가 눈을 깜빡였다.

"이봐요, 그라지나. 저기요." 하이는 몸을 앞으로 내밀었다. "투 에시 마노 드라우가스…… 들어봐요." 그는 그라지나의 뺨을 톡톡 두드렸다. "**당신은 내 친구입니다.** 맞죠? 이렇게 말하는 거 맞나요? 제가 제대로 말한 거예요?"

그라지나가 방 안 어딘가에서 나는 소리를 좇듯 하이에게로 고개를 돌렸다. 그러더니 호흡 저 아래에서부터 〈고요한 밤 거룩한 밤〉을 부르기 시작했다. 입술이 거의 움직이지 않아서 마치 몸속에 있는 오르골이 돌아가는 것 같았다.

"잠깐만. 당신이 누구라고 했죠?" 그라지나가 무릎에 있는 무언가를 잡으려고 하더니 어리둥절한 표정으로 자기 손을 보았다.

"저는 라바스예요. 라바스는……."

"그러면 나는 누구죠?"

"그라지나. 당신은 그라지나 비트쿠스예요."

"내가 누군지 모르겠어요. 잠깐만요. 어떻게 그런……." 그렇게 세상은 조각조각 허물어지고 씻겨나가고 주변에 고였다.

"당신은 당신이에요. 괜찮아요. 당신은 **언제나** 당신이었어요." 하이는 떨기 시작했다.

"하지만 내가 누구인지 기억하지 못하는데도 나일 수가 있나요?"

"몰라요!"

"여기서도 여전히 강물 소리가 들려요." 그라지나가 말했다. "내가 잘했다고 말하고 있어요. 내가 착하게 살았다고요."

"저는 잘하지 못했는데요." 하이는 스스로를 가라앉히려고 손등을 입에 댄 채 말했다. "저는 형편없는 아들이에요. 알고 있어요? 한 번도 좋은 아들 노릇을 하지 못했어요."

하이는 그라지나를 현재로 되돌리려 애썼지만 그의 눈이 점점 초점을 잃어가자 더는 참지 못하고 일어섰다. 그는 작아지는 그라지나의 목소리를 뒤로하고 도자기 올빼미들을 양손에 쥔 채 복도를 걸어갔다. 간호사들은 휴대전화를 보느라 바빠서 하이를 눈치채지도 못했다. 주차장에 다다랐을 때쯤에는 비명을 지르고 싶은 미칠 듯한 충동이 치밀었다. 그는 눈을 뭉쳐서 최대한 멀리 던졌다. 눈덩이는 주차된 차에 맞고 소리 없이 하얀 가루를 날리며 터졌다. 하이는 무언가의 색깔이 변할 때까지 만져보고 싶었다. 찝찔한 콧물 맛이 느껴졌을 때에야 그는 자신이 무릎을 꿇고 주저앉아 울고 있었다는 것을 깨달았다. "제발 날 그냥 내버려둬. 미안해, 응?" 그는 바닥에 대고 외쳤다. "노아, 할머니, 다들 살아 있는데 두 사람만 죽어야 해서 유감이에요! 하지만 이곳의 삶도 별로 좋진 않아요. 알겠어요? 예전과 마찬가지로 엉망진창이에요. 진짜로요."

그때 하이 뒤의 철문이 철커덕 열리더니 누군가의 발이 눈가루를 날리며 걸어왔다. "어이, 청년, 여기서 나가. 내 말 들려? 일어나라고." 경비원이었다. 그는 눈밭에 웅크리고 있는 청년이 진심으로 딱한 눈초리였다. "이 안에 아픈 사람들이 있어, 청년. 그리고 일하는 사람들도 있고. 그러니까 무슨 사정인진 몰라도 여기서 이러면 안 돼."

하이는 일어나서 몸을 털었다. "죄송합니다." 경비원을 보지도 않고 그렇게 불쑥 내뱉고는 자전거로 곧장 건너갔다. 떨리는 손가락으로 UPS 재킷 지퍼를 올렸다. 노아의 장례식 날 진흙길을 따라 자전거를 달려 도착한 노아의 헛간에서 발견한, 못에 걸려 있던 바로 그

재킷이었다. 장례식에 초대받지 못한 하이는 관을 볼 수 없었다. 노아의 가족에게 하이는 존재하지 않는 사람이었으니까. 그는 소나무 상자 속 차디찬 소년의 머릿속에 갇혀 있었다.

손을 흘긋 내려다보니 자기도 모르게 휴대전화로 소니에게 전화를 걸고 있었다. 하이는 자전거를 세우면서 신호음이 울리는 휴대전화를 귀에 댔다. "소니, 너야?"

"야, 너 괜찮아? 원래 오후 5시 이후에는 전화 안 하잖아."

"난 괜찮아. 진짜로. 그런데 있잖아……." 그가 말하는 사이에 경비원은 안으로 들어가고 눈덮인 정적이 그를 에워쌌다. "〈게티스버그〉 보지 않을래?"

"지금? 9시가 다 됐고 나는…… 내일 일도 해야 하는……."

"제발. 응? 너랑 같이 보고 싶단 말이야. '피켓의 돌격' 장면 다시 보고 싶어. 나…… 그 사람들이 왜 그랬는지 알 것 같아서 그래. 왜 그 존나게 넓은 들판을 건넜는지."

소니가 생각하는 기색이 느껴졌다. "알았어, 좋아. 30분 안으로 올 수 있어?"

마이어스 센터 내부에 방문객을 들일 수 있는 시간은 지났기 때문에, 하이와 소니는 로비 구석에 설치된 TV로 늘어난 〈게티스버그〉 비디오테이프를 틀어놓고 벽에 등을 기대고 바닥에 나란히 앉아 골드피시 한 상자를 사이에 놓고서 영화를 봤다. 체임벌린 대령의 메인주 제20연대가 리틀 라운드 톱 북군 대열의 왼쪽 끝에 진을 치는 바로 그 유명한 작전이 담긴 장면이 나왔다. "전쟁 전에 체임벌린은 교수였고 군사 경력은 없었어." 소니가 설명했다. 여기 오는 길에 진통제 세 알을 먹은 하이는 그의 말을 거의 이해하지 못했지만, 약기운이 한창 올라와 있어서 무슨 말을 들어도 난공불락의 진리처럼 들렸다. "하지만 그는 남부군의 일제 사격을 가늠할 만큼의 지략이 있었어. 그의 전공이 수사학이었거든. 수사학이 뭔지 찾아보니까 '말의 전략'이라더라. 수사학은 정신세계의 전쟁터 같은 거지. 위치와 반격으로 이루어지는 거니까. 안 그래?" 소니가 골드피시를 한 움큼 입에 털어 넣고 씹었다.

"맞아." 하이가 그렇게 말하는데 체임벌린 대령이 검집에서 검을 뽑아 들었다. 그가 죽인 남자들의 얼굴 위로 검광이 번뜩였다. "문장은 전열(戰列)의 종결이야. 다른 측면은 없지. 자연적으로 오른쪽이 취약한 법이야. 오른쪽은 다른 문장이 계속되기 위해 열려 있어야 하거든. 하지만 왼쪽 끝은 닫혀 있지."

"맞아." 소니가 하이를 돌아보며 말했다. 하이는 제20연대가 숲이 우거진 언덕을 쏟아져 내려가는 광경을 지켜보고 있었다. "나폴레옹은 강과 산을 이용해 한쪽 측면을 보호했으니까 나머지 한쪽 측면만 방어하면 됐어." 그는 반쯤 벌린 입에 골드피시를 가져갔다. "그런데 문장의 전열에 대해 더 얘기해줘. 그거 흥미롭네."

하지만 하이에게 그 발상은 이미 잊혔고 전열은 흩어진 뒤였다. 그는 머리를 아주 천천히 흔들었고, 둘은 다시 영화에 빠져들었다. 화면에 나오는 북군의 푸른 군복 때문에 그들의 얼굴이 병적인 푸른빛으로 물들었다.

사실 하이는 소니가 남북전쟁에 처음 매료된 순간을 **목격했다**. 마치 래리 버드가 처음으로 농구공을 집어 드는 순간을 목격한 것만 같았다. 그때 하이는 여덟아홉살쯤이었다. 매년 전몰장병 추모일이면 집에 있는 소니 트리니트론 TV의 은박 안테나에 잡히는 네 개 채널 중 한 군데에서는 전쟁 영화들이 연달아 방영되었다. 끝없이 이어지는 학살 영상 속에서 전쟁은 시간 순서대로 벌어지지 않을 때가 많았고, 짧은 엔딩 크레디트와 진공청소기며 중고차 매장 광고만이 시체들의 행렬을 가로막았다.

〈게티스버그〉는 1863년 7월 펜실베이니아주 게티스버그 외곽에서 사흘간 벌어진 결정적인 전투를 양측의 관점에서 묘사한 영화였다. 영화가 시작되자마자 소니는 넋이 나갔다. 그는 크래프트 맥앤치즈 그릇을 건드리지도 않고 TV로 점점 더 가까이 다가앉더니 급기야는 화면 코앞까지 이르렀다. 그러고는 머리의 흉터를 손가락으로 이리저리 훑으며 조용히 앉아 있었다. 이상할 만큼 조용해서 킴 이모가 소니를 두 번 확인하러 왔을 정도였다. 이모는 소니에게 걸어가 어깨를 두드리려다가 멈추고는 아들을 그저 바라보았다. 전쟁 영화를 그토록 열렬히 시청하는 소니는 드디어 보통의 남자애 같은 행동을 하고 있었고, 그나마 평화로운 상태에 가장 근접해 있었다.

전몰장병 추모일에 자주 방영되는 또 다른 영화는 〈그린 베레〉였다. 나이든 존 웨인이 또 다른 내전에서 미군 기지를 점령하려는 북베트남군 수백 명에게 M16으로 탄환을 쏟아붓는 장면이 나왔다. 그때만 해도 하이는 몰랐지만, 영화에 필요한 시체 역할을 맡을 만큼 동양인이 충분하지 않아 야간전투 장면에서는 백인 배우들이 황인 분장을 하고 등장했다고 한다. 기지에 쌓인 모래주머니들 주위에 겹겹이 몸을 포갠 채로 우스꽝스러울 만큼 고통을 과장하며 죽어가는 그들의 얼굴에 칠해진 조잡한 분장이 땀에 번져 번들거렸다. 카메라는 그들의 흰 피부색을 감출 만큼의 거리를 두고 떨어져 있었지만, 그 전쟁 때 죽은 300만 명의 베트남 사람을 다 담아낼 만큼 멀지는 않았다. 영화는 1968년, 전쟁이 채 끝나기도 전에 개봉되었다. 화면 속 죽음들이 실제 죽음들을 예고하고 있었다.

하이는 〈그린 베레〉가 나오는 화면을 쳐다보았고, 그의 옆에서 소니는 시체들의 얼굴을 살폈다. "저게 우리야?" 소니는 일곱 살배기 아이의 손가락으로 도륙당한 팔다리를 가리키며 물었다. "저게 우리야?"

'동포'가 너무 많이 죽어서 실은 그들이 동포가 **아니라는** 사실조차 분간할 수 없을 때 우리 마음은 어떻게 될까? 하이는 돌이켜보며 생각했다. 시체 더미가 자연스럽게 만들어내는 추상성 속에서 얼굴이란 얼마나 쉽게 망가지는지. 잠시 지켜보니 알 수 있었던 것은, 이 미국의 승리 장면에 들어가 있는 것은 죽은 사람들이 아니라 그저 죽음 자체라는 점이었다. 그래서 소니가 〈게티스버그〉를 처음으로 보면서 남부군에 감정이입했던 걸까? 포격과 머스킷 총격 앞에서 수백 명씩 쓸려나가는 누런색과 회색 옷을 입은 사람들이 꼭 '베트남 사람' 같아서? 베트콩과 마찬가지로 민간인들이 닳아 해지도록 입은 옷가지로 만들어진 군복을 입은 그들의 몸이 마치 빨래로 변한 것처럼 보여서? 하지만 〈그린 베레〉에 나오는 '베트남 사람'들과 달리 〈게티스버그〉에 나오는 남부군 병사들의 얼굴은 또렷하고, 카메라는 그들의 고통스러운 표정을 오래도록 보여주며 연민을 가득 담아 그들의 인간적 죽음을 생생한 상실로 그려낸다. 이 환상은 '베트콩' 시체들이 〈게티스버그〉의 로버트 E. 리라든지 조슈아 체임벌린처럼 선명히 구분되는 삶으로 비춰지게끔 확대되지도 고정되지도 않고, 죽음을 향해 흐릿하게 스러져가는 덧없고 순간적인 것으로 포착

되었다는 바로 그 사실 때문에 가능한 것이다.

"저게 우리야?" 하이는 보호시설 로비에서 그렇게 묻는 자신의 목소리를 들었다. "저게 우리야, 소니?" 그는 1993년 영화가 1863년을 묘사하는 장면 속에서 무너져가는 백인 남자들을 고갯짓했다.

소니는 한참 동안 화면을 열심히 살폈다.

하이는 스톤월 잭슨의 저택을 방문했던 때를 떠올렸다. 남부 전역에 남부 연합 기념비들을 세우는 데 이바지한 '남부 연합의 딸들' 단체가 1909년에 그 저택을 매입했다는 사실을 투어 중 누구도 말해주지 않았다. 투어의 중심 인물은 스톤월 잭슨 장군이었고 그의 얼굴이 복도 곳곳에서 반복적으로 등장했지만, 그보다 더 강한 존재감으로 다가오는 것은 눈에 보이지 않는 다른 사람들이었다. 모든 방 안에 호화롭게 차려진 식탁부터 부엌 조리대, 파 한 포기 옆 도마 위에 놓인 식칼, 티끌 하나 없이 깨끗한 난간과 서랍장, 누군가가 비웠을 요강, 빨고 말렸을 속옷에 이르기까지, 그리고 집 밖을 둘러싼 푸르른 채소밭과 화단 사이에 누군가가 몰았고 또 손질했을 마차와 기름 먹인 바퀴와 건초를 먹인 말에 이르기까지, 그 모든 곳에서 잭슨이 거느렸던 여섯 노예의 존재감이 눈에 띄지 않는 방식으로 자리하고 있었다. 훗날 하이는 그 노예들의 이름이 앨버트, 에이미, 엠마, 헤티, 그리고 헤티의 두 아들 사이러스와 조지라는 것을 알게 되었다. 〈그린 베레〉에 나오는 가짜 베트남 사람들과 마찬가지로 그들은 어디에나 있지만 어디에도 없었다.

약 때문에 시야 변두리가 흐릿해지면서 자신의 피부가 무엇이든 투과할 수 있고 무엇이든 가능할 것처럼 느껴졌다. 하이는 사촌 동생과 함께 앉아 그가 가장 좋아하는 영화를 보고 있었고, 하이 역시 그 영화를 급속도로 좋아하게 되고 있었다. **저게 우리야?**

하지만 결국 모린 말마따나 모든 것이 옥수수 케이크라면—수사학자들이 그것이 빵이라고 주장한다 해도—**우리**는 과연 누구일까?

"그래서 왜 저들이 들판을 건넌 거야? 네가 가설을 세웠다 하지 않았어?" 소니가 솔직한 기대감에 찬 얼굴로 말했다.

하이는 눈앞에서 타오르는 총천연색 폐허를 바라보았다. "야, 있잖아, 나 완전히 까먹었어. 여기까지 오는 길에 답을 머릿속에 다 구해놓았는데 지금은 몽땅 사라져버렸네."

"아, 그렇구나……." 소니가 다 안다는 듯 고개를 끄덕였다. "전쟁 때는 늘 그런 일이 벌어지지."

21

그는 허버드 16번지의 불 꺼진 거실에 서서 마음을 가다듬었다. 딜라우디드는 4분의 1 남았다. 어찌어찌 집에 도착했고 이틀이 지났다. 어찌어찌 결근한다는 연락도 두 번 했다. 여느 때 같았으면 11시 뉴스나 〈더 영 앤 더 레스트리스〉 드라마 재방송을 틀어놓은 TV가 웅웅거리는 소리를 냈을 테고 그라지나는 극중 인물들이 마치 거실 안에 있는 손님들인 양 말을 걸었을 테지만, 지금은 광대한 정적이 부엌 어딘가에서 쥐가 갉작거리는 소리에 더욱 증폭될 뿐이었다.

하이는 계단을 오르며 벽의 못에 걸린 그라지나의 헤어드라이어에 눈길을 줬다. 그라지나의 방으로 들어가 화장대 위의 아무 물건이나 집어 들었다. 도자기 파우더 병, 화장품 케이스, 오래전에 말라붙고 깨끗하게 비워진 파운데이션, 반쯤 먹은 워커스 쇼트브레드 쿠키 상자, 한없이 많은 약병. 그중 한 병에는 유치가 가득 차 있었는데 아마도 이제는 성인이 된 두 자녀의 것인 듯했다. 그라지나, 남편, 그라지나의 옆구리에 붙어 선 딸이 철로변 주택 계단에 서서 카메라를 바라보며 찍은 사진도 있었다. 그 옆에는 목캔디 포장지들에 둘러싸인 털장갑 한 짝이 있었다. 그라지나의 삶이 남긴 이 모든 잔해가 어쩐지 그의 부재를 절대적으로, 숨 막히게 느껴지게 만들었다. 그는 어디에나 있으면서 동시에 어디에도 없었다.

날카로운 불안이 온몸을 휘감았다. 하이는 한심한 피자 베이글과 그것 때문에 망할지도 모르는 페퍼 병장 피자 가게, 옥수수 케이크, BJ의 기발하고도 무익한 계략, 보스턴에 있는 가상의 학교, 이스트 글래드니스에서의 가짜 삶, 세상의 가장자리에 있는 이 허름한 집에서 보내는 그들의 밤을 연장시키는 것 외엔 아무 쓸모도 없는 진실한 거짓말들에 대해 생각했다.

하이는 약을 한 알 더 혀에 얹고 그라지나의 침대 옆 바닥에 웅크리고 누워, 잠이 발끝에서부터 마음 끝자락까지 차오르고 그날 하루가 바람에 나뒹구는 사진처럼 굴러가기를 기다렸다.

병원에서 보낸 밴이 도착했을 때는 거의 오후 3시였다. 하이는 바닥에서 몸을 일으켜 눈을 닦고 서둘러 아래층으로 내려갔다. 싸늘한 바람이 해를 밀어냈고 거리는 병적인 흑백 색조를 띠었다. 푸른 작업복을 입어서 마치 청소부처럼 보이는 사람이 그라지나가 늘어져 앉아 있는 휠체어를 밀고 인도로 내려왔다. 하이는 커튼 사이로 지켜보다가 휠체어가 현관 계단에 맞닿자 문을 열었다.

"이분이……." 남자가 콧수염을 실룩거리며 하이를 훑어보았다. "이분이 당신 할머니인가요? 여기로 이송하라는 지시를 받았는데요. 누가 환자분을 맡아줄 거라고 들었어요. 당신이……." 그가 앞주머니에서 수첩을 꺼내 보더니 말했다. "루카스 비트쿠스 씨인가요?"

"그분은 제 삼촌이에요. 이리로 모셔도 돼요."

남자가 휠체어를 들어서 계단 위로 옮겨 일광욕실에 가져다놓았다. 그라지나는 고개를 움직이지 못하고 신음했다. "집에 온 건가요? 여기 허버드 거리인가?"

"맞습니다." 호송인이 말했다. "여기 서명 좀 해주시겠어요?"

하이가 클립보드의 서류에 서명해주자 남자는 떠났다.

그라지나는 멍하니 머리를 젖혔다. "먹을 것 좀 있니?"

"물론 있죠. 그나저나 좀 어떠세요?" 하이는 그라지나의 손을 움켜쥐었다. "거기서 잘 대우해줬어요?"

"죽진 않았어." 그가 찡그리듯 미소 지었다. "하지만 돌아가고 싶진 않아, 라바스. 거긴 너무 어둡거든. 불빛이 없어. 내 올빼미들도 없고." 그라지나가 휠체어에서 힘겹게 몸을 일으켜 발을 질질 끌며 안으로 들어갔다. "아이구, 내 올빼미들." 그는 벽난로 선반에 놓인 플라스틱 외양간올빼미 한 마리를 뺨에 가져다 대고 어르는 소리를 냈다. "이 녀석들이 있으니 훨씬 낫구나." 그라지나의 앙상한 어깨 위로 환자복이 축 늘어져 있었다. 나흘 동안 살이 5킬로그램은 빠진 듯 보였다.

"자, 여기 앉아요." 하이는 의자를 빼며 말했다. "차를 좀 끓일게요."

그라지나가 앉아서 식탁보를 쳐다보는 동안 하이는 종이봉투에 든 것을 접시에 덜어서 그의 앞에 내려놓았다. "옥수수빵이구나." 그라지나가 쾌활하게 말하고 한 입 먹었다. "고맙다, 라바스. 고마워. 아, 이건 완벽해."

"홈마켓에 고마워하셔야죠 뭐."

"그래, 홈마켓. 거기서 여전히 너한테 잘해주니, 얘야? 봉급을 좀 올려주거나 그러진 않고?"

"아직요. 제가 요청한 적도 없긴 해요. 한번 물어볼까요?"

"뭘 물어봐?"

"봉급요. 시급을 7.50달러로 올려달라고 할까요?"

"그 안에 누가 있었는데?" 그라지나는 하이가 못 보는 무언가를 좇듯 방 안을 응시했다.

하이는 식탁 위에 컵 두 개를 내려놓고 바싹 다가앉았다. "아무것도 아니에요. 그라지나, 한숨 자고 싶진 않아요?"

"나 아니면 너?" 그가 빵을 씹으며 말했다.

"우리 둘 다 자는 것도 좋죠. 저도 좀 자고 싶네요."

그라지나가 어깨를 으쓱했다.

주전자에서 휘파람 소리가 났다. 하이는 차를 따랐다. 그라지나는 설탕 스푼을 집어 그걸로 이를 닦더니, 어금니에 금속이 부딪히자 멈추고는 스푼을 들어 올리며 얼굴을 찌푸렸다.

"안 돼요, 그러지 마요. 이가 깨진다고요."

"그래, 안 할게. 하지만…… 하지만 나는……." 그라지나가 멈칫했다. "내가 무슨 말을 하고 있었지?"

"글쎄요. 입에 스푼을 넣고 있었어요."

"이를 닦아야 해. 거기서는 못 하게 하더라고. 내 침대에 있던 여자애한테 칫솔 좀 가져다달라고 계속 말했는데 걔는 크로아티아 말밖에 못 했어. 그래서 아무 소용이 없었지. 엉망이었어." 그라지나는 천장을 올려다보았다. "티모시가 천장을 수리한 모양이구나. 우리에겐 그게 없었는데…… 음, 더 오래된 차였지. 그래서 망가졌어. 닛산이었어. 일본산은 별로야." 그는 마지막으로 남은 옥수수빵 조각을 입에 넣었다가 멈췄다. "라바스? 내가 미쳐가고 있니? 아니면 모든 게 잠잠한 거야?" 그는 입을 벌린 채 앞을 쳐다보았다.

"아녜요, 아녜요. 당신은 그저 기억력에 말썽이 생긴 것뿐이에요." 그라지나는 다정하면서도 미심쩍은 미소를 지어 보였다.

"이건 어때? 부활절 만찬 테이프 다시 보자. 이번에야말로 끝까지 보는 거야."

두어 달 전 그라지나가 이 집에서 열렸던 부활절 만찬을 담은 홈비디오 영상을 보여준 적이 있다. 비디오테이프 라벨에 검은색 마커로 **89년 부활절**이라고 쓰여 있었다.

잠시 뒤 그들은 소파에 널브러졌고 거실 안은 한때 그곳을 채웠던 목소리들로 가득 찼다. 비디오에 나오는 모든 장식품과 가구 들이, 심지어 놓여 있는 각도마저도 지금과 똑같았다. 하지만 노이즈 낀 영상 속에 올빼미는 별로 없었다. 나뭇결 판을 댄 RCA TV 옆에 걸린 벽걸이 직물에 수놓인 올빼미만 유일하게 눈에 띄었다.

영상은 그라지나의 남편 요나스가 바로 지금 그들이 앉아 있는 소파에서 카메라를 들고 TV 쪽을 촬영한 것이었다. 그래서 그들이 살고 있는 현실이 화면 안에서 똑같이 되풀이되고 있었다. 다만 화면 속 거실은 덜 낡아서 환해 보였고 물건들도 먼지가 덜 꼈고 사람이 사용한 흔적으로 반질반질했다. 그라지나는 고개를 주억거리며 화면 너머 스치는 얼굴들의 이름을 웅얼거렸다. 루드바, 마르쿠스, 다이바, 시기타스, 파트루카스, 리나, 다류스 등등. 누구는 미주리로 이사 갔고, 누구는 췌장암으로 죽었고, 누구는 고국으로 돌아갔다고 했다. 하지만 대체로 무심한 태도로, 병원 가는 방향에 있는 길거리 이름들을 읊듯이 말했다. 음식이 담긴 그릇들이 미소와 미소 사이를 오갔고, 늘어진 필름 너머로 와인잔들이 지나갔다.
 그러다 가스레인지 앞에 카메라를 등지고 서 있는 그라지나가 화면에 나왔다. 하이는 이제 강 건너편에서 그라지나의 뒤통수만 봐도 그를 알아볼 수 있었다. "인사해! 부활절이야, 부활절이라고!" 카메라 뒤에서 요나스가 그렇게 말하고는 리투아니아어로 뭐라고 말을 이었다. 그라지나가 수줍으면서도 행복한 얼굴로 뒤를 돌아보고는 재빨리 옆으로 비켜서서 자신이 굽고 있던 감자 라트케를 보여주었다. 두 눈이 날카롭고도 관대한 빛으로 번뜩였다. 눈 안에서 그라지나의 개성이 넘쳐흐르고 있었다. "엄마가 그 유명한 팬케이크를 부치고 있네!" 카메라가 아래로 움직여 아까 하이가 앉았던 의자에 앉아 있는 40대의 루카스를 보여주었다.
 루카스가 화면의 무언가를 가리키려던 때 문에서 노크 소리가 났다.
 하이는 일광욕실 불을 끄고 커튼 너머를 내다보았다. 늦은 시간이었다. 현관문 앞 계단에는 어딘가 공식적인 곳에서 나온 듯 보이는 여자가 서류철을 들고 서 있었는데, 저건 결코 좋은 신호가 아니었다. 그 뒤에는 루카스가 성근 솜사탕 같은 머리카락을 바람결에 날리며 서 있었다. 하이가 문을 반쯤 열자 여자가 그를 보고는 걸음을 옮기다 말고 멈춰 섰다.
 "비켜." 루카스가 말했다. "어머니는 어디 있지? 엄마! 안에 계세요?" 그가 하이를 지나쳐 집 안으로 들어갔다. "이제 엄마를 **안전한 곳으로 모실 때야.**" 하이는 그의 목소리가 이전과 달리 가식적인 번민을 띠고 있음을 알아차렸다. 루카스는 일광욕실을 구석구석 살펴보았다.

"선생님, 누구시죠? 성함을 여쭤봐도 될까요?" 여자가 말했다. "그리고 비트쿠스 부인과의 관계는 어떻게 되는지요?" 그는 기업 CEO 같은 분위기를 풍기는 멀끔하고 훤칠한 여자였는데, 정작 옷은 울퉁불퉁한 스웨터 차림이었다.

"관계는 없어요. 하지만 저는 여기 살아요. 부인이 제게 여기서 같이 살자고 부탁했거든요."

여자가 그 말을 적고는 안으로 들어섰다. "그렇군요. 그리고 선생님은 비트쿠스 부인에게 병력이 있다는 것을 아시겠지요. 지난주에 심한 낙상 사고를 당하셨다는 것도요. 즉 이 장소가 그분에게 더 이상 안전하지 않다는 뜻입니다. 두 분이 뭘 하고 계셨는지는 몰라도, 우리는 이제……."

"제가 부인을 돌보고 있어요. 최선을 다하고 있고, 직업도 있어요. 저는 나쁜 사람이 아니고, 부인은 미치지 않았어요. 그분은……."

"아무도 부인이 미쳤다고는 안 했어요." 여자가 몸을 곧게 세웠다. "저희는 그분이 진정으로 어떤 상태에 있는지 제대로 검사해볼 겁니다."

"저기요, 부인은 **홈**이라는 곳에 가고 싶어 하지 않아요. 여기가 부인의 집이고 당신은 그 집에 들어와 서 있다고요."

집 안쪽에서 그라지나가 비틀린 비명을 질렀다. 하이가 부엌으로 뛰어 들어가보니 그는 식탁 의자에 앉아 맞은편의 루카스를 피하려 잡지들 뒤에 몸을 숨기고 있었다.

"엄마, 제발요. 엄마를 도와드리려는 거예요. 기억해요, **저는** 엄마 아들이에요. 과학자라고요." 그가 식탁을 너무 힘껏 쥐어서 손톱이 하얗게 물들었다.

"부인, 괜찮으십니까?" 간호사가 안으로 들어왔다. "구급차를 부를까요?"

"그냥 진행합시다, 토냐. 구급차 불러요. 필요하다면 경찰도요." 루카스가 하이를 쏘아보았다.

"안 돼요!" 하이는 식탁 밑으로 몸을 숙여 들어가서 그라지나를 껴안았다. "뭐 하는 거예요? 본인이 싫다잖아요. 사람을 이렇게 억지로 데려갈 순 없다고요."

"내 어머니한테 손대지 마." 루카스가 씹어뱉듯 말했다. "내가 보호자야. 그리고 **법적 대리인**이기도 해. 어머니는 가야 해. 스스로의 안녕을 위해서." 요양원 간호사는 문간에서 생각에 잠긴 채 서서 두 사람의 얼굴을 훑어보고 있었다. TV에서 나오는 부활절 비디오 영상 속 인물들의 음성이 부엌으로 새어들었다.

"페퍼 병장님." 그라지나가 떨리는 목소리로 말했다. "페퍼 병장님, 도와주세요. 이들이 저를 수용소로 데려가려 해요. 페퍼, 제발요."

"못 데려가요. 이 사람들이 당신의 기본 인권을 침해할 순 없어요." 하이는 간호사를 향해 큰 소리로 말했다. "제네바 협약 11조 5항 12절에서 정한 전시 난민에 관한 국제 규약에 따르면, 자국이 아닌 그 어떤 교전국도 난민을 당사자의 의사에 반하게 이주시킬 수 없습니다. 전시에는 그 외의 모든 권한이 무효이고, 이는 국제법으로 보장됩니다. 이 모든 것은 뉘른베르크 재판에서 명백하게 판결된 바입니다." 그는 제2차 세계대전에서 자신이 아는 온갖 어휘를 끌어내 쏟아부었다.

그라지나가 고개를 끄덕였다. "제발, 루카스, 병장님 말 좀 들어. 착하게 굴어야지." 그는 아들을 재우는 엄마 같은 어조로 말했다.

"나는 미치지 않았어, 정말이야. 다 지어낸 거야, 알겠니? 그냥 놀이를 하고 있었을 뿐이야. 내 뇌는 아직 멀쩡해. 내가 늙고 외로운 할머니라서 그런 상상을 한 것뿐이야."

"이게 다 무슨 말이죠?" 간호사가 루카스를 돌아보며 물었다. 루카스는 사기 도박에 쓰이는 주사위처럼 잿빛을 띤 치아를 드러내고 있었다.

"병장님, 제발……." 그라지나가 눈을 감고 소년의 팔을 잡았다. 그의 뺨에 눈물이 흘러내렸다. "제 아들이 더 이상 나를 욕하지 못하게 해주세요. 제발요. 저는 오줌 냄새 안 나요. 저는 좋은 사람이에요. 깨끗하다고요."

"루카스." 간호사가 루카스에게 한 발짝 다가섰다. "저 말이 무슨 뜻입니까?"

"지금 농담하는 거예요?" 루카스가 말을 더듬었다. "저는 엄마를 조롱한 적 없어요. 엄마도 **알잖아요**. 그리고 이 닥터 페퍼니 뭐니 하는 헛소리는 대체 뭐예요? 이 빌어먹을 꼬맹이가 엄마 정신을 어지럽히고 있어요. 이 애가 엄마를 조종하고 있는 것 안 보여요? 예전에는 절대로 이런 식으로 말씀하신 적 없다고요." 그가 하이의 얼굴을 손가락질했다. "네놈이 교묘하게 파고들어서……."

"루카스." 여자가 손을 들어올렸다. "진정해요, 네?"

"알았어요." 루카스가 몸을 가다듬고 셔츠 소매에 묻은 무언가를 떼어냈다.

간호사가 돌아서서 루카스에게 조용히 뭐라고 말하는 동안 하이는 식탁 위에서 올빼미 모양 소금 통과 후추 통을 집어 그라지나의 손에 슬쩍 쥐여줬다. "특수 임무 수행할 준비 됐어요?" 그가 속삭였다. "안전핀은 이미 빼뒀어요. 어떻게 해야 하는지는 알죠? 훈련했던 것처럼 하면 됩니다. 내 신호를 따라요, 알겠죠?"

그라지나가 고개를 끄덕였다.

"자, 여러분." 간호사가 그들을 돌아보았다.

"내 집에서 나가라, 이 나치들아! 너희는 이미 우리를 공습해 내 사촌을 죽였어. 왜 우리 같은 순박한 농부들을 고문하는 거야?" 그라지나가 외쳤다. "왜 우리 나라를 차지하러 온 거냐고?"

"그만해요!" 루카스의 이마에 핏줄이 도드라졌다. "경찰 불러요. 내가……."

"지금이에요!" 하이가 소리쳤다.

그라지나가 슬로모션 같은 움직임으로 간호사의 머리 위쪽으로 소금 통을 던졌다. 소금 통은 장식장에 맞고 박살났다. 후추 수류탄도 똑같이 던져져서 장식장을 맞고 튕겨나가 타일에 부딪혀 산산조각났다. 곧이어 그라지나는 식탁 위에서 점토로 만들어진 설탕 단지 뚜껑을 벗기고 설탕을 움켜내 그들에게 흩뿌렸다.

"악마한테나 잡혀가라, 겁쟁이들! 너희를 저주한다! 거룩한 소금으로 저주하겠어!" 부엌이 작아서 설탕이 폭발하듯 튀어 놀랄 정도의 난장판을 연출하기에는 충분했다.

간호사가 클립보드로 몸을 가리고 허둥지둥 떠나며 루카스를 불렀다. 루카스는 간호사의 뒤로 몸을 숨겼다.

"이제 쏴요!" 하이가 외쳤다.

"뭘로요?" 그라지나가 물었다.

"권총으로요. 기억하죠?"

그라지나가 손가락 권총을 들어서 쐈다. 하이도 똑같이 했다. "탕

탕! 놈들의 불알을 조준하고 있어요." 그라지나가 말했다.

"잘했어요. 저도요."

"난 기회를 줬어. 이제 경찰을 데리고 올 거야!" 루카스가 고함을 치면서 나갔다. 하이는 현관으로 달려가 문을 닫아 잠그고, 밖에서 차가 떠나는 동안 보초를 섰다.

부엌으로 돌아와보니 그라지나는 웅크려 앉아 있었다. 땀에 녹아 붙어 하얀 크리스털처럼 변한 설탕으로 두 손이 범벅되어 있었다. 그라지나가 하이를 보고 어깨를 으쓱하고는 손가락을 핥았다.

"갔어요." 하이는 식탁을 밀어내 치우고 그라지나의 의자를 구석에서 끌어낸 다음, 도자기 장식장에서 나무 올빼미를 꺼내 그라지나의 품에 안겨주었다. "여기, 이거 안고 좀 진정해요. 편안하게 숨 쉬어요, 알겠죠?" 그는 레진으로 된 올빼미도 가져와서 그라지나의 발치에 앉아 자기 무릎 위에 올려놓았다. 둘은 히터가 딸깍거리며 돌아가는 동안 그렇게 마주앉아 각자의 올빼미를 안고 흔들었다.

"이건 어디서 났어요, 페퍼 병장님?"

"미국에서요."

"아, 그래서 더 진솔한 얼굴을 하고 있는 거로군요." 그라지나가 고개를 이리저리 돌리며, 살아 있는 생명체를 보듯 올빼미의 이목구비를 뜯어보았다. "미국인들은 낙관적이에요. 올빼미를 만드는 데에서도 드러나죠. 저기 있는 루마니아 올빼미는……." 그라지나가 장식장을 고갯짓했다. "리나가 교환 학생으로 가서 사온 건데, 조그맣고 회의적인 눈을 하고 있잖아."

"저기, 지금 내가 누구예요?" 하이는 자기 역할을 분명히 하기 위해 물었다. "페퍼 병장이에요, 아니면 라바스예요?"

그라지나의 눈꺼풀이 파르르 떨린 듯싶었다. 그는 다른 방에서 들려오는 목소리를 듣는 듯 고개를 기울였지만 부활절 홈비디오 영상은 끝난 지 오래였다. 그러다 팔에 안은 나무 올빼미를 흔들며 일어나더니 도자기 장식장의 서랍을 열었다. 거기서 조약돌 같은 것이 가득 든 유리병을 꺼내 탁자 위에 내려놓고 앉아서 하이 쪽으로 병을 밀었다. "내 남편…… 그이가 이걸 모았어."

"알아요, 그분이 수집광이었던 거."

"아니, 이것들은……." 그라지나가 탁자를 검지손가락으로 두드렸다. "그이의 안에서 나온 거야."

하이는 올빼미를 내려놓고 유리병을 집어 들었다. 병을 이리저리 돌리자 안에 든 누르스름한 돌멩이들이 움직였다.

"고향에서는 강에서 가져온 큰 돌들로 말을 묻어야 했어. 러시아인들이 들이닥치니 구덩이를 파고 있을 시간이 없잖아. 공습으로 말들이 죽었을 때 우리 같은 아이들이 나가서 돌을 찾아왔지. 강가의 돌멩이가 사람 몸속에서도 나올 수 있는 줄은 몰랐어. 그런데 요나스의 장기 안에 돌이 너무 많다고 하더라고. 사는 내내 자기 몸을 묻고 있었던 거지. 나는 그이가 승진하는 줄 알았어. 요나스는 미국 철도공사의 기관사였고, 봉급이 점점 오르고 있었어. 그렇게 우리 아이들이 자라는 걸 지켜보고, 여행도 가고, 여름이면 매사추세츠의 리투아니아 캠프에 소풍도 가고 그랬는데, 알고 보니 자기 자신을 서서히 돌로 뒤덮고 있었던 거야. 지하실을 쓰레기로 뒤덮었듯이." 그라지나는 올빼미를 멀찍이 떨어트려보고 인상을 찌푸리더니 다시 가슴으로 가져왔다. "말을 묻어보기 전에는 그게 얼마나 큰지 상상도 못 해."

하지만 하이는 다른 데에 정신이 팔려 있었다. "아까 간호사한테 당신 사촌이 공습으로 죽었다고 했죠. 그런데 사촌이 아니라 남동생 아니었어요?" 그라지나의 얼굴을 유심히 살피던 하이는 얼마 전부터 하고 싶었던 질문을 하기로 마음먹었다. 몇 주 전부터 그라지나가 대수롭잖은 병세를 화려한 혼돈으로 꾸며내고 있는 게 아닌가 하는 의혹을 떨치지 못하고 있었다.

"그라지나, 이 모든 걸 지어내고 있는 건가요? 만약 그렇다면 솔직히 말해줘도 돼요."

하이가 아주 부드럽게 말하자 그라지나가 온몸을 돌려 그를 마주했다. 가냘픈, 거의 감지할 수도 없는 미소가 입가에 설핏 떠오르더니 이내 사라졌다. "스토퍼스." 그가 말했다.

"네?"

"스토퍼스 식사가 두 개밖에 안 남았어." 그라지나가 올빼미 머리를 쓰다듬었다. "자, 돌멩이에 대해서는 너무 깊이 생각하지 마, 꼬마야. 생각할수록 너를 짓누르기만 할 테니까."

그때 뻐꾸기시계가 울렸다. 시계 문 속에서 머리 없는 올빼미 한 마리가 튀어나와 그들의 위에서 빙글빙글 돌며 울었다.

"스탈린이 빌뉴스를 또 침공하는 모양이네요." 하이가 고갯짓하며 말했다.

"아니야." 그라지나는 창밖의 철교를 바라보고 있었다. "6시 43분. 루카스가 태어난 시각이야."

4월이 왔다. 바깥 기온이 서서히 실내 온도와 비슷해지면서 겨우내내 홈마켓 창문 위쪽 절반을 덮고 있던 수증기가 스러졌다. 웨인은 닭고기를 썰다 말고 고개를 들어 "봄이 왔네!"라고 외치고는 휘파람을 불며 다시 칼질에 집중했다. 4번 국도변의 갈색 목초지에서 고구마를 심기 시작한 이주민 농부들은 먼지바람 속에서 서로에게 스페인어로 소리쳤다. 그중에서 야구 모자 구멍으로 포니테일을 드리내리고 멜빵 작업복을 입은 여자는 청록색 매니큐어를 발랐는데, 아마도 반경 8킬로미터 안에 있는 베트남계 네일 살롱 세 군데 중 하나에서 손톱 손질을 받은 듯했다. 이 고구마들 중 일부는 미주리 주에 있는 공장으로 운송되어 루이지애나와 뉴저지에서 온 다른 고구마들과 섞인 뒤 570리터짜리 통에서 삶아진 다음, 그것이 재배된 땅에서 길 바로 건너편에 있는 홈마켓으로 되돌아와 '할머니의 고구마 파이'가 될 것이다.

루카스와 간호사가 떠난 후 하이와 그라지나는 요양원 밴이 집 앞으로 들이닥치진 않을까 하고 커튼 밖을 내다보곤 했다. 하지만 두 주가 지났는데도 허버드 16번지가 위치한 막다른 길은 조용히 텅 비어 있었다.

그라지나의 이가 하나 빠졌다. 어느 날 아침 식사 자리에서 그는 하이의 얼굴에 무화과 쿠키를 들이밀었다. 쿠키에 박힌 앞니 하나가 마치 땅뙈기 위의 묘비처럼 솟아 있었다. "이제 어쩌지?" 그는 기뻐하며 말했다. 치아만이 아니었다. 그라지나의 정신도 느슨해지는 듯했고, 밤이면 증세가 더욱 심해졌다. 한번은 홈마켓에서 일하던 중 휴대전화로 전화가 와서 받아보니 그라지나가 밖에 홍수가 나서 강물이 부엌 뒷문으로 새어 들고 있다며 흐느껴 울었다. 가게 창밖에는 빗물이 밝은 커튼처럼 드리워져 있었다. 그는 전화를 끊고 최대한 빨리 자전거를 달려 집으로 향했다. 그 바람에 고가도로의 진흙 경사면에서 미끄러질 뻔했다. 그런데 쫄딱 젖은 채 집에 들어가보니 그 라지나는 돌멩이처럼 바싹 마른 상태로 식탁 앞에 앉아 잡지를 읽고 있었다. "왜 이렇게 일찍 왔니, 라바스?" 그는 1986년 발행된 《베터 홈스 앤 가든스》에서 눈을 떼지도 않고 말했다. 하이는 참을성 있게 숨을 깊이 들이쉬고서 몸을 돌려 일터로 돌아갔다.

그리고 모린의 혹은 낭종으로 밝혀져서 모두 안도했다. 훗날 악성 종양이 될 가능성이 있긴 했지만 아직은 아니었다. 초록빛 계절이 막 열리고 형광등 아래에서 하루하루가 시간의 물줄기로 녹아내리는—거대하고도 텅 빈 시간이 낮이 더 길어지고 살아갈 빛이 더 많아질 여름의 약속을 향해 흘러가는 지금은.

그러던 어느 날 아침 보겔 씨가 또 찾아왔다. 그가 오는 것을 본 웨인이 정중하게 "안녕하십니까?"라고 인사했다. 보겔은 성큼성큼 걷는 걸음을 늦추지도 않고 "아뇨"라고 대꾸했다. BJ는 사무실에서 근무 시간표를 들춰보며 새로 만든 입장곡의 베이스에 맞춰 고개를 까닥이고 있었는데, 보겔이 문을 열고 들어와서는 탕 닫았다.

위험을 감지한 직원들은 조용히 하고 대화를 엿들으려 했지만 아무 소리도 들을 수 없었다. 2분 뒤 문이 벌컥 열리고 보겔이 나왔다. 주먹 같은 머리가 방금 벽을 후려치기라도 한 듯 뻘겋게 달아올라 있었다. 그는 앞문으로 가서 몸을 빙 돌리더니, 사무실에서 풀죽은 얼굴로 느릿느릿 나오고 있던 BJ를 손가락질했다. "3주나 줬어요, 셰릴. 3주!" 왜인지 그는 그렇게 말하면서 다섯 손가락을 펼쳐 보였다. "이제 내가 당신 일을 **대신** 해준 거죠. 그러니까 이런 질문 하지 마요. **어떻게 내가 지역 관리자가 못 됐을 수가 있죠? 어째서 나는 늘 승진을 못 하는 거예요?** 그건 당신이 규율이란 걸 모르는 사람이라 그래요, 셰릴." 그가 입술을 깨물더니, '이달의 직원' 벽에 새뮤얼 달렘버트의 똑같은 얼굴 사진 석 장이 붙어 있는 것을 보고는 그중 가장 최근에 붙은 사진을 떼어내 둥그렇게 구겨서 직원들을 향해 던졌다. "이제 내가 당신한테 한 말 직원들에게 전하고 끝내요." 그는 몸을 돌려 나갔다. 마침 들어오려던 손님이 그가 열변을 토하는 것을 보고 손으로 입을 가리고는 뒤로 물러났다.

매장 안이 텅 비었다. 어떻게 해서인지 TV마저 꺼져 있었다.

"우리한테 전하라니, 뭘?" 모런이 낭종을 흡입한 자리를 만지작거리며 말했다. "나는 비밀 안 좋아해. 심장이 빨리 뛴단 말이야."

"그리고 **셰릴**이 대체 누구야?" 웨인이 물었다.

"닥쳐, 웨인." BJ가 빚 받으러 나온 사람 같은 눈빛으로 그를 쏘아보았다. 그러더니 하이에게 가게 문에 걸린 팻말을 '닫았어요'가 나오게끔 돌려놓으라고 하고는 모두를 불러모았다.

소니가 부엌에서 나왔고, 러시아와 설거지 담당도 뒤따라 나왔다.

BJ는 허리춤을 잡고 바지를 끌어올리고는 성조기 손수건을 꺼내 번질번질한 이마를 두드렸다. "얼마 전 보겔이 나더러 누군가를 해고하라고 했어." 일제히 신음이 터져 나왔다. "몇 주 전에 했어야 했는데…… 글쎄, 잘 모르겠어. 나는 우리가 이대로 괜찮다고 증명할 수 있을 줄 알았는데……." 그가 두 손을 주머니에 꽂아넣은 채 말꼬리를 흐리고는 눈을 감았다. BJ가 저렇게 상실감에 빠져 자신의 커다란 몸조차 잃은 듯 보이는 모습은 처음이었다. 긴 침묵 끝에 BJ가 입을 열었다.

"소니야." 마침내 BJ가 소년을 흘긋 보더니 시선을 떨어트렸다. "보겔이 종이 펭귄은 시간 낭비라느니 어떻다느니 하더라. 난 모르겠다."

하이는 관자놀이에 열이 치솟는 것을 느꼈다. 러시아와 웨인이 완벽하게 한목소리로 **씨발**이라고 말하는 소리가 들린 듯했다. "하지만 소니의 엄마는 어쩌고요? 제 이모 말예요. 소니는 제 사촌이라고요." 하이가 앞으로 나서서 말했다. "이럴 순 없어요. 퇴직금이라도 주든지 해야죠. 퇴직금 나오나요?"

"여기가 뭐라고 생각하는 거야?" BJ가 손수건으로 연신 얼굴을 두드리며 말했다. "퇴직금은 없어. 파트타임한테는."

소니는 음료 추출기 옆에 꽂힌 꽃처럼 미동도 않고 서 있었다. 뭔가를 중얼거리고 있었는데, 잘 들어보니 남북전쟁 당시의 전장 이름들을 읊고 있었다. "샤일로, 프레더릭스버그, 앤티텀, 제2매너서스, 머프리스버러……."

"펭귄 때문에 해고당한다고요?" 러시아가 넌더리를 냈다. "개소리."

"저기, 소니가 내 근무를 일주일에 한두 번쯤 대타로 해줘도 괜찮을 것 같아." 뒤쪽에 있던 웨인이 말했다. "더 나눠주고 싶지만, 나도…… 애들도 있고 강아지도 있고 그래서." 그는 하이에게 서로 다 알지 않냐는 듯한, 지친 듯한 눈길을 던지고는 모자를 눌러 써서 눈을 가렸다.

"내 자리를 대신 주면 어때?" 모린이 물었다. "사실 지난달에 공항 홈마켓 매장 점장 자리를 비밀리에 제안받았거든. 수술 전에."

"그 자리는 2주 전에 다른 사람한테 갔어." BJ가 말했다.

"그래요, 그럼 이렇게 하죠." 러시아가 헤드셋을 벗었다. "소니가 웨인 일을 한 번, 내 일을 절반 가져가면 어떨까요. 그러면……."

"안 돼." 하이가 말했다. "네 일을 건드릴 순 없어. 여동생 문제도 있고 그렇잖아."

"당분간만." 러시아가 힘없이 말했지만 내심 안도하는 기색이었다. 그때 소니가 문으로 뛰어갔다.

"아, 왜 이래." 웨인이 소리쳤다. "영화 주인공처럼 굴지 말라고!"

하이는 그를 따라 달려갔지만 입구에 손님이 스무 명 남짓 모여 있었다. 밀샙 요양원 셔틀버스에서 막 내린 사람들이었다. 그리고 보니 오늘은 월요일이라 경로우대 할인 날이었다. 하이는 회색과 흰색 파마머리를 하고 스웨터 조끼를 입은 노인들에게 둘러싸였다. "어디 가? 소니, 멈춰!" 그는 손님들의 머리 너머로 외쳤지만 소니는 이미 모퉁이를 돌고 있었다.

기다리느라 조바심이 난 손님들이 하이를 밀어젖히고 문간으로 줄지어 들어왔다. 하이는 사물함으로 뛰어가 짐을 챙기려 했지만 BJ가 막았다.

"주문 대여섯 개만 받아주고 가. 안 그러면 우리 다 익사하겠어. 알아, 알아. 하지만 지금 인원이 한 명 부족한데 망할 보겔이 아직 근처에 있잖아. 녀석에게 손님들이 줄 선 꼴을 보이고 싶진 않아."

하이는 떨리는 손가락으로 화면을 누르며 주문을 입력했다. 여러 건을 처리한 뒤 대형 냉장고로 뛰어들어 킴 이모에게 전화했다. 교도관이 전화를 받더니 5분에서 10분 정도 걸릴 거라고 했다. 하이는 이모가 전화를 받기를 기다리는 동안 퇴근 시간을 기록하고 짐을 꾸렸다.

곧 자전거를 타고 주차장을 나섰다. 봄기운이 스민 공기가 상쾌하고도 향기로웠다. 푸른색과 흰색의 빛깔이 하늘에 번졌고, 분주한 간선도로를 애써 누비며 나아가는 하이의 자전거가 언덕에서 파도처럼 밀려오는 바람에 흔들렸다. 하이가 도로를 오락가락하며 자전거 위에 올라서서 소니의 검은 모자를 찾아 먼 곳을 내다보고 있을 때 휴대전화 너머에서 딸깍 소리가 나더니 킴 이모의 목소리가 들렸다.

"도와주세요. 소니가 떠났는데, 뭔가 나쁜 짓을 할까 봐 걱정돼요."

"떠났다니, 무슨 소리야? 내 아들 어딨어?"

"해고당하더니 그냥 떠났어요…… 어디로 갔는지 모르겠어요."

"**맙소사, 큰일났네.**" 이모가 무언가를 깨달은 듯 베트남어로 느릿느릿 말했다.

"뭔데요?"

"버몬트로 간 거야. 이 멍청이 같으니! 미치겠네. 내가 무슨 짓을 한 거지?" 이모는 울음기 섞인 목소리로 혼잣말을 했다.

하이는 소니가 버몬트에 도착하기 전에 찾아내겠다고 이모를 안심시켰다. "전화는 해봤는데 안 받아요. 이모가 해볼래요?"

"네가 알아야 할 게 있어." 이모가 그동안 감옥에서 자신이 소니에게 편지를 보냈다는 이야기를 털어놓았다. "그런데 그 편지들, 걔 아빠인 척하고 쓴 거야. 그동안 내내, 4년 동안…… 감옥 들어오기 전부터 말이야. 허접한 베트남어 영어 사전 가지고 썼지. 어차피 걔 아빠 영어 실력도 허접했으니까 소니는 믿었고." 이모는 이제 울고 있었다. "내가 네 이모부인 척하고서 '네가 원한다면 내 아내의 타코 식당에 와서 같이 일해도 된다'고 썼어."

"이 가족은 대체 뭐 이따위예요? 왜 **모든 게** 거짓말인데요?" 옆에서 화물차 한 대가 굉음을 울리며 지나가서 하이는 고함을 쳤다.

"무슨 가족 말하는 거니, 얘? 이건 염병할 **가족**이 아니야. 너 환상 속에서 살고 있는 거냐? 미국인들의 헛소리를 하도 들어서 머리가 썩어가고 있나 봐. 대체 누가 너하고 저녁 식탁 앞에 같이 앉아서 가족이 되어줄 시간이 있다니?"

하이는 사촌을 찾아 도로를 훑어보았지만 아무것도 보이지 않았다. "죄송해요."

지금까지 줄곧 킴 이모는 이미 재가 되어버린 소니 아버지를 위한 미래를 지어내며 아들에게 거짓 편지를 써왔던 것이다. "끔찍하다는 거 알아. 나도 속상해, 정말이야." 그가 코를 풀었다. "걔 좀 붙잡아서 여기로 데려와줄 수 있겠니? 내가 전부 털어놓을게. 바로잡을게, 정말로. 약속하마." 이모는 하이에게 철로를 따라가라고 했다. 소니가 늘 제 아빠를 보러 북쪽으로 가는 기차를 타고 싶다며 미국 철도 지도를 들여다보곤 했다는 것이었다.

하이는 전화를 끊고 지선 도로 끝에 있는 철로로 자전거를 내달렸다. 자갈 깔린 비탈이 채석장으로 이어지는 지점에 철로가 있었다. 하이는 침목들을 따라가며 양쪽을 살폈지만 사촌은 보이지 않았다. 방금 전까지 자신이 있었던 강가가 남쪽이었으므로 반대 방향으로 가보기로 했다. 그는 페달 위에 올라서서 선로 옆 자갈 도랑 위로 자전거를 힘겹게 몰았다. 그러다 보니 갈색으로 물든 4월 풍경 사이로 흔들거리는 검은색 점이 눈에 들어왔다.

"소니!" 하이는 소리를 질렀다. "소니, 거기 서!"

하이는 고래고래 소리 지르며 소니에게로 가까이 다가갔다. 그러자 그가 여윈 몸을 돌려 하이를 마주 보았다.

"도대체 무슨 생각을 하는 거야?" 마침내 소니를 따라잡은 하이는 그렇게 따지고는 몸을 수그리고서 숨을 골랐다.

소니의 얼굴에는 비디오 게임 속 NPC 같은 섬뜩한 침착함이 깃들어 있었다. "가게에서 더 이상 나를 원하지 않는다잖아. 그래서 아빠를 보러 가는 거야."

"그러면 안 돼." 하이는 말을 끊고 생각에 잠겼다. "내 말은, 갈 수는 있는데, 지금은 안 된다는 거야. 버스를 타든지 그래야지. 먼저 얘기도 좀 해보고."

소니는 고개를 젓고 내처 걸었다. "할 얘기 없어."

"적어도 이 망할 선로에서는 좀 벗어나자. 야……."

"이 나라가 다 무너지고 있는 상황에서 나는 이곳을, 우리 연방을 지키려고 나와 있는데 더 이상 할 말은 없어." 소니가 붉어진 얼굴로 두 팔을 마구 휘둘렀다. "그리고 캔자스에서 반란군이 무슨 짓을 했는지 알지? 민병대를 소집해서 4.5킬로그램짜리 대포로 시청에 구멍을 내버렸잖아. 하이 장군, 한 나라가 그런 식이어서는 안 돼. 이제 여기엔 품위라는 게 없다고."

"그래, 없지. 네 말이 맞아. 저기……."

소니가 돌아서서 걸음을 옮겼다.

"가면 안 돼, 동생. 제발." 하이는 자전거를 팽개쳤다. "너희 아빠…… 너희 아빠는 거기 없어. 네가 아빠한테 받은 편지들은 사실 너희 엄마가 보낸 거야. 전부 다. 그분은 돌아가셨어. 알겠어? 너희 엄마한테 들었어. 네 아빠가, 다이아몬드 사나이가 세상을 떠났다고. 그리고……." 하이는 번뜩이는 구름, 푸른 하늘, 태양을 보았고, 등이 선로에 호되게 부딪히는 감각을 느꼈다. 그제야 소니가 자신의 입을 주먹으로 후려쳤다는 것을 깨달았다.

소니는 자신의 사촌 위에 앞치마를 바람에 나부끼며 서서 눈도 깜빡이지 않고 하이의 눈을 똑바로 쳐다보았다. "나도 알아."

22

 소니는 차분하면서도 동시에 고통스러워 보이는 얼굴로 숨을 거칠게 몰아쉬었다. 하이는 자갈밭에 떨어진 안경을 집어 도로 썼다. 테이프로 고정해두었던 왼쪽 다리가 완전히 부러져 있었다. 하이는 비틀비틀 일어서서 자신의 사촌을, 그 눈 아래의 점을 난생처음 보는 듯 유심히 살펴보았다.
 "방금 무슨 짓이야? 어떻게 네가 날 때려? 넌 자폐증이잖아."
 "미안해, 나는 선언을 해야 했어."
 "그래, 사람들은 보통 그걸 말로 하던데." 하이는 땅에 침을 뱉고 찢어진 입술을 만졌다. "그리고 **안다**니 무슨 뜻이야? 대체 뭘 안다는 거야?"
 "너 피 나."
 "질문에나 대답해."
 "나는 바보가 아니야, 하이. 우리 아빠는 3년 7개월 14일 전에 돌아가셨어. 98년식 닛산 맥시마 안에서 불타버렸지. 인터넷에서 다 찾아 읽었어. 보호시설에서 나에 관한 자료가 든 서류철에 그 사건의 기사를 출력한 문서도 넣어뒀더라. 아빠가 '불운한 모험을 떠났다'고 적혀 있던데. 나는 사람이 모험을 떠나서 죽을 수도 있는 줄은 몰랐지. 나는……." 소니가 말을 끊고 마른침을 삼켰다. "길가에서 담배를 피우는 게 모험으로 간주되는 줄도 몰랐고. 하지만 이젠 내가 직접 모험을 떠날 차례야. 길었던 세월 끝에 드디어 아빠를 만나러 가는 거야." 소니가 몸을 세우고 가슴을 펴며 경례했다. "코네티컷 제17의용군 소속 소니 민 레 일병입니다. 임무 수행을 보고합니다." 그의 아랫입술이 파르르 떨렸다.

하이는 불현듯 소니를 붙잡고 망상에 빠진 불쌍한 소년을 그 자신에게서 떼어내고 싶은 충동을 느꼈다. 하지만 그는 숨을 들이쉬고 다시 시도했다. "그거 다 나중에 해도 돼. 응? 너희 엄마가 병사 아들 때문에 겁먹었단 말이야. 물론 그 병사는 아주 용감하지. 우리 모두 아는 사실이야."

"거짓말하는 사람은 후회해도 싸. 엄마는 애초에 거짓말을 해선 안 됐던 거야." 소니는 홈마켓 모자를 벗고 수풀에다 던졌다. 그러더니 앞치마 주머니에서 북군 모자를 꺼내 눈 위로 덮어 썼다. "게다가 나는 다이아몬드를 가져와야 해." 베트남에서 폭발 때 아버지의 손에 박혔다는 다이아몬드. 콩알만 한 크기의 다이아몬드라면 2천 달러는 넘을 거라고 소니는 설명했다. "내가 공부하고 있는 양자 이론이 있는데 말이야." 그가 말을 이었다. "특히 황금 삼각형이라고 하는 이론이 있어. 〈히어로즈〉 드라마에 나오는데, 혹시 봤어? 아냐, 됐어. 아무튼 그 이론에 따르면 우리 아빠는 어딘가에 아직 살아 계셔. 그리고 내가 아빠의 다이아몬드를 찾아내면, 우주에 일련의 작용을 일으켜서 아빠의 차에 불이 붙는 순간으로 돌아갈 수 있다는 거야.

하지만 물론 평행 차원에서의 일이야. 그러면 궁극적으로 이 차원으로 파동을 일으켜서 진로를 바꿔……."

"너 드디어 미쳤구나." 하이는 피가 흐르는 입술을 닦으며 말했다.

"아직은."

"차가 아직 그 자리에 있을 리가 없잖아. **몇 년**이나 지났는걸. 그리고 왜 진작 가지 않았어? 그 사건이 일어난 직후에?"

"편지가 오기 시작했으니까." 소니는 시선을 돌리고 훌쩍거렸다. "나는 그냥…… 그 상황에 휩쓸렸던 것 같아."

"오늘은 그냥 집에 가자. 그러지나 집에서 나랑 같이 자. 〈게티스버그〉도 네가 원하는 만큼 다시 보고. 편의점 들러서 골드피시도 대용량으로 사고 이것저것 다 사서 가자." 그가 손을 내밀었지만 소니는 뒤로 물러섰다. 하이는 움찔했다. "나 또 때리지 마. 나 약에 취해서 앞이 똑바로 보이질 않아."

"다이아몬드는 영원해." 소니는 자기 손등을, 아빠의 손등에 다이아몬드가 박혔을 법한 자리를 어루만지며 부드럽게 말했다. "BJ가 말해줬어. 다이아몬드는 불에도 녹지 않는다고. 홈마켓 일을 처음 시작했을 때 해준 얘기야. 내 뇌 문제 때문에 아무도 나를 고용해주지 않았는데 BJ는 해주더라. 나를 믿어줬던 거지." 그의 눈꺼풀이 떨렸다. "이렇게 말했어. **누구나 다이아몬드가 될 수 있어. 다이아몬드가 되는 데 필요한 건 약간의 압력뿐이야.**"

"제발……."

"군인이라면……." 소니가 얼굴을 찡그리더니 말을 바로잡았다. "**직업** 군인에게는 용기, 의무, 희생이라는 토대가 필요해."

"하지만 그딴 개소리는 필요 **없어**. 그건 광고에서 사람들 전쟁 나가게 설득하려고 늘어놓는 허튼소리일 뿐이잖아. 내가 한마디 좀 하자, 응?" 하이는 기차가 오지 않는지 확인하려고 선로를 흘긋 돌아보며 말을 이었다. "너는 내가 무지 똑똑하다고 생각하지? 내가 대학에도 들어가고 이러쿵저러쿵해서 말이야. 그러면 내 말 들어봐." 그는 소니의 어깨에 두 손을 얹었다. "대부분의 사람은 여리고 겁이 많아. 겁나게 흐물흐물해. 우린 흐물흐물한 종족이라고. **누구든지** 30분만 붙잡고 대화해보면 그 사람이 하는 모든 건 그저 스스로가 무너지지 않게 지키려고 동원하는 꼼수라는 걸 알게 돼. 교도관이든, 교사든, 점장이든, 정신과 의사든, 심지어 아버지든, 누구든…… 그리고 네가 좋아하는 그 한심한 장군들도 마찬가지야. 사람들은 강해 보이는 허울을 둘러써. 자기네한테 목표와 사명이 있는 것처럼, 자기네 인생 전체가 자기 자신이 누구인지에 대한 이 거대한 명제로 이어지는 것처럼 굴어. 그런데 실제로는 무슨 일이 일어났지? 로버트 E. 리는 자기가 일을 망쳐서 기병대가 없다는 사실을 말하기가 너무 두려워서 자신을 믿는 모든 사람을 지옥 같은 평야로 내보냈어. 휘하 장군들은 산으로 후퇴하라고 했지만 그는 듣지 않았지. 네가 해준 얘기잖아, 안 그래?"

"그는 이질도 앓았어." 소니가 중얼거렸다.

하이는 마치 배를 조종하듯 소니의 어깨를 움켜쥐었다. "사람들은 그저 누군가가 자기를 나쁘게 보고 재단할까 봐 두려운 거야. 평생을 허비하며 만들어낸 가짜 갑옷을 누군가가 꿰뚫어 볼까 봐 겁먹은 기라고. 그런데 뭐 때문에? 사람들이 자기를 총알 세례 속으로 걸어 들어가는 신이라고 생각해주는 동안 염병할 이질이나 걸리려고? 모르겠어? 우리는 모두 삶을 견딜 만하게 해줄 이야기를 원해. 그래야 땅에 묻힐 때까지 똥줄 타게 일할 수 있으니까. 할머니처럼, 너희 아빠처럼, 그리고……." 하이는 입술에 묻은 피를 빨았다. "야, 좆된 건 사실 가장 흔한 상태야. 우리 대다수가, 모두가 그래. 좆된 건 세상에서 가장 정상적인 거야. 너는 좆됐으면서 **동시에** 정상이라고, 알겠어?" 그는 소니의 얼굴을 뜯어보며 자신의 말이 그에게 어떤 영향을 미쳤는지 살폈다. 스스로도 자기 말을 믿기나 하는지 긴가민가했다. 왜 중요한 말을 할 때마다 자신이 아닌 어딘가 다른 데에서 나오는 말처럼 느껴지는 걸까? 머릿속 밑바닥에 고인 허접한 영화들을 채운 오물통에서 건져 올린 것처럼?

"**모두가** 무서워해." 하이가 말을 이었다. "우리가 매일 손님들에게 나눠주는 그 한심한 옥수수빵이랑 똑같아. 얇은 황금빛 껍질을 가지고 있지만 그 안의 99퍼센트는 그냥 설탕을 들이부은 보들보들하고 흐물흐물한 케이크일 뿐이야. 그러니까 너는 **누구를 위해서든** 군인이 될 필요가 없어. 매일 네가 하는 일을 하는 사람으로 살면 되고 그것만으로도 충분해. 이해 못 하겠어?" 하이는 이제 소니의 어깨를 붙든 채 거의 허리를 굽히고 있었다. 그는 숨을 몰아쉬고서 계속 말을 쏟아냈다.

"사람들은 그렇게 나쁘지 않아. 그저 상처입고 치유받고 싶어 하는 어린아이일 뿐이야. 그러다 보니 서로에게 시시껄렁한 이야기들을 들려주게 되는 거지." 그가 부드럽게 말했다. "그냥 네 그대로 내 곁에 있어줄래? 잠깐 동안만, 내가 이 상황을 정리할 때까지만 말이야. 그렇게 해줄래? 제발. 나는 더 이상 이러고 있을 수 없어."

소니가 손을 뻗어 모자에 달린 놋쇠 나팔 장식을 만지작거렸다.

"너는 나보다 훨씬 나아, 소니. 정말이야. 나는 **너를** 존경해. 너는 내가 아는 가장 좋은 사람이야. 너는 알료샤야." 하이의 아랫입술이 이상하게 움직였다. 그는 입술을 가라앉히려고 주먹으로 입을 틀어막고서, 구르는 주사위가 멈추기를 기다리듯이 소년의 얼굴을 쳐다보았다. "그래도 넌 갈 거지, 그렇지?"

소니는 몸을 좌우로 흔들다 멈추고는 하이에게 애석하고도 겸연쩍은 시선을 던지더니 고개를 끄덕였다.

하이는 선로를 오래도록 바라보았다. 철제 침목들 위로 어렴풋이 피어오르는 새봄의 아지랑이 때문에 저 멀리 이스트 글래드니스의 조각들이 훼손된 꿈처럼 뒤틀어져 보였다. "좋아." 그는 입술을 깨물고 패배감에 머리를 숙였다. 너무 깊이 발을 담갔으니 끝까지 가야 했다. "그럼 버몬트로 가자. 내 입 상태 어때? 10점 만점에?" 그는 소니에게 맞은 부분을 보여주려고 얼굴을 돌렸다.

"6점." 소니가 바닥으로 시선을 떨궜다. "미안해."

하이는 자전거를 세우고 어깨 너머 발판을 고갯짓했다. "가자, 이등병. 자네 없이 연방은 무사하지 못해."

주 경계를 넘으려면 그라지나를 데려가야 했다. 지금 상태에서 그를 혼자 두는 건 너무 위험했다. 게다가 이번 여행을 같이 떠나면 사회복지사들이 또 오더라도 시간을 벌 수 있을 터였다.

모린의 차는 정비소에 있었기에, 그 외에 차를 소유한 유일한 직원인 웨인을 설득하기로 했다. BJ는 차가 없어서 매일 엄마 차를 얻어 타고 출근했다.

"잠깐만." 웨인이 말했다. "너희 아빠 손에 박혀 있던 콩알만 한 다이아몬드를 찾으러 버몬트까지 가겠다는 거야?" 그가 모자를 고쳐

쓰고 턱을 긁적였다.
 그들은 뒷마당의 폐기물 처리함 옆에서 고민하고 있었다. BJ는 땅을 내려다보며 머리를 굴렸다. 하이는 신화 속에나 나오는 모험 같은 일에 BJ가 기꺼이 도와주겠다고 나섰다는 데에 놀랐다.
 "기름값은 저희가 부담할 테니까 운전해주시겠어요?" 하이가 웨인에게 말했다. "거기다 조금 더 얹어드릴게요."
 "그러니까 정리 좀 해보자. 내가 너희 둘을 태우고, 지금껏 하이와 같이 살고 있었던 노망난 백인 할머니를 픽업한 다음, 버몬트로 가서 불타고 남은 흙을 뒤져 잃어버린 다이아몬드를 찾아내, 소니의 엄마를 감옥에서 풀어줄 돈을 마련할 수 있게 도와달란 거지?" 웨인이 소니의 어깨를 꽉 움켜쥐었다. "너희가 겪고 있는 모든 일을 존중해, 정말로. 하지만 나는 이런저런 공과금이며 요금이며 납부해야 하는 상황에서 〈드라이빙 미스 데이지〉의 모건 프리먼처럼 미치광이들을 차에 태우고 돌아다닐 생각은 없어. 게다가 이번 주말에 랭커스터에 있는 여자친구를 만나러 다섯 시간이나 운전해야 한다고. 너희 모두를 사랑해. 하지만 미안해, 친구."
 "드라이빙 미스 데이지가 뭐예요?" 소니가 말했다.
 "알았어, 좋아." BJ가 턱 밑에서 두 손을 깍지 끼고 두 사촌 형제를 보았다. "내가 너를 위해 조처를 취해줄게. 이건 단지 그 얼간이가 내 동의도 없이 너를 해고했기 때문이야." BJ의 손톱들은 너무 많이 물어뜯어서 그 아래 살점이 다 드러나 있었다. "마침 우리 매장에 크림 시금치가 부족해. 그러니 세트퍼드 외곽 휴게소 홈마켓 매장에 크림 시금치를 나눠달라고 요청해놓을게. 그러면 식음료 공급용 밴을 쓸 수 있게 허가해줄 수 있고, **그뿐만 아니라** 영업 시간 동안 너희가 근무했다고 기록할 수 있어." 3시가 막 지난 시각이었다. 세트퍼드는 여기서 두 시간 30분 거리에, 소니의 아빠가 죽은 장소에서 북쪽으로 조금만 가면 있었다. "가게 마감 전에 돌아올 수 있을 거야."

"어이쿠, 고마워라. 알았어, 닭고기가 저절로 썰리지는 않지." 웨인이 안으로 들어갔다. 바로 그때 모린이 뒷문으로 나왔다.

"무슨 일이야? 전직원의 절반이 여기 나와 있잖아."

"네가 버몬트로 가야 하는 일이야." BJ가 말했다.

"배달?"

"비슷한 거예요." 하이가 말했다.

"내가 **쟤랑** 같이 밴에 탈 거야." BJ가 소니를 가리켰고, 그는 BJ에게 경례를 붙였다. "그리고 **쟤**도 탈 거고, 쟤가 돌봐줘야 하는 어떤 미친 집주인 여자도 태우고 갈 거야. 더는 묻지 마. 우리가 이 동네에서 또 다른 미결 사건의 주인공이 되지 않게끔 확실히 해줄 사람이 필요해. 게다가 근무 시간으로도 인정돼고. 할 거야?"

모린이 어깨를 으쓱했다. "이 무릎으로 서서 일하는 것보단 낫겠네."

"외투들 입고 5시에 여기서 모여. 그리고 러시아와 설거지 담당한테 밴에 있는 냉각통에 얼음 채우라고 해." BJ의 시선이 하이를 스쳐 지나갔다가 되돌아왔다. "근데 너 얼굴이 왜 그 모양이야?"

"좀 맞았어요."

30분 후 그들은 허버드 16번지 진입로에 차를 세웠다. "금방 올게요." 하이는 그렇게 외치고 안으로 뛰어 들어갔다.

그라지나는 안락의자에 앉아 〈더 영 앤 더 레스트리스〉를 보고 있었다. "라바스, 너희 식당에서 새로 출시됐다는 피자 싸왔니?"

"아뇨, 내일 가져다줄게요. 저기……." 그는 그라지나에게 다가가 손을 부여잡았다. "우리 짧게 여행 다녀와요. 네?"

"정말?" 그라지나의 눈이 휘둥그래졌다. "루카스와 클라라를 또 보러 가는 거야? 둘이 참 멋진 부부 아니니?" 그는 졸로푸트를 먹어서 멍한 상태였다.

하이는 사촌 동생 소니를 언급하고, 아주 중요한 용무가 있어서 그의 아빠를 보러 버몬트에 갈 계획이라고 설명했다. "재밌을 거예요. 버몬트에는 예쁜 나무가 많거든요."

"5월이 되기 전까지는 안 예쁠 거야. 몇 년 전에 가봤어. 리투아니아 음악 캠프에 놀러 갔었거든. 내 평생 그렇게 큰 산은 처음 봤지." 그라지나는 방 건너편에 산이 있는 양 손짓했다.

"잘됐네요. 그럼 제가 무슨 말하는지 알겠네요." 하이는 짐을 쌌다. 그라지나의 플라스틱 약 상자를 채우고 만약의 경우를 대비해 여분의 약도 챙겼다. 팝타르트 몇 개와 물 한 병, 소파 위의 담요도 가져다가 배낭에 모두 욱여넣었다. 그리고 그라지나에게 옷을 입혔다. "자, 당신이 가장 좋아하는 올빼미 스웨터예요." 하이는 스웨터를 머리 위로 씌워주고 당겨 입게 도와준 다음, 일광욕실에 있던 울리치 재킷을 가져와 입히고 단추를 잠가주었다. 그리고 스카프로 머리를 감쌌다. "됐네요. 안경은 챙겼어요? 안경 어딨어요?"

그라지나는 하이를 쳐다보며 눈을 껌뻑거렸다. "몰라…… 아! 전자레인지에 있다."

"네?"

"차를 끓이느라고."

"알았어요. 잠깐만요." 그는 전자레인지 안에서 안경을 꺼내 와서 그라지나의 얼굴에 씌워주었다. "자, 이제 됐죠? 좋아요."

두 사람이 차에 오르자 모린이 뒤를 돌아보고는 이 집주인 할머니가 실제로 존재한다는 데에 놀란 듯한 표정을 지었다. 모두가 인사를 나누고 안전벨트를 맨 뒤, 여기저기 움푹 파인 노면을 따라 밴이 덜컹거리며 나아갔다. BJ가 운전했고 모린은 조수석에, 소니는 가운데에 혼자, 하이와 그라지나는 뒷좌석에 앉았다. 다 같이 옹기종기 모여 있는 모습이 기괴한 가족 휴가라도 나온 듯했다.

하이는 창밖으로 흐르는 강의 급류를 내다보았다. 상류의 얼음이 녹아서 수위가 높아졌고 물결이 둥근 모양으로 요동쳤다. 몇 달 동안 자전거를 타고 다니면서만 보았던 황량한 풍경을 이렇게 차 안에 앉아 둥둥 떠가면서 창밖으로 바라보고 있으니 기분이 좋았다.

그라지나는 이제 정신이 맑아진 듯했다. 하이는 최근 들어 그가 더 스스로를 의식하는 기색을 알아차렸다. 말하는 도중에 생각의 줄기를 놓칠 때면 그는 낙천적인 미소를 지어 보였다. "괜찮아요?" 밴이 주간 고속도로로 접어들었을 때 하이는 물었다. 그라지나는 어깨를 으쓱하고 안경을 코 위로 올린 다음 창밖을 보았다. BJ는 하이가 상황을 설명해주기를 반쯤 기대하는 듯 이따금씩 그들을 흘끔 돌아보았다.

"이거 딱 〈스타워즈〉 같네." 모린이 앞에서 키득키득 웃었다. "요즘 맨날 이런 식이라니까."

"그게 무슨 뜻이야?" BJ가 물었다.

"음, 한 아이가 죽은 아빠의 몸에서 보석을 찾아내려고 나섰잖아. 미안, 얘." 그가 소니에게 말했다. "뭔가 대하드라마 같지 않아? 다스

베이더와 아나킨 스카이워커, 주 교도소에 갇힌 레아 공주를 구하러 떠나는 우주적 모험…… 뭐 그런 거." 모린은 한숨을 쉬며 죽은 한 솔로 시계로 시간을 확인했다. "아름다운 일이야. 한 아이가 자기 사람을 구하러 나서는 거."

"〈다이하드2〉가 아니라 〈스타워즈〉처럼만 계속되면 좋겠군." BJ가 모린을 눈짓하고는 백미러로 하이를 흘끔 보았다. "그런데 말이야, 이 거 좀 미친 짓 같게 해. 만약 이 할머니가 우리 밴 안에서 돌아가시거나 뭐 그러면 어떡해? 그러면 내가 본사에 뭐라고 설명해야 해? 설명하는 사람은 나여야 하는 거 알잖아."

"돌아가실 일 없어요." 뒷좌석에서 하이가 말했다. "그냥 기억력에 문제가 있을 뿐이에요. 그런 문제로 사람이 죽지는 않는다고요."

"아! 정말 멋지네!" 그라지나가 불쑥 몸을 일으켰다. "어디 한번 계속 내가 여기 없는 것처럼 이야기해보시지. 내가 갈고리에 걸린 고깃덩이라도 된 것처럼. 얼마나 좋니, 응? 말해두겠는데, 나는 바보가 아니야. 그냥 뇌가 켜졌다 꺼졌다 할 뿐이지." 그라지나는 자신의 무모한 발언에 스스로 놀라 하이를 돌아보았다.

하이는 그의 손을 꼭 쥐었다.

밴 안이 잠시 조용해졌다. 밴이 주 경계를 넘어 북쪽으로 향하는 시골길을 따라 일정한 속도를 유지하며 달리기 시작했을 즈음 BJ가 침묵을 깨뜨렸다. "어이, 여러분, 뭐 좀 물어봐도 될까? 어쨌든 내가 운전대를 맡고 있고, 내 직업이며 생계며 다 위험에 걸고 있으니 말인데……"

"주눅 들었단 말은 하지 마." 모린이 BJ를 돌아보았다. "공항은 이미 지났어."

"그냥 한 가지 하고 싶은 게 있어서…… 약속하건대 큰 곤란은 안 끼칠 거야. 그냥…….." BJ가 말을 멈추고 생각에 잠겼다.

"그냥 말하지그래?" 모린이 말했다. "레즈비언들이 말을 이렇게 빙빙 돌리는 줄은 몰랐네." 그가 주위를 둘러보고는 자기 농담을 뒤늦게 인식하고 킬킬 웃었다.

"케니라고, 내가 아는 사람이 있거든. 케니의 사촌이 토론토에서 스카우트 일을 해. 그 있잖아, 레슬러 브렛 하트의 나라, 캐나다 말이야. 아무튼 내가 케니한테 들러서 테이프를 좀 전해줘도 될까? 3킬로미터쯤 떨어진 스프링필드에 살아."

"비밀 다이아몬드를 찾으러 가는 와중에 인맥도 챙기겠다?" 모린이 말했다.

"해야죠." 소니가 BJ의 운전석 너머로 고개를 내밀고 말했다. "그럴 자격이 있잖아요. 일석이주로 처리하면 돼요."

"일석이조." 그라지나가 하이에게 말했다. 다른 사람의 틀린 말을 바로잡아줄 수 있다는 데에 기쁜 눈치였다.

BJ가 코트 주머니에서 테이프를 꺼내 보였다. "보람을 느끼게 해줄게. 걱정하지 마."

"처음부터 이럴 계획이었지, 응?" 모린이 비꼬는 듯 감탄하며 말했다.

BJ가 씩 웃으며 경사로에서 차를 돌려 스프링필드 쪽 출구로 향했다. 오후 햇살에 노랗게 물든 지평선 위로 도시의 허름한 스카이라인이 솟아올랐다. "우와! 여기는 북군 소총의 절반이 생산된 곳이에요. 그래서 스프링필드 소총이라는 이름이 붙은 거고요." 소니는 소총을 든 사람을 길거리에서 발견할 수 있기라도 할 것처럼 차창에 얼굴을 바싹 가져다 댔다.

"아까도 말했지만……." 모린은 코를 파면서 시야에 점점 들어오는 도시를 바라보았다. "모든 게 〈스타워즈〉라니까."

그들은 케니가 종업원으로 일하는 크래커 배럴 식당 주차장에 차를 세우고 그가 휴식 시간을 틈타 밖으로 나오기를 기다렸다. "저기 저 식당 보여?" BJ가 길 건너편에 있는 블루 치키라는 지역 체인점을 가리켰다. "예전에 버지니아 지점에서 직원 한 명이 심장마비를 일으켰대. 그런데 일이 너무 정신없이 바빠서 그냥 그 양반을 대형 냉장고에 끌어다 넣어놓고 근무가 끝날 때까지 방치했다는 거야. 그러니까, 직원 두 명이 그 사람을 그냥 눕혀놓고 일하러 갔다고."

"미친." 모린이 말했다. "죽었어?"

"그랬겠지."

"펩토비스몰." 그라지나가 웅얼거렸다. 그동안 너무 잠잠했던 그였기에 밴 안에 울려 퍼지는 목소리가 새롭게 들렸다.

"무슨 뜻이죠, 부인?" 모린이 돌아보았다. "뭔가 필요한가요?"

"'끔찍하다'라는 뜻의 이탈리아어예요."● 그라지나가 말하고는 하이에게로 고개를 돌렸다. "저 애 아버지를 기다리고 있는 거니?"

"BJ의 친구를 기다리는 중이에요. 잠깐 들른 거예요."

"잠깐 뭐?"

"잠깐 들렀다고요." BJ가 말했다. "그리고 **친구**가 아니에요. 그냥 아는 사이라고도 하기 애매한 사람이에요."

● 펩토비스몰은 사실 소화제 이름이다.

'잠깐'이라고 했지만 일행이 주차장에 앉아 한 시간이나 기다린 끝에야 마침내 기름때 묻은 앞치마를 두른 땅딸막한 남자가 종종걸음으로 밴으로 다가와 BJ의 테이프를 건네받았다. "장담은 못 해요." 케니가 무표정한 얼굴로 말했다. "그래도 할 수 있는 만큼은 해볼게요." BJ는 그와 주먹을 맞부딪고 가게로 들어가는 그의 뒷모습을, 테이프를 넣어 불룩 튀어나온 그의 바지 뒷주머니를 바라보았다. "인류에겐 작은 발걸음이지만 프로레슬링계에는 커다란 도약이야."

밴이 도로로 나아가는 동안 하이는 빙글빙글 회전하는 블루 치키 간판을 지켜보며, 버지니아의 식당 냉동고 바닥에 가만히 누워 있었을 남자를, 근무가 끝나고 집에 갈 시간이 되길 기다리며 허공을 맴돌았을 그의 영혼을 생각했다. 그러자 어쩐지 황제 돼지들이 떠올랐다. 황제 돼지라는 이름은 통치를 뜻하는 게 아니라, 그들의 생명을 통치자에게 가져다 바친다는 의미로 지어진 것이었다.

해가 지평선으로 곤두박질치며 언덕 위로 복숭앗빛 얼룩이 번졌다. 계기판의 시계는 오후 7시 1분을 가리키고 있었다. 그러지나 졸다 깨다 했다. 밴 안이 사람들의 체온으로 훈훈한 가운데 창문 틈으로 차가운 4월 밤공기가 스며들었다. 하이가 차창 위에 턱을 괴고서 판잣집들, 주유소들, 반쯤 불이 켜진 상가 건물들 위로 내려앉은 마지막 햇살이 색색깔의 조각들로 변하는 과정을 지켜보는 동안 유리에 김이 서렸다.

몇 킬로미터를 달린 후 BJ는 고속도로 옆 모텔에 차를 세웠다. "여기 어디예요?" 소니가 눈을 비비며 물었다.

"아까 표지판에 '매사추세츠주, 외딴곳'이라 적혀 있던데." 그러지나가 머리에 스카프를 고쳐 매며 말했다.

"매사추세츠주 **노샘프턴**이에요." BJ가 차에서 내리며 말했다. "완전히 캄캄해졌잖아. 온 길을 꼬박 돌아가서 그 짓을 되풀이할 순 없어."

"그런데 빈방이 없다는데." 모린이 한숨을 쉬었다.

"그래도 한번 물어볼게."

"하지만 브래틀버로는 여기서 겨우 한 시간 거리예요." 소니가 하이를 돌아보며 말했다.

"그렇긴 한데, 한밤중에 다이아몬드를 어떻게 찾아?"

BJ가 데모 테이프를 전하느라 시간이 지체된 것이다. 하늘에는 이미 별들이 깜빡이고 있었다.

"손전등 가져왔어요." 소니가 스위스 군용 나이프처럼 생긴 무언가를 꺼내 버튼을 누르자 이쑤시개만 한 빛줄기가 솟아 나왔다.

"내일까지 기다려야 해." 모린이 말했다. "무릎도 너무 아프고."

소니의 얼굴에 걱정스러운 빛이 스치는 걸 알아차린 모린은 아침에 일어나자마자 소니 일부터 처리할 거라고 안심시켰다. 바로 그때 모텔에서 BJ가 씩씩거리며 나왔다.

"만실이래." BJ가 밴에 타며 말했다. "근처에서 **아스파라거스**를 기념하는 축제 같은 게 열린다고 하더라. 매년 그 축제 때만 되면 주말 내내 동네가 꽉 들어찬대. 이렇게 백인스러운 짓거리는 오랜만에 들어보네, 정말로." BJ가 모텔의 차양을 쳐다보았다. "일단 웨인에게 전화해서 우리 모두 퇴근 기록해달라고 말해놨어. 내일 아침에 출근하면 우리도 출근한 걸로 올려놓겠대."

"스토퍼스 좀 있어?" 그라지나가 말했다. "배고파 죽겠어."

"후터스에서 닭날개라도 좀 사올까요?" 모린이 말했다. "55세 이상

할머니들만 일하는 후터스가 있으면 진짜 근사할 것 같지 않아?"•

"나라면 가겠어." BJ가 기어를 당기며 말했다.

도로를 달려 또 다른 모텔에 들렀지만 거기도 만실이었다. 일행은 세븐일레븐에 들러 간식을 사고 기름도 채웠다. 모린은 복권을 한 뭉치 샀다. 그런 다음 밴에 다시 타고 좀 더 길을 나아갔다. 일행이 치토스 봉지를 돌리며 나눠 먹는 동안 BJ는 슬러시를 홀짝였다.

"더는 못 앉아 있겠어." 모린이 결국 선언했다. 어딘가에서 밤을 보내야 한다는 데에 모두가 동의했다. 하지만 어디서? 그냥 이스트 글래드니스로 돌아가서 잠을 자고 다음날 다시 떠나오는 게 좋지 않을까 의논하고 있는데, 하이가 저 멀리 무언가를 발견했다.

그것은 광활한 들판에 홀로 서 있는 불 꺼진 헛간이었다. 10대 시절 담배 농장에서 일했던 하이는 코네티컷강 계곡의 목초지 곳곳에 흩어진 헛간들의 모양을 잘 알았고, 말끔한 윤곽이며 어렴풋이 보이는 틀까지도 감지할 수 있었기에, 어둠 속에서도 마치 들판을 어슬렁거리는 생명체를 알아보듯 그런 헛간을 알아볼 수 있었다. 또한 농부들은 대부분 헛간에서 몇 킬로미터 떨어진 데에, 심지어 몇 시간 걸리는 거리에 살기 때문에, 빈 헛간에 외부인들이 하룻밤쯤 묵어도 괜찮을 터였다.

일행은 비포장 진입로에 차를 세우고 생각을 정리해보기로 했다. 그런데 그라지나가 문을 열고 무작정 헛간으로 향하자 나머지 일행도 모두 밴에서 내려 그를 따라갔다.

"내가 어렸을 때는……." 그라지나가 서늘하고 어두운 헛간 안으

• 후터스는 노출도가 높은 유니폼을 입은 여성들이 서빙하는 식당이다.

로 들어서며 말했다. "여름이면 꼭 이런 헛간에서 잠들곤 했어. 부비아이에 있는 할머니 댁에서." 그가 서까래들을 훑어보았다. 널빤지들 사이로 바깥의 빛이 새어들어서 앞이 충분히 보였다.

"봐요." 소니가 말했다. "건초도 있네요. 만화 속에 들어온 것 같아요."

"음, 아주 따뜻하진 않지만…… 이 정도면 충분하지." 모린은 손으로 건초 더미를 만져보고 있었다. "푹신하기도 하고." 그는 그렇게 덧붙이고는 앉아서 무릎을 문지르며 인상을 찡그렸다. "하지만 여러분, 이건 좀 미친 짓 같아요. 정말로 할 거예요? 헛간에서 잔다고? 허접한 댄스 파티에 다녀온 고등학생 시절로 돌아간 것 같네."

"무슨 고등학교에 다녔는데?" BJ가 말했다. 그는 차라리 밴에서 자자고 제안했던 차였다. 하지만 모린은 밤새 무릎을 펴지 못하면 다음 날 아침에는 다리가 굳어버릴 터였다.

하이는 휴대전화를 펼쳐 불빛으로 헛간 안을 비춰보았다. 바퀴 달린 대형 금속 통들이 한데 모여 있었다. 그중 하나에 손을 넣어보니 모래 같은 것이 묻은 무언가가 한 움큼 딸려 나왔다. 불빛을 비춰보니 줄기가 붙은 마늘이었다. 헛간 전체에 소금에 절인 마늘이 보관된 커다란 통들이 널려 있는 것이었다. 그가 몸을 돌려 그 사실을 전하려는데 일행은 이미 기진맥진해서 자리를 잡고 있었다. 벽 앞에 놓인 낡은 소파를 발견한 BJ는 후드를 뒤집어쓰고 누워서 휴대전화로 문자를 보내고 있었다.

"여기 있으면 안전할 거예요." 하이는 건초 더미 쪽으로 걸어가 방금 일행과 함께 들어온 커다란 문을 닫았다.

모린이 모로 돌아누웠다. "늙은 말 같은 냄새가 나네."

"늙고 이상한 말이네요." 소니가 냄새를 맡아보더니 그렇게 덧붙였다. 그는 치코피를 지날 때 포토맥 군용 표준 장교용 군도 생산업체인 에임스 회사에 대한 장광설을 늘어놓은 것을 제외하면 평소보다 조용했다. 막 누우려던 하이는 밴 안에 둔 배낭에 그라지나의 약이 들었다는 것을 떠올렸다. 그는 소니에게 같이 배낭을 가지러 가자고 부탁했다.

그들은 모린 옆에 그라지나를 눕혀놓고 걸어나갔다. 자주개자리, 향모, 야생 백리향 향기가 밴 봄 공기가 혀 끝에 닿았다. 가로등 불빛 앞에 실루엣으로 보이는, 새순을 틔운 층층나무 숲이 언덕에서 불어오는 산들바람에 흔들거리고 있었다. 하이가 먼저 밴 뒷좌석에 들어갔고 소니도 옆자리에 들어가 앉았다. 잠시 그렇게 가만히 있으니 기분이 좋았다. 들려오는 소리라고는 이따금씩 고속도로를 벗어나 출구 옆 빈터에서 밤을 보내려 하는 화물차들이 가까이 다가오는 소리와, 들판 곳곳에서 나뭇가지들이 바스락거리는 소리뿐이었다.

하이는 배낭을 집어서 가슴에 끌어안았다. 딜라우디드 두 알을 입에 넣고 마법의 힘이 더 빨리 나타나도록 알약을 씹어 먹었다.

"어렸을 때, 기억할 수 있는 아주 오래전 일인데······." 소니가 으스스할 만큼 멀게 느껴지는 목소리로 말했다. "똑같은 꿈을 꾸곤 했어. 내가 이스트 글래드니스 위를 날고 있는 꿈. 항상 밤이었고, 나뭇잎들 사이로 작은 가로등들이 깜빡이는 게 보였어. 날고 있는데도 바람 소리는 들리지 않았어. 꿈이 하늘 저 높은 데서 시작할 때도 있었고, 올라가는 도중이나 내려가는 도중에 시작하기도 했어. 어쩔 때는 급수탑이나 발전소나 7번 국도 옆 커다란 월마트 위에 있기도 했어. 그리고 어째서인지 나는 알았어. 꿈에서는 아무도 말해주지 않아도 무언가를 알 수 있을 때가 있잖아, 알아?"

"응." 하이는 몸을 돌려 사촌을 마주 보았다.

"어떻게 해서인지 나는 이스트 글래드니스의 모든 집 안에 있는 사람들이, 아니 심지어는 온 나라 사람들이 실은 펭귄이라는 걸 알았어. 날지 못하는 날개가 달린 새 말이야. 저 아래 조그마한 방들 안에서 그들이 고무 같은 발을 질질 끌며 돌아다니고 있었지. 나는 그냥 계속 날아올랐어. 그런데 그 꿈에서 나 자신도 펭귄인지 아닌지 알 수 없었다는 게 문제야. 눈앞에 손을 가져와보려 하면…… 아무것도 보이지 않더라고. 하지만 내가 날았던 걸 보면 뭔가 다른 존재이긴 했겠지. 펭귄은 날지 못하니까 말이야. 단지 다윈의 진화론에 따라 펭귄이 오래전에는 날 수 있었던 건지, 아니면 앞으로 100년쯤 뒤에는 날 수 있게 되는 건지, 그걸 모르겠더라고. 나는 내가 날 수 있는 유일한 펭귄으로서 혼자서 허공에 떠 있는 건지 궁금했어. 그렇다면 내가 다른 펭귄들보다 앞서나간 건지 아니면 뒤처진 건지도. 무슨 뜻인지 알겠어?"

"하지만 어느 쪽이든 간에 좋은 거 아냐? 날 수 있다는 건?"

"날 수 있으면 어딘가 가고 싶어지게 마련이잖아. 하지만 나한텐 그게 쓸데없게 느껴지더라고. 꿈에서든 현실에서든 늘 이스트 글래드니스에 머물고 싶어 하니까. 나는 플로리다로 가는 게 너무 싫었어. 알아?"

"그랬겠다." 하이가 말했다. 머릿속에서는 여전히 펭귄이 하늘을 날고 있었다.

"한번은 아빠한테서 편지가 왔는데." 소니가 몸을 등받이에 기대고 표면이 벗어져가는 천장을 올려다보았다. "버몬트에 있는 온갖 나무와 식물에 대해 적혀 있었어. 나는 그게 실은 엄마가 쓴 거라는 사실을 내내 알고 있었지만, 가끔씩 한밤중에 잠에서 깨면 그 편지가 진짜라고 상상했어. 아빠가 쓴 거라고."

"네 아빠가 살아 계셨다면 어차피 편지 쓰셨을 거야."

"보호시설에서 한밤중에 깨어 있으면 좋더라. 그 방에 아직 익숙하지 않으니까 내가 어딘가 다른 장소에서 아빠의 편지를 읽고 있다고 상상할 수 있었거든. 편지가 우편함에 도착해 있으면 곧바로 꺼내 읽긴 했어. 그러다 새벽 3시에 다시 꺼내놓고 손전등으로 비춰가며 읽었던 거지. 그게 진짜 아빠 편지라고 상상하면서."

"너희 엄마랑 아빠, 두 분이 동시에 너한테 말하고 있었던 거라고 봐."

"그래, 일거양득이었지." 소니가 천장을 보며 경직된 미소를 지었다. 그러더니 하이를 돌아보고 말했다. "야, 뭐 재밌는 얘기 좀 해볼래? 아직 자고 싶지 않아서."

"알았어······." 하이는 입술을 깨물고 머릿속을 뒤졌다. "좋아, 이 얘기를 해보자. 예전에 어느 여름에····· 나는 아마 열 살이었고 너는 여덟 살이었을 때쯤에, 페달 보트를 타고 캐나다까지 가려고 했던 거 기억해?"

"우리가 오대호로 자동차 여행을 갔을 때 말이지." 소니가 아주 조용히 말했다. "모두가 함께였어. 엄마, 할머니, 우리 아빠, 너희 엄마도. 미시건 호수에서 오두막을 빌렸었지, 그렇지? 에이브러햄 링컨의 오두막처럼 생겼었는데, 아빠한테 물어보니 맞다고, 링컨이 태어난 바로 그 오두막이라고 하더라고. 하지만 나는 아빠가 지어낸 이야기라는 걸 알고 있었어."

일행이 있는 헛간의 입구에서 두런거리는 말소리가 흘러나왔다.

"우리 왜 갔더라?" 소니가 물었다.

"미시건 호수에?"

"캐나다에."

"내가 기억하기론, 호숫가에 노란색 페달 보트가 있는 걸 보고 타보려고 했었어. 그러던 중에 네가 그걸로 캐나다까지 갈 수 있는지 확인하고 싶다고 했잖아. 나는 캐나다에 가본 적이 없어. 지금도 그렇고."

"캐나다는 버몬트 바로 위에 있는데." 소니가 말했다.

"잠시 뒤 우리는 거대한 호수 한가운데로 나아갔지. 기슭이 아주 작게 보였어. 그때 다른 사람은 모두 오두막 안에 있었는데, 너희 아빠만 밖에 있었어. 우리를 향해 헤엄쳐 오는 이모부가 조그마한 점으로 보이더라. 오리 한 마리가 퍼덕거리며 다가오고 있는 것처럼. 하지만 우리는 신경도 안 썼어. 계속 페달만 밟았지." 하이는 애틋함과 동시에 놀라움에 젖어 고개를 흔들었다. "넌 무서웠어?"

"계속 가고 싶었어. 페달 보트인데도 굉장히 크게 느껴지던데. 커다란 함선에 탄 것처럼. 나는 캐나다에 가고 싶었어."

"갑자기 배가 쿵 하고 흔들리더니 한쪽으로 기울어졌어. 너희 아빠가 배 아래쪽을 붙잡고 숨을 고르고 있었지. 그런데 있잖아, 이상한 건 그분이 우리한테 화나 있지 않았다는 거야. 기억해? 아무 반응이 없던데. 그냥 **돌아가자, 얘들아. 이만하면 충분히 멀리 왔다.** 뭐 이런 식으로 말씀하셨던 것 같아. 그러고는 우리 옆에 자리를 잡고 물에 발을 담그고 앉았지. 우리는 한동안 아무 말도 않고 그냥 둥둥 떠 있었어. 다들 너무 조용해서 좀 괴상한 느낌이 들었던 기억이 나.

플라스틱 배 표면에 물결이 찰싹거리며 부딪히는 소리만 들렸고, 너희 아빠는 어른인데도 우리랑 같이 그렇게 떠 있을 수 있다는 데에 안도하는 것 같았어. 그분도 돌아가고 싶지 않은 눈치였다고 할까. 그때 네가 질문을 했지. 어떤 질문이었는지 기억해?"

"기억나는 것 같아." 소니는 자기 머리의 흉터를 만지고 있었다.

이제 헛간의 두런거림이 잦아들고 정적 속에 컴컴한 입구만 보였다.

"넌 이렇게 물었어. **아빠, 여기서 캐나다가 보여요?** 네 목소리가 이모부를 기나긴 꿈에서 깨운 것 같더라. 그분이 말했지. **그래, 그래, 바로 저 위에 있단다,** 아들. 하지만 아무리 내다봐도 보이는 거라고는 수평선뿐이었어."

"그래, 나도 기억나."

"그런데 이모부가 왜 거짓말을 했을까? 그럴 이유가 없잖아." 하이의 두 손이 앞으로 애매하게 내뻗어져 있었다. 그는 손을 도로 거둬들이느라 안간힘을 썼다.

"아빠는 보셨을 수도 있지. 우리는 알 수 없어." 소니는 두 손으로 뺨을 감싸고 천장을 꿰뚫듯 올려다보고 있었다.

하이는 지난여름 킹 필립 철교 기둥 위에 올라가 얼굴에 온통 비를 맞고 서 있었던 일을 털어놓고 싶은 충동을 느꼈지만 참기로 했다. "자, 이제 이걸 그라지나에게 가져다주자. 잠들기 전에 약을 먹여야 해." 하이가 일어났지만 소니는 움직이지 않았다.

"나는 이따가 갈게." 소니는 하이를 보지 않고 말했다. "잠시 이러고 있고 싶어서. 여기 있으니 기분이 좋네."

"알았어."

"이따 봐." 소니가 씩 웃었다. 하지만 하이는 그의 치아가 어둠 속에서 번뜩이는 걸 미처 보지 못했다.

헛간으로 돌아온 하이는 그라지나에게 약을 주고 팝타르트를 반으로 부숴서 한 덩어리를 손바닥에 올려주었다. 그리고 담요를 덮어주고 자신의 UPS 재킷도 가슴 위에 덮어준 다음 모린과 그라지나 사이에 자리를 잡고 누웠다.

그라지나는 머리에 건초가 들러붙은 채로 과자를 씹으며 하이를 쳐다보았다. "라바스, 소설은 아직 쓰고 있니?"

"머릿속으로만요." 그는 거짓말을 했다.

"잘하고 있구나." 그라지나는 과자를 다 먹고는 골똘히 생각에 잠겼다.

"무슨 생각을 하세요?"

"네가 리가빗이라는 거 진작 알았어야 했는데."

"그래요? 어떻게요?" 그가 속삭였다.

"너는 질문이 무진장 많잖아. 보통 남자애들은 그렇게 질문을 많이 하지 않아." 그라지나가 킥킥 웃고 돌아누웠다. "잘 자렴, 라바스."

"안녕히 주무세요." 이윽고 그라지나가 숨을 고르게 쉬면서 몸 위에 걸쳐진 재킷이 오르락내리락했다.

몇 발짝 떨어진 데에서 잠든 BJ는 벌써 코를 골고 있었다. 하이는 등 뒤에서 모린이 뒤척이는 기척을 듣고 자신의 딜라우디드를 한 알 권했다.

"이것 봐라." 모린이 하품을 하고 손을 내밀며 말했다. "걸어 다니는 약국이 따로 없네." 그는 약을 입에 털어 넣고 무릎을 문질렀다.

"고맙다, 얘야. 아, 그 티셔츠 멋있네." 모린이 그의 티셔츠를 고갯짓했다. 재활 센터에서 받은, 거의 날마다 유니폼 아래 입고 다니는 티셔츠였다. "**새로운 희망**(New hope)이라. 내가 가장 좋아하는 〈스타워즈〉 에피소드거든."

"어. 이 뉴호프는 완전, 완전 다른 거예요." 하이는 미소 지었다. "그런데 모린, 물어보고 싶은 게 있는데요. 만약⋯⋯." 하이의 눈길이 널판들 사이로 새어드는 별빛을 훑었다. "만약 그 파충류들이 나쁘지 않다면 어떡해요? 예를 들어, 그들이 우리가 자살하지 않게 지켜주려고 여기 있는 거라면 말이죠."

"계속해봐." 모린이 움직이지 않고 말했다.

"어쩌면 그게 그들의 임무일 수도 있다는 거예요. 우리가 서로를 죽이지 않게, 핵폭탄을 날리지 않게 막으려고 여기 내려와 있는 거죠. 그러다 우리가 이 단계 너머로 진화해서 더 고차원적인 사고를 할 줄 알게 되면 그들이 우리를 새로운 세계로 데려가려는 거예요. 착한 존재들만 갈 수 있는 곳으로요."

"시도는 좋았어, 아저씨. 하지만 꼭 사이비 종교 교주가 할 법한 이야기로 들리는데. 지금은 그냥 옥수수 케이크로 만족하는 게 어때?"

"하지만⋯⋯." 하이는 입술을 깨물고 달빛 속에서 떠다니는 먼지들을 바라보았다. "파충류가 설령 폴의 에너지를 다 빨아먹었다 해도, 그 애가 결국 괜찮은 삶을 살았다면 상관없는 거 아녜요? 지하에 괴물들이 있거나 말거나, 모린이 폴에게 좋은 삶을 선사했냐면 말예요."

모린은 한참 동안 말이 없더니 한숨을 내쉬고 말했다. "엄마가 되면 아무것도 충분히 좋지가 않아. 좋음과 나쁨이란 게 없어."

"하지만 〈스타워즈〉는 다 좋음과 나쁨에 대한 이야기잖아요? 분명 모든 게 〈스타워즈〉라고······."

"이제 잠이나 자. 도마뱀 얘긴 그만 떠들고. 우리가 이러고 있는 동안에도 놈들은 우리 에테르를 빨아들이고 있을 텐데, 내겐 여분이 별로 없다고."

"알았어요." 한쪽 다리가 부러진 하이의 안경이 얼굴 위로 흘러내렸다. "잘 자요, 모린."

하이는 건초 더미에서 일어나 고개를 갸웃하고 귀를 기울였다. 진짜였을까?

다시 소리가 들렸다. 헛간 밖에서 누가 휘파람을 불고 있었다. 맑고 또렷한 소리였고, 가까웠다.

다른 사람들은 아직 자고 있었다. 약하게 코를 고는 모린의 등이 오르락내리락했다. 널판들 틈새로 보이는 희끄무레한 안개가 너무나 자욱해 인공조명을 비춘 듯 보였다. 몇 시일까? 얼마나 오래 잠들어 있었을까? 하이는 일어나서 헛간 입구로 살금살금 나가 밖을 둘러보았다.

아직 여명이 어둠을 건드리지 않은, 늦은 시간이면서 동시에 이른 시간이었다. 휘파람 소리가 불규칙적으로 끊겼다가 다시 이어지기를 반복하는 걸 들으니 자꾸만 멜로디를 잊어버려서 기억을 끌어내고 있는 듯했다. 하이는 밴을 끼고 걸음을 옮겨 초원으로 향했다. 풀잎에 갓 맺힌 이슬이 발치에서 반짝거렸다.

근처 고속도로는 텅 비어 있었다. 절대적인 고요 속에 있으니 그의 호흡이 지키려 하는 생명 자체보다도 더 큰 소리를 냈다. 하이가 주변을 둘러보던 그때, 눈앞에서 초록색 빛이 흩날렸다. 고사리들 사이로 기이한 섬광이 번뜩이고 있었다. 안개 속으로 손을 뻗고서 그쪽으로 나아가자 에메랄드색 빛들이 움직이더니 나뭇가지 위에서 오로라가 공 모양으로 뭉쳐지듯이 둥글게 피어올랐다. 하이는 자신이 혹시 차원의 문에 발을 들였나 싶어서 친구들이 잠의 세계에 갇혀 있는 헛간 쪽으로 흘끔 고개를 돌렸다.

낮은 가지들을 헤치고 나아가다 두 번째 들판에 이르렀다. 그러자 모든 것이 시야에 들어왔다. 하이는 무릎이 땅에 닿는 것조차 알아차리지 못한 채 자신의 앞을 미끄러지듯 지나가는 물체를 올려다보았다. 고대 양식으로 지어진 거대한 배 한 척이, 마치 야광 별 스티커를 녹여 만들기라도 한 듯 소름끼치는 초록색 빛을 반짝이며 하이의 머리 위를 조용히 헤엄쳐 가고 있었다. 배가 소리 없는 추진력을 발산하고 있는지, 바람도 불지 않는데 주위 나무들이 온통 한쪽으로 기울었고 긴 풀들도 바닥에 누워 있었다.

하이는 배에 탄 사람들을 찾으려고 선체와 갑판을 훑어보았지만 아무도 눈에 띄지 않았다. 돛은 축 내려진 채 정지해 있는데도 배는 계속 움직이고 있었다. 배가 저 앞의 숲 우듬지에 닿았지만 나뭇가지들은 부러지지도 휘어지지도 않았다. 이윽고 선체는 산기슭까지 이어지는 숲에 삼켜졌다. 배가 멀어져가면서 숲은 점점 커졌고 그 너머로 초록색 줄무늬만 엿보였다. 그때 휘파람 소리가 다시 들려왔다.

하이는 일어나서 소리가 나는 쪽으로 고개를 휙 돌렸다.

배가 온 방향으로부터 누군가의 형체가 천천히 다가오고 있었다. 진흙을 밟는 그의 걸음걸이는 정확하고 말끔했다.

눈이 어둠에 적응되자, 어린아이만큼 커다란 검은 돼지 한 마리의 윤곽이 보였다.

돼지 뒤에서 새어 나오는, 어디에서 나오는지 알 수 없는 빛을 가리려 손차양을 하고 보니 돼지의 털 색깔이 실제로는 깊은 밤색이고 왼쪽 눈 위에는 성체 뺨만 한 크기의 크림색 반점이 있다는 게 보였다. 마치 인사라도 하듯 돼지는 휘파람을 불기 시작했다. 그 즉시 하이는 그것이 〈고요한 밤 거룩한 밤〉의 도입부임을 깨달았다. 하이는 내처 나아갔고, 돼지에게서 한 발짝 앞까지 다다르자 그의 거대한 폐가 움직이는 소리가 들렸다.

"안녕." 하이가 손을 뻗어 돼지의 턱을 감싸며 말했다. 따스한 입술 너머 이빨 안쪽에서 노래가 부풀어오르는 것이 느껴졌다.

"나는 어떻게 살아야 할지 모르겠어." 하이는 자기 입에서 나온 번민에 찬 간청에 스스로 겁이 났다. "너는 어떻게 여기에 머물고 있니? 다들 어떻게 머물고 있는 거야?"

러시아에게서 들은 이야기가 떠올랐다. 담배 한 갑을 사러 가게에 갔다가 다시는 돌아오지 않았다는 어느 남자의 이야기. 어딘가에 구덩이가 열려서 그 안으로 걸어 들어갈 수 있는 걸까? 파괴되지 않고 그냥 그렇게 사라져버릴 수도 있나? 지구상에서 가능한 다른 세계가 어디에 있나? 악이 하는 일이라는 게 결국 그런 걸까? 그라지나가 겪는 일도 그런 걸까? 뇌가 다른 생각을 할 수 있도록 스스로를 교란하는 것? 노아의 방주에서 내려 들판에 남아서 〈고요한 밤 거룩한 밤〉을 휘파람으로 부는 돼지 한 마리가 되면서 동시에 우주에서 가장 외로운 존재가 되지는 않을 수 있는 걸까?

"황제에게 붙잡히지 마, 친구야." 휘파람이 잦아들어 쌕쌕거리는 숨소리로 들릴 때쯤 하이는 그렇게 말했다.

돼지가 소년에게 난 틈새를, 들어갈 구멍을 찾는 듯 눈을 두리번거렸다.

그때 하이도 노래를 따라 부르기 시작했다. 그러자 돼지는 자세를 바꾸더니 눈동자를 굴렸고, 눈구멍 안에서 하얀 당구공 같은 흰자 두 개가 드러난 순간 움직임이 멈췄다. 마치 조각상이 자신이 돌로 만들어졌다는 걸 별안간 인지하고 멈춰버린 것 같았다. 하이는 돼지의 숨결이 느껴질 만큼 가까이 몸을 기울였다.

"미안해요, 할머니." 그는 베트남어로 말했다. "정말 미안해. 미안해, 노아. 미안해, 엄마. 소니, 킴 이모, 민 이모부. 나는 여러분 모두를 실망시켰어요. 최선을 다했지만 나는 여기서 어떻게 살아야 하는지 모르겠어요."

하이는 돼지의 살짝 열린 입안을 들여다보았다. 그 안에서 프랙털 모양으로 반짝이는 초록색 빛이 보였다. 그것은 헛간 판자들 사이로 비쳐드는 아침 햇살이었다. 피부에 닿는 온기가 느껴졌고, 고개를 돌려보니 바로 앞에 소니의 얼굴이 보였다. 소니가 하이의 뺨에 입김을 불고 있었다. 유리창에 김을 서리게 만들어서 손으로 글씨를 쓸 때처럼. "너 잠꼬대했어. 그리고 엄청 슬퍼 보였어." 소니가 말했다. "그래서 **괜찮아**를 써주려고." 소니가 하이의 뺨에 손가락으로 **괜찮아**라고 끼적였다.

"자, 됐다." 소니가 만족한 듯 말했다. "새것처럼 됐어."

"라바스." 옆에서 그라지나가 뒤척이며 불었다. "벌써 내일이니?"

"그런가 봐요." 하이는 아직 이곳에 있는 자기 자신을 내려다보며 말했다.

23

모린의 얼굴 위로 마치 움직이는 흉터 같은 빛줄기가 지나가자 그는 깜짝 놀라 잠에서 깼다. 모린은 하이를 보며 눈을 몇 차례 껌뻑이더니 습관적으로 플라스크를 꺼내 한 모금 마시고는 입을 닦았다.
"왜 내가 널 보고 있지?"
하이는 소니를 고갯짓했다. 그는 이미 일어나서 갈 채비를 마친 뒤였다.
"아, 맞다. 우리 다이아몬드 원정 나왔지."
밴에 올라탄 일행은 잠이 덜 깨서 멍멍한 상태로 출발했다. 이번에는 모린이 운전을 맡고 한 시간 동안 차를 몰았다. 그러자 나는 하이의 어깨에 머리를 기대고 창밖으로 지나가는 버몬트 풍경을 지켜보았다. 해가 뜨면서 송신탑 아래 땅에 안개가 깔렸고 지평선 전체에 솟은 산등성이를 향해 염소 목장과 낙농장이 뻗어나갔다. 밴은 봄의 해빙기에도 아직 깨어나지 않은 조용한 마을 브래틀버러를 지나 북쪽으로 더 나아갔다. 공기가 점점 싸늘해지더니 어느 순간 앞유리 밖에서 30초쯤 눈보라가 흩날려 모두가 하늘을 올려다보고 눈살을 찌푸렸다.

1차선짜리 뒷길을 한참 따라간 끝에 소니가 마침내 몸을 일으켰다. "여기예요." 그는 미리 출력해서 앞치마에 넣어 가져온 지도를 들여다보며 말했다. "여기가 아빠가 있던 곳이에요." 소니는 **데블스 리프 주립 공원**이라고 적힌 갈색 표지판을 가리켰다.

"요즘은 악마도 점프할(Devil's Leap) 수 있는 줄 몰랐네." 그러지나가 창밖을 내다보며 말했다. 출발하기 전에 평소의 두 배로 약을 먹였더니 그는 어느 때보다 말똥한 정신으로 창밖을 스쳐 지나가는 풍경을 따라 시선을 빠르게 옮기고 있었다.

모린이 자갈 깔린 갓길에 차를 세웠다. 데블스 리프는 큰 공원은 아니었고, 스트레칭을 하거나 개 산책을 시키려고 들르는 여행객들, 외톨이들, 몇 시간만이라도 가족과 떨어져 있고 싶어서 파이어볼 위스키를 호주머니에 넣어 가지고 오는 중년의 아빠들을 위한 작은 하이킹 코스에 가까웠다. 덤불이 제멋대로 자라나 무성했고 등산로 안내판조차 없었다.

"더 가야 해요." 소니가 공원 안쪽으로 이어지는 자갈 깔린 진입로를 가리키며 말했다.

구불구불한 길을 따라 몇 분을 달리던 모린은 소변이 급하다며 쓰러진 오크나무 옆에 잠깐 차를 세웠다. 그런 후 마침내 목적지에 도착했다. 길이 꺾이기 직전에 있는, 가시덤불에 둘러싸인 빈터였다.

"여기야?" 모린이 잎사귀 없는 가지들을 훑어보며 물었다.

소니는 여기서 더 들어간 곳이 아빠의 차가 길을 이탈한 지점이라고 설명했다.

"시속 8킬로미터로 가면서 어떻게 길을 이탈할 수가 있었지?" 조수석에서 BJ가 말했다.

모린이 BJ의 무릎을 찰싹 쳤다. "어이, 보디 슬램에나 집중하시지, 형사님."

주차를 한 후 모두 밴에서 내렸다. 소니가 앞장섰다. 하이는 그라지나에게 차에 남아도 된다고 했지만 그는 고개를 젓고 소니를 따라 앞으로 나섰다.

경찰이 쳤던 차단선은 치워진 지 오래였고 덤불숲에 약간의 빈 곳이 있는 것을 제외하면 사고가 났던 흔적은 전혀 없었다. 그 빈 곳도 3년이 지나는 동안 새로 자라난 수풀로 빽빽하게 뒤덮여 있었다. 상처 입은 땅뙈기 여기저기에 어린나무들이 봄 햇살에 이끌려 고개를 삐죽 내밀고 있었다.

그때 소니가 걸음을 멈췄다. 일행은 앞 사람의 어깨를 잡고 일렬로 걷던 중이었기에, 하이는 북군 모자를 벗어 들고 가슴에 가져다 대는 소니의 팔꿈치가 떨리는 모습만 볼 수 있었다.

"왜 그래?" BJ가 앞으로 나서며 말했다. "어, 이런 젠장. 농담이 아니었네." 그는 입을 틀어막고 옆으로 비켜서서 고개를 돌렸다. "휴."

소니는 앞으로 걸어갔다.

차는 없었다. 하이가 생각했던 것 같은 새까맣게 탄 금속 뼈대조차 없었다. 대신 검게 그을린 나뭇잎과 죽은 나뭇가지 들이 원형으로 널려 있었는데, 차가 불탄 곳이라기보다는 곰이 낮잠을 잤던 자리처럼 보였다. 자세히 보지 않으면 못 보고 넘어갈 수도 있을 듯했다. 하지만 그들을 제자리에 멈춰 세운 것은 원이 아니라 그 원 안에 있는 것이었다.

거기, 화재 현장 맨 끝자락에, 반쯤 타 들어가서 거의 알아볼 수 없는 모습이 된 머리 받침대가 있었다. 금속 지지대가 뼈처럼 붙어 있었고, 헝겊 부분은 대부분 불에 살라 먹혀서 속에 있던 충전재가 눌어붙은 폴리에스테르로 감싸인 누런 지방처럼 불거져 나와 있었다.

소니는 흙바닥에 꿇어앉아 머리 받침대의 훼손된 부분 위에 자신의 군모를 비스듬히 올려놓았다. 나머지 일행은 정중히 거리를 두고 지켜보았다. 소니는 머리 받침대를 들어 올려 마치 누군가의 얼굴을 보듯 들여다보며, 타지 않고 남은 주름진 천을 한 손으로 매만져 폈다. "정말 보고 싶어요, 아빠. 저는 아빠가 자랑스러워하지 않을 행동은 절대 하지 않을게요. 그리고 평생 잊지 않을게요." 그는 머리 받침대를 쓰다듬었다. "나는 많은 것을 잊어버리지만 그러면서도 더 나아지는 법을 배우고 있어요. 정말이에요. 그리고 아빠가 어떤 사람인지도, 우리가 나누었던 모든 대화도 잊지 않겠다고 약속할게요." 민 이모부가 죽은 작은 원 안에 꿇어앉아 있는 사촌을 보고 있으니 하이는 가슴이 아려왔다. 그는 눈 둘 곳을 찾아 나무 우듬지를 훑어보았다. 겨울에 남방으로 갔다가 돌아온 새 몇 마리가 거대한 오크나무 가지들 사이를 날아다녔다.

모린이 소니 뒤로 다가가 허리에 두르고 있었던 검은 앞치마 끈을 풀더니, 아픈 무릎을 비뚝거리며 머리 받침대와 연방 모자를 통째로 앞치마로 휘감았다. 그리고 앞쪽에 틈을 벌려놓고 아랫부분에 끈을 동여매 갓 태어난 아기가 강보에 싸인 것처럼 보이게끔 만들었다. 모린은 소니의 등을 토닥이고 무슨 말인가를 웅얼거렸고, 소니는 고개를 끄덕였다. 전체적으로 디스토피아 영화에 나오는 성탄(聖誕) 장면처럼 보였다.

소니의 목이 어렴풋이 불끈거리는 걸 보니 감정을 억누르려 애쓰는 듯했다. 낙엽들 위로 BJ의 그림자가 드리워져 소니를 망토처럼 뒤덮었다. BJ는 소니의 머리를 제자리에 고정하려는 듯이 손으로 싸쥐더니 몸을 굽혀 그를 껴안았다. 소니가 BJ의 품에 안기는 동안 모린은 머리 받침대를 안아 들고서 살아 있는 아기 다루듯 어르고 있었다. 하이는 입을 반쯤 벌린 채, 다 함께 모여선 일행에게 다가가서 BJ의 널찍한 등에 얼굴을 묻고 두 팔을 둘렀다. 머리 위에서 나뭇가지들이 봄바람에 바스락 부딪히는 소리가 들려왔다. 조그마한 주방—진짜 주방이라고 할 수도 없지만—에서 최저임금보다 약간 높은 봉급을 받으며 함께 고생하고 있다는 것 외에는 아무런 접점이 없는 이 사람들은 서로의 존재를 거의 근육 기억을 통해 알고 있었다. 기업 건축가가 설계한 패스트푸드점의 좁은 카운터와 내부 공간을 오랜 시간 누비고 다니느라 서로의 육체적 형상을 정신에 아로새겼고, 그래서 서로의 기침 소리나 숨 내쉬는 소리를 혈육이나 연인보다도 더 잘 파악하는 것이었다. 근무를 **제시간에** 끝마칠 수 있게끔 함께 시간을 떠메고 일하는 그들은 서로에게 빚진 것이 오로지 시간뿐인 사이였다. 그런 그들이 지금, 4월 중순의 어느 화요일 한 숲에서, 반쯤 타버린 닛산 맥시마 머리 받침대 주위에 둘러앉아 마침내 서로 몸을 맞대고, 한 소년의 신성한 상실로 한데 뭉쳤다—이 또한 근무 시간으로 인정되었다.

  BJ가 소니의 귀에 입을 대고 턱과 관자놀이를 움직여 무언가 말했는데, 다 같이 껴안고 있으니 하이와 모린에게도 말하는 것처럼 보였다. 마치 네 사람이 합쳐져서 숲속 한복판의 홈마켓 프랑켄슈타인으로 변신한 것 같았다. 몇 발짝 너머 나무에 기대서 있는 그라지나에게는 그렇게 보였다. "내 평생 말이다." 홈마켓 괴물의 말소리가 살덩이와 옷자락에 가로막혀 웅웅거리며 새어 나왔다. "나는 내가 멍청하다고 모두를 확신시키려 애썼어. 나 자신도 그렇게 확신했지. 하지만 사실 나는 똑똑한 사람이야. 나는 딸이고, 자매이고, 레슬러지. 그리고 너도 마찬가지야. 넌 존나게 멋져, 소니. 대단한 사람이라고. 알겠어? 내 평생 지휘한 그 어떤 병사보다 훌륭해. 그러니까 이 일 때문에 뭔가 다른 존재로 변하지는 마. 너희 아빠가 무엇이든, 무엇이었든, 너를 쓰러뜨리지는 못하게 하라고."

BJ의 목소리 아래에서 또 다른 목소리가 들렸다. 처음에는 무슨 말인지 이해할 수 없었지만 이내 하이는 이름들을 알아들었다. 전에도 여러 번 들어본 이름들이었다. 동료 직원들에게 파묻히다시피 한 소니가 코를 훌쩍이며 이름을 읊고 있었다. "군단은 준비됐나?" 그가 땅에 대고 외쳤다. "아미스티드의 버지니아 대대는? 윌콕스의 앨라배마 사내들은? 그리고 데이비드 씨, 당신네 미시시피 부대는 출정할 준비가 됐는가? 앤더슨 장군, 우익은 지정선에 서 있나? 척후병들은 앞서 나갔는가? 좋다, 그러면 모두 저 나무들까지 신속히 전진하라!"

BJ가 어리둥절한 눈초리로 하이를 흘끗 보았고, 하이는 어깨만 으쓱했다. 한편 모린은 머리 받침대를 가슴에 끌어안았다.

"제군!" 소니의 목소리가 더욱 굵어지고 느려졌다. "오늘, 여러분이 지켜온 것을 위해 목숨을 바칠 준비가 되었는가? 여러분은 제24버지니아 연대를 저 능선 너머로 이끌 것이고, 우리는 북군 놈들을 포토맥강 너머 링컨 씨의 뒷마낭으로 밀어낼 것이다. 오늘, 주님께서 허락하신 1863년 4월 12일, 적이 물러서고 있다!" 소니는 모린에게서 머리 받침대 아기를 낚아채 부여잡고 머리 위로 들어 올렸다. 마치 영화 〈라이온 킹〉에서 라피키가 심바에게 했던 것처럼.

BJ와 모린은 한 걸음 물러섰다. 홈마켓 괴물이 산산이 조각나 흩어졌다.

"제군, 총검을 준비하라! 그리고…… 내 신호에……."

"돌격!" 그라지나가 뛰어나와 소니가 든 머리 받침대 옆의 허공에 대고 주먹을 질렀다.

모두가 **돌겨어어억!** 하고 외쳤다. 하지만 소니 혼자만 달려나갔다. 그는 전력 질주해 숲속으로 15미터쯤 내달리더니, 자작나무 둥치를 껴안고 주저앉아 어깨를 들썩이며 울음을 터뜨렸다.

일행은 제자리에 서서 지켜보며 소니가 자신의 감정을 헤쳐나가게 두었다. 모린은 품에 안은 머리 받침대를 부드럽게 흔들며 어르는 소리를 냈다. 이 모든 광경이 너무나 괴상하면서 동시에 가슴 아팠기에, 하이는 뭐라도 해서 손을 놀리려고 몸을 구부려 신발끈을 고쳐 맸다.

잠시 후 BJ가 다이아몬드를 찾아보자고 말했다. 하지만 사방에 낙엽이 쌓여 있었고 그 아래에는 몇 계절이 흐르는 사이에 겹겹이 포개진 낙엽들이 흙으로 변한 뒤였다. 소니는 얼굴이 벌겋게 달아올라 엎드려서 미친 듯이 흙과 잔해를 한 아름씩 퍼냈다. "여기 어딘가에 떨어졌을 거예요. 정말로요. 딱 여기 운전석 위치에, 아빠의 팔이 있었을 자리에요. 다이아몬드가 아빠 손에 있었으니까요." 하지만 그들은 제대로 찾아보지도 않고 멈췄다. BJ가 의무감에서 나뭇가지 하나를 앞코로 툭 친 게 끝이었다. 그라지나는 이미 근처 나무 밑동에 앉아서 얼굴에 스카프를 더 단단히 맨 채 안경 속 눈을 껌뻑이고 있었다. 일행 중 누구라도 다이아몬드가 정말 여기 있을 거라고 믿었을까? **과거에는** 있었던 적이 있다고 믿기는 했을까?

하이가 한참 뒤에 알게 된 사실이지만, 소니의 아버지는 남베트남 군에서 복무한 적이 아예 없다. 그는 미군 기지 세탁실에서 포연과 땀으로 더럽혀진 미군들의 옷, 속옷, 탱크톱, 그리고 술과 휘발유와 마리화나와 포탄 파편 가루와 다이옥신 잔류물 냄새가 밴 군복을 수거하는 일을 했을 뿐이었다. 그가 소니의 일곱 번째 생일 파티에 입고 갔던 특공대원 제복과 녹색 베레모는 그렇게 손에 넣었던 것이었다. 소니는 그때 찍은 사진을 지갑에 넣고 다니며 쉬는 시간마다 독실한 시선으로 바라보았다. 그리고 손님들에게 사진을 보여주며 아빠가 남부의 자유를 위해 싸운 특공대원이었다고 말하곤 했다.

설상가상으로 하이는 민 이모부의 상처가 베트콩의 테러 공격으로 입은 것이 아니라, 미군의 벨트 고리에 있던 수류탄을 빼는 것을 깜빡하고 바지를 뒤집어 세탁하려다가 손목시계에 수류탄 핀이 걸려서 빠지는 바람에 생긴 것이었다는 사실도 알게 되었다. 적어도 킴 이모는 그렇게 설명했다.

하이는 말했다. "이제 집에 가도 돼, 동생. 넌 해냈어."

BJ가 소니의 겨드랑이를 잡고 일으켜 세운 다음 등에 들쳐업었다. 끝나지 않을 보디 슬램을 하듯이. "이리 와, 훌륭한 장군은 병사를 놔두고 떠나지 않는다고." 그는 소니를 업고 밴으로 걸어갔다. 그들을 둘러싼 숲이 숨을 쉬고 있는 듯했다. "너 울 때 〈스타워즈〉 전투기 같은 소리를 내네." 모린이 소니에게 말했다. "꽤 멋진걸."

병사들이 어리벙벙한 채로 숲에서 비틀비틀 걸어 나왔다. 그동안 조용했던 그라지나가 소니에게 다가가더니 발을 살며시 싸쥐었다. "이건……" 그가 숲을 손짓하며 말했다. "새롭지 않아. 똑같은 이야기야. 알겠니? 너무 슬퍼하지 마, 애야. 네겐 아직 손이 있잖아. 그 손으로 만드는 것은 네 거야."

형광 녹색 요가 바지를 입고 포니테일을 한 여자가 파란 눈의 허스키 개와 함께 조깅하며 지나갔다. "봄이 왔어요!" 일행과의 거리가 그리 멀지 않은데도 그는 지나치게 큰 소리로 외치고는 연극적으로 숨을 들이쉬었다. "여러분에게서 말 그대로 봄 **냄새**가 나네요. 좋은 시간 되세요, 여러분!" 여자의 포니테일이 달랑거렸고 그 뒤를 따라가는 개가 헥헥거렸다. 이윽고 밴이 소니의 아빠가 죽은 장소를 빠져나갔다. 소니는 가만히 앉아 뒤를 돌아보지 않았다.

마침내 크림 시금치 두 봉지를 받으러 세트퍼드로 향하는 고속도로에 진입했을 때 모린이 조그맣게 콧노래를 흥얼거리기 시작했다. 소니는 유리창에 머리를 기대고서 모자와 앞치마를 휘감은 머리 받침대를 한 팔에 안고 있었다. 이번엔 그라지나가 소니의 옆자리에 앉았다.

길에는 차 한 대 없었고 이따금씩 풀이 무성한 앞뜰에 바퀴 없이 서 있는 트랙터만 눈에 띄었다. 옹이투성이 오크나무, 주목나무, 층층나무에 새순이 돋아나 있었다. 가지 끝마다 엄지손가락만 한 투명한 연둣빛 싹이 달려서 마치 새끼 귀뚜라미 떼로 장식된 듯했다. 얼마 뒤면 잎이 우거질 것이고 골짜기를 가로질러 나무 우듬지들이 깜짝 놀란 듯 초록빛 거품을 터뜨릴 것이다. 봄의 산뜻한 풍요. 이 계곡에서 보낸 어마어마하게 조그마한 평생 동안 하이는 4월이 싹트는 광경을 본 적이 없다. 그의 눈에는 몇 달 내내 재와 백랍 같은 회색만 띠던 나무들이 불과 하룻밤 사이에 카드만 한 통통한 새 잎사귀들을 활짝 펼쳐서 아침 바람에 나부끼는 것 같았다. 그런데 오늘 아침 처음으로 계절의 **도래**를 목격한 것이다. 죽은 나뭇가지들에 돋은 새순이 너무 왕성하고 **빽빽**해서 마치 어떤 예술가가 세상에 활기를 북돋으려고 핀셋과 순간접착제로 붙여놓은 가짜처럼 보였다.

하지만 상관없었다. 모린이 노래를 부르기 시작했으므로. 그는 술에도 약에도 취하지 않았으면서 눈을 꼭 감고 머리를 흔들며 노래하고 있었다. 그러다 멈추고는 어린 시절 월크스배러에 살 때 조카 장례식에서 아버지가 이 노래를 가르쳐주었다고 설명했다.

**내가 가진 모든 도오온은
조오오은 벗들과 더불어 썼네.
내가 저지른 모든 자아알못은
아아, 나 자신에게만 해애애가 되었네.**

모린의 목소리는 마차 뒷좌석에서 부르는 양 갈라지고 떨렸지만 그래도 충분히 잘 들렸다. 그러는 사이에도 **디즈 너츠**라는 이름이 칠해진 작은 밴 주위로 가짜 봄이 온통 피어나고 있었다. 그들은 깨끗한 빛의 아수라장에 둘러싸여 계속 달렸다.

**내가 어리석어 저지른 모든 일은
이젠 기억조차 나질 않네.
그러니 이 이별의 잔을 채워주게.
안녕히, 기이이쁨이 그대들과 함께하길.**

그러다 뭔가 생각난 듯 노래를 멈췄다. "자, 이거 받아." 모린은 몸을 돌려 간밤에 산, 이미 긁은 복권 한 장을 소니에게 건넸다. "다 꽝이고 이거 하나만 건졌어."

"아. 아, 이런." 그가 말했다. "고마워요. 경품이 뭔데요?"

"복권 한 장 더."

"좋네요." 그는 복권을 앞주머니에 넣고 톡톡 두드렸다.

"혹시 우리 아버지가……." 그라지나가 누구에게랄 것 없이 말했다. "우리 아버지가 과일 샐러드를 발명했다는 거 알아요?"

BJ가 고개를 돌리고 입술을 깨물었다. "알 만하네요."

24

일행은 세트퍼드 매장에서 크림 시금치를 챙겼다. 말수 적은 직원 두 명이 시체 넣은 자루를 옮기듯 시금치 자루를 가져와 밴에 던져 넣고는 BJ에게 엄지손가락을 올려 보이고 자기네 일거리로 느릿느릿 돌아갔다. 돌아가는 길에는 모두가 한참 말이 없었고 간간이 소니나 그라지나가 창밖으로 보이는 글씨들을 읽었다. **치코피 개 구조 센터, 클라인 박사의 보철 상담소, 양키캔들 아울렛, 이 여자를 보셨나요?, 모히건 선의 개빈 드그로**……. 그리고 한 광고판에는 **신께서 아신다**라는 수수께끼 같은 글귀가 적혀 있었다.

하이가 봄기운을 들이려 차창을 열자 모두가 고개를 젖히고 달콤한 향기를 음미하며 붕 떠오르듯 취했다. 봄철에는 중력이 거꾸로 작용하는 듯했다. 4월의 청명한 햇살 아래 민들레 홀씨가 거센 돌풍에 날아오르고 꽃봉오리가 땅에서 멀리 솟아오르는 모양이 마치 하늘이 갑자기 그들을 필요로 하는 듯했다. 이 풍경을 바라보며 하이는 불쑥 솟는 고마운 감정에 휩쓸렸다.

91번 주간 고속도로를 두 시간 동안 내리 달려 그라지나의 집에 도착했다. 모린과 BJ는 소니를 보호시설에 내려준 후 오후 근무를 하러 홈마켓으로 돌아가야 했다. 무너져가는 인도 위에 내려선 하이와 그라지나는 부릉거리며 떠나는 밴을 향해 손을 흔들었다. 소니가 자신에게 머리 받침대가 아직 있다는 것을 확인시키듯 뒷유리로 들어 보였을 때 하이는 몸을 돌렸다.

"딱한 것." 그라지나가 말했다. "다이아몬드가 정말 없다니?" 그는 하이에게 해명하라는 듯 쳐다보았다.

"정말 없대요."

"이제 우리 스투퍼스 좀 먹어도 되겠지?" 그라지나가 자갈 하나를 걸어찼다.

"냉동실에 아직 두어 개 있을 거예요."

하이가 현관문에 열쇠를 넣으려던 때 노란색 먹지에 인쇄된 공문이 붙어 있는 것을 발견했다. 여러 장이 인쇄되었을 법한, 누군가가 사본을 가지고 있을 문서였다. 즉 말썽이 생겼다는 뜻이었다.

"그게 뭐니, 라바스?" 그라지나가 실눈을 뜨고 종이를 보았다.

"하트퍼드 카운티 가족복지부에서 내려온 공문이에요. 내일 4시에 당신을 해밀턴 홈으로 '모시러' 온다고 하네요."

"아무렴 그렇겠지! 죄수는 모셔지는 법이지."

"그라지나는 특별한 죄수죠." 하이는 농담을 달리 어떻게 받아쳐야 할지 몰라 그렇게 말하고는 종이를 뜯어내서 외투 주머니에 구겨 넣었다. 그라지나의 어깨가 축 처졌다. 진심으로 낙담한 눈치였다.

그들은 남은 하루를 아무 일도 없었던 것처럼 〈오피스〉 재방송을 보고, 스투퍼스를 저녁 식사로 먹고, 차를 마시며 보냈다. 그러고 나서 하이는 그라지나를 목욕시켰다. 따뜻한 물속에 앉아 있는 그라지나를 바라보며, 스펀지로 등을 문지르면서 물방울이 똑똑 떨어지는 소리를 듣는 평화로움에 감사하다는 마음이 들었다. "아, 거기 시원하네. 아주 시원해." 우윳빛 유리창 밖으로 해가 저물면서 욕실이 진홍색으로 물들 때 그라지나는 그렇게 말했다.

하루 해가 또 저물면 정말 끝이었다. 하이는 그 부조리함에 웃음이 터져 나올 뻔했다. 그라지나는 그 기색을 느꼈는지 뒤를 돌아보고 미소 지었다. "라바스, 우린 많이 해냈어. 안 그러니? 우리 정말 많은 걸 하지 않았니?"

몇 시간이 지난 한밤중, 한숨도 못 자고 말똥말똥 누워서 벗어져 가는 나무 벽판을 바라보고 있던 때, 그라지나가 복도로 발을 질질 끌며 걸어오는 기척이 들렸다. 그는 하이의 방문 앞까지 다가오더니 안으로 들어왔다. 하이는 자는 척하며 그라지나가 책상 앞으로 건너가 서서 창밖을 내다보는 모습을 눈꺼풀 사이로 지켜보았다. 철교의 불빛이 비쳐서 그라지나의 얼굴이 희게 물들었다. 그러다 그가 하이와 대화하는 도중 무언가 결정적이고 중대한 말을 하려고 마음이라도 먹은 듯이 몸을 돌려, 하이의 어깨를 손으로 쿡 찔렀다.

"라바스, 자니? 얘, 라바스."

하이는 눈을 깜빡였다. "일어났어요."

"우리 식당 가지 않을래?"

"네? 어느 식당요?" 그들은 이제껏 한 번도 함께 식당에 가본 적이 없다. 하이는 일어나 앉았다. "몸은 괜찮아요?"

"완벽해."

잠자리에 들기 전 그라지나에게 모든 약을 평소의 두 배 분량으로 먹인 참이었다. 요즘은 그것이 표준적인 복용량으로 굳어지고 있었다.
"식당에서 커피 한 잔 마시고 싶어. 안 될까? 한 잔만."
"물론이죠, 가요. 왜 안 되겠어요?"
잠시 뒤 그들은 그라지나의 스쿠터를 타고 얼굴로 불어닥치는 바람을 맞으며 새벽 3시의 캄캄한 거리를 달렸다. 이스트 글래드니스에는 사람이 한 명도 보이지 않았다.

타운 라인 식당은 하이가 가본 적 있는 곳이었다. 노아와 함께 그 애의 트럭을 타고 밤새도록 정처 없이 쏘다니다가 그 식당에 들러서 2달러짜리 잉글리시 머핀을 사 먹곤 했다. 편안하고 아늑한 곳이었다. 달걀이 종이 접시에 담겨 나왔고, 충분히 주문하지 않았다고 질책하듯이 뭐 더 필요한 거 없냐고 묻는 종업원도 없었다.
하이와 그라지나, 그리고 너구리 같은 눈을 하고 입술을 움직이지 않으면서 말하는 버릇이 있는 깡마른 종업원 한 명 말고는 식당에 아무도 없었다. 종업원이 주문을 받고는 두 사람이 벽의 일부인 양 획 돌아서서 걸어갔다.
"뭐 시켰어?" 그라지나가 방금 하이의 주문을 뻔히 들었으면서도 물었다.
"치킨 텐더요." 그건 할머니가 가장 좋아하는 음식이었다. 어쩐지 어느 때보다 할머니가 그리웠다. 할머니는 케첩이 "충분히 세지 않다"면서 식초에 찍어 먹곤 했다. 잠이 부족해서인지 몰라도 하이는 잠깐이라도 그라지나가 베트남어로 말을 걸어줬으면 하는 미친 듯한 욕구를 느꼈다. 하지만 그런 일은 불가능하다는 것을 깨달으니 앉은 자리에서 몸이 짜부러지는 듯했다.

"왜 그렇게 부르는 거야?"

"뭘요?"

"텐더. 질기기만 하잖아. 전혀 부드럽지(tender) 않고. 특히 **여기**서는." 그라지나가 입술을 실그러뜨리고 주위를 둘러보았다.

"좋은 지적이네요. 이메일을 쏠까 봐요."

"이메일 같은 소리. 뭔 기계로 그딴 걸 쓰려고?" 그라지나가 커피를 입술에 적시며 말했다.

"커피는 어때요?"

그가 어깨를 으쓱했다. "커피지 뭐."

음식이 나와서 둘은 먹기 시작했다. 하이는 주로 그라지나가 먹는 걸 지켜보았다.

그라지나가 하이의 치킨 텐더 하나를 집어서 한 입 베어 먹고는 고개를 흔들었다. "이것 봐. 고무 덩어리라고."

"그래도 미트로프 맛은 괜찮아요?"

"난 솔즈베리 스테이크가 먹고 싶었어."

"둘이 근본적으로 같은 거예요. 납작한 미트로프가 부풀어오른 미트로프가 된 거죠. 업그레이드인 셈이에요."

그라지나는 아직 재킷을 걸치고 있었고, 속에는 좋아하는 올빼미 스웨터를 입었다. 올빼미의 서글픈 눈이 테이블 가장자리 너머 하이를 응시하고 있었다.

"그러니까 이게 최후의 만찬이로군." 그라지나가 킥킥 웃으며 입술에 묻은 매시드포테이토를 입안으로 밀어넣었다.

종업원이 와서 커피를 따라주었다. 하이는 몇 시간 전에 수면제 삼아 그라지나와 함께 졸로푸트를 먹은 참이었는데, 지금 마시는 커피가 그 약과 뒤섞여 하이의 안에서 이상하게 작용하고 있었다.

그라지나가 하이의 뒤쪽 어딘가를 응시했다. 그도 정신이 흐릿해져가는 것 같았다. 하이가 스푼으로 머그컵을 두드리자 그라지나가 흠칫 놀라 깨어났다.

"제리 배스하우스한테서 서류 받았니?" 그라지나가 물었다.

"내일 그분이 알래스카에서 돌아오면 가져오려고요." 하이는 제리 배스하우스가 도대체 누구냐고 구태여 묻지 않았다.

"그 사람 아들이 평화봉사단으로 칠레에 갔었어. 그런데 천식 때문에 등산을 못 해서 사무직으로 일했지. 뭐 그런 게 다 있담."

"저도 사무직으로 일하고 싶네요."

"아니야. 뼈 건강에 엄청 안 좋은 일이라고."

"그렇군요." 하이는 마지막 치킨 텐더를 내려놓으며 말했다.

바로 그때 문에서 종소리가 나더니 두 남자가 들어왔다. 몇 달 전 홈마켓에 찾아왔던 형사가 통통한 체격에 목이 보이지 않을 정도로 짧은 남자와 동행하고 있었는데 아마 파트너인 듯했다. 그들은 칸막이 자리에 있는 하이와 그라지나를 흘긋 보더니 바 앞에 자리를 잡았다.

"내가 좋은 엄마였는지 모르겠어, 라바스." 그라지나가 미트로프를 병적인 시선으로 쏘아보며 불쑥 말했다. 한 입만 먹고 남긴 미트로프는 누가 권총으로 한 방 쏜 것처럼 보였다.

"저기요." 하이가 손가락을 튕겼다. "그러지 마요. 그런 생각 하지 말아요, 네? 오늘 밤은요."

"하지만 어떻게 알아? 그분이 내게 말해주진 않겠지, 그렇지? 내가 편지를 보내도?"

"누구한테 편지를 보내요?"

"베네딕토 교황." 그라지나가 얼굴을 일그러뜨렸다. "잠깐. 아니…… 내 딸 말이야. 사과는 나무에서 먼 데 떨어지지 않아. 우리 성당의 메리앤이 그렇게 말해줬어. 그년이." 그라지나가 주먹을 말아 쥐었지만 그 손은 겨우 2초 뒤에 느슨히 풀렸다.

"뭐, 메리앤은 엿이나 먹으라 해요." 하이가 치킨 텐더를 맥아 식초에 담그며 대꾸했다. "그 여자가 썩은 사과를 얼마나 많이 먹었는지 알아요? 수천 개는 먹었을걸요." 하이는 메리앤이라는 이름을 가진 사람이라고는 한 명도 몰랐다. "심지어 썩은 사과로 파이도 만든다니까요. 그 여자 핏속에는 사과술이 흘러요, 제기랄. 그러니까 말 좀 해봐요. 게다가 그 사람은 심지어 가톨릭도 아니라고 들었어요. 분명 교황을 싫어할 거예요." 그라지나가 고개를 주억거렸다.

하이가 너무 큰 소리로 말했는지, 키 작고 나이든 경찰이 어깨 너머로 그를 돌아보았다. 남자는 옛날 형사처럼 중절모를 쓰고 있었다. 그걸 보니 하이는 웃음과 동시에 비명을 터뜨리고 싶어졌다.

"내가 어렸을 때 너를 알았더라면 좋았을걸." 그라지나가 한숨을 쉬었다.

하이는 뒤로 기대 앉았다. 장기들이 하나하나 녹아내리는 듯한 막막한 공허감이 몸속에서 번졌다. 이윽고 그라지나의 얼굴이, 더 나아가 식당 안 정경 전체가 흐릿해졌다.

"그러지 마. 울지 마, 얘야." 그라지나가 하이에게 팔을 뻗었지만 손이 닿지 않았다. 그는 상처 입은 미트로프 옆에 팔을 덩그마니 내려놓았다. 그리고 낮은 목소리로 말했다. "엄마 보고 싶지, 그렇지? 좋은 분이니? 너는 엄마 얘기는 통 안 하더라. 울지 마. 식당에선 우는 거 아니야. 발각되면 돈을 더 내라고 하거든. 정말이야, 내가 전에 봤다니까."

하이는 고개를 끄덕이고 주먹으로 눈을 비비며 머리를 수그렸다.

"들어봐, 내일 아침 가장 먼저 제리 배스하우스에게 전화할게. 그러면 해결될 거야, 알았지?"

"알았어요." 하이는 고개를 끄덕였다. "고마워요."

그라지나가 식탁을 탁탁 두드렸다. "그래, 그래."

창밖으로 밤의 장막이 걷히면서 가장자리가 푸르스름하게 밝아오고 있었다. 하이는 테이블 위에 돈을 놓고 그라지나와 함께 밖으로 나섰다.

"리나한테 전화해도 될까?" 그라지나가 뜬금없이 말했다.

하이는 화장실 옆 공중전화로 그라지나를 데려가 동전을 밀어넣었다. 그라지나가 번호를 눌렀다. 하지만 그건 그라지나의 집, 즉 오래전에 그의 딸이 살았던 집 전화번호였다. 신호음이 울리고 또 울렸다. 지금쯤 불 꺼진 부엌 조리대 위에 놓은 민트색 다이얼식 전화기가 고동치고 있을 터였다.

그라지나는 한참 뒤 전화를 끊었다. "일하는 모양이야. ESL 선생님이거든, 내 딸은."

"알아요."

"철자법 대회에서 우승도 했다고."

"알아요."

그라지나는 전화기에게 **잘했다**고 칭찬하듯 몇 번 토닥여주고는 밖으로 나왔다.

주차장에 이르러 하이는 안개가 물방울이 되어 송골송골 맺힌,

사슬을 매어둔 스쿠터 옆에 서서 담배를 꺼내 물고 피웠다. 그동안 그라지나는 스쿠터에 앉아 있었다. 주차장 저편 나무 줄기들 사이로 여명이 붉은 눈을 뜨고 있었다.

온갖 것들의 발치에 킥스 시리얼 상자 바닥에 남은 가루처럼 곱고 노르스름한 꽃가루가 내려앉아 있었다. 시멘트 계단 밑에도, 여러 겹으로 쌓여 있는 판지 상자 밑에도, 전신주 밑에도. 노면에 패인 구덩이에 고인 물웅덩이들 위에도 꽃가루가 빙글빙글 돌고 있었다. 하이는 부츠로 담배를 비벼 끄고 아까 식사할 때 호주머니에 챙겨둔 버터 비스킷을 꺼냈다. "여기요." 그가 비스킷을 그라지나의 얼굴 앞으로 가져가며 말했다. "저랑 같이 밟아볼래요?"

그라지나는 스쿠터에 앉아 비스킷을 쳐다보더니 천천히 고개를 젓고 눈을 돌렸다. "아니다, 얘야. 내가 지금 너무 엉망진창이라."

"알았어요." 하이는 비스킷을 수풀에다 던졌다.

그라지나의 뒤에 타서 망각을 향해 질주를 시작하려는데 문득 무언가 부츠를 붙잡는 느낌이 들었다. 아래를 내려다보니 바닥이 꿈틀거리면서 노란 먼지가 그의 다리 옆을 움직이고 있었다. 포석들이 녹아내리고 있는 것만 같았다. 하이는 짧게 비명을 질렀다. 입으로는 이렇게 말하고 싶었다. **소니, 내 손 잡아. 소니, 여기 내 손 잡으라고.** 하지만 사촌은 어디에도 보이지 않았다. 지금 소니는 보호시설에서, 아버지도 없고 다이아몬드도 없고 두 번째 기회도 없는 곳에서 무직자 신세로 있었다.

"나 사라지고 있어요." 하이는 땅에 뭐가 있나 보려고 목을 빼고 있는 그라지나에게 외쳤다. "엄마!" 그는 곁에 있는 늙은 여자를 향해 뜬금없이 그렇게 말했다. "나 사라지고 있어요, 엄마!" 하이는 손을 뺐었지만 그라지나와 좀처럼 가까워지지 않았다. 미쳐가는 기분이었다. 땅이 그를 집어삼키고 있었다. 그의 헛소리에 신물이 난 모양이었다. 어쩐지 말이 되는 것 같았다.

"바보 같은 소리 하지 마." 그라지나가 하이의 발치를 가리키며 말했다. "그냥 도마뱀이잖아. 봐!"

그랬다. 주차장을 가로질러 뛰어가는 도마뱀 무리였다. 마치 핵전쟁 생존자들처럼, 파충류 종말의 날을 맞이하기라도 한 것처럼, 꽃가루를 등에 뒤집어쓴 채로 숲에서 뛰쳐나와 하이의 발 주위로 미끌미끌한 무리를 지어 빙빙 돌고 있었다. 도마뱀들은 콘크리트 바닥 위로 쏟아져 나와 스쿠터 바퀴를 휘감고 우글거리며 주차장 반대편, 야생 호밀밭으로 이어지는 경사지를 향해 돌진했다.

"거사를 치르는 밤인가 봐." 그라지나가 두리번거리며 말했다.

"그게 뭔데요?"

"거사. 매년 봄에 날씨가 풀리면 도마뱀들이 아기를 낳으려고 다 같이 웅덩이로 뛰어들거든. 우리는 섹스 파티로 향하는 고속도로에 서 있는 거야."

"그런 걸 어떻게 알았어요?" 도마뱀들의 등에 마지막 겨울 별들의 빛이 반사되었다. 수가 너무 많아서 한 마리 한 마리를 알아볼 수 없었다. 교회나 산꼭대기에서나 볼 수 있는 광경 같았다. 경전이나 찬송가를 외고 싶은 기분이 들었지만 아무것도 기억나지 않았다. 모린에게 이 사실을 전해주고 싶어졌다. 파충류들이 우리의 나쁜 에너지를 먹지 않을 때는 고속도로변 허름한 식당 밖 물웅덩이에서 섹스를 한다고.

하이는 도마뱀 한 마리의 등에 손가락을 얹어보았다. 그러자 녀석이 멈춰 서서 호기심 어린, 동공 없는 눈으로 그를 올려다보았다. 다른 도마뱀들은 그 주위에 몰려들어 서로를 밀어제쳤다. "정말 용감하다." 하이는 아뜩해진 채, 경이감에 목이 메어 갈라지는 목소리로 말했다. "진짜 존나게 용감하네."

"카이프 세니에이 기에도요, 타이프 야우니에이 다이누오야."● 그라지나가 말했지만 하이는 듣지 못했다.

"쟤들 좀 봐요, 그라지나! 아기를 낳으려고 이 동네의 겨드랑이에 있는 주차장을 기어가고 있네요. 저 녀석들 말고는 뭘 위해서든지 간에 주차장을 기어가는 행동을 누가 한 적이나 있었나요?" 하이는 발을 바닥에서 떼지 않고 조심조심 끌어가며 그라지나에게 다가갔다.

"내 남편이 이런 거에 푹 빠져 있었어. 루카스와 같이 가곤 했는데……"

하이가 그라지나의 이마에 입을 맞추자 그는 깜짝 놀라 멍하니 쳐다보았다. 두 사람은 그 자리에 우두커니 서 있었다. 들려오는 소리라고는 식당 창문에서 새어 나오는 라디오 소리와, 세상의 시작을 향해 수백 마리씩 떼 지어 몸을 던지는 도마뱀들이 내는 요란한 쉭쉭 소리뿐이었다.

● '노인이 노래하듯이 젊은이들도 노래한다'는 뜻.

25

어쩐지 음악이 들렸다.

음악은 그의 내면에서 피어나 무언가 다른 것, 그가 만질 수 있는 것이 되었다. 그래서 음악을 향해 손을 뻗었다. 눈을 떠보니 자신의 위에 맴도는 그라지나의 얼굴이 보였다. 하이는 소파에 드러누워서 그라지나가 자신을 붙잡아 일으켜주기를 기대하는 듯이 손을 내밀고 있었다. 주위에는 뒤틀리고 미친 듯한 천사의 목소리가 점점 커지며 높고 떨리는 음색으로 치솟았다.

"페퍼 병장님? 살아 있군요. 빨리 일어나요, 음악이 들려요. 음악이라니, 버려진 교회에 말예요!"

하이는 일어나 앉아 눈을 깜빡였다. 이윽고 그라지나 집의 거실이 시야에 들어왔다. 테이블 위 레코드 플레이어 위에 무언가가 돌아가고 있었다. "이게 누구예요?" 하이는 시끄러운 음악 소리 너머로 외쳤다.

"뭐라고요?"

"이게 대체 누구냐고요?"

"몰라요?" 그라지나는 입을 벌린 채 하이를 쳐다보았다. "진 피트 니잖아요. 하트퍼드의 자랑."

"하트퍼드? 우리 지금 유럽에 있는 거 아니에요? 저 페퍼 병장 아닌가요?" 레코드에서는 마치 변기 물에 쓸려 내려가며 노래하는 듯한 남자의 목소리가 흘러나왔다. 천사 같은 음성엔 어딘가 깡충대듯 들뜬 절박함이 뒤섞여 있었다.

"아, 그렇죠. 어휴, 그렇고말고요!" 그라지나는 공기 냄새를 맡으며 고개를 주억거렸다. "영국 냄새가 나네요, 페퍼 병장님."

"어떤 냄새요?" 하이는 길거리를 둘러보는 척했다.

"공기에 소금기가 스며 있잖아요. 바닷물 냄새요."

"그러면 거의 다 왔군요." 하이는 상황을 파악하려 애썼다. 발치에 도마뱀들이 몰려드는 걸 본 지 몇 시간은 지났을 터였다. "명령 기억해요?"

"움직이는 건 뭐든 죽이라는 명령요." 그라지나가 커피 테이블에서 빗을 집어 들고 무기처럼 겨누었다.

"아녜요. 무슨 수를 써서라도 미국에 가라는 명령이었죠. 제빵사였던 아버지와 한 약속 기억 안 나요?"

"물론이죠." 그라지나가 하이의 눈을 마주 보았다. "뉴욕에서 아버지를 만날 거예요."

비디오 플레이어의 디지털 시계가 오후 3시 40분을 가리켰다. 사회복지사들이 그들이 갇혀 있던 중간 지대를 끝장내러 찾아오기까지 20분 남아 있었다.

하이는 부엌으로 걸어가며 계획을 세우려 애썼다. 하지만 식탁 위에 모린이 준 R2-D2 남근상만 눈에 들어왔다. 어쩐지 전보다 더 커

보였다. 하이는 그 거대한 성기를 겨드랑이에 끼고 식료품 저장실 문을 열고서 쥐들이 쏠아 먹은 소금 크래커 상자들을 바라보았다. 속이 메스꺼웠다. 집이 별안간 조그마한 감옥처럼, 옴짝달싹할 수 없고 문도 충분하지 않은 공간처럼 느껴졌다.

"놈들이 우리에게 스파이를 보냈어요. 난 알아요." 그라지나가 하이의 등에 대고 속삭였다. "며칠째 우리를 뒤쫓았거든요. 여자애 둘이에요. 놈들이 이제는 아이들을 이용하는군요. 의심을 사지 않으려고요."

그라지나의 말이 귀에 잘 들어오지 않았다. 하이는 이 역할 놀이에 몰입하려고 안간힘을 썼다. 그러다 보니 어떤 생각이 떠올랐다. "좋아요." 하이가 갑자기 돌아서자 그라지나가 놀라서 흠칫 물러섰다. "알겠어요. 그 여자애들, 우리가 그 애들을 속일 수 있어요. 하지만 그러려면 우선 나를 따라 이 교회를 나가야 해요. 아무것도 챙기지 마요. 그냥 뛰어요. 알았죠?"

"놈들이 오고 있어요, 페퍼. 위층에서 소리가 들려요. 여기, 이거 입어요. 밖이 생각보다 추워요." 하이가 뭐가 뭔지 모르는 사이에 그라지나가 올빼미 스웨터를 그의 머리 위로 입히고 소매에 팔을 꿰어주었다.

"당신은 내가 만난 군인 중 최고로 명예로운 사람이에요." 하이가 말했다. "진짜 군인보다도 낫다고요. 준비됐어요?" 하이가 그라지나의 손을 잡고 현관으로 달려갔다. 진 피트니의 〈오직 당신(Only You)〉이 울려 퍼지며 그들을 실어 날랐다. 마치 음악을 올라타고서 진 피트니의 높고 떨리는 음조 위를 떠다니는 것만 같았다. 하트퍼드 카운티의 자랑이 그들을 하트퍼드 카운티로 이끌고 있었다.

바깥은 모든 것이 물속에 잠긴 듯 자욱한 안개에 휩싸여 있었다. 하이는 그라지나를 도와 스쿠터에 앉힌 다음 자신도 앞에 올라타고 R2-D2를 다리 사이에 끼우고서 시동을 걸었다. 스쿠터는 미약한 신음을 흘렸지만 간신히 앞으로 나아갔다. 하이는 그들이 갈 수 있는 유일한 곳, 즉 막다른 골목으로 향했다. 열린 현관문으로 피트니의 목소리가 새어 나오는 가운데 그들은 군데군데 구멍이 파인 길을 따라 윙 나아갔다. 왼편의 강은 원시 뱀이 허물을 벗는 것처럼 구물구물 둥글게 흘러가고 있었다.

"준비됐어요?" 하이가 어깨 너머로 외쳤다.

"무슨 준비요?"

"미국에 상륙할 준비. 이제 거의 다 왔어요." 안개가 너무 짙어서 양편의 집들이 증발한 듯 보였다. 스쿠터는 공허 속을 떠다니고 있었다.

"무슨 뜻이에요?"

"아까 거긴 교회가 아니었어요." 하이가 말했다. "거긴 원양 여객선에 있는 예배당이었어요. 배는 오늘 아침 이미 선착장에 도착했어요. 다들 이미 떠났고요."

스쿠터가 부릉거리는 소리를 냈고 그라지나는 한동안 침묵했다. "그러면 우리 도착한 거예요? 정말로 미국인가요?"

"그런 셈이죠." 하이는 가속 손잡이를 돌렸지만 아무 소용 없었다.

"잠깐. 그럼 내가 이제 늙었나? 내가 늙은 건가, 아니면 지금 전쟁 중인 건가?"

"아니, 그게 아녜요. 지금 이러지 마요. 지금은 전쟁 중이고 당신은 그라지나 비트쿠스, 열일곱 살이에요. 온 세상이 전쟁 중이에요, 그렇죠?" 그라지나가 진심으로 겁먹은 듯 보였기에 하이는 풀어서 설명했다. "히틀러, 스탈린, 독일, 갈고리 모양, 아우슈비츠, 드레스덴, 사이공, 이라크, 게티스버그. 기억해요? 당신의 죽은 남동생, 호수, 빵집. 아니, 뒤돌아보지 말아요. 앞만 보라고요. 지금 돌아보지 말아요!" 하이는 그라지나의 팔을 잡아당겨 앞을 보게 만들었다. 이제 길 끝에 이르렀다. 그는 유턴하려 했지만 바퀴가 자갈에 걸려서 멈춰버렸기에, 땅을 걷어차서 스쿠터를 억지로 돌렸다. 그때 안개를 가르는 순찰차의 푸른 불빛이 보였다. 그들이 이미 와 있었던 것이다. 일찌감치.

하이는 스쿠터를 조금씩 앞으로 몰았다. 이것이 그라지나와 함께하는 마지막 순간이 되리라는 생각은 들지 않았다. 어떤 이유에서인지, 그라지나의 발목까지 말려 내려가 있는 비둘기색 양말을 보니 이성의 끈이 끊어질 뻔했다.

"무언가의 중간에 있는 기분인데." 그라지나가 걱정스러운 듯 말했다. "바닥도 천장도 안 보여. 리나는 어디 있지? 그 애가 도마뱀을 본 적은 있나?"

"리나는 텍사스에 있어요. 그리고 당신은 중간에 있는 게 **맞아요**. 두 나라 사이의 중간에 있으니까요. 하지만 당신은 이제 미국이라는 새로운 나라에 다다랐어요. 알겠죠? 당신이 가려고 했던 그곳요. 늘 여기 오고 싶어 했잖아요, 기억하죠?" 하이는 강물 소리에 맞서서 외쳤다.

"하지만 기억이 안 나." 그라지나가 하이의 귓가에 말했다. "시작이 기억이 안 나. 어디가 시작이지?"

"바로 저기, 눈앞에 있어요." 하이는 안개 속에서 솟아오른 경사진

집을 가리켰다. 그 밖에서 경찰차의 경광등이 빙글빙글 돌고 있었다.
"당신은 저기 갈 거예요. 그리고 저 집에서 결혼할 거예요. 아름답고 재능 있고 상냥한 자식 둘을 낳을 테고, 그 둘은 당신이 마지막 숨을 내쉬는 순간까지 당신을 사랑하고 필요한 모든 것을 보살펴줄 거예요." 눈시울이 너무 많이 젖어서 온 사방이 금색과 회색으로 번지는 것을 보니 자신이 발작을 일으키나 싶었다. 저 지평선의 구름들이 강 위로 솟아오르고, 계곡을 가르는 호박색 빛줄기가 안개를 흩트리고 슬레이트로 덮인 거리에 북유럽 같은 빛깔을 덧씌우고 있었다. 입구가 휑뎅그렁 열린, 약탈과 강도의 흔적이 역력한 집들이 시야에 들어왔다. 한때 그 벽지 발린 집 안에서 사람들이 걸어 다니며 서로를 찾고 역사의 모든 기록에서 사라진 이름들을 불렀던 목소리가 들리는 듯했다. 아니면 상상한 것인지도 모르지만. 오른편 어딘가에서 강물이 철썩거렸고 소용돌이치는 불빛은 점점 가까워졌다.

"페퍼 병장님, 당신이 쓴 책은 어디 있어요?" 그라지나가 외쳤다. 하이가 만들어낸 모든 위작을 마침내 하나로 합치는 말이었다.

"망쳤어요! 내가 들어가 살 이야기를 잘못 선택했다고요." 뺨에 무언가가 와닿았다. 그라지나가 그의 얼굴에 흐르는 눈물을 닦아주고 있었다. 집이 점점 가까워지자 피트니의 목소리가 다시 들렸다.

"성모 마리아님의 축복이 있기를, 병장님." 불빛이 하이의 손을 푸르게 적시는 동안 그라지나는 말했다. "당신 영혼 안의 악마들에게도 축복이 있기를. 당신은 용감한 군인이에요. 그리고 용감한 군인들은 집에 돌아가고 나면 머리가 고장 나게 마련이죠. 하지만 미국 다음엔 뭘까요?"

"어떻게 해야 할지 모르겠어요. 이제 어떻게 될지 모르겠어요! 난 그냥 어린애예요, 알겠어요? 병장도 뭣도 아니라고요. 옥수수빵의 어느 부스러기가 옥수수 케이크가 되는지도 몰라요. 사람이 누군가 다른 사람이 되는 때가 언제인지도 모르고요." 하이의 목소리가 바람결에 갈라졌다. "당신을 어딘가 다른 데로 데려가고 싶은데 그럴 수가 없어요, 그라지나. 달리 갈 데가 없어요." 하이는 앞에 있는 경찰관에게 자신이 해를 끼칠 의사가 없음을 보여주려고 한 손을 들어 올리고서 그라지나의 귓가에 말했다. "새로운 세계로 가고 싶지 않아요?"

"잘 모르겠어요."

"그렇군요, 거기 머물 필요는 없어요. **더 깊이** 들어가서 봐요. 문을 통과하듯이 그 속으로 곧장 들어갈 수도 있을 거예요. 미국은 그저 커다랗고 낡은 문일 뿐이에요, 알겠어요? 저기 봐요, 아드님이 기다리고 있네요. 저분도 문이에요. 당신이 만든 문."

"루카스? 걘 아직 안 태어났는데. 내 안에 있어. 걔가 발을 차는 게 느껴지는걸."

차들에서 쏟아져 나오는 동요한 사람들의 음성이 두 사람의 대화에 끼어들었다.

"당신 안에 있으면서 동시에 밖에 있는 거죠. 당신과 나처럼요. 황금 삼각형 이론이란 거예요."

"라바스?"

루카스가 경찰을 앞세우고 집에서 걸어 나오며 욕을 뇌까렸다. 간호사는 가방에서 청진기를 꺼내고 있었다.

"네?"

"배 안의 예배당 말이야. 거기 내 방에, 쿠키 통 안에 돈뭉치를 숨겨두었어. 가져가. 나를 미국으로 건너오게 해준 데에 치르는 값이야. 이제 나도 아버지를 만날 수 있겠네."

"그건 걱정 말아요. 그냥 저 사람들을 따라가세요, 알겠죠? 그들이 절차를 밟게 해줄 테고, 그러면 당신은 시민이 되어 일할 수 있을 거예요. 저처럼요."

"우리 다시 만날 수 있을까? 나를 찾아올 거니?" 일순간 그라지나의 얼굴에 슬픔이 스쳤다. 그러다 모든 게 사라지고 그는 혼란스러운 표정으로 두리번거렸다.

"당연하죠. 제가 가져갈……"

하이가 말을 채 마치기 전에 왼쪽 눈 아래 다이아몬드 모양의 문신이 있는 경찰관이—실은 해밀턴 홈에서 나온 경비원이 하이의 팔을 붙잡고 부츠를 바퀴 아래 디뎌서 스쿠터를 멈춰 세웠다. 루카스와 간호사가 달려들어 그라지나의 손을 잡았다. 모든 과정이 슬로모션 같았다. 하이는 스쿠터에서 내린 뒤 그들이 자신에게 무슨 짓을 하든 개의치 않고 넋 나간 상태로 걸어갔다. 한편 그라지나는 밴에 이끌려 가면서 리투아니아어로 뭐라고 웅얼거리고 있었다.

그런데 그라지나는 어디로 가나? 그가 가는 곳에는 자유가 약속되어 있지만, 그 자유는 벽과 자물쇠로 이루어진 억제된 평등주의적 공간 안에서만 가능하다. 끝없는 타지(他地) 출신의 직원들이 낯선 타인들이 늙어가는 것을 지켜보느라 자기 자식들이 성장하는 것을 지켜보기는 포기하고서, 긴 복도를 오락가락하며 매일 정해진 양의 영양분을 배급해주는 곳. 당신의 몸이 아직 따뜻한 동안 은행 계좌에서 돈을 빨아내기 위해 당신을 살아 있게끔 지켜주는 곳. 안정제로 움직일 수 없게 된, 배부르고 감각이 없어진 몸이 숙성 단계를 지날 만큼 농익어가는 곳. 그라지나는 결국 미국으로 **가고** 있었다. 진정한 미국. 모두가 거기 가기 위해 돈을 지불하고 있었다.

"가요, 엄마. 데리러 왔어요. 이제 안전해요." 루카스와 간호사가 그라지나를 밴에 태웠다. 흰머리가 밴 안으로 사라졌다가 유리창 너머로 다시 나타났다. "이봐, 난 이해해." 바람 속에서 루카스의 얼굴이 갓 썰어놓은 햄 같은 불그죽죽한 빛을 띠었다. "넌 그냥 애잖아. 너랑 어머니랑 둘이서 뭘 하고 있었는지는 모르겠어. 알고 싶지도 않고, 알 필요도 없고. 하지만 어머니가 너를 좋아했다는 건 알겠어. 그리고 그것까진 괜찮아. 하지만 어머니는 아프셔. 그리고 **너도** 아픈 사람인 게 분명해. 이봐요, 이것 좀 봐요." 루카스가 경비원에게 말하고는 하이가 가슴에 안고 있던 조각상을 가리켰다. 경비원은 고개를 내저으며 넌더리를 내더니 무어라고 들리지 않는 말을 했다. "이 애를 보라고요." 루카스의 눈길이 하이의 딱지 앉은 입술에 머물렀다. "정신이 아픈 애예요. 아니, 어째서 고추를 만든 거야? 정말 **괴상하잖아**. 네가 내 엄마를 돌보고 있었다고?"

"이건 R2-D2예요."

"뭐라고?" 루카스가 조수석 문을 열고 올라탔다. "그냥 여기서 떠납시다, 토냐. 집 문제는 나중에 돌아와서 마저 처리할 테니."

"부인은 스토퍼스를 좋아해요." 하이가 말했다. "스토퍼스의 솔즈베리 스테이크를 꼭 드시게 해줘요." 밴이 떠나고 경호 차량이 경광등을 번뜩이며 뒤따라가는 동안 하이는 입을 벌린 채 서 있었다. "브라우니가 있는 걸로요." 그는 자신을 휩싸는 안개 속에서 혼잣말을 했다. "무지갯빛 설탕 가루도 뿌리고요." 집 안에서 여전히 재생 중인 진 피트니의 음성이 금 간 창문으로 새어 나왔고 자동차 불빛은 흐려졌다. 하이는 잠시 서서 노래에 귀를 기울이며 공기가 자신의 온몸을 휩쓸도록 내버려두었다. 그러다 R2-D2 남근을 가슴에 끌어안고서 허버드 거리 16번지에서 걸음을 옮겼다. 100년도 더 전 이 거리에 포석이 깔린 이래 처음으로 길은 완전히 텅 비었다.

하이는 멍한 여운 속에서 걸었다. 사방이 조용한 가운데 새들이 마치 홍수가 난 직후처럼 서로 지저귀며 해거름을 알렸다. 변화를 감지한 그는 솟아오른 고속도로 너머를 흘긋 보았다. 강둑을 따라 자란 덤불에 새싹이 돋아났고 저 아래 계곡으로는 부서진 빛줄기 아래 강물이 흐르고 있었다. 물살에 이는 소용돌이에 분홍색 색종이 조각 같은 것들이 휘돌며 멀어져갔다. 91번 주간 고속도로 옆 9/11 추모관에 만개한 벚나무의 꽃잎들이 1킬로미터 상류에서 불어온 북풍에 부서져 흩날려온 것이었다.

킹 필립 철교를 건너며 하이는 고등학교 역사 수업에서 배운 필립 왕의 최후를 떠올렸다. 메타코멧이라는 이름으로도 알려진 필립 왕의 반란은 식민지 개척자들에게 진압되었고, 이후에 그는 참수되었으며, 그의 두개골은 땅을 수복하려 하는 다른 선주민 추장들에게 경고를 보내는 뜻에서 25년 동안 말뚝에 내걸렸다. 철교를 건너면서 하이는 철로 침목 위로 울리는 자신의 발소리 하나하나를 들었다. 다른 시대에 벌목된, 살아 있는 자들을 실어 날라 그들을 가두는 무언가로 데려가기 위해 그 자리에 못 박혀 고정된 나무들.

그가 시내에 도착했을 때는 늦은 오후였다. 철을 맞아 한창 강해진 태양이 안개를 살라먹고 집들을 자애로운 온기로 적시면서 겨우내 빛바랜 우산들이 방치되어 있던 잔디밭에 진한 노란색 빛을 드리웠다. 지나가는 길에 본 한 앞마당에는 금이 간 어린이용 수영장이 흙으로 가득 차 있었고 그 가장자리 위로 4월에 처음 피어난 튤립들이 고개를 내밀고 있었다. 또 다른 집들의 마당 변두리에는 막 퇴근해 차에서 내린, 아직까지 근무복을 입고 있는—단순한 슬랙스와 셔츠 차림도, 꽃무늬 원피스 차림도 있었으며, 번뜩이는 명찰을 달고 있기도 했다—어머니 또는 아버지가 식물에 호스를 겨누고 물을 주었다. 한 남자는 발깔개 한 장만큼 작은 땅뙈기를 적시려고 호스 아래를 손으로 받쳐서 물줄기의 방향을 바꾸고 있었다. 길 양편에서 스프링클러 소리가 쏟아지는 가운데 마당에 있던 사람 몇몇이 그를 향해 대강 고개인사를 했고, 하이는 자신을 만들어낸 장소를 그렇게 가로질렀다. 오렌지색 약병을 꺼내 마지막 남은 약 반 줌을 삼키고서 병을 화분에 던지고는 걸음을 옮겼다. 두 집 사이 골목길에서 때 이르게 반짝이는 반딧불이들이 보인 듯싶었다. 그들이 품은 내적인 자원이 부러워지는 순간이었다.

　몇 주 뒤면 밤마다 길을 가득 메우는 자전거 바퀴 소리가 방 안까지 들려올 것이다. 너무나 또렷한 그 소리에 당신은 책을 내려놓고 사람들을 이토록 빨리 너무나 많은 여름으로 내모는 것이 무엇인지 보려고 창밖을 내다볼 것이다. 어린 스컹크들과 라일락 꽃들이 내뿜는 휘발유 같은 달콤함이 창문으로 스며드는 그 시간에 당신은 무언가를—무엇이라도—만들고 싶은 깊은 충동이 가슴에 북받쳐, 당신을 차지하려고 시도했지만 실패한 지도상의 조그마한 이름으로부터 이번에야말로 완전히 벗어날 계획을 세우기로 결심할 것이다.

　홈마켓 간판이 눈에 들어왔을 때는 저녁 무렵이었다. 전봇대 하나를 지나가면서 보니 구릿빛 필라멘트 같은 황혼 아래 보라색 스노드

롭 꽃들이 마치 지나가던 차 한 대가 던져놓은 것 같은 모양새로 피어나 있었다. 레이첼 미오티가 마지막으로 목격된 장소를 기리려고 사람들이 수년간 놓아두었던 추모 꽃다발들이 이제는 사라지고 그 씨앗들이 들꽃을 피워 올린 것이었다.

하이는 뒷문으로 건너가 우유 상자에 걸터앉아서 두 손으로 머리를 싸쥐었다. 그의 근무 시간은 아니었지만 달리 갈 곳이 없었기에, 질서, 일관성, 규율을—그리고 무엇보다도 이곳의 사람들을 찾아온 것이다. 인류 역사상 그 어느 때보다 빠르게 음식을 만들어 세상을 움직이고 있는 이 작은 사람들을.

저녁 식사 시간이었다. 차 한 대가 그를 지나쳐 드라이브스루를 빙 돌았고, 스피커에서 "무엇을 도와드릴까요"라고 묻는 러시아의 목소리가 흘러나왔다. 진심이 들어 있지만 한편으로는 잔인할 정도로 단순하게 축소된 그 질문에 하이는 웃음을 터뜨리고 싶어졌다.

잠시 뒤 문이 열렸다.

"하이? 여기서 뭐 해?" 소니였다.

"일하려고."

"오늘 너 휴무잖아." 소니가 고개를 갸웃했다. "이제 입술 상처가 낫는 것 같네."

"아시아계 율리시스 S. 그랜트가 그렇게 강력한 라이트 훅을 날릴 줄 누가 알았겠어? 그러는 너는?" 하이는 소니 뒤편의 형광등을 곁눈질했다. "해고된 거 아니었어?"

"모린이 무릎이 아프대서 BJ가 하루만 나한테 대타를 맡겼어. 모린이 일당을 현금으로 처리준대. 야, 너 UPS 재킷은 어디 갔어?" 소니가 하이의 스웨터에 수놓인 흰 올빼미를 가리켰다.

"젠장." 하이는 낭패감에 하릴없이 주위를 두리번거렸다. 노아의 재킷을 그 집에, 자신이 쓰던 방 옷걸이에 걸어둔 채로 두고 와버렸다. 다 못 읽은 《카라마조프 가의 형제들》도. 그걸 가지러 돌아가야겠다고 생각하던 차에 아까 소동 와중에 안경도 잃어버렸다는 사실이 떠올랐다. 어쩌면 그래서 걸어오는 길이 그렇게 아름다워 보였는지도 모른다. 신비롭고도 아득하게. 하이는 가슴 위에서 자신을 올려다보는 올빼미를 내려다보고는 심호흡하고 스스로를 가다듬었다. 그리고 공터 맞은편에 버려진 아파트들의 깨진 창문을 눈으로 훑었다. "야, 소니."

"응?"

"너 괜찮아? **정말로** 괜찮아?" 소니의 턱이 움직이면서 뼈가 불거졌다.

소니가 운동화 신은 발로 모래 바닥을 직 끌면서 자갈 한 알을 밀어제쳤다가 제자리로 돌려놓았다. "리 장군은 게티스버그에서 패배한 후에도 계속 싸웠다는 거 알지? 전쟁 시작 때 13만 명이었던 병력이 2만 명으로 줄었는데도, 게다가 10대 1로 불리한 상황이었는데도."

"그랬어?"

"그래, 그리고 많은 학자들이 그런 리 장군이 잘못했다고 생각했어. 희망이 전혀 없는데도 자존심도 고집도 너무 세서 포기하지 않았다고 말이야. 나는 항상 그의 말, 트래블러가 불쌍했어. 말이 자신이 패배자라는 사실도 모른 채 여름 내내 걸어 다녔다고 상상해봐."

"나도 말이었으면 좋겠네." 하이가 말했다.

"말은 열 시간 내내 시속 65킬로미터로 질주할 수 있고……."

하이는 소니의 머리에 난 흉터를 바라보고 있었다. 저녁 햇살을 받은 흉터의 골짜기가 은색으로 빛났다.

그때 자신의 두 발 사이에 놓아둔 석고 남근에 생각이 미쳤다. 하이는 그것을 집어 들고 뒤집어서 바닥에 난 구멍 속에서 돌돌 말린 방습지 한 장을 꺼냈다.

"아, 모린의 기념비를 가져왔네……."

"여기." 하이는 방습지를 내밀었다. 소니의 손안에서 종이가 부스럭거리는 동안 하이는 공동 주택들을 쳐다보았다. 봄을 맞은 잡초들이 벌써 레이건 시대에 지어진 울타리를 타고 올라가고 있었다.

"세상에." 소니가 몸속 어딘가 다른 데에서 새어 나오는 듯한 목소리로 말했다. "뭐야, 말도 안 돼. 어떻게?"

"잘 들어. 그 정도면 킴 이모를 빼내고도 남아서 둘이 같이 살 아파트 보증금도 댈 수 있을 거야." 어젯밤 저녁 식사 후 하이는 ATM에 들러 자신의 계좌에 든 돈을 몽땅 인출했다. 거기다 그날 오후 그라지나의 양철 상자에 든 돈도 더하니 충분하고도 남았다. 그라지나가 대탈출을 위해 채비하는 동안 하이는 돈을 조각상에 쑤셔 넣은 참이었다.

소니는 더 물으려다가 말을 더듬었다.

"미안해." 하이가 간신히 말했다.

"뭐가? 너는 미안해할 게……."

"넌 몰라. ……알 필요도 없고."

소니는 돈뭉치를 가슴에 껴안고 꼼지락거리면서 벅차오른 어린아이처럼 이를 다 드러내고 웃었다. 마침 드라이브스루에서 나가던 차 운전자가 차창을 올리며 이상하다는 눈초리로 그들을 보았다.

"들어가." 하이가 가게를 고갯짓했다. "가서 좋은 소식을 전해줘. 다들 좋아할 거야."

"BJ! 웨인!" 소니가 안으로 뛰어 들어가며 기쁨에 겨워 소리를 질렀다. "이것 좀 봐요. 하이가 줬어요! 우리 사촌 형이 저한테 뭘 줬는지 보라고요!"

그때가 기회였다. 하이는 공터를 건너 맞은편의 휘어진 철조망 울타리를 넘어갔다. 허리까지 올라오는 죽은 풀들을 헤치고 보도블록에 흩어진 주삿바늘들을 지나니 판자로 막힌 창문들로 둘러싸인 안뜰 같은 곳에 다다랐다. 앉는 부분이 부서진 벤치들, 한때 공동 텃밭이었던 곳에 놓인 목제 화분들은 모두 비어 있었고, 바닥에는 유리 파편, 봉제 인형 몇 개, 패스트푸드 포장지, 빈 일회용 술병, 담뱃갑이 어지럽게 널려 있었다. 쓰레기들 사이에 낡은 가구와 검게 녹슨 쇼핑 카트가 나뒹굴었다.

안뜰 끝자락, 넘어진 세탁기 옆에 녹색 폐기물 처리함이 있었다. 하이는 머릿속의 뼈가 통째로 사라진 듯한 기분에 사로잡힌 채 그리로 걸어가서 뚜껑을 손으로 훑다가 들어 올리고는 안을 들여다보았다. 반쯤 비어 있었다. 그는 R2-D2 남근을 껴안고서 뚜껑을 마저 열어젖히고 안으로 기어들어갔다. 검은 쓰레기봉투와 낙엽으로 채워진 그곳은 낮의 햇볕에 데워져 건조하고 따스했다. 하이는 봉투들 위에 누워 미동도 하지 않았다. 이 안에 있으니 길거리에서 나는 소음이 뒤틀리고 억눌린 듯 들려왔다. 한때 그를 만졌던 도시가 이제는 더 멀리 떨어진 것 같았다.

검은 봉투 안에 담긴 컵, 포장지, 상자 안에 든 것을 먹고 마셨을 사람들을 떠올렸다. 이제 그것들은 하이가 언제나 되어가고 있던 것으로 그를 들어 올리고 있었다. 이 동네에 거부당한 것들이 그를 떠받치고 있었던 것이다. 쓰레기는 단순한 쓰레기가 아니라 증거가 되었다. 버린다는 것은 앞으로 나아간다는 의미이니까. 폐기물 처리함 안에서 그는 사방을 둘러싼 인간의 전진에 짓눌리고 있었다. 모든 것이 하나의 방이라는 사실을 뒤늦게 깨달았다. 고속도로를 달리는 차들은 바퀴 달린 방일 뿐이었다. 끝없는 처방약 병들도 방이다. 몸도 하나의 방이고, 심장도 마찬가지다. 세상으로 쏟아져 나오는 혈액 속 세포들도 똑같다. 그 세포들은 홈마켓 주방에서 매일 떨어져 나오는 스티로폼 컵이며 트레이를 구성하는 원자들마저 붙드는 세상 속에 또다시 갇힌다. 테이크아웃 용기의 평균 수명은 1분 42초. 쓰레기 위에 누워 있자니 이보다 무중력에 가까운 상태를 경험해본 적이 없다는 생각이 들었다. 여린 몸뚱이를 우주복에 맡기고 우주를 떠다니는 비행사들이 이런 기분일까 싶었다. 우리는 언제나 어딘가에 속해 있다. 우리를 붙들어주는 것이라면 무엇에든. 그게 결국 좋은 일 아닌가? 당신의 쓸모없음이 시간의 표식이 되고, 낭비가 삶의 증거가 된다는 게? 하이는 성공적으로 쓰레기더미에 몸을 던졌고, 그 행위는 너무나 완전하고 총체적이어서 깨끗하게 느껴졌다. 그는 함 안에 있었고 함은 함들로 가득한 함 안에 있었고 그 함들은 우주 안에 들어 있었다. 이 사실이 어쩐지 그를 충만하게 해주었다.

   그의 밑에 있던 봉투가 덜그럭거렸다. 아래를 내려다보니 휴대전화가 진동하고 있었다. 하이는 휴대전화를 열고 "여보세요"라고 말했다.

   엄마였다.

   엄마는 무언가 거대한 것들을 제자리에 돌려놓는 작업을 막 마친 듯 피곤한 어조였다. 그에게 학기가 언제 끝나는지, 언제 집에 오는지 물었다. 성대한 만찬을 차리고 싶다고. 그리고 보스턴의 중국 식료품점에서 할머니 제단에 쓸 긴 향을 사다줄 수 있냐고, 짧은 것은 너무 빨리 탄다고 했다. 엄마는 인테리어 용품점에서 산 벌새 모이통에 대해 말하더니 이런저런 이야기를 계속했다. 그러는 동안 멀리서 드라이브스루 스피커로 흘러나오는 러시아의 부드럽고 다정한 목소리가 들려왔다.

그때 하이는 그들이 그곳에서 한 일을 떠올렸다. 지금 어디에선가 누군가는 고픈 배를 채워달라고 요구하며 줄을 서고 있다는 것을. 그리고 그런 이의 시중을 드는 사람들, 스테인리스 스틸 카운터와 음식 부스러기가 흩어진 영역만을 지배하는 사람들은 그 줄 끝에 서서 **무엇을 도와드릴까요?**라고 묻고 또 묻는다는 것을. 왜냐하면 우리 종족은 벽 넉 장과 천장으로 둘러싸인 상자를 짓고 그것을 홈마켓이라고, 맥도날드, 웬디스, 버거킹, 버거 셰프, 써브웨이, 판다 익스프레스, 피자헛이라고 부르기 때문이었다. 지금으로부터 수 세기 후, 우주가 더는 음절들로 무한히 증대되는 수수께끼가 아니게 되었을 때, 까마득히 먼 옛날의 곰팡이 낀 도서관을 발굴한 후손들은 우리가 좀처럼 요리를 하지 않고 다만 화학적으로 보존된 음식을 다시 데워 먹었던 시대에 살았음을 알게 될 것이다. 빨간 지붕 아래에서 우리가 **무엇을 도와드릴까요?**라고 하염없이, 밤이고 낮이고, 가뭄이 나든 지진이 나든, 전쟁이 터지든 홍수가 나든 대통령이 암살되든, 빌딩이 무너지든 충성이 깨지든, 누가 탄핵되든 자살하든, 생일이든 아니든—축하받는 사람조차 잊을 만큼 사소한 생일에도—물어댔다는 것을. 그러나 간직할 수 있는 것은 거의 없다는 사실을 다들 알고 있었다. 두 사람 사이의 역사를 낳은 **안녕, 라바스**라는 금언조차도.

"무엇을 도와드릴까요?" 소니가 카운터로 다가오는 한 여자에게 말하고 있었다. 하루 동안 일하느라 머리가 헝클어진, 옆에서 몸을 흔들거리는 두 소녀를 키우는 싱글맘이었다. 두 아이는 하루 종일 엄마가 레프티스 바 앤드 그릴에서 근무를 마치고 집에 오기를 기다린 끝에 상을 받게 되었기에 활짝 웃고 있었다. 그들은 여기 오는 길에 홈마켓의 빨간 지붕을 보고 엄마를 부둥켜안고 목에 입을 맞추며 소리를 질렀고, 차 안은 그야말로 기쁨의 왕국이 되었다. 여자는 자포자기한 듯 고개를 쳐들고 입가에 손가락을 올리고서 여기서 빠져나갈 길이 나온 지도를 보듯이 메뉴를 살펴보았다. "내가 뭘 원하는지 모르겠네." 그는 혼잣말을 중얼거렸다. "아, 내가 뭘 원하지, 뭘 원하지?" 소니의 손가락은 여자의 소망을 실현시킬 준비를 하며 화면 위를 날아다니고 있었다. 그들이 무엇을 원하든 가질 수 있을 것이다. 홈마켓의 음식들은 적어도 오랫동안은 고갈되는 법이 없으니까.

하이는 폐기물 처리함의 열린 덮개 틈을 올려다보며 담뱃불을 붙이고 연기를 길게 빨아들였다. 완벽한 정사각형 모양의 액자에 끼워진 황혼 녘 하늘에는 희미한 별들이 가득했다. 2년 뒤에도 저 별들은 똑같이 빛날 것이다. 그때 러시아는 여동생 안나를 재활 시설에 보낼 것이고, 다섯 번째 시도 만에 마침내 성공할 것이다. 웨인은 노스캐롤라이나로 돌아가 '나이트후드'라는 이름의 훈제 요리 식당을 열 것이다. 모린은 가슴에 악성 세포가 재발해서 유방 절제술을 받을 것이고, 오하이오주 디파이언스에 있는 오빠네 집으로 이사 가서 매일 휠체어에 앉아 햇살이 무릎에서 마룻바닥으로 미끄러지는 동안 지역 교회에 보낼 목도리를 뜰 것이다. 하지만 그는 도마뱀들의 수작에도 불구하고 회복해서 자신의 어린 아들보다 오래 이어진 삶을 더욱 길게 연장하게 될 것이다. 그리고 킴 이모와 소니는 맨체스터의 아파트로 이사 가서 함께 카네티스 라비올리 공장에서 일하는 한편, 소니는 버논의 뉴잉글랜드 남북전쟁 박물관의 안내원이 되기 위해 밤마다 공부할 것이다. BJ는 결국 공항 홈마켓 지점의 점장이 될 테고, 미스 매지션의 딸 애브러 카다버와 파트너를 맺고 뉴잉글랜드 지역 여성 태그팀 챔피언이 될 것이다. 밴조 연주가 듬뿍 들어간 입장곡을 쓸 것이고, 얼굴에 분장을 한 '오버 타임'이라는 이름의 패스트푸드 점장 역할로 활약할 것이다. 정비공 톰은 마침내 '도미니카 사람'에게 맞는, 이음매 부분만 제외하면 그의 피부색과 완벽하게 일치하는 귀를 얻을 것이고, 밤에 아내 곁에서 잘 때는 귀를 떼어낼 것이다. 그라지나는 로드 아일랜드의 알츠하이머 환자 보호시설로 이송될 것이고, 허버드 거리 16번지를 떠난 지 7개월이 지난 어느 날 오후 낮잠을 자다가 숨을 거둘 것이다. 유언에 따라 그의 묘비에는 **그라지나 M. 비트쿠스 1929-2010. 사랑하는 아내이자 어머니** 라고 적히고 양옆에는 성조기가 새겨질 것이다. 레이첼 미오티 살인사건과 관련된 단서가 몇 가지 발견될 텐데 그중 하나는 홈마켓에서 몇 블록 떨어진 CCTV에 포착된 베이지색 SUV 차량으로, 이로 인해 피해자의 어머니가 또 한 차례 TV 방송국들과 인터뷰를 가질 테지만 그 이상 돌파구는 나오지 않을 테고 아무도 체포되지 않을 것이다.

5년 안에 4번 국도 홈마켓에는 인력이 완전히 교체되어 기존의 직원은 아무도 남지 않을 것이다. 하지만 완전히 새로운 팀이 새 장기처럼 이식되어 콘크리트 벽 안에서 근무를 이어가면서도 홈마켓은 여전히 그 자리에서 버티며 무패 행진을 이어갈 것이다. 기존 직원들이 있었다는 유일한 증거는 청소도구실 안쪽, 업소용 바비큐 소스 통 옆에 모린이 붙여놓은 빛바랜 츄바카 스티커뿐일 것이다.

"지금 바쁘니?" 휴대전화 저편에서 하이의 엄마가 물었다. "아니면 오늘 학교 문 닫았어?"

"대학은 문을 닫는 일이 없어요, 엄마. 그냥 늘 불을 켜놓고 있죠."

"그렇구나. 네일 살롱하고는 다르지." 엄마가 키득키득 웃었다. "뭐 좋은 거 배우고 있니? 새로 배운 것 좀 말해주렴. 의학에 대해서."

"좋아요." 몸을 뒤척이자 밑에서 쓰레기봉투가 부스럭거렸다. "음, 엄마가 전화해서 사실 당황했어요." 하이는 R2-D2 냉근을 당겨 안으며 말했다. "실은 지금 실험실에서 시체 해부 중이거든요."

"정말이니! 맙소사, 진짜 사람 시체?"

"여기 늦게까지 혼자 남아서 뭐 한 가지 더 하려던 참이에요." 하이가 말하는 사이에 철제 함 벽을 타고 어스름이 기어올랐다.

"사람 시체를 째서 연다는 말이야? 진짜 시체? 농담이겠지!"

"농담이었으면 좋겠네요. 하지만 인체는 정말 놀라워요, 엄마. 진화의 기적이라고 할까요."

"사람 몸속은 어떻게 생겼니? 이런 거 물어보면 나쁜가? 중국 정육점 고기처럼 생겼어? 아휴, 불쌍해라. 그 사람들을 위해 기도하렴."

"과학인걸요. 우리 지식을 향상시키기 위해 몸을 기증한 사람들이에요. 해부당하길 원했던 거라고요."

"몸속은 어떻게 생겼니, 아들? 상상만 해도 소름이 돋는다."

하이는 있지도 않은 안경을 코 위로 밀어 올리는 손짓을 하고는 평생 이름을 외우지 못한 별자리를 올려다보았다. 어둑해지는 하늘을 가로지르는 두 줄기 비행운 사이에서 별 하나가 떨고 있었다.

"공간." 하이는 스웨터에 스며드는 한기를 느끼며 숨을 내쉬었다. "믿을 수 없을 만큼 넓은 공간이 있어요."

"그래?" 엄마의 목소리가 흐릿해졌다. "장기며 핏줄이 꽉 들어차 있는데도? 피가 그렇게 많은데도?"

"네." 하이는 잉크로 적힌 자신의 이름을 처음 보는 소년처럼 어둠을 향해 숨을 헐떡였다. "사람의 안에는 공간이 아주 많네요. 저 말고 다른 사람들도 있어야 했는데 말예요. 한 명만 이러고 있어서는 안 되는 거였어요."

긴 침묵이 흘렀다. 어머니가 생각하는 소리.

그때 하이는 자신이 지금껏 줄곧 추락하고 있었음을 깨달았다. 밑에서 쓰레기들이 무중력 쿠션 노릇을 해준 덕분에 느끼지 못했을 뿐이었다. "무서워요, 엄마." 그는 속삭였다.

"뭐가? 무슨 말을 하는 거야?"

"다가올 일들이요. 미래가요. 너무 크게 느껴져서요."

"그건 네가 어리기 때문이야. 결국에는 다 작아져. 그래도 삶을 무서워하진 마, 아들. 우리가 서로에게 좋은 일을 하다 보면 삶은 좋아져."

하이는 필터 끝까지 줄어든 담배를 손가락 사이에 낀 채 뭐라고 웅얼거렸다.

"뭐라고 했니?"

"투 에시 마노 드라우가스."

"안 들려. 다시……."

"아무것도 아녜요, 엄마." 하이는 영어로 속삭였다. 세상을 향한 미친 듯한 사랑의 광선이 그를 꿰뚫었다. "잠깐 졸았어요."

그때 그 소리가 들렸다. 강물이 흐르는 소리가 아닌, 돼지들의 울음소리가.

자기 자신의 발굽에 이끌려 황제의 도살장으로 들어간 그들이 멀리, 저 멀리, 하이의 안에 있는 은하에서 비명 지르고 있었다. 사람 비명 같은 소리였다.

단 한 번만 살 수 있는, 여리고 단순한 사람들.

그라지나 J. 베르셀리스(1925-2014)를 추모하며

작가의 말

이 소설의 초안은 《어드로이트 저널(The Adroit Journal)》 2015년 여름호에 〈시작(Beginnings)〉이라는 제목의 에세이로 발표되었습니다.

2장에 나오는 킹 필립 철교 장면은 이 글을 쓰고 있는 지금까지 중국 난징의 양쯔강 다리에서 최소 469명의 자살을 막은 중국인 천 쓰에게서 영감을 받았습니다.

"그래도 삶을 무서워하진 마, 아들. 우리가 서로에게 좋은 일을 하다 보면 삶은 좋아져"라는 대사는 도스토옙스키의 《카라마조프 가의 형제들》(콘스턴스 가넷의 역본) 마지막 장을 참고한 것입니다.

이 소설을 쓰는 동안 제 사유와 존재에 도움을 준 다음 저자들에게 깊은 경의를 표합니다.

- 마크 피셔의 《내 인생의 유령들: 우울증, 유령학, 그리고 잃어버린 미래에 대한 글들(Ghosts of My Life: Writings on Depression, Hauntology, and Lost Futures)》, 제로 북스, 2014
- 파멜라 폭스의 《계급 소설들: 1890-1945 영국 노동자 계급 소

설 속의 수치와 저항(Class Fictions: Shame and Resistance in the British Working-Class Novel, 1890-1945)》, 듀크대학교 출판부, 1994
- 로버트 젤라틀리의 《레닌, 스탈린, 그리고 히틀러: 사회적 파국 시대(Lenin, Stalin, and Hitler: The Age of Social Catastrophe)》, 크노프, 2007
- 밍동구의 《중국 소설 이론: 비서구적 서사 체계(Chinese Theories of Fiction: A Non-Western Narrative System)》, 뉴욕 주립대학교 출판부, 2006
- 한병철의 《산자이: 중국식 해체(Shanzhai: Deconstruction in Chinese)》, 필리파 허드 역본, MIT 출판부, 2017
- 유리 로트만의 《마음의 우주: 문화의 기호론(Universe of the Mind: A Semiotic Theory of Culture)》, 앤 슈크먼 역본, 인디애나 대학교 출판부, 1991
- 빅토르 슈클로프스키의 《산문 이론에 관하여(On the Theory of Prose)》, 슈샨 아바기안 역본, 달키 아카이브 출판부, 2021

파이어니어 밸리 프로레슬링에 특별히 감사드립니다. 또한 매사추세츠 서부 지역에 음식을 제공하는 식음료 서비스 종사자들, 특히 플로렌스의 미스 플로스, 윌리엄스버그의 판다 가든, 이스트햄튼의 이스트햄튼 다이너, 노샘프턴의 라 베라크루자나, 노샘프턴의 서브로사, 헤이든빌의 빌리지 그린 아이스크림, 애머스트의 릴리스, 리의 버미즈 볼, 그리고 매년 열리는 애시필드 가을 축제 기간 동안 세인트 존스 성공회 교회에서 일하는 요리사들에게 감사드립니다.

마지막으로, 이 소설의 중요한 2차 초안을 완성한 장소인 아이슬란드 레이캬비크의 모카 카페에도 감사드립니다.

제게 진심을 전해주신 초창기 독자 여러분께 깊은 감사를 드립니다. 윤지현, 크리스토퍼 래드클리프, 벤 러너, 로저먼드 크레샤크 헤이든, 조셉 프리치, 로라 크레스테, 그리고 피터 비엔콥스키에게 감사드립니다. 여러분의 예리한 생각과 열린 마음은 언어를 뛰어넘고, 제가 얻어낸 것마저 뛰어넘습니다.

펭귄 출판부의 훌륭한 동료들에게 감사드립니다. 줄리 키얀, 케이시 데니스, 매튜 보이드, 빅토리아 라보즈, 그리고 제시 스트래튼 저우. 여러분 덕분에 저는 세상에서 가장 운 좋은 작가가 된 것 같습니다.

제 에이전트 프랜시스 코디에게, 몇 번이고 저를 있는 그대로의 모습보다 더 깊이 이해해준 것에 감사합니다.

제 작품의 효용과 가치를 저보다 훨씬 더 잘 아는 편집자 앤 고도프에게 감사드립니다.

2016년 파리의 강에서 배를 타며 이 소설을 쓰도록 가장 먼저 격려해준 제이디 스미스에게 감사드립니다.

내 해안의 빛이 되어준 피터에게, 감사의 말을 전합니다.

옮긴이의 말

어리고 여린 한 영웅의 이야기

당연하지만 번역가로서 일하면서 맡는 모든 책에 대한 애정이 같을 수는 없다. 어떤 책은 그저 그렇고, 어떤 책은 사랑스럽고, 어떤 책은 따분하고, 어떤 책은 보람 있다. 그리고 오션 브엉의《기쁨의 황제》는 보람을 넘어 '번역가가 되길 잘했다'고 생각하게 만드는 작품이었다. 이런 책을 번역할 수 있어서 기쁘고, 행복하고, 벅차오르는 순간의 연속이었다.

오션 브엉은 소설《지상에서 우리는 잠시 매혹적이다》로 처음 만났다. 그때만 해도 내가 이 작가의 작품을 옮기게 될 줄은 모르고 한 사람의 독자로서 사랑에 빠졌다. 문맹인 어머니에게 쓰는 편지라는 형식으로 베트남계 이민자이자 성소수자인 자신의 자전적 경험을 담은 이 소설은, 본래 시인인 작가 특유의 섬세한 언어로 어머니와 할머니로 거슬러 올라가는 가족사를 회고하며 삶의 고통, 세계의 폭력, 인간의 연약성을 감동적으로 그려낸다. 그리고 6년 만의 소설 신작《기쁨의 황제》는 기대를 저버리지 않는 놀라운 소설이었다.

소설의 배경은 2009년, 미국 코네티컷주의 이스트 글래드니스라는 한 도시. 19세 청년 하이가 다리 위에서 투신자살하려 하는 장면으로 시작해 독자의 긴장감과 궁금증을 자아낸다.

하이는 베트남 전쟁을 피해 망명한 집안의 아들이다. 하이는 어린 나이부터 마약에 중독되어 인생을 비관하며 엄마의 걱정과 잔소리를 들으며 지내고 있었다. 그러던 어느 날 충동적으로 보스턴의 의대에 합격했다고 엄마에게 거짓말하고, 그 거짓말을 걷잡지 못해 대학에 가는 척 집을 떠나게 된다.

방황하던 하이는 강물에 뛰어내리려 하는데, 그때 한 노부인이 하이를 목격하고 그를 말린다. 리투아니아 출신의 독거 노인인 그라지나는 하이에게 갈 곳이 없는 처지라면 당분간 자신의 집에서 함께 지내는 게 어떻겠냐고 한다. 하이는 그 제안을 받아들여, 그날부터 치매 환자인 그라지나를 돌보고 약을 챙기는 역할을 맡고, 틈틈이 마약성 진통제를 빼돌려 먹기도 한다. 그렇게 노인과 청년의 기묘한 동거가 시작된다.

이윽고 하이는 생활비를 벌기 위해 홈마켓이라는 프랜차이즈 식당에서 아르바이트를 시작하고, 그곳에서 사촌 동생 소니와 다른 동료 직원들을 만나 우정을 쌓아간다. 그라지나뿐 아니라 홈마켓 직원들과도 하이는 일종의 대안 가족을 형성한다. 이들은 작은 매장 안에서 몸을 부대껴가며 바삐 일하는 과정에서 서로를 너무나도—어쩌면 혈연 가족보다도 더—잘 알게 되어가는 한편, 가난, 인종차별, 마약, 질병, 장애에 시달리는 서로의 처지를 돌보고 지켜준다.

이전 작품인 《지상에서 우리는 잠시 매혹적이다》의 주인공 리틀

독이 지독히 외로운 사람이었던 반면, 하이는 자신을 둘러싼 사람들과의 유대감 속에서 세상과 맞설 힘을 얻는다. 하이, 소니, 그라지나, 홈마켓 직원들 모두 사회적 약자로서, 저마다의 방식으로 약자들이 서로를 위해 기꺼이 자기 자신을 내어주는 모습은 기이한 감동을 불러일으킨다. 가진 것이 많기 때문에 베풀 수 있는 친절이 아니라, 오히려 너무나 빈곤하고 절박하기 때문에 주고받는 친절. 아무런 현실도 바꿀 수 없음에도 불구하고, 또 그것을 잘 알면서도 연대하는 '아름답고 키 작은 패배자'들의 희망 없는 친절. 그리고 그렇기 때문에 살아갈 수 있는 인생의 의미가 있다. 미국에서, 더 나아가 전 세계에서 이민자를 추방하고 소수자를 배척하려 하는 폭력적 시류가 거센 오늘날, 《기쁨의 황제》는 서로를 환대하고 돌보는 것이야말로 어떻게 우리를 비로소 살게끔 하는지 여실히 보여준다.

  이 소설이 가지는 약자를 향한 연민의 시선은 비단 인간에게만 그치지 않는다. 《기쁨의 황제》라는 제목은 하이가 홈마켓의 직원들과 함께 돼지 도살장에 아르바이트를 하러 갔다가 '황제 돼지'라는 품종의 기원에 얽힌 이야기를 들은 에피소드와 연결된다. 하이는 돼지를 죽이는 일을 하고 충격과 죄책감을 느끼며, 황제 돼지라는 이름만 들으면 다른 이들을 다스리는 존재인 듯한데 오히려 실상은 자신을 다스리는 자들의 먹이가 되는 존재라니 얼마나 아이러니한가 하는 생각을 한다. 나중에 소니 아버지의 사고 현장에 찾아갔을 때 하이는 한밤중에 돼지의 환상을 보고, 돼지에게 "황제에게 붙잡히지 마, 친구야"라고 당부한다. 인간에게 잔인하게 도살당하고 잡아먹히는 약자인 돼지를 향한 연민이 사회적 폭력의 희생자인 인물들과 한데 어우러지면서 큰 울림을 준다.

제목인 《기쁨의 황제》의 '기쁨(Gladness)'은 작중 배경인 '이스트 글래드니스' 지명의 일부이지만, 사실 '이스트 글래드니스'가 아닌 '글래드니스'라는 마을은 일찍이 이름을 바꿔버렸기 때문에 더 이상 존재하지 않는다는 점에서도 아이러니하다. '기쁨의 황제'라고 하면 무언가 승리감에 찬 거대한 존재일 것 같지만, 이 책의 황제는 공허를 다스리고 있는 것 같기도 하다. 이처럼 다양한 의미와 풍성한 울림을 지닌 제목에서는 시인으로서의 오션 브엉의 압축적 단어 선택이 엿보인다. "세상에서 가장 어려운 일은 한 번만 사는 것이다"라는 강렬한 첫 문장 역시 그렇다. 문학을 읽음으로써 여러 사람의 인생을 살 수 있는 독자로서의 경험을 상기시키는 한편, 한 사람의 삶이 여러 타자의 삶과 연결되어 있다는 저자의 믿음이 드러나는 대목이다.

《지상에서 우리는 잠시 매혹적이다》에서 시인으로서의 정체성을 선명하게 드러냈던 오션 브엉은 이번 작품에서 더 본격적이고 전통적이기까지 한 산문적 글쓰기를 시도한다. 첫 챕터에서 빅토리아 시대 소설을 연상케 하는 길고 복잡한 문장들로 이스트 글래드니스를 묘사하는 전지적 화자의 서술은 그 지역 자체에 살아 숨쉬는 생명력을 부여한다. 더 읽어나가다 보면 생생하게 살아 움직이는 인물들의 대사와 행동 묘사에서 이전보다 훨씬 유머러스하고 풍자적인 면도 만나볼 수 있다.

산문 작가로서 작가의 치열한 자세는 소설과 허구라는 것의 본질에 대한 질문까지 건드린다. 예컨대 소설가 지망생인 하이는 글을 쓰지는 않지만 엄마와 그라지나를 행복하게 해줄 만한 환상을 만들어내는데, 그 환상은 당사자들에게는 지극히 아름답고 애틋하지만 남들에게는 비난과 손가락질을 받는다. 소설의 본질이 거짓말이라면 그 진정한 역할은 어디에 있는가 하는 질문이 떠오른다.

《기쁨의 황제》는 전쟁, 마약, 디아스포라에 대한 치밀한 사회 고발 소설이기도 하다. 하이의 가족은 전쟁에 대한 쓰라린 기억을 안고 있다. 소니는 아버지가 용맹한 참전 군인이었다는 환상에 젖어 있으며, 미국 남북전쟁의 역사를 공부하는 데 집착하고 그것과 베트남 전쟁을 비교한다. 그라지나는 제2차 세계대전의 트라우마에 시달리며 남동생을 잃은 상처에서 벗어나지 못한다. 이 인물들은 모두 미국이라는 토양에 깊이 뿌리 내리지 못하고 인종차별과 냉대를 감내하며 살아간다. 하이는 미국이라는 낯선 나라에서 백인들의 손톱, 발톱을 칠해주는 네일 살롱 일을 하는 엄마 밑에서 자라며 출세하기를 기대받지만, 가난하고 힘겨운 삶, 누구에게도 이해받지 못하는 성소수자의 삶을 살아가는 하이에게는 마약이 손쉬운 도피처가 된다.

무엇보다도 이 작품은 주인공 하이의 성장 소설이라고 할 수 있다. 마약 중독자이자 연인을 잃은 클로짓 게이로서 비참한 청년기를 보내는 하이의 삶은 결말에 이르러 더 나아지지도, 돌파구를 만나지도 못하지만, 그럼에도 거기까지 나아가는 과정에서 하이는 아무도 모르는 방식으로 영웅이 된다. 소니의 엄마를 감옥에서 구해내고, 전쟁의 트라우마와 고독에 파묻혀 있던 그라지나의 곁에서 든든한 벗이 되어주었기 때문이다. 또한 홈마켓에서 만난 직원들과 우정을 나누면서 연약하고 불완전한 존재들과 더불어 살아갈 힘을 얻는다.

이전 소설에서 연약한 인간성에 대한 연민과 사랑을 드러냈던 오션 브엉의 관점은 이 작품에서도 그대로 이어진다. 인간은 연약하고, 그렇기 때문에 타인을 사랑할 수 있고, 그렇기 때문에 위대하다. 하이라는 작은 영웅은 우리에게 그렇게 말해주는 듯하다.

2025년, 가을
김지현

기쁨의 황제

초판 1쇄	2025년 11월 17일
지은이	오션 브엉
옮긴이	김지현
발행인	문태진
본부장	서금선
책임편집	이준환　　편집 3팀　허문선
기획편집팀	한성수 임은선 임선아 최지인 송은하 김광연 송현경 이은지 김수현 이예림 원지연
마케팅팀	김동준 이재성 박병국 문무현 김은지 이지현 전지혜 조용환 김화정 천윤정
저작권팀	정선주
디자인팀	김현철
경영지원팀	노강희 윤현성 정헌준 조샘 이지연 조희연 김기현
강연팀	장진항 조은빛 신유리 김수연 송해인

펴낸곳	㈜인플루엔셜
출판신고	2012년 5월 18일 제300-2012-1043호
주소	(06619) 서울특별시 서초구 서초대로 398 BnK디지털타워 11층
전화	02)720-1034(기획편집)　02)720-1024(마케팅)　02)720-1042(강연섭외)
팩스	02)720-1043
전자우편	books@influential.co.kr
홈페이지	www.influential.co.kr

한국어판 출판권 ⓒ ㈜인플루엔셜, 2025

ISBN 979-11-6834-333-7 (03840)

- 이 책은 저작권법에 따라 보호받는 저작물이므로 무단 전재와 무단 복제를 금하며, 이 책 내용의 전부 또는 일부를 이용하려면 반드시 저작권자와 ㈜인플루엔셜의 서면 동의를 받아야 합니다.
- 잘못된 책은 구입처에서 바꿔 드립니다.
- 책값은 뒤표지에 있습니다.
- ㈜인플루엔셜은 세상에 영향력 있는 지혜를 전달하고자 합니다. 참신한 아이디어와 원고가 있으신 분은 연락처와 함께 letter@influential.co.kr로 보내주세요. 지혜를 더하는 일에 함께하겠습니다.